（典藏版）

百部国学传世经典

中华国学经典盛宴／获取先贤核心智慧

包公案

【明】安遇时／著

林宇宸／主编

漓江出版社

图书在版编目（CIP）数据

包公案 /（明）安遇时著；林宇宸主编. -- 桂林：漓江出版社，2020.10
（百部国学传世经典）
ISBN 978-7-5407-8369-3

I. ①包… Ⅱ. ①安… ②林… Ⅲ. ①侠义小说-中国-明代 Ⅳ. ①I242.4

中国版本图书馆 CIP 数据核字(2019)第 040106 号

包公案 BAOGONG AN

作　　者 【明】安遇时 著
主　　编 林宇宸

出 版 人 刘迪才
出 品 人 张 谦
策划编辑 陈植武 林晓鸿
责任编辑 林晓鸿
装帧设计 林晓鸿 宋双成
责任监印 杨 东

出版发行 漓江出版社有限公司
社　　址 广西桂林市南环路 22 号
邮　　编 541002
发行电话 010-65699511 0773-2583322
传　　真 010-85891290 0773-2582200
邮购热线 0773-2582200
电子信箱 ljcbs@163.com
微信公众号 lijiangpress

印　　制 北京飞达印刷有限责任公司
开　　本 710mm×1000mm 1/16
印　　张 30
字　　数 550 千字
版　　次 2021 年 3 月第 1 版
印　　次 2023 年 10 月第 2 次印刷
书　　号 ISBN 978-7-5407-8369-3
定　　价 45.00 元

前言

中华民族是一个充满智慧的民族，中华文化处处闪烁着智慧的光芒。中华五千年文明史为人类的智慧宝库留下了极其珍贵的财富。在世界文学发展的长河中，中国古典小说在经历了漫长的发展过程后，直到元明清时期才形成了高潮，一大批白话和文言、长篇和短篇名著相继问世，从而在世界文坛上奠定了非凡的地位。

这些作品有的以形象苍凉的笔墨，描写了农民起义的悲壮和惨烈；有的粗线勾勒，展示出朝代更迭的历史沧桑；有的诙谐机智，从神话故事中折射出世俗的好恶；有的尽力渲染，将时代的感慨融入民族的兴衰；有的严肃谨慎，从各个案件中体现出正义的力量……题材涉及讲史、侠义、友情、断案及灵怪、神仙等等，广泛描写了宋、元、明、清时代的社会生活，真实地反映了当时人民群众的思想感情、生活愿望和审美情趣。无论从思想内容还是从艺术技巧来看，都达到了相当高的水平，积淀了中华民族独具魅力且博大精深的文化。

中国古典小说是举世公认的在文学史上极有影响、杰出、艺术成就极高、极具欣赏价值、流传极广的传世之作，是文学艺术长河中的瑰宝。它们拥有广泛的阅读群和绵长的阅读量，其作品中的深刻内涵，无一不给人以美的享受和思想启迪。

阅读好书由此开卷，完善人生由此开始。

目录

百家公案

第一回 判焚永州之野庙 …………………… 002
第二回 判革猴节妇坊牌 …………………… 004
第三回 访察除妖狐之怪 …………………… 007
第四回 止狄青家之花妖 …………………… 009
第五回 辨心如金石之冤 …………………… 011
第六回 判妒妇杀子之冤 …………………… 015
第七回 行香请天诛妖妇 …………………… 017
第八回 判奸夫误杀其妇 …………………… 019
第九回 判奸夫窃盗银两 …………………… 021
第十回 判贞妇被污之冤 …………………… 024
第十一回 判石牌以追客布 …………………… 027
第十二回 辨树叶判还银两 …………………… 030
第十三回 为众伸冤刺狐狸 …………………… 033
第十四回 获妖蛇除百谷灾 …………………… 035
第十五回 出兴福罪捉黄洪 …………………… 037

第十六回　密捉孙赵放龚胜 …………………… 039
第十七回　伸黄仁冤斩白犬 …………………… 041
第十八回　神判八旬通奸事 …………………… 043
第十九回　还蒋钦谷捉王虚 …………………… 045
第二十回　伸兰嫈冤捉和尚 …………………… 047
第二十一回　灭苦株贼伸客冤 …………………… 049
第二十二回　钟馗证元弼绞罪 …………………… 051
第二十三回　获学吏开国材狱 …………………… 053
第二十四回　判停妻再娶充军 …………………… 056
第二十五回　配弘禹决王婆死 …………………… 058
第二十六回　秦氏还魂配世美 …………………… 061
第二十七回　拯判明合同文字 …………………… 064
第二十八回　判中立谋夫占妻 …………………… 067
第二十九回　判刘花园除三怪 …………………… 071
第三十回　贵善冤魂明出现 …………………… 075
第三十一回　锁大王小儿还魂 …………………… 077
第三十二回　失银子论五里牌 …………………… 078
第三十三回　枷城隍拿捉妖精 …………………… 080
第三十四回　断瀛州监酒之赃 …………………… 083
第三十五回　鹊鸟亦知诉其冤 …………………… 085
第三十六回　孙宽谋杀董顺妇 …………………… 087
第三十七回　阿柳打死前妻子 …………………… 090
第三十八回　王万谋并客人财 …………………… 092
第三十九回　晏实许氏谋杀夫 …………………… 094
第四十回　斩石鬼盗瓶之怪 …………………… 096
第四十一回　妖僧感摄善王钱 …………………… 098
第四十二回　屠夫谋黄妇首饰 …………………… 101
第四十三回　雪廨后池蛙之冤 …………………… 103
第四十四回　金鲤鱼迷人之异 …………………… 105

第四十五回　除恶僧理索氏冤 …………………… 109
第四十六回　断谋劫布商之冤 …………………… 111
第四十七回　笞孙仰雪张虚冤 …………………… 114
第四十八回　东京判斩赵皇亲 …………………… 117
第四十九回　当场判放曹国舅 …………………… 121
第 五 十 回　琴童代主人伸冤 …………………… 126
第五十一回　包公智捉白猴精 …………………… 129
第五十二回　重义气代友伸冤 …………………… 133
第五十三回　义妇为前夫报仇 …………………… 136
第五十四回　潘用中奇遇成姻 …………………… 138
第五十五回　断江侩而释鲍仆 …………………… 141
第五十六回　杖奸僧决配远方 …………………… 144
第五十七回　续姻缘而盟旧约 …………………… 147
第五十八回　决戮五鼠闹东京 …………………… 151
第五十九回　东京决判刘驸马 …………………… 157
第 六 十 回　究巨蛙井得死尸 …………………… 162
第六十一回　证盗而释谢翁冤 …………………… 165
第六十二回　汴京判就胭脂记 …………………… 167
第六十三回　判僧行明前世冤 …………………… 170
第六十四回　决淫妇谋害亲夫 …………………… 173
第六十五回　决狐精而开何达 …………………… 176
第六十六回　决李宾而开念六 …………………… 179
第六十七回　决袁仆而释杨氏 …………………… 182
第六十八回　决客商而开张狱 …………………… 184
第六十九回　旋风鬼来证冤枉 …………………… 188
第 七 十 回　枷判官监令证冤 …………………… 192
第七十一回　证儿童捉谋人贼 …………………… 195
第七十二回　除黄郎兄弟刁恶 …………………… 198
第七十三回　包拯断斩赵皇亲 …………………… 200

第七十四回　断斩王御史之赃 …………………… 202
第七十五回　仁宗皇帝认亲母 …………………… 205
第七十六回　阿吴夫死不分明 …………………… 207
第七十七回　判阿杨谋杀前夫 …………………… 208
第七十八回　两家愿指腹为婚 …………………… 210
第七十九回　勘判李吉之死罪 …………………… 212
第 八 十 回　断濠州急脚王真 …………………… 213
第八十一回　断劾张转运之罪 …………………… 214
第八十二回　劾儿子为官之虐 …………………… 215
第八十三回　判张妃国法失仪 …………………… 216
第八十四回　判赵省沧州充军 …………………… 218
第八十五回　决秦衙内之斩罪 …………………… 220
第八十六回　石哑子献棒分财 …………………… 222
第八十七回　判瓦盆叫屈之异 …………………… 223
第八十八回　老犬变夫主之怪 …………………… 225
第八十九回　刘婆子诉论猛虎 …………………… 227
第 九 十 回　柳芳冤魂抱虎头 …………………… 229
第九十一回　卜安割牛舌之异 …………………… 231
第九十二回　断鲁郎势焰之害 …………………… 232
第九十三回　潘秀误了花羞女 …………………… 234
第九十四回　花羞还魂累李辛 …………………… 236
第九十五回　包公花园救月蚀 …………………… 238
第九十六回　赌钱论注禄判官 …………………… 240
第九十七回　陈长者误失银盆 …………………… 242
第九十八回　白禽飞来报冤枉 …………………… 244
第九十九回　一捻金赠太平钱 …………………… 246
第 一 百 回　劝戒买纸钱之客 …………………… 248

龙图公案

第　一　回　阿弥陀佛讲和 ……………… 250
第　二　回　观音菩萨托梦 ……………… 253
第　三　回　嚼舌吐血 ……………………… 255
第　四　回　咬舌扣喉 ……………………… 258
第　五　回　锁匙 …………………………… 262
第　六　回　包袱 …………………………… 267
第　七　回　葛叶飘来 ……………………… 270
第　八　回　招帖收去 ……………………… 273
第　九　回　夹底船 ………………………… 276
第　十　回　接迹渡 ………………………… 279
第十一回　黄菜叶 ………………………… 280
第十二回　石狮子 ………………………… 283
第十三回　偷鞋 …………………………… 287
第十四回　烘衣 …………………………… 288
第十五回　龟入废井 ……………………… 290
第十六回　乌唤孤客 ……………………… 292
第十七回　临江亭 ………………………… 293
第十八回　白塔巷 ………………………… 295
第十九回　血衫叫街 ……………………… 297
第二十回　青靛记谷 ……………………… 299
第二十一回　裁缝选官 …………………… 301
第二十二回　厨子做酒 …………………… 303
第二十三回　杀假僧 ……………………… 305
第二十四回　卖皂靴 ……………………… 307
第二十五回　忠节隐匿 …………………… 309

第二十六回　巧拙颠倒 …………………………… 311
第二十七回　试假反试真 ………………………… 312
第二十八回　死酒实死色 ………………………… 314
第二十九回　毡套客 ……………………………… 316
第 三 十 回　阴沟贼 ……………………………… 318
第三十一回　三宝殿 ……………………………… 320
第三十二回　二阴签 ……………………………… 323
第三十三回　乳臭不雕 …………………………… 326
第三十四回　妓饰无异 …………………………… 328
第三十五回　辽东军 ……………………………… 330
第三十六回　岳州屠 ……………………………… 333
第三十七回　久鳏 ………………………………… 335
第三十八回　绝嗣 ………………………………… 337
第三十九回　耳畔有声 …………………………… 338
第 四 十 回　手牵二子 …………………………… 339
第四十一回　窗外黑猿 …………………………… 340
第四十二回　港口渔翁 …………………………… 342
第四十三回　红衣妇 ……………………………… 344
第四十四回　乌盆子 ……………………………… 346
第四十五回　牙簪插地 …………………………… 348
第四十六回　绣鞋埋泥 …………………………… 349
第四十七回　虫蛀叶 ……………………………… 351
第四十八回　哑子棒 ……………………………… 353
第四十九回　割牛舌 ……………………………… 354
第 五 十 回　骗马 ………………………………… 355
第五十一回　金鲤 ………………………………… 357
第五十二回　玉面猫 ……………………………… 360
第五十三回　移椅倚桐同玩月 …………………… 364
第五十四回　龙骑龙背试梅花 …………………… 366

第五十五回　夺伞破伞 …………………… 368
第五十六回　瞒刀还刀 …………………… 369
第五十七回　红牙球 ……………………… 370
第五十八回　废花园 ……………………… 373
第五十九回　恶师误徒 …………………… 376
第 六 十 回　兽公私媳 …………………… 378
第六十一回　狮儿巷 ……………………… 379
第六十二回　桑林镇 ……………………… 383
第六十三回　斗粟三升米 ………………… 386
第六十四回　聿姓走东边 ………………… 388
第六十五回　地窨 ………………………… 391
第六十六回　龙窟 ………………………… 394
第六十七回　善恶罔报 …………………… 396
第六十八回　寿夭不均 …………………… 398
第六十九回　三娘子 ……………………… 400
第 七 十 回　贼总甲 ……………………… 402
第七十一回　江岸黑龙 …………………… 404
第七十二回　牌下土地 …………………… 406
第七十三回　木印 ………………………… 408
第七十四回　石碑 ………………………… 410
第七十五回　屈杀英才 …………………… 412
第七十六回　侵冒大功 …………………… 414
第七十七回　扯画轴 ……………………… 416
第七十八回　审遗嘱 ……………………… 418
第七十九回　箕帚带入 …………………… 420
第 八 十 回　房门谁开 …………………… 422
第八十一回　兔戴帽 ……………………… 423
第八十二回　鹿随獐 ……………………… 426
第八十三回　遗帕 ………………………… 427

第八十四回　借衣 …………………………………… 430
第八十五回　壁隙窥光 ……………………………… 433
第八十六回　桷上得穴 ……………………………… 436
第八十七回　黑痣 …………………………………… 439
第八十八回　青粪 …………………………………… 441
第八十九回　和尚皱眉 ……………………………… 443
第 九 十 回　西瓜开花 ……………………………… 445
第九十一回　铜钱插壁 ……………………………… 447
第九十二回　蜘蛛食卷 ……………………………… 449
第九十三回　尸数椽 ………………………………… 451
第九十四回　鬼推磨 ………………………………… 453
第九十五回　栽赃 …………………………………… 455
第九十六回　扮戏 …………………………………… 457
第九十七回　瓦器灯盏 ……………………………… 460
第九十八回　床被什物 ……………………………… 463
第九十九回　玉枢经 ………………………………… 465
第 一 百 回　三官经 ………………………………… 467

百家公案

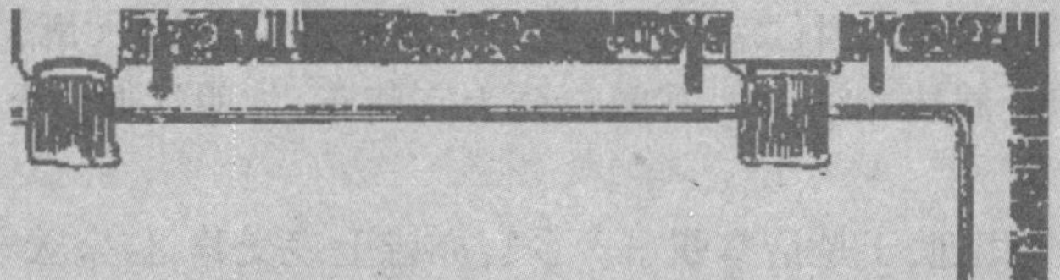

第一回 判焚永州之野庙

断云：

方村虚明绝野尘，词章吐出句清新。
劝将一管春秋笔，褒贬前人戒后人。

话说湖广永州之山有座野庙，树木参天、阴云蔽日，风雨往往生其上，而本庙之神，甚是灵迹。

时例，每岁之中要童男、童女祭奠，则一境获宁；若不祭奠，则万家劳忧，不得安生也。时有包公，因仁宗天子钦差访察天下州县，路经永州。有乡耆民，以永州缺官治事，咸皆相谓曰："吾闻包公为官清正，神明钦仰。今既到此，不可失也。"

遂皆邀集相迎，于是请掌州事。乡官亦皆上表交荐，仁宗天子许之。包公历任之初，闻知永州野庙之事，乃惊叹曰："守令之责也。"

次日即率乡耆民，吩咐曰："吾来日当与汝等往庙行香。"且作文以祭之，词曰：

呜呼！国以民为本，民以食为天，此古今之常道也。今神主宰一方，血食兹土，正宜奠民居而足民食，胡乃为民害而构民仇？年享童男童女，嗜杀无穷；岁烧布帛楮钱，贪婪无厌。世之赃官污吏，尚王法所难容；阴而恶鬼邪神，岂天曹之轻宥？伏冀悔过更新，共享和平之福，苟六欲之不泯，宜三尺之所诛。前言既尽，主者施行。

当下包公将祭文读毕，焚之于炉。未及回步，俄顷之间，狂风大作，玄云蔽空，骤雨如注。

庙中火光四起，鬼卒号呼，从者股栗，尽皆失色。包公正色端坐，忽闻其呻吟曰：

种类生来毒所钟，深山大泽惯潜踪。

开喉一旦能吞象，服气三年解化龙。
斩后刘邦兴帝业，埋时叔敖有阴功。
身长九万人知否？绕遍昆仑第一峰。

包公闻之，惊异其事，怅怏而归。

次年，包公下令禁革永州百姓，敢有至前祭奠者，治以重罪。未几，野庙之神径往各村云扰，居民遑遑，六畜耗损，田禾无收。民大患之，遂即呼集计议，连名具状，径赴包公台前，首告其事。当日包公观罢状词，不胜其怒。即唤张龙、赵虎二人，吩咐四面放火，焚烧其庙。

二人领了包公之命，即于四面堆积干柴。正放火之间，忽然风生西北，雾满东南，不多时间，大雨如注，淋灭其火，竟不能毁。张、赵二人呆了半晌，忙奔州衙来报其事。包公闻报，心不为动，乃叹息曰：“吾居官数年，只是为国为民，未曾妄取百姓毫厘之物，今既有此妖邪，吾当体正除之。”

遂即急往城隍庙，祷之曰：

伏以寂然不动，阴阳有一定之机；感而遂通，鬼神有应变之妙。明见万里，事悉秋毫。至如赏善劝恶，亦乃职分当为。永州庙荼毒生灵，其所不忍；永州境流离黔首，神其能安？乞施雷电之威，拯彼水火之患，则一州幸甚，而包拯亦幸甚也。

祷毕。过了三日，只见风雨大作，雷电交轰，遥闻永州庙中，隐隐有杀伐之声，移时之间方息。是时，包公率百姓前往视之，但见野庙已被雷火烧毁，内有白蛇，长数十丈，死于其地焉。

于是其怪遂息，百姓无少长皆歌舞于道曰：“吾一州百姓，尽蒙更生之恩者，实赖包公之德也。”至今颂之不衰。

第二回　判革猴节妇坊牌

断云：

还钗守节实堪夸，情动西厢心意邪。
包公一判猿猴事，前度贞良不足佳。

话说仁宗康定年间，东京有周安者，字以宁，家中巨富，名冠京省。娶妻汪氏，夫妇相敬如宾，敦尚义礼，奉事父母以孝。当时夫妇年近二旬，尚未有子。因家丰富，并无外慕，终日与汪氏宴乐。

一日，周安忽得重疾，医莫能效，展转年余，更至危急。

周安料不能起，自思家有父母在堂，无他兄弟奉养终身，忧念垂泪而已。汪氏乃问之曰："贤夫今罹重疾，正宜宽心养性，勿致他虑，则疾病可以渐安，不至在于危笃矣，奈何以谁为虑，以至忧伤之极也？"周安闻言，含泪对曰："吾幼读《孟子》，有云：不孝有三，无后为大。兼以家有父母，倘或有长短之时，贤妻必然再嫁，必不为我守节，父母必至失所，吾心安得不忧也。"汪氏悯然大戚曰："君家丰富，妾所愿欲。妾今与君不幸无子者，亦皆前生注定耳。妾自思，君之父母，亦妾之父母也，倘有不然之际，妾与君誓守节操，侍奉舅姑以尽天年，妾之愿也。奈何疑妾再嫁，以致无益之悲乎！"

言罢又一月之间，周安之疾愈加沉笃。父母咸在，举家环守而泣。安自疑妻必难守节，遂令人唤其知友姓吴者至其家。

安乃对父母及妻汪氏曰："我有心事，久忍不言，但今目下将危永别，故告与父母妻子及外父知之。今吴知友者，为人忠厚朴实，尚未娶妻，待我没后，令其赘入我家，是我父母丧子而有子，妻之亡夫而得夫矣。虽于礼教有碍，其于我心则为万幸也。倘有一人不从，使我孝义不伸，九泉之下，永为抱恨之鬼也。"众人亦目相视，俱不敢言。而吴知友径至安前答曰："仁兄之言大有深意，敢不从命？但恐过日有变，即令宜取何物对众与我以为信约？"安遂呼妻汪氏近床，亲自取其髻上银钗一支与吴知友，曰："若事有变，持此银钗去官告之。"吴得钗痛哭，拜辞而去。举家皆以大哭，汪氏亦随众而哭，别无异言，众以为怪。至是夜周安卒于其家。汪氏致丧设奠，哀恸特甚，昼夜号哭，水浆不入口，无复人形。

敛后，吴知友遂设祭仪，乃携一客请以为文祭之。其文曰：

维某年九月庚子朔，越十有四日庚子，友弟吴某谨以清酌之奠，治祭于仁兄周公以宁之灵，曰：惟灵秉一元之正气，感二人之英华，有德有才，多知多学；奈何遽尔，天不假年，奄弃长往，使其父母在堂，不尽劬劳之恨；幼妻居室，痛无继嗣之依。出意外心思，托不尽之谋于我；处世上之常，报终身之义于君。虽承重寄之言，敢犯五伦之叙？是以求人济事，变礼从权。今者谨举予友某某，乃予素期之管子，堪以代仆。孝父母必体公心，待家室必如公议。意恐引荐非人，灵其监察，呜呼！哀哉！伏惟尚飨。

吴知友祭告毕，乃请客于周安之父母及诸亲邻曰："此人姓张名代，乃予友也，现今在学生员，亦未有室。其才德淳良，盖尚义之士也，堪赘府上，以奉孝养。其诚谨终始，必胜他人。然我之见用光也乃一时权变，某虽不才，岂敢乱朋友之伦，败叔嫂之分？此是狗彘之不为也。适间祭文，备以告祝，恭乞父母、尊嫂容允，以成亡兄之愿。"举家皆以为全美。惟汪氏告舅姑曰："前日所言，使我犯吴叔，非人所为。今携来之人，素非亲知，妾但知为夫守节，孝养舅姑，前日之钗，今当退还，随吴叔另娶；若使妾招赘他人，妾实有死而已，不愿为此事也。"吴知友见其言辞贞烈，遂交还原钗，亦不敢有异议而退。汪氏自此秉节奉事舅姑年老，殡葬已讫，庭无间言。

乡老亲邻，多上其事。州府县官皆赐旌表，竖立牌坊以表其节。时有过往官员，皆至其家拜谒旌表。县官有诗一首，题其节曰：

三十余龄别藁砧，庭兰青色又添深。
蓝溪水滞难声恨，石桥乌啼阜岛喑。
髡彼两髦为我特，至坚一操挽人心。
不堪风雨潇潇夜，吩咐窗前草自吟。

不觉光阴似箭，日月如梭。汪氏家养有一雄猴，遂以彩衣与其穿着，锁在庭柱之下日久。

忽一日，街坊上做戏子弟搬演《西厢》故事，亲邻邀请汪氏观之。汪氏不觉害了念头，欲动情胜。至晚到家，无人在侧，情不能忍。偶见雄猴，即以手弄其阳物，消其欲情。谁知物类亦有人性，即与汪氏行其云雨。

自此之后，犹如夫妇一般，亲邻绝无知者。

一日，包公钦奉仁宗天子按临访察，乃至其家拜谒，观见汪氏脸带桃花之色，不信其有守节之操，乃访亲邻问之，审得只养有一猴。包公即唤张龙、赵虎，直往汪氏之家，将雄猴拘锁于府堂庭柱之上，约十余日。街坊人等俱不晓其故。次日包公唤张龙、赵虎，吩咐前往汪氏之家，请汪氏诣府堂来见包公。又吩咐，若汪氏到府堂之时，汝可将雄猴放锁，看他如何行事。

二人各听吩咐而去。不多时间，张龙唤得汪氏到府堂跪下。赵虎即便将雄猴放锁。只见那猴见汪氏来到，喜不自胜，就将汪氏搂抱，裂衣行事。包公见了大怒，骂道："你这淫泼妇，守得好节！缘何与异类为偶？"遂即唤张龙、赵虎，将坊牌拆倒，复将汪氏家产籍没于官。

汪氏自思，只因看搬演《西厢》故事，错了念头，可惜前功尽废，羞愧难藏，回家自缢身死。此亦可以为守节不终者之戒。

第三回 访察除妖狐之怪

断云：

张明为客到东京，好色心邪惹怪精。
包公除斩妖狐后，自是人间得太平。

话说仁宗宝元年间，包公在东京之日，适属县有姓张名明字晦之者，年二十岁，美姿容，善赋诗，尚未娶有室也。因在家安闲无事，父母命其收拾资本，出外为商。偶到东京而回，未及至家，泊船于岸。是夜月明如昼，明不能寐，披襟闲行，遂吟一绝云：

荇带浦芽望欲迷，白鸥来往傍人飞。
水边苔石青青色，明月芦花满钓矶。

当日张明吟讫，俄然见一美人，望月而拜。拜罢，遂吟诗一首云：

拜月下高堂，满身风露凉。
曲栏人语静，银鸭自焚香。

又曰：

昨宵拜月月似镰，今宵拜月月如弦。
直须拜得月满轮，应与嫦娥得相见。
嫦娥孤凄妾亦孤，桂花凉影附冰壶。
年年空习羽衣曲，不省三更再遇无。

美人吟毕，张明悦其美貌，遂趋前问曰："娘子何如而拜月也？"美人笑而答曰："妾见物类尚且成双，吟此拜月之诗，意欲得一佳婿耳。"明曰："娘子所愿何如？”美人曰：“妾意得婿如君，则妾之愿足矣，岂有外慕之心乎？”

明见美人所言投机，遂乃喜不自胜，言曰：“世之姻缘有难遇而易合者，今宵是也。娘子若不弃，当与娘子偕至予舟同饮合卺之酒，可乎？”

美人见明言此，全无难色，欣然与其登舟，相与对月而酌。既而与张明交会，极尽欢娱之美。次日明促舟回家，同美人拜见父母宗族。问张明何处得此美人，明答以娶某处良家之女。

美人自入明家，勤纺织，缝衣裳，事舅姑。处宗族以睦，接邻里以和，待奴仆以恕，交妯娌以义，上下内外，皆得欢心，咸称其得贤内助焉。时包公因革猴节妇坊牌，案临属县，偶见其家有黑气冲天而起。包公即唤左右停止其处，请其宅左右问其故。包公曰：“此间有妖气，吾当往除之。”众皆骇异。

先是美人泣谓明曰：“三日后大难已迫，妾必死矣。”明惊问其故，美人蔽而不言，惟曰：“君不忘妾情，此诚意外之望也。”凡四日而包公倏到，伏剑登门，观者罢市，美人惊愕失措，将欲趋避。包公以照魔镜略照，知其为狐，遂乃大叱之曰：“妖狐安往！”

美人俯于地，泣吟一律曰：

一自当年假虎威，山中百兽莫能欺。
听水潇潇玄冬冱，走野茫茫黑夜啼。
千岁变时成美女，五更啼处学婴儿。
方今圣主无为治，九尾呈祥定有期。

美女吟毕，包公判曰：“汝乃异类，何得迷人？”即令李虎挥剑斩之，乃一狐耳。复唤张明问其来历。张明即以因商于外，泊舟得之前言说了。

包公曰：“此妖孽如此，若非吾到此除之，则尔亦不免耗散其精神矣。”张明再拜，致谢包公之神明莫及。而明后遂无恙而终。此可以为心邪好色者之戒矣！

第四回 止狄青家之花妖

断云：

康定年余花作精，岂知狄将被昏迷。
若非包相亲待诏，怎得驱气入壁中。

话说总兵狄青，同杨文广征南蛮，振旅之日，舟次绥德官河，天已暝矣。狄青独坐舟中，扣舷而歌。

忽见一女子溯流啼哭而来，连呼救人者三。狄青急命军士救之。视其颜貌非常，恳问其故。

女泣曰："妾姓梅，名芳华，原许张参政之家。近年伊家凌替，父母厌其贫穷，逼妾改嫁他氏。妾苦不从，父母怒妾，终朝迫抑，不有存生，故此捐生赴水而死，幸蒙相公搭救，此盖生死而肉骨也。"

狄青诘之曰："汝欲归宁乎？将为吾之侧室乎？"

女曰："归宁非所望也。既蒙不弃，愿为相公箕帚妾耳。"

狄青闻言大悦，易以新衣，带回公署。然梅芳华之在狄府也，以至恭事大人，以至诚待媵妾；处僮仆以恩，延宾客以礼。凡公私筵宴，大小饔飧中馈之事，悉以任之，无不中节。狄青甚宠爱之，日亲幸用事。内外闻名，咸欲一观。或王孙公子、达官贵人至其府者，狄青皆令出见。梅芳华初无难色，礼貌自如。

一日，乃是年冬，值西夏造反，仁宗天子传旨令狄青总兵前往征之。包公领天子之命，往至其家。狄青设宴款待包公。

青欲夸耀于包公，令芳华盛服出见。芳华有难色，不肯出见，青固命之亦不从。侍婢催促者相连于道，芳华终不肯出。包公辞归，狄青大感惭愧，自往召之，芳华亦不肯行。

青怒曰："汝于王孙公子、达官贵士所见多矣，何至于包公而不肯一见耶？"芳华泣而不言。青，武人也，怒甚，拔剑将欲砍之。芳华入人壁中言曰："窃闻邪不能胜正，伪不能乱真，妾非世人，乃梅花之妖，偶窃日月之精华，故成人类于大块。今知包公乃栋梁之才，社稷之器，正人君子，神人所钦，妾安敢见之。独不闻武三思爱妾不见狄梁公之事乎？妾今于此永别矣！”言毕遂吟诗一首曰：

老干槎丫傍水涯，年年先占百花魁。
冰消得暖知春早，雪色凌寒破腊开。
疏影夜随明月转，暗香时逐好风来。
到头结实归廊庙，始信调羹有大材。

第五回 辨心如金石之冤

断云：

才子佳人德性良，愿谐婚偶振纲常。
贪官图贿行私曲，致令命损实堪伤。

话说仁宗康定年间，有一南属县，有庠生李彦秀，小字玉郎。年方二十岁，为人俊雅，赋性温良，学问才艺冠绝一学。

其学舍之后有高楼一所，匾曰：会景楼。登之者，远观则四面江山，近观则一城坊市，举目皆尽。阛墙、邻居、小巷皆官妓所居焉。彦秀凡过夏月，则读书于楼上。

一日，新秋雨霁，墙外歌咽之音，丝竹之韵，为轻风递送，断续悠扬。彦秀不胜清兴，遂约同侪饮于楼上。一友忽然笑曰："正所谓但闻其声，不见其形。"谓彦秀曰："若见其形，则不赏其声，反不清矣。"众皆称其确论。一友曰："此论反复趣深，真佳作也，各当有赋。如诗不成，甘罚金谷酒数。"于是彦秀先吟诗曰：

凉飙淅沥天隅起，窗蕉雨歇清声止。
灏气乘风扫净室，炎蒸忽入秋光里。
闲登快阁一凭栏，江山浩渺双眸宽。
俯临坊市人寰小，仰攀牛斗天风寒。
暂存视听一凝思，潇潇一派仙音至。
弦繁管急杂商宫，声回调歇迷腔子。
独坐无言心自评，不是寻常风月情。
初疑天籁一檐马，又似秋高和漏打。
碎击冰壶向日倾，乱箭琉璃斗风洒。
狂生对此襟一开，邀友分题共举杯。
莫如巫山云雨隔，清歌时度人间来。

俏者闻声情已见，村者相逢若相恋。
村俏由来趣不同，岂在闻声与见面。

彦秀吟毕，众友正传玩之间，忽膳夫走来报曰："正堂先生来也。"彦秀急将其诗放于袖中，整衣迎先生登楼，续坐而饮。彦秀以诸友推其吟诗在袖，惟恐先生见，玉郎推更衣将诗稿搡捻成团，投出墙角，复回席中坐饮，至暮而散。

不意投诗之处，乃角妓张妪居住之所也。妪只生一女，年一十七岁，名丽容。生得眉如漆黛，口似朱红，又名翠眉娘，聪明乖巧，不但乐工、女工，至于书画诗文，冠绝时辈，真一郡之国色也。然留心伉俪，不染风尘，人或挥金至百，而不能一睹其面。家后构一小楼，与会景楼相对，匾曰：对景楼。乃丽容什闹之所也。当下李彦秀投诗稿之时，适丽容正坐对景楼上，忽见丢下纸团，遂命丫头拾取观之，且惊且羡，颠倒歌咏曰："此诗必是李玉郎所作无疑也。况彼尚未议婚，妾且亦未行嫁，天若见怜，吾愿谐矣。"

至次日，遂用白绫一方，逐韵和其上，复从原处投回。适彦秀经其处而得之，且读且笑曰："吾闻名妓有张翠眉者，操志不常，才貌异众，吾心每日期之，未有其便，今观其写作，必然是也。"即观其诗曰：

新凉睡美慵晨起，邻家夜饮歌初止。
起来无力近妆台，一朵芙蓉冰镜里。
重重花影上雕栏，体瘦更嫌舞袖宽。
闲觅晓蛩芳砌下，金莲似去碧苔寒。
太湖独倚含幽思，玉团忽尔从天至。
龙蛇飞动泼烟云，篇篇尽是相思字。
颠来倒去用心评，方信多情识有情。
不是玉郎密传契，他人怎有这般情？
自小门前无系马，梨花夜雨何曾打？
一任渔舟泛武陵，落红肯向东流洒？
半方绫帕卷还开，留取当年捧玉杯。
每见隔墙花影动，何时得见玉人来？
名实常闻如久见，姻缘未合心先恋。
诗情本自致幽情，人心料得如人面。

彦秀阅毕，遂登太湖石而望之。正值丽容独坐于对景楼上，彼此一见，魂志飘荡。彦秀曰："观卿仪范，莫非张翠眉乎？"丽容微笑而答曰："然。适妾以蒙佳作，知君为李玉郎无疑也。"二人相见大笑。丽容曰："妾久闻君之才行，多择伉俪,然而百无一成,其故何也?”彦秀曰:“若有如卿之才貌者,又何敢言择乎?”遂乃各述其心事,对天誓为夫妇而别。

彦秀归家告于父母,父母曰:“彼娼家也,然以改节为尚,终不可入士夫之门,亦不可以奉先嗣后哉。”遂不见允。彦秀转托于亲知于父母处百方推道,终不容诺。将及一年,而彦秀学业顿废,精神渐耗,忘餐失寝,如醉如痴。而张丽容亦为之憔悴,誓死决不他适。其父亦不得已,遂即遣媒具礼,至丽容家行聘。

事将有期,适有本省参政名周宪者,任满赴京。时王右丞相独秉大权,凡官之任满者,必白金万两为献,若少不及,则痛遭黜退。然周宪居官九载,罄囊合凑,十不及一。计无所出,谋诸佐吏。吏曰:“王右相货财山积,其心已厌,所重者,女子及珍玩之物耳。若于各府选买才色官妓一二人,不过数百白金,加以装饰,又不过数百,若得而献之,强如白金万两。其右相必以纳之也。”周参政闻言大喜,遂令佐吏假右相之命选于各府,而丽容居其一焉而已。彦秀父子知之,乃奔走上下,谋之万端,家产荡尽,终莫能脱。

一日,拘其母女登舟启行,丽容知其不免,遂以片纸寄诗一首于彦秀曰:

死别生离莫怨天,此身已许入黄泉。
愿郎珍重休悬望,拟是来生续此缘。

自后而丽容不复饮食。张妪泣曰:“女死故是节义,我必遭毒害。”丽容不答,只为之少食而已。

其舟既行,而彦秀徒步追随,哀恸路途行人。凡遇舟之宿址,号哭终夜,伏寝水次。如此将及两月,而舟抵临清。而彦秀星行露宿三千余里,足胼肤裂,无复人形。丽容于板隙窥见,一痛而绝。张妪救灌,良久方苏。苦浼舟夫往答彦秀曰:“妾所以不死者,以老母未脱耳。母若脱,妾即从死,郎可归家,勿劳自苦。才郎因妾致死,无益于事,徒增妾苦耳。”彦秀闻船户传言之说,仰天大恸,投身于地,一仆而死矣。舟夫怜之,埋于岸侧。是夜丽容自缢,死于舟中。

周参政见丽容缢死,大怒曰:“我以美衣玉食致汝于极贵之地,何得顾恋寒儒,自丧厥生?”遂令舟夫剥去丽容衣服,弃尸于岸上,将火焚之。焚毕,其心宛然不改。

舟夫以脚踏之,忽出一小物,形如人体,大若手指。舟夫以水洗之,其色如金,其坚如石,衣冠眉发,纤悉皆具,脱然如李彦秀一般,但不言动而已。舟夫即将此物持报。

周参政观看,惊叹曰:“怪哉!此乃精诚坚格,情感气化,不然焉得有此?”叹玩不已。众吏卒曰:“此心如此,彼心恐亦如此,请发李彦秀尸首焚之,看是如何?”周参政允令焚之,果然心不灰,其中亦有小人物,与前形色精坚相等,装束容貌亦与张丽容一般形色无二。周参政大喜曰:“吾虽致二人死于非命,今得此稀世之宝,若将献与王右相,虽照乘之珠玉不足道也。”遂盛以异锦之囊,函以香木之匣,贮盛封裹,题曰“心坚金石之宝”。

于是给白银一锭,以赏张妪,听与二人治丧,并同来之女各给路费遣归。于是周参政兼程至东京,拜谒右相,奉上其函,备述本末。右相大喜,视之则非前物,乃是败血一团,臭污不可近前。右相大怒,遂请包公到府,谓曰:“彼夺人之妻,各致死地,自知罪大,故以秽物厌我,意在逃刑,望乞将周参政下于狱中。”包公领诺,退回南衙。讯鞫以毕,回书上报曰:“男女之私,情坚志恪,而始终不谐,所以一念成结,感形如此。既得合于一处,情遂气伸,复还旧物,或有之矣。然周参政夺人之妻,以致死了二命,亦该问其死罪。然一人之死不足以偿二命,又问其子充军。王右相专权受金,以致二命之死,亦具表奏上天子,亦该罢其原职闲住。”闻者悦服。后来李彦秀与丽容亦脱生于宋神宗之世,结为夫妇。盖亦天道有知,报应之速也。

第六回 判妒妇杀子之冤

断云：

陈妻密计毒三人，卫妾含冤对拯伸。
天不容奸惟速报，驱陈作彘儆人心。

话说江州德化县，有一人姓冯名叟，家颇饶裕。其妻陈氏貌美无子，侧室卫氏生有二儿。陈氏自思己无所出，诚恐一旦色衰爱弛，家中不赀之产皆妾所有，心怀不平，每存妒害，无衅可乘。

一日，冯叟自思："家有余资，若不出外营为，则亦不免为守钱虏耳。"乃谋置货物远行，出往四川经营买卖。冯叟临行嘱妻陈氏善视二子，陈氏口中亦只应唯而已。

时值中秋，陈氏诒赏月之故，即于南楼设下一宴，召卫氏及二子同来南楼上会饮。陈氏先置鸩毒放在酒中，举杯嘱托卫氏曰："我无所出，幸汝有子，则家业我当与汝共也。他日年老之时，惟托汝母子维持，故此一杯之酒，预为我身后之意焉耳。"卫氏辞不敢当，于是母子痛饮，尽欢而罢。是夜药发，卫氏母子七窍流血，相继而死。时卫氏年二十五，长子年五岁，次子三岁而已。当时亲邻大小皆莫知其故，陈氏乃诈言因暴疾而死，闻者无不伤感。陈氏又诈哭之尽哀，以礼送葬。已而冯叟在外，一日忽得一梦，梦见卫氏引二儿泣诉其故。意欲收拾回家，怎奈因货物未脱，不能如愿，是以且信且疑，郁郁不悦。

将及三年，适正值包公访察按临其地，下马升厅，正坐之间，忽然阶前一道黑气冲天，须臾不见天日。晡时虽散，仍乃不大明朗。包公心甚疑其必有冤枉。是夜左右点起灯烛，包公困倦，伏几而卧。夜至三更，忽见一女子，生得姿容美丽，披头散发，两手牵引二子，哭哭啼啼，跪至阶下。包公问曰："汝这妇人，住居何处？姓甚名谁？手牵二子，到此有何冤枉？一一道来，吾当与汝伸雪屈情。"妇人泣曰："妾乃江州卫氏母子也。因夫冯叟远往四川经商，主母陈氏中秋置鸩酒杀妾三人，冤魂不散。幸蒙相公按临敝邑，故特哀告，望乞垂怜，代雪冤苦，则妾母子九泉之下，虽死犹生也。"说罢悲鸣不已，移时再拜而退。

次日，包公即唤郑强、薛霸，拘拿陈氏，当厅审勘。包公曰："妾子即汝子一般，何得心怀妒忌，害及三命？绝夫之嗣，莫大之罪，又将焉逃？"陈氏悔服无语，包公就拟断凌迟处死。

后阅五载，冯叟回归。家畜大母彘，岁生数子，获利数倍，将欲售之于屠，忽作人言曰："我即君之妻陈氏也。平日妒忌，杀妾母子，况受君之恩，绝君之嗣，虽蒙包公断后，上天犹不肯宥妾，复行罪罚，作为母彘。今偿君债将满，未免千刀之报。为我传语世妇：孝奉公姑，和睦妯娌，勿专家事，抗拒夫子；勿存妒悍，欺制妾媵。否则，他日之报即我之报也。大抵水性吝啬，因见自身无子，妾婢有子，家之所有，彼独占享，遂怀嫉忌，潜蓄不仁。殊不知不孝有三，无后为大，损妾之子，乃绝夫之嗣也。妇人但顾目前，不思身后，其得罪天也不亦大乎！故为母彘警省世人，毋效我之所为而贻臭于世矣。"

远近闻之，肩摩踵接，皆欲兢观，其门为市。当时有歌一篇以继之曰：

江州陈氏冯家妇，鸷悍狐狡恣嫉妒。
劳劳长舌牝鸡晨，废弛三纲全不顾。
一身无子可奈何？徐卿有庆偏房多。
不思无后绝夫祀，闺中旦夕操干戈。
景届中秋月轮皎，南楼玩月存奸狡。
金杯倾鸩裂肺肠，玉山顷刻房中倒。
荧惑亲邻暴疾亡，夫君况是居他方。
讵意冤魂诉包老，拟断报应死幽冥。
公哉天公复报应，陈氏自作还自承。
数年罚为一母彘，终朝偿夫冯门庭。
忽作人言劝世俗，妇人切莫存奸毒。
我因妒悍欲专房，至今尚是糟糠畜。
聊作短歌列公案，事虽虚言日还真。
为恶不如为善好，叮咛告戒闺中人。

第七回 行香请天诛妖妇

断云：

梅梢月挂近黄昏，秉烛香斋独掩门。
执得葩经当日笔，挽回风化戒鹑奔。

话说黄州儒士张从龙，结庐临溪，读书其内，苦志用功，不入城府。家业荒凉，未有妻室。仁宗康定二年春月间，于所居倚窗临溪闲坐，俄见一叟棹船逶迤傧岸，中坐一青衣美人，颜色聪俊。张从龙遽尔问曰："何家宅眷？今欲何往？"叟曰："兹值岁侵，衣食无措，将卖此女，以资日用耳。"

从龙留意，邀之入室，遂问姓名居住。叟曰："老拙姓苏，本州人也。无室辞世，只生此女，乳名珍娘，年方二八，颇通书义，尤精女工，欲仗红叶之媒，以订赤绳之约。如君不弃，望为相容。"

从龙见言，随即许诺，倾囊见酬。遂设宴会亲，卜日合卺。女自入从龙之门，恪尽倡随之道，主中馈，缝衣裳，和于亲族，睦于乡里，抑且性格温柔貌出类，遐迩争羡焉。

从龙贪恋情欲，颇废经书。其女谏曰："衾枕之情，世之常事；功名之念，士之要途。立身行道，扬名后世，既显父母，又荣妻子，男儿之志，于斯遂矣。岂可苟淹岁月，而守故园之桃李哉。"从龙见女言有理，遂逊谢之，愈加敬爱。

一日，从龙与女对酌溪楼之上，女斟酒奉生曰："聊歌一词，以侑君饮。"词名《浣溪沙》云：

溪雾溪烟溪景新，溶溶春水净无尘。碧琉璃底浸春云。
风扬游丝牵蝶翅，雨飘飞絮温莺唇。桃花片片送残春。

每歌一句，音韵清奇，听之可爱。

厥后，从龙过京中试，抉为开封府祥符县令，挈家赴任。

女处官衙，小心谨慎，同僚妻妾，咸得欢心。

每诫其夫清廉恤民，无玩国法，内外称之。时有他府州县，咸皆风雨调和，独有祥符县，自从龙莅任之后，多遭干旱。百姓耆老连名上呈，请从龙祈祷，全无应验。

从龙心中甚忧。百姓又往开封府呈首其事，惊动包公亲临其县行文祷雨。门吏通报，从龙慌忙迎接包公入公馆坐定。包公观见从龙衙内，阴晦少明，乃潜谓从龙同僚曰："张大尹衙内妖气太重，若能扫荡邪秽，天即大雨矣。吾且秘而不言，汝等可往白之。"同僚即以包公之言白于从龙知之。从龙不以为信。包公就亲书疏文一道，率众官径往城隍庙行香。祈祷以毕，将疏焚于炉内。

少顷，玄云蔽空，雷雨交作，霹雳一声，火光迸起，大雨如注，四郊沾足。包公请众官回衙，以观异事。但见张大尹室内枯骨加交，骷骸震碎，中流鲜血，而美妇不知所在矣。

又见前厅壁上朱书篆字数行，众莫能识，请包公观之。包公看罢，乃诗一首曰：

善恶幽冥皆有报，雷霆诛击岂无因？
生行淫乱污尘俗，死纵妖邪惑世人。
万种风流收骨髓，一团恩爱耗精神。
从今打破迷魂阵，枭震骷骸示下民。

包公读罢，从龙惊骇不能定情，同僚为之失色，即访问包公何以知其缘故。包公曰："吾望妖气，是以知之。"即诘从龙："何处得之？"从龙不隐，告以前情。包公曰："吾观此妇在生必行淫乱，死为枯骨，尚能迷人。吾若不行文祈祷于天，请天诛之，则汝亦不久元气耗散，祸将及身矣，可不惧哉！"于是从龙拜辞，敬叹包公之德，神明莫及也。

第八回　判奸夫误杀其妇

断云：

梅敬经营志亦良，神签报应亦昭彰。
奸夫误谋真可恨，包公判断播传扬。

却说河南开封府陈州管下商水县，其地在州西九十里，有一人姓梅名敬者，少入郡庠，习举子业，家道殷实，父母具庆，止鲜兄弟。父母与其娶邻邑西华县姜氏为妻。一日，梅生在小庄读书，正遇春季天气，百花开遍，红紫芳菲。梅生乃吟诗一首以慰怀，曰：

酒满金樽花又香，正缘老大见花狂。
小桃枝上春三月，细柳风中燕一双。
雾薄远峰多出没，日晴鸥鸟自徜徉。
芳菲百汇红铺眼，谁念书生在小庄？

梅生吟毕，终日侍奉二亲，曲尽孝养之乐。谁知乐极悲生，父母相继亡故。梅敬夫妇哭之尽哀，以厚礼殡葬。服满赴试，屡科不第。回家，梅敬乃谋谓其妻曰："吾幼习儒业，将欲显祖养亲荣妻荫子，为天地间之一伟人，期为可也。奈何苍天不遂吾愿，使二亲不及见吾成立大志以没，诚乃天地间之一罪人也。今无望矣。展转寻思，尝忆古人有言：若要身带十万头，除非骑鹤上扬州。意欲弃儒就商，遨游四海，以伸其志，乃其愿矣，岂肯拙守田园，甘老丘林而已哉。不知贤妻意下如何？"

姜氏曰："妾闻古人有云：在家从父，出嫁从夫，所以正妇德也。君既有志为商，妾亦当听从而已。但愿君此去，以千金之躯为重，保全父母遗体，休贪路柳墙花，以堕其志。但得获微利之时，当即快整归鞭，此则妾愿毕矣。外此非所慕也。"梅敬听闻妻言有理，心中喜不自胜，遂即收置货物，径往四川成都府经商。姜氏与其饯别而去。后来姜氏正在妙龄之际，欲心人皆所具，虽有云情雨意，亦不甚为显露。

梅敬一去，六载未回。一日忽怀归计，遂收拾财物，先入诸葛武侯庙中祈签，卜其吉凶。当下祷祝已毕，祈得一签，有云：

逢崖切莫宿，逢水切莫浴。
斗粟三升米，解却一身屈。

梅敬祈得此签，惘然不晓其意，只得赶回。

不则一日，舟夫将船泊于大崖之下。梅敬忽然想起签中有言“逢崖切莫宿”之句，遂自省悟，即令舟夫移船别住。方移时间，大崖忽然崩下，陷了无限之物。梅敬心下大喜，方信签中之言有验。一路无碍，至家，姜氏接入堂上，再尽夫妇之礼，略叙久旷之情。

时天色已晚，是夜昏黑无光。移时之间，姜氏烧汤水一盆，谓梅敬曰：“贤夫路途劳苦，请去洗澡，方好歇息。”梅敬听了妻言，又大省悟：神签有言“逢水切莫浴”，遂乃推故，对妻言曰：“吾今日偶不喜浴，不劳贤妻候问。”姜氏见夫言如此，遂即自去洗浴。姜氏正浴之间，不防被一人预匿房中，暗执利枪从腹中一戳。可怜姜氏娇姿秀丽，化作南柯一梦。其人潜躲出外去讫。梅敬在外等候，见姜氏多久不出，执灯入往浴房唤之，方知被杀在地，哭得几次昏迷。次日正欲具状告理，又不知是何人所杀，正在犹豫不决之间，却有街坊邻舍知之，慌往开封府首告：“梅敬无故自杀其妻，实乃败坏伦理。”

包公看了状词，即拘梅敬审勘。梅敬遂以祈签之事告知。

包公自思：梅敬才回，决无自杀其妻之理。乃谓梅敬曰：“汝去六年不归，汝妻少貌，必有奸夫。想是奸夫起情造意，要谋杀汝，汝因悟神签之言，故得脱免其祸。今详观神签中语云‘斗粟三升米’，吾想官斗十升，只得米三升，更有七升是糠无疑也。莫非这奸夫就是糠七否么？汝可试思之，果是真否？”

梅敬曰：“小人对门果有一人名唤康七。”包公即令左右拘唤来审。康七叩首供状曰：“小人因见姜氏美貌，不合故起谋心。本意欲杀其夫，不意误伤其妻。相公明见万里，小人情愿伏罪。”包公押了供状，遂就断其偿命。即令行刑刽子押赴市曹处决。闻者叹其神明莫及也。

第九回 判奸夫窃盗银两

断云：

叶广藏银计亦良，岂期盗窃事成殃。
包公神判传天下，千古犹存姓字香。

话说河南开封府阳武县，有一人姓叶名广，家亦中平。娶妻全氏，生得貌类西施，聪明乖巧。住居村僻处屋一间，鲜有邻舍。家中以织席为生，妻勤纺织，仅可度活而已。一日，叶广谋谓其妻曰："吾意与汝在家勤谨，只堪度日，所余只有四两之数。吾今留银一两五钱在家，与贤妻聊作食用纺织之资。更有二两五钱，吾欲往西京做些小买卖营生。待去一年半载，若苍天不负男儿之愿，得获寸进，随即回归，再图厚利，乃其志也。不知贤妻意下如何？"全氏曰："妾闻大富由天，小富由勤。贤夫既有志经营，谅苍天必不辜负所愿也。妾意岂敢抗拒？但赀财鲜少，贤夫可宜斟酌而行。倘得获其所欲，亦当早寻归计，此则妾所至望矣。"叶广闻妻之言，不觉喜慰于心，遂即将前本贩买其货而行。

次年，近村有一人姓吴名应者，年近二八，生得容貌俊秀，聪明善诗，未娶有室。偶经其处，窥见全氏貌类西施，就有眷恋之心，即怀不舍之意。随即询问近邻，知其来历。陡然思忖一计，即讨纸笔就写伪信一封，乃入全氏之家，向前施礼言曰："小生姓吴名应，旧年在西京与尊嫂丈夫相会，交契甚厚。昨日回家，承寄有信一封在此，吩咐自后尊嫂家或缺用，某当一任包足，候兄回日自有区处，不劳尊嫂忧心，故今专此拜访。"

全氏见吴应生得俊秀，语言诚实，又闻丈夫托其周济，心便喜悦，笑容可掬。两下各自眉来眼去，咸有不舍之心。情不能忍，遂各向前搂抱，闭户共枕同衾，宛若仙家玉树，暗麝驱人，不可名状。吴应遂吟一律以戏之曰：

天缘造就到仙房，暗麝熏人透骨芳。
云夹兰台因见雨，雾垂瑶室便成霜。
临时吃尽消魂片，今夜方耽续命汤。

兴逸不容占句尽，心魂撩乱魄忙忙。

全氏听毕，言曰：“妾虽不能吟诗，见叔佳制，可默而不答乎？”亦口占一律以和之曰：

贪春仙客步兰房，锦帐齐掀满帐芳。
月朗今宵疑不雨，天寒明旦自成霜。
踌躇心上鱼惊钓，进步厨前鸟就汤。
管取称君方便好，岂能怜我尚忙忙。

二人吟诗已毕，云雨才罢，吴应细思诗中之言，乃笑谓之曰：“吾谅尊嫂与丈夫备尝经惯，岂真全未识风流者乎？”全氏曰：“妾别夫君一载有余，往日与其欢会之时，自以为儿戏耳。今宵与贤叔接战，方觉股栗，所谓‘生未识灯花关，倏到花关骨尽寒’者也，望君推心，今后交感之时，勿以见惯浑闲者相待。”吴应笑曰：“自识制度，不待嫂说。”自此之后，全氏住在村僻，无人闲管此事，就如夫妇一般，并无阻碍。

不觉光阴似箭，日月如梭。叶广在西京经营九载，趁得百银一十六两，自思家中妻又少貌，不觉来此九载，若久恋他乡，不顾妻室，不免辜恩负义之诮，遂即收拾回程。在路夜住晓行，不则一日，到家已是三更时候，叶广自思庄屋一间，门壁浅薄，恐有小人暗算，不敢将银进家，预将其银藏在舍旁通水阴沟之内已毕，方才唤妻开门。

是时其妻正与吴应宿歇，极尽欢娱之意，忽听得丈夫唤门之声，即忙起来开门，放丈夫进家。吴应惊得魂飞天外，躲在门后，候其关门，潜躲出外。全氏整备酒饭与丈夫略叙久旷之情，食毕收拾上床。

宿歇之间，全氏问曰：“贤夫出外经商，九载不归，家中甚极劳苦，不知亦趁得些银帛否？”叶广曰：“银有一十六两，我因家中门壁浅薄，恐有小人暗算，未敢带入家来，藏在舍旁通水阴沟之内。”全氏闻说大惊曰：“贤夫既有许多银回来，可速起来，取藏在家无妨，不可藏于他处，恐有知者取去，那时悔之晚矣。”

叶广依妻所说，忙跳起寻取。不防吴应只在舍旁窃听叶广夫妻言语，听见藏银在彼，已被先盗去讫。叶广寻银不见，因与全氏闹曰：“吾半夜独自回家，并无一伴跟随。及藏银之际，又无一人知觉，奈何就有人盗去？必是汝因吾出外日久，家中与人通奸，今日必然与其宿歇，见我唤门之声，汝即潜放出外。其人窃听得知，因而盗去。汝实难辞其责矣。”

其妻听了，不敢明言，再三推说无有此事。叶广不信，遂以前情具状，扭扯其妻，径赴包公案前陈告其事。

包公观罢状词，就将其妻勘问："必有奸夫之情。"其妻坚意不肯招认。包公遂发叶广回家，再出告示，唤张千、李万私下吩咐曰："汝可将告示挂在衙前，押此妇人出外，枷号官卖，其银还她丈夫，等候有人来看此妇者，即便拿来见我，我自有主意。"张李二人依其所行，押于门外。

将及半日，忽有吴应在外打听得此事，忙来与其妇私语。

张李看见，忙扭吴应入见包公。包公问曰："你是甚人，敢来此处？"吴应告曰："小人是这妇人亲眷，因见如此，故来看她，非有他故也。"包公曰："汝既是她亲眷，曾娶有内眷否？"吴应告曰："小人家贫，未及婚娶。"包公曰："问汝既未婚娶，吾将此妇官嫁与你，只不知值价多少？"即唤书吏问其价数。

书吏复曰："复相公，此妇值银三十两。"包公即对吴应曰："据书吏说，价值三十两。我这里官卖，只要汝价银二十两，汝可即备来秤。"吴应告曰："小人家道贫难，难以措办。"包公曰："既二十两不出，可备十五两来秤。"吴应又告贫难，包公曰："谁人叫汝前来看她！若无十五两，实要汝备十二两来秤。"

吴应不能推辞，即将盗其原银熔过十二两，诣台称了。包公将吴应发放出外，随拘叶广进衙，问曰："你看此银是你的不是？"叶广认了，禀曰："此银不是前银，小人不敢妄认。"

包公又发叶广出外，又唤吴应问曰："我适间叫她丈夫到此，将银给付与他，他道妇人甚是美貌，心中不甘，实要价银一十五两，汝可揭借前来，秤完领去，不得有误。"

吴应只得回家。包公私唤张千、李万吩咐曰："汝可跟在吴应之后，看他若把原银上铺煎销之时，汝可便说包爷吩咐，其银不拘成色，不要上铺煎销，就可拿来见我。"张千领了言语，直尾其后而去。

正值吴应又将原银上铺，张千即以包公前言说了。吴应只得将原银三两，凑秤完足。包公复发出外，就将前银唤叶广认之。叶广看了大哭曰："此银实是小人之物，不知何处得之？"

包公又恐叶广妄认，枉了吴应，乃复以言诒之曰："此银乃是我库中取出，何得假言妄认？"叶广再三告曰："此银实是经小人眼目，相公不信，内有分两可辨。"包公复诘其实，即令一一试之，果然分文不差。就拘吴应审勘，吴应叹异伏罪。包公即将其银追完，将妇人脱衣受刑。吴应以通奸窃盗论罪，只杖一百，徒三年。复将叶广夫妇判合，放回宁家，俱各拜伏而去。

第十回 判贞妇被污之冤

断云：

贞娘诗句预悠扬，查生失答欠分张。
逆恶污贞情可恶，包公明见播昭彰。

却说河南许州管下临颍县，在州南六十里，有一人姓查名彝者，乃文雅士也。少入县庠，与学友顾守义为友。宋仁宗庆历二年冬，父母凭媒，与其娶到近村尹贞娘为妻。毕姻之日，顾守义作诗一首以贺之曰：

伉俪天然缔好缘，才郎之子两青年。
绮筵光景春如许，花烛荧煌洞有天。
情思交乎琴瑟美，彝伦攸叙室家全。
从今早叶熊罴梦，喜气洋洋独占春。

当时查生得诗，笑容可掬，未及赓和，参拜祖宗、父母、诸亲家。宴已罢，夫妇合卺，二人如鱼得水，欢入洞房。

花烛之夕，查生正欲解衣而寐，尹贞娘乃止之曰："妾意郎君幼读儒书，当发奋励志，扬名显亲，期于远大，非若寻常俗子之比。今日交会，可无一言而就寝乎？妾今谬出鄙句，郎君若能随口应答，妾即与君共枕同衾；若才力不及，郎君宜再赴学读书，今宵恐违所愿矣。"言讫，查生因命请题。贞娘乃出诗句曰："点灯登阁各攻书。"查生思了半晌，未能应答，不觉面有惭色，遂即辞妻执灯，径望学宫而去。是时学中诸友，见查生尽夜而来，面有惭色，咸皆向前问曰："子今宵洞房花烛，正宜同伴新人及时欢会行乐，今独抛弃新人至此，敢问其故何也？"查生因诸友来问，即以其妻所出诗句告之。诸友咸皆未答而退。内有一人姓郑名正者，为人平生极是好谑，听闻查生此言，随即漏夜私回，径往查生房内，与贞娘宿歇。原来贞娘自悔偶因出此戏联，实非有心相难，不期丈夫怀羞而去，心中正自懊悔不及。及见郑正入房之时，贞娘只谓查生回家宿歇，不知其为郑正也。

乃问之曰："郎君适间不能对答而去，今倏尔又回，莫非寻思得句，能对其意乎？"

郑正默然不答。贞娘忖是其夫怀怒，亦不再问。郑正乃与贞娘极尽交欢之美，未及天明而去。

及天明查生回家，乃与贞娘施礼言曰："昨夜瞻承佳句，小生学问荒疏，不能应答，心甚愧赧，有失陪奉，获罪良多，望乞恕容。"贞娘曰："妾意君昨夜已回，缘何言此以诳妾也。"再三诘问其故，查生以实未回答之。贞娘细思查生之言，已知其身被他人所污，遂对查生言曰："郎君若实未回，意郎君前程万里，从今可奋志读书，不须顾恋妾也。"言罢，即入房中自缢。移时查生知之，急与父母径往救之，时已不及救矣。

查生悲不能言，昏绝于地数番，父母急救方醒。当日查生悲不知其故，无词告理，只得具棺殡葬已讫。

不觉时光似箭，又是庆历三年八月中秋节至，包公按临至临颍县，直升入公廨坐下，见因月色明朗，遂吟诗一首曰：

太和元气耿中秋，解却襟怀积累愁。
笑见团团离海角，喜瞻渐渐出云头。
袁宏有兴歌诗艇，庾亮欢心上酒楼。
借问广寒宫里事，桂花多为状元留。

包公吟诗已毕，其时公廨庭前旁边有一桐树，树下阴凉可爱，包公即唤左右，将虎皮交椅移倚在桐树之下，玩月消遣。

包公仍出诗句云："移椅倚桐同玩月。"包公出罢诗句，寻思欲凑下韵，半晌不能凑得，遂即枕椅而卧。似睡非睡之间，朦胧见一女子，年近二八，美貌超群，昂然近前下跪曰："大人诗句不劳寻思，妾虽不才，随口可对。"

包公即令对之。其女子对曰："点灯登阁各攻书。"包公见此女子对得有理，即问之曰："汝这女子，住居何处？可通名姓？"女子答曰："大人若要知妾来历，除究本县学内秀才，可知其详。"言讫化一阵清风而去。

包公醒来，乃是南柯一梦。展转寻思："此事可怪，莫非其中必有冤枉？"是夜宿于公廨，思忖一计。

次日出牌，吩咐左右，唤集临颍县学秀才，来院赴考。包公出《论语》中题目,乃是“敬鬼神而远之”一句,与诸生作文;又将“移椅倚桐同玩月”诗句,出在题尾。

是日诸生赴考已毕,内有秀才查彝,因见诗句偶合其妻贞娘前语,遂即书其下云:“点灯登阁各攻书。”诸生作文已毕。包公传令出外伺候。

包公正看卷之间,偶然见查彝诗句,符合梦中之意,即唤查彝问曰:“吾观汝文章,亦只是寻常,但对诗句,大有可取。吾谅此诗句必他人为之,非汝所能作也。吾今识破,可实言之,毋得隐讳。”查彝闻言,即以其妻前言,以致死于非命,一一禀知。包公又问之曰:“吾想汝夜往学中之时,内中必有平日极是善戏谑之人,知汝不回,故诈脱汝身,与汝妻宿歇,污其身体。汝妻怀羞,以致身死。汝可逐一说来,吾当替汝伸冤。”

查彝禀曰:“生员学中,只有姓郑名正者,平生极好戏谑,外者非生员所知也。”包公听罢言曰:“据汝所言,则汝妻被郑正奸污无疑矣。”即令郑强、李干拘唤郑正到台审勘。郑正初然抵死不认,后至受极刑,只得供招:“因见查彝怀羞到学,郑正不合起情造意,故脱身奸污,以致贞娘之死。”其罪招认是实,包公取了供词,即将郑正依拟因奸致死,发往法场处决已讫。临颖百姓咸敬畏包公,如神明暗察,莫敢欺心为非耳。

第十一回　判石牌以追客布

断云：

顽凶盗布肆不良，柴胜贪杯欠预防。
当时若非包公判，难还布匹转家乡。

话说宋仁宗宝元元年，浙江杭州府仁和县，有一人姓柴名胜者，少亦习业儒，家亦丰足。父母俱庆，娶妻梁氏，善孝舅姑。胜有兄弟柴祖，年已二八，俱各婚毕。

一日，父母乃呼柴胜近前，训之曰："吾家虽略丰，每思成立之难如升天，覆坠之易如燎毛，言之痛心，不能安寝矣。今名卿士大夫之子孙，但知穿华丽之衣，食甘美之食，谀其言语，骄傲其物，遨游宴乐，交朋集友，不以财物为重，轻费妄用，不知己身之所以耀润者，皆乃祖乃父平日勤劳刻苦所得也。汝等但知饮芳泉而不知其源，食饭黍而不知其由，一旦时易事殊，失其故态，意欲为学艺之时，吾知士焉而学之不及，农焉而劳之不堪，工焉而巧之不素，商焉而资之不给，虽欲学做好人，此时不可得也。吾今唤汝训诲，汝能遵依吾言，当思祖德之勤劳，怀念父功之刻苦，孜孜汲汲以成其事，兢兢业业以立其志，勿守株待兔以恋娇妻，当收赀本往外经营，则可以盈其赀财，于身不弃，于人无愧，可以长守其富矣。不然，非我所知也。吾今欲令次儿柴祖守家，令汝出外经商，俾使得获微利，以添用度，不知汝意如何？"

柴胜曰："儿承大人亲诲，当铭刻于心，不敢违背。只不知大人要儿往何处经商，愿赐一言，儿当领命而行也。"

父曰："吾闻东京开封府极好卖布，汝可将些本，往本府杭州贩买几挑，前到开封府，不消一年半载，自可还家矣。岂不胜如坐守食用乎？"

柴胜遵了父言，遂将银两径至杭州贩布三担，辞别父母妻子。

兄弟柴祖与其饯行，时仲春三月十五日也。柴胜因见春光明媚，莺穿绿柳，燕寻旧主，遂乃吟诗二律。先吟莺诗曰：

掷柳迁乔太有情，交交时作弄机声。
飞来庭院风光好，唤起纱窗午梦清。
信口啼时音韵巧，黄金刷出羽毛轻。
春江两岸垂杨柳，好向高枝次第鸣。

又吟燕诗曰：

羽族知机社日来，翻身寻主入楼台。
拶云掠雨高还下，度柳穿飞去又来。
雨翅拂残花露水，一毛不染地尘埃。
乌衣国里风光好，养子成时便带回。

柴胜吟毕，在路夜住晓行，不则一日，来到开封府，寻在东门城外吴子琛店里安下发卖。

未及二日之间，柴胜思中自觉不乐，即令家童沽酒散闷。

贪饮几杯，俱各沉醉。不防吴子琛近邻有夏日酷者，蓦见柴胜带布入店，即于是夜三更时候，将布三担尽盗去讫。

次日天明，柴胜酒醒起来，方知布被盗去，惊得面如土色，罔知所措，就叫店主吴子琛近前，告诉曰："吾今初到东京，投汝店内安下，汝是有眼主人，吾是无眼孤客，在家靠父，出外靠主，何得昨夜见吾醉饮几杯，行此不良之意，串盗来偷吾布三担？吾意汝为典守之人，决亦难辞其责。今不跟究来还吾，必与汝兴讼，那时悔无及矣。"

吴子琛辩说曰："吾为店主，以客来为衣食之本，安有串盗偷货之理？"柴胜并不肯听，一直扭到包公台前首告，包公即将吴子琛当厅勘问。子琛仍辩说如前。包公思判不得，即唤左右，将柴胜、子琛收监。

次日吩咐左右，径往城隍庙行香，意欲求神灵验，判断其事。不意一连行香三日，并无分文报应。包公亦无奈何，只得取出柴、吴二人跪下，包公问曰："汝布又不知何人盗去，至今三日不见踪影，如何断得明白？"

遂即将二人每人责打十板，发放回家去毕。

原来夏日酷当夜盗得布匹之时，已藏在村僻之处，即将其布首尾记号尽行涂抹，更以自己印记印上，使人难辨。摆布停当，然后零散拖往城中去卖，多落在徽州客商汪成铺内。

夏贼得银入手，并无一人知觉。后来包公因将柴胜责打，发回吴店之后，次日包公忽忖一计，将衙前一个石牌，令张龙、赵虎出衙传说，将石牌抬入一门之下，要问石牌取布还客。

其时,府前人众皆来聚观。包公见人来看,乃高声喝问:“这石牌如此可恶!”喝令左右打了二十下。包公喝打已毕,又将别状来问。

移时,又喝道:“打!”如此三次,且把石牌扛到阶下。包公见人聚看者多,即喝令左右将府门闭上,把内中为首者四人捉下,观者皆不知其故。包公作怒言曰:“吾在此判事,不许诸人混杂,汝等何故不遵礼法,无故擅入公厅,实难饶其罪责。今着汝四人,将内中看者报其姓名,内有粜米者,即罚他米,卖肉者罚肉,卖布者罚布。俱各随其所卖者行罚。限定时下,汝四人即要拘齐来秤。”当下四人领命,移时之间,各样皆有,四人进府交纳。

包公看时,内有布一担,就唤四人吩咐曰:“这布权留在此,待等明日发还,其余米肉各样,汝等俱领出去退还原主,不许克落违误。”四人领诺而出不题。包公复令左右拘唤柴胜、吴子琛到府。包公恐柴胜妄认其布,即将自己夫人所织家机二匹试之,故意问曰:“汝认此布是你的否?”

柴胜看了,告曰:“此布不是,小客不敢妄认。”包公见其诚实,复以内布一担,抽出二匹,令其复认。柴胜看了,叩首告曰:“此实小人的布,不知相公何处得之。”包公曰:“此布首尾印记不同,你这客人缘何认得?”柴胜曰:“其布首尾印记虽被贼换过,小人中间还有尺寸暗记可验,相公不信,可将丈尺量过,如若不同,小人甘当认罪。”

包公如其言,果然毫末不差。随令左右唤前四人到府,看认此布是何人所出。四人即出究问,知是徽州汪成铺内得之。包公即便拘汪成追问。汪成指是夏日酷所卖。包公又唤左右拘夏贼审勘。包公喝令左右,将夏贼打得皮开肉绽,体无完肤。夏贼一一招认:“不合盗客布三担,只卖去一担。更有二担寄在僻静乡村之内。”拯令公牌张强、薛霸跟去追究。

柴胜、吴子琛二人感谢而去。包公又见地方供出夏贼平昔害民,即时依拟问发边远充军。于是开封府内,盗贼屏息矣。

第十二回 辨树叶判还银两

断云：

尚静祈神失却财，叶孔奸谋拾得来。
因吹树叶分明断，顿令二家顷刻开。

话说河南开封府新郑县，有一人姓高名尚静者，家有田园数顷，男女耕织为业。年近四旬，好学不倦，然为人不为修饰，言行从心，举止异常。衣虽垢弊而不涤，食虽粗粝而不择。于人不欺，于物不取。不戚戚形无益之愁，不扬扬动四心之喜。

或时以诗书骋怀，或时以琴樽取乐。赏四时之佳景，见江山之秀丽，流连花月，玩弄风光。或时以诗酒为乐，冬夏述作，春秋游赏。尚静闲时，吟咏尚多，未及尽述，姑录春夏秋冬四景于左。

其春景诗曰：

斗柄移寅昼渐长，东风生暖草浮光。
烟笼弱柳平桥晚，雪点寒梅小院香。
蝶拍莺梭搬好戏，蚓箫蛙鼓闹斜阳。
青皇恩泽无穷限，处处风光似洛阳。

夏景诗曰：

海棠枝上老莺声，赤帝趋炎位始更。
一统乾坤新号令，两间人物旧权衡。
离南大透红榴嫩，震外杨城绿树明。
谁向薰风弹一曲，临财解愠即虞廷。

秋景诗曰：

金风肃杀楚天凉，人世光阴属白藏。
田舍饭炊云子白，山园霜熟木奴香。
雁传归信天边远，蛩结离愁夜正长。
况是江山摇落候，闲居潘鬓渐苍浪。

冬景诗曰：

坎兑相交以利贞，中星北斗四时更。
园林淅沥商音静，天地流行水气清。
草木归根潜有孕，昆虫闭户冷无声。
六阴将极从今始，阳气迟迟乃复生。

是时，尚静吟咏已毕，乃谓其妻曰："人生世间，如白驹过隙，一去难再，若不及时为乐，吾愁白发易生，老景将至矣。"言罢，即令其妻取酒食之物，随时消遣。

正饮之间，忽有新郑县官差人至家催秤粮差之事。尚静乃收拾家中白银，到市铺内煎销得银四两，藏于手袖之内。自思往年粮差俱系里长收纳完官，今次包公行牌，各要亲手赴秤，今观包公为官清政，宛若神明。尚静心怀肃畏之心，遂带前银，另买牲酒香仪之类，径赴城隍庙中许下良愿，候在秤完之日，即来赛还。

尚静祈祷已毕，将牲酒之类于庙中散福，不觉贪饮数杯，再拜复祷出庙。是时，前银已落在庙中。不防街坊有一人姓叶名孔者，先在铺中见尚静煎销得银在身，往庙许愿，即起不良之意，跟尾在尚静之后，悄悄入庙，躲在城隍宝座之下。见尚静拜辞神出，即拾其银回讫。

尚静回家，方觉失了钱银，直往庙来寻之时，已不见其踪影矣。尚静无可奈何，只得具状径诣包公前告理，言曰："小人姓高名尚静，本许州管下新郑人氏，为粮差事，带银往铺煎销得银四两，欲纳完官，因往城隍庙焚香失去，不知下落，乞大人作主跟究前银，则尚静举家感恩不浅也。"包公看了状词，乃对尚静曰："汝这银两虽在庙中失去，又不知是何人拾得，其事难以判问。"遂不准其状词，将尚静发落出外。尚静叫屈连天，两眼垂泪而去。

包公因这件事自思："某为民牧，自当与民分忧。民若有忧，为人上者不能为民理直其事，亦守令之过也。"心中自觉不安，乃即具疏文一道，敬诣城隍庙行香，将疏文宣读，焚于炉内祷祝。出庙回衙，令左右点起灯烛，将几案焚香，放在东边，包公向东端坐，祷祝："愿天神鉴察，显灵报应，与百姓分忧。"祝罢，坐而待旦，如此者三夜。是夜三更，忽然狂风大起，移时之间，风吹一物，直到阶下而止。包公令左右拾起观看，乃是一叶，叶中被虫蛀了一孔。包公看了，已知其意，方才吩咐左右各去歇息。次日，包公唤张龙、赵虎吩咐曰："吾焚香坐了三日，已知拾银者乃是叶孔也。汝可即去府县前后，叫唤其名，若有人应者，即唤他来见我，自有主意判断。"张赵二人领命出衙，遍往街市叫唤。半日之间，东街有一人应声而出，曰："吾乃叶孔是也，不知尊兄有何见谕？"张赵二人以包公有唤，遂拘其人入衙跪下。包公言曰："数日前，有新郑县高尚静，在城隍庙里失落白银四两，其银大小有三片。他到我这里来告，我叫他去城隍庙里拜讨。他在庙中怨天恨地，祷祝跟寻。吾已知道分明是你拾得，又不是你偷他的，缘何不去还他？"叶孔见包公判断神通，见其说得真实了，只得拜伏招认曰："小人近日在庙里焚香，因此拾得此银，目今尚未使用。既蒙相公神见，小人不敢隐讳。"包公审了口词，即令左右押叶孔回家取其银。

复令再唤高尚静到台，将银与其看认，果然丝毫不差。包公乃与高尚静言曰："汝落其银，系是叶孔拾得。我今代你追还。汝可把三两五钱秤粮完官；更有五钱可分与叶孔，以作酬劳之资。自后相见，不许记恨前仇，互相陷害。若告发到此，吾决不轻纵汝也。"二人拜谢出府。高尚静乃将些碎银，备买牲物，径往城隍庙，赛还良愿已毕，回家与妻子仍复耕织之乐。感慕包公之德，未尝顷刻而忘矣。

第十三回 为众伸冤刺狐狸

断云：

妖怪修来变作人，妖媚染惑害人身。
包公一断妖魔事，白水村中得太平。

话说襄城县白水村，离城五十里。其村土饶地广，民居千户。村里有插花岭，大石岩岩，峻绝千仞，人莫敢攀，兽蹄鸟迹，常出没于此。其岭岩有一穴室，内有一狐狸，夜涵太阴之华，日受太阳之精，久而化为女子，体态娇媚，肌莹无瑕。一日往村中人家，假姓花名翠云。妇女无不欲与共话，凡人无不欲与调戏。戏者她亦从之。人家任其往来，莫有禁忌。坊村被她迷惑，竟不究其所出。且与她调染之人，乃被她染制穴中，死者不知几人。时村中有条小路，可通开封府。西华客商取其便捷，莫不从此经过。

至七月间，日将晚时，翠云遥望孤客来近，遂变土穴作一茅房酒店，便迎此客安歇。是时，客人见她美貌，乘邀便转。

彼夜翠云备酒对饮。酒至二巡，云曰："动问客官，何州人氏?"客答云："西华，姓陈名焕。"焕亦问："尊姐贵表?"

云回言："姓花名翠云。"故此陈焕开怀乐饮。又询云："丈夫可在?"云答道："昨日往外母家。"焕遂欲与她结同心之好，发言微露此意。翠云偷眼冷笑，于是曰："君有爱妾之心，妾岂无相从之意乎?"焕至酒酣，将手携云。云任他调戏。霎时间，二人即行云雨之会。焕遂口占一律，以冀日后表记云：

千里姻缘一夕期，抚调琴瑟共鸳帏。
幽禽与我心相济，怅恨私情逐晓啼。

翠云遂和韵一律曰：

夙缘有素晤今期，鸾凤双飞戏罗帏。

惟愿绸缪山海固，不忍鸳鸯两处啼。

吟罢，忽觉夜至五鼓，翠云将陈焕迷死。次夜，又往刘富二家，引其子刘昭德人穴室，染迷而死。

第二日，富二寻子不见，遍访亲邻，俱无踪迹。富二心中闷闷不悦，竟不知其下落，遂往开封府具告。包拯大惊云："及青天白日，不见其人，果有此理乎？"详问富二："你村中有甚么庙坛？"富二对曰："亡矣，只有插花岭，其势高大，行人罕稀。"拯闻此言乃记在心，发富二归家，遂斋戒三日，具疏上告天堂，求得其故。疏谓：

拯不才，滥任卑职，一邦军民，赖予以安危。厥职有旷，生民涂炭；鄗德惟修，万民得所。予固天以立命，天亦假予以赞化。予不泽民，谁其与之？今以谨奏，乞明鉴焉。

祝毕，又将牒文一道，差张龙、薛霸往白水村，对插花岭焚去，以拘土神审究。

是夜，拯坐宅至三更，忽恶风一阵灭灯。拯知冤气到此，急令左右燃起火烛，顾四边何如。只见西廊下走出数人，泣跪于厅下，俱诉云："焕乃西华姓陈名焕也。家中只有少年妻室，冤遇此妖迷害于穴，买卖银两若干，妻无所倚，情苦何堪。"

昭德诉云："小人乃白水村刘富二子也。父母年高，只有小人一口，冤被妖哄迷死于穴，孤苦曷当？"众人云："冤无所伸，幸蒙青天，伏乞一雪。"告毕，化风而去。须臾，土神捆绑狐狸来见，跪在厅下，拯大怒喝曰："妖怪这等可恶！"唤张千用棍打她一番，究问陈焕、昭德及众人命事。翠云低首不敢争辩。遂发土神回坛，令李万、张龙押狐狸出法场，凌迟万刀，以警后世。自是包拯威名日著，而白水村之祸息矣。

第十四回 获妖蛇除百谷灾

断云：

百谷怨气积冲天，妖魔久孽害民生。
此氛若非包公断，安见真邪不并行！

话说郑州百谷源，山清水秀，民居稠密。古祠五王庙，柱有一白蛇精，身长八尺，猛勇惊人，力能拔树。睛若流星之光，气似烈风炎焰，性好食人，骚孽一方。源中人民老稚皆沾瘟疫，累年不安。于是乡源保障苏学虚举首集众，三步一拜，拜到五王庙，乞求息灾。

彼夜妖蛇托五王神气，作梦咐苏保障云："尔欲止灾，必须春祀犁牛，秋祀生人，方可免焉。"保障梦惊醒，待天明，与众商议，同往庙讨答，果如其梦。这一方人大小沉吟半晌，霎时狂风大发，拆击树屋。此是妖蛇作气骇人。至是，人民举皆失色，因而不得已，于仲春轮以牺牲奉祀，仲秋轮以疾人奉祀。但举牲祀，人固难处；既将人充牲，又岂不哀泣乎？康定三年，保障只得与众初举二祀，果然疫疾获平，男妇稍安。且每遇祀时，人皆退归，妖怪方乃享祭。次日众皆奔视，牺牲与人，片无一留，其苦感天。于是众号为五虎神，乃作谣歌曰：

祈神本为福，求福反受殃。
人生禀五气，何可折牺牲。
五王为猛虎，百谷蓄羊民。
恨不皆子去，却为业生累。

自此之行，已经年矣。适九月间，忽见包拯出巡郑州，赫赫威灵，人皆震叠。百谷人民受害溢深，闻包拯到州，莫不踊跃。保障及众奔台具状，备诉苦情。拯见状大惊，暗想："五王乃大神，决无狂暴，此必妖孽假神作殃。"发保障回家曰："伺我亲来，自有区处。"是日诚心具疏，祷告上苍：

窃谓：为人上者，当思以全生民也。民之害，犹己之害也；民之患，犹己之患也。卑职忝受人民之寄，惟愿百姓咸宁。不意百谷源中，有此异灾，是厥政弗修，愧负穹隆，其罪万万。故此恭叩上疏，乞天威明昭显示，使臣得以靖一方矣。

祝罢，又写牒文一道，令张千去百谷源当村要路密焚其牒，使五王神土神毋致妖怪逃避。

自拯发了张千这场事，忽卧于几，梦见身穿红袍，头戴金盔，是一天神降，云：“百谷源五王庙事，尔不可责及五神，乃是白蛇精作怪耳。尔明日即去除之。”拯醒方知。次日，令李万径往百谷源苏保障家安顿，即使保障仍束人设祭。

是夜，拯唤李万带劲弓一把，一同悄悄躲在五王神背后。

等至四鼓时分，方见柱上一条大白蛇下来食人，眼似辉星，行若山崩。拯见大怒，张弓搭箭，将白蛇射中左眼。又发一箭，射至身上。白蛇忙回穴中。拯即令李万解下束的人，声喊保障。

保障与众人奔视。拯发令众人：“扶醒那束的人，众人领去，调持一二。”拯与保障笑道：“此乃妖蛇，非五王神也。尔等何蠢至此，被他害了数年人命。我今射死柱中。”喝令张千将柱劈开，只见妖蛇气还未绝。李万用索捆了，柱中宝物及尸骨无数。拯将宝物赏众人保障及张李二人，自执清风剑击白蛇于五王庙前，以火焚焉。次日，另迁五王庙于别所，立一塔镇于此地。拯抚安了百谷人民一番，即遣张李二人收拾行李，转州理政。保障与众人叩拯台拜谢。因颂盛德除害一律云：

今年遭困痛伤心，才得青天救苏醒。
大德除害应难报，惟愿黄堂永世新。

自此包公一断白蛇之后，百谷人民老者得所终，幼者得所养。拯之威名，不惟士大夫之怀仰，而仁宗闻之，亦莫不钦之矣。

第十五回 出兴福罪捉黄洪

断云：

黄洪骡驳太心奸，兴福终须得马还。
罚骡问罪真神断，包公万代显威灵。

话说开封府南乡，有一大户姓富名仁，家有上等骒马一匹。

一日骑往北村收租，到庄遂令兴福骑转归家。回至中途，下马歇息。有一汉子姓黄名洪，说在南乡而来，乘着瘦骡一匹，见兴福，亦下骡停憩。

遂近前云："大哥何来？"

兴福云："我送东人往庄收租而来。"

二人遂草坐叙话，不觉良久。洪计上心来，遂云："大哥，你这马到好个膘腴。"

福云："客官识马乎？"

洪曰："洪曾贩马来。"

福云："吾东人不久用价买得此马。"

洪曰："大哥不弃，愿与我一试。"兴福不疑其歹，遂与之乘。洪须臾跨上雕鞍，出马半里，并不回缰。兴福心惊，连忙追马。洪见赶，加鞭策马，如飞望捷路便走。

平空被刁棍撺马而去，兴福愕然无奈，自悔不及，只得乘着老骡，转庄报主领罪。仁大怒，将兴福痛责一番，命牵骡往府中经告。时包拯正在公座，兴福进告。

拯问："何处人氏？"

福云："小人名兴福，南乡人，富仁家奴仆，告棍徒半路撺马匹事。"

拯问："哪个棍徒？报说姓名。"

福备将前情告诉云："路途一面，不知名姓。"拯责云："乡民好不知事！既无对头下落，怎生来告状？"

兴福哀告云："久仰天台善断无头冤讼，小民故此伸告。"

拯吩咐云:“我设一计,据尔造化。你归家三日后来听计。”兴福叩头而去。

拯令赵虎将骡牵入马房,三日不与草料,饿得那骡叫声厮闹。只见兴福过了三日见拯,拯令牵出那骡,叫兴福出城,张龙押后,吩咐依计而行。令牵从原路撺驳之处引上路头,放缰任走,但逢草地,二人拦挡冲咄,那骡竟奔归路,不用加鞭。

跟至四十里路外,有地名黄泥村。只见村中一所瓦房,旁边一扇茅屋。二人旁观,不觉那骡竟奔其家,直入茅房厮叫。洪出看,只见原骡走回,暗喜不胜。当日张龙同兴福就于边邻人家埋脚。

次日,洪昂然乘着一匹骒马,并骡骑往山中看养。张龙随即带兴福去认人。福见洪大骂,近前勒马牵过。洪正欲来夺,就被张龙一把扭索,连人带马,押往府中见拯。拯喝云:“你这厮狼心虎胆,不晓我包爷之事,平路上撺人马匹,甘当何罪?”洪理亏事实,难以抵对。拯吩咐张龙将重重刑责,打枷号儆众,罚前骡归官,杖七十赶出。兴福不合与之试马,亦量情责罚,当官领马回归。

将二人供领明白。观此一场小节,亦见包公发奸日烛如神见也。

第十六回 密捉孙赵放龚胜

断云：

博子江头起祸衅，机事不密被人侵。
包公一决明如镜，盗贼于今也惧心。

话说江西南昌府有一客人，姓宋名乔，负白金万余两，往河南开封府贩买红花。过沈丘县，寓曹德充家。是夜，德充备酒接风，宋乔尽饮至醉，自入卧房，解开银包秤完店钱，以待来日早行。不觉间壁赵国祯、孙元吉窥见，那二人就起窃乔银两之心。划一计，声言明日去某处做买卖。

次日施从乔来到开封府去，装作客人，叩龚胜门，叫："宋兄相访。"胜连忙开门，孙赵二人从腰间拔出利刀，捉胜赶斩，奔入后堂声喊："强人至此。"即令妻子望后径走。国祯、元吉将乔银两一一挑去，径投入城隐藏，住东门口。乔转龚宅，胜将强盗劫银之事告知。乔遂入房看银，果不见了。心忿不已，暗疑胜有私通之意，即日具告开封府。拯即差张千、李万拿龚胜到厅审问。龚胜须臾赴台，拯大怒喝道："这贼大胆包身，蛊贼谋财，罪该斩死。"速唤薛霸将胜拷打一番。龚胜哀告："小人平生看经念佛，不敢非为。自从宋乔入家，过次夜实遭强盗劫去银两，日月三光可证。小人若有私通，不惟该斩，而粉骨碎身亦当甘受。"拯听罢，喝令左右将胜收监。后遣赵虎去各府州县密探消息。虎领旨去了一日，回报："小人详察，并无踪迹。"拯沉吟半晌："此事这等难断。"自己悄行禁中，探龚胜在那里何如。闻得胜在禁中焚香诵经，一祝云："愿黄堂功业绵绵，明伸胜的苦屈冤情。"二祝云："愿吾儿学书有进。"三祝云："愿皇天灵佑，保我出监，夫妇偕老。"拯听罢自思："此事果然冤屈。怎奈不得其实，无以放出。"又唤张千拘原告客人宋乔来审："你一路来，曾转何处住否？"乔答道："小人只在沈丘县曹德充家歇一晚。"拯听了这言，发乔出去。次日，自扮为南京客商，径往沈丘县，投曹德充家安歇，托买毡套，遇酒店无不投人买酒。

已经数月，忽一日，同德充往景灵桥买套，又转店吃酒，遇着二人亦在店中饮酒。那二人见德充来，与他稽首，动问："这客官何州人氏？"充答道："南京人也。"二人遂与充笑道:"赵国祯、孙元吉获利千倍。"充诘云:"他拾得天财乎?"那二人道:"他两个去开封府做买卖,半月捡银若干,就在省中置家,买田数顷,有如此造化!"拯听在心里想:"宋乔事想必是这二贼了。"遂与德充转家,问及二人姓甚名谁。

充答曰:"一个唤作赵志道,一个唤作鲁大郎。"拯记了名字。

次日,叫张千收拾行李转府。后令赵虎拿数十匹花绫锦缎,径往省城借问赵家去卖。时九月重阳,国祯请元吉在家饮酒。他二人云:"前岁事今以固矣。"同口占一律曰:

枯木逢春发稚芽,残枝沾露复开花。
人生得运随时乐,不作擎天赛石家。

赵虎入其家,适二人吟罢,国祯起身问:"客人何处?"

虎答道:"杭州人,名崧峤。"祯遂拿五匹缎看,问:"这缎要多少价?"崧峤云:"五匹缎要银十八两。"祯即将银锭三个,计十二两与之。元吉见国祯买了,亦引崧峤到家,仍买五匹,给六锭银十二两与之。虎得了此数银,忙奔回府报知。拯将数锭银吩咐库吏藏在匣内与其他锭银同放,唤张千拘宋乔来审。乔至厅跪下,拯将匣内银与乔看。乔只认得数锭,泣云:"小的不瞒老爷说,江西锭子乃是青丝出火,匣中只有这几锭是小人的,望老爷做主,万死不忘。"拯唤张千将乔收监,速差张龙、李万往省城捉拿赵国祯、孙元吉,又差赵虎、薛霸往沈丘县拘拿赵志道、鲁大郎。

至三日,四人俱赴厅前跪下。拯大怒道:"赵国祯、孙元吉,你这两贼,全不怕我!黑夜劫财,坑陷龚胜,是何道理?罪该万死!好好招来,庶免毒责。"孙赵二人初不肯招,拯即喝:"志道、大郎,你说半月获利之事,今日敢不直诉?"那二人只得直言其情。国祯与元吉俯首无语,从实供招。拯令李万将长枷枷号,捆打四十。唤出宋乔,即给二家家产与乔赏银;发出龚胜回家务业;又发赵志道二人归家,喝令薛霸、郑昂押赵国祯、孙元吉到法场斩首示众。自后盗贼之风遂灭,善人之行复兴。包拯名威,不有显著于天下乎?

第十七回 仲黄仁冤斩白犬

断云：

人畜相染事可评，岂知包相似神明。
淫欲未识机关伏，一勘皆陈往事情。

话说广东廉州有一人姓黄名仁，家道富丽，不好攻书，只好为客。一日，负千金往云南经商，已去一年。其妻章氏，才艺兼全，颇韵文字。值二月天气，心感燕子双飞，遂而欲动情胜，难为禁持。意与人通，又恐耻笑。自思无奈，因家有白犬一只，章氏不得已，引入卧房，将手抚弄其犬厥物，与行交感之欢。那犬若知人道。自此章氏与犬情如夫妇，夜宿一房。

不觉日月驹隙，韶光似箭，已经五年。时适八月中秋日，黄仁抵家，章氏喜不自胜。彼夜又是佳节，乃携酒于亭对饮，以叙契阔之情。仁济美景，兼且远会，遂赋诗一首云：

恋尔妖媚器，心怀永不违。
今将重折柳，滴露透荼蘼。

章氏亦和韵一首云：

数别君子器，恩情今会违？
花枝含萼蕊，待雨逐香开。

吟罢，夫妇携颈入兰房，遂行云雨之会。章氏将门闭了，与黄仁同睡，只见犬触门不止。仁询问章氏："此畜何为？"

章氏答道："自君去后，妾无人作伴，呼犬入房作伴。"仁云："如此放他进来何妨？"章氏复言："你莫管他。"黄仁不语，睡了。

至次夜，犬又是如此触门不绝。黄仁不听妻言，自将门开了，放犬进来。那犬不识主，径奔床上，将仁项下咬死，又与章氏交合一会。

章氏见犬咬死夫主，心生一计，故次日侵早，发声痛哭，将仁项下血洗净。须臾，仁之堂叔黄一清来看，询问章氏："你夫前日归，今日死，有何勾当？"

章氏回言："仁归卒病身亡。"一清心疑章氏有通奸谋夫情弊，具告拯台下。

是时拯任廉州兵备，拯即差赵虎牌拘章氏到厅。拯喝："泼妇这等淫乱，违奸谋夫，罪合当绞。"速令张千将章氏拷打、枷号、掣手。章氏哭泣不已，哀告包拯云："小婆娘少读书几行，略知理法廉耻。行奸杀夫，岂敢忍为？但从夫出外，并无一人相接，何有通奸情事？如有奸夫，必然往来，邻居岂无一人见知？夫死因病，乞青天详察，豁妾蝼命。"

拯听罢，将章氏收监，以听后决。次日拯便诚心祷告城隍云：一邦生灵，皆寄尔与我焉。尔断阴事，予理阳纲，其责非轻。今黄仁死于妻手，其事未判真假，乞神明示，以振纪法可也。谨告。

至夜三更，拯梦见一人，泣跪于厅，诉曰："客乃黄仁，为妻少年欲动，与白犬相媾。仁适归家二日，冤死为犬，非干妻有通奸谋杀情由。且妻作有裹犬四蹄布袋，现在床席下，大人可拘此物，则小人冤可伸矣。"诉罢，仍哭泣而去。拯惊醒，思量黄仁事故出此。次日令张千唤出章氏，苦打一番，究与白犬苟合之事。章氏心惊失措，难以抵对，供招是实。拯又着李万往黄宅去索那白犬到厅，令张千押章氏取包犬蹄布袋来看。

喝令赵虎、李万押白犬到法场凌迟示众，又将章氏姑恕死罪，杖五十，流三千里。包拯判仁冤事去了，则廉州人民感畏服耳。

第十八回 神判八旬通奸事

断云：

天理昭然莫敢欺，奸情不论壮衰羸。
当时不是包公判，谁识茅店有鸡鸣。

话说包公任南直隶巡按时，池州有一老者，年登八旬，姓周名德，性极风骚，心甚狡伪。

因见族房寡妇罗氏貌赛羞花，色如掩月，周德意欲图奸，日日往来彼家，窥调稔熟。但见罗氏年方少艾，花心被德牵动。

适一日，彼此交言偷情，相约夜深来会。果然至此时，罗氏见德来至后园，遂引入就榻，共枕同衾，交鸾凤于飞。嫩抱轻拆，如鸳鸯戏水。两情正浓，云雨相济。

罗氏遂吟诗一首曰：

夜深偷展窗纱绿，夭桃枝上留莺宿。
花嫩不禁寒鸦噪，春风鼓动何时休？

周德亦和韵一首曰：

绿窗深贮倾城色，灯花又送秋波溢。
文君为我心坚持，切莫轻违金缕衣。

罗氏与德同心之好，倏尔年余，不觉亲邻皆知通奸情绪。

况罗氏夫主亲弟周宗海屡次微谏不止，只得具告拯台。拯看状，心暗忖度："八旬老子，气衰力倦，岂有奸情？"于是亦遂差张龙先拿周德到厅鞫拷。

德泣道："衰老救死惟恐不赡，岂敢乱伦犯奸？乞老爷想情。"拯心愈疑，却将周德收监后，差黄胜拘罗氏到厅严究。

罗氏哭云:“妾寡居,半步不出,况与周德有尊卑内外之分,并不敢交谈焉,岂有通奸情由?皆是谤言诬妾,老爷可谅情。”这二人言诉如一,甘心受刑,不肯招认。

拯闷闷不已,退入后堂,三餐不饭。其嫂汪氏询问曰:“叔何故不食?”拯应道:“小叔今遇这场词讼,难以分剖,是故纳闷忘食。”汪氏欲言不言,即将牙簪插地,谕叔知之。

包拯即悟,随升堂令薛霸去禁中取出周德、罗氏来问。唤张千将那二人捆打,乃喝道:“老贼无知,败坏纲常,死有遗辜。”又指罗氏大骂:“泼妇淫乱,分明与德通奸,又要瞒我。”包公急令薛霸,拿拶棍二副,把周德、罗氏拶起各棒二百。那二人当拷不过,只得将通奸情由从实供招。

于是拯将周德、罗氏各杖一百,赶周德回家,牌拘周宗海押罗氏另嫁。宗海领罗氏去讫。

须臾拯出告示,晓谕四方,而池州皆谓拯作神官云。

第十九回　还蒋钦谷捉王虚

断云：

虚一化二自不才，却将撮法惑清台。
此情若非包公问，怎见天堂祸恶顽？

传说许州有光棍，一名王虚一，一名刘化二，素以撮抟为术，专一诈骗大户。二人探得南乡巨富大户蒋钦，银溢万箱，谷积千仓，遂设一计，将银十两，径往他家籴谷。来到蒋家，见了蒋钦，云："小者与翁籴些稻子做些买卖。"

钦答道："将银来看。"虚一递银与钦看。钦受下银十两，即唤来保开仓，发谷二十余车，付王虚一去。刘化二得了谷，心下暗喜，遂用撮法，将谷掩藏去了。又假作行路半里，推转还钦，说道亏了，取银别用。

钦看谷入仓，付银还他。那一个得了原银，遂将钦一仓谷尽皆撮去。沿途车声喧滚，地尘狂起，邻右望见，相对云："蒋家发出多谷何为？"有佃夫张小一，径往蒋家看，笑道："恭喜官人粜了许多谷，得了若干银。"钦云："亡矣。"

小一道："我在半路相遇，官人何必谦退。"钦大惊疑："莫不是撮弄之行乎？"唤来保开仓看何如。只见先间籴谷仓全无半粒。钦云："此撮去真矣。"闷上心头，无如奈何，具告开封府。

拯发钦回，次日发义仓谷二百石，载于船上。自扮作湖广籴谷客人，径往许州大开粜谷，谷内放广靛子为记。来至许州河下，那虚一、化二闻得船谷至河，仍行撮抟之法，径来船上访客："动问客官何处？"拯捏故道："湖广，姓褚名景先。"

因问："二执事尊名？"那二人直答云："王虚一、刘化二。"

拯记姓名在心。二人揖毕,虚一云:“小者特来籴谷。”景先云:“借银来看。”遂受了银,当发谷二十余车,布在岸上。

那二人见了谷,先撮去了。须臾,假出对骂:“籴亏了!将谷还褚客人,取银回家。”拯亦看谷入船仓,将银付还。那二人去后,霎时船内不见一粒。

拯便回府,心生一计:示谕百姓,建立兴贤祠,缺少钱粮。

谕曰:“有民出银一百者,给官带荣身;出谷三百石者,给下帖免差。”令耆老各报乡村富户。当时王虚一、刘化二抟得谷上千余,有耆老不忿他家谷多,即报他在官。

他二人欲图免差,虽被耆老报作富户,自以为庆。拯见报王虚一等名,即差薛霸牌唤他到厅领取下帖。

那二人见了牌上领帖二字,遂集人运谷来府交拯。拯见谷内有靛子:“果然是我原谷。”喝问王虚一、刘化二:“你乃是有名光棍,今日这么多谷从何而来?”王刘二人争辩道:“是小人秋租来的。”初不肯认。拯大怒,骂道:“这贼胆大,你前次撮去蒋钦谷,后又抟我的谷,还要硬争?这谷我原日放有靛子作记,你看是不是?”便令李万将虚一、化二捆打一百,长枷掣号。

二人受刑不过,只得直招。拯问:“蒋钦谷存否?”虚一道:“还存谷一万在家。”拯于是令张千押化二往家付还蒋钦。钦领完,奔府叩头谢拯。拯拘了王虚一等撮抟法书,问虚一江西龙津驿摆站五年,问化二浙江江头驿摆站三年。

唤李虎、张千各押二人去讫。撮抟之方,自此而止。

第二十回 伸兰嫈冤捉和尚

断云：

国法昭彰不可违，人生何必费心机。
员成空使图鞋计，入狱方知包宰明。

话说江州城东永宁寺有一和尚，姓吴名员成，其性风骚。

因为檀越张德化娶南乡韩应宿之女名兰嫈为妻，久调琴瑟之欢，未叶熊罴之祥，切情恳祷，求嗣续后。每遇三元圣诞，建设醮祠，凡朔望之日，专请员成在家理诵。员成每觑兰嫈貌如姹媮，鬓似潘皤，香尘步剪影翩翩，露出百般娇体态；红裙影动色飘飘，恁是一般香艳质。员成一眼瞧看，无意诵经。须臾欲心竦动，展转难禁，意图奤奸也。遂自思无计可成，彼晚转寺中，密生奸计云："韩氏有一婢女名小梅者，其事非她，计难成就。"故于次日瞰化往外，假讨斋粮为由，来至彼家，贿托小梅，求韩氏睡鞋一只。小梅悄然窃出与之。员成得鞋，喜不自胜，转回寺中，自以为庆，乃捧鞋叹曰：

凤鞋兮，凤鞋兮，惹起风情兮！思之弗得兮，如狂醉。
今日得鞋兮，得鞋兮，称我良缘兮！问我佳期兮，定何日？

员成赋罢，每日沉吟无奈。适次日张檀越来寺议设醮事，行童报知，员成故将睡鞋一只丢在寺门。德化拾取进寺，心甚惊疑。既与员成话毕，归家大怒，根究睡鞋不见之由。遂将韩氏逐转母家，经日休退。员成闻知计就，潜迹逃回，处于西乡太平源，改姓冯名仁，蓄发三年。值应宿将兰嫈改嫁，冯仁买求邻居汪钦径往韩宅求姻。宿与钦素交好，遂许其姻，令择吉日过聘，刻期毕姻。钦回复冯仁，即纳彩亲迎。夫妇适谐伉俪，自矜冯孟之配，乃自羡云：

天假良缘意，配偶仗红鞋。
夫妻连理并，琴瑟两谐和。

倏觉韶光掣电，时值中秋佳节，月色腾辉，乐声鼎沸。夫妇设筵于亭，两情交畅。仁乐饮沉醉，携妻而笑曰："昔日非小梅之功，安有今日之乐！"韩氏闻言即疑，遂询其故。仁将前情一一说知。韩氏听罢，敢怒而不敢言，身虽遭仁计袭，心实为仁茹冤。酒罢仁睡，时至三鼓，自缢而亡。

次日，韩应宿闻知驰视，正欲赴县具告，适包拯出巡江州，应宿状告生死不明，冯仁亦捏虚情抵诉。包拯即将二人收监。

其夜焚香祝告穹苍云：

拯受子民之职，惟欲下民咸乐其土，以副厥职，故心愿也。今据韩应宿状告韩氏身死不明，予虽颇识治体，但其死情实难辨真假，行已断，犹恐枉屈，只得祷告我天，乞明示之，无任仰荷！

至次夜，拯在后堂坐至三鼓，忽然一阵黑风侵入，拯云："是何浊气？"既而，有一女子跪在堂下。拯问曰："汝是何州人氏？有甚冤屈？"韩氏诉云："妾乃江州韩应宿之女，原配张德化为妻。冤遇冯仁原系永宁寺和尚，姓吴名员成。妾夫妇无嗣，常请员成设斋理诵。岂料员成窥妾，暗施巧计，抵家假讨斋粮，密哄小梅盗妾睡鞋一只，诈使吾夫得知，贻辱妾身，将妾逐转母家。员成趁此逃回，蓄发盗姓改名，多方贿媒娶妾，计中牢笼。至今中秋夜饮酒醉发出真情，妾方知檬衅之萌冤根如此。螫缚难伸，良夜自缢。伏乞天台斧断，剿除恶奸，以垂戒后世，则贱妾羞辱得赖明公弗遗臭于万年。冯仁一灭，妾冤一伸，九泉之下，虽死犹生。"诉讫，忽然而去。

次日包拯坐堂，差张龙、薛霸去禁中取出韩、冯二人审问。

即将冯仁捆打枷号，追究睡鞋事。冯仁心惊色变，俯首无对，只得直招。包拯将冯仁家产给官，判断冯仁罪合凌迟。自此则韩氏之冤恨得以明伸，天下之沙门莫不望风而畏谋。

第二十一回 灭苦株贼伸客冤

断云：

冤魂不散托鸟鸣，包公灵判为黎民。
万事劝人休碌碌，举头三尺有神明。

昔江阴有一布客，姓谢名思泉，从巴州发布回家，径从便捷路苦株地经过，一片山路崎岖，五里不闻鸡犬。

其山凹中有一人家姓谭，兄弟假以讨柴营生。兄名贵一，弟名贵二，兄弟人面兽心，凡遇孤客经过，常行歹意。思泉只欲借问路程，望见二人，迤逦近前唱喏云："大哥休怪，此去江阴还有几日路程？"

贵一答道："只有三日之遥。"贵二问："客官从何处来？"泉复云："小弟自巴州发布回，到此失路，望二兄指引。"二人曰："那山凹小路可去。"

泉自思二人只是樵夫，遂任意徘徊，去到前途又是峻岭难攀。泉只得在此等人问路。不觉贵一兄弟赶到山底，用刀挥中思泉后脑，鲜血淋漓，气绝而死。二人掩血抬尸，穴埋山旁。当得银千头，兄弟归家将银均分。倏然半年，括囊弗露。

忽包拯出巡巴州，从苦株地经过。人喝道，马嘶风，行到半路，闻鸟音连唤："孤客孤客，苦株林中被人侵克。"拯遂转镇抚司安歇，差张龙、李虎寻原鸟叫苦去所，看是甚么冤枉。

张龙领旨去到苦株林，仍见那鸟叫声如前，即觑那鸟所在，寻个踪迹，只见山凹土穴露出死人尸首。张龙回报，拯大惊，遂焚香告天地，祝云：

拯菲才，身任中宪之职，每愿百姓举安，不意苦株山中谋杀这人。古云：人头落地，三年大乱；鲜血滴地，三年大旱。伏乞上天垂怜生灵，预泄冤根，使臣无愧厥职。谨告。

至此夜拯隐几而卧，须臾梦见一人，披发泣于案前，歌绝句诉云：

言身寸号是咱们，田心白水出江阴。
流出巴州浪漂杆，砥柱中流见山凹。
桂花有意逐流水，潭崖绝地起萧墙。
若非文曲星台照，怎得鳌头上钓钩？

歌罢，又诉曰：“小人银两俱编千文字号，大人可差人去他床下搜取，便见明白。”诉讫，乃含泪而去。拯遂会其意，待天明升堂，差张龙、李虎径往苦株村牌拘贵一、贵二到厅审究。

喝道：“你兄弟假以砍柴为由，惯恶谋人，好生细招，免受万剐。”二人强硬不认。拯又差赵虎、李万奔往他家，于床下搜出白丝银若干。拯将银看，果编得字号。

遂大惊骂云：“劫银在此，这贼还硬应。”即令张龙将贵一兄弟捆打一番，重挟长枷。那二人受极刑不过，只得从实招认。于是，拯唤张龙、李虎押贵一兄弟二人去法场斩首，悬挂巴州四门，晓谕众人，自后谋财害命之风已息矣。

第二十二回　钟馗证元弼绞罪

断云：

节操根深不怕霜，郄家贪欲已遭亡。
包公灵感神明至，一决冤情显万方。

话说荥阳秀才武亮采，有妻胡氏名韦娘，琴棋书画，无不皆能，闺门如水，克顺妇道。窗友郄元弼适来访亮，时亮出外，陡遇韦娘，弼遂呼："尊嫂拜揖。"韦娘还礼，只答云："尊叔请坐吃茶。"缄默弗言。元弼见了韦娘双鬓绾绿，色夺图画中人，朱粉未点而天然殊莹，须臾目摇心荡，难为自禁，意欲与她私话相叙。怎奈乍逢，未识她意如何，乃作《长相思》一首，书纸上以戏之曰：

娇姿艳质不胜春，何意无言恨转深？
惆怅东君不相顾，空遗一片惜花心。

韦娘因见元弼戏词，仍吟相思韵以拒绝弼云：

乱惹浮烟入帐帏，绛罗轻卷映日晖。
芳心一点坚如石，任是游蜂怎敢欺！

弼听罢，没意而回。转至书馆，自嗟一会，曰：

玉肌妙手应难画，才子偶见失魂花。
相如有志瞻月阙，织女无意渡银河。

弼吟罢，眉头不展，脸带忧容，闷积数月，无意攻书。适有一婢，彼夜持利剑一把，密往其家，只见门儿紧闭，遂捏邻居张妈声叩门叫："点灯。"时韦娘绣罢将睡，闻叩门点灯者，想似张妈声，即唤丫头开门与灯。不觉元弼随将那婢斩死，直入韦娘睡房。韦娘大惊,忙问:“叔夜至何为?”弼道:“为嫂而来。嫂念小叔青春,肯谐鸾凤之情,终身感戴,若不相从,利剑在此。”韦娘哭曰:“屈杀我也。”遂呼弼骂曰:“大丈夫立志,当行正道;烈女律身,岂可苟合?纵使杀我,何惧之有?”弼大怒,拔剑杀了韦娘。当时夜静三更,悄无人知,只有亮奉祀之神明钟馗者亲睹其事。

至次日亮归家,见丫头斩死于门内,又见妻斩死于房中,唬得半晌不能言语。自心无奈,只得具告开封府。拯思此乃没头官事,如何区处?正要唤亮归家,听后日发落,忽然坐后只闻有人声,不见有人形。拯低耳听时,闻得声云:“妾乃韦娘,是亮妻室。冤遇郄元弼某日往妾家访夫,夫不在家,见妾貌美,作《长相思》调戏一番。妾为夫贞烈,不与私言。数日后某夜,至一更,复持剑奔入家中,欺心奸妾。妾骂不从,杀妾及婢。冤情全无人知,惟妾家堂上钟馗逐一可证。”拯听得有此异事,仍复言:“胡氏可在对理。”想胡氏必领其命,拯遂差张龙、赵虎牌拿郄元弼到台鞫究。拷打一番,元弼因无见证,硬争不肯招认。即写牒文一道云:

> 拯自摄府政,朝夕惕励,惟欲下民安于无事。不幸值胡氏韦娘死情,未知是何凶恶。先生为亮奉祀福神,可作质证,乞驾临敝衙毋拒。万幸。

写完令李万前往武宅,将牒焚之。钟馗直到公堂,与拯叙礼,备陈元弼奸谋贞烈情弊。当时元弼已跪在厅下,哭曰:“钟馗诬陷。”钟馗执剑策之:“汝为奸计不遂,谋杀二口,还要强争,是何道理?全不托作《长相思》以戏韦娘乎?”于是元弼心惊无语。钟馗证毕辞去。拯唤张龙将元弼捆打,钉了长枷,取了供状。问元弼杀死二人,拟罪当绞,以待二年秋决。坚贞节牌于武宅,以旌胡氏。元弼后来未知性命何如。

第二十三回 获学吏开国材狱

断云：

淑云坚志不更夫，国材忍受半年囚。
包公判就成姻旧，万古清风永不休。

话说顺天府任县徐卿、郑贤二人，同窗数载，敬若平仲，情笃良项。俱有妻室，卿妻只生一女，名淑云。贤妻生有一子，名国材。二人后擢科，俱登朝议职。时值端午佳节，卿拉贤同玩龙舟，致酒于船上。酒饮半酣，卿曰："弟与兄契已久，俱出任君，彼此争光。且弟女与兄子年看弱冠，可成配偶，未识尊意何如?"贤答曰："蒙不弃，可谓美矣。况你我虽有秦晋之心，奈无媒妁之议，或有碍也。"卿于是将绡衣一幅，分于两段，令贤收取，二人以结襟为记，誓无更变。遂携手吟云：

幼女孤儿实可佳，郎才女貌两相夸。
凌云气概材堪栋，咏雪贤能淑女云。
愿女洞房花烛夜，教子金榜挂名归。
席间结襟为盟誓，相爱何须论采红。

二人吟罢，各自归家。

不觉光阴似箭，人事屡迁。国材年至十八，聪明俊慧，无书不读，六艺皆通。不幸父母两亡，材殡亲葬，整日攻诗书，不理家私，后来无钱使用，将田变卖，以供寒窗之需。不数年，买资消乏。徐卿见他家贫，遂负前盟，欲将女别嫁，国材亦不敢启齿，情愿写下离书。淑云性格乖巧，文墨素谙，闻知父忘前约，不肯还配郑郎，忧闷香闺，日食渐减。不觉又过了一年，宗师考试，材幸入泮宫。

到是馆于儒学西斋，苦志寒窗，效刺股之勤劳。究心圣贤，期登云以步月。淑云闻材进学，悄使雪梅赍白银十两、金环一只，密送与郑。雪梅径往其家，不见国材，访问郑官人在何处读书，国材堂叔郑仁道："你要寻他，可在儒学西斋去寻。"雪梅奔往儒学西斋,果见国材,雪梅云:“官人万福,淑云小姐拜上,具礼在此作贺。”

国材见了收起礼物,遂与雪梅言道:“蒙小姐错爱,今赐厚仪,揣分何当?但小生写了休书,再不敢过望,乞尔与小姐复道,自后莫来,恐人知之,贻辱于小姐,那时节无如之何。”嘱罢,送雪梅出学门回去。雪梅归家见小姐,备道郑官人所说言语。

淑云答雪梅曰:“忠臣不事二君,烈女不更二夫,纵使老爷要我再嫁,我一死而已。”

次日,淑云着雪梅悄然往儒学去,与国材说:“叫你今夜二鼓时分到后园内,她把金银与你,娶她回归,却不好也。”

材诺其言。不觉隔墙学吏庞龙闻所约之言,心萌一计。至夜俟候国材同窗交饮酒醉睡,龙瞰他睡浓,时至二鼓,投入园内,将槐树一摇。那雪梅叫一声:“郑官人来此也。”

只见白银一封、金钗数副、情书一纸。雪梅捧在手中,低头细看,心暗想半晌,思:“这人形影长大,郑官人形影短小。”回身欲转,庞龙遂拔出利刀,斩了雪梅,推入园池里,夺去金银。

时淑云等雪梅,至天明不见回来,心中纳闷。这时国材醒了,已自天晓,才思昨日之约,今误却了大事,心中闷闷不已。

至次日,徐卿跟究不见雪梅:“是谁着她哪里去?”黄氏奶奶道:“淑云遣她上街买线,不曾回来,抵晚悄无人迹。”

卿心大惊,疑有情弊,喝令家仆二十遍寻。寻到花园中,只见池有血迹。二十报卿曰:“小人寻雪梅不见,只有池旁露数点血迹。”卿即唤二十云:“池内捞看。”

果然是雪梅被人杀死,手中还拿着一个纸包。卿令二十打开那包来看,只见一封信,信云:

妾淑云顿首拜:自尔离书至,忧怀几种积千千;椿堂威逼,愁锁眉头恨重重。妾思夫君,朝夕不忘。夫今游泮,岂可忍离?况妾今具白银百余,首饰二副,君可收留,将银作完娶之资。奚必固鄙物微,不念同谐之事乎?意欲亲会,奈家法严谨,是不果见。特遣雪梅叩首,希留心无违是荷。

卿看了大怒,遂具告于县。知县薛堂贪酷,知告生员郑国材,喜不自胜,即令快手拿到庭拘问。郑国材不认其事,徐卿将淑云信对理,国材见是小姐亲笔写的,哑口无言。薛堂将材拷打一番,收监听决。卿是夜私送黄金百两,贿托薛堂致死国材。薛堂受了那金子,次日取出材,毒责一番,用挟棍掣起。

材死不甘招，薛堂也不论材招与不招，只管喝令左右将材钉于长枷，问决狱了，做一道文书，解上顺天府去。

时顺天府尹是包拯也。拯亦究问，国材将前监及离亲、小姐书信，逐一告诉。拯令张千将国材收监听处决。材自入禁中，手不释卷，禁中人等无不歆羡，知礼者莫不钦敬。适拯提监，闻材书声不绝，询禁子："这犯人进监日日如是读书否？"禁子答道："小人看此人虽戴长枷，不以为意，心在攻书，终日如是。"

拯听罢，心中暗喜："此子非谋财害命之徒，日后必有大用。"遂出禁升堂，理政一番。彼夜秉诚祝天，疏曰：

伏以天不徒生人，必有所以寄之者；人虽出尘世，亦必有所以措之者。今郑国材乃是生员，有志攻书，被卿诬执为盗，故雪梅虽死，冤不明白。但淑云有怜材之心，材岂有背云之行。雪梅斩死，未识何人密行此凶。乞天昭示。

拯祝罢，乃寝弗觉，梦见有诗一首，书于壁上曰：

雪压梅花映粉墙，龙骑龙背试梅花。
世人若识其中趣，沼内冤伸脱木材。

拯醒来，忖度半晌，方悟其意。次日升堂，张千勾唤庞龙来府究问。庞龙到厅诉云："小的乃学吏，并无受贿，老爷虎牌来拘，有何罪故？"拯道："这充军好大胆包身！悄地入徐宅园，杀死雪梅，得金银若干，你还要强辩？"喝令李万捆打，用长枷钉了。庞龙失色大惊，心思这场密事，包拯得知，暗叹："真神人也。"只得直招。拯问："你夺去金首饰二副，银子二百，今还有几多否？"庞龙云："银皆费尽，只有首饰未动。"

遂唤张千押庞龙回取首饰来看。又责龙一百棍，暂囚狱中。令赵虎、薛霸牌唤徐卿、淑云到台。

须臾，父女到厅。拯喝道："老贼重富轻贫，负却前盟，是何道理？"于是令张千唤出郑国材到厅，打开长枷，给衣帽与他穿了。又唤门子摆起香灯花烛，令淑云就在厅上与国材拜了天地，成了夫妇。库内权给银二十余两安家，将原金首饰还徐氏回家，追庞龙家产偿淑云夫妇银两，赶出徐卿。那夫妇叩头拜谢包拯出去，郑仁接至归家。拯速令李万取出庞龙，押往法场斩首示众。申奏朝廷，将薛堂配三千里。后郑国材联科及第，终身不忘包公之大恩矣。

第二十四回　判停妻再娶充军

断云：

受苦受刑郑月娘，逆天大罪崔君瑞。
驿中遇兄伸冤恨，包公一判永充军。

话说包公巡抚南直隶，莅政一清如水，爱民德溥如天，威震一方，明烛万里。时越州萧山县崔君瑞，授金华县知县，同妻郑月娘赴任三年，历满朝京。来到琥珀岭黑松林，遇着一伙打劫强人，将文引、官凭、金银、首饰尽行劫去。那时君瑞不得已，将妻月娘寄在万花桥王婆店，径投苏州府，谒尚书苏舜臣，备道琥珀岭被贼劫去文引金银数事，哀告尚书，营谋原职。

那时舜臣听罢，就留住府中，详问："令堂、令正安在？"君瑞答道："老母早丧，妻室未娶。"尚书云："山妻单生一女，名乔英，未曾许配。贤契不弃，可与小女偕百年之好乎？"君瑞答道："蒙大人错爱，下官敢不从命。但生猥微，千乞佳配令如玉也。"舜臣云："说哪里话。"于是安排筵席，令侍女梅香，请夫人小姐出来，与君瑞相见，就唤乔英与君瑞拜了天地。二人绸缪琴瑟，共效鸾凤于飞。君瑞遂歌诗一首以遣其情。

诗曰：

西山楚水路非赊，结会良缘更可佳。
合卺杯中浮蚁首，玉栏杆下醉春花。
乾坤大道持悠久，琴瑟清声善室家。
喜气洞房花烛夜，宁殊海上泛仙槎？

又过半年，尚书为崔君瑞营谋迁官，遣王汴往京打干。汴至万花桥王婆店买酒吃，月娘近前万福，特问："官人从何而来？"王汴道："小人从苏州而来。"月娘道："既从苏州到此，我丈夫名唤崔君瑞，为朝觐被贼劫，径谒苏州苏尚书，未知官人识否？"那王汴素与君瑞不合，忙答道："小娘子，你是他妻子，缘何不随他同去？”月娘道：“他寄在此，一去六个月不曾转，未知何如？”王汴道：“我如今为他事过京，他到苏州苏尚书老爷府中，娶了苏小姐，又干起官，去别处做。”

月娘大哭叫天。王汴道：“娘子你不要慌，待我去京回来，带你一同前去府中，有何不可。”二人言罢，相别而去。

不觉半月，王汴转到王婆店，同月娘前往苏府。见了夫人小姐，哀告了前情一番。忽然君瑞出来，乃见是前妻月娘，遂喝道：“这逃奴，焉敢至此？拐带金银，其罪未完，是何人引你进府？”喝令左右棒打一番，随即写下解批一道，将月娘解转萧山县，阴贿王汴解到半路伤她性命。王汴领命起解，苏小姐悄然着梅香送二十贯钱与月娘路上使用，又叫王汴不可害死她命。月娘受讫去了。约来数日，王汴放她自回，转至府中，云及郑氏身亡，君瑞喜不自胜。

月娘行至广平驿，陡遇一上司在驿安歇。这上司官即月娘兄郑廷玉是也。月娘思量吃苦，无奈只得具告于上司台下。廷玉见状，乃是亲妹子月娘，详审相别原由，月娘将受苦前情逐一告知，又诉君瑞停妻再娶一事是实。廷玉听了这场言语，其事是实，遂叫一声：“妹子月娘，我是你兄廷玉。”月娘抬头，果见是兄，兄妹相认，二人大哭一场。月娘跪告：“老兄得了大官，光显门间，但小妹不得苏小姐及王汴怜悯饶命，安有今日之生乎？乞兄代伸此冤，死亦瞑目。”廷玉大怒云：“贤妹不必忧虑，兄自有区处。”次日径往包府，具告崔君瑞停妻再娶。拯遂差赵虎、黄胜前往苏州牌拿君瑞到台。不数日，君瑞跪在厅下，拯问：“下面跪的是谁？”左右云：“崔君瑞也。”

拯喝令赵虎把君瑞捆打四十，用长枷枷起。君瑞声言告饶。拯怒骂：“匹夫无知，枉为司牧！能断他人，全不思自己，玷辱朝廷，贻耻官帽。贪污苟且，是何道理？且停妻再娶，罪该充军。”君瑞低首无对，直招前情是实。于是申奏朝廷，拟崔君瑞通州充军。即日又将君瑞拷打一番，断郑月娘、苏乔英仍与君瑞相配。次日写下解批，令张千、赵虎押出三人往通州去了。

自包公判君瑞之后，哪个敢停妻再娶？后来案卷云云。

第二十五回 配弘禹决王婆死

断云：

夫妻终久是夫妻，天结姻缘谁可离？
王婆空使图谋计，老身一命丧黄泥。

传说山东有一监生，姓彭名应凤，同妻许氏上京听选。来到京华西门，寓王婆店安歇。不觉选期还有年半，即欲归家，路途遥远，手中空乏，只得在此听候。倏尔半载，衣服首饰尽行典当，许氏终日在楼上刺绣枕头、花鞋出卖供馔。

时有浙江举人姚弘禹，寓褚宅家楼，与王婆楼相对。禹觑见许氏容貌赛桃花，秋波应杏红，霎时心荡目摇，魂飞九霄。

于是发叹一会，名《忆娇娥》，曰：

冰肌玉骨倚楼台，风情一点动人怀。
蓝桥有路应无阻，一叶轻舟泛小槎。

弘禹吟罢，径访王婆，问道："那小娘子何州人氏？"王婆答道："是彭监生妻室。"禹云："小生欲得一叙。未知王婆能方便否？"王婆知禹心事，遂萌一计，复答云："不但可以相通，今监生无钱使用，肯把出卖。"

禹曰："若如此，随王婆区处，小生听命。"二人话毕相别。王婆思量那彭监生今无盘缠，又欠房钱，遂上楼看许氏，见他夫妇并坐。王婆道："彭官人，你也去午门外写些榜文，寻些活计，岂可守贫自固哉。"

许氏道："婆婆说得是，你可就去。"应凤听了这话甚善，随即带了一支笔，前往午门讨些字写。只见钦天监走出一校尉，扯住应凤问道："你这人会写字么？"应凤曰："能矣。"

那校尉引应凤进钦天监，见了李公公。李公公唤他在东廊抄写表章。至晚，回店中与王婆、许氏云："承王婆教，果然得入钦天监李公公衙内写字。"许氏云："如今好了，你要用心。"

王婆听了此言，喜不自胜，遂道："彭官人，那李公公爱人勤谨，你明日到他家去写，一个月不要出来，他自敬重你，后日选官，他亦扶持。娘子在我家中，不必挂念。"应凤果然依其言，带儿子同去了，再不出来。

王婆遂往姚举人下处，说监生卖亲一事，禹听了此言，其心乐然，遂问："须几多聘礼？"王婆道："一百两。"禹于是将银七十，又谢银十两，俱与王婆受下。

王婆道："姚相公如今受了何处官了？"禹道："任陈留知县。"王婆道："彭官人说叫相公行李发舡之时，他着轿子送到舡，却不好也。"

禹云："我即起程，去到张家湾舡上等候。"王婆雇了轿子，一阵风回见许氏道："娘子，彭官人在李公公衙内住得好了，今着轿子在门外接你一同居住。"许氏遂收拾行李，上轿去了。

王婆送至张家湾上舡，许氏下轿，见是官舡俟候迎她，对王婆云："彭官人接我到钦天监去，缘何到此？"既而号哭泣天。

王婆道："娘子何必忧愁，彭官人因他穷了，怕误了你，故此把你出嫁于姚相公。相公今任陈留知县，兼无前妻，你今做奶奶，可不好也。彭官人得他银子八十两，婚书在此，你看是不是？"

许氏见了，低头无语，只得随那姚知县上任去了。

彭监生过了月，出来看妻，不见许氏，遂叫王婆，问妻何去。王婆声声叫屈："你前日着轿子取她去衙，今要骗我家钱，假捏不见娘子，诓我呵？"遂投地方五城兵马。那彭应凤因身无钱财，只得小心浼过王婆，含泪而去。又过半年，身无所倚，遂学裁缝。一日，吏部邓郎中衙内叫裁缝做衣，遇着彭应凤，应凤遂入衙。做了半日衣服，适衙内小仆进才递出二馒头来给裁缝当点心，应凤因儿睡浓，留下馒头与他醒来吃，进才问道："师父，你怎么不吃馒头？"

应凤将前情逐一对进才泣告："我今不吃馒头，留儿子充饥。"须臾进才入衙报知夫人。彼时那邓郎中也是山东人氏，夫人闻得此言，遂令进才唤裁缝屏帘外询个详细。应凤仍将被拐苦情泣诉一番。夫人慰之曰："监生，你不必做衣服，就在我衙里住，俟候相公回，我对他讲你的事情，叫他选你的官呵。"

不多时，邓郎中回府，夫人就道："相公，今日裁缝非是等闲之人，乃山东听选监生彭应凤是也。他因妻子被拐，身无盘缠，故此学艺度日。相公可念乡里情分，扶持他一二？"

邓郎中唤彭应凤问："你既是监生，将文引来看。"应凤随胸中袋内取出文引与看。郎中看果是实，道："你选期在来年四月方到，你明日可具告远方词一纸，我就好选你。"应凤领命，具词上吏部，具告远方。邓郎中径除他去陈留县县丞。应凤领了凭，出吏部往王婆家辞。王婆问："彭相公恭喜，今选哪里官职？"

应凤道："陈留县县丞。"王婆忽然心下惶惶无计，遂云："相公，你大官在我这里数年，怠慢了，今取得一件青布衣与大官穿，我把五色绢片子代你编了头上髻子。相公几时起程？”

应凤道：“明日就行。”应凤相别而去。

王婆唤亲弟王明一，是上马强盗，曰：“前日彭监生得了官，邓郎中把五百两金托他寄回家里，你可赶去杀了他头来我看。银子你拿二分，我受一分。”明一听了言语，星夜赶到临清，喝道：“汉子休走。”拔刀一斩，只见刀望后去，明一云：“此人冤枉。”遂问那汉子：“曾在京城触怒了何人？”

应凤泣告王婆事情，明一亦道王婆要害事情一番，遂将孩儿头发辫割下，应凤又把原日王婆送的衣服与之。明一回城，见了王婆道：“彭监生被我挥刀杀了，今有发辫衣服为记。”

王婆见了，心中大喜，曰：“祸根绝矣。”

应凤到了陈留，上任数月，孩儿游玩进入姚知县衙内，夫人见了：“这儿子是我生的，如何到此？”又值弘禹云及二长官被拐妻子许氏事，心下惊疑。次夜对禹云：“相公前日说的事，今可请二长官来饮酒么？”

禹诺，唤安排筵席，请二长官入衙相叙。须臾应凤至衙，许氏屏风背觑看，果是丈夫彭监生。既而酒至数巡，抢出来，应凤见是许氏贤妻，相认大哭一场，各叙原因。时姚知县唬得哑口无言。夫妇二人归衙去了，子母团圆。正是：

半载单衾应有数，天怜良善再团圆。
有缘千里能相会，无缘对面不相逢。

于是应凤具告开封府，拯见大怒，遂乃表奏朝廷，将姚知县判武林卫充军，差张龙、赵虎往京城西华门牌拿王婆来问。

不多日，王婆到厅。拯喝道：“泼妇无知，拐骗财物，罪该万死。”令左右将王婆拷打一百，押出法场，斩首示众。则东京人民闻包拯风声，莫不震慑，案断后云。

第二十六回 秦氏还魂配世美

断云：

贞节动天秦氏女，伤风败俗是陈郎。
包公鞫断明如镜，万代人传作话文。

话说钧州有秀才陈世美，娶妻秦氏，生子名瑛哥，生女名东妹。时值大比年分，世美辞妻赴试，不觉一举登科，状元及第，除授翰林修撰，久贪爵禄，不念妻子。但秦氏自世美一别赴科，二载无音，一日同瑛哥、东妹，往京寻夫。来到张元老家中安歇，秦氏动问："公公曾识陈世美否？"元老答道："陈世美老爷乃钧州人，中了头名状元，现任翰林编修，衙门清赛五湖水，断事明如秋夜月，威风凛凛，鬼神皆畏。"秦氏听罢道："不瞒公公说，妾乃世美妻室，因他别后赴试，永不还乡，特寻至此。仗公公教道，如何见他？"元老道："小娘子既是陈老爷夫人，不可乱进。今值他十九日降生，那老爷必请同僚，你可扮作弹唱女子到衙门口俟候。翰林院有一个侍讲老爷极好弹唱，今日决然叫唱。那时节你进去把盘古事情弹说一番，他必然认得你是妻室，后来必然接你进府。"秦氏依元老教道，遂手执琵琶，往衙门口俟候。

忽然走出个校尉，叫弹唱的入衙。秦氏入了后堂，果见其夫世美与同僚饮筵。世美睁眼一看，却是秦氏妻室，羞脸难藏，只得隐忍。饮酒罢，同僚辞别，世美喝左右拿那妇人来问。秦氏跪在厅下，世美见了，愈加忿怒，究问："你与哪个来此？"

秦氏直言："自君家一别数载，杳无音信，我同孩儿三人，寻取至张元老家安歇。元老说你衙门利害，教妾拨琵琶为由，因此得进府中见你。你今反目，只要天容你！"世美将秦氏棒打一番，赶出府门，又差校尉拿元老来问。世美骂道："老贼大胆，如何私藏妓女，该死该死！"令左右捆打元老四十，唬得元老连忙归家，叫人赶出秦氏母子。世美写下告示一张，令校尉张挂四门，不许私匿远方妓女，如有容情，察出重究。

秦氏见世美不肯相认，又见告示，母子大哭一番，径奔回家。世美纳闷数日，心生一计，自叹一会，云：

恼恨秦氏太无知，闺门不守妄胡为。
我今不设施谋计，羞杀陈门概族人。

须臾，世美唤管下骠骑将军赵伯纯来衙，暗嘱云："尔可代我急赶秦氏杀死，追我瑛哥、东妹转府。"伯纯领命前去，赶到白虎山下，遇着秦氏母子，喝道："妇人休走。"遂拔剑刺死。瑛哥、东妹大哭悲泣。伯纯要他兄妹回府，那兄妹情愿死，不肯转。纯因他们不肯，遂回报与世美知道。世美见杀了秦氏，心中大悦。不觉三官菩萨感秦氏贞烈，命土地判官保护秦氏尸首，不可损坏。土地放一颗定颜珠，将那尸首养在土穴，以待日后还魂。彼时三官又化作法师，先去龙头岭等瑛哥、东妹来教他们武艺何如。

那兄妹埋了秦氏，遂往龙头岭从师，学武艺以雪母恨。不觉到了其岭，师父姓黄名道空，受他二人在门下，教了十八般武艺。适乌风源海贼竞起，朝廷出榜招纳武士：天下应有收得此盗，官进三品，荫袭后世。瑛哥、东妹闻得此事，拜辞师父，去揭国榜，收除海贼。圣旨降下，封瑛哥为中军都督，封东妹为右军先锋夫人，封母亲秦氏为镇国老夫人，父陈世美为镇国公。

兄妹受了官职，谢了皇恩，遂收拾行李，往白虎山拜祭母亲。不觉来到此山，正祭祀间，忽然见秦氏在土穴中走出来。

兄妹大惊，问："母亲莫要唬我。"秦氏答云："蒙三官敕赐还魂，故此得生。"母子不胜之喜，正是：

一念良善天不亏，还魂再世受恩荣。
贞妇丹心明日月，天教母子复团圆。

秦氏云："孩儿受了官职，不报陈世美之冤，我死也不瞑目。"母子三人，具告包拯台下。

时包拯职居太师，在朝理政，公明如镜，天地无私，执法断罪，不论军民，亲疏不避。

见镇国老夫人母子备诉受陈世美之害，心中大怒，遂具表申奏朝廷，拟决世美罪名。表云：

我国家进用人才，惟欲上致其君，下泽其民。迩来翰林陈世美，苟贪爵禄，欺君罔上。谋杀秦氏，忘夫妇之纲常；不认儿女，失父子之大伦。臣忝摄国柄，辅赞圣明，不言此奸若容，败乱纪纲；此奸一殄，朝仪整树。微臣冒奏天廷,伏乞龙颜鉴示,不胜欣忭之至。谨奏。

于是圣旨下:“陈世美逆天盗臣,欺罔圣君,断夫妇之情,灭父子之恩,免死发配充军。”拯领旨,即差张千、李万去拿陈世美、赵伯纯到庭鞫问、拷打一番。世美俯首无语,一直实招。拯拟世美配辽东军,赵伯纯配云南军。令张千、李万押出二人各去着伍。

二人去后,世间岂敢忘恩背义。自包公案卷为证。

第二十七回　拯判明合同文字

断云：

李社长不悔婚姻，刘晚妻欲损公嗣。
刘安住孝义双全，包公判合同文字。

话说宋仁宗庆历年间，东京汴梁城离城二十里老儿村里，有一人姓刘名添祥，娶妻已故。兄弟刘添瑞，娶妻田氏，生有一男，名唤安住，时年三岁。兄弟二人专靠耕种度日。其年因为旱涝无收，一日，添瑞对兄添祥言曰："看这田禾不收，如何度日？不如同兄搬去潞州高平县下马村，投奔我姨夫张学究处趁熟，将勤补拙，谅亦不至零落。不知哥哥意下如何？"添祥曰："吾年纪高大，难以前去。兄弟可同侄等去走一遭。"添瑞曰："兄弟往他州趁熟，人有前后，眼下哥年纪高大，家有桑田物业，又将不去，今日请我友人李社长为明证见，立两纸合同文字，兄弟与哥哥各收一纸，以为日后照证，不亦美乎？"添祥曰："兄弟所见极是。"遂请李社长来家，写立合同，各收一纸。安排酒饭相待之间，李社长对添祥言曰："有一女名唤满堂，愿与刘二兄为媳妇，就今日议定。"添祥见说，喜而答曰："既蒙不弃，选个吉日，下些定礼。"数日完备。添瑞收拾行李，带了妻子，辞别哥哥，前往高平县下马村，见了姨夫张学究，备说来趁熟之事。张大喜，留其在家。

不想添瑞之妻患脑疽疮症，医疗不痊，一命倾世。添瑞痛哭殡葬已毕，恹恹成病，医疗略可。张学究劝添瑞："休忆妻子，将息身体，好养你儿安住。"又过半年，添瑞罹天行时气，头痛发热，至六七日又归泉世。正是：

福无双至从来有，祸不单行自古闻。

当日张学究令人将刘添瑞葬于其妻墓侧。

不觉光阴似箭，日月如梭，安住在张家村一住十五年，长成一十八岁，聪明智慧，读书学礼。一日，正值清明佳节，张学究夫妻打点祭物，同安住去上坟祭扫。到坟前，将祭物供养，张学究与婆婆言曰："我有句话对你说，想安住今已长成了,今年是大利之年,我有心叫他将父母骨骸还乡,认他伯父,不知你意下何如?"婆婆曰:"丈夫若言及此,亦是阴骘事也,妾岂有不可之理。"二人商议已定,叫安住拜了祖坟,又叫他在那坟前也拜几拜。安住问曰:"父亲,这是何人的坟?"拜毕,学究曰:"孩儿休问。"烧了纸将回,安住曰:"父亲不通名姓,使孩儿有失其亲,我要性命如何?不如寻个自刎。"

学究曰:"我儿且住,我说与你。这是你生身父母,我是你养身父母。你是汴梁城离城二十里老儿村人,你的伯父姓刘名添祥,你父名添瑞,同你母亲将着你,年方三岁,十五年前,因为年歉,来我家趁熟。你母患脑疽疮身死,你父因天行时气而亡,我夫妻备棺木殡葬了,待孩儿嫡亲儿看养。"

不说时万事俱休,张学究才方说罢,安住向坟前放声大哭曰:"不孝子哪知生身父母双亡!"学究曰:"孩儿不须烦恼,选吉日良时,将你父母骨骸还乡,去认了伯父刘添祥,葬埋了你父母骨骸,休要忘我夫妇养育之恩。"安住曰:"父亲母亲之恩过如生身父母,孩儿岂敢有忘?若得身荣,当结草衔环报答。"道罢回家,叫人选择吉日,将父母骨骸包裹已了,收拾衣服盘缠、合同文字做一担儿挑了,前来拜辞。张学究言曰:"你爹娘来时,盘缠并无一文。一头挑着孩儿,一头是些穷家私。孩儿路上小心在意,到地头时便捎信与我知之。"安住曰:"父亲放心。"遂拜别学究夫妇而去。

却说刘添祥忽一日自思:"我兄弟刘添瑞一人去趁熟,至今十五六年,并无音信,不知有无。我因为家中无人,娶这个婆婆王氏,带着前夫之子来家一同过活。"王氏亦自思:"我丈夫刘添祥有个兄弟和侄儿趁熟去了,倘若还乡来时,哪里发付我这孩儿?"心中好生不乐。

当日春社,添祥因往吃酒不在家中,下午席散回家,却好安住于路问人,来到家中,歇下担儿。刘婆婆问曰:"你这后生欲要寻谁?"安住曰:"伯娘,孩儿是刘添瑞之子,于十五年前,父母与孩儿出外趁熟,今日方且到来,望乞伯娘垂悯。"

正议论间,刘添祥醉回,见了安住,遂问之曰:"你是谁人,来此何干?"安住云:"伯父,孩儿是刘安住。"添祥问:"你那父母在何处?"安住曰:"自从离伯父到潞州高平县下马村张学究家趁熟,过不得三年,父母双亡,只存得孩儿。亲父母已故,多亏张学究看养。今将父母骨骸还乡安葬,望伯父见怜,便是生死肉骨也。"当下添祥酒醉,刘婆婆言道:"我家并无人在外趁熟,不知你是何人,敢来诈认我家?"安住曰:"我现有合同文字为照,因此来认伯父,岂有胡认之理?"添祥并不肯看，刘婆婆叫添祥："打这安住出去，免得在此胡缠。"

添祥依了妻言，手拿块砖，将安住打破了头，重伤血出，倒于地下。

有李社长听知其故，前来看问添祥打倒的是谁。添祥云："诈称是添瑞儿子，来此认我，又骂我，被我打倒，推死在地。"

李社长曰："我听得人说，因此来看，休问是与不是，等我扶起来问他。"李社长问道："你是谁？"安住云："我是刘添瑞之子安住的便是。"社长问："你许多年哪里去来？"安住云："孩儿在潞州高平县下马村张学究家抚养长成，如今带父母骨骸回乡安葬。伯父、伯母言孩儿诈认，我与他合同文字，又不肯看，把我打倒。又得爹爹救命，实乃无恩可报。"社长叫安住："挑了担儿，且同我回去。"即领安住回家，歇下担儿拜了。李社长道："婆婆，你的女婿刘安住将着父母骨骸回乡。"社长就叫安住将骨骸放在堂前，言曰："我是你丈人，婆婆是你丈母。"叫女孩儿满堂出来："参拜你公婆的灵柩。"

安排祭物祭祀。化纸已毕，复整酒席相待。社长言曰："明日去开封府包公处告理被晚伯母、亲伯父打伤事情。"当日酒散各歇。

次早，安住径往开封府告。包公随即差人捉到刘添祥、晚伯母来，就带合同信并赴官。又拘李社长明证。当日一干人到开封府厅下，包公问刘添祥道："刘安住是你侄儿不是？"添祥夫妇告曰："此子不知是谁，即非亲侄。既是亲侄，缘何多年不知音信？"包公取两纸合同一看，大怒，将添祥收监问罪。

安住慌忙告曰："相公可怜伯伯年老无儿女，望相公垂怜。"

包公又要将晚伯母收监问罪，安住又告曰："望相公只问孩儿之罪，不干伯父母之事。"包公言曰："汝伯父、伯母如此可恶，既不问罪，亦难全恕。"喝令左右："将添祥打三十方可消恨。"安住又告曰："宁可责安住，不可责伯父，望相公只要明白家事，安住久当不忘恩德。"包公见安住孝义，曰："各发放回家，待吾具表奏闻。"朝廷喜其孝心，旌表孝子刘安住"孝义双全"，加封陈留县尹，令刘添祥一家团圆。包公判毕，各发归家。李社长选日，令安住与女李满堂成亲。一月之后，收拾行囊，夫妻二人拜辞两家父母，起程直到高平县，拜谢张学究已毕，遂往陈留县赴任为官。夫妻偕老，百年而终。

第二十八回　判中立谋夫占妻

断云：

大抵开元不可轻，口能招祸又伤身。
逢人且说三分话，未可全抛一片心。

话说宋仁宗宝元年间，河南汝宁府上蔡县，有一巨富长者姓金名彦龙，年有六十岁，与妻周氏生有一子，名唤金本荣，年二十五岁，娶媳妇江玉梅，年逾二十，娇容美丽。至亲四口，全靠解当度日。忽一日，金本荣在长街市上算了一命，道有一百日血光之灾，除是出路躲避，方可免得。本荣自思，有房兄金本立在河南府洛阳经营，不如去那里躲灾避难，二来去彼处经营。遂到家与父母道知其故。金彦龙道："我有玉连环一双，珍珠百颗，把与孩儿将去哥哥家货卖，价值一十万贯，不知孩儿意下如何？"金本荣听了父言，喜不自胜，即就领诺。

正言之间，旁边转过媳妇江玉梅，向前禀曰："公婆在上，丈夫在家，终日则是饮酒，若带着许多宝贝前去，诚恐路途有失，那时悔不及矣，怎生放心叫他自去？妾想如今太平时节，媳妇愿与丈夫同去，不知公婆意肯从否？"金彦龙曰："吾亦正虑他好酒误事，若得媳妇同去最好。今日是个吉日，便可收拾起程。"即将珍珠、玉连环付与本荣，吩咐："过了百日之后便可回来，不可远游在外，使父母挂心。"金本荣应诺，拜辞父母离家。时遇春天，桃红柳绿，城外踏青游玩者并肩相随。时人有诗为证：

春来何处不繁华，不独公侯富贵家。
苑囿好花开玉蕊，郊原荒草长绿芽。
半溪烟水生银浪，八洞晴云锁锦霞。
任是风流闲子弟，迎眸送目到天涯。

金本荣夫妇行至晚，寻入酒店，略具杯酌。正饮之间，只见一个全真先生走入店来，但见：头绾双仙丫角巾，身穿皂布道袍。脚踏两只麻鞋，手执鳖壳扇子。

威仪凛凛，道貌堂堂。

那先生看着金本荣夫妇曰："贫道来此抄化一斋，不知心诚否也？"金本荣平生敬奉玄帝，一心好道，便邀先生："请坐同饮。"先生曰："金本荣，你夫妇两个何往？"本荣大惊曰："先生，吾与尔素未相识，何以知某姓名？"先生曰："贫道久得真人传授，吉凶靡所不知。今观汝二人气色，目下必有大灾临身，切宜谨慎可也。"本荣曰："某等凡人，有眼如盲，不知趋吉避凶之方，况兼家有父母在堂，先生既知休咎，望乞怜而救之，久当不忘大恩也。"先生曰："贫道观汝夫妇行善已久，岂忍坐视不救乎？今赐汝两丸丹药，二人各服一丸，则自然除免灾难矣。但汝身边宝物牢收随身，知汝有难，可奔山中来寻雪涧师父。"道罢相别。

本荣在路，夜住晓行，不则一日，将近洛阳县。忽听得来往人等纷纷传说："西夏国王赵元昊欲兴兵犯界，居民各自逃生。汝二人不可前进，进则恐有疏危矣。"本荣听罢传闻之言，思了半晌，乃谓其妻江玉梅曰："某在家中交结得个朋友，唤做李中立。此人在开封府郑州管下汜水县居住，他前岁年来我上蔡县做买卖时，我曾多有恩与他。今既如此，不免去投奔他，那时再作计较。"江玉梅从其言。本荣遂问了乡民路径，与妻直到李中立门首，先托人报知。李中立闻知，即整衣出迎本荣夫妇入内坐下。相见已毕，茶罢，中立问其来情，本荣即以因算命欲要来躲灾事："承父命将珍珠、玉连环往洛阳经商，因闻西夏欲兴兵犯境，将来投奔兄弟。乞看往日之情，乞赐海容，足见厚义之意。"中立听罢，细观本荣之妻生得美貌，心下生计，遂对本荣言曰："洛阳与本处同是东京管下，西夏国若有兵犯界，则我本处亦不能免。小弟本处有个地窨子，倘贼来时，贤兄放心且住几时，只从地窨中躲避，管取太平无事矣。况兼朝廷有官军收捉贼寇，贤兄何必忧哉。"便叫家中置酒相待，又唤当值李四去接邻人王婆来家陪侍。李四领诺，去了多时，王婆就来相见，邀请江玉梅到后堂与李中立妻相管待已毕，至晚收拾一间房与他夫妻安歇。

过了数日，李中立见财色动心，暗地唤李四吩咐曰："吾去上蔡县做买卖时，被金本荣将本钱尽都赖了，今日来到我家，他身边有珍珠百颗、玉连环一对。你今替我报这冤仇，可将此人引诱至无人处杀死，务要刀上有血，将此珠玉二物并头上内头巾前来为证，我即养你一世，决不虚谬矣。"李四见说，心中喜不自胜。二人商议已定，次日李中立谓金本荣曰："吾有一所小庄，庄有一空窨在彼，贤兄可去一看。若中兄意下如何？"

本荣不知是计，遂应声曰："贤弟既有庄所，吾即与李四同往一观。"当日乃与李四同去。

原来金本荣宝物日夜随身，二人赶到无人烟之处，李四腰间拔出尖刀，言曰："小人奉李长者严命，说你在上蔡县时，你曾赖了他本钱，今日来到此处，叫我杀你。并不管我之事，你休得有怨于我。"遂举刀向前来杀。本荣见了，惊得魂飞天外，连忙跪在地下，苦苦哀告曰："李四哥听禀，他在洛阳之时，我多有恩在彼。他今见我妻美貌，恩将仇报，图财害命，谋夫占妻，情实冤惨。乞念我家有七旬父母，无人侍养，饶我残生，则阴功莫大矣。"李四听说，言曰："只是吾承主命，就要宝物回去。且问汝宝物现在何处？"本荣曰："宝物随身在此，任君拿去，乞放微生。"

李四见了宝物，乃又言曰："吾闻图人财者不害其命。今已有宝物，更要取你戴的头巾为证，又刀上要见血迹，方可回报，不然吾亦难做人情矣。"本荣曰："此事容易。"遂将舌头咬破，喷在刀上，遍有血迹。李四曰："我今饶汝性命，你可急往别处去躲，不要连累于我。"本荣曰："吾得性命，就如放龙归海，似虎归山，不受羁绊，自当远去矣，安敢有累于君哉？"

遂即拜辞而去。当日李四得宝物急急回庄，送与李中立。中立大喜，吩咐置酒在后堂，请嫂嫂江玉梅叙情。此时正值秋夜之景，国朝江春江先生有诗一首吟秋夜，极是精切，因附录于此，曰：

昨夜书楼梦不成，寂无金鼓自心惊。
月穿疏牖贡秋色，风过平林作雨声。
近有砌蛩添怆悴，远来边雁带悲鸣。
圣朝自有通贤路，不问平洋草莽行。

话说李中立设宴，请江玉梅叙情。玉梅见天色已晚，乃谓中立曰："叔叔令丈夫去看庄所，缘何至今不见其回？"李中立曰："吾家颇亦丰富，贤嫂与吾成其夫妇，则亦快活一世也，何必挂虑丈夫乎？"玉梅曰："妾丈夫见在，叔叔出此牛马之言，心中岂不自耻？"李中立见玉梅秀丽，乃向前搂住求欢。

玉梅大怒，将中立推开，言曰："妾闻在家从父，出嫁从夫，妾夫又无弃妾之言，妾安肯伤风败俗以污名节乎？今实要厚妾，只要叫吾丈夫与妾一语，妾宁死而不受辱也！"李中立笑曰："汝丈夫今日已被我杀死矣，若不信，吾将物事来观，以绝念虑。"

言罢，即叫李四将宝物丢在地上，言曰："娘子，你看这头巾，刀上有血，你若不顺我时，想亦难免其死矣。"玉梅一见宝物，哭倒在地。中立向前抱起，言曰："嫂嫂不须烦恼，汝丈夫已死，吾与汝成其夫妇，谅亦不玷辱于你，何故执迷太甚乎？"言罢，情不能忍，又强欲求欢。玉梅自思："这贼将妾丈夫谋财害命，又要谋妾为妻，妾若不从，必遭其毒矣。"遂与中立言曰："妾有半年身孕，汝若要妾成其夫妇，待妾分娩之后再作区处。否则，妾实有死而已，不愿与君为偶矣。"中立自思分娩之后，谅不能逃，遂从其所言，就唤王婆吩咐曰："汝同这娘子往深村中山神庙里安歇，我有一所空房在彼，汝可将她藏在房中，等她分娩之后，不论男女，将来丢了，待满月时，报我知会，那时成亲亦未晚也。”当日王婆依言，领玉梅去了。

话分两头。话说本荣父亲金彦龙在家，念儿子、媳妇不归，又无音信，彦龙乃与妻将家私封记，收拾金银，沿路来寻，在路不题。

不觉光阴似箭，日月如梭。江玉梅在山神庙边空屋中已过数月，忽一日肚疼，生下一儿。王婆近前言曰：“此儿只好丢在水中，恐李长者得知，害人性命。”玉梅再三哀告曰：“今他父亲痛遭陷劫，看此儿亦投三光出世，望乞垂怜，待他满月，丢了未迟。”王婆见玉梅情有可矜，心亦怜之，只得从其所言。

不觉又是满月，江玉梅写了生年月日，放在孩儿身上，丢在山神庙中，候人抱去抚养，留其性命。写道：“河南汝宁府人氏，金胜祖，年一岁，十月十五日午时生。”写毕，遂与王婆抱至庙中，正是：

人间私语，天闻若雷。
暗室亏心，神目如电。

原来山神使令金彦龙夫妇来这山神庙问其吉凶，入得庙来，却撞见江玉梅。公婆二人大惊，问其夫在何处，玉梅低声诉说前事。彦龙听了，苦不能忍，正欲具状告理，却值包公访察缉知其事。次日，即差无情汉领着关文一道，径投河南府洛阳县，下了拘拿李中立起解到台令。左右将李中立重责了一百，暂且收监。未及审勘，王婆又欲充作证见凭，玉梅报谢：“后当报答。”包公令金彦龙等在外伺候。

且说金本荣自离了汜水县，无处安身，径来山中，撞见雪涧师父，留在庵中修行出家，不知父母妻子下落，心中愁闷不乐。忽一日，师父与金本荣言曰：“我今日叫你去开封府抄化，有你亲眷在彼，你可小心在意，回来叫我知道。”金本荣拜辞了师父，径投开封府来，亦与金彦龙父子相见，同到开封府前。

正值包公升厅，金彦龙父子即将前事又哭告一遍。包公即令狱中取出李中立等审勘。李中立不敢抵赖，一一供招：“实贪财谋害，强占伊妻，所供是实。”包公吩咐取面长枷，枷镣锁肘，送下死囚牢去。将李中立家财，一半给赏李四，一半给赏王婆，追其宝贝给还金本荣，俱各无罪。李中立妻发边远配军。具奏，朝廷文书下来，勘问得李中立违法，谋害人命已存，其情实是难恕。谋占妻未成奸，律法难容，合该处斩，以戒后人。次日包公令左右人等，牢中取出李中立开了长枷，押赴市曹处斩首示众已讫。时人有诗叹曰：

祸福昭彰本在天，休将报应作徒然。
暗中神鬼分明见，若不亡家定减年。

第二十九回 判刘花园除三怪

断云：

三妖变化害人身，潘松运蹇被孽侵。
春春救出包衙诉，一鉴明堂洗万精。

话说西京河南府新安县路上有一座名园，唤会节园，每遇春二三月间，倾城都去园里赏玩。当下河南府章台街上，有个开金银铺的潘小员外，名唤潘松，时遇清明佳节，因见满城人都出去郊外游赏，松遂亦禀告父母，独自来这园里，遍玩一遭。

待要回归，割舍不得景致，于路上看着那青山似画，绿水如描，不觉步入一条小路。这条路行人稀少，正行之间，听得后面有人叫“小员外”。回转看时，只见路旁高柳树下，立着个婆子，生得：

鸡皮满体，鹤发盈头。眼昏似秋水微浑，体弱如九秋霜后菊。浑如三月尽头花，好似五更风里烛。

潘松言曰：“素昧平生，不识婆婆姓氏？”婆婆道：“小员外，老身便是令堂的姐姐。”潘松想了半晌，言曰：“我也曾听得说有个姨娘，只是未曾得相会。”婆婆道：“好几年不见，你到我家吃茶。”潘松道：“承荷姨婆见爱。”即时引到一条崎岖小径，过一条独木危桥，却到一个去处。婆婆把门推开，入内却是一座崩败花园。这婆婆引潘松到亭上曰：“请坐，等我入去报娘娘知道，我便来也。”入不多时，只见假山背后两个女童来道：“娘娘有请。”潘松道：“山僻之间，有甚娘娘相请？”只见上首一个青衣女童认得这潘松，失惊道：“小员外如何在此？”潘松也认得青衣女童是邻舍王家女儿，名唤王春春，数日前因病死了。潘松问春春道：“你因何在此？”春春道：“一言难尽，小员外可急急走去，此处不是人家，若走得迟，则身不保矣。”当时潘松听了此言，唬得魂不附体，慌忙奔走出那花园门来。

过了独木桥，寻出旧路，自思：“惭愧，却才这花园不知谁家的，如何数日前死的人却在这里？白日见鬼。”迤逦取路走到一酒店门前，只见店里走出一人，却是旧交天应观道士徐守真也。潘松即便问曰：“师兄因何在此？”守真道：“小道因往会节园看花方回。”潘松道：“小子适间逢一件怪事，几乎坏了性命。”遂把那前事对徐守真说了一遍。守真道：“我行天心正法，专一要捉邪祟，若与贤弟同行，看甚鬼魅敢来相侵。”二人饮罢，同出酒店。

正行之间，路次有矮墙，潘松又被婆子看见，被其一时引入矮墙里去，却又是先时撞见婆子的去处。当时徐守真在前面走，回头不见潘松，守真只道又有朋友邀他往别处去，守真遂即自归不题。

且说潘松在亭子上坐下，那婆子道：“先时好意相留，老身有些好话要对你说，且在亭子上等我便来也。”移时，婆子引着青衣女童，把手挽潘松到一个去处，但见：

金门朱户，碧瓦盈檐。四边红粉泥墙，两下雕栏玉砌。宛若神仙之府，有如王者之宫。

只见穿白的妇人出来迎接，与潘松相见已毕，分宾主坐定，叫两个青衣女童安排酒来。但见：

广设金盘樽俎，铺陈玉盏金瓯，兽炉内高燃龙涎，盏面上波浮绿蚁。筵间排列，无非是异果蟠桃；席上珍馐，尽总是龙肝凤髓。

那青衣女童行酒，斟过酒来，饮得一盏，潘松始问：“娘娘尊名姓氏？”只听得外面一人走入，生得：

面色深如重枣，眼中光射流星。
身披烈火红袍，手执方天画戟。

那人怒气盈面道：“娘娘与甚人在此饮宴？又是白圣母引惹来的，不要带累着我。”当时娘娘起身迎接着他。潘松失惊问道：“娘娘，来者是谁？”娘娘道：“此位名唤赤土大王。”言罢，其人与潘松相揖了，同坐饮酒，少时作辞去了。娘娘道：“有劳婆婆费心请得。”潘松见说，唬得遍身似麻，不敢抬头仰视。此时娘娘淫心荡漾，不由潘松心肯，扯着两手，共入兰房。云雨之间，潘松终是猜疑不乐。

缠到三更以后，只是娘娘抬身起来出去。潘松根底立着王春春，悄悄地与松说道：“妾身叫你走了，缘何又在这里？你且去看那件事物。”潘蹑走行来看时，见柱上缚着一人，婆子把刀虏开了那人，即取出心肝来。潘松见了大惊，问春春道："此人因甚如此?"春春答曰："此人数日前被这婆婆迷将来时，也和小员外一般相待。今日又另迷人来，却把此人坏了。"

潘松见说，惊得面如土色。说犹未了，只见娘娘入内，潘松便先上床，佯作假睡，推也不动。少时，婆子入内，看见潘松睡尚未醒，即将那人心肝与娘娘下酒，婆子吃了自去。娘娘觉得已醉，亦上床睡了。春春见娘娘睡得正浓，便蹑脚来床前，招起潘松，低声说道："此处只有一条路，我教你走。若出得去时，可对我娘说知，多做些功果，救我出苦海。你记住这座花园唤做刘评事花园，人迹罕到。着白的娘娘唤做玉蕊娘娘，那日间来的红袍大汉唤做赤土大王，这婆婆唤做白圣母。妾想这三个孽畜不知坏了多少人性命。我如今救你便去。房里床头边有个大窟窿，你且不得惧怕，便下那窟窿里去。有路只管行，行尽处却寻路归去。目今娘娘将次觉来，你可急走，勿得自误。"

潘松谢了王春春，去床头看时，果然有个大窟窿。潘松慌忙下去，约行十里田地，出得路口时，天色渐晚，沿路上问采樵人，寻路归去。远远的却望见一座庙宇内，见灯火灿烂，一簇人闹闹吵吵。潘松移身去看时，只见庙中黄罗帐内，泥金塑就五彩妆成三位神像，如夜间见的一般。惊得潘松手足无措，问众人时，原来是清明节当坊境人春赛，在这庙中烧纸酌献。

潘松走出庙来，急寻归路，到家见了父母，备说昨夜的事。

大员外道："世上有此作怪事?"父子二人同去天应观见徐守真。潘松曰："与师兄在酒店里相会出来，被婆子摄入花园里。"

把那取人心肝下酒的事历说了一遍："若不是王春春叫我走归，几乎不得相见。"徐守真见说，即时登坛作法。移时之间，就墙前起一阵狂风，风过之处，见一个黄袍兜甲力士前来禀云："潘松命中有七七四十九日灾厄，招此等妖怪，一时未可剿除。"徐守真即与大员外道："令嗣有七七四十九日灾厄，只可留在敝观躲灾。"大员外谢了徐守真自归。

潘松在观中住了一月有余，忽一日行到鱼池边钓鱼，放下钩子，只见水面开处，一个婆子咬着钓鱼钩，唬得潘松丢了钓竿，叫一声倒地而死。徐守真即忙救起，半晌方醒。就令人去请大员外到观商议。徐守真言曰："吾闻邪者不能胜正，当今南衙包公，为官清正，鬼神钦仰。公欲要除此妖，保全令嗣，必须具状上告，那时或可剿除无患矣。"大员外从其言，即同潘松径来开封府告理。包公看了状词，神异其事，随即谓潘松曰："世间有此妖怪为祸害民，吾若不与汝除之，则黎民不胜其毒矣，恶在其为民父母哉?"遂即准了状词，发潘松出外俟候。再唤张龙、赵虎二人吩咐曰："今有潘松所告，刘评事花园内三妖为祸，白日迷人，汝可去后堂，与吾将前张月桂所付赴阴床与温凉还魂枕收拾得干净，待我寝卧其上，前往阴司查考，是甚妖为害，吾誓除之。"张赵依言，收拾已了，请包公寝在牙床之上。包公吩咐二人:“好生看我尸首,待我还魂回来,重重赏你。”二人从命不题。

移时之间,包公魂魄来到地府,先使人通报。阎王闻报文曲星官到此,遂亲下殿接入,分宾主坐定。阎王问道:“今蒙星官亲临冥境,不知有何见谕?”包公曰:“今有新安县潘松状告刘评事花园内三怪为祸,白日迷人,取人心肝下酒,非止一端。拯有心救民,剿此妖孽,恨力未能,因特到此。万望阎君着落判官,看是何处走了妖怪,即当剿灭,与民除害。”阎君闻言,即令判官查了回言。答道:“详查此怪,原来白圣母是个白鸡精,赤土大王是条赤斑蛇,玉蕊娘娘是个白猫精。观此三个孽畜,盗了仙酒,神通广大,吾此下界不能除之。星官若要殄此孽畜,必须具表奏闻玉帝,差遣天将方可剿灭矣。”

包公听罢点头,还魂回转阳间,赏了张赵二人。随即斋戒沐浴,焚香具表奏闻玉帝。玉帝闻奏,与众文武议曰:“朕观文曲星官下界,为官清正,鬼神钦仰。今下方有怪如此害民,即宜殄灭。遂差关、赵、王、朱四员大将,五方蛮雷,前到刘评事园内,将三妖剿除回奏。”四员天将领命与五方雷神下界。

是夜三更,只见风雨大作,雷电交轰,遥闻刘评事园内隐隐有杀伐之声,移时之间方息。数日,新安县有人来报,说刘评事花园内已被雷火攻毁,有赤斑蛇长数丈,及白大猫儿与白大母鸡三只死于其地焉,并青衣女童尸首。于是其怪遂息,潘松亦无恙。大员外父子即入拜谢包公之德而去。后来天将回报天庭已讫,当方城隍以青衣女童王春春阳寿未尽,被怪摄去,更兼两次垂救潘松,亦该延寿一纪。遂即移文转达阎君,再赐托生,配与良家,以寿终世。

第三十回 贵善冤魂明出现

断云：

妒忌生心遭责罚，少年死妇得伸冤。
冰清月皎风雷动，一款招成案牍全。

话说包拯在濠州作太守之时，一日公事余闲，退入后堂静坐。忽见阶下有一妇人，少年美貌，垂泪下拜，既无言语，又无词状，似有申诉之意。拯思之，必是妖魅，遂起身用桃条鞭打，更不能语，一向下拜。

拯道："既是枉死冤魂，何不变身与我知道？"

良久，只见那妇人变成一朵香烟，在空中盘旋，直出门而去。拯即差人瞄他去处。

吏人领钧命，瞄他到门外五里头，入馆驿内便不见那朵烟。

吏人回报，拯便打排轿马，自去馆驿中，集邻保勘问根因，皆言不知其由。

拯着公人掘开地中视之，只见一领藁席，卷着一死妇人，约年二十六七，尸首并不曾坏。

拯看了一回，转衙唤过土公陈尚，直要去馆驿中推勘此妇人鬼魂，是谁坏她性命，限其五日回报。

尚思之："如何能够推勘？"

归家只是忧闷。其妻阿杨问丈夫："因甚不悦？"

尚具言包公令他推勘女人身死情由，"若得明白则有给赏，不然加罪。今限我五日内要回报。况是死人，又没个对证，如何根究？以此烦恼。"

其妻道："你不须忧虑，奴自有一计。昔者闻老人说，死人须要个生妇人与她貌相似者，多与之以酒，候醉，扛去与死人同睡，将生人舌放死人口中度过，死人自然狂语。你便隔房去听，从头将纸笔抄录，便知其根因。"

尚如其妻所言，请一个妓妇貌相者，多以财帛贿之，说与因由。妓妇初则不肯应承，贪其重财，乃许之。

陈尚买醇酒与妓妇饮醉后，尚乃扛去与死妇同睡。

其夜果然作死人言语。她原是西州人氏，少年无父母，名贵善，年一十五岁，落在风尘。

十年前有一个林知府，北京大名府人，来此赴任："唤奴入衙为妾，最爱惜奴。夫人日夜妒忌。忽一日相公出巡于外，夫人夜间把奴打杀，埋在馆中，今已十一年。知府见作本路提刑，是月任满，从此回程。望判府与奴伸雪此冤，九泉之下亦瞑目矣。"

尚遂记录死人言语。妓妇已酒醒来，亦不知缘故，辞尚而去。

次日，陈尚申报府衙得知，拯便将钱五贯去买一具棺木盛了，安顿馆中房内，封了房门，径差公人寻到林提点任满回来，遂勾唤提点夫人到衙根勘。

夫人被包公叱证，知难抵讳，只得一一供招了案款。

拯奏知朝廷，圣旨颁下：夫人逼打其妾致死，本合偿命，但以打死妓女，罪且从轻，折徒二千贯。提点以有职人纳妓女致死，本合革职，但无别过犯，权停现任官。依拟判讫，此亦足为妒忌残虐者之戒。

第三十一回　锁大王小儿还魂

断云：

儿子不知身暴死，包公正直毁淫祠。
神人尚且钦其德，地府明明肯放私？

话说包公守开封府之日，判断精详，远近钦仰。时皇祐二年七月望日，前往东街灵应大王庙前经过。有一妇人，年将五十，只有一儿子，年十岁，忽然在庙门下死，妇人哭于庙门下甚哀。拯便唤妇人到衙，问其夫主姓名为谁。妇人答道："丈夫姓许，排行第四，只有一儿。今日侵早出来，入庙去后，不知因甚，死在庙前。老身今已半世，只得此儿，因死得不明，以此哀痛，望相公为我作主。"拯听罢自忖道："好奇怪！岂有入庙出来即死之理？"乃问妇人："你儿子莫非原有疯痫疾否？"妇人哭告："小儿自来无疾，哪得此疾？"拯则差公吏，拘唤庙前边邻，来证问儿子因何身死在地之时，众人未见，不知其由。拯又差人检验小儿身上，并无痕伤，回报包公。包公遂乘轿自去检验，实无痕伤。待拯去揣摩小儿身上，只见怀中藏有庙中案桌上雕刻的供圣假红柿一枚。拯知之，差一公人入庙里，看供桌上有红柿否。公人回复："大王案桌上果有红柿二枚，不见了一枚，想是孩儿偷去了，以此大王遂取了他性命。"

拯闻报怒道："你既为一个正神，是一府之主宰，儿子不识道理，偷看此物，彼只作玩戏之具矣，敢可责其过失，便要致之死哉！想这大王亦是依草附木邪神，朝廷不曾敕封，敢坏了人性命！"遂着公差将泥神枷锁：限一夜放还性命，否则定奏朝廷，焚毁庙宇。拯祷祝后回府。

次日，那妇人带儿子来拜谢救命之恩。拯审问之，妇人云："蒙相公昨日要计较大王，是夜二更时分，儿子果醒来。颇记得说：神主怪他偷那红柿，要问罪。及见相公敕旨来到，即放还魂。"拯微笑道："有此等异事，若不革除，终久为患。"

乃差人一剑削去了大王之头，毁其庙宇。此足为邪不敢于正人之例耳。

第三十二回 失银子论五里牌

断云：

王客谋财遭斩戮，郑商屈死竟分明。
若将天理怀心术，包宰缘何肯放刑。

话说郑州离城十五里王家村，有兄弟二人，兄排行第一，弟排行第二。曾出外为商回归，行至本州地名小张村五里牌，遇着个客人，系是湖南人，姓郑名才，身畔多带得有银两，被王客兄弟蓦见，小心陪行。

靠晚边，将郑才谋杀，搜身上，得银子十片，兄弟喜不自胜，私地把尸首埋在松树下。兄弟商量：身畔有十片银子，带得艰难，趁此无人看见，不如将银子埋在五里牌下，待为商回来取而分之。

二人商议已定，遂埋了银子而去。

后又过着六年余，恰回来，又到五里牌下李家店安住。次日侵早，去牌下掘开泥土取那银子，却不见了。兄弟思量："当时埋这银子，四下并无人见，如何今日失了？"

烦恼一番，思量只有包待制见事如神，遂同来东京安抚衙陈状，告知失去银两事情。拯当时审状，又没个对头，只论五里牌偷盗，乃思此二人必是狂夫，不准他状子。王客兄弟啼哭不肯去。拯云："王客，限一月，须要寻个着落与你。"兄弟乃去。

又后月余，更无分晓，王客复来陈诉。遂唤陈青吩咐道："来日差尔去追一个凶身。今与你酒一瓶，钱一贯省家，来日领文引。"青欢喜而回，将酒饮了，钱收起于家。

次日当堂领得公文，看是去郑州小张村追捉五里牌。青遂复相公："若是追人，即时可到；若是追五里牌，他不会行，又不会说，如何追得？望另差人去。"拯大怒云："官中文引，你若推托不去，即问你个违限之罪。"青不得已，只得前去。

遂到郑州小张村李家店安泊，其夜去五里牌下坐一会，并不见个动静。青思量无计奈何，遂买一炷香钱，至第二夜来焚献牌下土地，祝叩云："奉安抚文字,为王客来告五里牌取银子十片,今差我来此追勾,土地有灵,望以梦想来报。”

其夜,陈青遂宿于牌下。将近二更时候,果梦见一老人前来,称是牌下土地。青便问:“王客寄得银子十片在此牌下,缘何失了?现今王客到包安抚处陈告词状,奉相公文引,追你五里牌神。”老人道:“王客兄弟没天理,他岂有银子寄此?系湖南客商郑才银子十片,与王客同行,被他兄弟谋杀,其尸首现埋在松树下,望即带将郑才骸骨并银子去告相公,为之伸冤。”

言罢,老人即去。陈青一梦醒来,既得明白。

次日,遂与店主人借锄头掘开松树下,果有枯骨,其边旁掘开地泥五尺,有银子十片。陈青遂将枯骨银子俱申报安抚。

拯便唤王客理问。王客不肯招认,遂将枯骨银子放于厅前。只见枯骨自然跳跃,冤魂空中叫道:“王客急须还我性命。”厅上公吏听见,人人失色。拯再将王客兄弟根勘,抵赖不得,遂一一招认。

案卷既成,辄将王客兄弟问拟谋财害命,合当追偿,令押赴市曹处斩,郑才枉死无亲人,银子合归官。此见天理昭然,终有报应。谋害贪财者,观此可以少知警耳。

第三十三回 枷城隍拿捉妖精

断云：

妖精迷人真异事，包公清鉴断分明。
城隍本自无私应，拿缚当厅正典刑。

话说包拯在开封府，一日，因安抚公趋要，合集众官，议设筵席，遂唤诸吏点检器皿。吏告金银器皿尽皆毁坏，拯遂差人唤银匠王温来衙打造。王温见官差，不得已要去，思之只有一妻孤然在家，遂以家事嘱之东邻王泰伯大家看顾，次日与妻阿刘相别而去。

其妻每夜寂寞无聊，孤灯独坐。忽一夜，有人叩门之声，阿刘喝问："是谁人叩门？"门外人叫道："若不开门，断然不饶你性命。"道罢后，忽一阵冷风袭人，推门直入。见其人身长七尺，威猛可畏，身青如蓝靛，发赤似朱砂，口阔如盆，手持一剑，向前抱定阿刘云："你与我结为姻眷，教尔受用不尽。如不肯相从，定杀了你。"阿刘惊怕，只得勉强与之同寝一宵。次日晓，妖精告阿刘："休得令人知觉，如若漏泄此事，今夜不留你性命。"言讫而去。阿刘每日只是惊恐，如醉如痴，有冤难诉。逢到黄昏时候，一阵冷风袭人，妖怪又复持剑直入房中，与之同卧。或去时只留下饮食、钱帛之类。阿刘不知其由，只秘而不说。

自此夜夜往来，将有半个月。其东邻王老闻知，疑是王温已归，遂问阿刘。阿刘具告以被妖怪迷淫之事。王老大惊道："既有此事，如何不早说知。"阿刘道："被他恐吓，若与人知时，则害于奴，以此不敢漏泄矣。"王老听罢，径走入衙里，告其夫主知之。王温闻此消息，急忙归家，嗔骂阿刘。阿刘哭告："被妖怪迷乱，非干妾身不良。"王温不信，是夜持剑直入，暗中藏伏。良久，果有人叩门入来，灯前但见其人牛头鬼脸，持剑直入，遂喝令其妻同卧。温惊恐不敢出。已天明矣，妖怪去后，温乃出来，与妻商议，待去苗从善家买卦，问是何方妖精。

温至苗家，占卜乃云："其卜触动白虎神，阴人逢一枉鬼为妖，百日后当主丧身。"王温曰："先生若能救得我妻无事，必当重谢。"从善乃教王温道："夫家急与妻出城外，去东边砍一株桃木为棒，候妖怪复来，用此棒赶他，便能断绝。"温送了卦钱,如其言,归家向东边砍桃棒一条。黄昏时,妖怪又持剑而来。王温喝问:“是甚处魍魉?”便用桃棒打逐。妖精大笑道:“是叵耐这苗巡官,我和他无仇,却教你如此断我。”

温亦惊走逃闪。良久,妖精大怒而去,将苗家六口全杀尽。温思量:“定是苗巡官推占错了。”遂走出去问苗家。到苗家叩门,并无人应。温推开门,入房中手扪,见六口尽是无头人,遂惊走归家。

天晓,忽遇巡军王吉、李遂二人,见温身上带有鲜血,遂问其故。温告以其妻为妖怪所迷,因到苗家占卜。叩门不应,遂推门直入,但见一屋死人,哪知血染遍身。巡军不由分说,捉取王温到官。

包公审问王温:“缘何杀了苗从善一家?”温逐一供具妖怪根因,并不知从善一家身死情由。拯思量:“安得有这样妖怪能杀人?”遂将温枷送入狱根勘,温苦不肯招认。

拯又差张辛持利刀一把,入王温家听探。其夜张辛持刀暗中藏伏,果有人叩门入来。

灯前但见一个牛头鬼,持剑直入房中抱那妇人。张辛持剑直砍妖精。妖精大怒,与辛交战,辛败走而回。天晓入衙中报与包公:“王温家果有妖精。”拯大怒道:“张辛定是受王温钱物,通同诳官。”遂枷了张辛,又唤武卒刘义、吴真,各持短刀,再去王温家同探。二人持刀再去。

至夜,妖魅又来。二人持剑交斗,妖精用剑一下砍死刘义,吴真奔走得免。天晓入衙回说:“温家果有妖精,刘义已被杀死。”拯遂差正司理去王温家检验。司理到其家,唤阿刘审问事因,不见在家里。

公差人前门后户寻遍,不见阿刘。司理思量:“必是妖怪摄去。”遂回报拯:“的确有此事,刘义果被其妖杀死。”拯无奈何,随即差人将三具大枷去城隍庙,先枷了城隍,又枷了两个夫人。枷梢上写着:“你为一城之主,反纵妖怪杀人,限你三日捉到,如三日无明白,定表奏朝廷,焚烧庙宇。”

包拯祝罢回衙后,是夜城隍便差小鬼十余人,限三日定要捉到妖精。小鬼各持槎牙棒、铁蒺藜,绕城上下、寺观山林、古冢坟墓,莫不寻遍。

一鬼托化到城东,忽闻树林中有妇人哭声。小鬼随声奔入林中,见一古墓,掘开如盆大,有一佳人在内。鬼使持剑喝问原因。佳人道:“妾在城里住,夫是银匠王温,为妖怪所迷至此。”小鬼听得,遂挽妇人随风而去。忽然遇着妖怪,头生两角,身披金甲,手持利剑,喝问:“谁将我妻儿何处去?”鬼使道:“我奉城隍牒命,来捉妖怪。”其一鬼在黑风中与妖精持剑交战,遂被妖精斫死。

小鬼急将妇人抱走。其有众鬼知之,径回庙中告城隍。城隍再遣阴兵捉捕。阴兵遂围定妖精所在,不能走脱,遂被阴众捉缚,同阿刘押入城隍司。司王道:“此系包大人要根勘。”即令取大枷枷着妖精,同阿刘解入府衙。正遇拯在城上判事，忽一阵黑风，尘雾四起，良久，阿刘与妖精同到厅前。拯一见之，方知是参沙神作怪。

拯问阿刘事因。阿刘逐一供具妖精杀苗家因依："妖怪缚去藏之古冢之中，谢得城隍兵吏救奴，遂得再生天日。"阿刘具言其详，厅上司吏立成文案。拯遂着公人当阶下斩了妖精，但见空中火焰分作两处，良久消散，有一剑落在阶前。胥吏者无不称异。拯乃将此事奏知朝廷。仁宗皇帝遂下诏宣召拯与王温亲问之，得其确实，敕命城隍特加封赠。温复得与阿刘偕老。

第三十四回 断瀛州监酒之赃

断云：

> 枉职虐民终自损，包公施政庶民安。
> 徐温不守朝廷法，一日徒然已去官。

话说京都当那仁宗皇帝设朝之时，瀛州有三十个父老击鼓于朝门外。监鼓郎官奏知朝廷："今有瀛州父老击鼓，欲见天子，不知有何事因？"仁宗闻奏，命召之入朝。至殿下，山呼已毕，奏道："臣等是瀛州河北人，本州使君贪财好色，无道虐民，臣年八十，恨不遭好官，下民无望，特来奏知圣上。"仁宗闻父老所奏，下敕："赏赐诸父老人布各一匹、钱五贯，待朕自有裁处。"众父老谢恩既出，上遂会集臣僚，问："谁可任此职者，卿宜直言之。"诸官僚交口以包拯为荐。仁宗道："朕亦知包卿乃能干之官，诚不负汝众人所荐。"即日遂降敕命，特命包拯为瀛州节度使。

拯得命，遂辞帝出朝，刻日起程赴任，并不用仪从，惟听吏李辛一人及驴子一匹、钱五贯而已。拯但着布衣，履麻鞋，冠旧巾，作村汉模样。路中人皆不识之。

渐近州八十里，见有仪从旌节，旌旗闪闪，前来远接节度者。有一军卒问拯云："曾见包节度来否？"拯笑道："却不曾见，我自去河北看亲的。"公吏等接日久，疑包节度未必便来，各自回去。

拯直入瀛州城，遂去市西王家店安歇。主人周老特来问："秀才欲往何处？"拯道："我是南方人，来访亲戚。"周老问："秀才有何亲戚在本州？"拯答云："是务中监酒人。"主人笑与拯道："监酒的最不良，务中造诸般酒，香桂金波留自饮，酿成薄酒送官家。每常酒一升三十文，卖与百姓军人。"拯记在心。

次日遂心生一计，问周老借瓷盆一只，身带铜钱十八文，入务中沽酒。拯直到阶下大叫曰："有人在家否？"不多时，只见监务徐温在厅上出来，听得有人买酒，便令使唤人宋真量酒。宋真道："秀才更将钱与我，须要饶些升方与你。"拯道："哪里还讨钱送你。"宋真不平，遂减着升量。拯蓦见旁边有一妇人，也将瓷瓶沽酒，先数五六文钱与宋真，然后交钱量酒。真甚喜，遂多量与妇人。拯问："务中监酒是何人，敢如此卖弄法度，欺瞒下民？"遂高声大骂。监酒者大怒道："这狂夫要在此撒泼？"令左右："扯出去悬吊在廊下，将大棒痛打。"左右正待悬吊起来，忽李辛走向厅前道："监酒不识人，秀才便是待制，现任瀛州节度使，如何将来吊打？"监务见说大惊，连忙走过来跪下谢罪。哄动满城官吏，忙来迎接入衙。

拯随即唤徐温来责问："你一斗酒五百文，一石酒五贯，又如何取人许多钱？"温低头无语。拯令监起，遂奏之朝廷。敕旨既降，将徐温监贮，断罢停现任之职。宋真不合接受百姓赃钱，押赴法场杖杀。

拯依拟断讫，众人大悦。此可为暴官污吏之戒也。

第三十五回 鹊鸟亦知诉其冤

断云：

鹊鸟被冤知告诉，渔人不善受笞刑。
当时灵气斯无异，千载频谈包拯明。

话说包公为瀛州节度使之日，民无私屈，贼盗消潜，为士者知习诗书，为农者尽力畎亩，工商二途各居一业。满城父老见他如此清正，作一歌赞美，诵之云：

谷雨桑麻暗，春风桃李开。
只因民有福，除得好官来。

当下三街六市小儿，尽会歌之，真见得包公之能也。

一日，包公正在厅前判事之际，忽有一鹊鸟飞来，口衔纸钱，悠扬良久，放下纸钱而去。拯竟不及见，诸吏亦不以告拯。

又一日，拯闲坐，忽见鹊鸟又喧呼飞来，口衔纸钱，放下阶前，哀鸣不已。拯甚怪之，思之良久，忖道："此必有冤枉事。"

遂唤值堂公吏夏安，吩咐："急忙捕逐此鸟飞归何处？"安领旨追随其鹊，至城外十里头同福寺门外，鹊鸟遂泊于松树下，大声喧叫不止。

安归告于拯，拯又令安去寺门外，直上松树梢头，跟探此鹊有何缘故，再来回报。安复到寺门外，望见松树最高处，旁无枝干，思量难上。

无计奈何，遂将金钱十贴，入寺里皈投土地，焚化金钱后，安挑长梯与绳缆，系定树上。

夏安心惊胆碎，直到树上，但见鹊鸟哀鸣不已。探着巢中，只有两雏，羽毛未全，却被人用小绳系定，缚在松枝上。

夏安下树来，走出寺门，恰遇一个卖鱼人，名郑礼，与安道："你休上树取这鹊雏，羽毛犹未全，腥臊不堪吃。日前我已上树去用小绳系定了，且待长大，却取来与老兄买酒同饮一杯，岂不快哉？"夏安正没寻个下落处，听得其说，不胜欢喜，乃佯许诺之，相别而去。

次日夏安入衙，即将郑礼取鹊雏情由，一一复知。拯就差夏安前去勾唤郑礼来审。

安勾礼即到，拯问郑礼："尔自以卖鱼为活，何得系缚鹊雏，害物伤生？"便令夏安押郑礼前去树枝上，急将鹊雏解脱下来。夏安、郑礼听见鹊鸟遂复欢鸣。夏安再押回郑礼到衙，拯判将郑礼臀杖八十，以为戕物伤生者之戒。

此见包公阴德及乎鸟鹊，而况于人耶？

第三十六回　孙宽谋杀董顺妇

断云：

挟诈刁奸遭斩决，枉情僧老得生还。
若非包公能辩白，始知谋杀即孙宽。

话说东京城三十里，有一庄家，姓董，乃大族之家。董长者生一子名董顺，以耕田为业，每日辛勤耕布，朝夕无暇。长者因思田家辛苦，一日与儿董顺道：“为农之苦，何如为商之乐？”遂将本钱吩咐与顺出外经商。董顺依父之言，将钱典买货物，前往河南地方贩卖。只数年间，大有所得，因此致富。

一日，父子又商量道：“住居乃东京城之马站头，不如造起数间店宇，招接四处往来客商，比作经商尤有出息。”董顺道：“此言极妙。”父子遂起店宇于当要所在，果是董家日有进益。长者遂成一富翁，其子董顺因娶得城东茶肆杨家女为妻。杨女颇有姿色，每日事奉公姑甚恭谨，只是嫌她有些风情。顺常出外买卖，或一月一归，或两个月一归。

城东十里外有个船艄名孙宽，每日往来于董家店最稔熟，与阿杨笑语，绝无疑忌。年久月深，两情缱绻，遂成欢娱，聚会如同夫妇。宽伺候董顺出外经商，遂与阿杨私约道：“吾与娘子莫非夙昔有缘？情好非一日，然欢娱有限，思恋无奈，娘子何如收拾所有金银物件，随我奔他处，庶得永为夫妇，岂不美哉？”阿杨许之。二人遂指天为誓，乃择十一月二十一日良辰日子，以此为约同去。

至其日，阿杨尽皆收拾房中金银轻赍之物，以待孙宽之来。

黄昏时，忽有一和尚求宿于董翁店，称是洛州翠主峰大悲寺僧，名道隆，因来北方抄化，天晚特来投宿一宵。董翁平日是个好善之人，便敞开店房，铺排床席款待。和尚斋饭罢即睡。时正大寒欲雪，董翁夫妇闭门熟睡。

二更时候，宽叩门来。阿杨暖得有酒在房中，与宽同饮数杯，少壮行色。语话良久，遂携所有物色与宽同去。才出门外，但见天阴雨湿，路滑难行，对此光景，越添愁闷，思忆公姑，泪下如雨。阿杨苦不肯行，密告孙宽：“奴欲去不得，另约一宵同去，未为晚矣。”宽无计奈何，思之：“万一迟留，恐漏泄此事，机会必不再矣。彼自有丈夫在，岂有真恋我哉。”见其所有物色颇富，遂拔刀杀死阿杨。正是：

背夫不义先遭戮，奸贼无情竟被刑。

当下孙宽既杀死了阿杨，四下寂静，并无知者，遂夺却金宝，置其尸于枯井中而去。

未几和尚起来，出外登厕，忽跌下枯井中。井深数丈，无路可上。天明和尚小伴童起来，遍寻和尚不见，遂唤问店主。董翁起来遍寻，至饭时亦不见阿杨。径入房中，看四壁皆空，财物一无所留。董翁思量：“阿杨定是与和尚走了。”上下山中，遍寻无迹，遂问卜于巡官。巡官占云：“寻人不见，宜向东南角上搜寻。”董翁如其言，寻至屋厕枯井边，但见芦草交加，微带鲜血，忽闻井中人声。

董翁遂请东舍王三将长梯及绳索直下井中。但见井下有一和尚，连声叫屈，阿杨已被人杀死在井中。王三用长绳缚了和尚，吊上井来，众人乱拳殴打，不由和尚分说。

乡邻、五保具状，解入县衙。知县将和尚根勘，和尚供具：“本人是洛州大悲寺僧，因来此乡抄化，托宿于董家店。夜半起来登厕，误跌下井中，见有一死妇人横死在内，不知是谁人杀死。”狱吏道：“分明是你谋杀其妇，欲利彼之财物，尚何抵赖？”竟不由分说，日夕拷打，要他招认。和尚受苦难禁，只得招认。知县韩遂申解府衙。

拯唤和尚问及原因，和尚长叹曰：“前生负此妇死债矣。”

从实直供具。拯思之：“既是洛阳和尚，与董家店相去七百余里，岂仓卒能与妇人私通期约？必是冤屈难明。”遂将和尚散禁在狱，日夕根探，竟无明白。

拯偶得一计，唤狱司，就狱中所有大辟该死人，将一人密地剃了须发，假作僧人，押赴市曹斩了，号令三日。称是洛州大悲寺僧，为谋杀董家妇阿杨事，今已处决。又密遣公吏数人，出城外探听，或有众人拟议此事是非，急来通报。

诸吏行至城外三十里，因到一店中买茶，见一婆子因问：“前日董翁家杀了阿杨公事曾结断否？”诸吏道：“和尚已偿命了。”婆子闻说，捶胸叫屈：“可惜这和尚，枉了性命。”诸吏细问因依，婆子道：“是此去十里头，有一船艄名孙宽，往来于董家最熟，与阿杨私通，因谋她财物，遂杀了阿杨，弃尸于井中，不干和尚事。”

诸吏即忙回报于拯。拯便差公吏数人,密缉孙宽,枷送入狱根勘。宽苦不肯招认,难以决案。拯因令取出宽,当堂笑绐之曰:“杀一人不过一人偿命,和尚既偿命了,安得有二人偿命之理?但是董翁所诉失了金银四百余贯,你莫非捡得,便将还他,便可清脱汝之罪。”宽甚喜供具:“是旧日董家曾寄下金银一封,至今收藏小匮中。”

拯差人押孙宽回家取金银来到,就唤董家前来认证。董翁一见物色,便认得金银器及锦被一条:“果是我家物色。”拯再勘董家原昔并无寄与金银之事。又勾唤王婆来证。孙宽仍抵赖不肯招认。拯道:“阿杨之夫经商在外,汝以淫心戏之成奸,因利其财物,遂致谋害。现有董家物色在此证验,尚何得强辩不招?”拯道罢,着公吏极法拷究。

孙宽神魂惊散,难以掩藏,只得一笔招成。遂押赴市曹处斩,和尚释放还山。

第三十七回 阿柳打死前妻子

断云：

柳氏不慈其受罪，包公明镜雪童冤。
古往今来真可鉴，天理昭然恨已伸。

话说开封府城内，有一仕宦人家，姓秦字宗佑，行位第七，家道殷富，娶城东程美之女为妻。程氏女性德温柔，治家甚贤，生一子名长孺。十数年，程氏遂死，宗佑甚痛悼不已。忽值中秋，天清明净，月色如画，宗佑闲行庭下，睹月伤情，因吟一绝云：

中秋正尔月明时，为忆佳人寐不成。
此夜谁家闻唤酒，宁怜独自对寒灯？

宗佑吟罢，凄然泪下，不觉月移斗转，露冷风寒，乃就寝房而睡。将及夜半，梦见程氏与之相会，虽在初寐中，话语若平生。良久解衣，二人并枕交欢之际，宛若在生无异矣。云散雨歇，程氏推枕先起，泣辞宗佑："感君之恩，其情难忘，故得与君相会。妾他无所嘱，吾之最怜爱者，惟生子长孺，望君善遇之，妾虽在九泉亦瞑目矣。"言罢径去。宗佑正待起挽留之，惊觉来却是梦中而已。审其遗言，犹在耳边，乃作相思曲一阕以怀之，词名《一剪梅》云：

偶尔中间两相浓。死若生逢，深乐相逢，解衣深惜旧时容。虽在梦中，忘却梦中。　因何话别遽匆匆。愁恨重重，苦思重重，觉来枕畔逼吟蛩。抵怨秋风，怎禁秋风？

次年宗佑再娶柳氏为妻，又生一子，名次孺。柳氏本小可人家出身，性甚狠暴，宗佑颇惧之。柳氏每见己子，则爱惜如宝；见长孺则嫉妒之，日夕打骂。长孺自知不为继母所容，又不敢与父宗佑得知，以此栖栖无依，时年已十五。一日，宗佑因出外访亲戚，连日不回，柳氏遂将长孺在暗室中打死，吩咐家人但言长孺因暴病身死，遂葬之于城南门外。逾数日宗佑回家。柳氏故意佯病，哭告以“长孺病死已数日矣，今葬在城南门外”。宗佑听得，因思前妻之故，悲不自胜。心亦知子必死于非命，但含忍而不敢言。

一日，拯因三月间出郊劝农，望见道旁有小新坟一所，上有纸钱霏霏。拯过之，忽闻身畔有人低声云：“告相公，告相公。”连道数声。拯回头一看，却不见人。行数步，又复闻其声。至于终日相随耳畔不歇。拯甚怪之。及回来，又经过新坟所，其声愈疾。拯细思之必有冤枉，遂问邻人里老：“此一座新坟是谁家葬的？”里老答云：“是城中秦七官人名宗佑，近日死了小儿，葬在此间。”拯遂令左右，就与父老借锄头掘开坟内，将小儿尸身检验，果见身上有数痕。

拯回衙后，便差公人追唤秦宗佑理问事因。宗佑但供具：“是前妻程氏所生男，名长孺，年已十五。前日因出外访亲，回来后妻阿柳告以长孺数日前因病死了，现葬在南门外。”拯知其意，又差人追唤阿柳至，将阿柳根勘：“长孺是谁打死？”阿柳但称因得暴症身死，不肯招认。拯怒诘之云：“彼既病死，缘何遍身上尽是打痕？分明是尔不慈，打死他，又何抵赖？”阿柳被拯驳辩一番，自知理亏，不得已将打死长孺情由逐一招认。拯判道：“无故杀子孙，合该徒罪。”遂将阿柳依条决断。宗佑不知其情，发回宁家。

第三十八回 王万谋并客人财

断云：

王客谋财遭决配，沈商不死报分明。
堪笑当时徒歹意，包公正直不容情。

话说黎州有一客人名王万，因往成都府买卖，行到府城外四十里头潘家岭，天色已晚，遂宿于祝婆店里。

因与汉州一客人沈明同店居住，王万遂问沈客何处人氏，要往哪里经纪。客人答道："小可是汉州人，要去府中做些小买卖，何不同行？"二人遂买杯酒，订约为兄弟相交，饮至更深夜尽，欢悦，遂共同床睡了一宵。

次日天渐晓，二人饭罢，整顿行李，辞店主而去。

行至地名万松岗，并无人家，但见峻石岩崖，旁有古井，深数十丈。王万因见沈客所带财物颇富，心欲谋之，遂与沈客道："日色颇热难行，且泊担少歇一回。"

沈客依其言，二人放下行李，同坐石上，语话良久，悄无人行。王万诈称腹疼，着沈客近前为之抚摩。沈客不知他起谋心，只管尽心为之抚摩，被王万乘力一推，沈客倒跌落于井中去了。王万尽夺其所有财物而去。

沈客在井中放声叫屈，无路可上，近者皆莫知之，饥饿一日余。次日有温江客数人，亦因泊担少歇其处，忽闻井内有人叫救命之声，诸客皆疑怪，遂各解笼索相连结，投下井中。

良久，沈客见有索下，甚喜，遂自以索系其腰。诸客忽见索动，急忙掣上，沈客方得出井。

众客问其缘故，沈客具言被同行伙客人谋陷情由，具告以连日不曾得食，饥馁困苦，众客甚哀怜之，竟以饭与之食。沈客拜谢不止。

众客去后，沈思量财物尽为一空，无处投奔，遂去府衙陈诉。当下包拯任成都府之职。行至府前，忽遇见王万正在府前买办。沈客走近前，一把手扯住，喊叫道："这贼还我财物！"

正是：

路逢狭处难回避，冤家相遇怎教开。

王万一见沈客，惊骇错愕，只道是冤魂来取命，走动不得，竟被沈客扯入府衙陈诉。拯即将王万根勘。王万心虚情亏，不去抵讳，只得一一招认谋劫财物情由。

拯取其物色尽还沈客，将王万判断谋财害命，本合处死，沈客已在，减一等，决配极恶州郡充军。

第三十九回 晏实许氏谋杀夫

断云：

淫妇败风受极法，善人自有物扶持。
包公明断心如镜，天理昭彰不可迷。

话说开封府城西二十里，有一地名苦篙村，有一人家，姓俞字子介，家道颇富，以商旅为活，性最好善，看经念佛，专一施舍。

其妻许氏，年方十九。每日介叟出外买卖，其左右邻有一风流年少，名晏实，常往来于介叟家，因与许氏相通。许氏心甚爱之，日久月深，两情缱绻，因此阿许遂与其夫不和。

一日，介叟出外，晏实遂与阿许私议道："我今蒙娘子惜爱，情意甚密，深望幸矣，倘或有日家长知觉，两下耽误，岂不深可耻哉。欲要取个久远之计，不若装着甚么计较，候待介叟归，置之陷阱，庶得两情永谐鸾凤。"阿许道："此事容易。彼若归时，汝故意请他去用醇酒，劝他饮醉之后，那时任从你发落便了。"商议已定。

越数日，晏实闻介叟已归，遂往其家贺之，因招介叟来家饮酒。介叟见是相熟之人，亦不推辞，随晏实到彼舍，酒食已齐备。

晏实尽意奉劝，介叟痛饮醉甚，待辞归，实因送介叟纵步而行。

行至村南僻处，有一大井，水深无底。其时天色渐暗，介叟醉倒不能行。晏实见四处无人，遂拖介叟去入井中而归。

次日实密以告阿许，阿许甚喜。又越数日，其邻人皆问阿许："介叟这几日何往？"阿许告以相约同行之人在途等候。邻人信其言。晏实与阿许喜不自胜，自谓可以永谐连理，日夕在家里通欢。

介叟在井中醒来后，终日只是念佛诵经。但见水中有一大龟，以背乘介叟于水上。

每至饥时，有数小龟各衔斋食以食介叟，介叟亦不觉其为饥。将经月余，一日天下大雨，井水大涨，龟背乘介叟直至井岸。介叟乃得再生，遂投奔而归。

正值其妻与晏实方对饮高歌，忽见其夫之来，皆惊惶骇怖，疑其是鬼。

晏实持刀赶逐，不容其归。介叟无可投奔，遂具状入府衙陈告，逐一供具其妻与晏实通奸及因谋害事情。拯见状，即差人勾唤阿许及晏实一同根勘。二人已到，用长枷押入狱中理究。

二人不得已，各各招认通奸设计谋害事因。拯视供明白，叠成案卷，遂将阿许处决斩罪，晏实臀杖一百，配二千里，永不许还乡。

第四十回　斩石鬼盗瓶之怪

断云：

怪异偷将金器具，神灵显报断分明。
包公一点精英鉴，万变妖魔何处逃。

传说有郑秀才者，名宽，开封府人。家道饶足，最勤力学，每夜自处一室读书，至二三更方睡。忽一夕，有人叩门声。宽问："是谁？"门外应声曰："有客拜见。"宽开门，但见一秀才，面目俊伟，须眉清秀，与宽长揖。宽延之坐定，秉起明烛，问："客来何处？"客答道："姓石名呼为处士，与君皆邻里也。闻君书声琅琅，径来访君。"宽与之议论良久，见其语话极洒落，心甚敬之。语至二更，遂别宽而去。

自此每夕往来，与宽清谈，甚相投合，宽敬其为人，一夕以金瓶贮酒，盛设佳肴，与处士对席而饮。酒至数巡，宽起而语道："久聆清诲，未尝有忘，今与君相交亦熟矣，难得今夜清风徐来，明月初升，有酒盈樽，岂可虚度良夜？见君言语清丽，多博古典，想必善佳作，望弗辞示教，以叙此情，岂不快哉？"处士见宽人物轩俊，知其善诗者，遂答道："蒙盛设相待，愧我无杜陵之才，吟来反贻君之笑耳。"宽道："足见弘学，更勿推托。"处士于是席上执杯，吟道：

月色连窗夜气清，与君相遇叶同声。
只愁识得根因处，虚负今宵雅爱情。

处士吟罢，郑宽抚掌笑道："诗诚妙矣，只是结句太窄，今将与君长为伴矣，何至便有虚负之情？"亦依韵和吟一首：

秉烛相谈话更清，徐徐席上动风声。
今宵盛贮金瓶酒，要证平生夙昔情。

处士听罢，亦笑答道："君才尤捷，小子非其敌也。"二人饮至二三更而去。

至第四夜，乘月明，石处士又来叩门，与宽道："日前蒙赐佳酿，盛意难忘，今寒舍新曲已熟，愿邀君步月而往，同饮一杯，少款情话，可否？"宽诺之，石处士遂与之同行到其家。但见野径萦迂，茂林修竹，中有琐窗朱户，如神仙境界。石处士遂呼小童安排筵席，把杯同饮，沉醉而返。宽归，痴迷如梦，数日方醒。自此处士往来无间，时或宿于宽家，宽视之如旧知，并无疑忌焉。

忽一夕，处士与宽同榻而睡。处士伺宽熟睡，密盗其箱中金瓶而去。天明宽睡觉起来，忽见箱子开了，探视不见金瓶所在，待问石处士，已去矣。宽直抵其家问之，及寻其旧路，但见林木森森，乱石磊落，悄无人迹，亦不知其家所在。宽怅恨而归。自此，石处士亦不复来。

宽几夜郁郁，无计奈何，遂入府衙陈诉，告理其事。拯见状便问："石处士是何处人？"宽具言其往日与彼相会之详。拯即差人赍文引，与宽同往其处追唤石处士。公吏到其地方，但见怪石嶙峋，惟无人家，又闻虎声咆哮，徘徊竟不敢入。及询之邻里，皆不知有石处士之家。公吏归以告拯，拯思之必是妖怪，再差人叩其处，令以文牒焚之，祝之当地土地龙神，必有下落。公吏如其言再往，将牒文焚祝之讫而回。

次日黄昏时，俄然黑风暗起，见有鬼吏数人，缚捆石处士直到厅前。公吏即忙通报，拯便将处士勘问。处士一一招认，供具所盗去金瓶现收藏在家里。拯差人押处士归取金瓶。公吏到其处，见有一岩窍如瓮大，其中宽阔如屋，有怪石数十，屹立如人状，其金瓶则挂之石壁之上。公吏取金瓶，仍押处士回衙见拯。拯唤郑宽取其物色。宽一见金瓶，果是宽家之物。拯着宽领瓶而去。令公吏押石处士斩讫，只见有石碎无数，更无人尸，拯方知即石精也。后其怪遂息。

第四十一回 妖僧感摄善王钱

断云：

异孽兴灾遭捉戮，七圣法术见精奇。
包公一决山门事，万代风声从此端。

话说东京城善王太尉，乃是个中贵之官。一日在后花园四望亭上饮酒赏花，左右侍从各搬演杂剧劝酒。太尉正酣饮间，忽听得一声响亮，众人看时，却是一人打个弹子入花园里来。

那弹子一似碾球儿，转了数遭，变成一个和尚，身披烈火袈裟，耳坠金环。太尉与众人看见，俱吃了一惊。太尉知其异，便问："圣僧因何至此？"和尚道："贫僧是代州雁门县五台山文殊院行脚僧，闻得太尉平素好善，特来化三千贯钱修盖山门。"

太尉听罢自忖："此僧必非常人。"乃令左右设斋待之。和尚一食而尽。太尉惊讶半晌，乃道："我就肯舍着三千贯钱与吾师，如何得去？"和尚告太尉："贫僧自有道理。"太尉即叫掌库人取过三千贯钱来，付与和尚，看他如何发落。和尚见钱，遂于袖中取出一卷经，望空中一撒。

不多时，只见经上众行者滚滚而下，一时间将三千贯钱都搬将而去。和尚径来辞太尉，欲转五台山。太尉送和尚出了花园，私喜舍此钱贯不落虚空。筵罢归寝阁下。

次日早朝，恰遇着开封府包待制，二人各下轿，坐于待漏厅内。闲叙话间，太尉语及昨日施钱与五台山和尚之事。包待制听罢，忖道："世间哪有此等异事？"遂记在心下。

朝罢而回，升厅唤过温殿直，吩咐道："近日有郑州知府被妖人所杀，现今出榜缉拿未获。今早入朝，遇中贵太尉道其事，想必是妖僧。即差尔于城里城外缉捕妖僧回报。"殿直只得领台旨，回家忧闷。他手下有个心腹人名冉贵，最机警，见温不悦，问及来因，乃对温道："君有许多公人，何不分散城市缉访？必有下落。"温殿直依其言，分其手下公人满城访拿妖僧。

温殿直自同冉贵入南门，行到相国寺前，见一伙人在那里看把戏，冉贵道：“待我去根究着。”直入人丛中，却是一个行法的，在京有名，叫做杜七圣。祖传下异术，将着一个小孩儿，装在板凳上作法，念了咒，即把那孩儿宰剥了，待问众人讨了花红利市，依然将孩儿救醒。

当下看的人无不喝彩。正值那和尚亦在看，要掩他法术，先念了咒，竟把孩儿魂魄收了，便抽身去对门店里吃面，将碟子盖了那孩儿魂魄。

不想杜七圣收了花红，要救醒孩儿时，百计不能安其头。七圣慌忙告众人道：“列位君子，有谁将吾孩儿魂魄收去，望乞赐还。”道罢，孩儿头又安不上。杜七圣怒发，便从袖中取出一颗葫芦子，撒在地下，喷上一口水，那葫芦便抽藤、开花、结实。七圣摘下葫芦来，一刀剁下。那和尚正在楼上吃面，忽那头落在地下。

和尚忙用手摸那头来，安在颈上端正，乃道：“我忘放着那孩儿。”即忙揭起碟子，还了魂魄。那杜七圣复救得孩儿回去。

人丛中有人传说，对门楼上有个和尚，头忽落地而就能安，其法愈于杜七圣。冉贵听得，连忙与温殿直说知。殿直道：“此必是骗善王太尉钱的。”二人抢入面店来，把妖僧捉了。

不想那和尚果有法术，只用手一指，满店人都是和尚，不知哪个是真的，竟被他走了。温殿直没奈何，只得回复于拯。拯即出榜张挂：“但有城中捉得弹子和尚来者，赏钱一千贯。”

城里有个卖青果的李二夫妇，得知那妖僧住居在他隔壁，即来报知温殿直图赏。殿直闻说，便领众人随李二来捉。

正值和尚饮得醉醺醺而回，被温殿直众人向前绑缚了，解入府衙来见包拯。拯令用长枷监入狱中根勘。

至次日狱司来报，和尚已走去了，只留下长枷，四下并无动静。拯正疑怪间，公吏入禀，昨日捉那和尚已在街上拍掌而笑。拯随差赵霸领公人追捉。霸与众人见和尚一直赶入相国寺去，遍搜不见。

正没奈何，忽佛殿上泥塑个八臂哪吒，叫声道：“我在这里。”霸听得，要将哪吒打倒，其中有个得道僧禀说：“待我祷告三宝，妖僧自出矣。”其僧祷罢，那妖和尚一直走出寺门。霸同众人赶到河边，见和尚自跳入河里去了。霸回复于拯。拯给钱一千贯赏李二夫妇而去。李二得钱做本，遂成富家。

一日，那弹子和尚来他家化缘，李二见着，吃了一惊：“此妖僧即目包太尹正没拿你处，却又在此。”便欲去告首。和尚怒道：“汝今得我而成家，如此无理！”只用口一吹，起一阵狂风，将李二摄挂于相国寺门首幡竿之上。其妻只得来衙告知于拯。拯不信，自乘轿来看，果见妖僧在竿上立地，笑道：“贫僧自化善王钱贯，不敢干犯太尹，万乞恕罪。”言罢，将李二丢落竿下死了。其妻哭领尸回去葬埋。拯怒甚,着左右用箭射之,皆不能中。俄然有一道士来见拯献计,教用狗羊污血射之,便能压其法术。

拯令左右如道士之言,即将狗羊血来蘸箭射,那和尚满身是血,跌落在地上,被公人一时捉住,带回衙中。

拯道:"不可再留,即日处决。"命温殿直押出妖僧。到市心,和尚道:"贫僧该死,只求得一碗酒吃,弃世便休。"殿直颇怜之,吩咐公人取酒一碗与之。和尚接过酒,呷一口,望空喷去,变成一道黑气罩了法场,和尚迸断索子竟走了。温殿直大惊,公人各走散回复包拯。拯道:"自来不曾见此等妖人。"一边出榜捕拿妖僧,申奏于上。后来那和尚又去帮王则谋反,被官军所捉,戮于东京市,其妖气方息矣。

第四十二回　屠夫谋黄妇首饰

断云：

凶党相聚成恶患，包公决断似青天。
状情鞫出咸称服，闾巷儿童乐宴然。

话说包公守韶庆之日，离城三十里有个地名宝石村，人烟稠密，惟有黄孙长者家颇富足，田园甚广，祖上惟事农业。长者生二子，长曰黄善，次曰黄慈。善娶城中陈许之女琼娘为妻。

琼娘性最柔，自过黄家门后，奉事舅姑，极尽和顺，所以大小无不欢喜。未及一年，忽一日陈家着小仆进安来报知琼娘道："老官人因往庄中回来，偶染重疾，叫你回来看视他几日。"琼娘听说是父亲染病，如何放得下心？吩咐进安入厨下酒饭，即与丈夫说道："吾父有疾，着人叫我回去看视，可对公婆说，我就要一行。"黄善道："目下正值收割时候，工人不暇，且停待数日去未迟。"琼娘道："吾父病卧在床，望我之归，以日为岁，如何等得？"善实意要阻她，不肯与去。琼娘见丈夫阻她行意，闷闷不悦。至夜间思忖："吾父只生得我一人，又无别兄弟倚靠，倘有差失，悔之何及？不如莫与他知，悄悄同进安回去。比及知时，料亦无妨事。"

次日侵早，黄善径起去赶人收稻子，琼娘起来梳妆齐备，吩咐进安开后门而出。琼娘前行，进安后随，其时天色尚早，二人行上数里，来到芝林，露气漫漫，对面不相见。进安道："日还未出，露又下得浓，不如入林子里躲着，待等露收而行。"

琼娘是个机警女子，乃道："此处路僻，恐人蓦见不便，可往前面亭子上去歇。"进安依其说。正行间，忽前头有三个屠夫，要去寻猪买，亦赶早来到，恰遇见。琼娘头上插戴银首饰极多，内有姓张的最凶狠，与二伙伴私道："此娘子想是要入城去探亲，只有一小厮跟行，不如劫夺了所戴首饰来分，胜做几日生活矣。"一姓刘的亦道："此言极是。我前去将那小厮拿住，张兄将女子眼目扪了，吴兄去夺首饰。"琼娘要藏在袖中，竟被吴九用手抢入袖中去夺。琼娘紧紧抱住，哪肯放手。姓张的恐遇着人来不好，拔起一把宰屠刀，将琼娘左手砍下。琼娘忍痛跌倒在地，被三人将首饰尽夺得去了。进安近前来看时，琼娘不省人事，满身是血，连忙复回黄家报知。正值黄善与佣工吃饭，听得此消息，大惊道："不听我言，遭此毒手。"慌忙叫三四人取轿，来到芝林。琼娘略醒，黄善便抱入轿中，抬回家下看时，左手被刀伤处，其掌将坠。一边吩咐家人请医生理救琼娘，即具状领进安入府哭诉于拯。

拯看状没姓名，乃问进安："汝曾认得劫贼人否？"进安道："面貌认他众人不着，只似个买猪屠夫模样。"拯道："想贼人不在远处，料尚未入城。"吩咐黄善去取得琼娘那一件血染短衫来到，并不与外人扬知。乃唤过值堂公皂黄胜，带着生面人，教之："将此短衫穿着，可往城中遍巷去喊叫，称道：'今早过芝林，遇见三个屠户被劫，一屠夫因与贼斗，杀死在林中，其二伙伴各散走去了。'"胜依教，领着一生面客人，穿着染血短衫，遍城去叫。

行到东巷口张蛮门首，彼妻阿朱闻说，连忙走出门首来问道："我夫侵早而出买猪，只不知同哪个伙伴去，又没人问个的实。"胜听见，就坐在对门酒店中等着。张屠将近午后回来，被胜走近前一把拿住，押来见拯。拯随令即搜验之，果搜出银首饰数件。拯道："汝报来同去伙伴，则饶汝之罪。"张蛮只得攀出吴、刘二屠夫。拯即时差黄胜、李宝分头去捉。不多时，吴、刘二屠夫正回来，被黄胜、李宝不待他入门，竟捉拿解来见拯。刘、吴初则不知官府捉他根因，及见张蛮跪于厅下，惊得哑口无言。拯亦令搜出首饰各数件，着用刑者极法究审。三人抵赖不过，只得一一吐实，供具谋夺之情。着司吏叠成案卷，拟判张蛮三人皆问斩罪，给还首饰与黄善而去。后来琼娘得名医救好，仍与黄善团圆。韶庆百姓慕包公之能神矣哉。

第四十三回 雪廨后池蛙之冤

断云：

虫类告罪能告诉，吏人违令竟编军。
包公德化施尤溥，案牍分明不顺情。

话说包公自断黄善之妇被劫一事，远近称传，强暴敛迹，庶民安业，谁不仰风敬畏？日坐府堂，虽则词清讼简，案牍无滞，但是小可不明之事，诉于台前者，顷刻之间决断，如日出冰山融然而释。六房公司人等，哪个敢怀一点私心？执卷侍立，惟听呼令而已。

一日，包拯公事之余，退居后廨铭心亭上看案牍宗卷，廨后正近着小荒池。时节是熟梅天气，将近黄昏左右。拯端坐椅上，左右执烛侍立。拯检视数宗案卷，略困，聊凭几而睡。忽那小荒池中群蛙相聚，一时间并闹将起来，声音不停。拯被其嘈，问左右："哪里恁的喧闹？"左右近前复道："廨后有小荒池，适间夏雨初过，园圃新霁，有那群蛙聚闹，不是人喧嚷。"

拯听罢乃道："此恶虫何不于远处宿，而在此间嘈我？"即着人去唤司吏周礼。周礼正在舍下与那故人饮酒，吃得烂醉，听得包公有召，连忙径赴廨后来见。拯吩咐道："汝将我示帖去，贴于小圃粉墙上，晓谕那池中群蛙，再不许他在此群闹，有妨包老爹在廨后审案卷。"周礼领诺，遂将包公所批晓谕戒文收在房里去了。当下那周礼被酒醉未醒，直睡到天明，方起来进衙听候，已忘了将示帖晓谕池蛙之事。

才过数日，本道有文书来到，着本府有司审重犯解京奏谳。公吏报知于拯。拯吩咐打扫后廨，是夜秉烛审卷于厅之上。拯执笔视卷，不觉捻须三叹，其貌怆然。时黄胜、李宝在旁，见拯嗟吁不已，靠前禀复："相公因何看卷停笔不下？有何缘故？"

拯道："汝二人事我亦久，说知无妨。今者本省有文书来，报审重犯解京奏谳，甚不忍得。尔等见我执笔未落，盖因怜犯人不能开之，倘或成案，赍名到京，生死于此决耳，是以沉吟，盖为此也。"黄、李听说，叩伏于阶下道："相公天地之心,使有决者死亦无怨,而今起念若是,愿相公子子孙孙封侯不绝矣。”道未了,忽后圃池中群蛙喧闹之声比前日犹甚。拯怪而问道:“日前已有戒谕,叱小虫不许在此喧嚷,妨我案牍之劳,今夜何又得如是?”即唤周礼问之。周礼方记得忘去晓谕之事,恐拯见责,乃绐之云:“承领已将帖子晓示,不意此蛙任性如是。”拯怒道:“人尚遵化,此类犹敢违吾令乎?”即取过笋箨来,剪成数百只枷,枷上批道:“不遵约束,枷号示知。”再差黄胜将此枷撒向后圃小荒池中去讫。

次日拯升厅,忽数十大青蛙,各项上顶一枷,翼然伏在阶上,似有诉冤之状。众人看见称异。拯忖道:“此必周礼未将戒帖晓谕之故。”遂唤周礼来证,周礼犹推不认。群蛙齐跳上厅来,围定周礼。周礼惊惧,只得供称是夜酒醉,忘将戒帖晓谕根因。拯怒道:“汝执事人,贪酒忘公,误及虫类。”当堂拟断周礼违法之因,问发河南某卫充军。至今传有因蛙问军,是此故也。令公吏开去群蛙笋箨枷焚之,仍放归池中。是夜拯梦见四十个青衣人,伏在阶下,口称感德而去。及拯觉来,方忆此青衣即是所放之蛙也。自是公廨后中夜寂寥,再无蛙声喧闹,至今犹然。此真见包公恩德及于微物,而不私公吏之玩法者矣。

第四十四回 金鲤鱼迷人之异

断云：

千年灵气人遭惑，夙世姻缘已判成。
不是包公明万里，谁人能去此妖精？

话说扬州城东门有一儒家，姓刘名真字天然。幼而聪明，好读书，因习举业，为着父母双亡，家道罄然，故未能结婚姻。而笃志芸窗，甘守清贫，一心只慕功名两字。当宋仁宗皇祐三年，开科取士，刘真闻此消息，即备行囊，前往东京取试。怎奈盘缠稀少，在途淹延日久，将去到京都，科场已罢。刘真叹道："如此命薄哉，不得就试矣。"收拾余资，尚有十来贯钱，就赁开元寺僧房肄业。

不觉时光似箭，日月如梭，近过却年冬腊月又毕，是上元佳景，京中放灯甚多。彼时离城三十里通漕运处，地名碧油潭，水深万丈，有个千年金鲤鱼成精。往常亦曾变成女子，行岸上迷惑泊舟客旅。那夕正脱形出潭，听得城里放灯，即吐出一颗小珠，俨然是个十七八岁丫鬟，手执灯笼，随之慢慢行入城来。

正值三街六市，管箫匝地，士女往来。但见：

楼台上下火照火，车马往来人看人。

那妖怪缓步金莲，行过蕊花台前，人看见者无不牵情。说起那京都街巷，何等宽阔，妖媚只顾遍游，忘着回步。将近五更，天色欲晓，看见残灯犹未收，妖媚恐露其形，遂走入金丞相后花园内大池中，隐匿形迹。果是妖怪灵通，要小时，一杯之水可藏；要大时，江河之宽莫容。元宵已过，妖鱼不思转归潭中，顾爱花园内百卉开喷，红紫争妍。恰遇丞相之女名金线小姐，因带侍女来园内赏香，看见东架瓦盆上一丛红白牡丹可爱，即着侍女摘来观玩，倚着池阁栏杆畔饮酒。忽见池中有个金鲤鱼，扬须鼓口，游于水面。小姐见着，将饮残那杯酒倾向池中，被妖鱼一嗑而尽。小姐笑视良久，回转香闺。妖鱼因知小姐好看牡丹，每夜吐气喷之，牡丹颜色愈鲜，引得小姐日日来花园摘玩不已。

春光将尽，初夏又临。刘秀才在僧舍住居日久，囊箧消然，知己朋友又各回归，思量没奈何，乃写下几幅草字，往城中官宦家献卖。来到金丞相府前，适因丞相出探乡友回府，见刘秀才将字在手中，令取看之，称羡连声，遂带入府中，问其乡贯来因。刘真答道："小生扬州人氏，因为赴试迟罢，归计无措，特书几幅拙字干谒贤侯，聊充盘费而已。"丞相见其人才不凡，乃留之于西馆教子弟读书。即令家人去寺中取彼行李，安置一个所在，正近后花园东轩之侧。刘真得遇丞相持携，衣食充裕，益攻书史。但见府中翰墨往来，并皆刘手启札，丞相甚爱重之。

一夕，刘真偶步入花园中，正值小姐与三四个侍女在花架下玩赏，刘真蓦见，失口道："久闻丞相有女，颜貌秀丽，果的不虚。日后小生若侥幸成名，得此佳人为配足矣。"道罢，恐未知觉，径转至轩下，因歌杜甫词数篇以见志。常言：欲心一动，则邪便能观之。妖媚正欲迷惑个好男子，没寻机会，是夜探得刘真未寝，便脱小姐形迹，到真读书所叩其户。真忽听得轩外叩户之声，便问："是谁？"妖媚不答。及启户视之，正是日间所见那小姐，真愕然。妖媚道："秀才不要惊恐，妾身省视爹爹，已觉睡熟，闻君书声清亮，特来听之请教。"真方安心，与之对坐榻上，谈论颇久。真道："夜阑矣，请小姐方便。"妖媚笑道："妾知君久寓，客舍无伴，今夕敬来相陪。不依妾所言，报知爹爹，那时将君赶离门矣。"真初则惊虑，及见其妖形逞露，又被言事所赚，只得从允。二人解衣就寝，枕上云雨之交，极尽欢娱。天将明，妖媚揽衣先起，谓真云："今夜早来陪君。"言罢径去。自此日去夜来，情意甚密。妖媚但来，必将好美食待真，真自谓佳遇，不胜之喜。

一夕，妖媚备酒食来与真饮，乃道："君寓此处虽好，倘久后侍女所觉，报知父母，两下弄丑。妾不如收拾闺中所有，同君逃回汝家，长为夫妇，岂不美哉？"真道："如若丞相着人跟究来，其罪怎逃？"妖媚道："妾母最爱于我，且君与妾俱未议婚姻，纵使跟究，亦无妨事。"真依言，过了一宵，约定十四日夜，河下预备船只，小姐收拾琐碎银两，与真径走回扬州。比及丞相知真走去，亦不究问。

自妖媚去后，那朵牡丹花即枯死矣。金小姐朝夕思忆，香闺懒出，日深月久，染成病症，纵有良医，亦不能调理。母忧切切，问其病因，小姐乃道为牡丹之故。母与丞相说知小姐病因，丞相道："此花惟扬州则有。"即差家人带金宝往扬州："不拘官宦民家，莫吝千金买得回来。"家人领命，径到扬州，遍访于人，皆言欲买此样牡丹花，惟东角门刘秀才家植有数丛。

及家人访到刘真舍下，值真外出，只见帘子下立着一个女子，问道："是谁？"金家人自相疑道："好似小姐声音。"近前认之，果的是矣。女子亦自道是小姐。恰遇刘真回来，家人亦认得是刘秀才，各痴呆半晌，莫知所为。真问众人来故，家人以小姐思牡丹得病，特来此买之。真笑道："小姐随我来此，将近半年矣，哪里又有个小姐？"家人难明，次日着一会走路的，漏夜回转东京，报知丞相。丞相不信，差公吏来扬州取回小姐。

小姐不推，与刘真随家人等转京都。入府见丞相，丞相看是小姐，惊疑未定。及其母出来道："小姐在闺中尚未起，缘何又有在此？"丞相问刘真前因。刘真不隐，一一告知昔日东轩相会之由。丞相道："汝必被妖所惑。"即乘轿入开封府来见包拯，道知其事。拯则差张龙拘到二小姐并刘真于厅下。拯细视之，果无异，乃命取轩辕所铸照魔镜定其真伪。及左右将镜悬于堂上，顷刻间妖鱼吐出黑气，昏了天日，只听得一声响，其黑气散，看时，堂下二小姐皆不见了。丞相与拯皆愕然，满堂人无不失色。拯道："丞相暂退，容下官数日，定要弄个下落。"丞相称谢而回。拯着刘真在外伺候，将榜文张挂："有知妖精、小姐下落，给钱五十贯赏之。"

次日侵早，自往城隍庙中，将牒章焚讫。冥司直符领牒章递送与城隍知之。城隍即遣阴兵遍处搜察是何妖孽。

顷刻阴兵乃报碧油潭千年金鲤鱼作怪。城隍具札通知五湖四海龙君，务要捉那妖鱼解报。龙君得知此事，亦遣水族神兵沿江湖捕捉。

妖鱼有灵通，水族神兵已皆杀败。无如之何，龙君奏于玉帝，玉帝遣天兵捉之。那妖越遍八荒，如何拿得？怎禁着包太尹日久于城隍司里追并，城隍只得再通知龙君。龙君闭上各海门寻捉。妖鱼被赶逐紧急，遂走入南海。

时都下有一郑翁，平素重善，家挂一张淡墨所画懒装观世音形象，日事无厌。忽晚梦云："汝明日来河岸边，引我见包太尹，取一场富贵赠汝。"言讫，郑翁醒来。

次早直到河边看，果见着一中年妇人，手执竹篮，立在杨柳树下。等着郑翁来到，乃道："昨日碧油潭金鲤鱼为四海龙君追逼无投，奔入南海，藏于琼蕊莲叶下，今被我哄入篮中罩定，走不得。即日包太尹有榜文，给赏得知妖怪下落之人，可引我去看他，判出此条公案，给得赏钱来一应赠汝。"郑翁悦之，忙引妇人到府衙。

正值拯与金丞相在厅上议论是事，公吏报入，拯唤进问其来由。郑翁将妇人所言复知于拯，拯道："是此怪矣。"即令当堂放下鱼篮，拯详问之。那妖为佛力所伏，在篮里一一吐实迷人情由，及摄将小姐现在碧油潭山侧岩穴中。

拯欲将此妖鱼取出烹之，妇人道："此千年灵气而成，纵烹之亦不死矣，老妇带去自有发落。"拯然之，命库中取过赏钱五十贯，给与妇人而去。妇人出门首，以赏钱度与郑翁云："报汝奉我三年之勤，烦将此事传于世上。"言讫不见。郑翁方忆家奉观音一事，将钱回去，请画工绘墨水观音之像，手提鱼篮。京都人效之，皆传绘，即今所谓鱼篮观音是也。比及拯差人去岩穴中寻取得金小姐到衙，已死去了，只心头略有微温。待令医者诊视，皆言得有缘生人气引之可苏。拯猛省，谓丞相道："小姐莫与刘秀才有夙缘，老夫今日当作媒人，成就此段亲事。"

乃唤过刘真,以气去呵小姐,小姐果然醒来。左右有见者,各道事非偶然。拯亦欢悦,命送入丞相府中。是夕刘真与小姐成亲,甚感包公之德。次年真登第优等,官至中书,生二子,各出仕。至今都下播扬是事,而奇此传之异矣。

第四十五回　除恶僧理索氏冤

断云：

贞妇冤魂千载恨，寺僧极恶一朝除。
事闻皇上钦加赏，万古声名史册书。

话说包公为开封府尹之日，异政著闻，百僚钦服，便是仁宗皇帝，亦屡召入便殿中，省以政事。包拯开心见诚，知无不言，言无不尽，惟恐民情弗达也。

一日，因按视治下，体悉风谣，行到济南府。公吏候迎于驿舍，次日打扫公廨伺候。拯升堂坐定，司吏各呈进案卷，与拯审视。拯检察内中有事体轻可者，即当堂疏放回去，使各安生业。得脱罪人欢声动地，感德不胜。正决事间，忽阶前刮起一阵旋风，尘埃荡起，日色苍黄，堂下侍立公吏一时间开不得眼。怪风过后，了无动静，惟拯案上吹落一树叶，大如手掌，正不知是何树叶。拯提起视之，良久，乃遍示左右，问："此叶亦有名否？"内有公人柳辛者认得，近前复道："城中各处无此树，亦不知树何名。离城二十五里有所白鹤寺，三门里有此树二棵，高若参天，条干茂盛。此叶乃是白鹤寺所吹来的。"拯道："汝果认得不错么？"柳辛道："小人住居寺旁，朝夕见之，如何会认差？"拯知有不明事。

过却一宵，次日侵早升堂，佥押以罢，即令乘轿去白鹤寺，称道要行香。寺中僧行连忙各出，迎接入方丈坐定。茶汤才罢，座下风生。拯忆昨日旋风又起，即差柳辛随之而去，辛领诺。

那一阵风从地中滚出方丈，直至其树下而息。柳辛回复于拯，拯道："此中有缘故必矣。"乃命柳辛锄开看之。辛问左右邻讨得锄头，掘开三尺土时，见一领破席,包卷着个十八九岁年纪妇人在内。辛看得明白,入柬于拯。拯听说惊讶道:“此亦怪哉。”自来看验,身上并无伤痕,只唇皮迸裂,根目微露。拯令绞开口视之,有一根竹签,直透咽喉。拯令将尸掩了,再入方丈,召集众僧行问之。众僧各道不知其故。拯一时根究不出,转归府中,退入私衙后,近夜秉烛默坐,自思:“寺门里缘何会有妇人死尸?纵使外人有不明事,亦当埋向别处。莫非僧行中有不良者谋杀此妇,无处掩藏,故埋树下?”

拯思忖良久,将二更,不觉困倦,拯身隐几而卧。忽梦见一青年妇人,哭拜阶下。拯梦中问:“哭者是谁?有何冤诉?”妇人道:“妾乃城外五里村人氏,父亲姓索名隆,曾当本府狱卒。妾名云娘,因今年正月十五元宵夜,与家人入城看灯,夜久更深,偶失伙伴。行过西桥,遇着一个后生,说是与妾同村,指引妾身回去。行至半路,又来一个,却是个和尚。妾月下看见,即欲走转城中,被那先来后生袖中取出毒药来扑入妾口中,即不能言语,竟被二人拖入寺中。妾知其欲行污辱,思量无计,适见篱上一竹签,被妾拔下,插入喉中而死。将妾随行首饰尽搜检去,把尸埋于树下,冤魂不散。今遇太尹到此,特来分诉。乞为伸理,妾在九泉之下亦瞑目矣。”告罢辄去。拯梦中正待再问其人姓名,不觉醒来,残烛犹明。拯起行徘徊之间,窗前已遗下新皂靴一只。拯计上心来,暗道:“此冤能明矣。”

次日升堂,并不与人说知,即唤过亲随黄胜吩咐:“汝可装作一皮匠,密密将此皂靴挑在担上,往白鹤寺各僧房出卖。有人来认,即来报我。”胜依教来到寺中,称叫卖僧靴。正值各僧行都闲在舍里,齐来看买。内一少年行者提起那新皂靴来看,良久乃道:“此靴是我日前着皮匠在寺中新做的,藏在房舍中未着,你如何偷在此来?”黄胜初则与之争辩,及行者取出原只来对,果是成双一样造的。黄胜故意大闹一场,被行者众和尚夺得去了。胜忙走回衙,报与拯知。拯即差集公人,围绕白鹤寺,捉拿僧行。当下没一个走脱,都被解入衙中。拯先拘过认靴的行者靠前排下,严法具审,问谋杀妇人根因。行者不肯招认,拯就于袖中取出原状,令司吏读与听罢,乃道:“分明是汝同一伙逼死,尚敢抵赖。”即令用枷极法拷究。行者心胆惊落,不待用刑,从实一一招出逼杀索氏情由。拯将其口词叠成案卷,当堂判拟:“行者与同谋和尚二人,为用毒药致逼死索氏,押上街心斩首示众;其同寺僧员知情通谋,事未发露,发配极恶州充军。”判讫,满城老幼无不称快。后包公回京,将此事奏请于仁宗。仁宗大加钦奖,下敕有司,茔其坟而旌表之。此见包公之明真并日月,照妖气不能逃其影,使索氏之冤竟雪,且惩戒后人不敢恣放为恶矣。

第四十六回　断谋劫布商之冤

断云：

蝇蚋抱冤迎马首，贼徒处决事昭彰。
包公案牍明如镜，千载悠扬姓字香。

话说包公按视治下，公事明白，有冤者洗雪之，无冤者鞫放之，百姓欢悦，歌声满途。临起程，济南父老、公吏，皆送出南门，设饯席于岸上。包公酒至半酣，谓众父老云："我奉上命巡视府县，亦只为民情有不能达者，故有此行。汝等吾民，今后各安生业，毋作非为。有子孙者教之事诗书，有田业者教之事畎亩，莫如日前白鹤寺僧行，不守本分，罪及其身，悔之亦晚，汝众人所共知。我今离本处之后者，宜以前事为戒，再勿自陷阱矣。"父老听罢，皆拜伏于道旁，答云："谨遵教命。"

酒罢，拯登车而行，百姓送者各洒泪而别。拯与一行人在途，前望东京进发。正是：

仆隶低声忘喝道，恐惊儿女戏秋千。

不觉一日，已到东京。原衙门公吏迎候升堂，吩咐事务毕，过却一宵。次日，拯随班趋朝，将已按视判过事即奏知于仁宗。仁宗退便殿，将其显异案卷逐一问之。拯细详陈奏。论及民间冤枉之处已皆雪明，仁宗不觉肃然起敬道："卿之能干，恩及枯骨，非惟万民之幸，实朕京都之捍御也。"因命侍官赐酒。拯以上命赐之，不辞而饮，是日甚醉，上命侍官扶之而出。后人看到此处，有诗赞道：

运治兴隆国祚昌，包公异政重君王。
谁知千载公道在，犹有英名姓字香。

是时，河南地方连年荒旱，本省官奏知仁宗皇帝，称道："自今年春二月以来无雨,农事抛荒,至今七月,亢阳绝流,赤地千里。前年秋成无望,今岁又如是,百姓流离转徙他乡,一朝啸聚为盗,非国家之利。乞圣上委官开仓赈济,庶使未转徙者得以安家,尚可保宁,若再迟数月,不测之变,臣所难料也。”仁宗见疏,集文武官商议。有参知政事李沆出班奏道:“臣闻河南省下,近年以来,冤狱未决者不下数十,今天道荒旱,莫非是此缘故?欲要赈济河南饥民,若委别官去,莫道救民,反是扰民。除是包太尹可任此职,必慰民望,方见实效。”仁宗闻奏大悦,即日宣过包太尹,御写“委卿而行”四大字,颁敕书与拯前往河南赈济饥民。包拯领命谢恩,辞帝出朝。

次日将本府公事封停了毕,带领亲随公吏黄胜、李宝、张龙、李虎等二十四名无情汉,整备轿马,离京都望河南而行。正是着七月中旬天气,不寒不暖。路途中听得一声悲悲切切之孤雁,柳梢底时闻哽哽咽咽之残蝉。常言道,正是:

客途最怯秋风动,惹起离愁望故乡。

包公与从人在途,晓行夜住,经过了几个驿所。一日,行到地名横坑,那三十里程途都是山僻小路,没得人烟。当午时候,忽有一群蝇蚋逐风而来,将包拯马头团围了三匝。拯用马鞭挥之,才起而复合,如是者数次。拯忖道:“此蝇蚋尝恋死人之尸者,今来马前绕集,莫非此地有不明之事?”即唤过李宝喝声道:“此有蝇蚋集我马首不散,莫非有冤枉事,汝随前去根究明白,即来报我。”道罢,那一群蝇蚋翼然飞起,引着李宝前去。行不上三里,到一岭畔枫树下,直攒入去。李宝知其故,即回复于拯。拯同众人经其处,着李宝用锄头掘开二尺土,见一死尸,面色不改,似死未久的。拯令反复看视,身上别无伤痕,惟阴囊碎裂如粉,肿尚未消。拯知被人谋死,忽见衣带上系一个木刻小小印子,却是买布的记号。拯令解下,藏起于袖中毕,仍令将尸骸掩了而去。靠晚边亭子上一伙老人并公吏在彼迎候。拯问众人何处来的,公吏禀道:“河南府管下陈留县宰,闻贤侯经此,本县特差小人等在此迎候。”拯听罢吩咐:“明日开司与我坐二三日,有公事发放。”公吏等领诺,随马入城,本县官接至馆驿中歇息。

次日已打点吩咐衙门与拯升堂干事。拯思忖路上被谋死尸离城郭不远,且死者只在近日,想谋人贼必未离此。乃召着本县公吏吩咐道:“汝此处有经纪卖上等好布的,唤得来我要买几个。”公吏领命,即来南街领得大经纪张恺来见。拯问:“汝作经纪,曾买哪一路布?”恺复道:“河南地方俱出好布,小人是经纪之家,但有来者即货之,不拘所出。”拯道:“汝将众经商所货布,每各拣一匹来,我看中得者,可领钱买。”恺应诺而出,将家里布各选一匹好的来交与拯。堂上公吏人等,哪个知道拯要验此死尸一事,只说拯真是要买布用。比及拯逐一看过,都无其印号。恰好看到一匹,与其印字暗合,拯遂道:“别者皆不要,只用得此样布二十四。”恺道:“此布日前太康县人李三带来,尚未货卖,既大人用得,就奉二十四。”拯道:“可着客人一同将布来见。”恺领诺,到店中同卖布客人李三拣过二十四精细有号头的送入司见拯。拯复取木印记对之,一些不差,乃道:“布且收起。汝买布客伴还有几人?”李三答道:“共有四人。”拯道:“都在店里否?”李三道:“今日正待发布出卖,听得大人要布,犹未起身,都在店里。”拯即时差人唤得那三个来,跪作一堂。拯用手按着须髯微笑道:“汝这起劫布商贼,有人在此告首,日前谋杀客人,埋在横坑半岭枫树下,是汝这几人所为矣。”李三听说,便变了颜色,强口辩道:“此布小人自货来的,哪有谋劫之理?”

拯即取木印着公吏与布号逐一合之,不差毫厘。吏复:“此布之号与木印果同。”及道强贼尚自抵赖,喝令用长枷将四人枷了,收下狱中根勘。李三众人神魂惊散,不敢抵赖,只得将谋杀布商劫取情由招认明白。公吏叠成案卷,拯判下:“为首谋者合偿命,将李三处决;为从三人发配极恶地方充军;经纪家供明无罪。”判讫,审得死商系某处人氏,径差人前往,召得其子来,悉以布匹给还之。其子方知父被人谋死,感泣拜谢,带将尸骸回去。陈留百姓无不叹羡,包公之明于此益显。

第四十七回 笞孙仰雪张虚冤

断云：

贤侯赈济民情洽，吴氏冤明奖誉真。
一念谋人天有眼，致交包拯拟条刑。

话说包公在陈留县判断谋劫布商强徒一事，官宦钦服，庶民仰敬。在县审察民情，完了公事数日，吩咐从人整备轿马，离了陈留县，径望河南进发。怎见得，有诗一篇道：

飒飒西风落叶秋，使君车马拥轻裘。
此行端为生民计，始信当时有俊侯。

包公一行人在路十数日，望河南城不远。将午，迎接官员都在十里长亭伺候，望见拯来得近，齐齐摆列两边。拯吩咐："今日众人且退，明日开司伺候。"官员公吏人等应诺，随轿马入得城来，果好一座城郭。当宋时，河南府是为西京，天下有名去处，人烟稠密，买卖骈集，正是：

世上弦歌花酒地，人间富贵帝王都。

拯入得城来，在馆驿中安歇一宵。次日开府司，拯升座，召父老近案前问之云："近因河南荒旱，百姓流离，圣天子命我来开仓赈济，汝父老人民等，各有依册籍支给，毋得瞒昧，有负圣上之恩。"父老答道："近听得朝廷委太尹来此赈济饥民，百姓每如大旱之望云霓，惟恐太尹之来得迟矣，岂敢有瞒昧之情？"拯道："明日我有告示晓谕。"众父老拜谢而出。次日，拯着令将告示张挂河南治下，但有饥荒县邑，都来支给米粮。拯自坐仓前公廨中，依籍支放。侍旁公役人等，哪一个敢怀半点私心？连放了几日，饥民都得米粮而去，欢声满路，感君上、包公之德，言不绝口。有诗赞云：

荒旱连年几奏陈，仁君深悯庶民情。
贤侯赈济行公道，准拟来秋望有成。

是时包公赈济饥民事毕，另开分省衙门审察狱案。忽把门公吏入报：“外面有一妇人，左手抱着个小孩儿，右手执一纸状，悲悲切切，称道含冤，要见贤侯，欲诉其情。”拯听罢乃道：“吾今到此，非只因赈济一节，正待体察民情，外面休得阻挡，直与其入。”公人即出，领得那妇人带在阶下。

拯遂出案，看那妇人虽是面带惨色，其实是个美丽佳人。拯问：“汝有何事来告？”妇人道：“妾家离城五里，地名莲塘，居址惟张、刘、郑三姓。妾姓吴，嫁张家，丈夫名虚，颇事诗书。近因交结城中孙都监之子名仰，来往日久月深，妾夫以为知己之交。一日，妾夫因往远处探亲，彼来吾家，妾念夫蒙其持携，自出接待之。不意孙氏子起不良意，将邪言调戏妾身，当下被妾叱之而去。过一二日丈夫回来，妾将孙某不善意道知吾夫，因劝与之绝交。丈夫是读书之人，听妾之言发怒，欲见孙氏子，要与他定夺。妾又虑彼官家之子，又有权势，岂奈他何，自今只是不睬他便了。彼时丈夫恨气亦消，遂绝之，不与来往将一个月，至九月重阳日，孙某着家人请我丈夫在开元寺中饮酒，哄说有甚么事商议。靠晚丈夫方归，才入得门，便叫腹痛。待妾扶入房中，面色变青，鼻孔流血。乃与妾道：‘今日孙某请我，必是中毒。’延至三更，丈夫已死矣。未过一月，孙某遣媒重赂妾之叔父，要强娶妾。待妾要投告本府，彼又着人四路拦截，道妾若不肯嫁他之时，要妾死无葬身之地。昨日听得大人来此赈济，知吾夫之冤可雪，特来诉知，则妾夫九泉之下瞑目矣。”拯听罢问道：“汝家还有甚人？”吴氏道：“尚有七十二岁婆婆在家，妾只生下有二岁儿子。”拯令司吏为之收了状子，发遣吴氏就外亲处伺候，密召当坊里甲问之云：“孙都监为人何如？”里甲复道：“大人不问，小里甲不敢说起。孙都监河南府专一害人，但有他爱的，便被他夺得去，就是本处官府，亦让他三分。”拯又问：“其子行事如何？”里甲道：“孙某恃父势要，近日侵占开元寺腴田一顷，不时带领娼妓于寺中歌乐饮酒，横行乡村，奸宿庄家妇女，哪一个敢逆他？即目寺僧恨他入骨髓，只是没奈何。”拯闻其言，嗟叹良久，退入后堂，思量一计。

次日装作一个公差模样，从后门出来，密往开元寺来游戏。正步着方丈之际，忽报寺中孙公子要来饮酒，各人回避。拯听得暗喜：“正待根究，此人却好来此。”即躲向佛殿后，在窗缝里看时，见孙某骑一匹白马，带有十数个军人，两个城中出名妓女，又有个心腹随侍厨子。

孙某行过长廊，下了马，与众人一齐入到方丈，坐于圆椅上。寺中几个老僧都拜见了。霎时间，军人抬过一桌酒，摆列食味甚丰，二妓女侍坐歌唱服侍。

那孙仰昂昂自得，意料西京势要，惟有我一人而已。拯看见后，性如火急，怎忍得住？忽一老僧从廊下经过，见拯在佛殿后，便问："君是谁？"拯道："某乃本府听候的，明日府中要请包太尹，着我来叫厨子去做酒，正不知厨子名甚，住居哪门？"僧人道："此厨子姓谢，住居孙都监门首，今府中着此人做酒，好没分晓。"

拯问："厨子有何缘故？"老僧道："我不说，尔怎得知？月前，孙公子同张秀才在本寺饮酒，是此厨子服侍，待回去后，闻说张秀才次日已死，包老爹是个好官，若叫此人去，倘服侍不周，有着失误，本府官怎了？"拯听罢，记在心，即抽身离开元寺，回到衙中。

次日差李虎径往孙都监门首，捉那谢厨到阶下。拯问："有人告尔用毒害了张秀才，从实招承，饶尔之罪。"谢厨初则不肯认，及待用长枷收下狱中根勘，谢厨欲洗己罪，只得招认用毒害死张某情由，皆出于孙某之命。拯审明白，就差人持一小请帖去请孙公子赴席，预先吩咐二十四名无情汉严刑具伺候。

不多时，报孙公子来到。拯出座接入后堂，分宾主坐定，便令抬过酒筵。孙某道："太尹来此，家尊尚未专拜，今日何敢当太尹盛设？"拯笑道："此不为礼，特为公子决一事耳。"

酒至二巡，拯从袖中取出状一纸，递与孙某道："下官初然到此，未知公子果有此事否？"孙某看是吴氏告他毒死她丈夫的状子，勃然变色，出席道："岂有谋毒人而无证佐耶？"拯道："证佐已在。"即令狱中取出谢厨，跪在阶下。孙某未见谢厨尚强口辩说，及见后，唬得浑身冰冷，哑口无言。拯着司吏将谢厨招情念与孙某听着。孙某道："学生罪则虽有，万望看家尊分上。"

拯怒道："汝父子皆是害民者，朝廷法度，我决不私矣。"即唤过二十四名狠汉，将孙某冠带去了，登时于堂下打了半百。孙某受痛不过，气绝身死。拯令将尸首拽出衙门外，遂录案卷奏知仁宗。

仁宗旨颁下："孙都监残虐不法，追回官诰，罢职为民。谢厨受工雇人，用毒谋害人命，随发极恶郡充军。吴氏为夫伸冤已得明白，本处有司每给库钱赡养其家。包拯赈民公道，于国有光，就领西京、河南府之任。"敕旨到日，拯依拟判讫，远近闻之，无不称快。

第四十八回 东京判斩赵皇亲

断云：

只为观灯成惨祸，张公已作诉冤人。
仁宗褒赏天昭报，一鞫当时案牍真。

话说西京河南府，离城五里，地名棋盘巷，有师员外，家道殷富。员外虽弃世，生下二子，长子名师官受，次子名师马，都皆志气。二郎现在扬州当织造匠。官受娶得妻刘都赛，乃是个美丽佳人。生下儿子名金保，年已五岁。是时正月上元佳节，西京放灯甚盛。师家使唤梅香对刘娘子道："难得好个上元，今有本城鳌山寺里，有一座逍遥宝架灯，说道乾坤稀有，世上无双。千闻不如一见，今晚与娘子入城看玩一回。"娘子入城看灯之事，婆婆道："女子不出闺门，且元旦男女混杂，去则无益。"刘娘道："媳妇怀孕金保时，曾在东岳庙许下心愿未还，今孩儿已满五岁，趁今夜看灯，前去还了愿便回。"婆婆依允，着梅香与院子张公随她同去。娘子梳妆齐备，十分俊俏，与梅香、张公入得城来，正是放灯时候。径进东岳庙，焚香祝拜已毕，娘子与张公道："婆婆吩咐不要去看灯，难得遇此元宵，我今瞒过婆婆去看一遭便回。"张公只得依允随行。

来到鳌山寺，众人喧杂，不觉梅香、院子各自分散。娘子正看灯，回头不见伙伴，心下惊怕。忽然刮起一阵狂风，将逍遥宝架灯吹落，看灯人都四散走去，只有刘娘子不识路径，立在街前檐下。听得一声喝道，数十军人随着一贵侯来到，灯笼无数。是谁？乃上位皇亲赵王。马上看见娘子美貌，心下暗喜，便问："你是谁家女子，半夜在此？"娘子诈道："妾是东京人氏，随丈夫到此看灯，适因吹折逍遥宝架灯，丈夫不知哪里去了，妾身在此等候。"赵王道："如今更深，可随我入府中，明日却来寻访。"娘子无奈，只得随赵王入府中。赵王心生一计，着使女引娘子到睡房中去。赵王随后进去，对娘子道："我是金枝玉叶，你肯为我妃子，享不尽之富贵；如不允从，亦必难脱。"娘子吓得低头无语，寻死无路，怎推得那赵王横强之势，只得顺从。宿却一宵，赵王不胜欢喜，正是：

此处欢娱嫌夜短，师家寂寞恨更长。

当彼张院公与梅香回去，见师婆婆说知娘子看灯失散，不知去向，婆婆与师郎烦恼无及，着家人入城体访消息。有人传说在赵王府里，亦未知的实。

不觉将近一个月，刘娘子虽在王府享富贵，朝夕思忆婆婆、丈夫、儿子，只悔当初不听婆婆言语，惹出此祸，恨气触天。有太白星要教她与前夫相会一面，变做个焦苗小虫，飞入刘娘子房中，将她穿那一套织锦万象衣服都咬碎了。次日娘子看见，眉头不展，脸带忧容。适赵王入见，问之："因甚烦恼？"娘子道知其故。王笑道："此则何难，只要召取西京会织匠人来府中织造新的便了。"

次日，王出告示道知后，不想师家祖上会织此锦，师郎正要探听其妻消息，没得因便，听得此语，即便辞知母亲，来赵王府见赵王。赵王道："汝既会织，就在府中依样造成。"师郎承命而去。有人说与娘子："今王着五个匠人在东廊下织锦。"

娘子自忖："西京只有师家会织，叔叔二郎现在扬州未回，此间莫非我丈夫在焉。"即抽身出来看时，那师郎亦认得是其妻刘都赛，二人相抱而哭。旁织匠人各惊骇不知其故。是时赵王酒醒来不见刘都赛，因问侍女。侍女说知在织造所看织锦。赵王即来廊下看时，见刘娘子与师郎相抱不舍。赵王怒道："汝匠人何得无理！"即令刽子手押过五个匠人，前去法场处斩。

可怜师郎与四个匠人无罪，一时死于非命。那赵王恐有后累，派五百刽子手，前到师门首围了，将师家大小男女杀戮已尽，家财被着亲随人搬回府中，放起一把无情火，烧了房屋而去。

当下只有张公带得小主人师金保出街坊买糕，回来见死尸无数，血流满地，房屋烧尚未灭。张公惊问邻居之人，乃知被赵王所害之事。张公没奈何，抱着五岁主人，寻夜走往扬州，报与二官人去了。赵王回府思忖："今杀师家满门，尚有师马扬州当匠，倘知此事，必去告御状。"心生一计，修书一封，差牌军赍往东京见监官孙文仪，说其就理，要除师马二郎一事。孙文仪看知书内之意，要奉承赵王，即差牌军往扬州寻捉师马。

是时师马夜来梦见一家之人身上带血，惊疑起来，去请着先生卜卦。占道："大凶，主合家有难。"师马忧虑，即雇一匹快马，径离了扬州，回西京来。行至马陵庄，恰遇着张公抱着小主人，见师马大哭，说其来因。师二郎听罢，绝倒在地而复苏。即同张公来开封府告状。师马进得城来，吩咐张公在茶坊边伺候，自往开封府下状，正遇着孙文仪喝道过。牌军有认得是师马，禀知文仪。文仪即着人拿入府中，责以冲马头之罪，不由分说，登时打死。文仪令人搜检身上，有告赵王之状，忖道："今日若非我遇见，险些误了赵王来书。"又虑包太尹知觉，乃密令四名牌军将死尸放在篮底，上面用黄菜叶盖之，扛去丢在河里。有诗叹云：

赵王淫虐太无情，阿党孙仪恶毒生。
谁道天公无报应，举头三尺有神明。

正值包太尹出府来，行到西门坊，其坐马不进。包公唤过左右牌军道："这马有三不走，御驾上街不走，皇后太子上街不走，屈冤魂不走。"便差张龙、赵虎去茶坊酒店打听一遭。

张赵领旨回报，小巷有四个牌军，抬一篮黄菜叶，在那里躲避。拯令捉来问之，牌军禀道："适孙老爷出街，见我四人不合卖黄菜叶，堆在街上，每人被责，令着我等抬去河里丢了。"

拯疑有缘故，乃道："我夫人病，正思黄菜叶食，可抬入府中来。"牌军惊惧，只得抬进府中。赏牌军，吩咐休使外人知之，取笑包公买黄菜叶与夫人食。牌军拜谢而去。拯令揭开菜视之，内有一死尸如生。拯思此人必被孙文仪所害，令狱卒停在西牢。

有张公抱着师金保等师马不来，径往府前寻之，见开封府门首有屈鼓在，张公近前，连打三下。守军报知于拯，拯吩咐："或是老翁幼妇，不许惊骇他，可领其进来。"守军领旨，引张公到厅前见拯。拯问所诉何事，张公逐一从头将师家苦情事说得明白。拯又问："这五岁孩儿如何走得？"张公道："因为思母啼哭，领出买糕与吃，逃得性命。"包公问："师马何在？"

张公道："他侵早来告状，并无消息。"拯知其故，便着张公去西牢看验死尸。张公看罢，放声大哭，正是师马矣。拯沉吟半晌，即令备鞍马径来城隍庙，当神祝道："限今夜三更要放师马还魂，不然焚了庙宇。"祝罢而回，也是师马不该死，果是三更复醒来。次日狱卒报知于拯，拯唤出厅前问之。师马哭诉被孙文仪打死情由。拯吩咐只在府里伺候。

五更侵早，拯入朝，故意跌倒在殿下不起。仁宗怪而问之，拯奏曰："臣近日得头晕之疾，如遇早朝，即如是。"仁宗道："从今免卿早朝。"拯谢恩而出。到府中，思量要赚赵王来东京，心生一计，诈病在床，不出堂数日。仁宗在便殿召把门太使问："包太尹近日病体如何？"太使奏曰："包太尹病得十分沉重。"

仁宗忧闷，宣文武商议。王丞相奏："陛下可差医官去府中调理。"仁宗即差御院医官来开封府见夫人，欲见太尹诊视。夫人道："太尹病得昏沉，怕生人气，免见。"医官道："可将金针插在臂膊上，我在外面诊视，即知其症。"夫人将针插在屏风上，医官诊之全不动，急离府奏知去了。

包拯与夫人议道："明日可将我官诰印绶纳还皇上，道我已死了。待圣上问我临死时曾有甚事吩咐否，只道惟荐西京府赵王，为官清正，可袭开封府之职。"次日夫人将印绶入朝，哭奏其事，文武尽皆叹息。仁宗道："既包公临死荐御弟可任开封府之职，当遣使臣前往西京河南府宣取赵王。"

一面降敕,差韩、王二大臣备羊酒之礼,御祭包太尹而去。是时使命领敕旨前往河南,进赵王府宣读圣旨已毕,赵王听得包公已死,升他袭开封府之职,不胜欢喜,即点起船只,收拾赴任。不觉数日到东京,入朝见仁宗。仁宗喜道:"包太尹临死荐御弟为开封府尹。"赵王奏道:"只恐臣年幼不堪此职。"仁宗道:"朕重封官职,照依包太尹行移。"赵王谢恩而出。

次日与孙文仪摆列头搭,十分严整,进开封府上任。行过南街,百姓惧怕,各关上门。赵王马上怒道:"汝这百姓好没道理,今随我来的牌军,在路上日久欠盘缠,每家各要出绫锦一匹。"

家家户户为之抢夺一空。赵王到府,看见堂上立着长幡,因问左右。左右禀道:"是包太尹棺木尚未出殡。"赵王怒道:"我选吉日上任,如何不出殡?"张龙、赵虎报与包拯。

包拯吩咐:"汝二人各准备刑具伺候。"乃令夫人出堂见赵王,说知尚有半个月方出殡。赵王听罢愈怒,骂那包夫人不识方便。骂未三声,旁边转过包拯,喝声:"认得包呆子否?"赵王愕然。拯即唤过张龙、赵虎,将府门关上捉了,皇亲监于西牢,孙文仪监于东牢。

次日拯升厅,将棺木抬出焚了。东西牢取出赵王、孙文仪,跪在阶下,两边列着二十四名无情汉,将出三十般法物,挂起圣旨牌。拯当厅取过师马来证,将状念与赵王听着。

赵王初尚不肯招,被包拯喝令极刑拷问,赵王受苦不过,只得招出谋夺刘都赛杀害师家满门情由。次及孙文仪,亦难抵讳,招出打死师马情弊。包公叠成文案,拟定罪名,亲领刽子手押出赵王、孙文仪到法场处斩讫。

次日,拯趋朝奏与仁宗知道。仁宗抚慰之云:"朕闻卿死,忧闷累日,今则知卿盖为此事诈死,是能正国法,赵王、孙文仪拟罪允当,朕何疑焉。"

拯又奏:"臣今举师金保入王府读书,后有进益,仍为西京府尹。"上允奏。拯即退,发遣师马宁家,刘都赛仍转师家守制。将赵王家属发遣为民,金银器物一半入府库,一半给赏张公,以其有义能报主冤。有诗断云:

赵王不法绝其伦,谁料当初律例存。
今日冤伸仇已复,果然金赠有恩人。

东西两京军民闻包公判明此事,无不称羡,而有天理矣。

第四十九回 当场判放曹国舅

断云：

一念功名魂不返，谁怜张氏得伸冤。
当场已拟昭然法，曹氏修行不恋官。

话说宋仁宗登极，至皇祐九年，一日设朝，有青州王相公出班奏道："近因南蛮不靖，杨文广、狄青二将军征进在边庭，陛下当念此二人辛苦，可差得能官包文拯，赍衣粮前去赏劳三军，以广陛下之恩。"上允奏，即降敕，宣包文拯赍衣粮上边庭而去。文武既退，是夜仁宗寝于宫中，忽梦见着皂衣先生领数千人，各抛砖掷瓦，打其宫门。上醒来，宣王丞相入宫中，以所梦问其吉凶。王丞相奏道："陛下五更得梦，乃是正梦。

穿皂人即孔圣先师，领众弟子见陛下，盖因南蛮作反，几科不曾取士。如今可出黄榜招贤，乃其佳兆也。"仁宗大悦。次日设朝，即御书黄榜张挂，招取天下贤士。

是时，潮州潮水县孝廉坊铁丘村有一秀才姓袁名文正，幼习举业，其妻张氏貌美而贤惠。生个儿子，已三岁。袁秀才听得东京开南省，与妻子商议，要去取试。张氏云："家道虽贫，随时度日。儿子幼小，君若去后，教妾靠着谁人？"袁秀才答道："十年灯窗之苦，指望一日成名。既贤妻在家无靠，不如收拾一同前行。"张氏见他坚意要去，只得依随而行。有诗云：

功名念起赴京畿，两口妻儿暂近随。
路上驱驰都不管，谁知祸及悔时迟。

袁文正与妻子路上晓行夜住，不则一日，行到东京城，投王婆店歇下行李。过却一宵，次日袁秀才梳洗饭罢，欲同妻子上街玩景致。王婆道："此处一者是天子所居，二者是开封府，三者是曹家府，秀才若去玩景，善觑方便。"文正云："我读书之人，自识道理。"夫妻离店，入得城来。

正在玩景之际，忽一声喝道来到，头抬已近前。夫妻二人急躲在一边，看那马上坐着一贵侯，不是别人，乃是曹国舅二皇亲。二国舅马上看见张氏美貌，便动情，着牌军请那秀才到府中相望。牌军说知，袁秀才闻是国舅有请，哪里敢推，便同妻子入得曹府来。二国舅亲自出迎，叙礼而坐，动问来历。袁秀才见国舅相敬，亦不隐，告知来赴选之事。国舅大喜，先令使女引张氏入后堂相待去了。却令左右抬过齐整筵席，亲劝袁秀才饮得酩酊大醉，密令左右扶向僻处，用麻绳绞死，把那三岁孩儿亦打死了。可怜袁秀才，满腹经纶未展，已作南柯一梦。

比及张氏出来，要邀丈夫转店时，二国舅道："秀才饮已醉，扶入房中睡去。"张氏心慌，不肯入府，欲待丈夫醒来。挨近黄昏，国舅令使女道知丈夫已死之事，且劝她与我为夫人。使女通知罢，张氏嚎啕大哭："我夫子死得不明，欲要奴为夫人，除则一死。"二国舅见其不允，令监在深房内，日使侍女劝谕不从。

一日，包公到边庭赏劳三军回朝，入奏仁宗。仁宗问："边庭消息何如？"拯奏："边关宁靖，军民乐业。"上悦，亲赐御酒并金花，与拯还府。拯辞帝而出，行过石桥边，忽马前刮起一阵怪风，旋绕不散。拯忖道："此必有冤枉事。"便差随从王兴、李吉："追此狂风去，看其下落。"王、李二人领旨，随风前来，那阵风直从曹国舅高衙中而落。两公牌仰头看时，四边高墙，中间门上大书数字道："有人看入者，割去眼睛，用手指者，砍去一掌。"两牌军惧怕，回禀知拯。拯怒道："彼又不是皇上宫殿，敢此乱道！"即亲自来看，果然见一座高院门，正不知是谁贵侯家，乃令军牌请得一老人来问之。老人禀道："东京别的房舍衰老皆识，这座府院却理会不得。"拯笑道："尔莫非怕他势要不敢说？有我在，但说无妨。"老丈只得直答道："是皇亲曹国舅之第府。"拯又问："便是皇上之殿，亦无此高大，彼只是一个国舅，起此样府院！"老丈叹声："大人不说，衰老哪里敢道？他的权势比皇上的尤甚，有犯在他手，便是铁枷；人家妇女生得美貌者，便强抢去。打死几多人命，算得什么。近日府中因害得人多，白昼里出怪，国舅住不得，今合府移往他处去了。"包公听罢，遂赏老人而去。

拯令牌军打开锁门，入到高厅上坐定。里头宏敞，恰似天宫。拯唤王兴、李吉近前问："汝二人勾不得谁？"二人答道："上界勾不得玉皇大帝，下界勾不得阎王天子，西山勾不得猛虎，东海勾不得老龙，只除这几等，不问皇亲国戚、朝官宰相、军民百姓，尽皆勾得。"拯喜，重赏二人。二人酒饮之已醉，出门首发狂言语。拯怒："适差汝勾取马前旋风儿来证状，却在街上弄酒！"将二人打三十大棒，限明日勾不来发远处军。

二人出门，思量无计，靠晚间乃于曹府门首高叫之。忽一阵风处，一冤魂手抱三岁儿子，随公牌来见包拯。拯见其披头散发，满身是血，拯知是冤魂，遂问其来由。袁文正将赴试被曹府谋死，弃尸在后花园井中之事，从头说了一遍。

拯又问："既汝妻在，何不令她来告状。"文正道："妻今被带去郑州三个月，如何能勾得见相公？"拯道："汝且去，我与你准理。"道罢，依前化一阵风而去。是时漏滴三鼓，拯秉烛独坐，思量决计。

次日升厅，集公牌吩咐云："昨晚冤魂说，曹府后园琼花井里，藏得有千两黄金，有人肯下去取之，分其一半。"王、李二公人近禀要去。拯令吊下井中看时，二人摸见一死尸，惊怕，上来禀知于拯。拯道："我不信，纵尸身亦捞来看。"二人复吊下井，取得尸身上来。拯令抬入开封府来，将尸放于西廊下，便问牌军："曹国舅移居何处？"牌军答道："今移在狮儿巷内住。"拯即令张千、马万，备羊酒前去恭贺他。拯到得曹府来，国舅在朝未回，其母太郡夫人怪包拯不当贺礼，拯被夫人所辱，正转府，恰遇国舅回来。见拯下马，叙问良久，拯因道知来贺，被夫人羞叱。国舅赔小心道："休怪妇人之言。"二人相别。

国舅到府烦恼，太郡夫人问其故，国舅道："适间包大人遇见儿子，道来贺夫人，被夫人羞辱而去。今二弟做下逆理之事，倘被知之，一命难保。"夫人笑道："我女儿为正宫皇后，怕他甚么？"国舅道："今皇上若有过犯，他且不怕，把甚皇后当事？不如写书付与二弟，令他将秀才之妻子谋死，此则方绝后患矣。"夫人依其言，便修书差人送到郑州见二国舅。二国舅接得看罢，没奈何用酒迷倒张夫人。正持刀入房要杀之，看她容貌，不忍下手。出房来遇见院子张公，问其忧闷之故。

二国舅道知前情，张公道："国舅若杀之于此，则冤魂不散，又将作怪。我后园有口古井，深不见底，莫若推落井中，则无事矣。"国舅道："以甚么为信？"张公道："听水响为信。"二国舅大喜，预赏张公花银十两，令使女缚了张氏，与张公拿到后园来。那张公有心要救张娘子，只待她酒醒。一时间张氏醒来，哭告其情，张公亦哀怜之，令她在井上左右转三遭，若不落井，便救得你。张氏依言行转，果是无事。张公即用大石头丢下井中，作水响之声，密开了后门，将十两花银与张娘子作路费，教她直上东京包大人处告状。

张氏拜谢，出得门来，她是个闺门女子，独自如何到得东京？悲哀感动太白星，化作一老翁，直引她到东京了，仍化清风而去。张氏惊疑，抬起头望时，正是旧日王婆店门首。入去投宿，王婆颇认得，诉出前情，王婆亦为之下泪，乃道："今五更包大人去行香，待回来可接马头下状。"张氏请人写了状子完备，出街来，正遇见一官人，不是包大人，却是大国舅。

见着状子大惊，就问她个冲马头之罪，登时用铁鞭将张氏打晕过去。搜检身上，有花银十两，亦夺得去，将尸身丢在僻巷里。

王婆听得消息，即来看时，气尚未绝，连忙抱回店里救醒。

过二三日，探听包大人在门首过，张氏接马头告状。包拯接见状，便令公牌领张氏入府中，去廊下认尸，果是其夫。拯又拘店主人王婆来问的实，王婆道：

“委的袁秀才妻张氏，初赴春闱，便在小妾店中住。日前误在曹国舅处下状，被打死，得妾救醒。”拯审勘明白，令张氏入后堂陪侍李夫人，发放王婆回店。拯思忖：“先捉大国舅又作理会。”即诈病不起。

上闻拯病，与群臣议往视之。曹国舅前奏：“待小臣先往问疾，陛下再去未迟。”上允奏。

次日报入拯府中，拯吩咐齐备。适国舅到府前下轿，拯出引道，迎入后堂坐定。叙慰良久，便令抬酒来饮。至半酣，包公起身道：“国舅，下官前日接一纸状，有人告说丈夫儿子被人打死，妻室被人谋了。

后其妻子逃至东京，在一官人处下状，又被仇家用铁鞭打昏去了。且幸得王婆救醒，复在我手里告状，下官已准她的，正待请国舅商议，不知那官人姓甚名谁?”国舅听罢，毛发悚然。张氏从屏风后走出，哭指道：“打死妾身正是此人。”国舅喝道：“无故赖人，该得甚罪?”拯怒，令牌军捉下，去了衣冠，用长枷监于牢中。

拯恐走透消息，关上门，将亲随人尽拿了，便思捉二国舅之计。写下假家书一封，已搜得大国舅身家书，用朱印讫，差人寻夜到郑州说知：“太郡夫人病重，作急回来。”国舅见书，认得兄长签书，即忙轻身回转东京。

未到府，遇见包拯，请入府中叙话。酒饮三杯，国舅半酣起身道：“家兄有书来，说道母亲病重，尚容另日领教。”忽厅后走出张氏，跪下哭诉前情。国舅一见张氏，面如土色。拯便令捉下，枷入牢中。

从人报与太郡夫人知之，夫人大惊，即将诰文自来开封府。恰遇吊着二位国舅在厅上打，夫人近前，将诰文说包拯一篇，被拯夺来扯碎。夫人没奈何，急回见曹娘娘，说知其事。

曹皇后奏知仁宗，赖救之。仁宗亦不准理。皇后心慌，私出宫门，来开封府与二国舅说方便。拯道：“国舅已犯死罪，娘娘私出宫门，明日下官见上奏知。”皇后无语，只得复回宫中不理。

次日，太郡夫人自奏与仁宗，仁宗无奈，下敕遣众大臣到开封府和劝。拯知其来，吩咐军牌：“彼各自有衙门，今日但入府者，便与国舅同罪。”众大臣闻知，哪个敢入府中?上知拯不容情，怎奈太郡夫人日夕在前哀奏，只得命整銮驾，亲到开封府。

拯闻知，在府门首迎候。銮驾已到，拯近前将上玉带连咬三口。上问其故，拯奏：“今又非祭天地劝农之日，因何胡乱出朝?主天下三年大旱。臣乃白虎，陛下为青龙，可免三年之旱。”仁宗道：“朕此来端为二皇亲之故，万事看朕分上，饶他也罢。”拯道：“既陛下要做二皇亲之主，一道赦文足矣，何劳御驾到此。今国舅罪恶贯盈，若不允臣判理，情愿纳还官诰归农。”仁宗回驾，拯令牢中押出二国舅赴法场处决。太郡夫人知得，复入朝恳上降赦书救二国舅。皇上允奏，即颁赦文,遣使臣临法场中宣读。

当下正待处决之际,忽报皇上赦书来到。拯听宣读只赦东京罪人及二皇亲。拯道:“都是皇上百姓犯罪,偏不赦天下!”

先令斩讫二国舅,大国舅等待午时方开刀。太郡夫人听报斩讫二国舅,忙来哭报皇上。王丞相奏道:“陛下需通赦天下,则可保大国舅矣。”皇上允奏,即草诏颁行天下:“不拘犯罪轻重,一齐赦宥。”拯闻赦各处,乃当场开了大国舅长枷,放之而回。归见夫人,相抱而哭。国舅道:“不肖深辱父母,今在死中复生,想母自有人侍奉,儿情愿纳还官诰,入山修行。”

太郡劝留不住。后来曹国舅得遇奇异真人点化,已入仙班中。

拯既判此款公案,令将袁文正尸身葬于南山之阴。库中给银两赐张氏,发回本乡。是时遇赦之家,不惟生者称颂包公之德,而死者亦甘心瞑目矣。

第五十回 琴童代主人伸冤

断云：

一念良善魂不散，家人能报主人冤。
贼徒为恶遭刑戮，包宰声名万古传。

话说扬州离城五十里，有一人家姓蒋名奇，表字天秀。家道富实，平素好善，忽一日，有一老僧人来其家化缘，天秀甚礼待之。僧人斋罢，天秀问云："动问上人云游，从何宝刹至此？"僧人答云："贫僧乃山西人氏，削发于东京报恩寺，因为寺东堂少一尊罗汉宝像，云游天下，访得有善人则化之。近闻长者平昔好布施，故贫僧不辞千里而来，敬到贵府，化此一尊佛以种后日之缘也。"天秀喜道："此则小节，岂敢推托？"即令琴童入房中对妻张氏说知，取过白金五十两出来，付与僧人。僧人见那一锭白银，笑道："不消一半，完满得此一尊佛像，何用许多。"天秀道："师父休嫌少，若完罗汉宝像以后，剩者作斋功果，普度众生。"僧人见其欢喜布施，遂收了花银。

即辞出门，心下忖道："适见施主相貌，目眶下现一道死气，当有大灾。彼如此好心，我今岂得不说与知？"即回步入见天秀道："贫僧颇晓麻衣之术，观君之貌，今年当有大厄，可防不出，庶或可免。"天秀唯喏即已。僧人再三叮咛而别。天秀入后舍见张氏道："化缘僧人没话说得，故相我今年有大厄，是可笑矣。"张氏道："云游僧行，多有见识者，彼既言之，正须谨慎。"时值花朝节，怎见得：

园林花卉争春妍，柳底莺声弄晓晴。

天秀正邀妻子到后花园游赏。天秀有一家人姓董，是个浪子，那日正与使女春香在后园亭上斗草，不防天秀前来到，躲避不便回，天秀遇见，将二人痛责一番。董家人切恨在心。

才过一月，有表兄黄美在东京为通判，有书来请天秀。天秀接得书，不胜欢喜，入对张氏道："久闻东京乃建都之地，景致所在，欲去游览无便，今得表兄书来相请，乘此去探望，以慰平昔之志。”张氏答道：“日前僧人道君须防有厄，不可出门，且儿子又年幼，此则莫往为善。”天秀不听，吩咐董家人收拾行李，次日辞妻，吩咐看管门户而别。诗曰：

不为利名离故里，宁知此去魄归来？

正当三月初边天气，天秀与董家人并琴童行了数日旱路，到河口是一派水程。天秀讨了船只，靠晚船泊狭弯。那两个艄子，一姓陈，一姓翁，皆是不善之徒。董家人深恨日前被责之事，要报无由，是夜密与二艄子商量：“我官人箱中有白银一百两，行装衣资极广，汝二人若能谋之，将此货物均分。”陈、翁二艄笑道：“汝若不言，吾有此意久矣。”是夜，天秀与琴童在前仓睡，董家人在橹后睡。将近二更，董家人叫声“有贼”，天秀梦中惊觉，便探头出船外来看，被陈艄拔出利刀，一下刺死，推入河里。琴童正要走时，亦被翁艄一棍打落水中。三人打开箱子，取出银子均分讫，陈、翁二艄依前撑船回去，董家人带其财物走苏州去了。常言道：“莫信直中直，须防人不仁。”可怜天秀平昔好善，今遭恶死，虽则是不纳忠言之过，其亦大数难逃也。

当下琴童被打昏迷，尚得不死，浮水上得岸来，号泣连声。

天色渐明，忽上流头有一渔舟下来，听得岸上有人啼哭，撑船过来看时，却是个十八九岁小童，满身是水。问其来由，琴童哭告被劫之事。渔人即带下船，撑回家中，取衣服与他换了，乃问：“汝要回去，还是同我在此过活？”琴童道：“主人遭难，不见下落，如何回去得？愿随公公在此。”渔翁道：“从容为尔访此劫贼是谁，再作理会。”琴童拜谢。当夜，那天秀尸首流在芦榆港里，隔岸便是清河县，城西门有一慈惠寺，正是三月十五，会作斋事，和尚都出港口放水灯，见一死尸，鲜血满面，下身衣服尚在。众僧人道：“此必是遭劫客商，抛尸河里流停在此。”内中一老僧道：“我辈当发慈悲心，将此尸埋于岸上，亦一场好事。”众人依其言，捞起尸首埋讫，放了水灯回去。

是时包公因往濠州赈济事毕转东京，经清河县过。正行之际，忽马前一阵旋风起处，哀号不已。拯疑怪，即差张龙随此风下落。张龙领旨，随旋风而来，至岸中乃息。张龙回复于拯，拯遂留在清河县公廨中。次日委本县官带公牌前往根勘，掘开岸上视之，见一死尸，宛然头上伤一刀痕。周知县检视明白，问：“前面是哪里？”公人禀道：“慈惠寺。”知县令拘僧行问之，皆言：“日前因放水灯，见一尸首流停在港里，故收埋之，不知为何而死？”知县道：“分明是汝众人谋杀而埋于此，尚有何说？”因令将此一起僧人俱监收于狱中，回复于拯。拯再取出根勘，各称冤枉，不肯招。拯自思：“既是僧人谋杀人，其尸必丢于河里，岂又自埋于岸上？此有可疑。”因令带监众僧审实，将有二十余日，尚不能决。

时四月边间,荷花盛开,本处仕女适其时,有游船之乐。

忽一日,琴童与渔翁正出河口卖鱼,恰遇着翁、陈二艄公在船上赏花饮酒,特来买鱼。琴童认得是谋他主人的,即密与渔翁说知。渔翁道:"汝主人之冤雪矣。即今包大人在清河县断一狱事未决,留止于此,尔宜即往投告。"琴童连忙上岸,径到清河县公廨中见包拯,哭告主人被船艄谋死情由,现今贼人在船上饮酒。拯听罢,遂差公牌黄、李二人随琴童来河口,登时入船中,将陈、翁二艄捉到公厅中见拯。拯令琴童去认死尸,回报哭诉:"正是主人被此二贼谋杀尸身。"拯吩咐着严刑根勘。

翁、陈二艄及琴童作证,疑是鬼使神差,一款招承明白。便用长枷监于狱中,放回众僧人。次日拯取出贼人,追取原劫银两明白,叠成案卷,押赴市心斩首讫。当下只未捉得董家人。拯令琴童给领银两,用棺木盛了尸首,带丧回乡埋葬。琴童拜谢,自去酬了渔翁,带丧转扬州不题。后来天秀之子蒋仕卿读书登第,官至中书舍人。董家人因得财本成巨商,数年在扬子江遇盗被杀,财本一空。

第五十一回　包公智捉白猴精

断云：

灵怪淫邪迷丽妇，中途失偶复团圆。
包公名誉千年在，闾巷儿童尽获安。

话说东昌府城南，有一仕宦人家，姓周名庆玉。父亲在先朝为枢密副使时，曾建功绩。上例：但是有功官宦，其子有袭荫。以此庆玉领着妻子家人赴任。路从登州进发，时值二月天气，风和日暖，花草含香。一行人行了半个月，来到平原驿歇下。老人都来拜见。周知县与夫人柳氏在驿中午膳罢，因问乡老："此去安庆尚有多少路程？"乡老答道："过了三山驿就是申阳岭，岭下一望水路，遇顺风五日可到。"周知县道："尚未晚，可望三山驿安下，明日趁早过岭。"乡老禀道："三山驿荒野所在，申阳岭是个异地方，大人有家小同行，不如在此驿歇息，明日当午过岭，可以无虑。"周知县道："父老之言虽是，怎奈限程已近，不宜迁延。"即日发遣人夫，前到三山驿歇马。

果是此驿荒残，床席皆无，是夜周知县与夫人只在中庭开地铺而宿。柳氏出自名家，兼通文墨，是夕甚觉不乐。初更尽，但闻四壁虫声唧唧，星月穿窗，倍加寂寥。周知县睡不成寐，于枕上口占五言四句云：

惭愧功名客，乡心日夜催。
君恩犹未报，宁敢惜筋衰？

吟罢，才着枕，忽窗外一阵冷风过处，怎见得那怪风：

好似边疆驱铁马，恰如江水送涛声。

比及天明，周知县枕边不见了柳夫人。惊慌起来，忙呼集公人询问，俱各失色。看门尚未开启，四下并没动静，及拘乡民问之，乃云："此驿荒废年久，近前就是申阳岭，常出怪异，但有美丽妇女，便摄去再不知下落。夫人必被此怪迷去矣。"

周知县听罢，放声大哭道："夫人因随我到此，不知下落，情愿弃官访究。"有听事吏胡俊在旁，见本官悲痛，近前禀道："大人且省烦恼，此去任所不远，待上了任从容访之，犹可知夫人消息，若中途弃官，反得罪于朝廷，是两不美矣。"周知县依其言，即日起程，过岭登船，直到宁陵县河下起岸。有职人员都来迎接。

到衙上了任，数日不出堂。有吏人禀云："本县是开封府治下，包府尹不是小可，大人须往参之。"周知县吩咐马夫，径来开封府衙参见包拯。包拯闻其先尊名色，甚敬礼之。周知县因夫人之故，思慕不置，言语举止皆失措。拯怪问其故。周知县不隐，将前事告诉一遍。拯惊道："世上有此等怪异？君且向县理政，我必根究夫人下落。"周知县拜谢而回。

拯思一计，次日上一道本："见得登州地界不靖，臣愿往安抚之去。"仁宗允其请。及出朝转府中，打扮做一秀士模样，带黄、李二公牌密离了东京城，前来登州地界缉访是事。一连经几处，并无踪迹。忽一日行入深源，遥闻钟声隐隐，但见树木交杂，却是一座偏僻古刹。拯入得寺来，遇见一老僧，邀进方丈叙坐。

茶罢，老僧问："执事从何来？"拯答云："小生从东京来，要往登州府探亲，经过宝刹，特来相访。"老僧道："贫僧守居山僻处荒凉院宇，有甚么好处？"拯正待再问，忽一行童来报云："申公有请。"老僧叹口气道："此畜孽又来恼我！"便辞拯径入昙堂去了。拯疑怪，吩咐公人在外伺候，自转身入到里面，探问申公是谁，没遇一个人在，适那来叫老僧的行童慌忙走出来。拯携手问云："适间师父说甚么申公，却是谁？"行童道："秀士休问，说起来恼人也。"拯赔小心，务恳其说。行童邀拯出堂，从容与之讲道："此申公住居申阳岭白石洞，乃是个千年灵气猴精也。淫邪无厌，但遇有美妇人，便起怪风，摄入洞中取乐。不从他的，就裂了身体，谁奈得他何？只有我师父戒行颇贞，彼亦相敬，因以申公呼之。日前携一丽人来游寺中，师父问得来，却是一知县夫人，容颜甚是忧戚，于廊下留得有字迹而去。"拯问："此申公今在何处？"行童云："适闻二人辩论，我师父将言语劝他，彼怒，将师父亦摄得去了。"拯云："彼摄你师父去如何？"行童云："过几日回意，又放之归。"及听罢，嗟呀不已，径到廊下，看壁上果题有诗四句云：

缘绝三山驿，君心知不知？
包公频诉论，取妾莫教迟。

拯读罢，怆然忖道："彼亦知来投于我。"即录此诗，转回宁陵。周知县迎接入衙，甚致殷勤，酒礼款待。

饮至半酣，拯袖中取出录诗与周知县。周读罢，双泪盈腮，乃道："此是柳夫人所作，大人从何得来？"拯不隐，直道其事。周知县离席拜恳，乞救夫人之策。拯道："汝休虑，我回府自有主张。"即日离宁陵回到本府，开了衙，出告示张挂："但有人得知申阳岭白石洞精怪居址来报，官给赏银四十两。"

忽一日，宁陵管下小石村一猎夫，姓韩名节，身轻体健，任他绝崖壁尖可登，合该发迹。

那日正赶一黄鹿，到着个绝壁去处，望见上面有光，韩节乃沿石壁上去。看时，见一群美妇人在坦平石上坐。见有人上来，各惊近前问之。韩猎夫说与因赶黄鹿至此。众妇人道："也是你有缘，不该尽，若遇妖怪在此，性命不保矣。汝急回去，于我众父母家报信，必有重赏。"猎夫方知是精怪居处，乃密问众妇人精怪如何。妇人道："彼甚灵通，今出去尚未回。一身是铁，利刃不能近他。尝日自言惟有毒酒可醉之，再荣麻绳缚定，方可计较。"猎夫道："休漏泄此机。即日包太尹正是根究此事，待我去报知，便来救取。"

众妇人约以某日来此会集。

韩节依前下来，径到开封府前揭了榜文，入见包拯，报知是事。拯私喜道："周夫人想在内中矣。"即赏韩节酒食，准备醇酒加毒药，装进小泥埕，依期差公牌各带弓箭麻绳之类，随韩节来到绝壁下。韩节吩咐公牌将酒各安于绳上，系定腰间，自己先沿上去。

那众妇人见韩节复来，半惊半喜。韩节以药酒吊上来，交与众妇人，约之："在崖下等候，遇有酒埕投下为号，乃可上来。"韩节依其言。

霎时间，精怪一道金光，回到洞中，与众妇人戏谑一番，倒在石床上。众妇人各捧酒而进，精怪一饮而尽。

须臾，药酒发作，便闷将去。韩节听见空酒埕从岩顶坠下，自先沿上去，复吊公牌数人上来。抢进洞中，见一大白猴醉倒在石床上。众人用麻紧紧捆了，洞中无限美器，被公牌收拾俱尽。先将妖怪吊下，总共八位丽人逐一吊得下来。众人欢喜，将猴精抬进开封府。

包拯闻知捉得妖怪，升堂审理，果见一个白猴，火眼金睛，缚定不能动。拯道："此异畜，当即除之，休待其醒。"吩咐取过降魔宝剑一把，亲手斩下。忽一声响亮，堂下不见了妖精，惟有火光迸起，焰焰而没。拯既斩了猴精，着众妇人近前，问哪位是周夫人。柳氏应声："小妾便是。"拯叫起入后堂见李夫人。适周知县闻知此事，正来府中体访消息，与柳氏相会，夫妇相抱而哭。包公为设庆贺筵席待之。饮罢，周知县拜谢，同夫人转宁陵。其余众妇，拯各访父母遣还。只有一妇，是陕西董家女，家乡遥远，无亲来认，拯遂将其嫁与韩节为妻。夫妇甚感其德。上闻此事，宣拯入朝亲问之。拯一一奏达毕，甚加钦奖。在朝仕宦谁不仰其英风者耶。

第五十二回 重义气代友伸冤

断云：

淫妇不良谋大惨，汪奴害主决严刑。
包公仁政天开眼，案牍分明断得真。

话说包拯为开封府尹时，在城有富家吴十二，为人春风，好交结名士，娶东乡谢家女为妻。谢氏容貌虽丽，风情极侈。

吴十二有知己人韩满者，在北门居住，是个轩昂丈夫，往来其家甚密，谢氏颇以言语挑之。韩满以与吴者交厚，敬其是嫂，纵有戏谑，不及于乱。

一日冬残，雪花飘扬，韩满来寻吴友赏雪，适吴十二上庄未回。谢氏闻知韩满来到，即出见之，笑容可掬，便邀入房中，安顿坐定，抽身向厨下整备酒食进来与韩满，韩满无疑，坐在一边相陪。酒至半酣，谢氏道："叔叔，今日天气仍寒，婶婶在家，亦等候叔回来同饮酒否？"韩满答道："贱叔家贫，薄酌虽有，不能勾如此丰美。"谢氏有意劝他，才饮了数杯酒，淫情正兴，斟起一杯，起身持与韩满道："叔叔先饮一口，看滋味好否？"韩满大惊道："贤嫂休得如此，倘家人知之，则朋友伦义绝矣。从今休使这等见识！"言罢离席而起。走出门正遇吴十二冒雪回来，见韩满就欲留住。韩满道："今日不得与贤兄叙话，再有相会。"竟辞而去。吴十二入见谢氏，问："韩故人来家，如何不留待之？"谢氏怒云："尔结识得好朋友！今知汝不在，故来相约，妾以其往甚，好意备酒待之，反将言语戏妾，被我叱几句，没意思走去，留他则甚？"吴十二半信半疑，不敢出口。

过数日雪霁天晴，韩满入城来，恰遇故人在街头过来。韩满近前，邀入茶店中坐定，沽卖一壶叙饮。三杯酒中，韩满乃道："兄之尊嫂是个不良之妇，从今与兄不能相会于家，思遭人有嫌疑之诮。"吴十二道："贤弟如何出此言，便是嫂有不周言语，当看我往日情分，休要见外。"韩满道："贤兄门户自宜谨密，只此一会，余无所嘱。"饮罢各散而去。次年，韩满有舅吴兰在苏州行货，有书来约他。韩满要去，欲见吴十二相辞，不遇竟行。比及吴友知之，已离家四日矣，怅怅不悦。

吴十二有家人汪吉，人才出众，言辞捷利，谢氏爱他，与之通奸，情意甚密，内人莫之知觉。忽一日，吴十二邀汪吉往河口收账目，汪吉因恋谢氏之故，故推不肯去，被吴十二痛责一番，只得准备行囊，临起身，入房中见谢氏商议其事。谢氏道："但只要你有计较谋取他回来，我自有主张。"汪吉欢喜领诺，同主人离家，时值二月天气，路上花红草绿，春光耀眼，但闻：

杜宇林中催去路，提壶花外劝游人。

吴十二在路行了数日，来到九江镇住，往日相识李二艄讨船渡过黑龙潭。靠晚泊船，龙王庙前买香纸做了神福。汪吉于船上小心劝他，吴十二饮得甚醉了，李二艄都去歇息。半夜，吴十二要起小便，汪吉扶出船头，乘他宿酒未醒，忽一声水响，十二被推落在江中去了。汪吉故惊叫道："主人落水！"比及李艄起来看时，那江水深不见底，又是夜里，如何救得？挨到天明，汪吉对李艄道："没奈何，只得回去报知。"李艄心下顿疑吴某死必不明，撑回渡船，受了工雇钱自去。汪吉抛走回家，见谢氏密道其事。谢氏大喜，虚设下灵堂，日夜与汪吉饮酒取乐。邻里颇有知者，隐而不言。古云：家有淫荡之妇，丈夫不能保，终信斯言矣。

一日，韩满因暮春时景，即怀故国之思，偶出镇口闲行，正过临江亭，远远望见吴十二来到。韩满认得，连忙走近前携住手道："贤兄因何来此？"吴十二形容枯槁，蹙了双眉，对韩满道："自贤弟别后，一向思慕，今有一事相托，万望勿阻。"韩满道："前面亭上少坐片时。"遂邀到亭上坐定，乃问："日前小弟因母舅书来相约，正待见贤兄一辞，不遇径行，今幸此会，为何怏怏不乐？愿闻其故。"吴十二泣下道："当日不听贤契之言，惹下终身之别，一言难尽。"韩满殊不知其死，乃道："贤兄烈烈丈夫，如何出此言？"吴十二道："贤契休惊，自那日相别之后。我有赴镇江之行，被家人汪吉利吾之妇，用谋乘醉推落江心，尸首已葬鱼腹，只灵魂不散，欲诉无由。今遇故人，得以面陈，乞为伸理此冤，久当重报。余无所嘱。"韩满听罢，毛发悚然，抱住吴十二道："贤兄此言是梦中耶？如果有此情，必不敢负。且问当夜落水之时，曾有人知否？"吴十二道："镇江口李艄颇知。吾与贤弟幽冥之隔，再难会面，今日从此别矣。"道罢，韩满忽身便倒，昏迷半晌乃醒。比寻故人，不见所在。连忙转苏州店中见舅，道："家下有信来催促，特辞知舅回去，无事便来。"吴兰不留。

北归到乡里，访问吴友时，已死过六十日矣。韩满备香纸径至其灵前哭奠一番。谢氏恨之，不出见。惟吴十二妾陈氏知之，出接纳，悲诉其冤情。韩满抚慰良久而别，回家思量要去告理，没有头绪。体访得谢氏与汪吉成亲，复来苏州见舅，道知故人冤枉之事。吴兰道："此未有对证，他人事莫惹连累。"

韩满哭道："小弟与吴友虽是结交，有同生死之誓，正因有不良嫂在，以此疏阔。近日曾以幽灵托我，岂可背之！”吴兰云：“既如此，即日包太尹往边赏劳，才回东京，汝即告其家人与主母通奸之情，故人冤可伸矣。”韩满乃依其言，寻夜来东京，侵早入府衙下了状。及审问确实，即差公牌拿得汪吉及谢氏，当厅根勘。汪吉争辩，不肯招认，及令并谢氏监在狱中究问。

数日未决，拯思量：“通奸之弊确有，谋死主人未得证见，他如何肯伏？”乃密召韩满问云：“汝故人既有此托，曾言当日渡艄是谁否？”韩满道：“镇江口李二艄也。”拯知之，次日差黄兴前到镇口，拘得李二艄来衙，问其渡吴十二情由。李艄道：“某日夜深落水之后，彼家人方叫知，待起救时不及矣。”

拯云：“汝试以言语证之。汪吉若果有亏心，必自招认。”遂取出一干人，当厅审问。汪吉见李艄在旁，便有惧色。拯问及李艄搭船来历，李艄指言当夜推落下水事情。汪吉心慌。拯令用严刑拷究，汪吉只得吐实，招出谋死情弊，已成案卷。拯判下，将汪吉、谢氏押赴法场处斩讫，给了赏钱与李艄回去。韩满有故人之义，能代伸冤，访得吴十二妾有生女十四岁，就嫁与韩满之子为妻，承其家业。

第五十三回 义妇为前夫报仇

断云：

李氏能酬前夫志，贤侯判出复褒旌。
奸谋自露冤仇雪，天理昭然报亦明。

话说岳州离城三十里，有一地名平江，人烟稠密，上下张黄二姓尤盛。姓张者名万，姓黄者名贵，二人皆宰屠为生，结交往来，情好甚密。张万家道不足，娶得妻李氏，容貌秀丽。黄贵有钱，尚未有室。

一日，张万生诞，黄贵持果酒往贺。张万欢喜，留待之，命李氏在旁斟酒。黄贵目视李氏，不觉动情，怎奈以嫂呼之，不敢说半句言语。饮至晚辞归。夜里黄贵想着李氏之容，反复睡不成寐，只思量图那李氏之计。才到五更，黄贵便起来，心生一计，准备五六贯钱，侵早来张万家叫开门。张万听得友人声音，起来开了门，揽入问云："贤弟有甚事，趁早来我家？"

黄贵笑道："某亲戚有一猪，约我来买，恐失其信，敬来邀兄同去，若有利息，当共分之。"张万甚喜，忙叫妻起来，入厨中备些早食。李氏便暖一壶酒，整些下饭出来，见黄贵道："难得叔叔早到寒舍，聊饮一杯，少壮行色。"黄贵道："惊动尊嫂，万勿见罪。"遂与张万饮了数杯而行。

时天色尚早，赶到龙江日出。晌午，黄贵道："已行三十余里，肚中饥馁，兄先往渡里坐歇，待小弟到前村沽买一壶便来。"张万应诺，先寻渡去了。须臾间，黄贵持酒来到，有意算他，一连劝张兄饮着数瓯，又无下酒菜，况行路辛苦，一时醉倒渡里。黄贵觑视前后无人，腰间拔出利刃，从张万肋下刺入，鲜血喷出而死。正是：

金风未动蝉先觉，暗送无常总不知。

黄贵既谋死张万，将尸抛入江中，连忙走回，见李氏道："与兄前往亲戚家买猪，不遇回来。"李氏问云："叔既回，兄缘何不归？"黄贵道："我于龙江口相别先回，张兄称说要往西庄问信，想只在靠晚回矣。”言罢径去。

李氏在家等到晚边，其夫不归，自觉心下遑遑。过三四日仍没信息，李氏愈慌，正待叫人来请黄贵问端的，忽黄贵慌慌张张走得来，佯告李氏道：“尊嫂，祸事到矣。”李氏忙问何故。黄贵道：“适才我往庄外走一遭，遇见一起客商来说，龙江渡一人溺水身死，弟听得径往看之。族中张小一亦在，果有尸身浮泊江口，认来正是张兄，肋下不知被甚人所刺，已伤一孔。我同小一请二人移尸上岸，买棺殓之矣。”李氏闻知，痛哭几绝。黄贵佯用抚慰言语劝之，方回。

过了数日，黄贵取一贯钱来送与李氏，道：“恐嫂日用缺乏，将此钱权作买办。”李氏受了钱，因念得他殡殓丈夫，又有钱物给度，甚感德之。才过半载，黄贵以重财买嘱里妪行媒，前到张家见李氏，说道：“人生一世，草茂一春。娘子若此青年，张官人已自亡故，终朝凄凄冷冷守着空房，何如寻个佳仙，再续良姻？今黄官人家道丰足，人物出众，不若嫁与他，成一对夫妻，岂不美哉。”李氏道：“妾甚得黄叔叔周济，无恩可报，若嫁他本好，怎奈往日与我夫相识，恐成亲之后遭人议论。”里妪笑道：“彼自姓黄，娘子宫人姓张，正当匹配，有何嫌疑？”李氏允诺。里妪回信。黄贵不胜欢喜，即备聘礼，于其兄家迎接过门。花烛之夕，极尽绸缪之欢。夫妇和睦，庭无逆言，行则连肩，坐则反股，正是：

陡生奸计图人妇，天理昭然不可欺。

越十年，李氏在黄贵边已生二子，时值三月清明节，人家各上坟挂纸。黄贵与李氏亦上坟而回，饮于房中。黄贵酒至醉，乃以言挑其妻云：“尔亦念张兄否？”李氏怆然，问其故，黄贵笑云：“本不告尔，但今十年，已生二子，岂复恨于我哉。

昔日谋死张兄于江，亦是清明之日，不想尔却能承我之家。”

李氏作笑答云：“事皆分定，岂非偶然。”其实心下深要与夫报仇矣。黄贵醉睡去，次日忘其言语。

李氏候贵出外，收拾衣资，逃归母家，告知兄以此事。其兄李元即为具状，领妹赴开封府具告于拯。拯即差公牌捉拿黄贵到衙根勘。黄贵初不肯认，拯令人开取张万死尸检验，肋下伤一刀痕，明白是尔谋死。拯用长枷监于狱中勘问。黄贵不能抵情，一款招伏。拯乃判下：“谋其命而图人之妻，当处极刑。”

押赴市曹斩首讫，将黄贵家财尽给李氏养赡，仍旌其门为义妇焉。后来黄贵二子已长，因端阳竞渡，俱被溺死。此天理以报，故绝其后也。

第五十四回　潘用中奇遇成姻

断云：

店妇从容通信息，楼中奇遇已成姻。
用中有幸能全偶，孙氏图赃复谪民。

话说福建潘用中，官家之子也。一日随父候差于京师，用中喜吹笛，每次父出必于邸舍楼中傍栏吹之。隔墙一楼，只争二丈许，极是华丽。但见画栏绮窗，朱帘翠幕，一女子闻笛声，垂窥观望，久之，或时揭帘子露出半面。用中见后，因问主人是谁家女子。主人告是黄三郎之女孙，名丽娘也，初亦官宦之家。若是月余。

一日，用中与太学生彭上舍共车出郊游赏，值黄府十数轿赏春游归，路窄，过时相挨，其第五乘轿乃其丽娘也。轿窗皆半推，四目相视不远，用中见那女子，神思飞扬，若有所失，作诗云：

谁教窄路恰相逢，脉脉灵犀一点通。
最恨无情芳草路，匿兰含蕙各西东。

用中吟罢暮归。吹笛时，月明如画，又见女卷帘凭栏。用中大诵前诗数遍，适父归舍，遂就寝。

是时黄府有馆宾晏仲举，乃建宁人，次日用中往访之，遂邀至邸楼中设席纵饮，吹笛而乐。见女子复垂帘立听，用中故问云："对望谁家楼也？"晏曰："即吾馆所寓矣，主人有孙女，幼年从吾父读书，聪明俊爽，且工诗词。"用中听罢，愈动念情。酒阑晏辞去，女子复揭帘半露其脸。用中醉狂，取胡桃掷去，恰被丽娘接得，即用帕子裹胡桃复投回与用中。揭开看时，帕上有诗四句云：

栏杆闲倚日偏长，短笛无情空断肠。
安得身轻如燕子，随风容易到君傍。

用中读罢呀道:“此真才貌双备,世上罕见!”亦用帕子题诗裹胡桃复掷去。丽娘打开见诗云:

一曲临风值万金,奈何难买玉人心。
君若得解相如意,比似金徽恨更深。

丽娘看罢,沉吟半晌,自谓:“俊才少有,若得此人为婚,复何恨焉。”复题诗于帕,裹胡桃掷来。掷去不及楼,坠于檐下,用中即下楼取之,被店妇拾得。用中以情恳告,妇怜而还之,开看帕上诗云:

自从闻笛苦匆匆,魄散魂飞似梦中。
最恨粉墙高几许,蓬莱弱水隔万重。

次日,用中谋于店妇道:“若得通见此女一会,当厚报谢。”

店归道:“遇有因便,为尔通达,必有相会之期。”用中欢喜回邸。未数日,店妇有机遇入黄府得见丽娘,密达知潘秀士之情。

丽娘云:“我亦慕其为人,愿见之一面,怎能够通透?”店妇道:“娘子确有此意,今夜当以梯接之于妾房中,可得一会。”

丽娘许诺。店妇回舍,说与用中知之。用中喜道:“事若能就,决不敢负。”

是夜将半,丽娘出楼外等待,店妇以梯接之入房中。

潘秀士已秉烛伺候,一见丽娘如天上降下。二人各诉款曲,更深解衣就寝,枕上欢娱,及尽绸缪。天明店妇仍取梯送之而去。用中厚谢于店妇。自是往来将有一月,并无知者。忽夕丽娘来见用中云:“家人颇知其事,亲若究问,其罪难逃,不如随君走去远处他乡,庶得长久相从。”用中依其言,见父推事故,言归省母亲,乃备船只于河口等候,约定日期,与丽娘走离京师,就是店妇亦不知其去。

过数日,黄府得知此事,即令家人林浩沿路跟寻。将二十日,赶至扬州,已捉住夫妇二个,解送回府。黄三郎具告于孙御史衙门,将用中监系狱中。

其时用中之父已听调于河北,亲友故人散离东京,无得顾视,受苦万千。丽娘要送些衣食与之,又不能通透。三郎要将女孙嫁与赵指之子,已受了聘礼,意要谋死用中,遣人将金带一副、珍珠二斗,密送与孙御史,令他打死用中。

孙御史已受其贿,就问用中死罪,吩咐狱卒结果之。狱卒不忍,为他报之其父。

其父闻知消息,即来开封府投告于包太尹。及狱中取用中根勘,已见其形体羸瘦,危困甚苦。当堂供招前情。拯又恐未实,再拘店妇问之,诉说与用中相同。勘审明白,差公牌唤得黄三郎到衙,责之云:“汝孙女初未嫁人,潘用中不曾纳妇,虽两下有不待父母之微愆,其为匹配,亦相当矣。汝何得重贿官物,要置人于死地?自得何罪?”三郎低首无语。拯令将此一干人监下。次日奏知仁宗,仁宗旨下:“孙御史是重任衙门,受着私物,国法旧例,罢职为民;黄丽娘仍前与潘用中为婚;黄三郎造意不善,虽未得行,罚金五千缗。”拯依拟判讫。

黄丽娘与用中竟谐伉俪,夫妇甚感包公之德,都下宣传此事,以为奇遇也。

第五十五回　断江侩而释鲍仆

断云：

奸恶谋财祸及彼，包公明鉴竟伸冤。

昭昭天理逃难迹，一鞫黄氏已获全。

话说江州城有二盐侩，皆惯通客商，延接往来之家。一姓鲍名顺，一姓江名玉。二人虽是交契，而江多诈，而鲍敦实。鲍侩得盐商抬举，置成大家，娶城东黄亿女为妻。黄氏贤惠善处，馈中饮食，不拘长幼皆得均匀，以此内外都欢悦，随其所令。过鲍门二年，生有一子，名鲍成，年将十岁，不事诗书，专好游猎，父母禁之不止。

一日，鲍成领家童万安出打猎，潘长者花园里，见柳树上一黄莺，鲍成放一弹打落园中。时潘长者众女孙在花园游戏，鲍成着万安入园里拾那黄莺。万安进前，见园中有人，不敢入去，成云："尔如何不捡黄莺还我？"万安答道："园中有一群女子，如何敢冒进？需待女子回转，然后取之。"鲍成遂坐亭子上歇下。及到午时女子回转去后，万安越墙入去，寻那莺儿不见，出来说知鲍成："没有莺儿，莫是那一起女子捡得去了？"鲍成大怒，擘面打去，万安鼻上受了一拳，打得鲜血迸流，大骂一顿。万安不敢作半声，随他回去，亦不对主人说知。

黄氏见家童鼻下血痕，问之云："今日令尔与主人上庄，去也未曾？"万安不应，黄氏再问，万安只得将打猎事情、因失落莺儿被责之事说了一遍。黄氏怒云："人家养子要读诗书，久后方与父母争得气，有此不肖，专好游荡闲走，却又打伤家人！"即将猎犬打死，使用器物尽行毁之，逐于庄所，不令回家。鲍成深恨万安，常要生个恶事捏他，只是没有机会处，遂忍在心。

是时江侩虽亦通盐商，本利折耗，做不成家。因见鲍侩富贵，思量要图他的金银。一日心生一计，前到鲍家叫声："鲍兄在家否？"适黄氏正在廊下裁衣服，听见有人唤丈夫声，连忙出帘外来看，却是江某。黄氏揭起帘子相见道："江叔叔，请入里坐。"江某答云："要见鲍兄商量一经纪事。"黄氏云："适与盐商入江口，少刻便回。"道声才罢，鲍恰归来，入见江某，不胜之喜，便令黄氏整酒礼待之。筵席已备，江鲍对席斟酒，二人席上正说及经纪间事，江某笑云："有一场大利息，小弟要去，怎奈缺少银两，特来与兄商议，需会着财本而去，方能入手。"鲍问甚事，江答曰："苏州巨商有绫锦百箱，不遇价，愿贱售之回去。此行得百金可收其货，待价而沽，利息何啻百倍？"鲍是个爱财之人，闻知欢然，许同去。约以来日在江口相会。江饮罢辞去。鲍以其事与黄氏道知，黄氏甚不乐，而鲍某意坚难阻，即收拾百金，吩咐万安挑行李后来。

次日侵早，鲍携金径出门，将到江口，天色微明，江某与仆周富并其侄二人，备酒先在渡中等候，见鲍来即引上渡。江云："日未出，露气弥江，且与兄饮几杯开渡。"鲍依言不辞，一连饮十数杯早酒，颇觉醉意。江某务劝其饮，鲍以早酒不消许多。江怒云："好意待兄，何以推故？"即袖中取秤锤投之，正中鲍目，昏倒在渡。二侄竟进搏杀之，取其金，投尸于江回来。比及万安挑行李到江口，不见主人所在。

等到日午，问人皆道未有，万安只得回来，见黄氏云："主人未知从哪条路去，已赶他不遇而回。"黄氏自觉心动，怏怏而已。

待过三四日，忽报江某已转，黄氏即着人问之，江某道："那日等候鲍兄不来，我自己开船而去。"黄氏听回报，惊慌屡日，令人四处体访，并无消息。鲍成在庄所闻，忖道："此必万安谋死，故挑行李回来瞒过。"即具告于王知州。拘得万安到衙根问，万安苦不肯招。鲍成立地禀复说是积年刁仆，是其谋杀无疑。王知州信之，用严刑拷勘，万安受苦不过，只得认个谋杀情由，长枷监入狱中。结案已成，该正大辟。

是冬，仁宗命拯审决天下死罪，万安亦解赴东京听审。拯问及万安案卷，万安悲号不止，告以前情罢，乃云："前生当还主人死债矣。"拯忖道："白日谋杀人岂无见知者？若利主人之财，则当远逃妖，宁肯自回为尔告首？"便令开了长枷，散监狱中，密遣公牌李吉，吩咐前到江州鲍家体访此事，若有人问万安如何，只道已典刑矣。李吉领旨去了。

当下江某得鲍百金，遂致大富。及闻万安问抵命，心常忽忽，惟恐发露。忽夜梦见一神人告云："尔将鲍金致富，屈陷他仆抵命，久后有穿红衫妇人发露此事，尔宜谨慎。"江梦中惊醒，密记心下。

一月余，果有穿红衫妇人携钞五百贯来问江买盐。江俄然在心，迎接妇人至家，甚礼待之。妇人云："与君未相识，何蒙重敬？"江答曰："难得贵娘子下顾，有失迎款，但要盐，须取好的送去，何用钱买？"妇人道："妾夫于江口贩鱼，特来求君盐腌藏，若不受价，妾即转买于他侩。"

江惟谨从命，倍价与盐。妇人正待辞行，值仆周富捧一盆秽水过来，滴污妇人红衣。妇人甚怒，江赔小心谢恳道："小仆失方便，万乞赦宥，情愿赏衣资钱。"妇人犹恨而去。江怒，将仆缚之而挞，二日才放。周富不胜其恨，径来鲍家见黄氏,报知某日谋杀鲍顺劫金之事。黄氏大恨,即令具告于官。周富进道:“若在本州告首,尔夫之冤难雪。惟开封府包丞相处方得伸理。”

黄氏正忧虑间,适李吉入见黄氏,称说:“东京而来,缺少路费,冒进尊府,乞觅盘粮而已。”黄氏便问:“尔自东京来,曾闻万安狱中事否?”李吉道:“已处决矣。”黄氏听罢,悲咽不止。李吉问故,黄氏云:“今谋杀夫者已知明白,误将此人抵命矣。”李吉不隐,方乃直告包公差来体访之由。黄氏取过花银十两,令公人带周富寻夜赴东京,入府衙见拯告首前情。拯审实明白,即发遣公牌到江州,拘江一干犯人到衙前,用长枷监于狱中根勘。江不能抵讳,一款招认谋害鲍某事情。

拯叠成案卷,问江某叔侄三人偿命;放了万安;追还百金,给一半赏周富回去。当下万安得明冤情,不致枉死,而被害者仇魂得复雪,虽是天理昭彰如此,而包公德量千载之下其盛矣哉。

第五十六回 杖奸僧决配远方

断云：

宋女嫌疑遭弃逐，奸僧施计怎逃刑。
包公千载声名盛，一鞫从交法令明。

话说东京离城二十里，有一地名新桥，有富人姓秦名得，原亦有名之裔，娶南村宋泽之女秀娘为妻。秀娘性格温柔，幼年知书，其父爱之，使就邻里李先生学。秀娘明敏过人，凡书一经目遂记之不忘，以此诗词歌赋，缀联成诵，大为人所重。

年十九岁过秦得门后，待人礼客，馈中饮食，甚称夫意。

一日秦得表兄有婚姻之期，着人来请秦得。秦得与宋氏道知，径赴约而去。表兄许大郎见秦得来到，不胜欢喜，设酒礼相待，一连留款数日。宋氏悬望不回，因出门首等候，忽见一僧人远远来到。那僧人：

头顶三山帽，身穿百衲衣。
钵盂随手捧，诵偈不暂离。

将近行过秦宅门首，见宋氏立于帘子下，僧人只顾偷目视之。不提防石路冻滑，正向前长揖，忽跌落于沼中。时冬月寒冻，僧人走得起来，浑身是水，战栗不有当。秀娘见而怜之，叫他入来，在外舍坐定，连忙入厨下烧着一堆火出来与僧烘干衣服。那僧人口称感德，就附火边烘焙衣服。秀娘又持一瓯汤出，与僧人饮讫。秀娘问其从何而来，和尚道："贫僧住居城里西灵寺，日前师父往东院未回，特着小僧去接。适行过娘子门首，不觉路边水冻石滑，遭跌沼中。今日不是娘子施德，几丧性命。"秀娘道："尔衣服既干，可就前去，倘夫主回归，见知不便。"僧人应诺，正待拜辞而行，恰遇秦得转来，见一和尚坐舍外烤火，其妻亦在旁边，心下大不乐。僧人怀惧，径抽身走去。秦得入问妻僧人从何来之故，宋氏不隐，具知："遭跌沼中，我怜而取火与之烘焙衣服。"秦得听罢怒云："妇人女子不出闺门，邻里间有许多人，若知尔取火与僧人，岂无议论？秦得是个明白丈夫，如何容得尔不正之妇？”即令：“速回母家，不许再入吾门。”宋氏低头无语，不能辩论，见其夫决意要逐她，没奈何只得回归母家。母氏得知弃女之由，埋怨女身不谨，惹出丑声，甚轻贱之，虽是邻里亲戚亦疑其事。秀娘不能自明，悔之无及，忧闷累日，静守闺门不出。每对更残，寂寥无赖，因述古体几篇以自怨。

诗曰：

挑尽残红苦夜长，萦心万事已参商。
朔风不管人憔悴，暗送铃声到枕旁。

又诗曰：

倚栏频问夜如何？待月中庭欲睡迟。
砌壁蛩虫如诉怨，不关风景自生悲。

又诗曰：

遥睹空中一宝轮，楼台深处避飞尘。
自来自去无相管，肯念凭栏有待人？

时光似箭，日月如梭，宋氏女为夫所弃，在母家有一年余。

当下那僧人闻知宋女被夫弃逐出，便生计较，走离西灵寺，还俗长发，改名刘意，要图婚宋氏。常言“和尚贼人心”，此语说得真。比及发齐，遂投里妪来宋家议亲。里妪先见秀娘之父，说道：“小娘子与秦官人不睦，故以丑事压之，弃逐离门，未过两个月，便议刘宅女为室，不思量令娘子，如此背恩负义丈夫，顾恋他甚么？老妾特来议亲，要与娘子再成一段好姻缘，未知尊意允否？”其父笑道：“小女子不守名节，遭夫逐弃，今留我家，常自怏怏而已。肯嫁与否，由她心意，此则我不敢主张。”里妪遂入见其母亲，道知与小娘子议婚之事。其母欢悦，谓妪云：“我女儿被逐来家，有一年余，闻得前夫已婚他家之女，往日嫌疑未息，既有人婚，情愿劝我女出嫁，免得人再议论。”里妪见允，即回报于刘某，刘某暗喜。

次日，备重聘于宋家。纳姻初到，秀娘闻知此事，悲哀终日，饮食俱废。怎奈被母所逼，推托不过，只得顺从，归于刘氏之门。花烛之夕，刘氏不胜欢喜，亲戚都来作贺。待客数日完备，刘某重谢里妪。秀娘虽则被前夫弃逐，其心自谓彼无亏行之情，亦望久后仍得团圆。谁想遭僧人之计，已失身于他人。刘某虽则爱恋秀娘，秀娘终日怏怏，慕念前夫不忘，曾自述一律以见志云：

默默伤心只自言，好姻缘化恶姻缘。
回头恨折章台柳，赧面羞看玉并莲。
只为羹汤轻易泄，遂交鸾凤等闲迁。
谁人为挽天河水，一洗前非共往愆。

将半载间，一日刘某为知己邀饮，甚醉而归，正值秀娘在窗下对镜而坐。刘某原是个僧人，淫心邪荡，一见秀娘，乘兴醉抱住，遂戏谑云："尔能认我否？"秀娘俄答云："不能认。"

刘某曰："独不记那被跌沼中，多得娘子取火来与那僧人乎？"

秀娘惊问："缘何却是着俗家？"刘某曰："汝虽聪明，不料吾计。自当日闻汝被夫逐弃归母家，我遂长发，待成冠后，遣里妪议亲，不意娘子已得在我边头。"秀娘听罢，大恨于心。过数日逃归，见父说知此情，其父怒恨："我女儿施德于尔，反生不良！"遂具状径赴开封府衙陈告于拯。拯差公牌拘得刘某、宋氏来证。刘某辩解，不肯认。拯再拘西灵寺僧人勘问，委的逃离寺里还俗之徒。拯令取长枷监于狱中根究，刘某不能抵讳，供谓："妇人既归母家，方即归俗长发。"拯乃判云："失遭跌已出有心，长发问亲真大不法。"将刘某决杖远配千里，宋氏断归母家。后来秦得知妻无其事，再遣人议续前姻。秀娘亦绝念不思归家矣。于是宋氏之名节方雪，于僧人之决配，亦审矣。

第五十七回 续姻缘而盟旧约

断云：

罗女还魂成夙偶，何巡赃污已休冤。
包公案律真奇异，张子依然续旧弦。

话说浙东张忠。父与罗仁卿邻居。张家原是宦族而贫难，罗家骤兴而富贵。宋仁宗年间，两家同日生产，张家生子名幼谦，罗家生女名惜惜。二人稍长，罗家以惜惜寄学于幼谦家。

人常戏谓曰："同生日者，何不结为夫妇？"张、罗私以为然，密立券约，誓必谐老。两家父母不知也。年十数岁，尚同席读书，常眉来眼去，情意洽浃。一日，私会合于斋东石榴树下，自后往来无间。

次年，罗女不复来馆，张子思念前情，虽屡至罗门，怎奈庭院深幽，终不能见。至于张子书一词，名《一剪梅》，自写其怀云：

同年同日又同窗，不似鸾凤，谁似鸾凤？石榴树下事匆忙，为结鸳鸯，折散鸳鸯。

一年不到读书堂，教不思量，怎不思量？朝朝暮暮只烧香。有分成双，只愿成双。

过数日，忽惜惜遣婢来看张子。张子甚喜，即折窗前初开梅花一枝，作诗一首云：

昔人一别恨悠悠，犹把梅花寄陇头。
咫尺花开君不见，有人独自对花愁。

题毕，并前词付婢而去。惜惜得之读罢，不胜其情。

又次年，张子随父寓居越州。越州太守闻其才学，留于斋中肄业，两年方归。罗女闻之，即遣婢送金钱十枚、相思子一粒与张。张收之大喜，语婢云："欲与娘子一会，不知肯许否？"

婢答云："娘子亦常念君不忘，昨闻归来，特遣妾将此物与君，正待表后日相见之意，宁不肯许？尚待有机会处，良缘还在矣。"

张子闻其言甚悦，复书一诗与婢，归达惜惜。其诗云：

一朝不见似三秋，真个三秋愁不愁？
金钱难买樽前笑，一粒相思死不休。

张子自得罗女赠金钱，常掷以为戏，适母见而问之。张子不隐，告母得之于罗女。母觉其意，次日遣妪问婚。罗父母嫌其家贫，不许，谓里妪云："归见张母需云：若会令郎及第做官则可。"里妪领诺，回报于张家。母知事不谐，遂寝其议。

明年，张子又随父同越州太守候差于京，两下音讯遂绝。

待数年方归，而罗女已受富室辛氏之聘矣。张子闻之大恨，若有所失，因作词名《长相思》云：

天有神，地有神，海誓山盟字字真。如今墨尚新。
过一春，又一春，不解金钱变作银。如何忘却人？

次日，张见里妪，恳告其情。里妪怜之，密送此词与罗女道知。罗女见词含悲，谓里妪云："今虽受聘，乃父母意，但得君来一会，宁与君俱死，永不愿与他人俱生也。归见张生，当以妾言达之。"里妪辞归，告张以罗女之情。张子怏怏而已。

数日，张子正倚栏看花，若有所思，适罗女遣婢来约张云："娘子花园后墙，有山茶数株，可以攀援，及墙有竹梯置墙外以度，今夜令君子于此等候，娘子要见君一面矣。"张听罢，欢然答婢云："娘子确有此意，谨当赴约。"婢去后，至中夜，张子于墙外凡伺候三日而失期。张怀恨甚，至而赋诗云：

山茶花树隔东风，何啻云山万万重！
销金帐暖贪春梦，人在月明风露中。

次日复遣里妪递去。女言："三夕不寐，无间可乘，非妾失信也。"约以："今夕烛灯后为期，令张君速来。"里妪回达于张。是夜至期，张径往候之，果有竹梯在墙，遂登墙缘树而下。女延入室登阁，两叙前情，极其缱绻。遂订后期，以楼西明三灯为约，遇止一灯，不可候也。张如约，自后或一二夕，或三四夕，常会于罗女阁中。知其事者，惟侍妾一人而已。

月余，父有湖北之行，欲携张同往。张乘夜见罗女道知，二人相对泣下。女赠金帛甚厚，曰："幸未出嫁则君此归尚有会期，否则君其索我于井中，结来世姻矣！"张慰久之而别。

次年，张有赴试之期，先归乡里候考。罗女亦拟是冬出嫁，闻张归，即遣婢约以今夕相会，且书《卜算子》词一阕以达，书云：

幸得那人归，怎使教来也。一日相思十二辰，真是情难舍。
本是好姻缘，又怕姻缘假。若是教随别个人，相见黄泉下。

张得婢所言，如约而往。及见，女喜且怨曰："享有会期，子若迟之，则姻缘非所望矣。"张怆然答云："使天若从吾二人之意，当时深盟，宁敢忘哉？"罗女云："从今当与君极欢，虽死无恨。君少年才俊，前程未可量，妾不敢以世俗儿女态，邀君俱死也。"相对泣下。久之，张续和其《卜算子》云：

去是不由人，归怎由人也。罗带同心结到成，底事教拼舍？
心是十分真，情没些儿假。若是归迟打棹篦，甘受三千下。

此时更深人散，二人解衣就寝。枕上叙欢，不让刘阮之天台也。自是无夜不往。

半月余，罗父母颇有所觉，密候捉了张子。罗女闻知，遂投井而死。及父母寻究，得知将一日矣。救之不及，深恨于张，将张执送有司，告以谋杀其女。是时浙东安抚何某极赃污，而辛氏有巨赀，重行贿赂，上下买嘱，务令问张以谋杀之情。何根勘数日，张不肯招，已遭严刑，体无完肤，用长枷监系于狱中。张母遣信报其父，父恳湖北师关节安抚，亦不能解，竟坐死罪，惟待冬月处决，而辛氏谓张必不能出矣。

忽包公案行浙东，于西街经过，忽旋风骤起，绕定马首不散。拯疑怪异，遣牌军薛霸随风探视。那阵风却从罗宅东廊而止。薛霸回复于拯。拯拘罗仁卿问之。仁卿答云："东厢无别缘故，只因小女日前投井身死，殡殓于此。"拯忖道："想尔女死得不明。"发遣去后，是夜秉烛坐于东厅，两边军牌齐齐听候。正是：

日里贤侯明万里，夜间断事活阎王。

初更已尽，忽见一女子，有十八九年纪，伏于阶下，号哭不止。左右见之，各道："此又冤愆来告状矣。"拯问："汝谁家之女，有甚不明，从实说来。"罗女云："妾乃仁卿之女惜惜，不合私约张家子幼谦为妻，父母厌贫慕富，将妾许适辛氏，妾饮恨投井身死，父以谋害情诬于张。辛氏有钱，重贿权官，狱成，按拟张君罪决矣。阴君怜妾阳数未尽，且与张子夙缘还在，近嘱芽山董真人有丸丹能还妾之魂魄，特来诉明，乞怜作主。"言讫，化风而去。拯听罢，退入寝室。

次日开衙，先究是事。调取张案卷审实，供招与罗女所诉同，即当堂去了长枷。拯心生一计，差人拘得罗仁卿来，问云："汝女死去几时？"罗答云："有一月矣。"拯云："被人所谋，当验有伤。"即着人开棺取验，视罗女面色如生，一些不改。拯云："且待成此一段姻缘，然后判断。"径差公牌往芽山请董真人来到。拯以其情道知。真人云："才一月，可以救矣。"

即取丸丹调汤灌之。一服时，罗女醒来。父母皆喜。真人辞归。拯取一干人，再问罗父："尔女曾受辛氏之聘，愿嫁之乎？"仁卿道："自那日女儿身死，聘财即退还去了。"拯云："今许适张家否？"仁卿道："我之初心亦曾许嫁，只待得官方许成亲，不料吾女坚愿随之，惹此奇祸；今幸复生，岂得不嫁之乎？"拯笑道："若此之故，告是谋死，自得何罪？"仁卿叩首服罪。拯遂判罗惜惜与张幼谦为婚。辛氏问以买嘱之罪，罚钞五百缗入库；具疏劾奏何巡抚赃污。一月领仁宗旨下，黜罢何巡抚之职。是时浙东以包公为张、罗了此一段姻缘，甚播扬之。明年张登科，仕至于卒，夫妇偕老焉。

第五十八回 决戮五鼠闹东京

断云：

不是包公寻法兽，千年异怪怎教除？
知音君子休频笑，此段难为说有无。

话说清河县离城十五里，有秀士施俊，原亦宦族，娶城里何有钱之女为妻。何家极富，只一女，名赛花，容貌秀丽，针黹精通。自过施氏之门，饮食措办，尽父家所给，施俊得以攻于书史，而有功名之念。

一日，闻东京开科取士，要辞妻前往赴试。何氏劝之云："荣枯由命，富贵在天。室下更无亲人，君身去后，妾靠于谁？若使前程有在，尚待来科不迟。"施俊云："尔父之家知我赴京，必遣婢妾来相伴。十年灯窗，岂宜错过？多则一年半载便回矣。"何氏见其意坚要行，再不阻谏。次日整备行李起程之际，岳丈遣家人送得盘缠银十两来相赠。施俊受了，不胜之喜，辞别妻室而行。正是：

分明一把离情剑，割断河桥送泪痕。

时值三月初旬，春光正匀。路上花红柳绿，融和天气。施俊与家童小二于途中晓行夜住，饥食渴饮，行了数日，已到山前店，遇晚投宿。原来本地那山盘旋六百余里，后面接西京地界，幽林深谷，崖石嵯峨，人迹所不到，多出精灵异怪。有一天，西天走下五鼠精，神通变化，往来难测。或时化老人出来脱骗客商财物，或时化女子迷人家之子弟，或时化男子惑富室之美妇。其怪以大小呼名，有鼠一、鼠二之称。聚穴在瞰海岩下。

一日，其怪鼠五正待寻人迷惑，化一店主人在山前延接过客，恰遇施俊生得清秀，便问其乡贯来历。施俊告以住居，要往东京赴试之事，其怪暗喜。是夜备酒礼待之，与施俊对席而饮。酒中论及古今，那怪答应如流，明见万里。施俊大惊，忖道："此只是一店家，恁的博闻！我读十年经史，亦不能记忆许多经典。"因问："足下亦知学否？"其怪笑道："不瞒秀士说，三四年前，亦赴两遭试，时运不济，科场没份，故弃了诗书，开一小店于本处，随时度日。”施俊深教之。饮到更深，那怪心生计较，呵一口毒气于酒中，递与施秀士饮之。施俊不饮那酒便罢，才饮下口，便昏闷迷倒于座下。小二连忙扶起，引入客房安歇。施俊腹中疼痛难熬，小二慌张，又没寻个医人处。

延至天晓，已不见昨夜那店主人，里头房子却有老妪出来。小二恳告主人饮酒昏迷之故，望有汤求得些。老妪问其来由，小二将前事一一具知。老妪惊云：“汝主人又遇怪中毒矣。”小二问其故，老妪道：“此处出异怪，不时出来迷惑客商。昨日店主人即其怪之变化，汝主人酒中被放毒气，若救之迟，则命必丧矣。”小二听罢，即拜恳老妪救治之方。老妪云：“我不能救治，除往芽山求董真人丸丹来饮下，便可吐出原毒，方能救理。”小二云：“此去芽山几多路程？”老妪云：“趁早行，一日赶到。”小二入房中对主人说知其事。施俊惊忧，即用银五两作见礼，着小二往芽山投董真人去了。正是：

只为功名来赴试，惹出灾患动朝廷。

当下那妖怪竟脱身变化作施俊模样，抛走归来。何氏正在房中梳妆，听得夫婿回转，连忙出来看时果是，笑容可掬，因问：“才离家二十余日，缘何便回？”那妖怪答道：“将近东京，途遇赴试秀士，说道科场已罢，才子散离都下，我闻得遂不入城，抽身回来。”何氏云：“小二如何不同回？”妖怪答云：“小二不会走路，我将行李寄他朋友带回，着他随之，在后未到。”何氏信之，遂整早饭与妖怪食毕，亲戚来望，都见是真的。自是那怪与何氏取乐，岂知真夫在店中受苦？正是：

云散雨收成远别，花红柳绿为谁春？

又过了半月，施俊在店中求得董真人丸丹药调汤饮之，果获安痊。比及要上东京，闻说科场已散，与小二辞谢老妪回来。又是梅黄麦熟天气，中处乍热难行，缓缓归到家里，将有二十余日。小二先入门，恰值何氏与妖精在厅后饮酒。何氏听见小二回到，便起身出来问云：“汝缘何归得仍迟？”小二答云：“休道归迟，险些主人命亦不保。”何氏问是哪个主人。小二道：“同我赴京去的，又问是哪个主人？”何氏笑云：“尔于路上躲懒不赶行，主人先回二十余日矣。”小二惊道：“说哪里话？主人与我日里同行，夜则同睡，寸步不离，汝何说他先回？”何氏听罢，疑惑不定。忽施俊入得门来，见了何氏，相抱而哭。其妻正诉被怪脱形来迷之事，那妖怪听得，走出厅前喝声：“是谁敢戏吾妻？”施俊大怒，近前与妖相闹一番，被妖赶逐而出。邻里闻之，无不惊愕。施俊没奈何，只得投见岳父，诉知其情。岳丈甚忧，令之具状告于王丞相府衙。

王丞相审状，大异其事，即差公牌拘妖怪、何氏一干人来问，跪于阶下。王丞相视之，果二施俊无二样矣。左右见者皆言："此除包太尹能明此事，可惜其在边庭未回也。"王丞相唤何氏近前约审之。何氏一一道知前情。丞相云："尔亦曾验真夫身上有甚证迹否？"何氏云："妾真夫右臂有黑痣可验。"王丞相先唤得假的近前，令其脱去上身衣服，验右臂上没有黑痣。丞相看罢忖道："这个是妖怪。"再唤真的验之，果有黑痣在臂。丞相便令真施俊跪于左边，假施俊跪于右边，着公牌取长枷靠前，吩咐道："尔等验一人右臂上有黑痣者是真施俊，无者是妖魔，即用长枷监起。"比及公牌向前验之，二人臂上皆有黑痣，不能辨其真伪矣。王丞相惊道："好奇怪，适间只一个有，才问及，便都有了。"且令俱收起狱中，明日再审。

妖怪在狱中不忿，取难香呵起。那瞰海岩下四个鼠精出游，闻得难香，方知五鼠收狱。四鼠商议，便来救之。四鼠乃变作王丞相形体，次日侵早坐堂上，取出施俊一干人阶下审问，将真的重责一番，施俊含冤无地，叫屈连天。忽真的王丞相入堂，见上面先坐一个，大惊，即令公人捉下。假的亦发作起木，着公吏捉下真的。霎时间乱作一堂，公人辨不得真假，哪里敢动手？当下两个王丞相争辩于堂上，看者各都痴呆了。有个老吏见识明敏，近前禀云："二丞相不知真假，纵辩论连日，亦是徒然，除非朝见仁宗皇帝，经圣旨便明哪个是真的了。"王丞相然其言，即同妖怪朝见仁宗。

仁宗闻此事，亦欲观之，遂降敕宣二丞相入朝。比及二人朝见，妖怪作法神通，喷一口气，仁宗眼遂昏，不能明视，传旨命将二人监起通天牢里，候在今夜北斗上时，定审出那个假的。原来仁宗是赤脚大仙降世，每到半夜，天宫亦能见之，故如此云。真假二丞相既收牢中，那妖怪恐被参出，即将难香呵起，瞰海三个鼠精闻得，商量着第三位来救。那鼠三灵通亦显，变做仁宗面貌。未及五更，已占坐了朝元殿，会百官勘问其事。真仁宗却早出殿，文武官见有二圣上，各各失色，嗟呀道："哪曾见朝廷里有这等异事？"遂会同众官入内见国母，奏知其事。国母大惊，使取过玉印，随百官出殿审视，端的两仁宗无异。国母道："尔众臣休慌，真圣上掌中左有'山河'右有'社稷'之纹，看取哪位没有，便是假的。"众臣辨验之，果然只有真仁宗掌中有此纹，一个没有。国母传旨将假的监于通天牢中根勘去了。那假的惊慌，便呵起难香。鼠一鼠二闻知烦恼，商量："鼠五好不分晓，生出这等大狱，事干朝廷，怎得走脱？"鼠二道："我只得前去救他们回来。"鼠二遂作神通，变做假国母升殿，要取牢中一干人放了。忽宫中国母传旨，命监禁者不得走掉妖怪。比及文武知有二国母之命：一要放脱，一要监禁，正不知哪个是真国母矣。

仁宗因是不决，忧虑屡日，寝食俱废。众臣奏道："陛下可差使，命往边庭宣丞相回，方得明白，其他人没奈之何。"

上允奏，亲书诏旨，差使臣赍往边庭。宣读毕，包拯闻命，即随天使回朝，拜见仁宗。退于便殿，以妖魔异迹事说知于拯。

拯乃奏："陛下勿忧，当今圣天子在上，量此妖孽不久当除，容臣数日，务要审理明白，回奏于陛下。"上大悦，赐御酒并金花于拯。

拯谢恩退朝，入开封府衙，唤过二十四名无情汉，取出三十六般法物，齐齐摆列堂下，于狱中取出一干犯罪来问，委的有二位王丞相、两个施秀士、一国母、一仁宗。拯笑道："内中丞相、施俊未审哪个真假，国母与上位是假必矣。"且令监起，明日牒知城隍，然后判问。四鼠精被监于一狱，面面相觑，暗约道："包公说道牒知城隍，必证出我等本相，虽是动作我们不得，怎奈上干天怒，其能久隐遁哉？可请鼠一来议。"

众妖遂呵起难香。是时鼠一正来开封府体探消息，闻得是包丞相勘问，笑道："待我变个包丞相，看你如何判理？"即显神通，变做假包公，坐于府堂上判事。恰遇真包公正出牒告城隍转衙，忽报堂上有一包公在座。包公笑道："这孽敢如此欺诳！"

径入堂上，着令公牌拿下。那妖魔走下堂来，乱作一处，众公牌正不知哪个是真的，如何敢动作？堂下包拯怒从心上起，恶向胆边生，抽身吩咐公牌："尔众人紧守衙门，不得走漏消息，待我出堂方得上堂听候。"公牌领诺，包拯退入后堂，那假的故在堂上理事，只是公牌疑惑，不依呼召。

只说包拯入见李夫人道："异怪难明，吾当诉之玉帝，除此恶孽。尔将吾尸用被紧盖床上，休得举动，多则二昼夜便转矣。"李夫人疑虑，不允其说。拯道："我阳数未尽，平素又无谄屈之事，岂有不醒之理？尔但放心毋虑。"李氏从其言。拯取衣领边所涂孔雀血慢嚼几口，拯便死去。那灵魂直到天门。

天使引见玉帝，奏知其事。玉帝闻奏，命检察司曹查究何孽为祸。司曹奏云："是西方雷音寺灵怪五鼠精走落中界作闹。"玉帝闻奏，欲召天兵收之。司曹又奏："天兵不能收，若赶得紧，此孽必走入海，为害尤猛，除非雷音寺世尊殿前宝盖笼中一个玉面猫能伏之。若求得来，可灭此怪，胜如十万之天兵矣。"

玉帝即差天使往雷音寺求取玉面猫。

天使领玉牒到得西方雷音寺，参见了世尊，奉上玉牒。世尊开读，知其意，与众佛徒议之。有广方大师进云："世尊殿上离此猫不得，经卷极多，恐防鼠耗。若借此猫与去，有误是事。"世尊云："玉帝旨意，焉敢不从？"大师云："可将金睛狮子借之,玉帝若究,可说要留猫护经,玉帝亦不见罪。"世尊依其言,将金睛狮子付天使而去。

玉帝召拯,欲交此兽与行。司曹见之奏云:"文曲星为解东京大难,不辞一死来此,这兽不是玉面猫,枉费其功。望圣上怜之,取得真的与之而去。"玉帝允奏,复差天使同拯来雷音寺走一遭,令恳世尊求取。拯随天使来西方见世尊,参拜恳求,初则世尊不允,有大乘罗汉进云:"文曲星亦为生民之计,千辛万苦到此,世尊以救人为心,岂不念是哉?当借之与去。"世尊依言,便令童子取过宝盖笼。拯见笼内一兽,端的异宝:

眼吐金光焰,脚舒铁爪坚。
满身花锦色,吼叫撼山川。

世尊取出灵猫,诵偈一遍,那猫遂伏身短小,付与拯,藏于袖中,又教之捉鼠之法。拯拜辞世尊,同天使回见玉帝,奏知借得玉面猫来。

玉帝大悦,命太乙天尊以杨柳水与拯饮了,其毒即解。比及天使送出天门,拯于床上醒来,已死去五日矣。

李夫人甚喜,即取汤来给拯饮了。拯对夫人道知:"于西天世尊处借得除怪之物来,休泄此机。"夫人道:"于今怎生处置?"拯密道:"尔明日入宫中见国母道知,择定某日,南郊筑起高台,方断此事。"夫人依命,次日乘轿进宫中,见国母奏知。国母依议,即宣狄枢密吩咐:"南郊筑台,不宜失误。"

狄青领旨,部军兵向南郊,按仪式筑起高台完备。拯在府衙里吩咐二十四名雄汉,择定是日前赴台上审问。轰动东京城军民,哪个不来看包公判此异狱。

当日,真仁宗、假仁宗,真国母、假国母与二丞相、二施俊都立台下,文武官摆列两厢。独真包拯在台坐定,那假包拯尚在台下争辩。将近午时,拯于袖中先取出世尊经偈念了一遍,那玉面猫伸出一只脚似猛虎之威。闻鼠起,眼里吐出一道金光,咆哮飞下台来,先将第三鼠咬倒,却是假仁宗。二鼠露形要走,被神猫伸出左脚抓住,又伸右脚抓了那鼠一,放开口一连咬倒。

台下军民见者,齐呐一声喊。那假丞相、假施俊二鼠变身走上云霄,神猫飞上,咬下一个,是第五鼠,单走了第四鼠。那玉面猫不舍,一直随金光追赶去了。台下文武官见除了此怪,无不喝彩。

包拯下台来,见四只大鼠约长一丈,手脚如人,被咬伤处尽出白膏。拯奏:"此尽人精血所成,可令各卫军宰烹食之,能强筋力。"仁宗准奏,敕令军卒抬得去了。

仁宗整驾入朝,文武各拜贺,仁宗大悦,宣拯上殿面慰之云:"夫人奏知,朕多亏卿勤劳,决断此怪,卿真天人也。"拯顿首奏:"皆托陛下洪福。"上设宴款待文武,命儒臣略记其异。

拯饮罢,退回府衙,发放施俊带何氏回家,仍得团圆。而后何氏只因与怪交媾,受其恶毒更深,腹痛莫忍。施俊取所得董真人丸药饮之,何氏乃吐出毒气而愈。夫妇感慕包公之德,设牌于家,不烦旦夕拜祝之矣。此段公案名《五鼠闹东京》,又名《断出假仁宗》,世有二说不同。此得之京本所刊,未知孰是,随人所传。

第五十九回 东京决判刘驸马

断云：

背义之人刑不恕，有仁之子受皇恩。
从来布施天昭报，持饭与僧老善人。

话说登州管下有一地名市头镇，居民稠密，人家并靠河筑室，为恶者多，行善者少。惟有镇东崔长者好善布施，不与人争。娶妻城里张和卿之女张氏，性格温柔，治家勤俭。生一子名崔庆，年十八岁，聪明特达，耽嗜诗书，父母惜如掌上之珠。

忽一日，有一老僧来其家抄化，值崔长者不在，适张氏出来见问："僧人从何而来？"僧人答云："贫僧是五台山云游僧家，闻府上长者好善，特来化斋饭一餐。"张氏无厌色，即着老妪于厨下整顿斋饭出来款待僧人。僧人食罢斋饭，便问："长者在家否？"张氏答道："员外上庄，过数日方回。"僧人曰："贫僧有句话禀知，须待长者回来。"打个问讯径去。过数日，僧人复来问："长者回否？"张氏于帘子里应道："尚未回。"又待之斋饭而去。一连如此数遭不遇，其张氏待那和尚无厌。

僧人自谓：闻说崔宅好善，果不虚传。次日以来探候，恰值崔长者在庄所回至家里，见一和尚睡于凳上。长者入见张氏，张氏道知："数日前有远处和尚来家，要见员外一面，道有甚话说。"长者云："莫非外面凳子上睡的那和尚是也？待他睡醒见之。"一伏时，和尚睡醒，舒手摩额，口诵一偈云：

佛法无边大，何如积善功。
有人知此意，福境不难通。

念声才罢，那崔长者整衣冠出，延那僧人入中堂坐定，纳头便拜，道："有失款迎，万勿见罪。"那僧人连忙扶起云："贫僧不识进退，屡次扰于尊府，特候员外见一面，连数回造候不遇，正恨没缘，今得参见，足慰所望矣。"长者大悦，便令作斋食款待僧人，极其丰厚。长者席上问其所来，僧人答以："云游至此，要见员外，有一事禀知。"长者举首请云："上人若要化缘，或化斋粮，老拙不敢推阻。"僧人云："足见长者善心，贫僧不为缘而来。即目本处居人有洪水之灾，员外可预备船只伺候走路。敬以此事告知，余无所言。"长者听罢，连声应诺。便问僧人："洪水之灾何时当见？"僧人云："一见东街宝积坊下那石狮子眼中流血，便要收拾走路。"长者道："此地果有此大灾，当与乡里说知之。"僧人笑云："尔乡皆为恶之徒，岂信此言？就是长者信我，逃得此难，亦不免有苦厄累及。"长者问云："苦厄能丧命否？"僧人云："无妨，将笔纸来，我写几句与长者牢记之。"长者即取过纸笔与僧人。写出甚来？却是偈语四句，云：

天行洪水浪滔滔，遇物相援报亦饶。
只有人求休顾问，恩成冤债苦监牢。

长者看念，不解其意，僧人云："细玩后当知之。"斋罢辞去。长者取过十两花银赠和尚，和尚云："贫僧云游之人，纵有银两，亦无藏处。"竟不受而去。

长者因其言半信半疑。张氏云："彼连候数遭，要见员外道此事，岂可不信？"长者依张氏所说，即令匠人于河边造十数大船。人问其故，长者说与有洪水之灾，造船逃避。众人笑云："尔乃痴翁，自今年正月及今六月，天上没半点雨落，我众人苦旱极甚，耕种不得，正待祈雨，水从哪里来？"长者只故理自所为，任众人讥笑。

时当六月中旬，太阳正照，长者船只造都完备，设于河上，每日令老妪前往东街探石狮子眼有血流出否。老妪初去看时，人不知其故，亦不问之。看探日久，往来频数，坊下有二屠夫疑。老妪一到石狮子边，故觑便去。那日正来，二屠夫恰在石狮子边坐，问其故。老妪不隐，直告以石狮眼中流血，当日有洪水之灾，主人家即登船避难矣。二屠待妪去后，自相笑云："世上有此等痴人！天旱如此，有什么水灾？况那石狮眼里哪讨血出。"二屠相约戏之。明日宰猪，用血洒在石狮眼中，比及老妪看见急忙走回，报与崔长者知之。长者即吩咐家人收动用器物一齐搬上船。当下太阳正酷，热气蒸人，邻里见崔长者慌慌张张，似避难之意，哪个不讥笑？等待长者携一家老幼登船了毕，黄昏左侧，黑云并集，罩了东西南北，不见天地，强雷震处，雨从天而降。直于六月十七夜落起，至十九日三昼夜不息，河中滚动新浪，水涌入市头镇，一霎时间，那人民居屋不知提防，流荡无遗，溺死者何止二万余人。正因其乡民作孽太过，天以此劫数灭之也，就是鸡犬不能逃焉。只有崔长者夫妇好善，预得神人救之。

那日长者数十只大船随洪水流出河口，忽见山岩崩下，有一初养黑猿被溺不能起，长者即令家人取竹竿接之而渡。那猿及岸，得生而去。船正行间，又遇一树木流来，有鸦巢在上，新乳数鸦飞不起，被水浸之将死，长者又令家童取船板托之而争。那鸦展开翼各飞将去了。适有湾处，见一人被浪激流下来，叫道救命。长者听得，即令人接之。张氏云："员外岂不记僧人所言，遇人休顾之嘱？"长者云："物类尚且救之，况人而不恤哉！"竟令家童取竹竿援之上船，遂取衣服与换。日晚，那长者十数大船作一连，自然转入芦港中，若有神助。崔长者遂留止其处。次日雨止，太阳开霁，长者乃令家童回去看时，只见洪水过处，尽成砂丘，惟有崔长者房屋虽被浸损，未曾流荡。家童报知长者。长者令工人修整所居完备，仍前携老幼回家安居。

未过一月，诸用俱全，同乡邻里复归者十有一二而已。长者做一筵席，拜谢天地祖宗。一家长幼相聚而饮酒中，长者问那所救之人欲愿回去否，那人哭道："小人是宝积坊下刘屠之子，名刘英，今灾父母不知存亡，家地罄空，归则无投，情愿为长者随行执伞之人，以报救命大恩。"长者大悦："尔既肯留我家下，就作养子看待。尔是我儿，大当居长。"刘英拜谢。

时光似箭，日月如梭，长者回家，不觉又有半载。时东京朝廷里宫中国母张娘娘失去一玉印，不知下落，宦官奏过仁宗皇帝，出下榜文，张挂诸州：但有知玉印下落者，官封以高职。自榜文张挂各处后，忽夕，崔长者梦见神人说与："朝廷东宫张娘娘失落一玉印，在后宫八角琉璃井中，上帝以君有阴德，特来说与，可着亲儿子去报知，以受高官。"及长者醒来，将梦与妻子说知，忽家人来报，登州衙门首有榜文张挂，所说与长者梦中言同。长者甚喜，谓张氏云："想是祖先有灵，后当出贵人，可令崔庆前去奏知受职。"张氏云："只有一子，岂肯与之远离？富贵有命，员外莫望此事。"刘英近前见父母云："小儿无恩报答，既是神人报说，我情愿代弟一行，前赴京都奏知。倘得一官半职，回来与小弟承受。"长者欢然，准备银两，打点刘英起程。

次日，刘英相辞，长者再三叮咛："若有好事，休得负心。"

刘英领诺而别，上路望东京进发。不则一日，来到京城，寻个客店安下。次日饭后，径来朝门外揭了榜文。守军捉见王丞相体问。刘英先通乡贯姓名，然后以玉印失落说知。王丞相大喜，即令军牌送刘英于馆驿中伺候。次日王丞相入朝奏知仁宗。仁宗宣宫中嫔妃问之。娘娘方记得因中秋赏月夜阑，同宫女于八角琉璃井边，国母探手取水，误落井中。及令宫女下井看取，果有之。仁宗宣刘英上殿，既问其如何知玉印之由。刘英不隐，直以神人梦中所报奏知。仁宗悦云："想是尔家积有阴德。"便问英幼曾读书否。英对以未入书堂，不曾学。仁宗道："既尔未曾读书，监政之职难为。"遂降敕封英为驸马，以偏后黄娘娘第二公主招之。刘英谢恩，不胜欢喜。过数日，朝廷设立驸马府与刘英居。当下刘英一时显赫，权势无比，就不思量旧恩矣。

却说崔长者自刘英去后，将两个月，朝夕悬望消息不到。

忽一日，有人自东京来，传说刘英已招为驸马，极其贵显，长者即日吩咐家人小二同崔庆赴京。庆拜辞父母，望东京进发。

正是：

此行莫道图荣贵，惹出艰危险丧身。

崔庆与小二自离家后，在路行程将有四十余日，不则一日，来到东京。崔庆寻店安下，次日访问驸马府，人告之云："前面喝道，驸马来矣。"崔庆立在一边，候过了道，恰见刘英在马上端坐，昂昂然来到。崔庆故意近前，要与相认。刘英见崔庆，喝声："谁人冲我马头？"便令军牌捉下。崔庆惊道："哥哥缘何见疏？"刘英怒云："我有甚么兄弟？"不由分说，拿进府中，重责一十栏干棍。可怜崔庆打得皮开肉绽，两腿血流。

英令监入狱中。正是古人言不差：

画虎画皮难画骨，知人知面不知心。

当下崔庆被收于狱中，举目无亲，饮食皆绝。比及小二在店中得知主人被难，要来看时，不能进矣。崔庆将其情哀告狱卒，狱卒怜而济之。奈何崔庆富骄之儿，一旦受此苦楚，怎生忍得？正在饥渴之际，思得肉食，忽墙外一黑猿攀树而入，手持一片热羊肉来狱中见崔庆，拜将羊肉而献。崔庆俄然记得："此猿是吾父昔日洪水中所救者。"接而食之。猿去，过数日又将物食进来，如此者不绝。狱卒问崔庆而知其由，乃叹息云："物类尚有恩义，人有不如之矣。"自是随其来往。

一日，墙外有十数只乌鸦集于狱中，哀鸣不已。崔庆亦疑莫非是父所救者，乃云："尔乌鸦若怜念我，当代吾带书一封归与吾父。"那鸦识其意，都飞向前。庆即问狱卒借纸笔修了书，系于乌鸦足上。飞去不十数日，已飞到其家。正值崔长者与张氏厅上说儿子没音信之事，忽鸦飞下立于几边。长者惊疑，看鸦足上系一封书，长者解下开念之，却是崔庆笔迹，内具刘英失义及狱中受苦情由。长者读罢大哭。张氏问其故，长者说知。张氏悲痛云："当初叫尔莫收留此人，果然恩将仇报，陷我儿子于缧绁之中，怎能得出？"长者云："鸟兽尚知其义，彼有人心，岂得如此负恩之甚！我只得自往东京走一遭，探取虚实。"张氏云："儿受苦，作急而行。"次日，崔长者准备行李，辞妻赴京。正值残冬天气，路上朔风扑面，寒冻难进。正是：

马车声中离客惨，满林红叶倍行情。

长者一日已到东京，寻店安下，侵早正待出街访问消息，忽见家人小二身穿破服，乞食于廊下。小二一见长者，近前云："小人受苦觅食。"遂抱之而哭。长者亦悲，问其备细，小二将前情逐一诉了一遍。长者不信，要进府里见刘英一面。小二紧紧挽住，不与其去，恐遭毒手。忽报驸马来矣，众人都回避，长者立廊下候之。刘英近前，长者叫云："刘英我儿，今享富贵，不念我哉？"刘英举头看见，认得是崔长者，哪里顾他。长者不肯休，一直随马后赶去，遂被闭上府门，不得进矣。

长者大恨云："不认我父子且由你，何又将吾儿监系狱中受苦？"

即投开封府告状。

正值包拯行香转衙，长者跪马头下状。拯收得带回府中审问。长者哀诉前情，不胜悲感。拯令长者只在府廊下居住，即差公牌去狱中唤狱卒来问："有崔庆否？"狱卒复云："某日月监下狱里，饮食不给，极是狼狈。"拯审得明白，令狱卒散诞拘之。次日差人请刘驸马到府中饮酒。刘英闻包拯有请，即来赴席。拯延入后堂相待，吩咐军牌云："今日我要判理崔庆狱事，尔等紧守府门，不许闲杂人走动。"军牌领诺，便闭上府门，然后抬过筵席。拯推刘英坐上，英辞不敢当。拯云："上位之亲，当坐。"英笑而就位。

酒至半酣，便不再斟。拯故怒云："缘何不添酒来？"厨下报云："酒已尽矣。"拯笑道："难得有请驸马，既没酒，可将水来斟亦美。"侍吏应诺，即提过一桶水。拯令用大瓯来斟，先持一瓯与刘英道："驸马大人，权饮一瓯。"刘英只道拯怠慢他，怒云："包太尹好欺人，朝廷官贵，谁敢不敬我刘某，哪有相请而用水当酒者耶？"拯云："驸马休怪，众官要敬驸马，偏包某不敬。今年六月你尚要饮一河之水，一瓯水却饮不得？"刘英听罢，毛发悚焉。忽崔长者近前，指定刘英骂道："负义之贼，今日负我，久后必负朝廷，望大人作主。"拯便令拿下刘英，去了官带，施于阶下，责之四十棍，监令供招。

刘英自知行得不是，实情吐出，招认明白。拯取长枷系于狱中。

次日具疏奏知仁宗。仁宗宣召崔长者至殿前审问。长者以前事奏知一遍。仁宗称羡长者之重义如此，亲子当受爵禄，朕明日有旨下。长者谢恩而退。次日旨下："刘英冒功忘义，残虐不仁，合问死罪。崔庆授武城县尉，即日走马赴任。崔长者平素好善，敕令有司起义坊旌之。"包拯判讫，请出崔庆，换以冠带，领文凭赴任而去。是冬将刘英处决。都下传此，皆称崔长者夫妇好善，终得善报。刘英屠户之子，恶心不除，终受恶报。包公之判何其严明哉！

第六十回 究巨蛙井得死尸

断云：

义者含冤蛙代雪，奸人偿命罪难逃。
包公一鞫明秋鉴，千载声名在案曹。

话说浙西某县，在城有一人，姓葛名洪，家世富实，积谷于东西二庄甚广焉。葛洪为人最是重善，而仁德及物。忽一日，有田翁携得一篮生蛙，来卖与葛洪，葛问曰："田翁此蛙从何得来？"田翁云："今日行过龙王庙前窟中，遇此蛙在彼饮水，被我罩得来送与主人。"葛洪云："难得你送来卖我。"

便令安童取过上等钱七十文给之。其安童入内取钱与田翁，田翁受之而去。安童携那生蛙进入厨下，葛洪吩咐留之明日待客。是夜，葛洪持灯入厨下，忽听似有众人喧闹之声。

葛洪疑怪道："家人各已出外房安歇了，如何喧闹之声不息？"遂向水缸边听之，其声出自缸中。葛洪揭开视之，却是一缸生蛙在内喧哄。

葛洪思道："今日田翁所得其物，言聚于龙王庙前窟里，彼地极是灵异，且我平素不忍食生物，此物著异，宁忍烹之乎？"次日侵早，令安童将此蛙放于龙王潭中去了。

不到两月间，有葛洪之友，乃邑东陶兴，为人狠毒，吝才谲诈，独知奉承於葛，以此葛洪亦不疏之。一日，葛洪令人请得陶兴来家，置酒待之。饮至半酣，葛洪于席中对兴云："吾与贤弟交契多年，常以知己事商议。今有一事，欲与贤契商议以决可否？"陶兴云："小弟家贫，多得贤兄照顾，若遇事有代得力处，虽水火之中亦不避，何有不可，但说无隐。"

葛洪云："非为别事，我承祖上之业，颇积余财，欲待收此货物前往西京走一遭，又虑程途修阻，我将问术士吉凶，若允前行，当令贤弟相陪。"

兴闻其言，便欲起意，故作笑容答道："贤兄要往西京，特问术士之可否，见得极是，只恐尊嫂知觉，不允兄行矣，徒费心机。"葛云："若许吾行，嫂阻不得我。"兴云："石板桥头有胥先生，推占极灵，虽与决之。然今日将晚，明旦约兄前行。”酒罢，竟辞而去。

兴归家，欢喜造化来到。次日天未晓，先来石桥见胥先生，与之约云：“少刻葛某来占卦，尔只管以好言许他，我自得重谢。”言罢而去。胥正疑惑间，恰值葛某同陶兴来到桥头见胥术士。

葛长揖，便以出往之事问其吉凶。胥术士应命，祷嘱罢，掷落金钱，得一归妹卦，其实不祥。胥术士欲待明说之，见陶以目送视，胥乃云：“此卦中平，仍君去之无妨。我且写下占辞，细玩牢记便是。”其辞云：

欲问前程事可疑，底深十丈虑君栖。
同途有意诚非伴，万事由天数莫移。

胥写毕，葛洪受记，酬了卦钱，与兴回至家下议之。兴云：“胥术士许君仍行无妨，何用疑乎？”葛某然之，约兴云：“此去卢家渡十七日旱路，方下船一望水程而去，尔先于卢家渡等候，某日我装载便来。”兴辞之去了。比及葛洪妻孙氏知其事，欲坚阻之，而洪行货已发离本地矣。

临起身，孙氏以子年幼犹欲劝之。葛洪云：“吾意已决，多则一年，少则半载便回，尔只要谨慎门户，看顾幼子，余无所嘱。”言罢径登程而别。孙氏掩住双眸，怅恨转入闺中。

正是：

不是饯程无美酒，多因行客去匆忙。

比及陶兴先在卢家渡等了七日，方遇葛某来到，陶某不胜之喜，装货物于舡上，便生着计较，谓葛云：“今天色渐晚，与尊长前村饮几杯再回渡口投宿，明日早开舡。”葛某依其言，即随兴向前村黄家店买酒而饮，陶兴连劝几杯，云不觉醉去。

黄昏左侧，兴促之回舡中歇。葛某饮得甚醉，同陶兴回到新兴驿，路旁有一口古井，深不见底，忖兴道：“此处好下手。”探视四顾无人，用手一推，葛洪措手不及，跌落井中。可怜平素良善，今日非命亡身。

陶兴既谋了葛洪，连忙回运载舡中，唤觅艄子，次日侵早开舡去了。及兴到得西京，转卖其货，值价腾涌，倍得利息而还。将银两留起一半，竟送到葛家见嫂孙氏。

孙氏一见陶兴回来，便问：“叔叔既转，葛兄如何不回？”陶兴云：“葛兄且是好事，逢店饮酒，但闻胜境，便去游览，已同归至汴河，遇着相知，携之登监某寺。我不耐烦，着先令带银两回交尊嫂收之，不数日便转。”孙氏信之，遂备酒待之而去。

过二日,陶兴要遮掩其事,生一计较,密令土工拾死人坑里取得死不多时之尸,丢在汴河口,将葛某往常所系锦囊缚在腰间。第三日径来葛宅见孙氏报知:“尊兄连日不到,近听得过来者道,汴河口有一人渡水溺死,暴尸沙上,莫非葛兄?可令人往视之。”

孙氏听罢大惊,忙令安童去看时,认其面貌不似,及搜取身上,腰间系锦囊,遂解下回报孙氏道:“主人面貌腐烂难辨,惟腰间系一物,特解来与主母看。”孙氏一见锦囊,顿时悲泣,云:“此物吾母所制,夫出入常带不离,死者的是葛某无疑矣。”举家哀伤,乃令亲人前去,用棺木盛贮讫。

陶兴看得葛家作超度功果完满后,径来见孙氏,抚慰之云:“死者不能复生,尊嫂只小心看顾侄儿长大便了。”孙氏深感其言。

将近一年余,陶兴谋得葛之资本,置成大家,自料其事再无人举知者矣。一日,包拯因省风谣,经过浙西,来到新兴驿歇马。正坐公厅前,见一生蛙,两目睁视,似有告状意。拯疑怪,着公牌随蛙行去,离公廨一里许有废井,那蛙遂跳入井中不复出。军牌回复于拯,拯道:“井里必有缘故。”即唤里社令工人下开探取,见一死尸,拯急命系吊上来验之,颜色未变。

及勘问里人曾认得此尸是哪里人,皆不能识。拯疑枉死,令搜身上,有一纸新给路引,上写乡头姓名明白。拯记之,即差李超、张昭二人,径到某县拘得亲人来问,已云:“某日因过汴河口被水溺死。”拯审问愈疑,云:“彼道已溺死,却又地井里,安得一人有二处死之理?”再唤其妻来问之,孙氏诉与前同。拯令认其尸,孙氏见之,抱而痛哭,称指:“正是妾之真夫也。”拯问云:“彼溺死者何又说是尔夫?”孙氏云:“得夫锦囊认之,故不疑矣。”拯令看身上有锦囊否,及孙氏寻取,不见锦囊。拯细询其夫来历,孙氏将原日同陶兴往东京买卖之情诉明。拯云:“必是兴谋杀,解囊系他人之死,取信于尔,瞒了此事。”复差李、张前去拘得陶兴到公厅根勘。陶兴初则不肯招,拯令取死尸来证之,兴惊惧难抵,只得供出谋杀之情。

拯叠成文案,问陶兴偿命,追家财给还孙氏。判讫,拯将得蛙代夫伸冤之事说知孙氏,孙氏乃告以其夫在日放蛙之由。拯叹云:“岂尔夫一念之善及于物,故蛙亦以重报乎?”仍遣孙氏带将夫骸骨归葬。后来葛洪之子读书登科,官至节度使。包公之神千古不泯矣。

第六十一回　证盗而释谢翁冤

断云：

盗杀谢妻成枉狱，包公决断智如神。
千年案牍堪留记，万里青天到处明。

话说扬州离城五里，有一地名吉安乡，有一人姓谢名景，家以农为业，颇置根基。乞养一子，名谢幼安，婚得城里苏明之女为媳妇。苏氏过谢家门后，且是贤惠，敬于公姑，处事有方，大称姑意。忽一日，苏氏有房侄苏宜来其家探亲，谢幼安以其无赖之徒，甚怠慢之，宜怀恨而去。

未过半月间，幼安往东乡看管耕种，路远未回家宿。是夜有贼名李强，蓦知幼安不在家，乘黄昏入苏氏房中躲伏。将及夜半，李某盗取其妇首饰，正待开房间走离，被苏氏发觉，急叫有贼。李惧遭捉，抽出一把尖刀，刺死而去。比及天明，谢景夫妇起来，见媳妇房门未闭，乃问："今日仍早，缘何内房便开了？"唤声不应。其姑特进房中问之，见着死尸倒在地上，血污满身，惊而视之，却是媳妇被人所杀，大叫云："祸哉！谁盗入房中杀死媳妇，偷取首饰而去？"谢景听罢，慌张无措，正不知贼是谁人。及幼安庄上回来，不胜悲哀。父子根勘杀人者十数日，不见下落。邻里亦疑是事。苏家不明，只怀疑婿家自在缘故，指被盗所杀。

苏宜深恨往日慢他之仇，陈告于刘太尹处，指告谢某欲淫于媳，不从杀之以灭口。刘尹审状，拘得谢景来衙根勘之。谢某直诉以被盗杀死，夺去首饰之情。及刘尹再审，邻里却道此事未必是盗否。刘尹证问谢景云："宁有盗杀人而妇不致争闹，与其径离房中，内外无一人觉者？此是尔自谋死，何不招认而累他人？"谢景不能明，惟叫冤枉而已。刘尹用长枷监于狱中根勘，谢景受刑不过，只得诬服。虽则案卷已成，而终未决。

将近一年，适包公按行郡邑，来到扬州审决狱囚。幼安首先陈告父之枉情于拯。拯复卷再问，谢景所诉与前词无异。拯知其不明，吩咐禁卒散疏谢某之狱，三五日当究下落。

是时李强既杀谢家之妇，得其首饰，隐埋未露，而恶心尚未肯休。在城有姓江名佐者，极富之家，其子荣新娶，李强乘人冗杂时入新妇房中，隐伏于床下，伺夜深行盗。不想是夜房里明烛到晓，一连三夕，李贼动作不得，饥困已甚，待夜奔出，被江之群仆捉之乱打一顿。商议次日解入刘衙中根问，李云："我实有罪，但未曾盗得尔物，遭捶极矣，若放我不告官，则两下无伤；不则到官，亦自有说。"江惧其诈，次日不告于本司，径解包衙，具知于拯。拯审之，李云："我非盗也，乃医者，被其所诬执到此。"拯云："尔既不是盗，缘何私入其房？"李云："彼妇有僻疾，令我相随，常为之用药耳。"拯审问罢，私忖道："女家初到，纵有僻疾，亦当再举于尔，宁肯令之同行？此人貌类恶徒，是盗必矣。"拯不厌烦，务在根究。

那李贼辩论妇家事体及平昔行藏与拯知之，及拯私访江家，果与李盗所言同。拯又疑："我道盗人初到其家，则妇家之事焉能得知如此详备。若与新妇同来，彼又不执为盗。"思之半晌，乃令监起狱中。

拯退后堂，细忖此事，疑此盗者莫非潜伏房中日久，听其夫妇枕席之语，记得来说。拯遂心生一计，密遣军牌一人，往城中寻个美妓进衙里，令之首饰穿着与江家媳妇无异，次日升厅，取出李某来证。那李贼只道此妇是江家新妇，是呼妇之小名云："是尔邀我治病，今反执我为盗！"妓妇不答云。公吏皆掩口而听，拯笑云："尔此奸贼，既女平日识汝，今何认妓为新妇？想往年杀谢家妇亦是汝矣。"即差公牌到李某家搜取。

公牌及家，见李床下有新土，掘之，得首饰一匣，持来见拯。

拯即召幼安来认，内中检出几件首饰，乃其妻苏氏之物。李惊服不能抵隐，遂供招杀死苏氏之情，及于江家行盗，潜伏三昼夜，奔出被捉之由。拯审勘明白，用长枷监入狱中，问处罪决。

杖苏宜诬执之罪，而谢景之狱方得释矣。后公吏问及何如以妓妇装作新妇便知其诈，拯云："彼妇新妇，若使与盗证辩，辱莫大焉。彼盗潜入房中，一时突出，必认新妇不着，今以妓妇假装出证，盗若认之，即知其诈。盗人果不出吾所料。"公吏叹服，皆以是为神见云。

第六十二回　汴京判就胭脂记

断云：

气把绣鞋吞咽死，霜台严判效于飞。
良缘本是前生定，不遇包公谁主为？

话说河南任城，有一人姓郭名华，表字名卿，才貌聪俊，勤于诗书。忽一日听得东京黄榜招贤，便辞双亲，雇家人李二赴京。不则一日，行到东京，寻店安下。

次日郭华上街闲行，见一佳人开铺卖胭脂，华特以买胭脂之故，径入里面，见那娘子王月英。月英见那秀士才貌轩昂，便延入坐定，问其来历。华答以来京赴试，敬相访于娘子。月英喜悦相待而去。

华回店，思慕王月英之容，意谓欲得相聚，足遂平生，竟忘了求名之愿。那月英在闺房中绣鞋，亦爱着郭秀士清丽，意愿与谐连理，只恨姻缘难凑。适梅香入报："日前那秀士又来，要见姐姐买胭脂。"月英听得，即离绣房出来迎见郭秀士，笑容可掬，便问："秀士要买胭脂否？"华答云："正待来求娘子所货宝物。"月英云："秀士要得许多，何待价，买取些好的相送回与娘子用便是。"华笑云："小生命薄，姻缘来迟，至今尚未纳婚矣。"月英云："既秀士未有娘子，买此何用？"华云："因见娘子美丽，特以此为由来访一面。"月英云："有劳秀士相访，妾没甚好处。"华云："到有好处，只是娘子不肯怜小生孤单客旅矣。"月英听罢，遂变起脸叱辱郭华几句便走入房去。

华正懊恼间，适梅香出遇，慰之而去。

当下月英只因将几句言语羞辱郭秀士去后，到房里自觉悔意，闷闷不悦。梅香径入，见月英云："姐姐如何恼那秀士而去？"月英直以其言与梅香说知。梅香云："那郭秀士才貌双全，又未有妻室，使得与姐姐成双，乃千里之缘，何如拒叱若甚？"月英云："实不相瞒，吾亦愿相从，只恨没人相通，正在此悔矣。"梅香云："姐姐休忧，吾特往见郭秀才，通知姐姐之意，彼疑便释。"月英云："尔见郭秀才，约之东街灵祭庙中相会。"梅香领意，径来见华。华喜不自胜。梅香先去，乃自往东街灵祭庙伺候，因问神求签，看佳偶就否。得二十五签云：

星辰多不顺，管命隔黄泉。若问婚姻事，云开月再圆。

华得签，颇解其意，正候王月英来约。时夜深更阑，华以月英不来，怅恨复回店中。

次日，梅香又来见华，华以失约怪之。梅香云："月英姐姐确有心向慕秀士，只虑母亲知觉，持疑未敢轻行，现令我来告明秀士，须先通媒妁与其母知，便可成亲。"华云："若母不允，则徒费心机，要与娘子先成佳期，后则通媒。"因写书一封，付梅香回达月英。梅香接书回见月英。月英拆开，有诗一首云：

鲛绡一幅与君开，诗句清新可当媒。
从此蓝桥无路阻，何妨今夕下阳台。

月英看罢诗意，沉吟半晌，问梅香："郭秀才再有甚言语？"梅香云："深怪姐姐失约，梅香再三解释，彼方以诗付我而回。"月英云："才子难逢，候元宵之夜母亲不在家，我两个同去相国寺玩花灯，与他相会。"复和诗一首，与梅香送来见华，约以正月十五夜相会于相国寺。华云："前日已约小生在灵祭庙相遇，敬往候之不来，今则难凭矣。"梅香云："姐姐有书在此，决不爽信，秀士休误此事。"嘱罢径去。华开缄见和诗一首云：

销关金锁掣难开，指就天边月作媒。
相国风摇花影动，巫山消息下阳台。

华看诗罢私喜："此回准拟会佳人矣。"

次日正值上元佳节，怎见得好元宵，有词为证：

光阴捻指，不觉上元节至。游人似蚁。千门万户，花灯装起。
韶华天付与，共赏六街三市。月光如水。看蓬莱仙侣，鳌山降，满瑶池。

是日华之朋友相邀到清风亭饮酒，华被众友连劝几杯，忘却赴约之事，饮得甚醉。将晚，汴城花灯耀目，极是繁华。当时郭华乘醉记得，来相国寺欲与月英相会之时，被酒激将来，醉卧寺之佛殿后。近二更，游人已散，王月英与梅香来到寺中，见华醉睡，推之不醒，月英怅恨良久，深叹无缘。因与梅香商议，脱下绣鞋一只，手帕一幅。置华身上而去。及华睡至四更醒来，正恨月英不至，忽见一绣鞋,并手帕一幅,华细忖之,乃知月英已来,酒醉不遇,留此为记而去。因大愤莫及,遂吞其鞋帕。

比及天明,寺里佃人见殿后一秀士死倒在地,大惊,摸其胸尚暖,有女人绣鞋一只,并帕一幅,一半在口里。僧人乃疑此人必中毒而死,若有来根究者,连累怎得了,不如收此物前去告首,以免祸及,遂陈告于开封府衙。包拯审勘绣鞋与手帕,正不知是谁所留,心生一计,令公牌扮作货郎持往街坊去卖,密嘱公人:"候有认买者,即拿来见我。"公牌领命去卖,正卖向王月英门首,梅香认得,连忙报知于月英。月英出门自来看时,果是夜来留置绣鞋,便问货郎从何得来之故。货郎即云:"问他人转收来卖,不知其故。"月英用钱买之。正在疑虑间,适其母出见之,问月英端的。月英惊不敢应。母责及梅香,梅香只得说:"昨夜同姐姐往相国寺看上元玩灯,不想姐姐失落一绣鞋,今被货郎捡得来卖,梅香认得,故姐姐复问买之。"

母怒云:"这妮子好轻纵,满城人玩灯,偏尔会失落绣鞋,被人所捡。此必有缘故,从实说来,免致重责。"正在根究之际,那货郎怒道:"且休闲讲,开封府包太尹待我回报,尔等速行。"不由分辩,遂捉一起人解到府衙见拯。拯根勘月英谋杀人命之故,月英不隐,从头供出:"因遇郭秀士来买胭脂,两意相投,至元宵夜,许赴相国寺与之见面,因其醉去不起,留此为记而回,不知因何身死。"

拯审罢口词,即带领公牌前赴相国寺检验死者尸首。恰值郭华之父因儿子赴京一去不回,正来汴城相寻,见拯引道来到,遂躲廊下避之。拯入得寺后,其父访见李二,说知其子之故,慌投入相国寺见拯,陈告其事。拯问得来这死者就是其儿子,勘会明白。拯令左右以银针探取。郭华醒来,左右复知,拯甚喜,急令将滚汤灌下。一伏时,郭华平复如初。父子相见,不胜悲感。及拯再审于华,华诉与月英口词则同。拯道:"今此一事,男女不由父母之命,自私约合,败害纲常甚矣。本待奏过朝廷,依律判断,思尔夙世有缘,今生会合,今日乃是个良辰,同回到月英家成其夫妇,同尔父亲归故里也。"判讫,郭华父子甚感包公之德,拜谢同回王月英家,成亲皆礼之夕,花烛辉煌,不谅蓝桥之遇云英,自是夫妇得谐老焉。

第六十三回 判僧行明前世冤

断云：

鞫问明台情莫隐，包公神智毕京都。
梦中已识僧人姓，夙世冤家一旦除。

话说西京离城十五里，有一地名大树坡，人烟稠密，亦是个冲要所在。时有姓程名永者，曾是牙侩之家，通接往来客商，颇置其业。令管店家人张万者，但遇往来投宿之人，或得经纪钱，皆私记于簿书。

一日，有成都幼僧姓江名龙，要往东京披剃给度牒，那日恰行到大树坡，就投程永店中借歇。是夜江僧独自一个于房中收拾衣服，将那带来银子铺于床上。正值程永在亲戚家饮醉回来，见舍窗里有光露出，忖道："今夜此店里莫非有人投宿？"

遂近前视之，见一和尚在床上收拾银两。程永见了，便道："这和尚不知是哪里来的？带有许多银两，若使图谋将来，胜做数年经纪。"常言道：财物动人心。不想程永只自忖说，到有心要谋他之意。夜深时候，四顾无人，向店中取出一把利尖刀，撬开僧人房舍，入去喝声："尔谋人得许多财，不分我些？"江僧人听罢大惊，一时辩理不及，被程某一刀砍死，就掘开床下土埋了尸首，收拾起那银两，进入房中睡去。次日起来，并无人知觉者。正是：

谋财害命曾无报，古往今来放过谁？

当下程永得那僧人银两去做买卖，未数年起成大家，再不思为经纪矣。娶城中富室许二之女为妻。许氏贤惠，甚称夫意。生一子，名程惜，容貌极其美丽，父爱之如掌上珍珠无异。年纪稍长，不事诗书，专好游荡。程永以其只是一子，不甚拘管他。或时言之，其子必怒恨而去。只其母虑子后去不肖，破荡家业，所以日夜忧心。

一日，程惜令匠人打造一把鼠尾尖刀，遇暇日，径来彼父严正家云："严叔叔在家否?”适严不在,其妻黄氏出来应云:“是谁叫?严某侵早出庄所未转。”程惜直入云:“是我要寻严叔,有句话商议。”黄氏一见是程惜直入,云:“是我侄儿,快进家里坐。”便邀惜至中堂坐定云:“难得侄儿来到,待我去整午餐,待等叔回。”惜云:“反成扰动婶娘。”黄氏入厨下整备午餐已熟,恰值严正回来,见着程惜,不胜之喜,便令黄氏安顿酒席,引惜进偏舍斟酌。酒至半酣,严问云:“贤侄到我家,莫非程兄有请否?”惜不觉恨激于心,怒目反视,欲说难于启口之意。严怪而问云:“侄有何事,但说无妨。”惜云:“我父是个贼人,侄儿要刺杀之,利刃已准备下了,特来通知叔叔,明日便下手。”严正不听此事便罢,一闻他说,吓得魂飞天外,魄散九霄,乃云:“侄儿休来累着我!尔父子至亲,今要行此大逆之事,倘成,官府宁不疑我唆教?那时怎生分说?此事从今休提,若使外人知之,了不得祸患!”惜云:“决不敢负累叔叔,要刺之情,不是明日,只在早晚间。”言罢,抽身走去了。

严正惊惶不已,将其事与黄氏道知。黄氏云:“此不是小可,彼未曾与夫商议,或有不测,尚可无疑;既今来我家道知,久后事露,如何分说?”严云:“然则如之奈何?”黄氏云:“如今之计,莫若先告首与官府知之,方可免受累矣。”严依其言。次日,具状于包府衙里告首其事。拯审状甚觉不平,乃道:“民家有此等逆理之情?”即拘其父母来问。程永直告其子果有谋弑之心,得走入仓窖里方免。拯究其母,母亦云:“不肖未知因甚,常在我面前言要弑父之事,屡被我责谴,彼不肯休。”拯审口词无异,大疑是事,即拘其子来根勘之。程惜低头不答。拯未深信,再唤程之邻里数人,逐一审问,邻里皆云:“其子确有弑父之意,身上不时藏有利刃,彼亦常对我众人说。”拯令公人搜惜身上有刃否。公人搜取没有。其父复云:“昨日行刺,必留在睡房中。”拯复差张龙前到程惜睡房搜检利刃。张龙果于席下搜出一把鼠尾尖刀,回衙呈知拯。拯以刀审问程惜。程惜无语。拯不能决,将邻里一干人犯都监候狱中,退入后堂,自忖道:“彼嫡亲父子,并无他故,何如其于恁的行凶?此事深有可疑。”思量半夜,未得究理之策。

又过数日,拯未决是狱,坐卧不安。一夕,乃于寝室中焚起好香,至夜昏,拯乃端肃衣冠,告于天地神祇云:“今为程某之子,有大逆之情,拘系于狱,干累甚众,动经未决。若彼父子莫非前生结有冤愆,亦难证明,彼方肯甘心。神祇当以梦应我知,方可为之雪理。”祷罢就寝。将近四更,拯得一梦:正待唤渡艄过江,忽岸上滚出一条黑龙,龙背上坐一神君,手执牙笏,身穿红袍,来见拯云:“包大人休怪其子不肖,乃是二十年前事了。”道罢,竟随龙而没。拯俄然惊觉,思忖梦中之事,颇悟其意。

次日升堂,先令狱中取出程某一干人于阶下审问。拯唤程永近前问之云:“尔成其家还是守祖上现在?是自所创乎?”

永答云:“初曾作经纪,接往来客商,得牙侩钱而成家矣。”拯云:“出入是自管理否?”永云:“执理书簿,皆由家人之手。”

拯云:“家人名谁?”永曰:“张万是也。”拯即差人牌拘得张万来衙,索书簿视之。张万即取簿献于拯,拯将书簿展开向上,从头逐一看来。中间却写有一人姓江名龙,是个和尚,于某月日来宿其家,甚注得明白。拯忆昨夜一梦渡江见龙神之事,记在心下,就令一干人都跪于下,独令程永进屏风后诘问之云:“今日狱已成,尔子该处死定矣,只汝之罪亦难逃。但尔心下别有何事,当从实供来,免累众人。”永答云:“吾子不孝,既蒙包府处死,彼亦甘心,小人别无甚事。”拯云:“我知了多时,尚则瞒我!江龙幼僧告尔二十年前事,尔记得乎?”

程永听罢包公说起二十年前幼僧一句,毛发悚动,仓皇良久,不能抵讳,只得吐实。供出二十年前有一幼僧在庄安歇,要往东京披剃,买取度牒,某贪其财物,杀死夺取,尸身现埋在睡房床下。拯审究得实,复出堂,差军牌至程家店里睡房床下掘取谋杀人死尸。

军牌去后不多时回报:“果掘出一僧人尸首,骸骨已朽烂,惟面肉尚留些须。”拯将程永监收狱中,邻里干证并行放释。

拯疑其子必是幼僧后身,冤家有在,特来投胎取债,乃唤其子再审之,云:“彼为尔之亲父,尔何故欲杀之?”其子无话说。

拯云:“赦尔之罪,回去另做生计,不见尔父如何?”其子曰:“某不会做甚生计。”拯云:“尔若愿做甚生计,我自与你一千贯钱去。”其子曰:“若得千贯钱,我买张度牒出家为僧便罢了。”拯确信其然,乃云:“尔且去,我有处置一千贯钱处。”

次日,拯委官籍程永家产,得千缗,与程惜而去。遂问程某编管辽阳之军。案狱已决之后,吏曹复问:“相公何以知僧人姓名并二十年前之事?”拯说与梦中因渡江见龙神,“我便忆有江龙之姓名,且神告知二十年前之故,待我审视簿书而知端的,一证其言,彼即惊服招认。”吏曹听罢,皆叩头称包公以为神云。

第六十四回　决淫妇谋害亲夫

断云：

一鞫明台如日照，奸夫淫妇罪难逃。
善人自有龙神护，性命依然状诉包。

话说东京离城五里，地名湘潭村，有一人姓丘名惇。家以农为业，颇致殷实，遂成富翁，娶本处陈旺之女为妻。陈氏虽则丰姿美貌，却是个水性妇人，因见其夫敦重，甚不相乐。时镇西有一牙侩，姓汪名琦，为人清秀，貌颜清爽，是个风流子弟，常往来丘惇之家，惇遂以契交兄弟情义待之，无间亲疏。汪出入稔熟，不时与陈氏交接言语，陈氏甚爱慕之。

一日，值丘惇出外，恰遇汪琦来其家，陈氏不胜欣喜，延入房中坐定，对汪云："丈夫往庄所算田租，一时未还，难得今日尔到此，略闲暇些，有一句话常要说知，权且停待我入厨下便来。"汪琦正不知何缘故，只得应诺，遂安坐等候。不多时，陈氏整备得一席酒，入房中来与汪琦斟酌。酒至半酣，那陈氏有心问那汪琦，乃云："闻叔叔未娶婶婶，夜来独睡，岂不寒冷乎？"汪答云："小可命薄，姻缘来迟，衾枕孤眠，是所甘愿矣。"陈氏叹云："叔休瞒我，男子汉久无妻夜度如年，适言甘愿，乃不得已之情，非实意也。"汪琦初则以朋友义分上，尚不敢发闲言语，及被陈氏以言所戏，不觉心动，乃云："贤嫂既念小叔单冷，宁肯念我哉？"陈氏云："我到有心怜尔，只恐叔无心恋我矣。"二人戏谑良久，彼此乘兴，遂成云雨之交。正是色胆大如天，自两下意投之后，情意稠密，但遇丘惇不在家，汪某遂留宿于陈氏房中矣。丘惇全不知觉。

忽一日，丘之家仆颇知其事，欲报知于主人，又恐主人见怒；若不说知，甚觉不平。值那日丘惇正在庄所与佃人算账，宿于其家。夜半丘惇谓家仆云："残秋天气，薄被生寒，未知家下亦若是否？"家仆答云："只亏主人在外，家下夜夜暖矣。"丘惇怪疑，便问："尔何如出此言语？"家仆初则不肯说，及其恳切，乃直言主母与汪某往来交密之情。丘闻知，恨不得到天晓。转回家中，见陈氏面带春风，愈疑其事。是夜蘸问汪某来往情由，陈氏故作遮掩模样，乃道："遇尔不在家时，便闭上内外门户,哪曾有人来我家,而将此言诬我!”丘惇道:“不要性急体实,日后自有端的。”陈氏忧惧不语。

次侵早,丘惇又经庄所去了。汪琦已来,见陈氏不乐,因问其故。陈氏不隐,遂以丈夫知觉情由告知。汪某云:“既如此,不须忧虑,从今我不来尔家便息此事矣。”陈氏笑曰:“我道尔是个有为丈夫,故从于汝,原来是个没智量之人!我今既与你情密,需图终身之计,心则安矣,缘何就说开交之事?”

汪云:“然则如之奈何?”陈氏云:“必须谋杀吾夫,可图久远。”汪沉吟半晌,没有机会处。忽计从心上来,乃云:“娘子如有实愿,我谋取之计有了。”陈氏问:“何计?”汪云:“本处有一极高山巅,原有龙窟,每见烟雾自窟中出则必雨,若不雨,必主旱伤。目下乡人于此祈祷,尔夫亦预此会。候待其往,自有处置之计。”陈氏悦云:“若完事后,其外我自调度。”汪宿了一夜而去。

次日果是乡人鸣锣击鼓,径往山巅祈祷。丘惇亦与众人随登,恰值汪琦到,就跟着丘惇而行。将近黄昏,众人祈祷先散去,独汪琦与丘惇在后。经过龙窟,汪戏之曰:“窟中有龙露出其爪矣。”惇惊疑探看,被汪乘力一推,惇立脚不住,遂坠落窟中。可怜丘惇因妻之故,丧于非命。正是:

万事劝人休碌碌,举头三尺有神明。

当下汪某谋杀丘惇之后,急走回来见陈氏道知其事。陈氏悦云:“想今生我与你有缘矣。”自是汪某无忌,出入其家,不顾人知。比亲戚问及丘某多时不见之故,陈氏掩讳,只告以出外未回。

然其家仆知主人没下落,甚是忧疑,又见陈氏与汪琦成夫妇之事,越是不忿,欲告首于官根究是事。陈氏密闻之,将家仆赶逐出外。

去后将近一月余,忽一日丘惇复归家,正值陈氏与汪某围炉饮酒,见惇自外入,汪大惊,疑其为鬼,抽身入房中取出利刃,呵叱逐之离门。惇悲咽无所往,行到街头,遇见其家仆,遂抱住主人,问其来由。惇将当日被汪推落窟中之事说了一遍。家仆哭云:“自主人不回,我即致疑,及见主母与汪某成亲,想着用谋如是,待诉之官根究主人下落,竟遭赶出。不意吉人天相,复得相见,当以此情告于开封府,方雪此冤。”丘惇依其言,即具状赴开封府陈告。

拯受得状子,审问云:“既当日推落龙窟之际,焉得不死,而复能归乎?”丘惇泣诉云:“正不知因何缘故,方推下之时,窟傍比芦苇,遂傍茅苇而落,故得无伤。”拯又问云:“窟中如何?”惇答曰:“窟中甚黑,久而渐光,且一小蛇居中盘旋不动。窟中干燥,但有一勺之水甚清,掬其水饮,不复饥渴。想着那蛇必是龙也,常祷祝而乞庇佑,蛇亦不见相伤。每窟中轻移旋绕,则蛇渐大,头角峥嵘,出窟而去。俄而雨下,如此者六七日。一日,因攀龙尾而上,至窟外则龙尾掉摇而坠于窟旁。归家,正值陈氏与汪琦同饮,被汪琦用利刃赶逐而出,特来具告。”言罢,不胜悲泣。

忽一日,拯审实明白,即差公牌张龙、赵虎来丘宅捉拿汪琦、陈氏。是时汪琦正疑惑是事,不提防丘惇的实生还,已具状告于开封府,径差公牌拘到府衙对理。拯问及于汪琦,琦答云:“当时乡人祈祷,各自早散归家,丘惇于黄昏误落龙窟,哪曾有谋害之情?又况其家紧密,往来有数,哪有通奸之情?”

是时汪琦争辩不已。拯云:“尔若不图其妇,误跌窟中,为何又持刀逐之?谋害之情难抵。”即着公牌去陈氏房中取得床上睡席来看,见有二人新睡痕迹。拯乃证汪琦云:“既论彼此门户紧密,缘何有二人睡痕?分明是你谋陷,幸致不死,尚自抵赖!”因令严刑拷勘。汪琦惊慌,不知所为,只得逐一供招与陈氏通奸害取丘惇情由。

拯叠成文案,问汪琦、陈氏皆抵死罪,放还丘惇。

第六十五回 决狐精而开何达

断云：

迷失桂芳随野怪，包公追究释何冤。
朝廷明旨随申下，案牍真堪万载传。

话说西川成都府，有一人姓何名达，在城盛族，家道极富，其为人性格刚直，不肯屈下。年四十岁，尚未有嗣息。忽一日，因与叔之子何隆争未分之业，隆亦是个奸刁之徒，不容相让，讼之于官，逮系干证，连年不决，以此兄弟致仇，因于是矣。何达欲思避身之计，来见姑之子施桂芳商议其事。桂芳原亦宦族，幼业诗书，虽则聪明才俊，尚未娶妻。那日见表兄来家，邀入舍中坐定，问其来由。达云："兄因争讼一节，连年烦扰，伤财涉众，悔之莫及。思欲脱身之计，未知适从，特来与弟议之。"桂芳云："兄若不言，小弟亦要告知。日前有故人韩节使，官任东京，时遣人相请，已约之而去，兄何不整行囊与小弟同去相访一遭，且游玩京城景致，二得以避此是非，岂不是久计哉。"达闻言大喜，即辞桂芳归家，与妻商议。妻允诺无阻，收拾衣资之类，约日与桂芳离成都望东京进发。时值初春天气，日色融和，何达并家人许乙与施桂芳三个，在途中一路游春光而去。正是：

金勒马嘶芳草地，玉楼人醉杏花天。

当下三人晓行夜住，饥餐渴饮，将行二十余日，望京城不远，靠晚歇于东山店。次日侵早入，访问韩节使消息。人答云："按巡郡邑，尚未转衙。"以此桂芳与何达留止城东驿舍中，等待韩节使回。遇清闲无事，每日二人只是载酒寻芳，闻有景致处即便登览，穷源幽谷、名山宝刹谒游待遍。

忽一日，何达同桂芳游到一个所在，遥见楼角隐隐，风送钟声来到。何云："前面莫不是佳境，与弟进前访之。"桂芳随步而行，来到山门下，却是一古寺。二人入得寺来，恰遇三老僧在法堂上讲经，见有客至，便起身施礼延入方丈，分宾主坐定。僧人问及秀士何来，桂芳答道："访故人不遇，特过宝刹游览，冒渎师父，望勿见责。”僧人云：“幽僻山宇，惟恐不足以延纳秀士，何谓冒渎？”即令童子具茶而进。

何、施二人茶罢，敬请僧人开东西两廊钟鼓佛阁游玩。僧人令童子取钥匙开遍各处，与何、施二人前来观景。何、施登罗汉阁观览一番，只见对寺一所树林，幽奇苍郁，问童子：“那一座树林是何处？”童子答云：“原是刘太守所置花园，太守过后，今荒废多年，惟茂林花树而已。”桂芳听罢，对何云：“试往游玩一番。”达云：“荒废所在，有甚佳景，只在此消遣足矣。”桂芳云：“难得到此，莫惜一往。”何只得随之而去。经游其地，但见毁墙崩砌，石塌斜欹，狐踪兔迹交驰草径之中。桂芳叹道：“昔人初置此时，岂期今日有如是耶？”忽何云：“适失落一手帕，内有碎银几两，莫非在佛阁上？弟少待，我去寻取便来。”言罢径去。

桂芳缓步行入竹林中等之，顿久不来。忽有二女使从林外而入，见桂芳笑云：“太守请尔议事。”桂芳问云：“尔太守是谁？”女使云：“君去便知矣。”桂芳忘却等候何某，遂随二女使而去。比及何某来寻，桂芳不知所在。四下搜寻，并没消息，日色又晚，何某忖道：“莫非他等我不来，自先回舍去了？”即抽身转驿舍来问。当下那桂芳被那女使引到一所在，但见明楼大屋，朱门绣户，却是一所官府第宅。堂上坐一仕宦，闻桂芳来到，便下阶延进，堂上赐坐，甚加礼敬。桂芳再三讲逊，其官宦云：“足下远来，不必固辞。老夫避居此处十数年矣，人迹不到，君今相遇，岂偶然哉？吾有女年长，尚未许适，常欲觅一快婿，不得其人，今愿以奉君，幸毋见阻。”

桂芳正不知如何答应，莫措，那位官宦便吩咐使女：“备筵席，与秀士今夕毕礼。”桂芳惶惧，辞让间，群女引之入室。锦帐绣幄，金碧辉煌，一美人出与相拜，盛设酒礼，遂谐伉俪。桂芳欣悦，得此佳偶，真乃奇遇也。自后竟不再见太守之面，但终日与群妇人拥簇嬉戏而已。比及何达走回驿舍中，问家人许一：“曾见桂官人回来否？”许一云：“桂官人与主人一同出城未转。”何达惊疑，只恐于林中被大虫所伤。过了一宵，次日再往寺中访问时，并无见知者。何达至晚，只得怏怏转归驿舍。

停候十数日没消息，与家人商议，收拾回家后，往日官事未息，何隆体得其归，及闻施桂芳没下落，即具状告于本司，以何达谋死桂芳情由。有司拘根其事，何达无辞以抵，遂被监系狱中审勘。何隆怀仇欲报，乘此机会，要问何达个偿命。上下衙门用了贿赂银两，各攒成本司官吏急推勘其事。何达不能自明，受刑不过，只得认个谋害之情。公吏叠成文案，该正大辟，解赴西京决狱。就是邻里亲戚见其无辞，亦信的其所谋矣。可怜何达已遭冤枉，正是：

欲见此情分屈直，除逢包尹马头来。

是冬，包拯为护国张娘娘进香袍到西京王妃庙还愿，事毕经南街过，望见前面一道怨气冲天而起，便问公牌：“前面人头簇簇，有何事故？”公牌禀道：“有司官今日在法场中决罪人。”拯听罢忖道:“内中必有冤枉之人。”即差公牌报知:“罪人且将审实方许处决。”公牌忙禀复监斩官道知,有司不敢开刀,随即带犯人来府司,与拯审明。拯审到何达事情,并无抵辞,随即供招。拯根勘之,何达悲咽不止,将前事诉了一遍。

拯听罢口词,又拘其家人问之。家人亦诉并无谋死之情,只不知桂芳下落,难以分脱。拯疑之,令将何达收监狱中再根勘。

次日,拯吩咐封了府,扮作白衣秀士,只与军牌薛霸、何达家人许一共三个,径来东京古寺中访问其事。恰值二僧人正在方丈上闲坐,见拯三人入来,便起身延入相见。坐定,僧人问:“秀士何来?”拯答云:“从西川到此,程途劳倦,特扰宝刹,借宿一宵,明日即行。”僧人云:“只恐铺盖不备,寄宿尽可。”于是拯独行廊下,见一童子出来,问云:“尔领我四处游览一遍,讨几个钱赐尔买果子食。”童子见拯面貌异样,笑云:“今年春间,有两个秀士来寺中游玩,失落一个。足下今有几位来,我不敢应承。”拯正待根究此事,听童子所言,遂赔小心问之。童子被其恳切,乃引出三门外,用手指云:“前面那一所茂林,常出妖怪迷人,那日一秀士入林中游玩,不知所在,至今未见下落。”拯记在心,就于寺中过了一宵,次日邀许一来林中行走,根究是事。但见四下荒寂,寒气袭人,没有动静。拯正疑虑间,忽闻里有笑声。拯冒荆棘而入,见群女拥着一男子在石上作乐酣饮。拯近前呵叱之,群女皆走没了,只遗下施桂芳坐于林中石上,昏迷不省人事。包公令薛霸、许一扶之而归。

过了数日,桂芳口中吐出恶涎数升,如梦方醒,略省人事。拯乃开府衙,坐公案,令薛霸复拘何隆一干人到阶下审勘前情。拯问桂芳僧道与何达游于彼处,缘何相失之由。桂芳云:“当日何兄因失银两前去寻取之时,小人行入深林之中。适见高房朱牍,门庭迥异,内堂坐一官宦之人,延小可入内同坐,言笑自若。顷刻间,请了一美姬,称是其女,要招纳小人为婿。一向贪恋其中,迷失归路。但遇花晨月夕,则群女相邀,出林内纵游饮酒,以尽其乐,正不知其何故。今幸青天开眼,得遇大人提拔小可于坎坷之中,再得睹于人世,实重生父母,万载不磨也。”言罢呜咽,不胜其哀。拯云:“吾若不亲到其地方访之,焉知有此异事?”乃诘何隆云:“尔未知人之生死,何妄告达谋杀桂芳?今桂芳尚在,尔得何罪?”何达泣诉曰:“隆因家业不明,连年结讼未决,致成深仇,持以此事欲致小人于死地耳。”拯以为然,重拷何隆。何隆情屈,一款招承无异。拯叠成文案,申奏于仁宗得知。不数日间,朝廷例旨下云:“何隆因怀私愤,诬告何达谋杀施桂芳,今事已明白,本合问死罪,减免一等,将何隆决杖一百,发配沧州军,永不回乡。治下衙门官吏受何隆之贿赂,不明究其冤枉,诬令何达屈招死罪,俱革职役不恕。包拯才力有能擢升一级。施桂芳、何达供明无罪,各发宁家。”当日明旨于拯府堂开读,谕众知悉,俱依法施行不题。于是京都闻此异事,莫不嗟叹包公开豁何达之德,而讥何隆自取其祸耳。

第六十六回 决李宾而开念六

断云：

烈性自全遭枉死，李宾刁诈莫逃刑。
包公真乃民父母，一鞫奸情两得真。

话说离开封府四十五里，地名近江，亦一大乡境也。隔江盛族有姓王名三郎者，家颇富饶，惯走江湖，娶去乡五石丘朱胜之女朱娟为妻。朱娟貌丽而贤，善持家法，夫妇相敬如宾。

一日，王三郎欲整行货出商于外，朱氏劝云："万事付之于天，富贵有时，何必奔波劳苦，离家远出哉。况尔妻独自支持，无人看顾，不若勿行，另行善计可矣。"三郎依其言，遂不思远出，只在本地近处生放营为。

时对门有姓李名宾者，先为府吏，后为事革役，性最刁毒，好淫贪色。因见三郎朱氏有貌，日夜图之，欲与相会一翻不能勾。忽一日侵早，见三郎出门去了，李宾装扮齐整，径入三郎舍里，立于帘外，叫声："王兄在家否？"此时朱氏初起，听得帘外有人叫声，问道："是谁叫？三郎早已上庄去矣。"李宾不顾进退，直入帘里，见朱氏云："小可有件事，特来相托，未知即回么？"朱氏以李宾往日邻居，不疑，乃云："彼有事未决，想必日晚方回矣。"李宾见朱氏云鬓半偏，启露丹唇，不觉欲心火动，用手扯住朱氏云："尊嫂且同坐，小可有事告禀，待王兄回时烦仗转达知。"朱氏见李宾有不良之意，面叱之云："尔为人堂堂六尺之躯，不分内外，白昼来人家调戏人之妻小，真畜类不如也。"道罢，转身进入内去了。李宾羞脸难藏而出，致恨于心，回家自思："倘或三郎回来，彼妻以其事说与，岂不深致仇恨哉？莫若杀之以泄此忿。"即持利刃复来三郎家，正见朱氏倚栏若有所思之意，不提防李宾复来。宾向前怒道："认得李某否？"朱氏转头见是李宾，大骂云："奸贼缘何还不去？"李宾不顾，抽出利刃，望朱氏咽喉刺入，闷地而倒，鲜血迸流。可怜红粉佳人，化作一场春梦。李宾悄视四处无人，脱取朱氏之履并刀走出门，埋之于近江亭子边。

朱氏有族弟念六，须走江湖，适是日船泊江口，欲上岸探望朱氏一面。天暮行入其家,叫声无人应。待至房中,转过栏杆边,寂无人声。念六随复登舟,觉其脚下履湿,便脱下置灶上焙干。

其夜王三郎回家,唤朱氏不应,及进厨下,点起灯照时,房中又未曾落锁。三郎疑虑,持灯行过栏杆边,见杀死一人倒在地上,血流满阶,细视之乃其妻也。三郎抱起看时,咽喉下伤着一刀,大哭道:"是谁谋杀吾妻?"

次日邻里闻知,都来看,果是被人所杀,不知如何。邻人道:"门外有一路血迹,可随此脚迹而去根究之,可知贼人所在矣。"三郎然其言,即集邻里十数人,径寻血迹而去,那血迹直至念六船中而止。三郎上船,捉住念六,骂道:"我与你无仇,何得杀死吾妻?"

念六大惊,不知所为,被三郎绑缚到家下,乱打一番,解送开封府,陈告于拯。拯审问邻里干证,皆言谋杀人脚迹委的在其船中而没。

拯根勘念六情由,念六哭云:"曾与三郎是亲戚,抵暮临其家,无人即回,不知是谁杀死朱氏在家,履上沾得血迹,实不知杀死其妻之由也。"拯疑忖道:"既念六谋杀人,不当取妇人履而去。搜其船上,又无利器,此有不明。"令将念六监于狱中。

拯生一计,出榜文张挂:"朱氏被人所谋,失落其履,有人捡得者重赏官钱。"过一日间,并无消息。忽一日,李宾饮于村舍,村妇有貌,与宾通奸,饮至醉后,乃谓妇云:"看尔有心顾我,当以一场大富赐尔。"妇笑云:"自君来我之家,未曾用半文钱,有甚大富,尔自取之,莫哄妾矣。"宾云:"说尔知之,若得赏钱,那时再来尔家饮酒,宁不奉承我哉。"妇问其故。宾云:"即日王三郎之妻被人谋死,陈告于开封府,将朱念六监狱偿命,至今未决。包太尹榜文张挂究问,有人捡得那被杀妇人之履来报,重赏官钱。我正知其履下落,在说尔知,可令丈夫将去给赏。"妇云:"履在何处?尔怎知之?"宾云:"日前我到江口,见近江亭子边似有物,视之却是妇人履并刀一把,用泥掩之,想必是那被谋妇人的。"村妇不信,及宾去后,密与其夫说知。

村民闻说,次日径至江口亭子边,掘开新泥,果有妇人履一只、刀一把,忙取回家见妇。其妇大悦,宾所言有信,即令夫将此物来开封府衙见拯。拯问之从何得来,村民直告以近江亭子边,埋在泥中得之。拯问:"谁教尔在此寻觅?"村民不能隐,直告以是其妇说与知之。拯自忖道:"其妇必有缘故。"

乃笑谓村民道:"此赏钱合该是尔的。"遂令库官给出钱五十贯,赏与村民。

村民得钱,拜谢而去。

拯即唤公牌张、赵近前,密吩咐道:“尔二人随此村民至其家体访,若遇彼妻与人在家饮酒,即捉来见我。”公牌领旨而去。

却说村民得赏钱,欢然将回家见妻,说知得赏之事。其妇不胜之喜,与夫道:“今我得此赏钱,皆是李外郎之恩,可请他来说知,取些分他。”村民然其言,即往李宾家请得他来。

那妇人一见李宾,笑容可掬,越致奉承,便邀入房中坐定,安排酒浆相待,三人共席而饮。那妇云:“多得外郎指教,已得赏钱,当共分之。”李宾笑云:“留于尔家置酒,剩者当歇钱也。”那妇大笑起来。不提防拯差人来,两个公牌听得多时,直抢进房中,将李宾并村妇捉了,解入府衙见包公,禀知妇人酒间与李宾所言之事。拯勘问于妇:“何知被杀妇人埋履所在?”

村妇惊惧,直告以李宾所教。拯审问李宾,李宾初则抵讳不肯招认,后被严刑拷勘,只得供出是其谋杀朱氏之情。至是再勘村妇,李宾因何来尔家之故,村妇难抵,亦招出往来通奸情弊。

拯叠成文卷,问李宾处死,决配村妇于远方,而念六之冤方得释矣。

第六十七回 决袁仆而释杨氏

断云：

袁仆难消雍一恨，张家苦狱竟能伸。
包公千载声名下，脱此深冤孰不怜？

话说西京离城五里，地名永安镇，有一人姓张名瑞，家极富实，有东西两庄，积谷甚广，娶城中杨安之女为妻。杨氏贤惠，处家有法，长幼听从，呼令无违。杨氏生一女名兆娘，聪明貌美，针黹精通，父母甚爱惜之，常言此女须得一佳婿方肯许聘，年十五尚未适人。张瑞有二仆人，一姓袁，一姓雍。雍仆敦厚而勤于事，袁仆刁诈而卖弄其主。一日，因怒于张，被张逐出之。袁疑是雍一献谗于主人故遭遣，遂甚恨于雍，每思以仇报之。

忽一日，张瑞因庄所回家，感重疾甚紧，服药无效。延十数日，张自量不保，唤杨氏近前嘱云："我无男子，只有女儿，年已长大，或我不起之后，当即适人，休留在家而致忧虑。雍一为人小心勤事，家务委之亦可。"言罢而卒。杨氏不胜哀痛，收敛殡讫，作完功果之后，杨氏便令里妪与女儿议亲。兆娘闻知，抱母哭云："吾父过未周年，且无别兄弟，今便将女儿出适，母亲靠着谁人？女儿缘法还在，愿在家陪侍母亲，再过一二年出嫁未迟。"母怜其言，遂息是议。

时光似箭，日月如梭，张某已过又是三四个月，家下事务，出入苗租，尽是雍仆交理。雍愈自紧密，不负主人嘱托。

杨氏亦无疑虑。正值纳粮之际，雍一见杨氏，说知整备银两秤官。杨氏取钱一箧与雍入城找银。雍一领受，待次日方去。适杨氏亲戚有请，杨氏携女同赴席。袁仆知得杨氏已出，抵暮入其家欲盗彼之物，径进里面舍房中，撞见雍一在床上打点钱贯，袁仆怒恨起来，指道："尔让主人逐我出去，尔今把持家业，是何道理？"就拔出一把尖刀来杀之，雍一措手不及，肋下被伤一刀，气遂绝矣。袁仆摸取钱贯于箧中，急走回来，并无人知觉。

比及杨氏饮酒而归，唤雍一时不见，进房中寻觅，见被人杀死在地。杨氏大惊，哭对女云："张门何大不幸，丈夫才死，雍一又被人杀死，惹出其祸，怎生伸理?”其女亦哭。邻人知之,甚疑雍一死得不明。当下有庄佃汪某,乃往日张之仇人也,闻是事,告首于洪御史。洪拘其母女并仆婢十数人审问。

杨氏哭诉不知杀死情由,汪指称其母女与人通奸,雍一妒奸,故被奸夫所杀。洪信之,勘令其招。杨氏不肯诬服,连年不决,累死者数人,而其母女被拷打身无完肤,家私消乏。兆娘不胜其苦,对母曰:“女旦夕死矣,只恨无人顾视母亲,不能即决,此冤难明,当直之于神。母不可诬服招认,以丧名节。”言罢,其母呜咽不止。次日兆娘果死,杨氏伤感甚至,亦欲自尽之计,狱中多人皆慰劝之,方得不死。

次年洪已迁去,而包公来按西京。杨氏狱中闻知,重贿狱官,得出陈诉于拯。拯根勘其事,拘邻里问之,皆言雍一之死未知是谁所杀,然杨氏母女确无污行,可怜其死者不下数人矣。拯亦疑之。次日斋戒祷于城隍司云:“今有杨氏疑狱,连年不决,其有冤情,当以梦应我,为之明理。”祷罢回衙。是夜拯秉烛于寝室,未及二更,一阵风过,吹得烛影不明。拯作睡非睡,起身视之,仿佛见窗外有一黑猿在立。拯叱问曰:“是谁来此?”猿应云:“特来证杨氏之狱。”拯即开窗看时,四下安静,悄无人声,不见了那猿。拯沉吟半响,计上心来。

次日清早,升堂取出杨氏一干人问之云:“尔家曾有姓袁人否?”杨氏答云:“妾丈夫在日,有走仆姓袁,已逐于外数年,别无姓袁者矣。”拯即差公牌拘得袁仆到衙勘问。袁仆不肯招认。拯又差人于袁家搜取其物,都将得来看。公牌至其家,搜得篋一个,内有余钱数贯,持来见拯。拯未及问,杨氏认篋箱是当日付与雍一盛钱找银秤粮之物。拯审得明白,乃问袁云:“杀死人者是汝,尚何抵赖,干累于众?”因令取长枷监于狱中根勘。袁仆不能隐,只得吐实,供出谋杀情由。拯叠成文案,问袁处死,汪某诬陷良人,决配远恶州郡之军,遂放出杨氏与一干人,皆感谢而去。西京传播此狱若非包公之来,雍一之冤焉能得明,而杨氏虽不肯诬服,况被累死于狱中必矣。天眼恢恢,报应不昧,使是疑狱决于包公之案,何其神哉。

第六十八回　决客商而开张狱

断云：

张汉深冤何所诉，建康邸舍得奸商。
包公一念阴阳准，万里青天日月光。

话说东京管下袁州，离城七里，地名萍乡，有富民姓张名迟，与弟张汉共堂居住。张迟娶岭南周文之女为妻。周氏过张家门二年，生一子周岁，适周母有小疾，着安童来报其女知之。周氏闻知母疾，与夫商议，要回家看顾。张初则不允其去，过数月，周氏又道起居归宁之事。张见妻坚意要行，只得与之收拾回去。比及周氏得到母家，母病已痊，见女儿回来，不胜之喜，留待一月有余。

忽张迟有故人潘某在临安县为吏，有些物要送张某，遣仆敬来萍乡相请。张某接得故人来书，次日先打发仆回报，许来相会。潘仆去后，迟与弟商议道："临安县潘故人书来相请，我已许赴约而去，家下要人看理，尔当代我前往周家说知，就同嫂回来。"弟应诺。

次日早，张汉径离门来到周家，见了嫂，道知："兄将远行，特命我来接嫂回家。"周氏乃是贤惠妇人，甚敬其叔，吩咐整备酒礼相待。张汉饮至数杯，乃云："路途颇远，须趁早起身。"周氏遂辞别父母，随叔步行而回。行到高岭，时五月天气，日色酷热，周氏手里又抱着小孩儿，极是困倦，乃对叔云："正当晌午，望家里不远，且在林子里略坐一回，少避暑气再行。"张汉云："既是行得难，少坐一时也好。不如先把侄孩儿与我先去，回报知于兄，令觅轿夫来接。"周氏云："如此甚好。"即将孩儿与叔先抱得回来。正值兄在门首候望，汉说与兄知嫂行不上，需待人来接。迟即雇二轿夫，前至半岭上，寻那妇人不见。轿夫回报于张，张大惊，即同弟复来其坐息处寻之，委的不见。其弟亦疑虑，谓兄云："莫非嫂有甚物事忘在母家，偶记得回转取之，兄试再往周家探视一番。"迟然其言，径来周家问时，皆云："自离门后已半日矣，哪曾见其转来？"张愈慌，再来约弟，说与未有在家。二人穿林过岭，到幽僻处，则见其妻死于丛林中，且无首矣。张迟哀哭甚至，乃道："当日不允尔来，坚意要行，惹此大祸，怎得明白？"正是：

不因此妇身先丧，怎见包公一鉴明？

当日迟与弟雇人将尸抬于外，用棺木盛贮了。次日周氏母家得知此事，其兄周立极是个好讼之人，即扭张汉赴告于曹都宪，指称张汉欲奸嫂氏，嫂不从，恐回说知其兄，故杀之以灭口。曹信其然，用严刑拷掠，虽张某受责身无完肤，终不肯诬服。曹令都官根究妇人首级，都官领人到岭上寻觅首级，哪里去讨？回报不得，密地开一妇人坟墓，取出尸断其首来回报。

曹再审勘，张汉含冤，如何肯招？受不过极刑，只得诬服，认个谋杀之情，案卷既成，用长枷监系狱中候决。就是张之邻里亦信张汉的有是事，问拟不差。

将近半年，宋仁宗于五台山行香回驾后，东京阴云不散，四下弥漫，不辨东西南北。仁宗问于文武："东京城因何自朕烧香回宫之后，连日阴云？主甚吉凶？"王丞相出班奏云："阴云乃怨郁之气，不主甚么吉凶。臣闻得近年狱内处决者，多有冤枉，内死不明者，怨抑之气不散，上干天意，故有是应。往年陛下每欲作斋醮，正为此也。多因边庭未靖，此斋醮歇二年未建，今冬又该审狱各郡州之囚，乞陛下广施仁德，委任得能官再加审实，直待刑正罪当，然后决之若何？可赦者即从开之，则阴云自散，日月开明矣。"仁宗允其奏，即降旨着落开封府包太尹先审东京罪人，而后巡审各郡。

旨既下，包拯承上命，开封府衙门审问该就刑律案，正及张汉一款，便唤张犯厅前问之。张抱悲哭诉前情诬枉之事。拯疑："当日彼夫寻觅其妇首级未有，待过数日都官寻取便能得，此事有可疑。"令散枷张汉于狱中，遂唤公牌张龙、薛霸吩咐道："尔二人前往南街头寻个卜卦人来，有事商议。"二人领命，径出府衙，行过南街，没寻个卜卦术士处。及问得人来，乃教之云："此去北津桥，有张术士在那里推卜，可寻他去。"

二人直来北津桥，果见一老翁铺下纸张，正待人来推卜。薛霸近前揖云："开封府包公有请，托烦就行。"张术士闻知是包府之命，不敢推阻，就收拾起招子，随二公人来衙，拜见于拯。

拯问："尔名张术士否？"张答云："衰老便是。"拯云："令尔代推占一事，须虔诚祷之。"张云："大人占何事，敢问主意？"拯云："尔只管推占，主意在我自心。"张正不知何故，只得依仪祷祝，推出一天山遁卦，报与拯道："大人占得此卦，遁者匿也，是问个阴幽之事。"拯笑云："卦辞如何道？"张云："卦辞意义深远难明，须与大人自测之。"拯玩其辞云：

卦遇天山遁，此义由君问。
聿姓走东边，糠口米休论。

拯看罢卜辞，沉吟半晌，正不知如何解说，便令取官米一斗给赏张术士而去。唤过六曹吏司，并公差问之云：“本处有糠口地名否？”众人皆答无此地名。拯退入后堂，秉烛而坐，思忖其事，忽然悟来，乃道：“得占辞之义矣。”次日升堂，唤过张、薛二公牌，会得张之邻人萧某来到，密吩咐：“汝带二公人前到建康地方，旅邸之间，限三日要缉访张家事情来报。”

萧某以事干系情重，难以缉访，虑有违限之罪，欲待推辞，见拯有怒色，只得随二公牌离府衙，一路访问张家杀死情由。

事已过多时，哪里访得出？根究二日，并无下落。萧某与薛、张进退无计，正行来建康旅邸炊饷午，店里面先有两客商，领着一个年少妇人在灶前吹火造饭。二商困倦，随身卧于床上。萧某悄视那妇人，曾似面熟。

妇人见萧，亦觉相识，二人顿视良久。颇悟：“此妇人的似张迟娘子周氏，连年说被张弟杀死，今系于狱未决，包府正遣我等来访是事，缘何尔在这里？莫非天下妇人貌有相类者耶？”忖道未罢。

适那妇人颜色戚戚，近前见萧问喧：“长者从哪里来？”萧某答云：“我萍乡人氏，姓萧者便是。”妇人闻说是其夫同乡，便问：“长者所居，曾识张某否？”萧某大惊：“好似张邻里周娘子，委的是乎？”周氏汪然泪下云：“妾正是张迟妻也。”萧乃道知张汉为尔诬服系狱之故，周氏泣曰：“冤哉，当初张叔先抱孩儿回去，妾坐于林中候之，忽遇二客商挑着箬笼上山来，见妾独自于此，四顾无人，即拔出利刃，胁取我所穿衣服并鞋。妾怀惧，没奈何，遂脱下衣服并鞋与那二客商。遂于笼中唤出一妇人，将妾衣并鞋与那妇人穿着，断取其头致笼中，抛其尸于林里。拿我入笼中，负担以行，遍处乞觅钱钞，受苦万端。今遇乡里，恰如青天开眼，望垂怜悯，报知吾夫，即来救妾矣。”

言罢，悲咽不止。萧某听罢，乃道：“目今包衙正因张汉狱事不明，特差我领公牌来此缉访，不想相遇，正乃千载之机。待说与公牌知之，便送娘子回去矣。”周氏收泪，进入里面安顿那二客商。

萧某来见薛、张二公牌，午饭正熟，萧某云：“可速餐，张家之事今有下落。”二公牌忙问其故。萧某以前情说与二人知之。张、薛二人午饭罢，抢入店里，正值二客与周氏亦在食饭。二公牌进前喝声：“包府有牌来拘你，可速前去。”

二客听说一声包府，神魂惊散，动走不得，即被二公牌绑缚了，带妇人直回府衙，报知于拯。拯不胜之喜，即唤张迟来认。迟到衙会见其妻，相抱而哭。拯再审周氏口诉，周氏逐一告明前事。

二客商不能抵讳，招认款服。拯取长枷监收狱中，叠成案卷。

拯以张汉之枉明白，再勘问都官得妇人首级献官情由。都官不能隐，亦供招出难以回报，特开他人坟墓，断死妇尸首献官。

拯审实一干犯罪监候，具疏奏达朝廷。不数日，仁宗旨下："二客谋杀惨酷，即问处死。原问狱官曹都宪并吏司决断不明，诬服冤枉，皆罢职为民。给客商资帛赏赐邻人萧某，放释张汉，周氏仍归夫家，周立问诬执之罪，决配远方，都官盗开他人棺、取妇人头，亦处死。"拯依拟判讫，张弟之冤方雪，而疑难之狱一旦决矣。

当彼吏曹于暇日叩问包拯，缘何占卜而知于建康旅邸得遇谋人者。拯云："阴阳之数，报应不差。当卜占之时，得卦辞未明其义，及再三思之，方解得其辞前二句乃是助语，第三句云'聿姓走东边'，天下岂有姓聿者？犹言'聿'字加一'走'之，却不是个建字？'糠口米休论'，必谓'糠口'是着地名，及问之，又谓无此地名。想来'糠'字去了米，是个单'康'字，离城九十里有建康驿名。且建康是往来冲要处所，客商并集，我亦疑此妇莫被客商带走，故令彼邻里有相识者往访之，当有下落。果不出吾所料矣。"

吏胥深服其论，皆仰包公如父母，敬之如神明矣。

第六十九回　旋风鬼来证冤枉

断云：

贞节诉冤夫枉死，包公鞫断动神明。
旋风且入空窖内，律决黄宽正典刑。

话说广州肇庆，在城惟陈、郜二姓最为盛族。陈长者有子名龙，郜秀有子名厚郎。陈龙聪俊而家贫，厚郎奸滑而富实。二人幼年同窗读书皆未议婚。城东刘胜，原是宦族，有女惇娘，容貌端庄，温柔敦重，父爱之。常教女讲《古今烈女传》，惇娘明敏，一闻父说，便晓大意。年方十五，诗词歌赋述之脍炙人口，所以远近争欲求聘。

一日，刘胜与族兄商议云："惇娘年已及笄，来议亲者无数，我欲择一佳婿，不论其人贫富，只未知谁可以许否？"兄答云："古人择姻，惟取婿之贤行，不以富贵论也。在城闻得来陈长者有子名龙，人物轩昂，勤学诗书，虽则目前家寒，谅此人久后必当发达，贤弟不嫌，我虽为媒，作成这段姻缘可乎？"胜云："此人吾亦闻知，需待回归，与女议之，若其欢允，再无疑矣。"即辞兄回家，见妻张氏，说将惇娘许嫁陈某之事。张氏答云："此事由尔主张，不必问我。"胜云："尔需将此意密道惇娘，试其意向如何？"及母遇暇以适陈子之事道知，惇娘亦闻其人，虽则面不敢许，而心深慕之矣。

未过一月，郜某命里妪来刘家议亲。刘一心只向陈某家，推惇女尚幼，待来年议之未迟。里妪去后，刘密遣族兄往陈家通意，陈长者贫难，不敢应承。刘某道："吾弟以令郎才俊轩昂，故愿以女适从，贫富非所论，但肯许允，即择日过门。"

陈长者再不推阻，遂应命许婚。刘某归达其弟，言陈长者愿与其子毕姻之事。胜大喜，唤着裁缝，即为陈某做好新衣服数件，只待择取吉日，送女惇娘过门。

是时郜某听说刘家之女许配陈子，深怀其恨，道："是我先令里妪议亲，故推女未年长，却便许适陈家。此耻不忿，必寻个事陷之。"次日来见其友董先，说与："刘胜太欺人！其女我往议亲，却推阻不允，今返适与陈家之子为媳，此耻何堪？特来与贤契商议，要寻个事陷他，须教着我机会，久不负忘。"

董先听罢笑道："足下岂不闻谚语有云：一家有女百家求。彼既有心向陈家，将女儿许嫁便罢，君乃富足之家，令郎岂怕没有美妇婚，何苦要与人结仇乎？"

邵某不悦，乃云："往日与贤弟相知，观今之言，是有违矣。务须教我一个计策，不然吾请教他人。"董某没奈何，只得说与："陈家原是辽东卫军，久失在伍，若是发配，正应陈长者之子当行。除究此事，则能违其愿，使不得成婚矣。"邵大喜，即辞董某而去。

次日邵某具状于本司，告首陈某逃军之由。官府审理其事，册籍已除军名，无所根勘，将停其讼。邵秀家富有钱，上下买嘱。吏胥攒成有司，反复原籍验之，果是逃军，乃拘陈某订审。陈之父子不能辩理，当发配充卫之际，正应陈龙该行，军批已出，父子相抱而泣。龙曰："遭值不幸，家贫亲老，况儿又有远役，此去惟虑父母无依，放心不乐。"长者云："虽则我年衰迈，亲戚尚有，且暮必来看顾。只尔命薄，未完刘家之亲，不知此去，还有相会日否？"龙曰："儿访得来，正因此亲事致恨于仇家，受这大祸，亲事尚敢望哉。"父子叹气一宵。次日，龙之亲戚闻得，都来饯行。龙以亲老嘱托众人，径辞而别。有诗为证：

夜半鸡声促晓行，家贫亲老怎堪行？
长安道上依稀柳，多少离人恨不平。

比及刘家得知陈某遭配之事而抑所望，嗟吁不已。惇娘于闺中知之，心如刀割，恨不及见陈郎一面，每对菱花，幽情别恨难以语人，因书红笺数首以自怨。诗云：

牡丹红靓海棠红，妾在深闺子役东。
国色天香谁是主？教人错恨五更风。

又云：

许君窗下结姻缘，回首东风倍惆然。
已被赤绳先系定，谁知空负一红笺？

又云：

好事缘何苦不全？君受奇祸妾忧煎。
玉箫已负生前约，金镜偏数别处圆。

次年春，城里大疫，刘女父母双亡，费用已尽，家业消乏，房屋亦转卖他人。惇娘孤苦无依，投赖父娣姑家居住。姑怜念之，爱如己生。常有人来其家与惇娘议亲，姑未知其意向，因以言试云："尔之父母已丧，身无所倚，先许陈氏之子，今从军远方，音耗不通，未知是生是死，当绝念矣。况女孙青年，何不凭我再嫁一美郎，以图终身之计，岂不胜独守空房，寂寞岁月者乎？"惇娘听罢，泣谓姑云："女孙听得来陈郎遭祸，本为我身上起，使女儿再嫁他人，是背之不义。姑若怜我，女儿甘守姑家，以待陈郎之转。遇有不幸，需结来世姻缘。惟再许他适，宁就死路，决不相从矣。"姑见其烈，再不说及此事。自是惇娘于姑家谨慎紧密，守着闺门，不遇姑所唤，半步不出堂，人亦少见面。

是年十月间，海寇作乱，大兵临城，各家避难迁徙，惇娘与姑亦逃难于远方。次年海寇宁息，民乃复业，比及惇娘与姑回时，室厅被寇烧毁，荒残不堪居住，二人就租下阳驿旁房舍安下。未一月，适有官家子黄宽骑马行过驿前，正值惇娘在灶边吹火，宽见其容貌秀丽，便问左右居人是谁家之女。有人识者，近前告以城里刘某之女，遭乱寄居于此。宽知之，次日令人来议亲。惇娘不允。宽以官势压之，务要强婚，来议者不息。其姑惊惧，谓惇娘云："彼父为官，势子又高，若不许嫁之，如何能够在此停泊？"惇娘云："彼要强婚，儿只有死而已。眼前姑且许他，待过六十日父母孝服完满便议过门，须缓缓退之。"姑依其言，直对来议者说知。议亲人回报于宽。宽喜道："便待六十日何妨。"遂停其事。

忽一日，有三个军家行到驿中歇下，二军人炊饭，一军人倚驿栏而坐。适惇娘见之，入谓姑云："驿中有军家来到，姑试问之从哪处来。若是陈郎所在，亦需访个消息。"姑即出见军人，问云："尔等是何卫来此？"一军应云："从辽卫来，要赴信川投文书。"姑听说声道着是辽东，便问："辽东卫有陈某，尔识之否？"陈某听罢，即向前揖云："妈妈何以识着陈某？"姑氏云："陈某是妾女孙之夫，曾许嫁，未毕婚而别，故识之矣。"陈某云："今女孙曾适人否？"姑云："专待陈郎回来，不肯嫁人。"陈某忽汪然泪下云："要见陈某，我便是也。"姑大惊，即引入与惇娘道知。惇娘不信，出见问其当初事情。陈某将前事说了一遍，方信是真。二人相抱而哭。二军伙问其故，自相喜曰："此千里之缘，岂偶然哉？我二人带来盘缠钱若干，即备筵席与陈某今宵毕礼。"于是整顿盘缠，二军待之舍外，陈某、惇娘并姑三个饮于舍里。酒阑人散，陈龙与惇娘进入房中，解衣就寝，诉其衷情，不胜凄楚。次日二军伙谓陈某云："君初毕婚，不可轻离，待我二人自去投文书，回来相邀，与娘子同赴辽东，永谐鱼水之欢。”言罢径去。于是陈某留止舍中，与惇娘相亲。

才二十日，黄宽知觉陈某回来，恐他亲事不成，即遣仆从到舍中，捉之至家，以其逃军，杖杀之，密令将尸身藏于瓦窑中。次日令人来逼惇娘过门，惇娘忧虑无地，及闻陈某被宽所害，就于房中自缢。姑见而救之，云：“想陈某与尔只有这几日姻缘，今即死矣，当绝念嫁与黄公子便了，何用自苦如此？”

惇娘云：“女儿务要报夫之冤，与他同死，宁肯再嫁仇人乎？”

其姑劝之不从，正没奈何，忽驿卒报：“开封府包太尹委任本府之职，今晚来到，准备迎接。”惇娘闻之，拱手谢天云：“吾夫之冤可雪矣。”即具状迎包马头陈告。包带进府衙审实惇娘口词。惇娘悲哭，将前事逐一诉知，拯即差公牌拘黄宽到衙根勘。黄宽力争，不肯招认。拯思道：“既谋死人，须得尸首验之，彼方肯服，若失此对证，怎得明白？”正迟疑间，忽案前一阵狂风过处，那阵风：

拔木飞沙神鬼哭，冤魂灵气逐而来。

拯见得风起怪异，遂喝声道：“若是冤枉，可随引公牌而去。”道罢，那阵风从拯之座前复绕三匝，有值堂公牌是张龙、赵虎，即随风出城二十里，直旋入瓦窑里而没。张龙、赵虎进窑中看时，见芦草遮着一男子尸身，面色尚未变，乃回报于拯。拯命人抬得入衙来，令惇娘认之。惇娘一见是其夫尸身，抱而痛哭。及验身上伤痕，乃是当日被黄宽不停打死之伤。拯再勘问，黄宽不能隐，遂招服焉。拯叠成文案，问宽偿命，追钱埋殡，着惇娘文领。复根究出邵秀买嘱吏胥陷害之情，决配远方充军。惇娘令亲人收管，每月官给库钱若干赡养。拯初任本府，判讫此事，得其明决，肇庆百姓无不仰敬，称以为神。

第七十回　枷判官监令证冤

断云：

疑狱连年能决断，包公明鉴鬼神钦。
秋毫万里浮云净，一念真同天地心。

话说西京城离东门二十里，地名狮子镇，居人稠密，有富家姓吕名盛，排行第九，邻里敬其有钱，皆以九郎呼之。娶城中王贵恩之女为妻。王氏性格温良，处事有方，长幼皆敬服之。王氏过门二年，生一儿名吕荣，聪明才貌，勤于诗书，年十五，何提学考入庠补廪。当日，九郎指望儿子前程，加一奉承上司，交结有名官员，甚有情面。然九郎为人性度骄傲，又倚钱势，王府尹新除到任，粮户皆出郭远迎，九郎以其子在学，自恃有官宦情面，不去迎接。王府尹点查得出，怀记在心，思得个机会处要深根之。

忽一日，吕有家仆李二，因上元佳节西京放灯甚盛，内外人家都聚于报恩寺玩赏鳌山。李二探得主人们都出来看灯，九郎有妾名春梅，容貌清丽，李二欲私之。恰值那夜春梅正在厨下收拾，李二撞将入去，故问云："尔日前有甚么话对我说，遇我不得闲暇，未及细问，今夜主家都出去看灯，我亦闲些，有甚话快说来。"春梅笑云："贼奴才，日前我那里见尔之面，将些言蘸我。若漏此语与主母知之，叫你皮亦去一层矣。"李二道："今夜难遇此机会，尔需怜我，久不敢忘也。"春梅也是个水性妇人，情亦易动，当下向得他来，恐主母知之罪责不免；欲待逆他，怎禁那李二哀告。正在迟疑间，适九郎回家取香，正待进房，恰遇见李二与春梅在灯下议论。九郎大怒云："小仆贼敢戏吾之爱妾！"李二走闪不及，被九郎拉出来，绑于柱上杖之。李二不胜其楚，惟乞饶命而已。比及王氏与婢从回来，见绑打李仆，慌问其故。九郎以调戏春梅之事说知。王氏云："丑声不可外传，既李仆不道，逐之于外便了，怒责之何益？"九郎忿乃解，进入房里。王氏令人解下，亦此责之，逐离出门。李二不胜其恨，忿然去了。

未及半年，九郎上庄与钱客廖某算账。廖有子最奸恶，将所借钱批，俱改作完账执与九郎争辩。九郎怒激不能平，令数家人捉之而归，锁于舍里，务逼其招认。监系一二日，吕家缓于提防，忽夜被其人剪断锁镣，越墙而走，正不知逃往何处去了。九郎见走其人，即着家仆复往庄上缉探，莫非逃回原家？

及群仆来庄上访问时，未有动静，持报九郎知之。九郎疑虑其有他故。当彼李二闻此消息，正恨主人，没个机会报他之仇，即具状于王府尹处，告首吕九郎谋杀廖某之子，弃其尸于江中。王府尹审了状子，大笑道："吕九郎恃他有钱，藐视官府，今日亦撞在我手中来矣！"即差公牌拿得吕九郎来，根勘其谋杀人之由。九郎诉云："彼欠吾钱，只赖已还，所以不忿其诈，委的系于舍中，欲其自明，不意脱逃。岂有杀人而无迹哉？"

王府尹叱云："谋杀其人，弃尸于江以绝迹，何尚抵赖？"喝令用严刑拷掠。吕九郎受苦已极，不肯诬服。王府尹令监禁狱中根勘。虽是其妻王氏以夫受刑，将竭家私营救，而王府尹百端究竟，务要问九郎个偿命。九郎之子累经省宪诉直，审覆案卷，数年不得明白，正是：

要见此情真与假，须添公案一回新。

次年，宋仁宗敕命开封府包太尹案视西京狱事，拯领命回西京而来。九郎之子吕荣欲待见母道知，正见王氏倚着案几而立，颜色憔悴，眉头不展。荣径上问母云："事有前定，非人力所能胜，母何故戚戚于是？"王氏云："尔父只生着你，只为家有余钱，不守本分，小事而成大祸，今系狱中，逃者不知去向，连年未决，正虑此事。久则案卷坚固，尔父问死必矣，此冤哪里伸直？为此事故忧怀，令母怎得心安？"吕荣道："儿为父系狱之后，艰关千里，不辞跋涉，经省宪诉告冤情，争未遇明宰，以致连年不决，儿子夜里未曾安寐。目今此狱当得明白。"母问其故。吕荣道："朝廷委开封府包太尹按视两京，不久来到。儿闻此人明见万里，烛事如神，想吾父之冤在此雪矣。"王氏听罢，即令吕荣迎候包公陈告。

数日，拯到西京，特开府衙理事。吕荣首先陈告。拯审状，唤吕荣问之。荣以前事诉了一遍。及拯取案卷根勘，都拟九郎谋杀情由。拯复审再三，乃云："都似成案拟议，则尔父该偿命的实，何用复诉？"吕荣泣云："若得其谋死尸首证验，父之偿命是所甘心。"

拯亦疑之，令荣于外伺候。

乃斋戒沐浴，次日入城隍司，将牒文宣读讫，焚化纸钱，唤过庙祝谓之云："我未入城时，闻城隍及判官甚著灵异，今为吕九郎疑狱未决，我将先问此事，限尔三日要报应。若是三日无报应，则庙祝杖七十，判官用大枷枷了；五日无报应，则庙祝杖八十，判官该决六十七十。"言罢，径回府衙去了。

庙祝承限之后，日夜惊心，惟恐不得下落，每朝于城隍案前殷勤祷祝，望乞显灵，以免杖责。

将近二日,忽九郎于狱中似寐非寐,举手大呼曰:“其人将到矣,我须出与之证理。”狱中罪犯见者,皆疑其狂语。次日拯升堂,适见一人慌慌忙忙走入衙来,伏于阶下呼曰:“我西庄廖某之子,特来自首。”拯见其双手如被人所缚,抱住头不放,乃问其来故。其人云:“乞放开我缚,容直说来。”拯云:“请城隍赦尔解之。”道罢,那人垂下手,备言:“当日实欠吕九郎钱钞若干,不合改批图赖之,被其所禁,乘夜脱走于三百里外躲避。不想昨日被数人来捉住,缚我手于头,跟逐至此。”拯闻之愕焉,意其为城隍所驱,就令狱中取出吕九郎认其人。九郎见着大叫云:“冤家,我道你已死,遭累坐了许多年狱,今日亦有相会时乎!”那人低首服罪。拯根勘当初告首者是谁,却乃其仆李二。问其致仇之因,九郎诉明李仆欲私其妾,知觉遭责逐之,故怀恨报怨。

拯判下:“李二诬陷旧主,延成疑狱,决配远恶之军;廖某逋欠主人钱钞,脱逃负累,决杖七十,配二千里。”

具疏劾奏王府尹之奸罪,而释吕家之冤狱矣。

第七十一回 证儿童捉谋人贼

断云：

张匠夫妇成诬案，包公一鞫释其冤。
谋人已致经年狱，洗雪当时枉得平。

话说潞州城南所居，韩、许二姓甚盛。韩姓有名定者，家道富实，与许二自幼相交。许二家贫，与弟许三作盐侩，常往河口觅客商趁钱度活。一日，许二与弟议道："买卖我兄弟们都会做，只是欠缺本钱，难以措手，若只是商买边觅些微利趁口，怎能够发达。"许三又云："兄若不言，我常要议取是事，只说没讨本钱，还是他来到，我若教尔本钱，便是与你去，汝将何说？"许三云："常闻兄与韩某相交甚厚，韩富家，积有余钱，何不问他借得几百钱做本，待我兄弟起胜，包些利息还他，彼又得所益，岂不两相美乎？"许二云："尔说本是，只恐他不肯。"许三云："待他不肯再作主张。"许二依其言。

次日径来韩家，特作相望之意。韩某出，见许二笑云："多时不会老兄，正在思慕，请入里面坐。"许二进入厅后坐定，韩吩咐家下整备一席酒出来相待，二人对席而饮。酒至半酣，许二举一句言云："久要见贤弟议一事，不敢开口，特恐弟意不允，今日又将来与贤弟议之。"韩云："老兄自幼相知，有甚话但说不妨。"许二云："要于江湖贩买些闲货，缺少银两凑本，故来见弟商议，要借些钱，不知肯作承否？"韩云："老兄还是自为？有伙伴同为？"许二不隐，直告以其弟许三同往。韩某初则欲许借之，及闻说与弟相共，就生个事故推托道："目下要秤办官粮，未有剩钱，此则不能应命。"许二知其推故，再不开言，即告酒多，辞之而去，韩某亦不甚留。当下许二未回，许三在家等候回信，必谓兄借得银两回来，及许二家来，怏怏而已。许三见兄不悦，乃问云："兄去问韩某揭借本钱，想必了事，何又忧闷？"许二云："不道你怎知。才见韩某，就留我饮酒，待席中问及借本钱之事，测其意似肯应承。及说与弟相共，彼遂以他事推故，不允借矣，似此谋事不成，反致取笑，是以忧闷也。"许三听罢，乃谓兄云："韩某太欺负人，终不然我兄弟没他钱本就成不得事？且待再计议之。"

遂复往河口寻觅客商去了。

时韩某有养子名顺，聪明俊达，韩甚爱之。一日，三月清明，与朋友出往郊外踏青，顺带得碎银几两在身，欲作逢店饮酒之资。是日游至晚边，众朋友已散，独韩顺饮着几杯酒，不觉醉来，遂伏兴田驿半岭亭子上睡去。恰遇许二兄弟过亭子边，许二认得亭上伏睡者是韩某养子，遂与许三说知。许三恨其父因借钱不肯，常要害他，及听得兄说其人是他养子，怒激于心，谓兄云："休怪弟太毒，深恨韩某无理，今乘晚间四下无人，待谋此子以泄日前之忿。"许二云："由弟所为，只宜谨密，休待事露便了。"许三取出利斧一把劈头砍下，正是：

可怜青春年少子，今日一命丧须臾。

许二兄弟既谋杀韩顺，搜身上藏有碎银数两，尽剥劫而去，弃尸于途中。当地岭下是一村人居，内有姓张名一者，原是个木匠，其住房屋后面便是兴田驿。时张木匠要赴城中某处造作，趁早离门，五更初携器监行来半岭。忽见一死尸倒在途中，视之遍体是血，似被人所谋。张匠惊道："今早出门不遇好彩头，待回家明日再行。"径抽身而转。及午边韩定知之，急来认时，正是韩顺。其父不胜痛恨，遂集里邻验视，其致命处则斧痕也。持随血迹寻究来，正及张木匠之家。邻里皆道是张木匠谋杀无疑。韩亦信之，即捉其夫妇解官首告。本司审勘，邻证合口指说是张木匠谋死，张夫妇有口不能辩，惟仰天呼屈，哪里肯招！韩某并逼根勘，夫妇不胜拷掠，遂争诬服。

本司官见其夫妇争认，亦疑之，只监系狱中，连年不决。正是：

世有枉情何以理，除是包宰得伸平。

是时包太尹正承仁宗敕旨，审决西京狱事，道经潞州。所属官员各出廓迎接拯入潞州，开公厅坐定，先问有司："本处有疑狱否？"职官近前禀云："他无疑狱，惟韩某告发张木匠谋杀其子之情，张夫妇争着供招，事有可疑。即今监候狱中，年余未决。"拯听罢乃云："不以情之轻重系狱者，动经一年，少者亦有半载，百姓何堪？或当决者即决，可开者即放之，斯不负朝廷委任，而下民亦得安生。都似韩某一椿，天下能有几罪犯得出？"职官无语，怀惭而退。次日包拯转来小帽，领一二公人自入狱中见张木匠夫妇细询之。张匠悲泣呜咽，将前情诉了一遍。拯思被谋之人，不合头上砍一斧痕，且血迹又落尔家，今彼不肯甘服，必有缘故，须再勘问。拯离狱中，次日又入审问，一连数遭，张匠所诉皆如前言，拯不得其明处，亦在迟疑之间。正鞫问时，见一小孩童，手持一帕饭，送来与狱卒，连说几句私语，狱卒点头应之。拯即问狱卒："适那孩童与尔道甚么话？"狱卒不敢正对，乃复拯他事云："那孩童报道小人家下有亲戚来到，令今晚早转些。"拯知其诈，径来堂上，发遣左右散于两廊，呼那孩童入后堂，吩咐库子李十八取四十文钱与之，访问适见狱卒有何话说。孩童口快，直告云："今午出东街，恰遇二人在茶店里坐，见我来，用手招入店内。那人取过铜钱五十文与我买果子，待我受了钱，却教我狱中探访：'今有甚么包拯相审勘，看所勘死事，其夫妇何人承认。'是此缘故，别无他事说。"拯听罢，即命张龙、赵虎吩咐道："尔随这孩童，前往东街茶店里捉得那二人来见我。"张、赵二公牌领旨，便跟孩童径到东街店里。正寻人间，正值许二兄弟在那等候孩童回报，不提防公牌来到。张、赵抢进，登时捉住许二兄弟，解入公厅见拯。拯根勘之云："你谋死人，奈何要他人偿命？"初则许二兄弟尚抵赖不肯认，拯令孩童证其前言，二人惊骇不能隐讳，供出谋杀情由。及拘韩某问之，韩某方悟当日许二来揭借银两不允，致恨之由。拯审实明白，遂问许二兄弟偿命，而放张木匠夫妇。民谓包公决此狱，如代上天之命，千载之下何其鉴哉！

第七十二回 除黄郎兄弟刁恶

断云：

茶店协钱遭发配，渡夫吓骗受严刑。
包公过处风雷动，法令轰轰岂顺情。

话说包公离了李家庄，与公人望陈州进发。

行了半日，来到一个地名曰枫林渡，望见渡夫不在船上，乃与唐公云："前面有个小店，可往少坐一时，以等渡夫来到。"唐公应诺，挑行李到茶肆，二人坐下。有茶博士出来，生得丑恶，躬身揖云："秀才们要吃清茶么？"包公云："行路辛苦，有热热的，可将二盏来。"卖茶大郎转身入去，不多时持过二盏茶出，与包公二人各吃一盏。包公吃罢茶，乃令唐公取过二百钱还他。

大郎笑道："秀才好晓不事！吃了两盏茶，即是五百钱，如何只给我二百钱？"唐公云："茶我曾吃过，只是一百钱一盏，尔店如何过取钱？"大郎怒骂云："不识高低，人偏要你五百钱！不然吃得我几下拳头。"包公见其要行凶，连忙着唐公取五百钱给他。

走出店来，渡夫正撑过近岸边。二人牵驴上渡，只见管渡来讨钱，包公云："该几多渡钱？"管渡者云："尔二人该五百，驴子该二百，共是七百钱。"唐公道："我二人带乘驴只该五百钱，如何多要我二百钱？"管渡的喝云："此渡常是依我说讨，你敢来逆我言语，便推落水中，看你们要命否？"包公问云："此是官渡还是私渡？"管渡云："虽是官渡，亦要凭我。"唐公云："既是官渡，目今有个包文拯要赴陈州上任，倘若从此渡经过，知尔逼取渡钱若干，还是如何？"管渡云："包公不来便罢，纵使知的，亦不过打我几大棒，终不然有个蒸人甑耶？"包公听罢，微微冷笑，即令唐公取过七百钱与他。

上了岸，密问其伙伴："此渡夫名唤着谁？"其伴云："莫要说起，此渡夫乃姓黄，兄弟二人，大者唤一郎，小者二郎，大郎现在岸边开茶店骗人茶钱，今成个大家。小郎作渡夫骗人无厌。我虽是他伙伴，一日只趁他几文钱，供家而已，其余都是他得去。"

包公听罢,着唐公写记在簿上,因自叹云:“陈州县下只因水旱不调,五谷不登,致百姓饥饿。况各处又有如此顽民,使百姓怎得安生?”及包公到陈州判断了赵皇亲后,径差公牌拘到黄二郎,当厅取问。

审得大郎开茶店,欺骗平人,着杖八十,用大枷号令州衙数日,面刺双旗充军,仍将其家财一半没官,赈济饥民。提过二郎问云:“尔恃官渡骗人,近日包老爹来,尔何如也索他重财?今包公新造一甑,且将尔看蒸得熟否?”道罢,即着数名无情汉装起锅来,将二郎放于甑中,扇着火,一伏时,二郎已蒸得皮开肉绽,在甑中死矣。

自后奸顽敛迹,畏包公之威严犹如猛虎也。

第七十三回　包拯断斩赵皇亲

断云：

国法严明行大辟，包公名誉动当朝。
皇亲自恃君王宠，一旦冰山日出消。

却说包公过了枫林渡，行未三十里，望陈州不远，但见馆驿中迎候新官人员不计其数，为首耆老问包公云："秀才前来，曾见有包相公到否？"包公答云："不曾闻说，我们要去访亲戚的。"言罢直过，径进南门来。有把门军挡住不与其入，包公正没奈何间，适见一婆子行来，叫道脚疼。包公问其缘故，婆子云："因迎接包相公走了一日，不到，以此脚疼。"包公云："我借尔乘驴，带我同入城去。"婆子应允，即乘却包拯驴子前走。包公与唐公后随，进得南门，婆子乃自回去了。包公寻个客店安下。

次日起来，吩咐唐公看行李，乃装作秀才，上街闲行一遭。见一起居民，在衙前唧唧哝哝，嗟叹米价不常，各有忧色。拯曰："你们各怀不平，有何事因？"内有一耆老答云："时年不熟，所粜之米二停是稻糠，一停是米，故于此叹气也。"包公见粜米者果然如是，问："这米粜几钱？"粜米人道："先这米粜三十两一斗，如今闻道包丞相来，减做二十两一斗。"包公道："你等我一等，我教你粜一斗好米去。"当时包公直到厅前，见了仓官，将一把米与仓官看，问："这米粜几钱？"仓官道："粜二十两一斗。"包公云："如何都是皮糠稗稻？"道罢，放开手，故意望仓官脸上一吹，糠皮尘土迷了仓官眼，一时开不得。仓官大怒，喝令左右将包公捉下，登时吊起于官廊前，骂云："你这不识高低的野秀才，敢来欺慢赵皇亲耶！"怒犹未息，旁边转过粮户田三叔，早认得是包公，近前禀云："此人是小粮户之亲，误触大人，乞赦其罪。"仓官看田三叔分上，乃放了包公。三叔引归宅舍，设酒相待。包公问云："足下是谁，识得包某？"三叔拜云："相公在定州做太守时，小人解粮到州，已认得大人面貌。"包公道："尔休要与赵皇亲知道。"乃辞田三叔，直去酒务中买酒。

原来卖酒务中亦是赵皇亲所管，所得甚逾市利。包公进得务中，见买酒客商无数，具管家支拨，酒席颇是齐整。所卖与包公一壶酒与他人不同，包公仔细视之，见别客商者俱是清酒，他一壶全是浑酒。包公怒云："都是买酒之人，如何作两样相待？"遂将酒倾落在地。管务官见了，喝声左右将包公捉下，便把大枷枷着，令公牌押入土牢中不题。

只说陈州伺候接包丞相人员屡日接不到，忽朝有衙差五十人来到，众官便问："曾与包大人同来？"有衙差为首者张龙、李虎云："相公先离汴京半个月，已从小路而来，吩咐我等今日来此伺候。"众官听罢，各面面相觑，疑道："包公莫在陈州了？"衙差众人遍城究寻包公不见，张龙、李虎寻到土牢，见枷着包公在彼。张龙连忙打开枷，欲扶向府堂坐定，包公喝令叫请众官来相见。张、李即出厅上报知。众官闻说，俱入牢中参见，扶出堂上，升公座毕。赵皇亲四个都在。包公叫二十四名无情汉："将黄罗御书、浑金牌面挂起，并将松木枷八般法物摆在厅上。"众汉领钧旨，一时将金牌挂起，排列法具，二十四人齐齐立于两廊。当下众官俱各失色。包公喝令亲随把赵皇亲等四名捉下，问云："尔是国之皇亲，朝廷委尔等赈济陈州治下饥民，望尔替国家出力，与百姓分忧，何得私自务中卖酒，索骗下民，以国家钱粮掺和糠稻，粜钱入己，罪责难逃。作急认承，免受刑苦。"赵皇亲、侯包异、马孔目、杨得昭四个低头无语，得知是实，当日阶下一款招承。包公见四人供招明白，叠成文案，即发下以大枷号令于四门。未数日，押赴市曹斩首示众。包公既断拟赵皇亲等罪讫，当厅吩咐管仓官员将榜文张挂，赈济三县饥民一两铜钱、一斗米，口数多者支一石与他。管粮官员承命前去开仓赈济，哪一个敢起半点私心？果是包公替天行道，三县百姓欢声动地，满城老幼无不歌颂。此系包公因赴陈州赈济，判出几条公案，且看下回说出甚话文来？

第七十四回 断斩王御史之赃

断云：

卖放受财王御史，无情正法包龙图。
黎民惟赖朝廷重，铁面阎王到处呼。

话说包公既赈济陈州饥民以后，朝廷闻知其能，遣使宣召赴朝。陈州百姓听知，俱各遮道留之，不忍其去，包公再三慰之。自离任赴京，于路吩咐从人不许骚扰民人。来到桑林镇借歇，次日于天齐圣主庙中坐下，唤过董昭、薛霸近前吩咐云："我借东岳庙歇马三朝，地方有不平之事，许来告首。"董、薛领钧旨，晓谕本处百姓知之。

忽有一个住破窑的婆子闻知，走来告状。张龙、李虎把住门，见婆子臭污特甚，不与其进。婆子于门外喊叫，包公知之，令唤入。

婆子进至阶前，包公见那婆子两目昏花，衣弊垢恶，因问："汝是何人？要告甚么不平之事？"那婆子连骂声："说起我名，便该犯罪。"包公笑问其由，婆子云："我的冤情除是真包公来方断得，恐尔不是真的。"包公云："你如何认得是真包公还是假包公？"婆子云："我眼看不见，要摸脑后有个肉块的方是真包公，那时则伸得我之冤枉。"包云："恁尔来摸。"那婆子走近前，抱住包公头，伸手去摸，果有肉块，知是真的，连在拯脸上打两巴掌。左右公差皆失色，包公不以为嗔，徐问："婆子有何事？但说来。"那婆子云："此事只能你我二人知之，相公要遣去左右公差，才好告明。"包公即屏去其手下，婆子以前后无人，放声大哭道："说起情由，海样似深。我家住亳州，亳水县人。父亲姓李名宗华，曾为节度使。上无男子，单生于我。为困难养，年十三岁就在太清宫修行，尊为金冠道姑。一日，真宗皇帝到宫行香，见阿奴美丽，纳为偏妃。太平二年三月初三日，生下小储君。是时南宫刘妃子亦生一女儿，因与六宫大使郭槐作弊，将其女儿来换我小储君而去。老身气闷在地，不觉误死女儿，被困于冷宫。当时张园子知此事冤屈，五月初三日见太子游赏内苑，略说起情由，被郭大使报与刘后得知，用绢绞死了张园子，杀他家一十八口。直待真宗晏驾，我儿接位，赦冷宫罪人得出。我为无人倚托，只得来桑林镇觅食度日。今遇相公来此，乃是天开眼之日也。望奏上我王，伸妾之冤，得母子相认，其功乃千载之不朽矣。”

包公云：“娘娘生下太子时，有何留记为验？”婆子道：“生下圣上之时，两手纹不二，那妃子挽开看时，左手有‘山河’二字，右手有‘社稷’二字。”包公听罢，即抱婆子坐于椅中下拜：“娘娘，望乞赦罪。”因令取过锦衣裳换着带回东京。

及包公朝见仁宗，仁宗赐与酒不饮，上问云：“卿在陈州多有功绩，朕闻悦而召见一面，今日赐酒，卿何不饮？”包公奏云：“臣近日害了湿温病，吃不得酒。”上云：“可着压官视卿。”包云：“纵有神医妙药，亦医不得。”上云：“卿有何事，但说不妨。”包云：“陛下须赦臣罪，则敢说。”上曰：“赦卿无罪。”包乃奏云：“臣蒙召而回，路逢一道士，连哭了三日三夜。臣问其所哭之由，彼云：‘山河社稷倒了。’臣怪，又问之：‘如何山河社稷倒了。’道士云：‘当今无真天子，以此山河社稷倒了。’”上笑云：“那道士诳言之甚，朕左手有‘山河’二字，右手有‘社稷’二字，如何不是真天子？”包奏云：“望我王把与小臣看明，又有所议。”

仁宗即伸开手与包公众臣视之，果然。包公叩头奏道：“真命天子，可惜只做着草头王。”文武听奏皆失色。上微怒云：“我太祖皇帝仁义而得天下，传至于寡人，何谓是草头王？”包公奏云：“既陛下为嫡派之真王，如何不知亲生母所在？”上云：“朝阳殿刘皇后便是寡人亲生母。”包公奏云：“臣已访知陛下嫡母在桑林镇觅食而已，不信但问两班文武，便有知者。”上问及群臣曰：“包文拯所言可疑，朕果有此事乎？”王相奏云：“此陛下内事，除是问六宫大使郭槐，可知端的。”上即宣过郭大使问之。大使奏云：“刘娘娘乃陛下嫡母，何用问焉？此乃包相妄生事端而欺我王。”上怒甚，待要将包公押出市曹斩首。包云：“臣若屈死，有告状处。”上曰：“天下只有寡人，从何处去告？”包云：“诉于上帝以陛下忤逆不孝，焉得无告处？”上闻奏，半晌不知所为。王相又奏云：“文拯此情必有其故，乞陛下将郭大使发下西台御史处勘问个明白，然后回报。”上允奏，着御史王材根究其事。

王御史承旨，将郭大使于西台极刑拷勘，枷禁牢中。

当时刘后恐漏泄事情，密与徐监宫商议，将金宝买嘱王御史方便。不想王御史是个赃官，见徐监宫送来许多金宝，遂欢喜受了，放着郭大使，整酒款待徐监宫。

正饮间，忽一黑脸撞入门来。王御史问：“谁人？”黑汉道：“我是三十六宫四十五院都节使，今日是年节，特来大人处讨些节仪。”王御史吩咐门子与他十头钱，赏之三碗酒。那黑汉吃了三碗酒，醉倒在阶前叫屈。人问其故：“因甚叫屈？”那醉汉道：“天子不认亲娘是大屈，官府贪财受宝是小屈。”王御史听得，喝道：“天子不认亲娘，干你甚事？”令左右把黑汉吊起在衙里。左右正吊之间，人报道：“南衙包丞相来到。”王材慌忙令郭大使复入牢中坐着，即出迎接包公。不在,只有从人在外。王御史因问:“包大人何在?”董超答道:“大人言在王相公府里议事,我等特来伺候。”王御史警疑,乃引董超入内,见吊起者正是包公也。董超众人一齐向前解了。包公发怒,令拿过王御史跪下,就府中搜出珍珠三斗、金银各十锭。包公云:“尔乃枉法赃官,当正典刑。”即令推出市曹斩首示众。当下徐监宫已从后门走回宫中去了。且看下回如何分解。

第七十五回　仁宗皇帝认亲母

断云：

子母依然相认会，刘妃妒忌竟遭刑。
包公名誉传天下，于此方知国法明。

话说包公既斩了王御史，即日以其赃物具奏于天子。仁宗见赃证，沉吟不决，乃问："此金宝谁人进用的？"包奏云："臣访得却是刘娘娘宫中使唤徐监宫送去。"仁宗乃宣过徐监宫问之。徐监宫难以隐讳，只得当殿招认："是刘娘娘所遣，不敢违阻。"仁宗闻说，龙颜大怒云："既是我亲母，何用私赂买嘱于王御史？其中必有缘故。"乃下敕发配徐监宫边远充军，着令包公拷问郭大使因依。

拯领旨回转南衙，以郭大使加刑究问。郭槐苦不肯招。包令押入牢中监禁，唤过董超、薛霸二人，吩咐道："赏尔酒食，汝二人用心去密察郭槐事因。"董超道："相公不必忧虑，小人自有计较得他个明白来回报。"二人径入牢中，私开了郭槐枷锁，将过一瓶好酒与之饮，因密嘱云："刘娘娘传示，着你不要招认，事得脱后，自有重报。"郭大使不知是计，饮得酒醉了，乃云："尔二牌军善觑方便，待回见刘娘娘说尔二人之功，亦有重用。"董超参透其机，引入内牢，重用刑拷勘道："郭大使，你分明知其情弊，好自招承，免受苦楚。"郭槐受苦难禁，只得将前情供招明白。次日董、薛二人呈知于包公。包公见了大喜，执郭槐供状入奏仁宗。仁宗看罢，召郭槐当庭审之，槐又奏云："臣受苦难禁，只得胡乱招承，岂有此事？"仁宗以其事不明，顾问包云："此事难理。"包奏曰："陛下再将郭槐吊在张家园内，自有明白处。"上依奏，押出郭槐而去。

包公预装下神机，先着董超、薛霸去张家园将郭槐吊起审问，将近三更时候，包公祷告天地以了，忽然天昏地黑，星月无光，一阵狂风过处，已把郭槐捉得将去。郭槐开目视之，见两边排下鬼兵无数，上面坐的乃是阎王天子。王问："张家一十八口当灭么？"旁边转过判官，近前奏云："张家当灭。"王又问："郭槐当灭否？"判官奏道："郭大使尚有六年旺气。"

郭槐闻说，即叫声："大王若解得这场大事，我与刘娘娘说知，作无边功德致谢。”阎王问:“你试说刘娘娘当初事情明白,我便救你。”郭槐于王前一一诉出前情,左右录写得甚是明白。

上亲听闻,乃喝问:“郭奸贼,今日抵赖得过么?朕是真天子,非阎王,判官乃包公也。”郭槐吓得哑口无言,低着头,请快死而已。

上命整驾回殿,天色渐明,文武咸集,仁宗与众官道知其事。众官拜贺云:“此乃陛下之大幸,又出乎包公之功能也。”

仁宗即命排整鸾驾,迎接李娘娘到殿上相见,帝母二人悲喜交集。文武庆贺,乃令宫娥送入养老宫去讫。仁宗要将刘娘娘受油锅之刑以泄其忿,包公奏云:“王法无斩天子之剑,及无煎皇后之锅。我王若要她死,着人将丈二白丝帕绞死,送入后花园中。郭槐该落鼎镬之刑。”仁宗允奏,遂依包公决断,后宫绞死刘皇后,殿前烹杀郭奸臣。自是包相之名远迩通知矣。

第七十六回 阿吴夫死不分明

断云：

奸情已露声音里，鞫问能伸死者冤。
千载包公名不泯，枉魂瞑目几经年。

话说包公守东京之日，治下宁静，奸雄敛迹，每以判断为心，案牍不致留滞。皇祐元年正月十五，乃上元令节，包公同胥吏去城隍庙行香毕，回到白塔前巷口经过，闻有妇人哭丈夫声，其声半悲半喜，并无哀痛之情。拯记在心，回衙即唤过值堂公差郑强问云："适来白塔前巷口有一妇人哭着甚人？"强告云："是谢家巷口刘十二日前死了，他妻阿吴在家啼哭。"拯思之："这人死定是不明，莫是阿吴害了丈夫性命，如何哭声半悲半喜？"便差人去唤阿吴来，问其夫因何身死。阿吴供道："妾身夫主刘十二，以贩卖菜为生，于前月因气疾身死，埋在南门外五里牌后。今家有小儿子，全无倚赖，以此悲哭。"

拯听罢，看那妇人脸上似搽脂粉之色，因思："彼守服，如何好整饰？"随唤着土公陈尚监下阿吴，同去坟所启棺，检验丈夫有无伤痕，即来回报。

陈尚领命，带伙伴前去五里牌掘开坟墓，揭棺检验，尸身并无痕伤。尚回报："刘十二身上并无痕伤，病死是实。"拯拍案怒道："是陈尚必有情弊，故来我跟前遮掩，限三日若再无明白，决不轻恕。"陈尚归家忧闷，双眉不展，脸带愁容。其妻阿杨问尚有何事忧闷，尚具以此事告知。阿杨言："曾看试死人鼻中否？"尚云："此人原是我收殓，鼻中不曾看。"阿杨道："闻有人曾将铁钉插放人鼻中，坏了人性命，何不勘视此处？"尚亦疑惑，即依其妻所言，再去看验一次，刘十二鼻中果有铁钉二根，从后脑中插入，遂取钉归呈待制道知。包公便将阿吴根勘。阿吴初不肯招，及上起刑具，阿吴只得招认为因与张屠通奸，恐丈夫知觉，不合谋害身死情由。案卷既成，拯遂判下："阿吴谋害亲夫，押赴市曹处斩；张屠奸人妻小因致人死，发配极恶军州当军。"判拟既定，司吏依令施行。此可以为贪淫谋杀亲夫者之戒。只因此件公案，又判出二冤枉事来，下回便见。

第七十七回　判阿杨谋杀前夫

断云：

阿杨枉使谋夫计，包宰严刑处极刑。
举一能父冤滞雪，枯骸怨气得开门。

话说包公当下已决阿吴谋杀丈夫情由，遂问陈尚："是谁人教你如此检验？"尚告云："当日小人领旨前去检视刘十二尸身，无有认伤痕处，台前云要在小人身上根究，归家忧闷。不想小人妻室倒有见识，教我如此检验，果得明白。"尚道罢，堂上诸吏复道："既陈尚之妻有如此见训，不是个等闲妇人，乞相公支酒钱，赏赍阿杨。"拯云："汝诸吏所言有理。"即便差人去唤阿杨来给赏。

差人去不多时，阿杨既到，拯赐以钱五贯、酒一瓶，阿杨欢喜拜辞受之。

才方出衙，拯唤回阿杨来问云："当初陈尚与你是结发夫妻？是半路夫妻？"阿杨复道："妾身前夫早亡，再嫁与陈尚为妻。"拯问："前夫姓甚名谁？"

阿杨答道："姓梅，名小九。"拯云："得何疾身死？"阿杨见包公问得情切，不觉失了色，乃勉强对云："他染疯癫，得病而死，埋在南门外乱葬岗上。"拯道："是你前夫也身死不明。"

便差王亮押阿杨同去坟所检验梅小九尸骨。

阿杨思量道："乱葬岗有多少墓，终不然个个鼻中有钉！"

遂乃胡乱指个别人墓与差人。掘开视之，并无伤痕，检验鼻中，又无缘故。阿杨道："人称包相公如秋月之明，今日此事直欲逼人于死地，岂得谓之明官哉？"

王亮正没奈何之际，忽见一个老人，年七十余岁，扶杖而行，前来问亮在此有何事。

亮告道："是包待制差来检验梅小九身死不明，今掘开坟墓揭棺视之，身上并无伤痕，只恐不是梅小九之墓。"

老人听罢，指着阿杨："你休要胡指他人坟墓，枉抛了别人骸骨，叫你一行人受罪。上界见此黑气冲天，特差我来指示他的坟墓，代之伸冤。"老人指与王亮看："这个是梅小九墓。"言讫，化阵清风而去。

亮遂掘开取棺检验，果见鼻中有二颗钉，亮即押阿杨回报。拯遂根勘得阿杨亦曾谋杀前夫是实，将阿杨押赴市曹处死。闻者无不称快。此真见包公明如星月，恩及枯骨；诚可以惩戒后人，徒生谋计，终及丧身之报也。

第七十八回　两家愿指腹为婚

断云：

张女不忘原昔盟，包公判就续前姻。
风清案牍琴堂静，生下轰轰烈烈人。

话说东京城内有林百万，家道巨富，因重阳日请张员外夫妻饮酒，百万娘子与张员外娘子是同年生，又同年同月怀孕，酒至五巡，百万娘子道："上告娘子、员外，奴今与你同年月怀孕，可以指腹为婚，久后以成秦晋之姻，可不美乎？"员外娘子道："若后生产，一是男一是女，愿结为夫妇；如俱是男，愿结为兄弟；俱是女，愿结为姊妹。"二家各喜，酒阑而别。

后来林家生男，张家生女，林家遂安排筵席，请张员外做满月。员外席上道："当前曾约林百万百两黄金为定礼，遂就以此名千金小娘，林家儿子名林招得。"百万道："员外代儿子取名甚是相称。"员外欢悦，尽醉而散。

不觉时光似箭，日月如梭，林招得年至十五，性格聪明，无书不览，诸艺皆通，但最喜赌博，不消数载之间，赀财荡尽。林百万遂无以自给，每日只去街坊卖水度活。员外见他家贫，遂负前约，不肯还亲。招得亦不敢启齿，情愿写下离书。

千金娘子遂与父母道："忠臣不事二君，烈女不嫁二夫。当初林家发迹之时，已将女儿许嫁他人，今见落剥，遂失前言，神明不可诬矣。"坚不肯改嫁。

招得忽一日遇着太白星变作老人，手擎一只白雀，卖与招得。招得笼养于家，一日，白雀飞去，直入张员外花园中。千金娘子忽见之，因问及详细，乃是其夫林招得。二人相遇之际，各诉平生，绻绻不忍舍，千金道："今府里包大人明如日月，清似水潭，何不去陈诉根因，可以续婚。"招得道："贫无周身之赀，如何去告理？"千金道："今夜二更前后，入园中来取黄金十两与之。"相约而去。不想被本处屠人裴赞知觉，是夜先入园中等候，招得未到，却被裴赞杀了梅香，夺得黄金而去。及招得半夜到园中，只见杀倒妇人在地，招得慌忙扶起，得身上脚下并是血，遂惊走归去。次日张员外见杀了梅香，便去都监衙中陈状告知，随即差人寻捉凶身。见血迹到招得家,遂捉了招得,押赴监司衙中,解去开封府薛开府处理问。当下薛开府受了张员外买赂钱,遂将招得送狱根勘,极刑拷打。招得无计分说,只得招认了。

一日,拯去东京决狱,入报薛开府:“包待制渐到府里。”

薛开府情知此事定是不明,恐包公回来审出前情,次日便引出招得来赴法场去决。才方引出,只见雨似倾盆,众人正群集之际,俄然见包待制勒马飞来,便问众人:“今日有甚事?”众人道:“今日薛开府出罪人。”待制道:“今日雨下暗昧,何可出罪人?定是不明。”遂再引招得入狱中散监。

三日后引问招得杀人事因,招得供其事因枉屈不明。待制便差人寻凶身,更去杀梅香处根探。公吏到张员外园中,见两人正在那里竭鱼池,其一人拾得一把刀,公吏遂借刀来观,见刀鍜上有“裴赞”两字。公吏将此刀回报,拯即追本处铁匠一百三人来,根问此刀是谁匠人打造。内有一人张强,认得刀子是他工夫云:“上有‘裴赞’字,乃是屠者裴赞着我打的。”拯思忖道:“昨夜梦见一人,穿红衣在我身边走过,今裴字岂不是红衣之类?想杀人者必裴赞也。”遂差人追捉裴赞来府究问。

裴赞在阶下言辩。拯道:“既言不是汝杀人,此刀做工的分明认得打造与你,缘何却在张家鱼池里?可从实招来。”裴赞苦不肯招认,拯令用长枷送狱根勘,乃设一计:“着人唤个妓女来到,令她装作梅香。夜间绕墙叫裴赞名字,作索命之声,看他有何事说,即来回复。”妓女承命而去,果是夜静里在狱墙上叫。裴赞惊怕,靠前密嘱道:“当初不合杀死汝,待等官事息后,日作功果超度汝矣,休来此缠我。”次日妓女以裴赞所言禀复包公。包公审知的实,拘出裴赞,极刑勘问。赞抵赖不过,只得一一招伏杀梅香事情。拯判断讫,依法偿命,押赴市上斩死;将林招得疏放讫,具榜招人告取赃钱。张员外遂告薛开府受其赃钱三万七千贯。拯申奏朝廷,敕旨颁下,将薛开府配三千里,永不许回乡。千金娘子依前判与招得为夫妇。成亲之时,张家送赀财巨万。招得因此致富,其年一举及第,官至宰相。此亦可为谋害者之戒,而表张千金不易之节矣。

第七十九回 勘判李吉之死罪

断云：

刁恶无情犯王法，包公斩讫去奸民。
从此已谓长无事，自有刑条不顺情。

话说包公一日升厅，有一人告李吉在南门外打死人命。拯即差人前去勾唤李吉到来，当厅理问无辞，承认是实。

包公乃令枷送入狱，根勘明白后，唤诸吏云："李吉故肆杀人，合该死罪。"便令押赴法场。

诸吏情知大罪合当申州理结，县属如何敢擅自结断？皆惊怕不敢说，包公不由吏说，亲写了案款，将李吉绑死，号令四门。

于是刁恶敛迹，百姓安生矣。

第八十回 断濠州急脚王真

断云：

忠直敢持三尺法，奸雄敛势息刁风。
漫将案牍从头数，千载令人慕拯公。

话说包公自断李吉后月余日，濠州知府蒋令部忽闻此事，大怒，便差急脚王真持文书赴县问其事因。王真到县，将文书进呈。拯见后喝问：“王真，你急急回府去，待我自有区处。”

王真遂问拯觅些盘缠回去。拯大怒，不允其情。王真自忖上官差遣，高声大骂：“知县全不识礼法，如何敢擅自断大罪杀人？”拯怒愈甚，唤过祗候人，将王真勘责十三杖，押出县门。

真遂回府哭告蒋知州被包知县所责之由。知州大怒云：“彼只一县令，敢如此放肆自专朝廷法令耶？”道未毕，忽有一吏通报，淮南张转运现到城里，知州即忙前去迎接到司，便申告包知县擅自断死李吉事因：“昨差王真赴县问罪，又被知县勘杖十三。”转运问此事大怒，与知州别后，便去定远县理问事因，才入县东门，拯与诸吏来馆驿迎接。转运见拯来，大怒，便将李吉事问拯。拯答曰：“李吉打死人命，理合死罪，知县斩首号令以禁后来。”张转运愈怒，令从人以石磨压拯身上，令其招罪。拯被苦楚太甚，转运又见怜之，恕他起来令归。且看那一回公案，下节便见。

第八十一回 断劾张转运之罪

断云：

一封疏入君王奏，转使赃行罢职归。
正直为人持国法，包公才干更惟谁？

话说包拯得脱身而回，遂与少府主簿一官密谋此事，便差弓手二百人，令去北门藏伏，候转运过时，见有行李扛箱之类，即群起而夺之。弓手领诺而去。

良久，转运果有行李盈途而来，诸卒皆夺之，回见拯。拯开其行李，但见金帛无数，尽是赃物，即大骂云："公为转运，巡行州县，反受官员财物，当奏之朝廷。"转运闻而甚恐，力恳之，不从。

拯遂前往东京，迤逦行到帝城，乃击鼓。朝门外监鼓郎官备问事因，拯具以张运使之事告之。郎官遂接之，便见天子。

拯山呼殿下奏之。上因览奏大怒，即罢张转运之职，仍前发放为民。

第八十二回　劾儿子为官之虐

断云：

家法尤严王法重，忍叫其子虐良民？
离任归来多宝物，包公怒奏不容情。

话说仁宗因贬黜了张转运，甚喜拯之梗直敢言，遂擢为直谏大夫。其子包秀，年方十六，乃敕授为扬州天长县知县，即去赴任。不想包秀为官爱财贪赃，及任满，多获宝货而归。

一日，拯公事余，忽有一吏通报："天长县知县任满已回。"拯闻儿归，甚喜。及见行李数担，开视金宝无数，拯核计二年俸钱资财，犹余一千贯。拯大怒，奏之朝廷："臣有小儿为天长县知县，任满已回，检点行李物色，除俸钱犹余一千贯，今贪财虐民，所合自劾。"天子览奏云："卿于子既无隐，可谓刚直，今依旧授卿子以官职，令其改过自新。"拯又奏："臣蒙陛下擢为直谏之职，子有罪过，即父之罪也。臣子罢职则幸矣，朝廷岂宜复与之官哉？况臣自合贬谪，臣决不敢为直谏矣，乞另受他职，容臣报过。"上乃允奏，敕令为定州太守。

拯谢恩，即日辞帝。临任之后，政事条理，民怀其德。后因与朝官不协，遂乃匿其政绩不报。忽一日闻谣言朝廷要来提之，拯乃弃了官职，隐居东京修行。且看后来因甚复取用，下回公案便见。

第八十三回　判张妃国法失仪

断云：

受任临行邦宪重，御街夺驾礼仪刑。
朝廷臣宰虽能隐，铁面包公岂顺情？

话说仁宗一日设朝，文武山呼毕，阁门大使奏："午门有众耆老要见陛下说民情。"帝召一年老者，各拜于殿阶之下。

仁宗问老人陈说甚事，老人奏曰："臣等是陈州西华县人，今因陈州三县连年荒旱，五谷绝收，黎民饥死无数，乞陛下怜而赈济之，则百姓得安，盗贼不起矣。"仁宗闻奏，乃云："朕已知此事，预差赵皇亲发十万钱粮赈济陈州三县饥民去了，如何又来告贫？"父老云："小民该死，只得直奏。赵皇亲与监仓官侯文异、封库官马孔目、管库官杨得昭三人同作弊，三十贯钱只粜一斗米，有二分是稻糠，不堪充食。有钱之家尚可，无钱之家死于道路，不忍以视。"上听罢色不悦，曰："朕以国戚为心腹，谁想有如此之妄法耶？"乃赏众耆令退，与群臣商议，问："谁可往陈州赈济饥民，代朕分忧？"

忽班部中青州王相公名诚的出奏云："欲救陈州三县之民，除是包文拯可去，其余者去，民不受惠。"上曰："文拯名声，朕素知之，今现任何官？"诚奏曰："此人近除定州太守，为因梗直，与在朝官员不相和睦，臣闻其弃职隐居于东京普照寺修行，不知其在否？"上曰："朕复宣来任用，可乎？"诚又奏曰："此人性烈，恐逃躲别处，待臣亲往访之，知其下落，或肯来。"上允奏。

王诚径辞了仁宗，一行人来到普照寺。众长老听得，迎接入方丈。坐定献茶毕，诚问："此处有包先生否？"长老禀道："贫僧不认得包先生。只数月前，寺中有个赖皮包行者，吃着三餐饭，只是去睡，并不理事，未知是否？"诚乃令召来相见，已认得正是包文拯。诚不胜之喜，乃曰："朝廷欲封足下之官，前往陈州赈济，君可同我入朝。"包云："下官职位卑小，如何去得陈州？"诚云："见朝廷自有高封，只看我幞头动则便谢恩。"文拯承命，即日随王丞相入朝见仁宗。朝拜毕，上道知赈济之由："封卿为三道节度使，代朕而行。"文拯视王丞相幞头不动，俯伏殿阶不走，王诚奏云：“文拯职小，如何管得皇亲？乞陛下重封之，方全得此一桩事。”天子乃加封文拯为十五府提督，使得自专斩罚。帝又恐权势之人不服，又着十位大臣为保官。文拯抬头见王丞相幞头动，乃叩首谢恩。

出得午门，忽报皇后鸾驾来到，文拯急避于官房，问左右是哪官皇后。张龙禀道：“乃偏宫张皇后，要往南岳烧香，问正宫曹娘娘借来鸾驾。”文拯云：“偏宫皇后如何敢乘正宫鸾驾，国法何在？”即令手下夺其黄罗销金伞而去。随驾宫娥皆惊走入宫中。次日张皇后入朝奏知仁宗，说被文拯无故夺去销金黄罗伞。

帝闻奏大怒，便宣文拯到金阶问云：“何得轻慢内院后妃，夺其法驾，是何道理？”文拯奏云：“臣该万死，敢问张娘娘是哪宫皇后？”上曰：“是偏宫妃子。”文拯道：“既是偏宫妃子，如何做正宫行动？”上曰：“朕已许正宫借与六般大礼，前去南岳烧香。”包曰：“陛下偏宫借得正宫仪礼，我王大位可借与六大王坐么？可知今水旱不调，民有饥色，正因国法不正所以致。臣既不能正朝廷，如何去得陈州赈济？依臣判理，张皇后不当僭上，合罚黄金一百两。如此则国法以明，朝廷可理矣。”上闻奏默然。王丞相出班奏曰：“包文拯所奏极明，乞陛下准其拟判。”仁宗从之，遂下敕罚了张、曹二后黄金入库。

文拯谢恩辞于帝，明次起程赴陈州赈济，仁宗大悦，御赐酒食而出。且看接何公案。

第八十四回 判赵省沧州充军

断云：

刁恶肆狂欺寡弱，包公断拟问充军。
恢恢天眼疏无漏，赵省焉逃此日刑？

话说包公辞帝出朝，计点上任公差，排下仪具，侵早离东京赴陈州。

出城三十里，地名万松林，馆驿中坐下，唤过随衙只候人吩咐云："尔众人且回，待我到陈州十日后却来跟随。"

众人各领诺而去。包公只带吏胥名唐公一人同行，与之私议曰："今赴陈州，可装作白衣秀士模样，不要从馆驿经过，只去茶坊酒店寺观之处采访不平之事。"唐公承命，牵着包公所乘驴子而走。

将近天晚，来到一庄门，包公道："休去人家打扰，就在此车篷旁边安歇。"唐公依听，解下了行囊，安顿包公歇息一夜。侵早有管庄人赵省，最是个刁徒，横行乡曲，人皆惧之。

呼称其小名为赵大郎。那日赵省见车篷下有人安歇，大骂不息。唐公答云："庄主休怒，我官人要往东京赴选，到此天晚，暂投宝庄车篷下借宿一宵便去，望乞恕罪。"大郎听罢喝道："昨夜庄上不见了两只水牛，无寻处，想是你两个偷了，好将来还我，便放你二人去，不然绑缚送官，以作盗论。"唐公云："我是出路之人，水牛偷去何用？"大郎怒云："不打不肯认。"

即令庄客用麻索吊起二人，要送去官司理问。赵太公听知此事，乃云："大郎休得屈人，岂有过路秀才偷牛之理？待我自去访问个明白。"太公出得院来，见吊二人在杨柳树下，抬着头早认得是包文拯。

太公见大惊，连忙着人解下麻索，纳头拜云："老拙顽子已合死罪，万乞赦宥。"包公云："尔乃家主，不训诲儿子守礼法，白昼指平民做贼，当得何罪？且幸是我来，若是客商到，不被尔儿所陷耶？国法难容。"即具手本呈知本处县官，拟问赵省沧州充军，登时起行。太公哭道："顽子得罪大人，责治不差，只可怜老拙只有此儿，乞宽其罪。"

文拯云："律法朝廷设立，我岂敢私？"竟发配不恕。乡人皆悦。

第八十五回　决秦衙内之斩罪

断云：

酷虐凶横行势要，市曹斩首不容情。
包公正直无私屈，直断奸顽救庶民。

话说包公同拟赵省之军，与唐公望陈州而行。经过郑州城前，到泰康县，包公谓唐公云："行了半日，将近晌午，且在垂杨树下歇息片时，却入城去。"唐公遂放下行李，二人歇于树下。忽有数骑马来到，见伙人牵弓抽矢，赶得一头獐子来。

田旁有农夫叫道："秀才，且下路去躲，泰康知县秦衙内采猎，赶得一个獐子来，你若冲散他的，必是死也。"包公听罢，乃云："此知县名谁，恁地可恶？"农夫道："姓秦名卿，最是酷虐。他儿子打杀多少人命，没奈他何！"包公听罢，令唐公抽出行李棒立在路边，等那獐子走来，放他过去，却将猎犬一棒打倒了。

却有前来的弓兵见打倒猎犬，道与衙内得知。衙内大怒，喝令弓兵将包公二人赶捉进衙中见其父。秦知县乃着喝下土牢中取问。公牌却是五老张押狱，押着二人入土牢，用麻绳高吊于两处。唐公泣谓张押狱云："常言公门好修行，何故恁的苦楚我二人？"张押狱喝道："你们该死，恼了秦衙内，若要我宽容，只索几文钱来便宽你二人。"唐公目视包公。包公云："我有些钱藏在腰囊里，你自来取去。"张押狱即近前，揭起包公衣裳，只见腰间有一金牌，却是包文拯行状。押狱张青大惊，连忙解下二人吊绳，扶包公上坐，纳头便拜，云："小人不识大人经过到此，今押入土牢，非小人之故，乃知县所命也，乞赦死罪。"包公笑云："尔本不认得，只是莫与秦知县识破，漏泄事情。可将乘驴、行李与唐公带出城，即饶你罪过。"张青即忙取过行李，牵将乘驴，密地送包公出城二十里。

包公发放张青回去，乃云："不干汝事，待我到陈州后却来请知县父子，自有处置。"张青再三叩头而还。

只说包公与唐公迤逦前行，见个老人啼哭过来。包公问老人因甚啼哭，老人答云："老拙是李家庄人，日前泰康县秦衙内因打猎来我庄中，蓦见小女有些姿色，强夺而去。衰老只有此女，无人侍奉，以此哭耳。”包公云：“何不做状告他取回？”老人云：“他是知县之子，从哪处告理？”包公云：“我写个帖子与你见知县，必放尔女儿回来。”老人云：“秀才莫非包文拯么？只有他做得主。”包公道：“你莫管他，知县与我是人情，只顾将纸笔来我写。”老人于近村借得纸笔与包公，包公写云：“秀才传示知县，好将女儿还人，则免重罪，不然他日来见包呆子。”包写毕，交与老人，即将所乘驴送至县衙。

老人以帖禀见知县，知县视之大惊，骂云：“不肖子，缘何传此事于包公耳中？怎生逃罪？”张押狱说道：“日前所捉者，果是包公在此经过。”知县连忙差人送女儿还回老人庄上。父女拜谢，来见包公云：“不是大人过此，负屈无伸矣。”包公云：“我即起身，待等知县要来见我，尔只说去远了，待等陈州相见。”吩咐毕，与唐公竟离李家庄而去。后包公到陈州，着公牌拘到秦知县父子当厅勘问。审得秦衙内倚官挟势欺负贫民，奸占人家室女，罪该押赴市曹处斩；秦知县纵子奸恶，苦虐百姓，应杖八十，罢职为民。问讫依拟施行。

第八十六回 石哑子献棒分财

断云：

哑子诉情人莫理，贤侯判出众咸钦。
谁言作恶天无报，来早来迟事有因。

话说包拯上任，方才坐厅，有公吏刘厚前来称复："门外有石哑子，手持大棒来献本官。"拯令他入来，亲自问之。略不能应对。诸吏遂复拯云："这厮每遇官员上任，几度来献棒，常遭勘断责打，本官休问他。"拯听罢思忖："这哑子必有冤枉之事，故忍吃此刑宪来献棒，不然怎肯屡屡无罪吃棒？"遂心生一计，将哑子遍处用猪血涂在臂上，假装臂断讫，又以长枷枷于街上号令，暗差数个军人伺探："若有人称屈者，引来见我细问情因。"良久，街上人纷然来看，有一老人嗟叹言曰："此人冤屈，今日反受此苦，惜哉！惜哉！"军吏听得，便引老人到厅前见拯。拯详问因依，老人云："此人只是村南石哑子，乃兄石全，家财巨万。此人自小来原哑，被乃兄赶出外，应有家财，并无分文与之。屡年告官，不能伸冤，今日告官，反被杖责，衰老以此感叹。"拯闻其言，即差人前去追唤石全到衙。拯便问石全："这哑子是你同胞兄弟么？"石全答云："他原是家中养猪人，小年元在本家庄地居住，不是亲骨肉。"

拯闻其言，遂将哑子开枷放了去，石全欢喜而回。拯见其回去，再唤过哑子教之云："你后若撞见石全哥哥，你去扭打他无妨。"哑子但点头而去。

一日，在东门外忽遇石全来到，哑子怨忿，随即推倒石全，扯破头面，乱打一番。石全受亏，不免具状投包知县来告，言哑子不遵礼法，将亲兄殴打。拯便唤石全问云："哑子若果是你亲兄弟，他的罪过断不轻恕；如是常人，只作斗殴而论。"石全答云："他果是同胞兄弟。"拯又唤石哑子来问："你怎生把哥哥殴打？罪过非轻。"便将哑子勘杖七十。断讫，却唤石全问云："这哑子既是亲兄弟，如何不将家财分与他？还是你欺心。"石全无言可答。拯遂差人押去二人，还将应有家财产业各分一半。众人闻知无不称快。

第八十七回 判瓦盆叫屈之异

断云：

王老为陈冤枉事，包公判出贼情真。
从来天理难埋没，洗雪昭然受极刑。

传说包公为定州守日，有李浩，扬州人，家私巨万，因来定州买卖，去城十余里饮酒，醉归不能行，就路中睡去。至黄昏，有贼人丁千、丁万，因见浩身畔赀财利害，路上同谋，乘醉扛去僻处，夺其财物。点检搜身中有百两黄金，二人平分之归家，遂与妯娌家为藏下。二人又相议云："此人醉醒，不见了财物，必去定州论诉。不如打死这汉子，以绝其根便了。"

二人商议已定，即将李浩扛抬，尸骨入窑门将火烧化，夜后取出灰骨来捣碎，和为泥土，做成瓦盆。有诗为证：

奸谋窃发理难欺，上有天公不可迷。
陷屈烧成盆器后，伸明竟雪拯侯知。

却说二贼人烧得瓦盆成后，定州有一王老买得这盆子，夜后将盛尿用之。忽一夜起来小遗，不觉盆子叫屈声云："我是扬州客人，你如何向我口中小遗？"王老大惊，遂点起灯来问这盆子："你若果是冤枉，请分明说来，我与你伸雪。"

盆子遂答云："我是扬州人，姓李名浩，因去定州买卖，醉倒路途，被贼人丁千、丁万夺了黄金百两，谋了性命，烧成灰骨和为泥土，做成这盆子。有此冤枉，望将我去见包太守，我自在厅前供复此事，久后得报。"王听罢愕然。

过了一夜，次日王老遂将这盆子入去府衙首告。只候人通报："门外有个老汉，带得一个瓦盆儿来告状。"拯闻说，甚怪之，遂即唤王老入厅上问其备细。王老将夜来瓦盆所言诉说一遍。拯随唤手下，将瓦盆抬进阶下问之，瓦盆全不答应。

拯怒云："汝这老头，将此事诬惑官府。"责令而去。王老被责，将瓦盆带回家中，怨恨之而已。

夜来瓦盆又叫云："老汉休闷，今日见包公，为无掩盖，这冤枉难诉。愿以衣裳借我，再去见包太守一次，待我逐一陈诉，决无异说。"王老惊异，不得已，次日又以衣裳盖瓦盆去见包太守，说知其情，拯亦勉强再问之。盆儿诉告前事冤屈，拯大骇，便差公牌唤丁千、丁万。

良久，公差押到二人，拯细问杀李浩因依。二人诉无此事，不肯招认。拯令收入狱中根勘，竟不肯伏。拯遂差人唤二人妻来府根问之，二人之妻亦不肯招。拯云："你夫二人将李浩谋杀了，夺去黄金百两，烧骨为灰，和泥作盆，黄金是你收藏了。你夫已自分明认着，你还抵赖甚么？"

其妻惊恐，遂告拯云："是有金百两，埋在墙中。"拯差人监其妻子回家，果于墙中得之，带见包太守。拯令取出丁千、丁万，问云："你妻却取得黄金百两在此，分明是你二人谋死李浩，怎不招认？"

二人面面相觑，难抵其词，只得招认了。拯断二人谋财杀人，俱合死罪。斩讫，王老告首得实，官给赏银二十两。将瓦盆并原劫银两，着令其亲属领回葬之。

第八十八回 老犬变夫主之怪

断云：

异类成人迷主母，包公明鉴断完全。
至今千载人犹羡，始信当时有显官。

话说定州城东三十里，有巨商之家，名王十，每出外经商三五载，厚有所得而回。

一日，中秋时节，与妻周氏在家赏月饮酒。怎见得中秋，有诗为证：

暮云收尽溢清寒，银汉无声转玉盘。
此生此夜不长好，明日明年何处看。

夫妇酒至半酣，其夫云："往者行货江湖，颇得其利，今者欲复载货行焉，一者收还旧息，二者省避些是非，可乎？"

周氏劝之云："富贵自有分定，何必劳苦而求。前者术士言汝目下有灾星要防，不如再待一年，去之未迟。"其夫笑云："术士之言，不宜深信，我意已决，汝不须劝阻。"周氏无语。

次日王十遂整行装，买舟泛海，与妻阿周相辞而去。有诗为证：

城外春风飘酒旗，行人挥袂日西时。
长安头上无穷树，惟有垂杨管别离。

话说王十一去半载，其家因失一老白犬，家人呼寻数日不见。其妻倚门悬望，忽见夫归，因问其夫云："往常汝出于外，多则一年余，少则亦有十数个月，今去未及半载，何归之速？"

其夫答云："因舡风阻，不得而去。偶有一亲朋泛海，遂将财货尽付之而去，我因轻身回家。"其妻信之，遂把杯共欢，喜不自胜。

居家将近一年，其妻一日忽见有数十担而来，只见夫主在后。阿周大惊："昔日原嫁一夫，今安得有两夫？身材面貌更无两样，诚为可怪！"二夫主相见，大闹了一场。其妻没奈何，遂入府衙陈告，具言此事。

拯审状以为怪异，便差直堂公差人黄胜拘唤其夫，未几，二人俱拘到。拯见面貌无二，甚骇，因为其的实，二人争论不已。拯遂令押入狱中根勘，竟未能辨其真伪。

且看后来如何，下回公案便见。

第八十九回 刘婆子诉论猛虎

断云：

虎为伤人而伏法，犬因猛兽露身形。
包公名誉传天下，赫赫雷霆勘已真。

话说一日包拯坐厅，公吏报云："外面有一婆子，口称冤枉，要来告状。"拯闻说，令唤入。

顷刻，婆子伏在阶前，哭再陈状，称说："住居南山下，有一男名刘太，以卖柴为生，于今月十三日入云山采樵，为大虫所食。念我年老无子，何以自给？愿以此冤枉。"道罢，悲哀不胜其情。

拯沉吟半晌，思量无计，只得差黄胜、李宝二人，领牌前去追押大虫赴府根勘。

二人惊怕，进前禀复道："南山猛兽，伤人无厌，蒙公差吾二人追押，去则命亦难保，如何追得来？"拯遂告二人云："你去云山看有神庙，执此公文及冥钱入庙祷祝道：'判府庙食，为此土主，既不能为福，反纵大虫伤人，仰差鬼使阴兵，押大虫赴府根勘。'自然无伤。"二人如其言，即日领旨到云山土地庙中，以公文直入告之词焚之，二人遂归。

良久，但见有众鬼神喧哄声，大虫已从后来，隐然如有绳索系定，更不敢跳梁。二人大喜，押入衙门。才到厅前，虎遂俯伏震栗。拯发问虎云："你如何敢伤了刘太？他老母在此论诉。"虎但点头而已。拯命取大枷枷了，送入狱中。有诗为证：

猛兽伤人岂有情？一时降伏伏神灵。
秉心中直昭冥格，千载包公月鉴明。

拯因数日并无公事，只有王十、刘太二事，次日令狱司押出虎及王十，当厅一同根勘。公吏带得王十并虎至阶下。拯未及问，虎见王十，忽然左顾右盼，欲吞之状。王十惊匿无路，忽变作一白犬，人身狗头，号跑于阶下，拯遂惊骇，便唤阿周问之。周氏以其家因失一老犬，寻之不见，谁知变作夫主而归。拯问得实，杀此白犬精，其真夫主令归与阿周永为夫妇。

此虎亦杀之以偿刘太之命。给赏婆子官银一十两，以作养老之资。婆子拜谢而去。且看后节公案如何，下回便见。

第九十回　柳芳冤魂抱虎头

断云：

妓女冤魂居驿舍，包公伸究奏朝廷。
条条律法真奇异，千载生祠感庶民。

传说包公判白犬之精怪，除却南山之猛虎，令公吏将虎头挂在衙前号令。一伏时间，忽有一女子，年方二八，容貌妖娇，抱取虎头哀号而哭。众人皆骇然，诸吏即忙通报入府中，拯即差人唤之。诸吏向前，其女子忽然化作一阵旋风，但见烟雾蒙蒙，飞上天而去。有诗为证：

八载冤魂未获伸，一时腾化甚骇人。
包公竟究无私屈，死者舒眉洗旧尘。

诸吏回报于拯，拯云："此必冤异。"即差黄胜、李宝二公人追逐，看此怪风从哪里止。黄胜、李宝领台旨追至三十里，忽见飘下一驿舍中，更无形迹，二人遂去驿中根寻，见一新坟。

二人掘开，坟中但见有一棺木，埋藏一女人在内。黄、李看得明白，具呈回报。拯思量必是冤枉事，便差人唤过妓女李琼仙吩咐云："尔去驿中与死人同睡，如果是冤枉，必能托梦报知。若得其实，回来重赏于尔。"

琼仙不敢推辞，只得到驿舍中与女尸同寝。其夜果梦一女子前来哭言："妾姓柳名芳，住居太原，身为官妓。卫州有一人姓郑名从，为推官，罢任经过家中，因见妾善讴歌，遂挈妾同归。

一日推官出外，县君潘氏心怀妒忌，逐去暗室中将妾殴打，一时闷绝而死。及推官回知，问妾身死之由。潘氏但告道妾因不愿为大人之妾，自缢身死。埋没于今八年，幸遇判府清明，因杀虎伤人事，感动幽冥，妾故抱虎头以诉冤枉耳。即今郑从见任沧州佥判，望判府特为伸雪此冤。"

言讫再拜而去。琼仙梦觉起来，尽记柳芳言语，一些不忘。即日回报府衙，将夜来柳芳所诉言语，遂一告知于拯。拯随即差值堂公人孙佐武急持文牒，前去沧州追郑从、潘氏一同理对。

佐武二人领了文牒，径至沧州，直入衙中见郑从，袖中将出公文云："包判府有旧冤枉事，请公理对。"郑从见文牒讫，仓皇惊怖，苦不肯行。

佐武逼之云："包公钧旨，谁敢违逆？恐得罪不便。"郑从不得已，遂同潘氏而行。在路数日，迤逦行至府衙。郑从请见拯，有听事吏传报云："判府台旨，见得郑从违条有碍，不可相见。"便押入狱中，着令司吏根勘。有诗为证：

天理昭然报应明，冤情含苦著其灵。
如何千古公平论，至此犹扬包相神。

却说潘氏被狱吏苦楚，受忍不过，只得招认打死柳芳之情。次日，狱吏将招由呈于拯，拯令叠成文卷，申奏朝廷。

不一月，朝廷敕旨下来，当厅宣示："潘氏不合故杀柳芳，法当弃市，但以芳是娼家女为妾，减等免死，该杖一百，配于同州路，永不得相聚。郑从无罪，释放宁家。"此其事皆因虎而明白，所谓判一即知三也。包公之神，于此尤著矣。

第九十一回 卜安割牛舌之异

断云：

牛因去舌征奇梦，包判冰清竟能伸。
孰谓神明天理远，若存公直自然明。

传说包公守开封时，有民刘全者，住在城东小羊村，以农为业。一日耕田回来，但见牛带血满口，行而气喘。刘全因而详视之，乃知其舌为人割去。全遂写状告于拯。拯思之，遂问刘全："你与邻里何人有仇？"全无言应对，但告望相公作主。

拯以钱五百贯与之，令归家将牛宰杀，以肉分卖与四邻，若取得肉钱，可将此钱添买牛耕作。全不敢受。拯固以与之，全受之而去。拯随即具榜张挂，应有私宰耕牛者，召人捕捉，官给赏钱三百贯。

刘全归家，遂令一屠开剥其牛，将肉分卖与邻里去讫。其东邻人姓卜名安，与刘全有夙仇，扯住刘全云："现今府衙前有榜，赏钱三百贯捕私宰耕牛，你敢违令？"随即缚住刘全，要同去见包待制。不知刘全怎生解脱，有诗为证：

私挟其仇事可评，谁知包宰似神明？
奸人未识机关伏，一勘尽陈往日情。

却说包拯一夕睡至三更，得一梦：忽遇一巡官带取一女子乘鞍，手持一刀，有千个口，道是丑生人，言讫不见。觉来思量，竟不能明此梦。次早升厅问事，值卜安来诉刘全杀牛之事，拯猛然思念，夜来一梦，与此事恰相符合：巡官想是卜字，女子卜乃安字，持刀割也，千个口舌也，丑生牛也。卜安与刘全必有冤仇，前日割牛舌者必此人，故今日又来诉刘全杀牛。随即将卜安入狱根勘。狱令取出刑具，置于卜安面前云："明实招认，免受苦楚。"卜安惧怕，不得已，只得招认："因取蚕茧与刘全借柴薪，因此致恨，于七月十三日晚，见刘全牛在坡中食草，遂将牛舌割了。"狱吏审实，次日呈知于拯。拯将卜安依条断决，长枷号令一个月，后来发放宁家。

第九十二回 断鲁郎势焰之害

断云：

包公严令神明图，强暴招情已伏辜。
黎庶招安皆钦仰，讴歌老幼满街途。

话说景祐五年三月，东京开省院贡举天下才子。西京有一士人，姓马名一字祐君，父曾为平原县知县。一日，因为东京出榜招贤，遂整备行李，出去赴省。其妻李氏，年方十九，美貌端方，见夫临行，垂泪不忍别之，乃云："结发之情，可忍一旦别离？"其夫婿不忍舍之，答云："十年立志芸窗，三年一次科举，若此不去，又恐错过；若去得来，我亦难舍，意欲与娘子同上东京走一回，娘子肯去否？"李氏云："既事君子，惟命是从，岂有不随之理。今日愿伴夫主同行。"祐君大喜，择吉日离家，与妻偕行。有诗为证：

结发深恩不可忘，临行难舍两分张。
一时携手同登奔，岂惮山遥与水长。

话说祐君与妻路上晓行夜住，一日行到郑州中牟县，与其妻投于张家店。祐君出外访朋友，其妻方濯足于房中，忽闻门外喧哄之声，见有十数人在店前排列，有一人紫巾黄袄，威焰烁烁，乃一豪势之家，名鲁千郎，父为现任转运。祐君妻见之，遂闭门不出。不想鲁千郎蓦见，因问店主："适来是谁家女子，容貌可爱！"店主答云："是西京士人带来妻小，要往东京会试，在此安歇。"千郎遂请主人通知，令出来相见一次。

店主人店中道与李氏知之。李氏听说，力拒之云："男女不通借问，我出来之人，有甚么相见？"坚然不肯出。店主说知千郎，千郎大怒，遂令左右打开房门，扯出祐君妻，便行殴打。

祐君归店，妻具以告之。祐君怒云："此人无理太甚。"便令妻直入府陈告于包拯。

拯审状明白，随即差人追唤千郎来证，公吏听罢说要拘千郎，竟徘徊不敢去，复拯云："鲁家原是豪强有势之人，前后应杀人过犯，往年官司亦相让他，只罚其铜，我等怎敢入他门？"

拯思之良久，遂令诸吏遍告外人，来日判府生日，最喜人献诗贺寿。来日天晓，官员士子诗词骈集，群然贺寿。有鲁千郎亦献一词，名《千秋岁》：

寒垣秋草，又报平安好。樽酒上、英雄表。金汤止气象，珠玉霏谈笑。春近也，梅花得似人难老。　莫惜金樽倒，凤诏看看到。流不住、江东小。从容帷幄里，整顿乾坤了。千百岁，从今尽是中书考。

拯见词，故褒奖之云："足下文学优余，诗词清丽。"千郎有昂然自得之意，笑答云："非我之才，亦不过述前人之作而已。"拯遂设筵席待之。饮至半酣，拯以祐君妻所陈状示千郎云："足下的辱人妻小之事否？"千郎忿然作色云："此事虽有，但如我何？纵杀人亦不过罚铜耳。"

拯大怒云："朝廷法度，尔敢故犯乎？罚铜是哪款律法？"随唤公吏取长枷押送狱中。次日具榜张挂："中牟县豪强鲁千郎，现监在狱，应有远近冤枉人，各仰具状前来陈告。"

数日词讼纷然。有父老告千郎三度杀人，俱被前次官司饶过，纵容其强暴。拯遂逐一根勘明白，千郎一一招伏。案款已成，遂将千郎斩了首级，号令四门。发回祐君夫妇。后来祐君得中高第，除授同州佥判，夫妇同去赴任。

第九十三回 潘秀误了花羞女

断云：

千里有缘成配偶，一时忘誓绝良姻。
欢娱未已成真恨，羞女应为泉下人。

话说京中有一富家，姓潘名源柳，人称为长者，原日是贵宦之家。长者有一子名秀，行位第八，年登弱冠，丰资洒落。

一日清明时节，长者谓其子云："雨露既濡，君子履之，必有怵惕之心。我当备酒礼祭奠祖宗之坟茔，庶尽补报之情。"其子答云："父亲所言诚然。"长者即日备祭仪，自登坟挂钱。

其家有红牙球一对，乃国家所出之宝，是昔日真宗所赐与其祖的。长者出去后，秀才将牙球出外闲耍片时。约步行来，忽见对门刘长者家朱门潇洒，帘幕半垂，下有红裙，微露小小弓鞋。潘秀不觉魂丧魄迷。有诗为证：

漫吐芳心说向谁？欲于何处寄相思？
相思有尽情难尽，一日都来十二时。

潘秀思欲见之不可得。忽见一个浮浪门客王贵，遂与秀声诺。王贵问："官人在此伺候，有何事？"秀以直告。王贵道："官人若欲见这娘子，有何难处！"遂设一计，令秀向前将球子闲戏，抛入帘内，佯与赶逐球子，揭起珠帘，便可一见。秀如其言，遂将球子抛戏，直入帘内。但见此女年方二八，桃腮杏脸，容貌无双。与之作揖，此女便问："郎君缘何到此？"秀答云："因闲耍失落一牙球，赶逐来取，误触犯于娘子，望乞恕宥。"此女见秀丰仪出众，心甚爱之，遂告笑云："今日父母俱出踏青，幸尔相逢，机会非偶，愿与郎君同饮一杯，少叙殷勤。"秀听罢，且疑且惧，不敢喏之。此女遂以为不答，即扯住秀衣云："若不依允，即告之官府。"秀不得已，遂从之。

二人于香闺中逡巡饮罢，两情皆浓。女子问云："君今年岁几何？"秀答云："虚度有十九春矣。"女子又问："曾娶娘子否？"秀云："尚未及婚。"女子云："吾亦未事人,君若不嫌淫奔之名,愿以奉事君子。”秀惊答云:“已蒙赐酒,足见厚意,娘子若举此情,倘令尊大人知之,则小生罪祸怎逃?”女子云:“深闺紧密,父母必不知之,君子勿致疑惧。”秀见女子意坚,情兴亦动,遂从其言。二人同入罗帏,共谐鸳侣。有篇词如何道云:

同携素手,共入兰房。当中间高点琉璃,锦帐低垂,放下一对鸳枕儿,铺下两条绫锦被。潘郎解带,神女脱衣,喜孜孜共枕同衾,笑吟吟欢娱取乐。有如宋玉遇神女,同宿翠华宫;好似云英约裴航,共眠香桂馆。珊瑚枕上喂檀口,舌送丁香;锦被窝中启朱唇,论云说雨。娇姿玉腕,紧抱着才子尖腰;郎贴酥胸,香汗湿佳人玉体。四只脚上下交加,两双手高低抱搂。抟弄得男儿气喘嘴鲁都,双睛喷火;奈何得女子即当眼乜斜,舌唇冰冷。霎时一阵增寒盛,强如吃两瓶好酒。

二人交欢后,云收雨散,秀即披衣起云:“小子当辞去,恐家下知觉不便。”此女遂告秀云:“妾有衷曲诉君,今日幸得同欢,妾未有室,君未有姻,何若两家遣媒,结为夫妇,永为相欢,岂不美乎?”秀许之。二人遂指天为誓,彼此切莫背盟。

秀归,日夜相思,如醉如痴,因赋诗一绝,以自况云:

相识当初信又疑,心情还似永无违。
谁知好事中来阻,一念翻成怨恨媒。

潘秀因思念花羞女,情怀不已,转成憔悴。其父母再三问其故,秀不得已,遂以与刘氏女相爱之情告知于父母。父母甚怜之,即忙遣媒人去与刘长者议婚姻。刘长者与媒人道:“吾上无男子,只有花羞一女,不能遣之嫁人,愿纳潘郎君为婿则可。”媒人归告潘长者,长者思之良久:“吾亦只有此一子,如何可出外就亲?是刘家故为此说以相推托,决难成就。”遂与儿秀说:“刘家既不愿为姻,京中多有豪富,何愁无亲?吾当别议他姻以绝之。”秀默然,遂成耽阁。后竟另议赵家女为配,以此潘秀与花羞女绝念。

及成亲之日,行装盈门,笙簧嘹亮。其日花羞在门外眺望见之,遂问小婢:“潘家今日何事,如此喧闹?”小婢答云:“潘郎君娶赵家女,今日成亲耳。”花羞闻罢,追思往事,垂泪如雨,因吟绝诗一首以自怨云:

枕上言犹在,于今恩爱沦。
轩中人不见,无语自消魂。

是时花羞女自悔自怨,转思之深,遂气闷而死。且看如何,下回公案便见。

第九十四回 花羞还魂累李辛

断云：

李辛发冢违条宪，包宰明刑决市曹。
魂魄已随生处没，谁知女色是钢刀。

话说花羞女死后，父母哭之甚哀，竟不知其故，遂令仆王温、李辛葬之于南门外。李辛回家，天色已晚，思量花羞女颜色之丽，心甚不忍舍，归告父母云："今夜有事出外，不得回视。"父母允之。

李辛至二更时候，乘月色微明，遂去掘开坟中，斫开棺木，但见花羞女美貌如存。辛思量："可惜这娘子，与她尸骸同宿一宵，虽死亦甘心。"遂揭起衣衾，与之同卧。良久，忽见花羞微微身动，眼渐开。未几魂魄醒然，略能言，问："谁人敢与我同睡？"李辛惊云："吾乃尔家之仆李辛，主翁着吾葬娘子于此，我因不忍舍之，乘今夜掘开棺木，看娘子如何，不意娘子醒来，实乃天幸。"花羞已醒人事，忽忆家中前日之事，遂以其情告李辛云："只因潘秀背盟，已致闷死，今天赐还魂，幸得有缘，遇汝掘开坟墓，再得更生。此恩无以为报，今亦不愿回家，愿与你结为夫妇，棺木中所有衣服物件尽与。"李辛甚喜，仍然掩了坟墓，遂与花羞同归。天尚未晚，到家叩门，其母开门，见李辛带一妇人同归，怪而问之。辛告其母云："此女原在娼家，与儿相识数载，今情愿暂弃风尘，与儿为姻，今日带归见父母。"母信其言，二人遂成夫妇，情亦相爱，人不知其为花羞女矣。李辛尽以其衣物首饰散卖于他处，因而致富。

半年余，邻家偶因冬夜遇火，烧至李辛屋舍。花羞慌忙无计，单衣惊走，与辛各散西东。行过数条街巷，栖栖无依，忽认得自家楼屋，花羞遂叩其父母之门。院子喝问："谁叩门？"

花羞应云："我是花羞女，归来见爷娘一次。"院子惊怪云："花羞已死半年，缘何来叩门，必是强魂。"院子遂与花羞道："明月自去通报你爷娘，多将金钱衣采焚化与娘子，且小心回去。"院子竟不敢开门。花羞欲进不得，欲退不得，风冷衣单，空垂两泪，无奈投奔。忽望见潘家楼上灯光闪闪，筵席未散，又去扣潘家门。门子怪问："是谁叩门？"花羞应声："传语潘八官人，妾是刘家花羞女，曾记郎君昔日因戏牙球，遂得相见一面。今夜有些事，径来投奔。"门首遂告潘秀。秀思量怪异，若是对门刘家女，死已半年，想是魂魄无依。遂呼李吉点灯，将冥钱衣来焚与之，秀自持剑随身，开门果见花羞垂泪乞怜。秀告花羞云："你父母自是大富之家，何不回去觅取些个香楮便了，何故苦苦来相缠。"言罢，烧了冥钱后，急令李吉闭了门。花羞但连声叫屈，苦不肯去。秀大怒，出门外挥剑斩之，遂闭门而卧。

五更将尽，军巡在门外大叫："有一个无头的妇人在外，遍身带血。"都巡遂申报府衙去了。是时哄动街坊，刘长者闻得此事，怀疑不定。一夕梦见花羞女来告云称："是被潘八杀了，骸尸现在他门外，爷娘代女伸雪此冤，此恨未已。"言讫，掩泪而去。长者睡觉来，以此梦告其妻云："花羞想必是被人开了墓。"次日遂去掘开坟看验一回，果然不见尸骸，遂具状陈诉于拯。拯即便差人追唤潘秀，不多时，公差勾到。拯以盗开坟墓，杀了花羞事问之，秀不知其情，无言可应。拯立将秀根勘原由，秀逐一具供云："刘家花羞女死半年，忽一夜叩门，秀开门见之惧怕，意谓疑是强鬼为妖，便将冥财烧化与之。花羞定不肯去，遂以手中所持剑斩之，并不曾开了坟墓之故。"

拯疑而未决，将潘秀一起监收狱中。随即具榜遍挂四门："为捉到潘秀杀了花羞事，但潘秀不肯招认，不知当初是谁人开墓，故得花羞还魂，仰前来知证，给与赏钱一千贯。"李辛不合开墓，遂入府衙来告首请赏，逐一供具花羞还魂事因。拯遂判："李辛不合开墓，致令潘秀误杀花羞，将李辛处斩市曹；潘秀免罪，放回宁家。"后潘秀追思花羞之事，忧念深重，遂成羸疾而死。

是亦花羞女冤愆之报复也。

第九十五回 包公花园救月蚀

断云：

包宰文星去救掩，术人精艺众咸钦。
平生正直神明护，一念先言感众心。

话说包拯来判开封府之后，胥吏畏威，百姓安业，正是：

月夜花村无犬吠，月明茅店有鸡鸣。

一日侵晨，包公安排轿马出衙，见府前有一个算命巡官，揭起一个招牌，画一个月，有九分黑，只有一分明。拯看见以后，回衙便问诸吏云："适间出衙，见府前是谁人开卦铺？"诸吏通复道："是李先生。此人极明阴阳推算之学，言无不验。"

拯闻讫，即差人请得李先生来。先生入府参见毕，因告："判府唤小术士有何钧旨？"拯问："先生你何故无礼，在府前开卦铺，招牌上画一个月，有九分黑，却有一分明，必是道我为官不明，故画此月相讥乎？"先生告判府云："居是邦，不非其大夫。况判府自到任以后，刁奸潜伏，鬼神钦仰，胥吏不出于公庭，下民乐业于乡村。小术士瞻敬畏威尚不暇，焉敢妄为有相讥之理？曾缘此月十五夜半子时，月蚀九分，所以今早晓示众人知，其夜鸣锣击鼓，准备救救月蚀矣。"

拯听罢，私忖此术士道："若还不蚀如何？"先生道："如其夜不蚀，是小术士惑乱民聪之过，甘伏死罪。"拯又问："汝在谁家安泊？"先生道："在中街郭主人店安泊。"拯便差公吏唤得店主人到厅前，同李先生立下生死文字，监取先生，莫令走失。吩咐："其夜若果然月蚀，当与你申奏朝廷，保汝作司天大监之职；如其不蚀，断罪非轻。"主人领取先生回去，只管埋怨："是你自生事端而取罪责，休得连累我。"先生道："主人不须烦恼，吾之算历定然不差。"

至十五夜黄昏左侧，一城人准备救月蚀。其夜，拯亦备香烛去后园，披发仗剑。

须臾间，但是黄道黑蔽，星斗漫漫，似有月蚀之状。拯以剑指定，喝道："月孛星不得无礼，敢犯月宫！"道声才罢，忽然清风过处，云气收藏，孛星遂不得过宫，月竟不蚀。满城人尽道李先生明日定被包判府断罪不轻。

拯次日侵早，差人拘唤李先生。主人甚恐，先生道："不妨，非干你事，我见判府自有理说。"先生遂与吏人同往，到厅跪下。拯问先生："你道夜来月食九分，因何不食？"先生告判府："夜月当食九分，被文曲星在后园内披发仗剑，喝住月孛不得无礼，所以孛星过宫不得，月明到晓。"拯大惊道："先生妙术甚精！"遂安排酒席，厚待之而去。

申奏朝廷，乃后事也。

第九十六回　赌钱论注禄判官

断云：

致使郑强来地府，判将丘旺夙冤愆。
井中枯骨因瞑目，雪洗方消复见天。

传说包拯守开封府时，东京城内有个赌钱人，姓丘名旺，年二十五，家道消乏，贫穷彻骨，至于衣不盖形，食不充口，忍饥受冻，日夕只怨注禄判官全不注禄与我，致有此贫难。一日被众人打弄云："今有包相公，清镜如水，日判阳情，夜判阴事，追人便到，追鬼即来，何不去论这注禄判官？"丘旺依其说，即将纸一幅，写成状子，入府衙诉论："注禄判官不与我注禄，以致饥寒无靠，乞相公差人追理。"拯大怒，便道："这汉子莫是心狂发颠？"令左右乱棒打出。旺但伏地不起，只得准他状子，令在外伺候。丘旺既出，拯问："今日是哪个值堂？"郑强进前禀道："今日是小人值堂。"拯吩咐云："与你现钱一百贯省安家下，明日来领文引追人。"郑强领诺。

次日郑强去请文，强见名字是追注禄判官，郑强告相公："不敢承受，乞差别人去。"拯发怒云："你请了官钱，却不去追人，故来推托。若不去，大棒责你。"郑强又复相公："这注禄判官是阴司之人，如何可追？"拯遂教他云："你归家将白纸钱烧送土地，然后用麻索一条，祷祝自系，待气未绝却解下，妻儿不得哭，魂魄必入阴司，即可见注禄判官。"郑强没奈何，遂如其言，回转家中，与妻阿黄商议其事。妻云："包相公所命，想是无事，只得依其行便了。"郑强嘱咐妻毕，烧却纸钱与土地已了，取一条麻绳于密室自缢而死。其妻即便解下，用被紧包住，待等醒来。有诗云：

丘旺狂为自不才，却将诬状诉清台。
当时不是包公计，谁救郑强目下灾？

果然郑强魂魄到阎王殿前，见牛头夜叉，郑强即声喏。夜叉问："是何人？"

郑强称:“是东京开封府包待制衙里公人,阳间有人论注禄判官,特差我来拘摄。”鬼使闻知,即便报复。

注禄判官出厅见强,强一一说及阳间丘旺告状事因。判官道:“非干我事,自是天曹官注他福禄,我只管阴司生死文簿。他是前生谋了一个客人,姓周名十一千贯钱本,见存文簿分明,说丘旺姓李名三十,身死再托化生在乞儿家,姓丘名旺,而今现世受此罪业。你急回阳间,我明日巳时自出阴间对理公事。”

道罢后,遂令一鬼使送之而回。良久,强忽醒人事。黄氏忙用滚汤与饮,强便平复如初,乃将见注禄判官之事一一与阿黄说知。妻甚喜。次日郑强遂入衙告云:“小人领公文往阴府见判官,道明日巳时定来对理此事。”拯笑云:“此的不虚。”令强在府外伺候。

次日巳时,拯正在厅堂判事,忽然阴风荡起,飞沙走石,有数个鬼使拥簇判官来到。强即忙通复:“判官已到。”拯闻得,慌忙迎接入衙中。相见礼毕,茶汤罢后,判官说及事因:“丘旺原在西京河南府开客店,害了一个客人,埋在店西枯井内,阴司自有文簿分明,故现世受此罪孽,非干判官不与注禄。若是不来证明判官得知,彼将常怨我矣。”道罢后,即辞拯而去。

忽一阵黑风起处,俄然不见堂上书吏。见者无不惊异。拯便唤上丘旺,枷下狱根勘前谋杀人因。遂差人押丘旺去西京河南府,会问父老五十年前事。果有李三十在大巷内开客店,因死了一个客人,后走去不知下落。差人将言回复,包公再着公人去店后枯井内捞看,果有一堆骷骨。公吏取得枯骨,再押回府衙根勘。丘旺抵赖不得,一一招成案卷,遂将丘旺绑死。

第九十七回 陈长者误失银盆

断云：

屈死庆童冤不散，当时德远已招辜。
包公明镜冰霜冽，一旦魂消离暗途。

话说包公守开封府之日，东京城内有一人姓陈名卿，近府衙住，家资巨富，最好善，常是修桥补路，看经念佛，施贫设供，无所不为，人称为长者。

其家亲房子弟六十余人，新创书斋一所，置田庄五百亩，名曰义斋。请得一个馆宾先生，是城外王村人，姓王名德远，来教其族中子弟读书。斋中有一仆名庆童，每日以备洒扫书馆，供送茶汤。彼时陈家豪富，极奉承着先生，将一只银盆约重五十两，与德远早晚净手。

忽一日，失了此银盆。德远烦恼，思量必是庆童偷了。其夜与学生商量，将庆童绑在凳上勘问。庆童苦不肯认。

次夜又将庆童拘在偏处勘问，不觉失手打死。德远惊惶，恐长者知觉见罪，遂与弟子设一计，来早但告长者："庆童昨夜三更吐泻，一时无药救治，天明已死。"商议了当，长者不知其由，果信先生所言，遂将棺木盛贮起，安葬在书斋后园内。

拯一日晚衙退后无事，登楼闲坐，但见前面一阵黑气冲天而起。拯看罢思之，必是妖怪，遂置不问。

次日晚登楼，又复见之。拯遂问诸吏："前面那一所园是甚人家的？"诸吏对："是陈长者家。"拯道："彼园内有道黑气，想是冤枉之事，汝去他家后园内黑气起处根究，有何缘故，即来回复。"诸吏遂即就黑气起处掘开，地内见有一具棺木，内有一个死人，年方十七八。公吏回报。

拯次日升厅，即唤长者来问。陈长者供具："是家中斋仆名庆童，得病而死，因埋在后园内，并无他故。"拯便差巡尉前去看验。巡尉领旨，带公人前来看验，庆童身上果有伤痕无数。巡尉回申于拯，拯遂押长者于狱中根勘，竟不肯招认。

一夕，庆童自托梦报拯云："我是斋仆，名庆童，因斋中失了小银盆，被教学王先生拷勘,无辜吊打身死,冤屈难伸。告相公,实不干陈长者之事。”拯觉来,次日即差人前去唤王德远来证云:“尔打死庆童,休累别人。”德远答云:“彼自因吐泻而死,非干我事。”拯道:“既是自死,缘何遍身伤痕?今有人明说是汝打死,尚何抵赖?”德远苦不肯认。

拯令送入狱中根勘。德远受禁不过,只得一笔招认是不合逼取银盆,失手打死庆童情由。供招明白,案卷既成,拯遂判下:“王德远逼打人致死,合该偿命;陈长者不知其情,供明无罪,释放宁家。”

依拟决断以后,陈家书斋有一池,水深数尺,其因旱干,方见银盆在池内。庆童岂不冤哉?此亦可警酷虐贪杀者之戒哉!

第九十八回　白禽飞来报冤枉

断云：

阿吴妒忌遭迁配，刘氏伸冤托白禽。
雪理以为残妇戒，包公正直鬼神钦。

传说包公守开封府时，京城有一富家姓吕名君宝，祖上豪富，积下金帛巨万，侍妾数十人。有一妾名惜惜，原是湖广襄阳府人氏，生得十分美貌，颇通文墨。

当初君宝在襄阳为商之时，因八月中秋赏月，相遇于东街文魁坊下，二人两相注意，各有不忍舍之情，更深方散。次日君宝与家人小二商量，访问东街刘牙侩店中。牙侩云："此女子是对门刘长官之女。刘长官为因去年出征，死于沙场，至今其母与惜惜同居，做些小生业度活。"

君宝道："彼若肯将惜惜嫁与我，她母我养之，终身不至落剥。"牙侩应诺，去见刘妈妈议亲事。

刘母意下要见君宝人物如何，方肯将女儿嫁他。次日牙侩对君宝说知，君宝欢然，穿着齐整，来望刘妈妈。刘母见吕君人丰出众，意肯应承。刘惜惜在帘后望见，正是日前月下相会之人，不胜欢喜。

君宝既回店下，过数日，仗牙侩下了聘礼，便入赘于刘惜惜家。

二人相会之夕，极尽欢悦。

未半年，君宝带刘惜惜母女转家下见大妻吴氏。吴氏之父为团练使，他倚官为势，朝夕寻事相闹。刘妈妈悔之不及，气闷身死。阿吴见惜惜母已亡，妒忌愈生。

君宝是爱惜惜，不能庇她。吴氏每日频频打骂，惜惜忍气不过，一日自缢而死。君宝忧念恸切，遂密地埋葬了。

周年余，惜惜冤魂不散，忽变做一只白禽飞去。一日，小塘村有一人捕得白飞禽一只，奇异可爱，遂擎去献包拯。拯一见大喜，问其人名姓。答云："姓曾名景，住居小塘村。"

拯赐之酒与钱一贯，景拜谢而去。拯遂令李吉笼养此禽，一日不觉跳出笼外飞去。李吉烦恼，遂追逐至君宝家书院前柳树上，泊良久，飞下池水中而去。李吉归告于拯。拯曰："此必有缘故。"即差人去放干池水，掘开看有何物。公吏回报："锄地深五尺余，见有一棺木，内有一妇人，年方二八。"拯随即差官检验妇人尸骸。官吏回申："妇人身上有数处伤痕，项下有麻绳缢痕。"拯遂迫唤君宝来问根原。君宝复道："此是吾妾，因去年身死，葬于池畔。"拯道："既是汝妾，缘何遍身打痕，项下又有麻绳缢痕？从实说来。"君宝推不肯招。拯又差人追唤妻阿吴到厅根究之。

阿吴惊惧，供具："是本家一妾，名惜惜，因奴打骂她，遂自缢而死。"拯判云："惜惜系是逼犯而死，本合偿命，为是雇主，阿吴编管邻近军州居住，永不得回乡；君宝系治家不正，减一等，罚铜钱五百头入官。"嗟乎！

若无包公之明，刘氏之冤从何雪哉？此亦可为残暴妒妇之警耳。

第九十九回　一捻金赠太平钱

断云：

包公正理归原妇，愚子贪淫却丧身。
地府天曹应须有，妖迷怎脱鉴追神？

话说东京城有一人姓李名春，祖上豪富，家资巨万，人称为大郎。风流慷慨，好结识江湖人，习学诸般艺术，不期用尽家财。大郎从学得会唱诸般词曲，一日往池州，因到河南府杨婆店内安泊。次日去见一个朋友陈德卿，叙些旧话，回店安歇后，在房中将牙板戏拍敲动，唱几套曲消遣。将近一更尽，闻一个妇人叫声"官人开门"。大郎疑道："半夜里何得有妇人声叫开门？且莫理她。"复唱几套曲儿，又听得敲门之声。大郎近外开了门，见一个女子，生得容貌无双：

好似姮娥离月阙，恰如仙子降凡尘。

大郎遂问："娘子何处人氏？因甚夜深到此？"娘子道："官人且休问因依，奴是店中杨婆女，名一捻金，年方十七，一生最好唱，时闻得官人唱得甚妙，竟来求教。"大郎见说是店主人之女，亦不嫌疑，遂与她同坐。唱至三更，大郎欲送娘子出去，娘子苦不肯去，遂与大郎说："夜久更深，不能归去，愿与官人并枕一宵。"大郎道："今夜且请娘子回去，另约一宵欢会。"娘子道："机会难得，官人何苦执迷？"大郎见娘子美貌妖娆，言语清丽，不觉动情，遂解衣并枕，共谐云雨，二人极尽绸缪之欢。至五更尽，娘子起来，与大郎道："今夜早来与君相会。"遂辞而去。自是女子早去暮来，情意甚密，并无一人知觉。

忽一夕娘子将钱篋一个，内有太平钱一百，与大郎买办，遂去。至第三夜，又将钱篋一个，内有太平钱二百与大郎。自此夜夜同欢，如鱼似水。

大郎一日将钱篋出茶坊，请杨婆吃茶。杨婆一见大郎钱篋内取出尽是太平钱，心下暗忖道："这篋儿似我女儿的，因何在他边头？"杨婆即悲哭起来。大郎问："婆婆因何悲哭？"

杨婆道:“我有一个女儿,年方十七岁死了。生时常爱收太平钱,今见官人有此钱,所以思量着我的女儿,不觉伤情。”大郎问婆婆道:“你女儿几时死了?安葬在何处?”杨婆道:“死已三年了,葬在你睡房隔壁空地内。”大郎闻说,心下悚然,遂辞了杨婆,来睡房隔壁看时,果有一个坟墓在地。大郎忽然惊慌道:“是我夜夜与鬼同睡!”即忙转入房中,正忧疑此事,是夜二更时分,此女又来叩门。大郎开门,遂问此女:“婆婆道你三年前已死了。”娘子笑道:“官人休听我娘胡说,只因有个官人见奴生得颇有些美貌,要求奴为妾,妈妈不肯,遂称道阿奴身死,假作真容供养。隔壁坟墓,乃是假的,官人且自宽心。”是夜又与大郎宿一宵而去。

次日大郎惊怕,便将房钱还了杨婆,相辞而去。行到十余里,又见小娘子先在前面伺候,道是:“官人你好负心!既与你相遇同欢,何忍抛奴自去?官人何不带奴前去州府作一勾栏,多少快活。”大郎终被色欲所迷,遂忘其为妖,乃带去到郑州开勾栏,逢场作戏,引得本处子弟无不来顽耍,每日常觅得三五贯钱,回店与大郎日夕欢饮。

忽一日,茶店内有一个李都纲,认得此女乃是河南府开店杨婆之女:“当初曾受我定礼,许我为妻,又道死了,今乃嫁与此人。”遂乃扯定大郎道:“我妻儿如何被你带在这里?”

大郎不知情由,二人遂争闹起来。偶遇包拯到西京决狱,都纲便具状获告于拯。拯遂差人前去河南,拘唤杨婆店左右数厢到郑州勘问。皆云杨婆女委的死了三年,现今葬在本家店后。拯疑怪,遂即差人监到杨婆店后掘开墓看。揭开棺木,四畔并无损害,但不见死人。拯思之:“想是杨婆脱了都纲定礼,故假作女儿已死,另改嫁与他人。”依例将此女判还。都纲遂与此女同归成亲。大郎只得收拾回东京。出城才二十里,那娘子又复随后赶来,见大郎哭道:“你为个男子汉,保不得一个妻子,被人强骗去,今日却自回京,好薄情也!”大郎亦动念,只得又与之同归,尽夫妇之欢,胜如结发。

一日,带娘子同去东岳庙炷香。到庙前娘子称是头痛,不肯入去。忽然见一个鬼使扯住娘子入庙中去,大郎只得随后而入。至七十二司案前拈香,只见娘子被鬼使用铁蒺藜拷打,背脊上写云:“不合去阳间侵害人性命,当受阴司之罪。”大郎方知是鬼魅,惊奔走回家,将半月余日,得重疾而死。此亦可为贪色亡身者之戒。

第一百回 劝戒买纸钱之客

断云：

以德化民恩泽留，鬼神畏服仰阴功。
包公以语频叮嘱，二客祸消喜气浓。

话说包拯守郑州之日，词明理直，百姓安全。只因判几椿没头脑的公案，倒惊动数处怀奸诈的官家。府门前日日民钦众仰，案牍上夜夜鬼哭神号。果是天上文曲星君，降作世间庶民主宰。一日，包公判事之余，退堂登楼远眺，忽望见两个客人，推着两乘羊车在街上经过，车上都载纸钱。拯看见有五百个人随后追赶，尽是神鬼之类。拯疑怪，自忖道："此必有来由，待究问之。"即下楼出堂，差郑强前去拘唤那推羊车的客人。

郑强承命，带领几个公人，径出府门，到南街遇着推羊车客商，一把手拿住云："府上包老爹有唤。"客人正不知缘故，被公差一时拥至府上，跪在阶下。包公云："且勿惊恐，汝是何处人氏？车中所载何物？直说将来。"客人复道："小可兄弟两个，住居地名陈村，姓陈名宗可，弟即名宗成。车上所载是神庙中买退下的纸钱。"包问："买此纸钱去何用？"答云："无别营生，买此纸归家，捣烂又造成纸来货卖，名曰还魂纸。"

拯问客人："还知你后面有一队人相随否？"客云："并不知耳。"包云："你自今后可别做此营生，莫去庙中贩此纸钱，久后必为祸患。适间我因退堂登楼远望，见尔羊车上所载纸钱前行，后有一队人，尽是无主孤魂，必是随你取这纸钱。此纸钱乃是众人所有，不曾焚化，你今贩去，鬼神岂不取索？"客人听罢，惊伏于阶下，不敢动身。拯差人将纸钱尽一烧化，又将钱一百贯与客人回家另作生理。客人感激，拜谢受之而去。

此足见包公之德，济人于祸患之中，而鬼神亦蒙恩不浅矣。

龙图公案

第一回　阿弥陀佛讲和

话说德安府孝感县有一秀才，姓许名献忠，年方十八，生得眉清目秀，丰神俊雅。对门有一屠户萧辅汉，有一女儿名淑玉，年十七岁，甚有姿色，每日在楼上绣花。其楼近路，常见许生行过，两下相看，各有相爱之意。时日积久，遂私通言笑。许生以言挑之，女即微笑首肯。其夜，许生以楼梯暗引上去，与女携手兰房，情交意美。及至鸡鸣，许生欲归，暗约夜间又来。淑玉道："倚梯在楼，恐夜间有人经过看见不便。我今备一圆木在楼枋上，将白布一匹，半挂圆木，半垂楼下，汝夜间只将手紧抱白布，我在楼上吊扯上来，岂不甚便？"许生喜悦不胜，至夜果依计而行。如此往来半年，邻舍颇知，只瞒得萧辅汉一人。

忽一夜，许生因朋友请酒，夜深未来。有一和尚明修，夜间叫街，见楼上垂下白布到地，只道其家晒布未收，思偷其布。停住木鱼，寂然过去手扯其布，忽然楼上有人吊扯上去。和尚心下明白，必是养汉婆娘垂此接奸夫者。任他吊上去，果见一女子。和尚心中大喜，便道："小僧与娘子有缘，今日肯舍我宿一宵，福田似海，恩大如天。"淑玉慌了道："我是鸾交凤配，怎肯失身于你？我宁将银簪一根舍你，你快下楼去。"僧道："是你吊我上来，今夜来得去不得了。"即强去搂抱求欢。女怒甚，高声叫道："有贼在此！"那时父母睡去不闻，僧恐人知觉，即拔刀将女子杀死，取其簪、珥、戒指下楼去。

次日早饭后，其母见女儿不起，走去看时，见杀死在楼，竟不知何人所谋。其时邻舍有不平许生事者与萧辅汉道："你女平素与许献忠来往有半年余，昨夜许生在友家饮酒，必定乘醉误杀，是他无疑。"萧辅汉闻知包公神明，即具状赴告：

告为强奸杀命事：学恶许献忠，心邪狐媚，行丑鹑奔。觑女淑玉艾色，百计营谋，千思污辱。昨夜，带酒佩刀，潜入卧室，搂抱强奸，女贞不从，拔刀刺死。遗下簪珥，乘危盗去。邻右可证。托迹黉门，桃李陡变而为荆棒；驾称泮水，龙蛇忽转而为鲸鳄。法律实类鸿毛，伦风今且涂地。急控填偿，哀哀上告。

是时包公为官极清，识见无差。当日准了此状，即差人拘原被告、干证人等听审。

包公先问干证。左邻萧美、右邻吴范俱供：萧淑玉在沿街楼上宿，与许献忠有奸已经半载，只瞒过父母不知。此奸是有的，特非强奸，其杀死缘由，夜深之事众人实在不知。许生道：“通奸之情瞒不过众人，我亦甘心肯认。若以此拟罪，死亦无辞！但杀死事实非是我。”萧辅汉道：“他认轻罪而辞重罪，情可灼见。女房只有他到，非他杀死，是谁杀之？必是女要绝他勿奸，因怀怒杀之。且后生轻狂性子，岂顾女子与他有情？老爷若非用刑究问，安肯招认？”包公看许生貌美性和，似非凶恶之徒，因问道：“汝与淑玉往来时曾有人楼下过否？”答道：“往日无人，只本月有叫街和尚，夜间敲木鱼经过。”包公因发怒道：“此必是你杀死的。今问你罪，你甘心否？”献忠心慌，答道：“甘心。”遂打四十收监。包公密召公差王忠、李义问道：“近日叫街和尚在何处居住？”王忠道：“在玩月桥观音座前歇。”包公吩咐二人可密去如此施行，讨出赏你。

其夜，僧明修复敲木鱼叫街，约三更时分，将归桥宿，只听得桥下三鬼一声叫上，一声叫下，又低声啼哭，甚是凄切怕人。僧在桥打坐，口念弥陀。后一鬼似妇人之声，且哭且叫道：“明修明修，你要来奸我，我不从罢了。我阳数未终，你无杀我道理。无故杀我，又抢我钗珥，我已告过阎王，命二鬼使伴我来取命，你反念阿弥陀佛讲和。今宜讨财帛与我并打发鬼使，方与私休，不然再奏天曹，定来取命。念诸佛难保你命。”明修乃手执弥陀珠佛掌答道：“我一时欲火要奸你，见你不从又要喊叫，恐人来捉我，故一时误杀你。今钗环戒指尚在，明日买财帛并念经卷超度你，千万勿奏天曹。”女鬼又哭，二鬼又叫一番，更觉凄惨。僧又念经，再许明日超度。忽然，两个公差走出来，将铁链锁住，僧惊慌：“是鬼！”王忠道：“包公命我捉你，我非鬼也。”吓得僧如泥块，只说看佛面求赦。王忠道：“真好个谋人佛，强奸佛。”遂锁将去。李义收取禅担、蒲团等物同行。原来包公早命二公差雇一娼妇，在桥下做鬼声，吓出此情。

次日，锁了明修并带娼妇见包公，叙桥下做鬼吓出明修要强奸不从因致杀死情由。包公命取库银赏了娼家并二公差去讫。又搜出明修破衲袄内钗、珥、戒指，辅汉认过，的是伊女插戴之物。明修无词抵饰，一款供招，认承死罪。

包公乃问许献忠道：“杀死淑玉是此贼秃，理该抵命；但你做秀才奸人室女，亦该去衣衿。今有一件，你尚未娶，淑玉未嫁，虽则两下私通，亦是结发夫妻一般。今此女为你垂布，误引此僧，又守节致死，亦无玷名节，何愧于妇道？今汝若愿再娶，须去衣衿；若欲留前程，将淑玉为你正妻，你收埋供养，不许再娶。此二路何从？”献忠道：“我稔知淑玉素性贤良，只为我牵引故有私情，我别无外交，昔相通时曾嘱我娶她。我亦许她发科时定谋完娶。不意遇此贼僧，彼又死节明白，我心岂忍再娶？今日只愿收埋淑玉，认为正妻，以不负她死节之意，决不敢再娶也。其衣衿留否，惟凭天台所赐，本意亦不敢欺心。”包公喜道：“汝心合乎天理，我当为你力保前程。”即作文书，申详学道：

审得生员许献忠，青年未婚；邻女淑玉，在室未嫁。两少相宜，静夜会佳期于月下；一心合契，半载赴私约于楼中。方期缘结乎百年，不意变生于一旦。恶僧明修，心猿意马，黄夜直上重楼。狗幸狼贪，粪土将污白璧；谋而不遂，袖中抽出钢刀。死者含冤，暗里剥去钗珥。伤哉淑玉，遭凶僧断丧香魂；义矣献忠，念情妻誓不再娶。今拟僧抵命，庶雪节妇之冤；留许前程，少奖义夫之慨。未敢擅便，伏候断裁。

学道随即依拟。

后许献忠得中乡试，归来谢包公道：“不有老师，献忠已作囹圄之鬼，岂有今日！”包公道：“今思娶否？”许生道：“死不敢矣。”包公道：“不孝有三，无后为大。”许生道：“吾今全义，不能全孝矣。”包公道：“贤友今日成名，则萧夫人在天之灵必喜悦无穷；就使若在，亦必令贤友置妾。今但以萧夫人为正，再娶第二房令阃何妨？”献忠坚执不从。包公乃令其同年举人田在懋为媒，强其再娶霍氏女为侧室。献忠乃以纳妾礼成亲，其同年录只填萧氏，不以霍氏参入，可谓妇节夫义，两尽其道。而包公雪冤之德，继嗣之恩，山高海深矣。

第二回 观音菩萨托梦

话说贵州道程番府有一秀才丁日中，常在安福寺读书，与僧性慧朝夕交接。性慧一日往日中家相访，适日中外出，其妻邓氏闻夫常说在寺读书，多得性慧汤饮，因此出来见之，留他一饭。性慧见邓氏容貌华丽，言词清雅，心中不胜喜慕。后日中外出月余未回，性慧遂心生一计，将银雇二道士假扮轿夫，半午后到邓氏家道："你相公在寺读书，劳神太过，忽然中风死去，得僧性慧救醒，尚奄奄在床，生死未保。今叫我二人接娘子去看他。"邓氏道："何不借眠轿送他回来？"二轿夫道："本要送他回来，奈程途有十余里，恐路上伤风，症候加重，恐难救治。娘子可自去看来，临时主意或接回，或在彼处医治，有个亲人在旁，也好服侍病人。"邓氏听得即登轿前往。

天晚到寺，直抬入僧房深处，却已排整酒筵，欲与邓氏饮酒。那邓氏即问道："我官人在哪里？领我去看。"性慧道："你官人因众友相邀去游城外新寺，适有人来报他中风，小僧去看，幸已清安。此去有路五里，天色已晚，可暂在此歇，明日早行，或要即去，亦待轿夫吃饭，娘子亦吃些点心，然后讨火把去。"

邓氏遂心生疑，然又进退无路。饮酒数杯，又催轿夫去。性慧道："轿夫不肯夜行，各回去了。娘子可宽饮数杯，不要性急。"又令侍者小心奉劝，酒已微醉，乃引入禅房去睡。邓氏见锦衾绣褥，罗帐花枕，件件精美，以灯照之，四边皆密，乃留灯和衣而寝，心中疑虑不寐。及钟声定后，性慧从背地进来，近床抱住。邓氏喊声："有贼！"性慧道："你就喊天明，也无人来捉贼。我为你费了多少心机，今日乃得到此，亦是前生夙缘注定，不由你不肯。"邓氏骂道："野僧何得无耻，我宁死决不受辱。"性慧道："娘子可行方便一宵，明日送你见夫；若不怜悯，小僧定断送你的性命！"邓氏喊骂闹至半夜，被性慧强行剥去衣服，将手足绑缚，恣行淫污。次日午朝方起。性慧对邓氏道："你被我设计骗来，事已至此，可削发为僧，藏在寺中，衣食受用都不亏你，又有老公陪。你若使昨夜性子，有麻绳、剃刀、毒药在此，凭你死吧！"邓氏暗思身已受辱，死则永无见天的日子，此冤难报；不如忍耐受辱，倘得见夫，报了此冤，然后就死。乃从其披剃。

过了月余，丁日中来寺拜访性慧，邓氏听出是夫声音，挺身先出，性慧即赶出来。日中即向邓氏作揖，邓氏哭道："官人不认得我了？我被性慧拐骗在此，日夜望你来救我。”日中大怒，扭住性慧便打。性慧呼集众僧将日中锁住，取出刀来要杀之。邓氏来夺刀道：“可先杀我，然后杀我夫。”性慧乃收起刀，强扯邓氏入房吊住，再出来杀日中。日中道：“我妻被你拐，我又被你杀，到阴司也不肯放你。若要杀，作一处死罢，可与我夫妻相见。”性慧道：“你死则邓氏无所望，便终身是我妻，安肯与你同死？”日中道：“然则全我身体，容我自死罢。”慧道：“我且积些阴德，方丈后有一大钟，将你盖在钟下，让你自死。”遂将日中盖入钟下。邓氏日夜啼哭，拜祷观音菩萨，愿有人来救她丈夫。

过了三日，适值包公巡行其地，夜梦观音引至安福寺方丈中，见钟下覆一黑龙。初亦不以为意，至第二三夜，连梦此事，心始疑异。乃命手下径往安福寺中，试看何如。到得方丈坐定，果见方丈后有一大钟，即令手下抬开来看，只见一人饿得将死，但气未绝。包公知是被人所困，即令以粥汤灌下。一饭时稍醒，乃道：“僧性慧既拐我妻削发为僧，又将我盖在钟下。”包公遂将性慧拿下，但四处搜觅并无妇人。包公便命密搜，乃入复壁中，有铺地木板，公差揭起木板，有梯入地，从梯下去，乃是地室，室内点灯明亮，一少年和尚在坐着。公差叫他上来，报见包公。此少年和尚即是邓氏，见夫已放出，性慧已锁住，邓氏乃从头叙说其被拐骗情由，夫被害根原。性慧不能辩，只磕头道：“甘受死罪。”包公随即判道：

审得淫僧性慧，稔恶贯盈，与生员丁日中交游，常以酒食征逐。见其妻邓氏美貌，不觉巧计横生，骗其入寺背夫，强行淫玷；劫其披缁削发，混作僧徒。虽抑郁而何言，将待机而图报；偶日中之来寺，幸邓氏之闻声。相见泣诉，未尽衷肠之话；群僧拘执，欲行刃杀之凶。恳求身体之全，得盖大钟之下。乃感黑龙之被盖，梦入三更；因至方丈而开钟，饿经五日。丁日中从危得活，后必亨通；邓氏女求死得生，终当完聚。性慧拐人妻，坑人命，合枭首以何疑，群僧党一恶害一生，皆充军于远卫。

判讫，将性慧斩首示众，其助恶众僧皆发充军。

包公又责邓氏道：“你当日被拐便当一死，则身沽名荣，亦不累夫有钟盖之难。若非我感观音托梦而来，你夫却不为你而饿死乎？”邓氏道：“我先未死者，以不得见夫，未报恶僧之仇，将图见夫而死。今夫已救出，僧已就诛，妾身既厚，不可为人，固当一死决矣！”即以头击柱，流血满地。包公乃命人扶住，血出晕倒，以药医好，死而复生。包公谓丁日中道：“依邓氏之言，其始之从也，势非得已；其不死者，因欲得以报仇也。今击柱甘死，可以明志，你其收之？”丁日中道：“吾向者正恨其不死，以图后报仇之言为假；今见其撞柱，非真偷生无耻可知。今幸而不死，我待之如初，只当来世重会也。”日中夫妇拜谢而归，以木刻包公像，朝夕奉侍不懈。其后日中亦登科第，官至同知。

第三回 嚼舌吐血

话说西安府乜崇贵,家业巨万,妻汤氏,生子四人,长名克孝,次名克悌,三名克忠,四名克信。克孝治家任事,克悌在外为商,克忠读书进学,早负文名,屡期高捷,亲教幼弟克信,殷勤友爱,出入相随。克忠不幸下第,染病卧床不起。克信时时入房看望,见嫂淑贞花貌惊人,恐兄病体不安,或贪美色,伤损日深,决不能起,欲兄移居书房,静养身心,或可保其残喘。淑贞爱夫心切,不肯与他出房,道:"病者不可移,且书斋无人服侍,只在房中时刻好进汤药。"此皆真心相爱,原非为淫欲之计,克信心中怏然。亲朋来问疾者,人人嗟叹克忠苦学伤神。克信叹道:"家兄不起,非因苦学。自古几多英雄豪杰皆死于妇人之手,何独家兄。"话毕,两泪双垂。亲朋闻之骇然,须臾罢去。克忠疾革,蒋淑贞急呼叔来。克信大怒道:"前日不听我言移入书房养病,今必来呼我为何?"淑贞悄然。克信近床,克忠泣道:"我不济事矣,汝好生读书,要发科第,莫负我叮咛。寡嫂贞洁,又在少年,幸善待之。"语罢,遂气绝。克信哀痛弗胜,执丧礼一毫无缺,殡葬俱各尽道,事奉寡嫂淑贞十分恭敬。自克忠死后,长幼共怜悯之。七七追荐,请僧道做功课,淑贞哀号极苦,汤水不入口者半月,形骸瘦弱,忧戚不堪。及至百日后,父母慰之,家庭长者妯娌眷属亦各劝慰,微微饮食舒畅,容貌逐日复旧,虽不戴珠翠,不施脂粉,自然美容动人,十分窈窕;但其性甚介,守甚坚,言甚简静,行甚光明,无一尘可染。

倏尔一周年将近,淑贞之父蒋光国安排礼仪,亲来祭奠女婿,用族侄蒋嘉言出家紫云观的道士作高功,亦领徒子蒋大亨,徒孙蒋时化、严华元同治法事。克信心不甚喜,乃对光国道:"多承老亲厚情,其实无益。"光国怫然不悦,遂入内谓淑贞道:"我来荐汝丈夫本是好心,你幼叔大不欢喜。薄兄如此,宁不薄汝?"淑贞道:"他当日要移兄到书房,我留在房服侍。及至兄死时,他极恼我不是。到今一载,并不相见,待我如此,岂可谓善。"光国听了此言,益憾克信。及至功果将完,追荐亡魂之际,光国复呼淑贞道:"道人皆家庭子侄,可出拜灵前无妨。"淑贞哀心不胜,遂拜哭灵前,悲哀已极,人人惨伤。独有臊道严华元,一见淑贞,心中想道:"人言淑贞乃绝色佳人,今观其居忧素服之时,尚且如此标致;若无愁无闷而相欢相乐,真个好煞人也。"遂起淫奸之心。迨至夜深,道场圆满之后,道士皆拜谢而去，光国道："嘉言、大亨与时化三人，皆吾家亲，礼薄些谅不较量；惟严先生乃异姓人物，当从厚谢之。"淑贞复加封一礼。岂知华元立心不良，阳言一谢先行，阴实藏形高阁之上，少俟人静，作鼠耗声。淑贞秉烛视之，华元即以求阳媾合邪药弹上其身。淑贞一染邪药，心中即时淫乱，遂抱华元交欢恣乐。俄而天明，药气既消，始知被人迷奸，有玷名节，嚼舌吐血，登时闷死。华元得遂淫心，遂潜逃而去，乃以淑贞加赐礼银一封，贻于淑贞怀中，盖冀其复生而为之谢也。

日晏之时，晨炊已熟，婢女菊香携水入房，呼淑贞梳洗，不见形踪，乃登阁上寻觅，但见淑贞死于毡褥之上。菊香大惊，即报克孝、克信道："三娘子死于阁上。"克孝、克信上阁看之，果然气绝。大家俱惊慌，乃呼众婢女抬淑贞出堂停柩，下阁之时遗落胸前银包，菊香在后拾取而藏之。此时光国宿于女婿书房，一闻淑贞之死，即道："此必为克信叔害死。"忙入后堂哭之，甚哀甚忿，乃厉声道："我女天性刚烈，并无疾病，黑夜猝死，必有缘故。你既恨我女留住女婿在房身死，又恨我领道人做追荐女婿功果，必是乘风肆恶，强奸我女，我女咬恨，故嚼舌吐血而死。"遂作状告到包公道：

告为灭伦杀嫂事：风俗先维风教，人生首重人伦。男女授受不亲，嫂溺手援非正。女嫁生员乜克忠为妻，不幸夫亡，甘心守节。兽恶克信，素窥嫂氏姿色，淫凶无隙可加；机乘斋醮完功，意料嫂倦酣卧。突入房帷，恣抱奸污。女羞咬恨，嚼舌吐血，登时闷死。狐绥绥，犬靡靡，每痛恨此贱行；鹑奔奔，鹊强强，何堪闻此丑声。家庭偶语，将有丘陵之歌；外众聚谈，岂无墙茨之句。在女申雪无由，不殉身不足以明节；在恶奸杀有据，不填命不足以明冤。哀求三尺，早正五刑。上告。

此时，乜克信闻得蒋光国告己强奸兄嫂，羞惭无地，抚兄之灵痛哭伤心，呕血数升，顷刻立死。魂归阴府，得遇克忠，叩头哀诉。克忠泣而语之道："致汝嫂于死地者，严道人也。有银一封在菊香手可证。汝嫂存日已登簿上。可执之见官，冤情自然明白，与汝全不相干。我的阴灵决在衙门来辅汝，汝速速还阳，事后可荐拔汝嫂。切记切记。"克信苏转，已过一日。包公拘提甚紧，只得忙具状申诉道：

诉为生者暴死，死者不明；死者复生，生者不愧事：寡嫂被强奸而死，不得不死，但死非其时；嫂父见女死而告，不得不告，但告非其人。何谓死非其时？寡嫂被污，只宜当时指陈明白，不宜死之太早；嫂父控冤，会须访确强暴是谁，不应枉及无干。痛身拜兄为师，事嫂如母，语言不通，礼节尤谨。毫不敢亵，岂敢加淫？污嫂致死，实出严道；嫂父不察，飘空诬陷。恶人得计，实出无辜；鱼网高悬，鸿离难甘代死。泣诉。

包公亦准也克信诉词，即唤原告蒋光国对理。光国道："女婿病时，克信欲移入书房服药养病，我女不从，留在房中服侍。后来女婿不幸身亡，克信深怒我女致兄死地，故强逼成奸，因而致死，以消忿怒。"克信道："辱吾嫂之身以致吾嫂之死者，皆严道人。"光国道："严道人仅做一日功课，安敢起奸淫之心入我女房，逼他上阁？且功果完成之时，严道人齐齐出门去了，大众皆见其行。此全是虚词。"包公道："道人非一，单单说严道人有何为凭为证？"克信泣道："前日光国诬告的时节，小的闻得丑恶难当，即刻抚兄之灵痛哭伤心，呕血满地，闷死归阴。一见先足，叩头哀诉，先兄慰小人道，严道人致死吾嫂，有银在菊香处为证，吾嫂有登记在簿上。乞老爷详察。"包公怒道："此是鬼话，安敢对官长乱谈！"遂将克信打三十板，克信受刑苦楚，泣叫道："先兄阴灵尚许来辅我出官，岂敢乱谈！"包公大骂道："汝兄既有阴灵来辅你，何不报应于我？"忽然间包公困倦，曲肱而枕于案上，梦见已故生员也克忠泣道："老大人素称神明，今日为何昏昧？污辱吾妻而致之死者，严道人也，与我弟全不相干。菊香获银一封，原是大人季考赏赐生员的，吾妻赏赐道人，登注簿上，字迹显然，幸大人详察，急治道人的罪，释放我弟。"包公梦醒，抚然叹曰："有是哉！鬼神之来临也。"遂对克信道："汝言诚非谬谈，汝兄已明白告我，我必为汝辨此冤诬。"遂即差人速拿菊香拶起，究出银一封，果是给赏之银。问菊香道："汝何由得此？"菊香道："此银在娘子身上，众人抬他下阁时，我从后面拾得。"又差人同菊香入房取淑贞日记簿查阅，果有用银五钱加赐严道人字迹。包公遂急拿严道人来，才一夹棍，便直招认，不合擅用邪药强奸淑贞致死，谬以原赐赏银一封纳其胸中是实，情愿甘罪，与克信全无干涉。包公判道：

审得严华元，紊迹玄门，情迷欲海，滥叨羽衣之列，窃思红粉之娇。受赏出门，阳播先归之语，贪淫登阁，阴为下贱之行。弹药染贞妇之身，清修安在？贪花杀服妇之命，大道已忘。淫污何敢对天尊，冤业几能逃地狱？淑贞含冤，丧娇容于泉下；克忠托梦，作对头于阳间。一封之银足证，数行之字可稽。在老君既不容徐身之好色，而王法又岂容华元之横奸？填命有律，断首难逃。克信无干，从省发还家之例；光国不合，拟诬告死罪之刑。

第四回 咬舌扣喉

话说山东兖州府曲阜县，有姓吕名毓仁者，生子名如芳，十岁就学，颖异非常。时本邑陈邦谟副使闻知，凭其子业师傅文学即毓仁之表兄为媒，将女月英以妻如芳，冰议一定，六礼遂成。

越及数年，毓仁敬请表兄傅文学约日完娶，陈乃备妆奁送女过门，国色天姿，人人称羡。学中朋友俱来庆新房，内有吏部尚书公子朱弘史，是个风情浇友。自夫妇合卺之后，陈氏奉姑至孝，顺夫无违。岂期喜事方成，灾祸突至，毓仁夫妇双亡，如芳不胜哀痛。守孝三年，考入黉宫，联捷秋闱，又产麟儿，陈氏因留在家看顾，如芳功名念切，竟别妻赴试。陡遇倭警，中途被执。惟仆程二逃回，报知陈氏，陈氏痛夫几绝，父与兄弟劝慰乃止。其父因道："我如今赴任去急，虑汝一人在家，莫若携甥同往。"陈氏道："爷爷严命本不该违，奈你女婿鸿雁分飞，今被掳去，存亡未知，只有这点骨血，路上倘有疏虞，绝却吕氏之后。且家中无主，不好远去。"副使道："汝言亦是。但我今全家俱去，只汝二位嫂嫂在家，汝可常往，勿在家忧闷成疾。"副使别去。陈氏凡家中大小事务，尽付与程二夫妻照管，身旁惟七岁婢女叫做秋桂服侍，闺门不出，内外凛然。不意程二之妻春香，与邻居张茂七私通，日夜偷情。茂七因谓春香道："你主母青年，情欲正炽，你可为我成就此姻缘。"春香道："我主母素性正大，毫不敢犯，轻易不出中堂。此必不可得。"茂七复戏道："你是私心，怕我冷落你的情意，故此不肯。"春香道："事知难图。"自此，两人把此事亦丢开不提。

且说那公子朱弘史。因庆新房而感动春心，无由得入。得知如芳被掳，遂卜馆与吕门相近，结交附近的人，常常套问内外诸事，倒像真实怜悯如芳的意思。不意有一人告诉："吕家世代积德，今反被执，是天无眼睛。其娘子陈氏执守妇道，出入无三尺之童，身旁惟七岁之婢，家务支持尽付与程二夫妻，程二毫无私意，可羡可羡。"弘史见他独夸程二，其妇必有出处。遂以言套那人道："我闻得程妻与人有通，终累陈氏美德。"其人道："相公何由得知？我此处有个张茂七，极好风月，与程二嫂朝夕偷情。其家与吕门连屋，或此妇在他家眠，或此汉在彼家睡，只待丈夫在庄上去，就是这等。"弘史心生计：我当年在他家庆新房时，记得是里外房间，其后有私路可入中间。待我打听程二不在家时，趁便藏入里房，强抱奸宿，岂不美哉。计较已定。次日傍晚，知程二出去，遂从后藏入已定。其妇在堂唤秋桂看小官，进房将门扣上，脱衣将浴，忽记起里房通中间的门未关，遂赤身进去，关讫就洗。此时弘史见雪白身躯，已按纳不住。陈氏浴完复进，忽被紧抱，把口紧紧掩住，弘史把舌舔入口内，令彼不能发声。陈氏猝然遇此，举手无措，心下自思道："身已被污，不如咬断其舌，死亦不迟。"遂将弘史舌尖紧咬。弘史不得舌出，将手扣其咽喉，陈氏遂死。弘史潜迹走脱，并无人知。

移时，小儿啼哭，秋桂喊声不应，推门不开，遂叫出春香，提灯进来，外门紧闭，从中间进去，见陈氏已死，口中出血，喉管血荫，袒身露体，不知从何致死。乃惊喊，族众见其妇如此形状，竟不知何故。内有吴十四、吴兆升说道："此妇自来正大，此必是强奸已完，其妇叫喊，遂扣喉而死。我想此不是别人，春香与茂七有通，必定是春香同谋强奸致死。"就将春香锁扣伴死，将陈氏幼子送往母家乳哺。

次日，程二庄上回来，见此大变，究问缘由，众人将春香通奸同谋事情说知。程二即具状告县：

告为强奸杀命事：极恶张茂七，迷曲蘖为好友，指花柳为神仙。贪妻春香姿艾，乘身出外调奸，恣意横行，往来无忌。本月某日，潜入卧房，强抱主母行奸，主母发喊，剪喉杀命。身妻喊惊邻甲共证。满口血凝，任挽天河莫洗；裸形床上，忍看被垢尸骸。痛恨初奸某妻，再奸主母；奸妻事小，杀主事大。恳准正法填命，除恶申冤。上告。

当时知县即行相验。只见那妇人尸喉管血荫，口中血出。令仆将棺盛之。带春香茂七一干人犯拘问。即问程二道："你主母被强奸致死，你妻子与茂七通奸同谋，你岂不知情弊？"程二道："小的数日往庄上收割，昨日回来，见此大变，询问邻族吴十四、吴兆升，说妻子与张茂七通奸，同谋强奸主母，主母发喊，扣喉绝命。小的即告爷爷台下。小的不知情由，望爷爷究问小的妻子，便知明白。"县官问春香道："你与张茂七同谋，强奸致死主母，好好从直招来。"春香道："小妇人与茂七通奸事真，若同谋强奸主母，并不曾有。"知县道："你主母为何死了？"春香道："不知。"官令拶起，春香当不起刑法，道："爷爷，同谋委实没有，只茂七曾说过，你主母青年貌美，教小妇人去做脚。小妇人道，我主母平日正大，此事毕竟不做。想来必定张茂七私自去行也未见得。"官将茂七夹起问道："你好好招来，免受刑法。"茂七道："没有。"官又问道："必然是你有心叫春香做脚，怎说没有此事？"当时吴十四、吴兆升道："爷爷是青天，既一事真，假事也是真了。"茂七道："这是反奸计。爷爷，分明是他两个强奸，他改做小的与春香事情，诬陷小的。"官将二人亦加刑法，各自争辩。官复问春香道："你既未同谋，你主母死时你在何处?”春香道:“小妇人在厨房照顾做工人,只见秋桂来说,小官在那里啼哭,喊叫三四声不应,推门又不开,小妇人方才提灯去看,只见主母已死,小妇人方喊叫邻族来看,那时吴十四、吴兆升就把小妇人锁了。小妇人想来,毕竟是他二人强奸扣死出去,故意来看,诬陷小妇人。”官令俱各收监,待明日再审。次日,又拿秋桂到后堂,县官以好言诱道:“你家主母是怎么死了?”秋桂道:“我也不晓得。只是傍晚叫我打水洗浴,叫我看小官,他自进去把前后门关了。后来听得脚声乱响,口内又像是说不出,过了半时,便无声息,小官才啼,我去叫时他不应,门又闭了。我去叫春香姐姐拿灯来看,只见衣服也未穿,死了。”官又问:“吴十四、吴兆升常在你家来么?”秋桂道:“并不曾来。”又问:“茂七来否?”秋桂道:“常在我家来,与春香姐姐笑。”官审问详细,取出一干人犯到堂道:“吴某二人事已明白,与他无干。茂七,我知道你当初叫春香做脚不遂,后来你在他家稔熟,晓得陈氏在外房洗浴,你先从中间藏在里房,俟陈氏进来,你掩口强奸,陈氏必然喊叫,你恐怕人来,将咽喉扣住死了。不然,他家又无杂人来往,哪个这等稔熟?后来春香见事难出脱,只得喊叫,此乃掩耳盗铃的意思。你二人的死罪定了。”遂令程二将棺埋讫,开豁邻族等众,即将行文申明上司。程二忠心看顾小主不提。

越至三年时,包公巡行山东曲阜县,那茂七的父亲学六具状进上:

诉为天劈奇冤事:民有枉官为申理,子受冤父为代白。枭恶程二,主母身故,陷男茂七奸杀,告县惨刑屈招。泣思奸无捉获,指奸恶妻为据;杀不喊明,驾平日推原。伊妻奸不择主,是夜未知张谁李谁;主母死无证据,当下何不扭住截住?恶欲指鹿而为马,法岂易牛而以羊。乞天镜。照飞霜。详情不雨,盆下衔恩。哀哀上诉。

包公准状。

次日,夜阅各犯罪案,至强奸杀命一案,不觉精神疲倦,朦胧睡去。忽梦见一女子似有诉冤之状。包公道:“你有冤只管诉来。”其妇未言所以,口吟数句而去道:“一史立口阝人士,八厶还夸一了居。舌尖留口含幽怨,蜘蛛横死恨方除。”时包公醒来,甚是疑惑,又见一大蜘蛛,口开舌断,死于卷上。包公辗转寻思,莫得其解。复自想道:“陈氏的冤,非姓史者即姓朱也。”次日,审问各罪案明白,审到此事,又问道:“我看起秋桂口词,他家又无闲人来往,你在他家稔熟,你又预托春香去谋奸,到如今还诉什么冤?”茂七道:“小的实没有此事,只是当初县官做杀了,小的有口难分。今幸喜青天爷爷到此,望爷爷斩断冤根。”包公复问春香,亦道:“并无此事,只是主母既死,小妇人分该死了。”包公乃命带春香出外听候,单问张茂七道:“你当初知陈氏洗浴,藏在房中,你将房中物件一一报来。”茂七道：“小的无此事怎么报得来？”包公道：“你死已定，何不报来！”茂七想道：“也是前世冤债，只得妄报几件。”他房中锦被、纱帐、箱笼俱放在床头。包公令带春香进来，问道：“你将主母房中使用物件逐一报来。”春香不知其意，报道：“主母家虽富足，又出自宦门，平生只爱淡薄，福生帐、布被、箱笼俱在楼上，里房别无他物。”包公又问：“你家亲眷并你主人朋友，有姓朱名史的没有？”春香道：“我主人在家日，有个朱吏部公子相交，自相公被掳，并不曾来，只常年与黄国材相公在附近读书。”包公发付收监。次日观风，取弘史作案首，取黄国材第二。是夜阅其卷，复又梦前诗，遂自悟道：“一史立口阝人士，一史乃是吏字，立口阝是个部字，人士乃语词也。八厶乃公字，一了是子字。此分明是吏部公子。舌尖留口含幽怨，这一句不会其意。蜘蛛横死恨方除，此公子姓朱，分明是蜘蛛也。他学名弘史，又与此横死声同律；恨方除，必定要问他填命方能泄其妇之恨。”

次日，朱弘史来谢考。包公道：“贤契好文字。”弘史语话不明，舌不叶律。包公疑惑，送出去。黄国材同四名、五名来谢。包公问黄生道：“列位贤契好文字。”众答道：“不敢。”因问道：“朱友的相貌魁昂，文才俊拔，只舌不叶律，可为此友惜之。不知他还是幼年生成，还是长成致疾？”国材道：“此友与门生四年同在崇峰里攻书，忽六月初八日夜间去其舌尖，故此对答不便。”诸生辞去。包想道：我看案状是六月初八日奸杀，此生亦是此日去舌，年月已同；兼相单上载口中血出，此必是弘史近境探知门路去向，故预藏在里房，俟其洗浴已完，强奸恣欲，将舌入其口以防发喊。陈氏烈性，将口咬其舌，弘史不得脱身，扣咽绝命逃去。试思此生去舌之日与陈氏奸杀之日相符，此正应“舌尖留口含幽怨”也，强奸杀命更无疑矣。随即差人去请弘史。及至，以重刑拷问，弘史一一招承。遂落审语道：

审得朱弘史，宦门辱子，黉序禽徒。当年与如芳相善，因庆新房，包藏淫欲。瞰夫被掳，于四年六月初八夜，藏入卧房，探听陈氏洗浴，恣意强奸，畏喊扣咽绝命。含舌诉冤于梦寐，飞霜落怨于台前。年月既侔，招详亦合。合拟大辟之诛，难逃枭首之律。其茂七、春香，填命虽谓无事，然私谋密策，终成祸胎，亦合发遣问流，以振风化。

第五回 锁匙

话说潮州府邹士龙、刘伯廉、王之臣三人相善,情同管鲍,义重分金。后臣、龙二人同登乡荐,共船往京会试。邹士龙到船,心中悒怏。王之臣慰解道:“大丈夫所志在功名,离别何足叹?”士龙道:“我非为此。贱内怀有七月之娠,屈指正月临盆,故不放心。”之臣道:“贱内亦然。想天相吉人,谅获平安,不必挂虑。”龙道:“你我二人自幼同学从师,稍长同进黉宫,前日同登龙虎,今又彼此内眷有孕,事岂偶然。兄若不弃,他日若生者皆男,呼为兄弟;生者皆女,呼为姊妹;倘是一男一女,结为夫妻。兄意何如?”臣道:“斯言先得我心。”命仆人取酒,尽欢而饮。后益相亲爱。至京会试,龙获联登,臣落孙山。臣遂先辞回家,龙乃送至郊外嘱道:“今家书一封劳兄带回,家中事务乞兄代为兼摄一二。”臣道:“家中事自当效力,不必挂念,惟努力殿试,决与前三名争胜。”遂掩泪而别。臣抵家见妻魏氏产一男,名朝栋。臣问是何日,魏氏道:“正月十五辰时。邹大人家同日酉时得一女,名琼玉。”臣心喜悦,遂送家书到龙家,龙妻李氏已先得联登捷报,又得平安家信,信中备述舟中指腹的事。李氏命婢设酒款臣,臣醉乃归。自后龙家外事臣遂悉为主持,毫无私意。数月后,龙受知县而回,择日请伯廉为二家交聘,臣以金镶玉如意表礼为聘,龙以碧玉鸾钗一对答之。及龙赴任,往来书启通问,每月无间。臣越数科不中,亦受教职,历任松江府同知。病重,遗书一纸于龙,中间别无所云,惟谆谆嘱以扶持幼子。既而,卒于任所。龙偶历南京巡道,得书大恸,亲往吊奠。臣为官清廉,囊无余剩,龙乃赠银百两,代为申明上司,给沿途夫马船只,奔柩归葬。丧事既毕,欲接朝栋来任攻书,朝栋辞道:“父丧未终,母寡家贫,为子者安敢远行。”龙闻言颇嘉其孝,常给赀以赡之,令之勤读,而家资日见颓败。十四岁补邑庠生,龙闻知甚喜,亦特遣贺。

自后,朝栋惟知读书,坐食山崩,遂至贫穷。而龙历任参政,以无子致仕回家,朝栋亦与伯廉往贺,衣衫褴褛。偶遇县官俱来拜,龙自觉羞耻,心甚不悦,朝栋已十六岁,乃托刘伯廉去说,择日完娶。参政遂道:“彼父在日虽过小聘,未尝纳采。彼乃宦家子弟,我女千金小姐,两家亦非小可人家,既要完娶,必行六礼。”朝栋闻言乃道:“彼亦知我家贫无措,何故如此作难!我当发奋,倘然侥幸,再作理会。”竟不复言。

一日，参政谓夫人道："女儿长成，分当该嫁。"夫人道："前者王公子来议完亲，虽家贫，我只得此女，何不令其人赘我家，岂不两便，何必要他纳采？"参政道："吾见朝栋将来恐只是个穷儒，我居此位，安用穷儒做门婿，谅他无银纳采，故尔留难。且彼大言不惭，再过一年，我叫刘兄去说，既不纳采，叫他领银百两另娶，我将女别选名门宦宅，庶不致耽误我女。"夫人道："彼即虽贫，喜好读书，将来必不落后。彼父虽亡，前言犹在，岂可因此改盟？"参政道："非汝所知，我自有处。"不意琼玉在屏后听知。次日，与丹桂在后花园中观花，见朝栋过于墙外。婢指道："这就是王公子。"各各相盼而去。琼玉见朝栋丰姿俊雅，但衣衫褴褛，心中暗喜。至第二日，乃又与丹桂往花园。朝栋因见女子星眸月貌，光彩动人，与婢观花，想其必是琼玉，次日又往园外经过。琼玉令丹桂呼道："王公子！"朝栋恐被人见，不敢近前。婢又连呼，生见呼切，意必有说，竟近墙边。琼玉乃令婢开了小门，备以父言相告。朝栋道："此亲原是先君所定，我今虽贫，银决不受，亲决不退。令尊欲将汝遣嫁，亦凭令尊。"琼玉道："家君虽有此意，我决不从。你可用心读书，终久团圆。你晚上可在此来，我有事问你。此时恐有人来，今且别去。"

朝栋回去，候至人静更余，径去门边，见丹桂立候，乃道："小姐请公子进去说话。"朝栋道："恐你老爷知道，两下不雅。"丹桂道："老爷、夫人已睡，进去无妨。"朝栋犹豫，丹桂促之乃入。但见备有酒肴，留公子对坐同饮。朝栋欲不能制，竟欲苟合，玉坚不许，乃道："今日之会，盖悯君之贫耳，岂因私欲致此。倘今苟从，合卺之际将何为质？"朝栋道："此事固不敢强，但令尊欲易盟将如之何？"玉道："我父纵欲别选东床，我岂肯从。古云：一丝已定，岂容再易。"朝栋道："你能如此，终恐令尊势不得已。"玉道："我父若以势压，惟死而已。"遂牵生手，对天盟誓。既而又饮。时至三更。女年尚幼，饮酒未节，遂乃醉倦，忘辞生回，和衣而睡。生欲出，丹桂道："小姐未辞，想有事说，少坐片时，俟小姐醒来。"生往视之，真若睡未足之海棠。生兴不能制，抱而同睡。玉略醒，乃道："我一时醉倦有失瞻顾。"生求合，玉意绸缪，亦不能拒，遂与同寝。鸡啼，二人同起。玉以丝绸三匹，金手镯一对，银钗数双授生。临别，又令次夜复入。生自后夜来晓出，两月有余。

一晚，朝栋偶因母病未去，丹桂候门良久，不见生来，忽闻有脚步响，连道："公子来矣。"不意祝圣八惯做鼠窃，撞见冲入。丹桂见是贼来，慌忙走入。圣八遂乃赶进，丹桂欲喊，圣八拔刀杀死。陡然入来，琼玉于灯下见是贼至，开门走至堂上暗处躲之。圣八入房，尽掳其物而去。玉至天微明，乃叫母道："居中被贼劫。"参政道："如何不叫？"玉道："我见杀了丹桂，只得开门走，躲藏于暗处，故不敢喊。"参政往看，见丹桂杀于后门。问玉道："丹桂缘何杀于此？"女无言可答。参政心甚疑之。玉乃因此惊病不能起床。

参政欲去告官，又无赃证，乃令家人梅旺到各处探访。朝栋因母病无银讨药，将金手镯一个请银匠饶贵换银，贵乃应诺，未收，朝栋出铺。梅旺偶在铺门经过，望见银匠桌上有金手镯一个，走进问道："此谁家的物件？"银匠道："适才王相公拿来待我换银的。"梅旺道："既要换银，我拿去见老爷兑银与他就是。"匠人道："他说不要说出谁的，你也不必说，勿令他怪我。"遂付与梅旺拿去。旺回家告参政道："此物像我家的，可请夫人、小姐来认。"夫人出见乃认道："此是小姐的，从何处得来？"旺道："在饶银匠铺中得来的，他说是那王朝栋相公把来与他换银的。"参政道："原来此子因贫改节，遂至于此。"即去写状，令梅旺具告巡行衙门：

告为杀婢劫财事：狠恶王朝栋，系故同知王之臣孽子，不守本分，倾败家业。充肠嗟无饭，饿眩目花；蔽体怨无衣，寒生肌栗。因父相知，往来惯熟。突于本月某日二更时分，潜入身家，抱婢丹桂逼奸不从杀死，劫去家财一洗。次日，缉获原赃金镯一只，银匠饶贵现证。劫财杀命，藐无法纪。伏乞追赃偿命，除害安良。上告。

时巡行包公一清如水，明若秋蟾，即差兵赵胜、孙勇，即刻往拿朝栋。栋乃次早亦具状诉冤：

诉为烛奸止奸事：东家失帛，不得廖同西家争衣；越人沽酒，何故妄与秦人索价？身父业绍箕裘，教传诗礼。叨登乡荐，历任松江府佐；官居清节，仅遗四海空囊。鲰生樗栎，名列黉宫。岳父邹士龙曾为指腹之好，长女邹琼玉允谐伉俪之缘。如意聘仪，鸾钗为答。孰意家计渐微，难行六礼。琼玉仗义疏财，私遗镯钗缎匹；岳父爱富嗔贫，屡求退休另嫁。久设阱机，无由投发。偶因贼劫，飘祸计坑。欲绝旧缘思媾新缘，贼杀婢命坑害婿命。吁天查奸缉盗，断女毕姻，脱陷安良。哀哀上诉。

包公问道："既非你杀丹桂，此金镯何处得来？"朝栋道："金镯是他家小姐与生员的。"包公道："事未必然。"朝栋道："可拘他家小姐对证。"包公沉吟半晌，问道："你与琼玉有通乎？"朝栋道："不敢。"似欲有言而愧视众人。包公微会其意，即退二堂，带之同入，屏绝左右。问道："既非有通，安肯与你多物？"朝栋道："今日非此大冤，生员决不敢言以丧其德；今遭此事，不得不以直告。"遂将其事详述一遍。包公道："只恐此事不确。倘事果真，明日互对之时，你将此事一一详说，看他父亲如何处置，我必拘他女来对证。果实，必断完娶；如虚，必向你偿命。"朝栋再三叩头道："望大人周全。"

包公次日拘审，士龙亲出互对，谓包公道："此子不良，望大人看朝廷分上，执法断填。”包公道：“理在则执法，法在何论情。朝栋亦宦家子弟，庠序后英，何分厚薄？”乃呼朝栋道：“父为清官，子为贼寇，你心忍玷家谱？”朝栋道：“生员素遵诗礼，居仁由义，安肯为此！”包公道：“你既不为，赃从何出？”朝栋道：“他女付我，岂劫得之。”邹士龙道：“明明是他理亏，无言可对，又推在吾女身上。”包公道：“伊女深闺何能得至？”朝栋道：“事出有因。”包公道：“有何因由？可细讲来。”朝栋道：“春三月，因事过彼花园，小姐偶同婢女丹桂观花，相视良久而退。生员次日又过其地，小姐已先在矣。小姐令丹桂叫生员至花园，备言其父与母商议欲悔婚，要叫伯廉来说，与银一百退亲，只夫人不肯。小姐见生员衣衫褴褛，约生员夜来说话。生员依期而去，丹桂候门，延入命酒，遂付金镯一对，银钗数双，丝绸三匹。偶因手迫，无银为老母买药，故持金镯一个托饶银匠代换银应用，被伊家人梅旺哄去。其杀死丹桂一事，实不知情。望大人体好生之德，念先君只得生员一人，母亲在疾，乞台曲全姻事，缉访真贼，以正典刑，衔结有日。”包公道：“既然如此，老先生亦箝管束不严，安怪此生？”参政道：“此皆浮谈。小女举止不乱，安得有此。”包公道：“既无此，必要令爱出证，泾渭自分。”朝栋道：“小姐若肯面对，如虚甘死。”士龙心中甚是疑惑：若说此事是虚，我对夫人说的话此生何以得知？倘或果真，一则不好说话，二则自觉无颜。心中犹豫不决。包公遂面激之道：“老大人身系朝纲，何为不加细察？”士龙被激乃道：“知子者莫若父。寒家有此，学生岂不知一二？”包公道：“只恐有此事便不甚雅。既无此事，令爱出来一证何妨？”士龙一时不能回答，及令梅旺讨轿接小姐来。梅旺即刻回家，对夫人将前事说了，夫人入室与女儿备说前事。小姐自思：“此生非我出证，冤不能白。”旺又催道：“包老爷专等小姐听审。”小姐无奈只得登轿而去。二门下轿，入见包公。包公道：“此生说金镯是你与他的，令尊说是此生劫得之赃。泾渭在你，公道说来。”小姐害羞不答。朝栋道：“既蒙相与，直说何妨，你安忍令致我于死地？”小姐年雏，终不敢答。包公连敲棋子厉声骂道：“这生可恶！口谈孔孟，行同盗跖，为何将此许多虚话欺官罔上？重打四十，问你一个死罪！”朝栋婴儿之态复萌，乃睡于地下，大哭而言道：“小姐，你有当初，何必有今日？当夜之盟今何在哉？我今受刑是你误我，我死固不足惜，家有老母，谁将事乎？”小姐亦低首含泪，乃道：“金镯是我与此生的，杀丹桂者不是此生。其贼入房，灯影之下，我略见其人半老，有须的模样。”包公道：“此言公道，饶你打罢。”生乃洋洋起来，跑在小姐旁边。小姐见生发皆散了，乃跪近为之挽发。参政见了心中怒起，乃道：“这妮子吓得眼花，见不仔细，一发胡言。”小姐已明白说过，因见父发怒越不敢言。包公道：“令爱既吓得眼花，见不仔细，想老先生见得仔细，莫若你自问此生一个死罪，何待学生千言万语？况丹桂为此生作待月的红娘，彼又安忍心杀之？”参政道：“小女尚年幼，终不然有西厢故事么？”包公道：“先前真情，已见于挽发时矣，何必苦苦争辩。”参政道：“知罪知罪，凭老大人公断。”包公道："若依我处，你当时与彼父既有同窗之雅，又有指腹之盟，兼有男心女欲，何不令速完娶？"参政道："据彼之言，丹桂之死虽非彼杀，实彼累之也。必要他查出此贼，方能脱得彼罪。"包公道："贼易审出，俟七日后定然获之，然后择日毕姻。"参政忿忿而出，包公令生女各回。

是夜，朝栋回家，燃香告于父道："男不幸误罹此祸，受此不美之名，奈无查出贼处，终不了事。我父有灵，详示报应。"祝毕就寝，梦见父坐于上，朝栋上前揖之，乃掷祝签一双于地，得圣签若八字形。朝栋趋而拾之，父乃出去，朝栋遂觉。却说包公退堂，心中思忖，将何策查出此贼。是夜，梦见一人，峨冠博带，近前揖谢道："小儿不肖，多叨培植。"掷竹而去。包公视之，乃是圣若八字形。觉而思道：贼非姓祝即名圣或名签。次早升堂，差人唤王相公到此有事商议。朝栋闻唤，即穿衣来见包公。包公将夜来梦见掷竹事说知。朝栋道："此乃先父感大人之德，特至叩谢。门生是夜亦曾焚香祝父，乞报贼名，即梦见先父亦如此如此，梦相符合，想贼名必寓签中。"包公道："我三更细想，此贼非姓祝，即名圣，或名签；若八字形，或排第八。贤契思之，有此名否？"适有一门子在旁闻得，禀道："前任刘爷已捕得一名鼠窃祝圣八，后以初犯刺臂释放。"包公道："即此人无疑矣。"即升堂，朱笔标票，差二人拿来。公差至圣八门首，见圣八正出门来，二人近前，一手扭住，铁锁扣送。包公道："你这畜生，黑夜杀人劫财，好大的胆！"圣八道："小人素守法度，并无此事。"包公道："你素守法，如何前任刘爷捕获刺臂？"圣八道："刘爷误捉，审有释放。"包公道："以你初犯刺臂释放，今又不改，杀婢劫财。重打四十，从直招来！"圣八推托不招，令将夹起，并不肯认。包公见他腰间有锁匙二个，令左右取来，差二人径往他家，嘱咐道："依计而行，如有泄漏，每人重责四十，革役不用。"二人领了锁匙到其家，对他妻子道："你丈夫今日到官，承认劫了邹家财物，拿此锁匙来叫你开箱，照单取出原赃。"其妻信以为实，遂开箱依单取还。二人挑至府堂，圣八愕然无词争辩，乃招道："小人是夜过他宅花园小门，偶听丹佳说道：'公子来矣。'小人冲入，彼欲喊叫，故尔杀之，掳财是真。"包公即差人请参政到堂，认明色衣四十件，色裙三十件，金首饰一副，银妆盒一个，牙梳，铜镜，一一收领明白。包公判道：

审得祝圣八，素行窃诈，猖獗害民。犯刺不悛，恣行偷盗，杀侍婢劫掳财物以利己；误朝栋几陷缧绁以离婚。原赃俱在，大辟攸宜。邹士龙枉列冠裳，不顾仁义，负心死友，欲悔前盟。箝束不严，以致怨女旷夫私相授受；防闲有弛，俾令戴月披星密自往来。侍女因而丧命，女婿几陷极刑。本宜按法，念尔官体年老，姑从减等。王朝栋非罪而受丛脞，合应免拟；邹琼玉永好而缔前盟，仍断成婚。使效唱随而偕老，俾令山海可同心。

王朝栋择日成婚，夫妇和谐，事亲至孝。次年科举，早膺鹗荐，赴京会试，黄榜联登，官授翰林之位。

第六回 包袱

话说宁波府定海县佥事高科、侍郎夏正二人同乡，常相交厚，两家内眷俱有孕，因指腹为亲。后夏得男名昌时，高得女名季玉。夏正遂央媒议亲，将金钗二股为聘，高科慨然受了，回他玉簪一对。但正为官清廉，家无羡余，一旦死在京城，高科助其资用奔柩归丧。高科寻亦罢官归家，资财巨万。昌时虽会读书，一贫如洗。十六岁以案首入学，托人去高岳丈家求亲。高嫌其贫，有退亲之意，故意作难道："须备六礼，方可成婚。今空言完亲，吾不能许。彼若不能备礼，不如早早退亲，多送些礼银与他另娶则可。"又延过三年，其女尝谏父母不当负义，父辄道："彼有百两聘礼，任汝去矣，不然，难为非礼之婚。"季玉乃窃取父之银两及己之镯、钿、宝钗、金粉盒等，颇有百余两，密令侍女秋香往约夏昌时道："小姐命我拜上公子。我家老爷嫌公子家贫，意欲退亲，小姐坚不肯从，日与父母争辩。今老相公道，公子若有聘金百两，便与成亲。小姐已收拾银两钗钿约值百两以上，约汝明日夜间到后花园来，千万莫误。"昌时闻言不胜欢喜，便与极相好友李善辅说知。善辅遂生一计道："兄有此好事，我备一壶酒与兄作贺礼。"至晚，加毒酒中，将昌时昏倒。善辅抽身径往高佥事花园，见后门半开，至花亭果见侍女持一包袱在手。辅接道："银子可与我。"侍女在月下认道："汝非夏公子。"辅道："正是。秋香密约我来。"侍女再又详认道："汝果不是夏公子，是贼也。"辅遂拾起石头一块，将侍女劈头打死，急拿包袱回来。昌时尚未醒，辅亦佯睡其旁。少顷，昌时醒来对善辅道："我今要去接那物矣。"辅道："兄可谓不善饮酒，我等兄不醒，不觉亦睡。此时人静，可即去矣。"昌时直至高宅花园，回顾寂然，至花亭见侍女在地道："莫非睡去乎？"以手扶起，手足俱冷，呼之不应，细看又无余物，吃了一惊，逃回家去。

次日，高佥事家不见侍女，四下寻觅，见打死在后花园亭中，不知何故，一家惊异。季玉乃出认道："秋香是我命送银两钗钿与夏昌时，令他备礼来聘我。岂料此人狠心将她打死，此必无娶我的心了。"高科闻言大怒，遂命家人往府急告：

告为谋财害命事：为盗者斩，难逃月中孤影；杀人者死，莫洗衣上血痕。狠恶夏昌时系故侍郎夏正孽子，因念年谊，曾经指腹，自伊父亡,从未行聘。岂恶串婢秋香,构盗钗钿,见财入手,杀婢灭迹。财帛事轻,人命情重。上告。

昌时亦即诉道:

诉为杀人图陷事:念身箕裘遗胤,诗礼儒生。先君侍郎,清节在人耳目;岳父高科,感恩愿结婚姻。允以季玉长姬,许作昌时正室。金钗为聘,玉簪回仪。谁期家运衰微,二十年难全六礼,遂致岳父反复,千百计求得一休。先令侍女传言,赠我厚赂;自将秋香打死,陷我深坑。求天劈枉超冤。上诉。

顾知府拘到各犯,即将两词细看审问,高科质称:"秋香偷银一百余两与他。我女季玉可证。彼若不打死秋香,我岂忍以亲女出官证他。且彼虽非我婿,亦非我仇,纵求与彼退亲,岂无别策,何必杀人命图赖他?"夏昌时质称:"前一日,汝令秋香到我家哄道,小姐有意于我,收拾金银首饰一百余两,叫我夜到花园来接。我痴心误信他,及至花园,见秋香已打死在地,并无银两。必此婢有罪犯,汝要将打死,故令他来哄我,思图赖我。若果我得他银两,人心合天理,何忍又打死他?"顾公遂叫季玉上来问道:"一是你父,一是你夫,汝是干证。从实招来,免受刑法。"季玉道:"妾父与夏侍郎同僚,先年指腹为婚,受金钗一对为聘,回他玉簪一双。后夏家贫淡,妾父与他退亲,妾不肯从,乃收拾金银钗钿有百余两,私命秋香去约夏昌时今夜到花园来接。竟不知何故将秋香打死,银物已尽取去,莫非有强奸秋香不从的事,故将打死;或怒我父要退亲,故打死侍婢泄忿。望青天详察。"顾公仰椅笑道:"此干证说得真实。"夏昌时道:"季玉所证前事极实,我死亦无怨,但说我得银打死秋香,死亦不服。然此想是前生冤业,今生填还,百口难辩。"遂自诬服。府公即判道:审得夏昌时,仗剑狂徒,滥竽学校,破家荡子,玷辱家声。故外父高科弃葑菲而明告绝,乃笄妻季玉重盟誓而暗赠金银。胡为既利其财,且忍又杀其婢,此非强奸恐泄,必应黩货瞒心。赴约而来,花园其谁到也;淫欲以逞,暮夜岂无知乎?高科虽曰负盟,绝凶徒实知人则哲;季玉嫌于背父,念结发亦观过知仁。高女另行改嫁,昌时明正典刑。

昌时已成狱三年,适包公奉旨巡行天下,先巡历浙江,尚未到任,私行入定海县衙。胡知县疑是打点衙门者,收入监去。及在狱中,又说:"我会做状,汝众囚若有冤枉者,代汝作状申诉。"时夏昌时在狱,将冤枉从直告诉,包公悉记在心后,用一印令禁卒送与胡知县,知县方知是巡行老爷,即忙跪请坐堂。及升堂,即吊昌时一案文卷来问,季玉坚执是伊杀侍婢,必无别人。包公不能决,再问昌时道:"汝曾泄漏与人否?"昌时道:"只与相好友李善辅说过,其夜在他家饮酒,醒来，辅只在旁未动。”包公猜道：“这等，情已真矣，不必再问。”遂考校宁波府生员，取李善辅批首，情好极密，所言无不听纳。至省后又召去相见，如此者近半年。一日，包公谓李善辅道：“吾为官拙清，今将嫁女，苦无妆资，汝在外看有好金子代我换些。异日倘有甚好关节，准你一件。汝是我得意门生，外面须为我缜密。”李善辅深信无疑，数日后送到古金钗一对，碧玉簪一对，金粉盒、金镜袋各一对，包公亦佯喜。即调夏昌时一干人再问。取出金钗、玉簪、粉盒、金镜袋，尽排于桌上。季玉认道：“此尽是我以前送夏生者。”再叫李善辅来对，见高小姐认物件是他的，吓得魂不附体，只推是与过路客人换来的。此刻夏昌时方知前者为毒酒所迷，高声喝道：“好友！害人于死地。”善辅抵赖不得，遂供招承认。

包公批道：

审得李善辅，贪黩害义，残忍丧心。毒药误昌时，几筵中暗藏机阱；顽石杀侍女，花亭上骤进虎狼。利归己，害归人，敢效郦寄卖友；杀一死，坑一生，犹甚蒯通误人。金盒宝钗，昔日真赃俱在；铁钺斧铮，今秋大辟何辞。高科厌贫求富，思背故友之姻盟；掩实弄虚，几陷佳婿于死地。若正伦法，应加重刑，惜在缙绅，量从末减。夏昌时虽在缧绁之中，非其罪也；高季玉既怀念旧之志，永为好兮。昔结同心，曾山盟而海誓；仍断合卺，俾夫唱而妇随。

夏昌时罪既得释，又得成亲，二人恩爱甚笃，乃画起包公图像，朝夕供养。后夏昌时亦登科甲，官至给事。

第七回 葛叶飘来

话说处州府云和县进士罗有文,知南丰县事有年。龙泉县举人鞠躬,与之系瓜葛之亲,带仆三人,贵十八、章三、富十,往谒有文,仅获百金,将银五十两买南丰铜镏金玩器、笼金篦子,用皮箱盛贮,白铜锁钥。又值包公巡行南京,躬与相知,欲往候见之。货齐,辞有文起身。数日,到了瑞洪,先令章三、富十二人起早往南京,探问包公巡历何府,约定芜湖相会。次日换船,水手葛彩搬过行李上船,见其皮箱甚重,疑是金银,乃报与家长艾虎道:"几只皮箱重得异常,想是金银,决非他物。"二人乃起谋心,议道:"不可再搭别人,以便中途行事。"计排已定,乃佯谓躬道:"我想相公是读书人,决然好静,恐搭做客杂人同船,打扰不便。今不搭别人,但求相公重赏些船钱。"躬道:"如此更好,到芜湖时多与你些钱就是。"二人见说,愈疑银多。是日,开船过了九江。次晚,水手将船艄在僻处,候至半夜时分,艾虎执刀向躬头一砍,葛彩执刀向贵十八头一砍,主仆二人死于非命,丢入江中。搜出钥匙将皮箱开了,见满箱皆是铜器,有香炉、花瓶、水壶、笔山,精致玩器,又有篦子,皆是笼金故事,止得银三十两。彩道:"我说都是银子,二人一场富贵在眼下,原来是这些东西。"虎道:"有这样好货,愁无卖处?莫若再至芜湖,沿途发卖,即是银子。"二人商议而行。

章三、富十探得包公消息,巡视苏州,径转芜湖。候过半月,未见主人来,乃讨船一路迎上来,并未曾有。又上九江,直抵瑞洪原店查问。店主道:"次日换船即行,何待如今?"二人愕然。又下南京,盘费用尽,只得典衣为路费,往苏州寻问。及于苏州寻访,并无消息。不意包公已起马往巡松江,二人又往松江去问,亦无消息。欲见包公,奈衙门整肃。商议莫若假做告状的人,乘放告日期带了状子进去禀知,必有好处。遂各进讫。包公见了大惊,问道:"你相公此中途如何相别?"章三道:"小人与相公同到南丰罗爷任上,买有镏金铜器、笼金篦等货,离南丰而抵瑞洪。小的二人起早先往南京,探问老爷巡历何府,以便进谒,约定芜湖相会。小人到京得知老爷在苏,复转,候主人半月未来。小的二人直上九江,沿途寻觅,没有消息,疑恐来苏。小的盘缠已尽,典衣作盘费到苏,老爷发驾,遍觅皆无。今到此数日,老爷衙门整肃,不敢进见,故假告状为由,门上才肯放人,乞老爷代为清查。"包公道:"中途别后,或回家去了?"富十道:"来意的确,岂回家去。”包公道:“相公在南丰所得多少?”答道:“仅得百金。”又问:“买货多少?”答道:“买铜器、丰篦用银五十两。”包公道:“你相公最好驰逞,既未回家,非舟中被劫,即江上遭风。我给批文一张,银二两与你二人做盘费,沿途缉访,若被劫定有货卖,逢有卖铜器、丰篦的,来历不明者即给送官起解见我,自有分晓。”二人领批而去,往各处捕缉皆无。

章三二人路费将尽,历至南京,见一铺有一副香炉,二人细看是真,问:“此货可卖否?”店主道:“自是卖的。”又问:“还有甚玩器否?”店主道:“有。”章三道:“有则借看。”店主抬出皮箱任拣。二人看得的确,问:“此货何处贩来的?”店主道:“芜湖来的。”富十一手扭结,店主不知其故,乃道:“你这二人无故结人,有何缘故?”两相厮打。适值兵马司朱天伦经过,问:“何人罗唣?”章三扭出,富十取出批文投下,带转司去,细问来历。章三一一详述,如此如此。朱公问道:“你何姓名?”其人道:“小人名金良,此货是妻舅由芜湖贩来的。”朱公道:“此非芜湖所出,安在此处贩来?中间必有缘故。”良道:“要知来历,拘得妻舅吴程方知明白。”朱公即将众人收监。次日,拿吴程到司。朱公问道:“你在何处贩此铜货来?”吴程道:“此货出自江西南丰,适有客人贩至芜湖,小人用价银四十两凭牙掇来。”朱公道:“这客人认得是何处人否?”吴程道:“萍水相逢,那里识得!”朱公闻言,不敢擅决,只将四人一起解赴包公。

包公巡行至太平府。解人解至,正值审录考察,无暇勘问,发委董推官问明缴报。解人提到,董推官坐堂,富十、章三二人即具投状:

告为谋财杀命事:天网疏而不漏,人冤久而必伸。恩主鞠躬,往南丰谒戚,用价买得铜器、丰篦,来京叩院,中途别主,杳无踪影。岂料凶恶金良、吴程,利财谋命,今幸获原赃,投天正法。恳念缥缈之冤魂可悲,急追浮沉之白骨何在。泣告。

吴程亦即诉道:诉为平地兴波事:冤头债主,各自有故相当;林木池鱼,亦非无因可及。念身守法经商,芜湖生意,偶因客带铜货;用价掇回,当凭牙侩段克己见证。岂恶等飘空冒认,无端坑杀。设使货自御至,何敢开张明卖?纵有来历不明,定须详究根由。上诉。

那时推府受词,研审一遍收监。次日,牌拘段克己到,取出各犯听审。推府问段克己:“你作牙行,吴程称是凭你掇来,不知原客何名何姓?”克己道:“过来往去客多,安能久记姓名。”推府道:“此一案乃包爷发来,兼且人命重事,知而不报,必与同谋。吴程你明白招来,免受重刑。”程道:“古言:有眼牙人无眼客。当时货凭他买。”克己道:“是时你图他货贱,肯与他买,我不过为你解纷息争,以平其价,我岂与你盘诘奸细?”推府道:“因利而带货,人情也。倘不图利,安肯乘波抵险,奔走江湖?吴程你既知货贱卖,必是窃来的物。段克己你做牙行,延揽四方,岂不知此事?二人自相推阻,中间必有话说。从直招来。若是他人,速报名姓；若是自己，快快招明，免受刑拷。”二人不招，俱各打三十，夹敲三百，仍推阻不招，自思道：“二人受此苦刑竟不肯招，且权收监。”但见忽有一片葛叶顺风吹来，将门上所挂之红彩一起带下，飘至克己身上，不知其故，及退堂自思：衙内并未栽葛，安有葛叶飞来？此事甚异，竟不能解。

次日又审，用刑不招，遂拟成疑狱，具申包公，倒文令着实查报，且委查盘仪征等县。推官起马，往芜湖讨船，官船皆答应上司去，临时差皂快捉船应用，偶尔捉艾虎船到。推府登舟问道：“你是何名？”答道：“小人名艾虎。”“彼是何名？”虎道：“水手名葛彩。”推府自思：前疑已释，葛叶随彩而下，想谋人者即是葛彩。遂不登舟，令手下擒捉二人，转公馆拷问，二人吓得魂飞魄散。推府道：“你谋害举人，前牙行段克己报是你，久缉未获。今既获之，招承成狱，不必多言。”艾虎道：“小人撑船，与克己无干，彼自谋人，何故乱扳我等？”推官怒其不认，即令各责四十，寄监芜湖县。乃往各县查盘回报，即行牌取二犯审勘。芜湖知县即将二犯起解到府，送入刑厅，推府即令重责四十迎风，二人毫不招承，乃取出吴程等一干人犯对审。吴程道：“你这贼谋人得货售银，累我等无辜受此苦楚，幸天有眼。”葛彩道：“你何昧心？我并未与你会面，何故妄扳？”吴程道：“铜货、丰篦得我价银四十二两，克己可作证。”艾虎二人抵饰不招，又夹敲一百。艾虎招道：“事皆葛彩所起。当时鞠举人来船，彩为搬过皮箱三只上船，其重异常，意是金银，故萌此心，不搭别人，待过湖口，以刀杀之，丢入江心。后开皮箱见是铜货，止得银三十余两，二人悔之不及。将货在芜湖发，得吴程银四十两。是时只要将货脱卸，故此贱卖，被段克己觉察，分去银一十五两。”克己低首无言。推官令各自招承。富十、章三二人叩谢道：“爷爷青天！恩主之冤一旦雪矣。”推府判了参语，申详包公。包公即面审，毫无异词。即批道：

据招：葛彩先试轻重，而起朵颐之想；艾虎后闻利言，而操害命之谋。驾言多赏船钱，探囊中虚实；不搭客商罗唣，装成就里机关。艄船僻处，预防人知。肆恶更阑，操刀杀主仆于非命；行凶夜半，丢尸灭踪迹于江湖。欣幸满箱银两，可获贫儿暴富，谁知盈箧铜货，难以旦夕脱身。装至芜湖，牙侩知而分骗，贩来京铺，二仆认以获赃。贼不知名，飘葛叶而详显报应；犯难遽获，捉官船而吐真名。悟符前谶，非是风吹败叶；擒来拷鞫，果是谋害正凶。葛、艾二凶，利财谋命，合枭首以示众；吴、段二恶，和骗分赃，皆充配于远方。金良无辜，应皆省发。各如拟行。

遂将葛彩、艾虎秋季斩市，吴程、克己即行发配讫。

按：此断虽鞠躬之幽魂死不瞑目，实包公之英哲，委勘得人，乃能断出此冤。上则不致三纲解纽，次则不致奸凶漏网，是可见天理昭然而法纪大明矣。

第八回 招帖收去

话说广东有一客人，姓游名子华，本贯浙人。自祖父以来在广东发卖机布，财本巨万，即于本处讨娶一妾王氏。子华素性酗酒凶暴，若稍有一毫不中其意，遂即毒打。妾苦不胜，一夜更深人静，候子华睡去时走出，投井而死。次日，子华不知其妾投井而死，乃出招帖遍处贴之，贴过数月，并无消息。子华讨取货银已毕，即收拾回浙。

适有本府一人名林福，开一酒肉店，积得数块银两，娶妻方氏名春莲。岂知此妇性情好淫，常与人通奸。福之父母审知其故，详以语福。福怀怒气，逐日打骂，凌辱不堪。春莲乃伪怨其父母道："当初生我丑陋，何不将我淹死？今嫁此等心狠丈夫，贪花好色，嫌我貌丑，昼夜恼恨，轻则辱骂，重则敲打，料我终是死的。"父母劝其女道："既已嫁他，只可低头忍受，过得日子也罢，不可与他争闹。"那父母虽以好言抚慰，其实疑林福为薄幸之徒。忽一日春莲早起开门烧火，忽有棍徒许达汲水经过，看见春莲一人，悄无人在，乃挑之道："春莲，你今日起来这般早，你丈夫尚未起来，可到吾家吃一碗早汤。"春莲道："你家有人否？"许达道："并无一人，只我单身独处。"春莲本性淫贱，闻说家中无人，又想丈夫每日每时吵闹，遂跟许达同去。许达不胜欢喜，便开橱门取些果品与春莲吃了，又将银簪二根送与春莲，掩上柴门，二人遂即上床。云雨事散，众家俱起，不得回家，许达遂匿之于家中，将门锁上，竟出街上生意去了。直至黑晚回来，与春莲取乐。及林福起来，见妻子早起烧火开门不见回来，意想此妇每遭打骂，必逃走矣。乃遍处寻访无踪，亦写寻人招帖贴于各处，仍报岳父方礼知之。礼大怒道："我女素来失爱，尝在我面前说你屡行打骂，痛恨失所，每欲自尽，我夫妇常常劝慰，故未即死。今日必遭你打死，你把尸首藏灭，故诈言他逃走来哄骗我，我必告之于官，为女伸冤，方消此恨。"乃具状词，赴告本县汤公。其词道：

告为伦法大变事：婚娶论财，夷虏之道；夫嫌妇丑，禽兽不如。身女春莲，凭媒嫁与林福为妻。岂料福性贪淫，嫌女貌丑，日加打骂，凌辱不堪。今日仍行恶毒，登时殴死。惧罪难逃，匿尸埋灭。驾言逃走，是谁见证？痛思人烟稠密，私奔岂无踪影；女步艰难，数日何无信音？

明明是恶杀匿。女魂遭陷黑天，父朽仰于白日。祈追尸抵偿。哀哀上告。

本县准状，即差役拘拿林福，林福亦具诉词，不在话下。

且说许达闻得方礼、林福两家告状，对春莲道："留你数日，不想你父母告状问夫家要人，在此不便，倘或寻出，如何是好？不若与你同走他乡，又作道理。"春莲闻言便道："事不可迟，即宜速行。"遂收拾行李，连夜逃走，直至云南省城住脚。盘费已尽，许达道："今日到此，举目无亲，食用欠缺，此事将何处之？"春莲本是淫妇，乃道："你不必以衣食为虑，我若舍身，尽你足用。"许达亦不得已从之。乃妆饰为娼，趁钱度日，改名素娥。一时风流子弟，闻得新来一妓甚美，都来嫖耍，衣食果然充足。

且说当日春莲逃走之后，有耆民呈称：本坊井中有死人尸首在内。县官即命仵作检验，乃广东客人游子华之妾。方礼认为己女，遂抱尸哭道："此系我女身尸，果被恶婿林福打死，丢匿此井。"遂禀过县官，哀求拷问。县官提林福审问："汝将妻子打死，匿于井中，此事是实？"林福辩道："此尸虽系女人，然衣服、相貌俱与我妻不同。我妻年长，此妇年少；我妻身长，此妇身短；我妻发多而长，此妇发少而短。安得影射以害小人？万望爷爷详情。"方礼向前哀告道："此是林福抵饰的话，望老爷验伤便知打死情由。"县官严行刑法，林福受刑不过，只得屈招，申院未行在狱。

及至岁终，包公巡行天下，奉敕来到此府，审问林福情由，即知其被诬。叹道："我奉旨搜检冤枉，今观林福这段事情，甚有可疑，安得不为伸理。"遂语众官道："方春莲既系淫妇，必不肯死，虽遭打骂，亦只潜逃，其被人拐去无疑。"乃令手下遍将各处招帖收去，一一查勘。内有一帖，原系广东客人游子华寻妇帖子，与死尸衣服、状貌相同，乃拘游子华来证，子华已去。包公日夜思想林福这段冤枉，我明知之，安可不为伸雪？乃焚香告司士之神道："春莲逃走事情，胸中狐疑不决，伏望神祇大彰报应。"告祝已毕。次日，发遣人役往云南公干。承行吏名汤琯，竟去云南省城，投下公文，宿于公馆，候领回文，不觉延迟数日。闻得新娼素娥风情出色，姿丽过人，亦往素娥家中去嫖耍。便问道："汝系何处女子，为娼于此？"其妇道："我亦良家子女，被夫打骂，受苦不过，故尔逃出，奈衣食无措，借此度日。"汤道："听你声音好似我同乡，看你相貌好似林福妻子。"其妇一惊，满面通红，不敢隐瞒，只得说出前事，如此如此，乃是邻右许达带我来，望乡人回府切勿露出此事，小妇加倍奉承，歇钱亦不敢受。汤琯佯应道："你们放心，只管在此接客，我明日还要来耍。我若归家，决不露出你们机关。"乃相别而回，至公馆中叹道："世间有此冤枉事。林福与我切近邻舍，今落重狱。"恨不得即到家中报说此事。

次日，领了回文，作速起程归家，即以春莲被许达拐在云南省城为娼告知林福，林福状告于包爷台下。包公遂即差人同林福随汤径往云南省城，拘拿春莲、许达两人还家。包公鞫问明白，把春莲当官嫁卖，财礼悉付林福收领；拟许达徒罪；方礼反坐诬告；林福无辜放归；仍给官银三两赏赐汤琯。即判道：

审得方氏，水性漂流，风情淫荡。常赴桑中之约，屡经濮上之行。其夫闻知有污行，屡屡打骂，理所宜然。夫何顿生逃走之心，不念同衾之意。清早开门，遇见许达；遂匿他家，纵行淫逸。而许达乃奔走仆夫，负贩俗子。投甘言而引尤物，贵丽色而作生涯。将谓觅得爱卿，不愿封侯之贵；哪知拐骗逃妇，安免徙流之役。方礼不咎闺门之有玷，反告女婿之不良。诬以打死，诳以匿尸。妄指他人之毙妾，认为系女之伤骸。告杀命而女犹生；控匿尸而女尚在。虚情可诳，实罪难逃。林福领财礼而另娶，汤琯受旌赏而奉公。取供存案。

包公判讫。百姓闻之，莫不醉心悦服。

第九回 夹底船

话说苏州府吴县船户单贵，水手叶新，即贵之妹丈，专谋客商。适有徽州商人宁龙，带仆季兴，来买缎绢千有余金，写雇单贵船只，搬货上船。次日，登舟开船，径往江西而去，五日至漳湾艄船。是夜，单贵买酒买肉，四人盘桓而饮，劝得宁龙主仆尽醉。候至二更人静，星月微明，单贵、叶新把船，潜出江心深处，将主仆二人丢入水中。季兴昏昏沉醉，不醒人事，被水淹死。宁龙幼识水性，落水时随势钻下，偶得一木缘之，跟水直下。见一只大船悠悠而上，龙高声喊叫救命。船上有一人姓张名晋，乃是宁龙两姨表兄，闻其语系同乡，速令艄子救起，两人相见，各叙亲情。晋即取衣与换，问以何故落水，龙将前事备细说了一遍，晋乃取酒与他压惊。天明，二人另讨一船，知包公巡行吴地，即写状具告：

告为谋命谋财事：肆恶害人，船户若负嵎之虎；离乡陷本，客商似涸水之鱼。身带银千两，一仆随行，来苏贩缎，往贸江西，寻牙雇船装载。不料舟子单贵、水手叶新等，揽身货载，行至漳湾，艄船设酒，苦苦劝醉，将身主仆推入江心。孤客月中来，一篙撑载菰蒲去；四顾人声静，双拳推落碧潭忙。人坠波心，命丧江鱼之腹；伊回渡口，财充饿虎之颐。无奈仆遭淹死，身幸张晋救援。恶喜夜无人知，不思天理可畏。乞准追货断填。上告。

包公接得此状，细审一番。随行牌捕捉，二人尚未回家。公差回禀，即拿单贵家小收监，又将宁龙同监。差捕快谢能，李隽二人即领批径巡水路挨访。岂知单贵二人是夜将货另载小船，将空船扬言被劫，将船寄在漳湾，二人起货往南京发卖。既到南京，将缎绢总搬上铺，得银一千三百两，掉船而回。至漳湾取船，偶遇谢、李二公差，乃问道："既然回家，可搭我船而去。"谢、李二人毫不言动，同船直回苏州城下。谢、李取出扭锁，将单贵、叶新锁起。二人魂不附体，不知风从何来。乃道："你无故将我等锁起，有何罪名？"谢、李道："去见老爷就有分晓。"二人捉入城中，包公正值坐堂，公差将二人犯带进道："小的领钧旨挨拿单贵一起人犯，带来投到，乞金笔销批。"包公又差四人往船上，将所有尽搬入府来。问:“单贵、叶新,你二人谋死宁龙主仆二人,得银多少?”单贵道:“小人并未谋人,知甚宁龙?”包公道:“方有人说凭你代宁龙雇船往江西。中途谋死,何故强争?”单贵道:“宁龙雇船,中途被劫,小人之命险不能保,安顾得他?”包公怒道:“以酒醉他,丢入波心,还这等口硬。可将各打四十。”叶新道:“小人纵有亏心,今无人告发,无赃可证,缘何追风捕影,不审明白,将人重责,岂肯甘心。”包公道:“今日到此。不怕你不甘心。从直招来,免受刑法;如不直招,取夹棍来夹起。”单贵二人身虽受刑,形色不变,口中争辩不一。俄而众兵搬出船上行李,一一陈于丹墀之下。监中取出宁龙来认,中间动用之物一毫不是,银子一两没有,缎绢一匹也无——岂料其银并得宁龙的物件皆藏于船中夹底之下——单贵见陈之物无一样是的,乃道:“宁龙你好负心。是夜你被贼劫,将你二人推入水中,缘何不告贼而诬告我等?你没天理。”龙道:“是夜何尝被贼?你二人将酒劝醉,把船划入江中,丢我二人下水,将货寄在人家,故自口强。”

包公见二人争辩,一时狐疑,乃思:既谋宁龙,船中岂无一物?岂无银子?千两之货置于何地?乃令放刑收监。

包公次早升堂,取单贵二人,令贵站立东廊,新站立西廊。先呼新问道:“是夜贼劫你船,贼人多少?穿何衣服?面貌若何?”新道:“三更时分,四人皆在船中沉睡,忽众把船划入江心。一人七长八大,穿青衣,涂脸,先上船来,忽三只小船团团围住,宁龙主仆见贼入船,惊走船尾,跳入水中。那贼将小的来打,小的再三哀告道:‘我是船户。’他才放手,尽掳其货而去。今宁龙诬告法台,此乃瞒心昧己。”包公道:“你出站西廊。”又叫单贵问道:“贼劫你船,贼人多少?穿何衣服?面貌若何?”贵道:“三更时分,贼把船划入江心,四面小船七、八只俱来围住,有一后生身穿红衣,跳过船来将宁龙二人丢入水中,又要把小的丢去,小的道:‘我非客商,乃是船户。’方才放手,不然同入水中,命亦休矣。”包公见口词不一,将二人夹起。皆道:“既谋他财,小的并未回家,其财货藏于何处?”并不招认,无法可施,又令收监。亲乘轿往船上去看,船内皆空。细看其由,见船底有隙,皆无棱角,乃令左右启之。内有暗栓不能启,令取刀斧撬开,见内货物广多,衣服器具皆有,两皮箱皆是银子。验明,抬回衙来,取出宁龙认物。

龙道:“前物不是,不敢冒认;此物皆是,只是此新箱不是。”包公令取单贵二人道:“这贼可恶不招,此物谁的?”贵道:“此物皆是客人寄的,何尝是他的?”龙道:“你说是他人寄的,皮箱簿帐谅你废去,此旧皮箱内左旁有一鼎字号,难道没有?”包公令左右开看,果然有一鼎字号。乃将单贵二人重打六十,熬刑不过,乃招出其货皆在南方卖去,得银一千三百两,分作两箱,二人各得一箱。包公判道:

审得单贵、叶新,干没利源,驾扁舟而载货;贪财害客,因谋杀以成家。客人宁龙，误上其船。舟行数日，携酒频斟。杯中设饵，腹内藏刀。趁酒醉中睡浓，一篙抽船离畔；候更深人静，双手推客入江。自意主仆落江中，决定葬于鱼腹；深幸财货入私橐，得以遂其狼心。不幸幕夜无知，犹庆皇天有眼；虽然仆遭溺没，且喜主获救援。转行赴告，挨批诱捉于舟中；真赃未获，巧言争辩于公堂。船底中搜出器物银两，簧舌上招出谋命劫财。罪应大辟，以偿季兴冤命；赃还旧主，以给宁龙宁家。

判讫，拟二凶秋后斩首，余给省发。可谓民奸不终隐伏，而王法悉得其平矣。

第十回　接迹渡

话说徐隆乃剑州人，家甚贫窘，父丧母存，日食不给。有弟徐清，雇工供母。其母见隆不能任力，终日闲游，时常骂詈，隆觉羞颜。一日，奋然相约知己冯仁，同往云南生意，一去十数余年，大获其利，满载而归。归至本地接迹渡头，天色将晚，只见昔年渡子张杰将船撑接，两人笑容拱手，问道："隆官你去多年不归，想获大利。"徐隆步行负银力倦，微微答道："钱虽积些，所得不多。"遂将雨伞、包袱丢入船舱，响声颇重。张知其云南远归，其包袱内必是有银，陡起枭心，将隆一篙打落水中淹死，天晚无人看见。

杰将包袱密藏归家，一时富贵，渐渐买田创屋。有子名曰张尤，年登七岁，杰单请一师诂训，其师时常对杰称誉道："令郎善诗善对。"杰不深信，至端阳日请先生庆赏佳节。饮至中间，杰道："承先生常誉小儿能为对句，今乃端阳佳节，莫若将此佳节为题以试小儿何如？"先生道："令郎天资隽雅，联句何难。"随口占一联与之对道："黄丝系粽，汨罗江上吊忠魂。"张尤沉思半晌，不能答对。杰甚不悦，先生亦觉无颜。张尤亦羞颜无地，假意厕房出恭，那冤魂就变作一老人在厕房之旁，问张尤道："汝今日为何不悦？"张尤答道："我被父亲叫先生在席上出对考我，甚是难对，故此不悦。"冤魂问道："对句如何？"尤道："黄丝系粽，汨罗江上吊忠魂。"冤魂笑道："此对不难，我为汝对之。"尤道："这等极好。"冤魂对道："紫竹挑包，接迹渡头谋远客。"尤甚欢喜，慌忙奔入席间禀告先生道："先生所出之对。我今对得。"先生不胜欢悦："汝既对得，可速说来。"答道："紫竹挑包，接迹渡头谋远客。"其父骇然失色，先生道："对虽对得，不见甚美。"其父道："此对必是汝请人对的，好好直说出来，免受鞭笞。"其子受逼不过，将那老人代对的事说出。其父问："这老人今还在厕房否？"尤道："不知。"杰慌忙奔看不见，心中自疑：此必是渡头谋死冤魂出现。骇得胆战心惊，胡言乱语，悉以谋死徐隆的事直告先生，不觉被堂侄张奔窃听。奔为昔年与杰争占有仇，次日遂具状出首。董侯准其状词，即差精兵五名密拿张杰赴台拘问。张杰拿至台下，面无人色，手足无措。董侯知其谋害是实，将杰三拷六问。张杰受刑不过，将谋害徐隆事情一一供招，将杰枷锁入监。次日申明上司，上司包公吊问填命，家业尽追入官，妻子逃走不究。

第十一回 黄菜叶

话说西京河南府，离城五里有一师家，弟兄两个，家道殷富。长的名官受，二的名马都，皆有志气。二郎现在扬州府当织造匠。师官受娶得妻刘都赛，是个美丽佳人，生下一个儿子，取名金保，年已五岁。其年正月上元佳节，西京大放花灯。刘娘子禀过婆婆，梳妆齐备，打扮得十分俊俏，与梅香、张院公入城看灯。行到鳌山寺，不觉众人喧挤，梅香、院子各自分散。娘子正看灯时，回头不见了伙伴，心下慌张。忽然刮起一阵狂风，将逍遥宝架灯吹落，看灯的人都四下散走，止有刘娘子不识路径。正在惊慌之际，忽听得一声喝道，数十军人随着一个贵侯来到，灯笼无数，却是皇亲赵王，马上看见娘子美貌，心中暗喜，便问："你是谁家女子，半夜在此为何？"娘子诈道："妾是东京人氏，随丈夫到此看灯，适因吹折逍遥宝架灯，丈夫不知哪里去了，妾身在此等候。"赵王道："如今更深，可随我入府中，明日却来寻访。"娘子无奈，只得随赵王入府中来。赵遂着使女将娘子引到睡房，赵王随后进去，笑对娘子道："我是金枝玉叶，你肯为我妃子，享不尽富贵。"那娘子吓得低头无语，寻死无路，怎当得那赵王强横之势，只得顺从，宿却一宵。赵王次日设宴，不在话下。且说张院公与梅香回去见师婆婆说知，娘子看灯失散，不知去向。婆婆与师郎烦恼无及，即着家人入城寻访。有人传说在赵王府里，亦不知底实。

不觉将近一月。刘娘子虽在王府享富贵，朝夕思想婆婆、丈夫、儿子。忽有老鼠将刘娘子房中穿的那一套织成万象衣服咬得粉碎，娘子看见，眉头不展，面带忧容。适赵王看见，遂问道："娘子因甚烦恼？"娘子说知其故。赵王笑道："这有何难，召取西京织匠人来府中织造一件新的便了。"次日，赵王遂出告示。不想师家祖上会织此锦，师郎正要探听妻子消息，听了此语，即便辞了母亲来见赵王。赵王道："汝既会织，就在府中依样造成。"师郎承命而去。众梅香传与娘子，五爷着五个匠人在东廊下织锦。娘子自忖：西京只有师家会织，叔叔二郎现在扬州未回，此间莫非是我丈夫？即抽身来看。那师郎认得妻子，二人相抱而哭。旁边织匠人各各惊骇，不知其故。不道赵王酒醒，忽不见了刘都赛，因问侍女知在看匠人织造。赵王忙来廊下看时，见刘娘子与师郎相抱不舍。赵王大怒，即令刀斧手押过五个匠人，前去法场处斩，可怜师郎与四个匠人无罪，一时死于非命。那赵王恐有后累,命五百刽子手将师家门首围了,将师家大小男女尽行杀戮,家财搬回府中,放起一把火来,将房屋烧个干净。当下只有张院公带得小主人师金保出街坊买糕,回来见杀死死尸无数,血流满地,房屋火烧尚未灭。张院公惊问邻居之人,乃知被赵王所害。张院公没奈何抱着五岁主人,连夜逃走扬州报与二官人去了。

赵王回府思忖:我杀了师家满门,尚有师马都在扬州当匠,倘知此事,必去告御状。心生一计,修书一封,差牌军往东京见监官孙文仪,说要除师二郎一事。孙文仪要奉承赵王,即差牌军往扬州寻捉师马都。是夜师马都梦见一家人身上带血,惊疑起来,去请着先生卜卦,占道:"大凶,主合家有难。"师马都忧虑,即雇一匹快马,径离了扬州回西京来,行至马陵庄,恰遇着张院公抱着小主人,见了师马都大哭,说其来因。师二郎听罢,跌倒在地,移时方苏,即同院公来开封府告状。师马都进得城来,吩咐院公在茶坊边伺候,自往开封府告状,正遇着孙文仪喝道而过,牌军认得是师马都,禀知文仪。文仪即着人拿入府中,责以擅冲马头之罪,不由分说,登时打死。文仪令人搜检,身上有告赵王之状,忖道:"今日若非我遇见,险些误了赵王来书。"又虑包大人知觉,乃密令四名牌军,将死尸放在篮底,上面用黄菜叶盖之,扛去丢在河里。正值包大尹出府来,行到西门坊,座马不进。包公唤过左右牌军道:"这马有三不走:御驾上街不走,皇后、太子上街不走,有屈死冤魂不走。"便差张龙、赵虎去茶坊、酒店打听一遭。张、赵领命,回报:"小巷有四个牌军抬一篮黄菜叶,在那里趋避。"包公令捉来问之。牌军禀道:"适孙老爷出街,见我四人不合将黄菜叶堆在街上,每人责了十板,令我等抬去河里丢了。"包公疑有缘故,乃道:"我夫人有病,正想黄菜叶吃,可抬入我府中来。"牌军惊惧,只得抬进府里,各赏牌军,吩咐:"休使外人知道来取笑,包公买黄菜叶与夫人吃。"牌军拜谢而去。包公令揭开菜叶视之,内有一死尸。因思:此人必被孙文仪所害。令狱卒且停在西牢。

且说那张院公抱着师金保等师马都不来,径往府前去寻,见开封府门首有屈鼓,张院公遂上前连打三下,守军报知包爷。包公吩咐:"不许惊他,可领进来。"守军领命,引张院公到厅前。包公问:"所诉何事?"张院公逐一从头将师家受屈事情说得明白。包公又问:"这五岁孩儿如何走脱?"张院公道:"因为思母啼哭,领出买糕与他吃,逃得性命。"包公问:"师马都何在?"张院公道:"他侵早来告状,并无消息。"包公知其故,便着张院公去西牢看验死尸,张院公看见是师马都,放声大哭。包公沉吟半晌,即令备马到城隍庙来,当神祝道:"限今夜三更,要放师马都还魂。"唤出厅前问之,师马都哭诉被孙文仪打死情由,包公吩咐只在府里伺候。思量要赚赵王来东京,心生一计,诈病在床,不出堂数日。

那日,仁宗知道了,即差御院医官来诊视。李夫人道:"大尹病得昏沉,怕生人气,免见罢。"医官道:"可将金针插在臂膊上,我在外面诊视,即知其症。"夫人将针插在屏风上,医官来诊之,脉全不动,急离府奏知去了。包公与夫人议道:“我便诈死了,待圣上问我临死时曾有甚事吩咐,只道:惟荐西京赵王为官清正,可任开封府之职。”次日,夫人将印绶入朝,哭奏其事,文武尽皆叹息。仁宗道:“既临死时荐御弟可任开封府之职,当遣使臣前往迎取赵王。”一面降敕差韩、王二大臣御祭包大尹。是时使命领敕旨前往河南,进赵王府宣读圣旨已毕。赵王听了,甚是欢喜,即点起船只,收拾上任。不觉数日,到东京入朝。仁宗道:“包文拯临死荐汝,今朕重封官职,照依他的行事。”赵王谢恩而出。次日,与孙文仪摆列銮驾,十分整齐,进开封府上任。行过南街,百姓惧怕,各各关门。赵王在马上发怒道:“汝这百姓没道理,今随我来的牌军在路上日久,欠缺盘缠,人家各要出绫锦一匹。”家家户户抢夺一空。赵王到府,看见堂上立着长幡。左右禀道:“是包大尹棺木尚未出殡。”赵王怒道:“我选吉日上任,如何不出殡?”张龙、赵虎报与包公,包公吩咐二人准备刑具伺候,乃令夫人出堂见赵王说知,尚有半个月方出殡。赵王听了,怒骂包夫人不识方便。骂未绝口,旁边转过包公,大喝一声:“认得包呆子否?”赵王愕然。包公即唤过张龙、赵虎,将府门关上,把赵王拿下,监于西牢,孙文仪监于东牢。次日升堂,将棺木抬出焚了,东西牢取出赵王、孙文仪两个跪在阶下,两边列着二十四名无情汉,将出三十六般法物,挂起圣旨牌,当厅取过师马都来证,将状念与赵王听了。赵王尚不肯招,包公喝令极刑拷问,赵王受刑不过,只得招出谋夺刘都赛杀害师家满门情由。次及孙文仪,亦难抵讳,招出打死师马都情弊。包公叠成文案,拟定罪名,亲领刽子手押出赵王、孙文仪到法场处斩。次日,上朝奏知,仁宗抚慰之道:“朕闻卿死,忧闷累日。今知卿盖为此事诈死,御弟及孙文仪拟罪允当,朕何疑焉。”

包公既退,发遣师马都宁家;刘都赛仍转师家守服;将赵王家属发遣为民,金银器物,一半入库,一半给赏张院公,以其有义能报主冤也。

第十二回 石狮子

话说登州管下一个地名市头镇，居民稠密，人家并靠河岸筑室。为恶者多，行善者少。惟有镇东崔长者好善布施，不与人争。娶妻张氏，性情温柔，治家勤俭。所生一子名崔庆，年十八岁，聪明颖达，父母惜如掌上之珠。忽一日有个老僧来家抄化道："贫僧是五台山云游僧家，闻府中长者好善，特来化斋饭一餐。"崔长者整衣冠出，延那僧人入中堂坐定，崔长者纳头便拜道："有失款迎，万勿见罪。"那僧人连忙扶起道："贫僧不识进退，特候员外见一面。"长者大悦，便令作斋款待僧人，极其丰厚。长者席上问其所来，僧人答曰："云游到此，要见员外有一事禀知。"长者举手请道："上人若要化缘或化斋，老拙不敢推阻。"僧人道："足见长者善心。贫僧不为化缘而来。即日本处当有洪水之灾，员外可预备船只伺候走路。敬以此事告知，余无所言。"长者听罢，连连应诺。便问道："洪水之灾何时当见？"僧人道："但见东街宝积坊下那石狮子眼中流血，便要收拾走路。"长者道："即有此大灾，当与乡里说知。"僧人道："你乡皆为恶之徒，岂信此言；就是长者信我逃得此难，亦不免有苦厄累及。"长者问道："苦厄能丧命否？"僧人道："无妨。将纸笔来，我写几句与长者牢记之。"

天行洪水浪滔滔，遇物相援报亦饶。
只有人来休顾问，恩成冤债苦监牢。

长者看了不解其意。僧人道："后当知之。"斋罢辞去，长者取过十两花银相赠。和尚道："贫僧云游之人，纵有银两亦无用处。"竟不受而去。

长者对张氏说知，即令匠人于河边造十数只大船。人问其故，长者说有洪水之灾，造船逃避。众人大笑。长者任众人讥笑，每日令老妪前往东街探石狮子有血流出否。老妪看探日久，往来频数，坊下有二屠夫问其缘故，老妪直告其故。二屠待妪去，自相笑道："世上有此等痴人。天旱若是，有甚么水灾？况那石狮子眼孔里哪讨血出！"一屠相约戏之，明日宰猪，用血洒在石狮眼中。是日，老妪看见，连忙走回报知，长者即吩咐家人，收拾动用器物，一齐搬上船。当下太阳正酷，热气蒸人。等待长者携得一家老幼登船已毕，黄昏左侧，黑云并集，大雨滂沱，三昼夜不息，河水拥入市头镇。一时间那人民居屋流荡无遗，溺死二万余人。正因乡民作孽太过，天以此劫数灭之。止有崔长者夫妇好善，预得神人救之。那日长者数十大船随洪水流出河口，忽见山岩崩下，有一初生黑猿被溺不能起，长者即令家人取竹竿接之，那猿及岸得生而去。船正行间，又见一树木流来，有鸦巢在上，新乳数鸦飞不起，长者又令家童取船板托之，那鸦展开两翼各飞将去了。适有湾处，见一人被浪激流下来，口叫救命，长者令人接之。张氏道："员外岂不记僧人所言遇人休顾之嘱。"长者道："物类尚且救之，况人而不恤哉。"竟令家僮取竹竿援之上船，遂取衣服与换。忽次日雨止，长者乃令家童回去看时，只见洪水过去，尽成沙丘，惟有崔长者房屋，虽被浸损，未曾流荡。家童报知，长者令工人修整完备如前，携老幼回家。同乡邻里后归者，十有一二而已。长者问那所救之人愿回去否？那人哭道："小人是宝积坊下刘屠之子，名刘英，今被水冲，父母不知存亡，家计尽空，情愿为长者随行执鞭之人，以报救命之恩。"长者道："你既肯留我家下，就作养子看待。"刘英拜谢。

时光似箭，日月如梭，长者回家不觉又有半载。时东京国母张娘娘失去一玉印，不知下落。仁宗皇帝出下榜文，张挂诸州，但有知玉印下落者，官封高职。忽一夜崔长者梦见神人说："今国母张娘娘失落玉印，在后宫八角琉璃井中。上帝以君有阴德，特来说与你，可着亲儿子去报知，以受高官。"长者醒来，将梦与妻子说知。忽家人来报，登州衙门首有榜文张挂，所说与长者梦中之言相同。长者甚喜，欲令崔庆前去奏知受职。张氏道："只有一子，岂肯与他远离。富贵有命，员外莫望此事。"刘英近前见父母道："小儿无恩报答，既是神人报说，我情愿代弟一行，前往京都报知，倘得一官半职，回来与弟承受。"长者欢然，准备银两，打点刘英起程。次日，刘英相辞，长者再三叮咛："若有好事，休得负心。"刘英领诺而别，上路往东京进发，不一日来到京城，径来朝门外揭了榜文。守军捉见王丞相，刘英先通乡贯姓名，后以玉印下落说知，王丞相即令牌军送刘英于馆驿中伺候。次日，王丞相入朝奏知，仁宗召宫中嫔妃问之。娘娘方记得，因中秋赏月，夜阑，同宫女八角琉璃井边探手取水，误落井中。遂令宫监下井看取，果有之。仁宗宣刘英上殿，问其何知玉印之由。刘英不隐，直以神人梦中所报奏知。仁宗道："想是你家积有阴德。"遂降敕封英为西厅驸马，以偏后黄娘娘第二公主招之。刘英谢恩，不胜欢喜。过数日，朝廷设立驸马府与刘英居住。当下刘英一时显达，权势无比，就不思量旧恩了。

却说崔长者，自刘英去后将两个月，日夜悬望消息。忽有人自东京来，传说刘英已招为驸马，极其贵显。长者遂吩咐家人小二同崔庆赴京。崔庆拜辞父母，往东京进发，不一日来到东京，寻店歇下。次日，正访问驸马府，那人道："前面喝道，驸马来矣。"崔庆立在一边候过了道，恰好刘英在马上端坐，昂昂然来到。崔庆故意近前要与相认，刘英一见崔庆，喝声："谁人冲我马头？"便令牌军捉下。崔庆惊道:“哥哥缘何见疏。”刘英怒道:“我有什么兄弟?”不由分说,拿进府中,重责三十棍。可怜崔庆,打得皮开肉绽,两腿血流,监入狱中。此时小二在店中得知主人被难,要来看时,不得进去。崔庆将其情哀告狱卒,狱卒怜而济之。崔庆原是富家,每日肉食不绝,一旦受此苦楚,怎生忍得。正在饥渴之际,思想肉食,忽墙外一猿攀树而入,手持一片熟羊肉来献。崔庆俄然记得,此猿好似我父昔日洪水中所救者,接而食之。猿去,过了数日又将物食送进来,如此者不绝。狱卒见了,知其来由,叹道:“物类尚有恩义,人反不如。”自是随其来往。又一日,墙外有十数乌鸦集于狱中,哀鸣不已。崔庆变疑莫非是父所救者,乃对鸦道:“尔若怜念我,当代我带书一封寄回吾父。”那鸦识其意,都飞向前。庆即向狱卒借纸笔修了书,系于鸦足上,即飞去,不数日,已飞到其家。正值崔长者与张氏正在说儿子没音信之事,忽鸦飞下,立于身边。长者惊疑,看鸦足上系一封书,长者解下看之,却是崔庆笔迹,内具刘英失义及狱中受苦情由。

长者看罢大哭。张氏问知其故,遂痛哭道:“当初叫汝莫收留他人,果然恩将仇报,陷我儿于缧绁之中,怎能得出。”长者道:“鸟兽尚知仁义,彼有人心,岂得如此负恩之甚?我只得自往东京走一遭,探其虚实。”张氏道:“儿受苦,作急而行。”

次日,崔长者准备行李,辞妻赴京。数日,已到东京,寻店安下。侵早,正值出街访问消息,忽见家人小二,身穿破衣,乞食廊下,一见长者,遂抱之而哭,长者亦悲,问其备细,小二将前情诉了一遍,长者不信,要进府里见刘英一面。小二紧紧抱住,不放他去,恐遭毒手。忽报驸马来了,众人都回避,长者立廊下候之。

刘英近前,长者叫道:“刘英我儿,今日富贵不念我哉!”刘英看见,认得是崔长者,哪里肯顾盼他,只做不见。长者不肯休,一直随马后赶去,不料已闭上府门,不得进去。长者大恨道:“不认我父子且由则可,又将吾儿监禁狱中受苦。”即投开封府告状。正值包公行香转衙,长者跪马头下告状。包公带入府中审问,长者哀诉前情,不胜悲感。包公令长者只在府廊下居止,即差公牌去狱中唤狱卒来问:“有崔庆否?”狱卒复道:“某月日监下,狱里饮食不给,极是狼狈。”包公遂令狱卒散诞拘之。

次日,即差人请刘驸马到府中饮酒。刘英闻包公请,即来赴席。包公延入后堂相待,吩咐牌军闭上府门,不许闲杂人走动,牌军领命,便将府门闭止。然后排过筵席,酒至半酣,包公怒道:“缘何不添酒来?”厨下报道:“酒已尽了。”包公笑道:“酒既完了,就将水来斟亦好。”侍吏应诺,即提过一桶水来。包公令将大瓯先斟一瓯与刘英道:“驸马大人权饮一瓯。”刘英只道包公轻慢他,怒道:“包大尹好欺人,朝廷官员谁敢不敬我?哪有相请用水当酒!”包公道:“休怪休怪,众官要敬驸马,偏包某不敬。今年六月间尚饮一河之水,一瓯水难道就饮不得?"刘英听了,毛发悚然。忽崔长者走近前来,指定刘英骂道:"负义之贼!今日负我,久后必负朝廷。望大人作主。"包公便令拿下,去了冠带,拖倒阶下,重责四十棍,令其供招。刘英自知不是,吐出实情,招认明白。包公命取长枷系于狱中。

次日,具疏奏知。仁宗宣召崔长者至殿前审问,长者将前事奏知一遍,仁宗称羡道:"君之重义如此,亲子当受爵禄,朕明日有旨下。"长者谢恩而退。次日,旨下:

刘英冒功忘义,残虐不仁,合问死罪;崔庆授武城县尉,即日走马赴任;崔长者平素好善,敕令有司起义坊旌之。

包公依旨判讫,请出崔庆,换以冠带,领文凭赴任而去,长者同去任所。是冬将刘英处决。

第十三回 偷鞋

话说江州城东永宁寺有一和尚,俗姓吴名员城,其性风骚。因为檀越张德化娶南乡韩应宿之女兰英为妻,多年无子心切,恳请求嗣续后,每遇三元圣诞,建设醮祠;凡朔望之日,专请员城在家里诵经。员城见兰英貌美,欲心常动,意图淫奸。晚转寺中,心生一计。次日,遇德化往外,假讨斋粮为由来至张家,贿托婢女小梅,求韩氏睡鞋一双,小梅悄然窃出与之。员城得鞋,喜不自胜,回到寺中,每日捧着鞋沉吟无奈。适次日张檀越来寺议设醮事,员城故将睡鞋一只丢在寺门,德化拾起,心甚惊疑。既与员城话毕,归家大怒,狠究睡鞋,遂将韩氏逐回母家,经官休退。员城闻知计就,潜迹逃回西乡太平原,改姓名为冯仁,蓄发二年。值应宿将兰英改嫁,仁买求邻居汪钦,径往韩宅求姻。宿与钦素交好,遂允其姻,令择吉日过聘,刻期毕姻。钦回复冯仁,即纳彩亲迎,径成婚配。

倏忽韶光掣电,时光正值中秋佳节,月色腾辉,乐声鼎沸,夫妇对饮于亭,两情交畅,冯仁乐饮沉醉,携妻而笑道:“昔非小梅之功,安有今日之乐。”韩氏心疑,询其故,仁将前情一一说出。韩氏听了,敢怒而不敢言。身虽遭仁计袭,心恨冯仁刻骨。酒罢仁睡,时至三更,自缢而亡。次日,韩应宿闻知,正欲赴县伸冤告状,适遇包公出巡江州,应宿便写状呈告:

呈为灭节杀命事:痛女兰英嫁婿张德化为妻,久调琴瑟,无愧唱随。祸遭恶僧吴员城即今更名冯仁者,窥女艾色,买婢窃鞋,陷女私情。致婿坚执七出之条;念女实无一生之路。特原其素抱贞节,又见其事无实据,姑自狐疑,权为收养。岂恶蓄发改名,托邻求配;身实不知,误遭奸计。忽于昨夜威逼身亡,而冤不白。上祈秉三尺之威严,天网不漏;恶必万斩始甘心,哀哀上告。

那时冯仁亦捏虚情抵诉,包公即将两人收监。其夜,坐在后堂,忽然一阵黑风侵入。包公道:“是何怨气?”既而有一女子跪在堂下,包公问道:“汝是何处人氏?有甚冤屈?直对我说。”那女子即将前情诉说一遍,忽然不见。次日,包公坐堂,差张龙、薛霸去禁中取出韩、冯二人审问,即将冯仁捆打,追究睡鞋之事。冯仁心惊色变,俯首无词,只得直招。包公将冯仁家产入官,判断冯仁抵命。自此韩氏之冤得申,远近快之。

第十四回　烘衣

话说东京离城二十里,地名新桥,有一富人姓秦名得,娶南村宋泽之女秀娘为妻。那秀娘性格温柔,幼年知书,年十九岁嫁到秦门,待人御下,调和中馈,甚称夫意。一日,秦得表兄有婚姻之期,着人来请秦得,秦得对宋氏道知,径赴约而去,一连留住数日。宋氏悬望不回,因出门首探望。忽见一僧人远远而来,行过秦宅门首,见宋氏立在帘子下,僧人只顾偷眼视之,不提防石路冻滑,一交跌落于沼中。时冬月寒冻,僧人爬得起来,浑身是水,战栗不能当。秀娘见而怜之,叫他入来在外舍坐定,连忙到厨下烧着一盆火出来与僧人烘着。那僧人满口称谢,就将火烘焙衣服。秀娘又持一瓯热汤与僧人饮。秀娘问其从何而来,和尚道:"贫僧居住城里西灵寺,日前师父往东院未回,特着小僧去接,行过娘子门首,不觉路上冰冻石滑,遭跌沼中。今日不是娘子施德,几丧性命。"秀娘道:"你衣服既干,可就前去。倘夫主回来见了不便。"僧人允诺,正待辞别而行,恰遇秦得回来,见一和尚坐舍外向火,其妻亦在一边,心下大不乐。僧人怀惧,径抽身走去。秦得入问秀娘:"僧人从何而来?"宋氏不隐其故,秦得听了怒道:"妇人女子不出闺门,邻里间有许多人,若知尔取火与僧人,岂无议论?我秦得是个清白丈夫,如何容得汝不正之妇?"即令速回母家:"不许再入吾门!"宋氏低头不语,不能辩论,见夫决意要逐她,没奈何只得回归母家。母氏得知弃女之由,埋怨女身不谨,惹出丑声,甚轻贱之。虽是邻里亲族,亦疑其事。秀娘不能自明,悔之莫及,累日忧闷,静守闺门不出。

不觉光阴似箭,日月如梭,在母家有一年余。那僧人闻知宋氏被夫逐出,便生计较,离了西灵寺,还俗蓄发,改名刘意,要图娶宋氏。比发齐,遂投里妪来宋家议亲。里妪先见秀娘之父说道:"小娘子与秦官人不睦,故以丑事压之,弃逐离门,未过两月,便娶刘宅女为室。如此背恩负义之人,顾恋他甚么?老妾特来议亲,要与娘子再成一段好姻缘,未知尊意允否?"其父笑道:"小女不守名节,遭夫逐弃,今留我家也得安静,嫁与不嫁由她心意,我不做主张。"里妪遂入见其母亲,说知与小娘子议婚的事。其母欢悦,谓妪道:"我儿女被逐来家一年余,闻得前夫已婚,往日嫌疑未息,既有人议婚,情愿劝我女出嫁,免得人再议论。"里妪见允,即回报刘意,刘意暗喜。次日,备重聘于宋家纳姻。秀娘闻知此事,悲哀终日，饮食俱废，争奈被母所逼，推托不过，只得顺从。花烛之夜，刘意不胜欢喜，亲戚都来作贺，待客数日，刘意重谢里妪不题。

却说秀娘虽则被前夫所逐，自谓实无亏行，亦望久后仍得团圆，谁想已失身他人。刘意虽则爱恋秀娘，秀娘终日还思念前夫不忘。将有半载，一日，刘意为知己邀饮，甚醉而归。正值秀娘在窗下对镜而坐，刘意原是个僧人，淫心狂荡，一见秀娘，乘醉兴抱住，遂戏道："汝能认得我否？"秀娘答道："不能认。"刘意道："独不记得被跌沼中，多得娘子取火来与之烘衣那个僧人乎？"秀娘惊问："缘何却是俗家？"刘意道："汝虽聪明，不料吾计。当日闻汝被夫弃归母家，我遂蓄发，遣里妪议亲，不意娘子已得在我枕边。"秀娘听了，大恨于心。过了数日，逃归见父说知此情。其父怒恨道："我女儿施德于你，你反生不良。"遂具状径赴开封府衙呈告。包公差公牌拘得刘意、宋氏来证。刘意强辩不认，再拘西灵寺僧人勘问，的是寺中逃离之徒还俗是真。包公令取长枷监于狱中，遂判道：

失脚遭跌，已出有心；蓄发求亲，真大不法。

遂将刘意决杖刺配千里，宋氏断回母家。秦得知其事，再遣人议续前姻，秀娘亦绝念，不思归家。于是宋氏之名节方雪。

第十五回 龟入废井

话说浙西有一人姓葛名洪，家世富贵。葛洪为人最是行善，一日，忽有田翁携得一篮生龟来卖。葛洪问田翁道："此龟从何得来？"田翁道："今日行过龙五庙前窟中，遇此龟在彼饮水，被我罩得来送与官人。"葛洪道："难得你送来卖与我。"便将钱打发田翁走去，令安童将龟蓄养厨下，明日待客。是夜，葛洪持灯入厨下，忽听似有众人喧闹之声。葛洪怪疑道："家人各已出外房安歇去了，如何有喧闹之声不息？"遂向水缸边听之，其声出自缸中。洪揭开视之，却是一缸生龟在内喧闹。葛洪不忍烹煮，次日侵早，令安童将此龟放在龙王庙潭中去了。

不两月间，有葛洪之友，乃邑东陶兴，为人狠毒奸诈，独知奉承葛洪，以此葛洪亦不疏他。一日，葛洪令人请陶兴来家，设酒待之，饮至半酣，葛洪于席中对陶兴道："我承祖上之业，颇积余财，欲待收些货物前往西京走一遭，又虑程途险阻，当令贤弟相陪。"兴闻其言便欲起意，故作笑容答道："兄要往西京，水火之中亦所不避，即当奉陪。"洪道："如此甚好。但此去卢家渡有七日旱路，方下船往水程而去，汝先于卢家渡等候，某日我装载便来。"陶兴应承而去。比及葛洪妻孙氏知其事，欲坚阻之，而洪行货已发离本地了。临起身，孙氏以子年幼，犹欲劝之，葛洪道："吾意已决，多则一年，少则半载便回。汝只要谨慎门户，看顾幼子，别无所嘱。"言罢，径登程而别。那陶兴先在卢家渡等了七日，方见葛洪来到，陶兴不胜之喜，将货物装于船上，对葛洪道："今天色渐晚，与长兄前往前村少饮几杯，再回渡口投宿，明早开船。"洪依其言，即随兴向前村少黄家店买酒而饮，陶兴连劝几杯，不觉醉去。时已黄昏左侧，兴促回船中宿歇，葛洪饮得甚醉，同陶兴回至新兴驿，路旁有一口古井，深不见底，陶兴探视，四顾无人，用手一推，葛洪措手不及，跌落井中。可怜平素良善，今日死于非命。陶兴既谋了葛洪，连忙回至船中，唤觅艄子，次日侵早开船去了。及兴到得西京，转卖其货时，值价腾涌，倍得利息而还，将银两留起一半，一半径送到葛家见嫂孙氏。孙氏一见陶兴回来，就问："叔叔，你兄为何不回来？"陶兴道："葛兄且是好事，逢店饮酒，但闻胜境便去游玩，已同归至汴河，遇着相知，携之登临某寺，我不耐烦，着先令带银两回交，尊嫂收之，不多日便回。"孙氏信之，遂备酒待之而去。过二日，陶兴要遮掩其事，生一计较，密令土工于死人坑内拾一死不多时之尸，丢在汴河口,将葛洪往常所系锦囊缚在腰间。自往葛宅见孙氏报知:“尊兄连日不到,昨听得过来者道,汴河口有一人渡水溺死,暴尸沙上,莫非葛兄?可令人往视之。”孙氏听了大惊,忙令安童去看时,认其面貌不似,及见腰间系一锦囊,遂解下回报孙氏道:“主人面貌腐烂难辨,惟腰间系一物,特解来与主母看。”孙氏一见锦囊悲泣道:“此物吾母所制,夫出入常带不离,死者的是我夫无疑了。”举家哀伤,乃令亲人前去用棺木盛贮讫。陶兴看得葛家作超度功果完满后,径来见孙氏抚慰道:“死者不复生,尊嫂只小心看顾侄儿长大罢了。”孙氏深感其言。

将近一年余,陶兴谋得葛洪资本,置成大家,自料其事再无人知。不意包公因省风谣,经过浙西,到新兴驿歇马,正坐公厅,见一生龟两目睁视,似有告状之意。包公疑怪,遂唤军牌随龟行去,离公厅一里许,那龟遂跳入井中,军牌回报包公。包公道:“井里必有缘故。”即唤里社命工人下井探取,见一死尸,吊上来验之,颜色未变。及勘问里人可认得此尸是哪里人,皆不能识。包公谅是枉死。令搜身上,有一纸新给路引,上写乡贯姓名明白。包公记之,即差李超、张昭二人径到其县拘得亲人来问,云是某日因过汴河口被水溺死。包公审问愈疑道:“彼既溺于河,却又在井里,安得一人有两处死之理。”再唤其妻来问之,孙氏诉与前同,包公令认其尸,孙氏见之,抱而痛哭:“这正是妾的真夫!”包公云:“彼溺死者何人说是汝夫?”孙氏道:“得夫锦囊认之,故不疑也。”包公令看身上有锦囊否。及孙氏寻取,不见锦囊。包公细询其来历,孙氏将那日同陶兴往西京买卖之情诉明。包公道:“此必是陶兴谋杀,解锦囊系他人之尸,取信于汝,瞒了此事。”复差李、张前去拘得陶兴到公厅根勘。陶兴初不肯招,包公令取死尸来证,兴惊惧难抵,只得供出谋杀之情。叠成文案,将陶兴偿命,追家财给还孙氏,将那龟代夫伸冤之事说知孙氏,孙氏乃告以其夫在日放龟之由。包公叹道:“一念之善,得以报冤。”乃遣孙氏将夫骸骨安葬。后来葛洪之子登第,官至节度使。

第十六回　鸟唤孤客

话说江阴有一布客,姓谢名思泉,从巴州发布回家,打从捷路苦株地经过,一路崎岖,五里无人,山大无比。其山凹中有一人家姓谭,兄弟二人,假以打柴营生。兄名贵一,弟名贵二,二人人面兽心,凡遇孤客经过,常常谋劫。思泉正欲借问路程,望见二人远远而来,忙近前唱个喏道:“大哥休怪。此去江阴还有几日路程?”贵一答道:“只有三日之遥。”贵二便问:“客官从何处来?”泉答道:“小弟巴州发布回,到此失路,望二兄相引。”二人指道:“那山凹小路可去。”泉只道二人是樵子,不在意下。来到前途,又是峻岭难攀,只得等人问路。不觉贵一兄弟赶到,将刀挥中思泉后脑,鲜血淋漓,气绝而死,二人将尸埋在山旁。当得银千两,兄弟归家将银均分,半年未露。

包公出巡巴州,从苦株地经过,行至半路间,忽听鸟音连唤:“孤客孤客,苦株林中被人侵克!”包公遂转镇司安歇,差张龙、李虎寻鸟叫之去所,看是甚么冤枉。张、李领命去到苦株林,仍见那鸟叫声如前,即看那鸟所在寻个踪迹,只见山凹土穴露出死人尸首。张、李回报,包公大惊。是夜,凭几而卧,梦见一人散发泣于案前,歌绝句云:

言身寸号是咱门,田心白水出江阴。
流出巴州浪漂泊,砥柱中流见山凹。
桂花有意逐流长,潭涯绝地起萧墙。
若非文曲星台照,怎得鳌鱼上钓钩。

歌罢,又诉道:“小人银两俱编《千字文》号,大人可差人去他床下搜取,便见明白。”诉讫,乃含泪而去。包公遂会其意。待天明升堂,差张、李二人径往苦株林,牌拘贵一、贵二到堂审究。喝道:“你兄弟假以砍柴为由,惯恶谋人,好生细招。免受重刑。”二人强辩不认。又差赵虎、李万往他家床下搜出白银若干,包公将银细看,果编得有字号。遂骂道:“劫银在此,还不直招!”令左右将兄弟捆打一番。二人受刑不过,只得从实招认。于是唤张龙、李虎押贵一兄弟二人去法场斩首,首级悬挂巴州门,晓喻示众,其家抄洗,银物入官。

第十七回　临江亭

话说开封府有一富家吴十二，为人好交结名士。娶妻谢氏，容貌风情极佟。吴十二有个知己韩满，是个轩昂丈夫，往来其家甚密。谢氏常以言挑之，韩满以与吴友交厚，敬之如嫂，不及于乱。一日冬残，雪花飘扬，韩满来寻吴友赏雪。适吴十二庄上未回，谢氏闻知韩满来到，即出见之，笑容可掬，便邀入房中坐定，抽身入厨下，整备酒食进来与韩满吃，坐在下边相陪。酒至半酣，谢氏道："叔叔，今日天气甚寒，婶婶在家亦等候叔回去同饮酒否？"韩满道："贱叔家贫，薄酌虽有，不能够如此丰美。"谢氏有意劝他，饮了数杯，淫兴勃然，斟起一杯起身送与韩满道："叔叔，先饮一口看滋味好否？"韩满大惊道："贤嫂休得如此。倘家人知之，则朋友伦义绝矣。从今休要这等。"说罢推席而起。走出门，正遇吴十二冒雪回来，见韩满就欲留住。韩满道："今日有事，不得与兄长叙话。"径辞而去。吴十二入见谢氏问："韩故人来家，如何不留待之？"谢氏怒道："汝结识得好朋友，知汝不在家故来相约，妾以其往日好意，备酒待之，反将言语戏妾，被我叱几句，没意思走去。问他则甚？"吴十二半信半疑，不敢出口。过了数日，雪霁天晴，韩满入城来，恰遇吴友在街头过来，韩满近前邀入店中饮酒。满乃道："兄之尊嫂是个不良之妇，从今与兄不能相会于家，恐遭人有嫌疑之诮。"吴十二道："贤弟何出此言，就是嫂有不周之言，当看我往日情分，休要见外。"韩满道："兄长门户自宜谨密，只此一言，余无所嘱。"饮罢，各散而去。次年春，韩满有舅吴兰在苏州贩货，有书来约他，满要去，欲见吴十二相辞，不遇径行。比及吴友知之，已离家四日矣。

吴十二有家人汪吉，人才出众，言语捷利，谢氏爱他，与之通奸，情意甚密。一日，吴十二着汪吉同往河口收讨账目，汪吉因恋谢氏之故，推不肯去，被吴十二痛责一番，只得准备行李，临起身，入房中见谢氏商议其事。谢氏道："但只要你有计较谋害了他，回来我自有主张。"汪吉欢喜领诺，同主人离家，在路行了数日，来到九江镇，问往日相识李二艄讨船，渡过黑龙潭，靠晚泊船龙王庙前，买香纸做了神福。汪吉于船上小心服侍，吴十二饮得其醉。李艄都去歇息。半夜时，吴十二要起来小便，汪吉扶出船头，乘他宿酒未醒，一声响，推落在江中。故意惊叫道："主人落水！"比及李艄起来看时，那江水深不见底，又是夜里，如何救得！挨到天明，汪吉对李艄道："没奈何，只得回去报知。"李艄心中生疑，吴某死必不明。撑回渡船自去。汪吉忙走回家，见谢氏密道其事。谢氏大喜，虚设下灵席，日夜与汪吉饮酒取乐，邻里颇有知者，隐而不言。

话分两头，再说韩满。因暮春时景，偶出镇口闲行，正过临江亭，远远望见吴十二来到，韩满认得，连忙近前携住手道："贤兄因何来此？"吴十二形容枯槁，皱了双眉，对韩满道："自贤弟别后，一向思慕。今有一事投托，万望勿阻。"韩满道："前面亭上少坐片时。"遂邀到亭上坐定，乃道："日前小弟因母舅书来相约，正待要见兄长一辞，不遇径行。今幸此会面，为何沉闷不乐？"吴十二泣下道："当日不听贤弟之言，惹下终天之别，一言难尽。"韩满不知其死，乃道："兄长烈烈丈夫，为何出此言？"吴十二道："贤弟休惊。自那日相别之后，如此如此。"韩满听了，毛骨悚然，抱住吴十二道："贤兄此言是梦中耶？如果有此事情，必不敢负。且问，当夜落水之时可有人知否？"吴十二道："镇江口李艄颇知。吾与贤弟幽明之隔，再难会面，今且从此别矣。"道罢，韩满忽身便倒，昏迷半晌方醒。比寻故人，不见所在。连忙转苏州店中见母舅道："家下有信来催促，特来辞别，回去无事便来。"吴兰挽留不住。比及回到乡里访问，吴友已死过六十日矣。韩满备了香纸至灵前哭奠一番。谢氏恨之，不肯出见。

韩满回家，思量要去告状，又没有头绪，复来苏州见母舅，道知故人冤枉之事。吴兰道："此他人事，又无对证，莫惹连累。"韩满笑道："愚甥与吴友结交，有生死之誓，只因不良嫂在，以此疏阔。近日曾以幽灵托我，岂可负之！"吴兰道："既如此，即日包大尹往边关赏劳，才回东京。具状申诉，或能伸雪。"满依其言，连夜来东京，侵早入府告状。包公审问的实，即差公牌拿得汪吉及谢氏当厅勘问。汪吉、谢氏争辩，不肯招认，究问数日，未能断决。包公思量通奸之弊的有，谋死主人未得证见，他如何肯招？乃密召韩满问道："汝故人既有所托，曾言当日渡艄是谁？"韩满道："镇江口李艄也。"包公次日差黄兴到镇江口拘得李艄来衙，问其情由。李艄道："某日夜深，落水之后，彼家人叫知，待起来时，救不及矣。"包公遂取出人犯当厅审究。汪吉见李艄在旁边，便有惧色，不用重刑拷究，只得从直招出，叠成案卷。将汪吉、谢氏押赴法场处斩；给了赏钱与李艄回去；韩满有故人之义，能代申冤枉，访得吴十二有女年十四岁嫁与韩满之子为妻，将家货器物尽与女儿承其家业，以不负异姓而骨肉之情。

第十八回　白塔巷

话说包公守东京之日，治下宁静，奸宄敛迹，每以判断为心，案牍不致留滞。皇祐元年正月十五日，包公同胥吏去城隍庙行香毕，回到白塔前巷口经过，闻有妇人哭丈夫声，其声半悲半喜，并无哀痛之情，包公暗记在心，回衙即唤值堂公差郑强问道："适来白塔前巷口有一妇人哭着甚么人？"

郑强告道："是谢家巷口刘十二日前死了，他妻吴氏在家中哭。"包公心上忖道："这人定死得不明。莫是吴氏谋了丈夫性命，不然哭声如何半悲半喜？"便差人去拘吴氏来，问其夫因何身死？吴氏供道："妾身夫主刘十二以卖小菜为生，忽于前月气疾身死，埋在南门外五里牌后，因家中有小儿子全无倚赖，以此悲哭。"

包公听了，看那妇人脸上似擦脂粉。想他守服如何还整容颜？随唤着土工陈尚押吴氏同去坟所，启棺检验丈夫有无伤痕。土工回报："刘十二身上并无伤痕，病死是实。"

包公拍案怒道："陈尚隐匿情弊，故来我跟前遮掩，限三日内若不明白，决不轻恕。"陈尚回家忧愁，双眉不展。其妻杨氏问尚有何事忧愁，尚以此事告知。杨氏道："曾看死人鼻中否？"尚道："此人原是我收殓，鼻中未看。"杨氏道："闻得人曾用铁钉插入鼻中，坏了人性命。何不勘视此处？"

尚亦狐疑，即依妻言再去看验，刘十二鼻中果有铁钉二个，从后脑发中插入。遂取钉来呈知。包公便将吴氏勘审，吴氏初不肯招，及上起刑具，只得招认为与张屠户通奸，恐丈夫知觉，不合谋害身死情由。案卷既成，遂判吴氏谋害亲夫，押赴市曹处斩；张屠奸人妻小，因致人死，发问军罪。判断已定，司吏依令施行。

再说包公当下又究问陈尚："是谁人教你如此检验？"尚禀道："当日小人领命前去检看，刘十二尸身并无伤痕。台前定要在小人身上根究，回家忧闷，不料小人妻子倒有见识，教我如此检验，果得明白。"

包公道："汝妻有如此见识，不是个等闲妇人，可唤来给赏。"不多时唤杨氏来到，赐以钱五贯，酒一瓶，杨氏欢喜拜受。方欲出衙，包公唤转问道："当初陈尚与你是结发夫妻，还是半路夫妻？"杨氏道："妾身前夫早亡，再嫁与陈尚为妻。”包公又问:“前夫姓甚名谁?”答道:“姓梅名小九。”

包公道:“得何病身死?”杨氏见包公问得情切,不觉失色,勉强对道:“他染疯癫病而死,埋在南门外乱葬冈上。”包公道:“你前夫也死得不明。”便差王亮押杨氏同去坟所,检验梅小九尸骨。杨氏思量道:乱葬冈有多少坟墓,终不然个个人鼻中有钉。遂乃胡乱指一个别人的坟墓与差人,掘开视之,并无伤痕,检验鼻中,又无缘故。

杨氏道:“人称包老爷如秋月之明,今日此事直欲逼人于死地。”王亮正没奈何之际,忽见一个老人,年七十余岁,扶杖而行,前来问亮在此何事。亮告道,如此如此。老人听了,指着杨氏道:“你休要胡指他人坟墓,枉抛了别人骸骨,教你一干人受罪。”便指与王亮道:“这便是梅小九的坟墓。”

言讫,化阵清风而去。亮遂掘开取棺检验,果见鼻中有两个钉。亮便押了杨氏回报。包公遂勘得杨氏亦曾谋杀前夫是实,将杨氏押赴市曹处斩,闻者无不称奇。

第十九回　血衫叫街

话说包公守肇庆之日，离城三十里有个地名宝石村，村中黄长老家颇富足，祖上惟事农业。生有二子，长曰黄善，次曰黄慈。善娶城中陈许之女琼娘为妻，琼娘性格温柔，自过黄家门后，奉事舅姑极尽孝道。未及一年，忽一日，陈家着小仆进安来报琼娘道："老官人因往庄中回来，偶染重疾，叫你回来看他几日。"琼娘听说是父亲染病，如何放心得下，吩咐进安入厨下酒饭，即与丈夫说知："吾父有疾，着人叫我看视，可对公婆说，我就要一行。"黄善道："目下正直收割时候，工人不暇，且停待数日去未迟。"琼娘道："吾父卧病在床，望我归去，以日为岁，如何等得。"善因意要阻他，不肯放他去。琼娘见丈夫阻他，遂闷闷不悦，至夜间思忖："吾父只生得我一人，又无兄弟倚靠，倘有差失，悔之晚矣。不如莫与他知，悄悄同进安回去。"

次日侵早，黄善径起去赶人收稻子。琼娘起来，梳妆齐备，吩咐进安开后门而出。琼娘前行，进安后随。其时天色尚早，二人行上数里，来到芝林，雾气漫漫，对面不相见。进安道："日还未出，雾又下得浓，不如入村子里躲着，待雾露散而行。"琼娘是个机警女子，乃道："此处险僻，恐人撞见不便，可往前面亭子上去歇。"进安依其言。正行间，忽前面有三屠夫要去买猪，亦赶早来到，恰遇见琼娘，见她头上插戴金银首饰极多，内有姓张的最凶狠，与二伙伴私道："此娘子想是要入城去探亲，只有一小厮跟行，不如劫了她的首饰来分，胜做几日生意。"一姓刘的道："此言极是。我前去将那小厮拿住，张兄将女子眼口扪了，吴兄去夺首饰。"琼娘见三人来的势头不好，便将首饰拔下要藏在袖中，径被吴兄用手抢入袖中去，琼娘紧紧抱住，哪肯放手。姓张的恐遇着人来不便，抽出一把屠刀将女子左手砍了一刀，女子忍痛跌倒在地，被三人将首饰尽行夺去。进安近前来看时，琼娘不省人事，满身是血，连忙奔回黄家报知。正值黄善与工人吃饭，听得此消息，大惊道："不听我言，遭此毒手。"慌忙叫三四个取轿来到芝林，琼娘略醒，黄善便抱入轿中，抬回家下看时，左手被刀伤，吩咐家人请医调治，一面具状领进安入府哭诉包公。

包公看状没有姓名，乃问进安："汝可认得劫贼人否？"进安道："面貌认他众人不着，像是伙买猪屠夫模样。"包公道："想贼人不在远处，料尚未入城。"吩咐黄善去到他妻子那一件血染短衫来到，并不与外人扬知，乃唤过值堂公皂黄胜，带着生面人，教他将此短衫穿着，可往城中遍街去喊叫，称道，今早过芝林，遇见三个屠夫被劫，一屠夫因为贼斗，杀死在林中，其二伴各自走去了。胜依教，领着一生面人穿着血染短衫，满城去叫，行到东巷口张蛮门首，其妻朱氏闻说，连忙走出门来问道："我丈夫侵早出去买猪，不知同哪个伙伴去，又没人问个的实。"胜听见，就坐在对门酒店中等着。张屠至午后恰回来，被胜走近前一把抓住，押来见包公，随即搜出金银首饰数件。包公道："汝快报出同伙伴来，饶汝的罪。"张蛮只得报出吴、刘二屠夫。包公即时差黄胜、李宝分头去捉。不多时拿得吴、刘二屠夫解来，吴、刘初则不知官府捉他根由，及见张蛮跪于厅下，惊得哑口无言，亦搜出首饰各数件，三人抵赖不过，只得从直招供谋夺之情。着司吏叠成案卷，拟判张蛮三人皆问斩罪，给还首饰与黄善收讫去。后来琼娘亦得名医医好，仍与黄善夫妇团圆。

第二十回 青靛记谷

话说许州有光棍，一名王虚一，一名刘化二，专一诈骗人家，又学得摄抟之术。二人探得南乡富户蒋钦谷积千仓，遂设一计，将银十两，径往他家买谷。来到蒋家见了蒋钦道："在下特来向翁买些谷子。"蒋钦道："将银来看。"虚一递过银十两，蒋钦收了，即唤来保开仓发谷二十担付二位客人去。二人得谷暗喜，遂用摄法将谷摄将去了。又假行了半里，将谷推回还钦，说是吃了亏，要退银别买。蒋钦看谷入仓，付还原银。

那二人得了原银，遂将钦谷一仓尽行摄去。忽有佃夫张小一在路遇见，来到蒋家道："恭喜官人，卖了许多谷，得了若干银两。"蒋钦回说："没有卖得。"小一道："我明明遇见推去许多车子，官人何故瞒我？我闻得有一起摄抟的，休要被他摄了去！"钦大惊疑，忙唤来保开仓来看，只见一仓之谷全无半粒。蒋钦大惊，遂具状投告开封府，包公准状，发钦且回。

次日，乃发义仓谷二百担，内放青靛为记，装载船上扮作湖广客人，径往许州来卖。到了许州河下，那虚一、化二闻知，径来船上拜访，动问客官何处来的。包公道："在下湖广姓尤名喜，敢问二买户尊姓名？"二人直答道："在下王虚一、刘化二，特来与尊客买些谷子。"包公道："借银来看。"当时虚一递出银子，议定价钱，发谷二十余车布在岸上。那二人见了谷，先撮将去了。

少顷，那二人假相埋怨，说是粜亏了，将谷退回还尤客人，取银别买。包公遂付还原银，看将原谷搬入船仓。等待那二人去后，开舱板验看，一船之谷并无一粒。

包公回衙，心生一计，出示晓谕百姓，建立兴贤祠缺少钱粮，有民出粮一百担者，给冠带荣身；出谷三百担者，给下帖免差。令耆老各报乡村富户，当时王虚一、刘化二抟得谷上千余担，有耆老不忿他家谷多，即报他在官。他二人欲图免差，虽被耆老报作富户，自以为庆。包公见报王虚一等名，即差薛霸牌唤他到厅领取下帖。那二人见了牌上领帖二字，遂集人运谷来府交割。

包公见谷内有靛子，果然是我原谷，喝问："王虚一、刘化二，你乃是有名光棍，今日这多谷从何而来？"王、刘二人道："是小人收租来的。"初不肯认，包公骂道："这贼好胆大。你前次抟去蒋钦谷，后又抟我的谷，还要硬争。这谷我原日放有靛子作记，你看是不是？”便令左右将虚一、化二捆打一百，二人受刑不过，一款招认。

包公便将二人拟徒，追还义仓原谷，并追还蒋钦之谷，人共称快。

第二十一回 裁缝选官

话说山东有一监生，姓彭名应凤，同妻许氏上京听选，来到西华门，寓王婆店安歇，不觉选期还有半年。欲要归家，路途遥远，手中空乏，只得在此听候。许氏终日在楼上刺绣枕头、花鞋，出卖供馔。时有浙江举人姚弘禹，寓褚家楼，与王婆楼相对，看见许氏貌赛桃花，径访王婆问道："那娘子何州人氏？"五婆答道："是彭监生妻室。"禹道："小生欲得一叙，未知王婆能方便否？"王婆知禹心事，遂萌一计，答道："不但可以相通，今监生无钱使用，肯把出卖。"禹道："若如此，随王婆区处，小生听命。"话毕相别。王婆思量那彭监生今无盘费，又欠房银。遂上楼看许氏，见他夫妇并坐。王婆道："彭官人，你也去午门外写些榜文，寻些活计。"许氏道："婆婆说得是，你可就去。"应凤听了，随即带了一支笔，前往午门讨些字写。只见钦天监走出一校尉，扯住应凤问道："你这人会写字么？"遂引应凤进钦天监见了李公公，李公公唤他在东廊抄写表章。至晚，回店中与王婆、许氏道："承王婆教，果然得入钦天监李公公衙门写字。"许氏道："如今好了，你要用心。"王婆听了此言，喜不自胜，遂道："彭官人，那李公公爱人勤谨，你明日到他家去写，一个月不要出来，他自敬重你，日后选官他亦扶持。娘子在我家中，不必挂念。"应凤果依其言，带儿子同去了，再不出来。王婆遂往姚举人下处说监生卖亲一事，禹听了此言大悦，遂问王婆几多聘礼。王婆道："一百两。"禹遂将银七十，又谢银十两，俱与王婆收下。王婆道："姚相公如今受了何处官了？"禹道："陈留知县。"王婆道："彭官人说叫相公行李发船之时，他着轿子送到船边。"禹道："我即起程去到张家湾船上等候。"王婆雇了轿子回见许氏道："娘子，彭官人在李公公衙内住得好了，今着轿子在门外，接你一同居住。"许氏遂收拾行李上轿，王婆送至张湾上船。许氏下轿见是官船俟候迎接她，对王婆道："彭官人接我到钦天监去，缘何到此？"王婆道："好叫娘子得知，彭官人因他穷了，怕误了你，故此把你出嫁于姚相公，相公今任陈留知县，又无前妻，你今日便做奶奶可不是好！彭官人现有八十两婚书在此，你看是不是？"许氏见了，低头无语，只得随那姚知县上任去了。

彭监生过了一月出来，不见许氏，遂问王婆。王婆连声叫屈："你那日叫轿子来接了他去，今要骗我家银，假捏不见娘子诓我。"遂要去投五城兵马。那应凤因身无钱财,只得小心别过王婆,含泪而去。又过半年,身无所倚,遂学裁缝。一日,吏部邓郎中衙内叫裁缝做衣,遇着彭应凤,遂入衙做了半日衣服。适衙内小仆进才递出二馒头来与裁缝当点心,应凤因儿子睡浓,留下馒头与他醒来吃。进才问道:“师傅你怎么不用馒头?”应凤将前情一一对进才泣告,我今不吃,留下与儿子充饥。进才入衙报知夫人。彼时那邓郎中也是山东人氏,夫人闻得此言,遂叫进才唤裁缝到屏帘外问个详细,应凤仍将被拐苦情泣诉一番。夫人道:“监生你不必做衣,就在衙内住,俟候相公回,我对他讲你的情由,叫他选你的官。”不多时邓郎中回府,夫人就道:“相公,今日裁缝非是等闲之人,乃山东听选监生,因妻子被拐,身无盘费,故此学艺度日,老爷可念乡里情分,扶持他一二。”郎中唤应凤问道:“你既是监生,将文引来看。”应凤在胸前袋内取出文引,朗中看了,果然是实,道:“你选期在明年四月方到。你明日可具告远方词一纸,我就好选你。”应凤大喜,写词上吏部具告远方。邓郎中径除他做陈留县县丞。应凤领了凭往王婆家辞行。王婆问:“彭相公恭喜,今选哪里官职?”应凤道:“陈留县县丞。”王婆忽然心中惶惶无计,遂道:“相公,你大官在我家数年,怠慢了他。今取得一件青布衣与大官穿,我把五色绢片子代他编了头上髻子。相公几时启程?”应凤道:“明日就行。”应凤相别而去。

王婆唤亲弟王明一道:“前日彭监生今得官,邓郎中把五百两金子托他寄回家里,你可赶去杀了他头来我看。劫来银子,你拿二分,我受一分。”明一依了言语,星夜赶到临清,喝道:“汉子休走!”拔刀就砍,只见刀望后去。明一道:“此何冤枉?”遂问:“那汉子,曾在京师触怒了何人?”应凤泣告王婆事情,明一亦将王婆要害之事说了一番,遂将孩儿头发髻割下,应凤又把前日王婆送的衣服与之而去。明一回来见王婆道:“彭监生是我杀了,今有发髻、衣服为证。”王婆见了,心中大喜,道:“祸根绝矣!”

应凤到了陈留上任数月,孩儿游玩进入姚知县衙内,夫人见了,思道:这儿子是我生的,如何到此?又值弘禹安排筵席,请二官长相叙,许氏屏风后觑看,果是丈夫彭生,遂抢将出来。应凤见是许氏,相抱大哭一场,各叙原因。时姚知县吓得哑口无言。夫妇二人归衙去了,母子团圆。应凤告到开封府,包公大怒,遂表奏朝廷,将姚知县判武林卫充军;差张龙、赵虎往京城西华门速拿王婆到来,先打一百,然后拷问,从直招了,押往法场处斩。大为痛快。

第二十二回 厨子做酒

话说包公在陈州赈济饥民,事毕,忽把门公吏入报,外面有一妇人,左手抱着一个小孩子,右手执着一张纸状,悲悲切切称道含冤。包公听了道:“吾今到此,非只因赈济一事,正待要体察民情,休得阴挡,叫她进来。”公人即出,领那妇人跪在阶下。包公遂出案看那妇人,虽是面带惨色,其实是个美丽佳人。问:“汝有何事来告?”妇人道:“妾家离城五里,地名莲塘。妾姓吴,嫁张家,丈夫名虚,颇识诗书。近因交结城中孙都监之子名仰,来往日久,以为知己之交。一日,妾夫因往远处探妾,彼来吾家,妾念夫蒙他提携,自出接待。不意孙氏子起不良之意,将言调戏妾身,当时被妾叱之而去。过一二日,丈夫回来,妾将孙某不善之意告丈夫,因劝他绝交。丈夫是读书人,听了妾言发怒,欲见孙氏子,要与他定夺。妾又虑彼官家之子,又有势力,没奈何他,自今只是不睬他便了。那时丈夫遂绝不与他来往。将一个月,至九月重阳日,孙某着家人请我丈夫在开元寺中饮酒,哄说有甚么事商议。到晚丈夫方归,才入得门便叫腹痛,妾扶入房中,面色变青,鼻孔流血。乃与妾道:‘今日孙某请我,必是中毒。’延至三更,丈夫已死。未过一月,孙某遣媒重赂妾之叔父,要强娶妾,妾要投告本府,彼又叫人四路拦截,道妾若不肯嫁他,要妾死无葬身之地。昨日听得大人来此赈济,特来诉知。”包公听了,问道:“汝家还有甚人?”吴氏道:“尚有七十二岁婆婆在家,妾只生下这两岁孩儿。”包公收了状子,发遣吴氏在外亲处伺候。密召当坊里甲问道:“孙都监为人如何?”里甲回道:“大人不问,小里甲也不敢说起。孙都监专一害人,但有他爱的便被他夺去。就是本处官府亦让他三分。”包公又问:“其子行事若何?”里甲道:“孙某恃爷势要,近日侵占开元寺腴田一顷,不时带领娼妓到寺中取乐饮酒,横行乡村,奸宿庄家妇女,哪一个敢不从他!寺中僧人恨入骨髓,只是没奈何他。”

包公闻言,嗟叹良久,退入后堂,心生一计。次日,扮作一个公差模样,后门出去,密往开元寺游玩,正走至方丈,忽报孙公子要来饮酒,各人回避。包公听了暗喜,正待根究此人,却好来此。即躲向佛殿后在窗缝里看时,见孙某骑一匹白马,带有小厮数人,数个军人,两个城中出名妓女,又有个心腹随侍厨子。孙某行到廊下,下了马,与众人一齐入到方丈,坐于圆椅上,寺中几个老僧都拜见了。霎时间军人抬过一席酒，排列食味甚丰，二妓女侍坐歌唱服侍，那孙某昂昂得意。料西京势要惟我一人。包公看见，性如火急，怎忍得住！忽一老僧从廊下经过，见包公在佛殿后，便问："客是谁？"包公道："某乃本府听候的，明日府中要请包大尹，着我来叫厨子去做酒。正不知厨子名姓，住在哪里。"僧人道："此厨子姓谢，住居孙都监门首。今府中着此人做酒，好没分晓。"包公问："此厨子有何缘故？"老僧道："我不说尔怎得知。前日孙公子同张秀才在本寺饮酒，是此厨子服侍，待回去后，闻说张秀才次日已死。包老爷是个好官，若叫此人去，倘服侍未周，有些失误，本府怎了？"包公听了，即抽身出开元寺回到衙中。

次日，差李虎径往孙都监门首提那谢厨子到阶下，包公道："有人告你用毒药害了张秀才，从直招来，饶你的罪。"谢厨初则不肯认，及待用长枷收下狱中，狱卒勘问，谢厨欲洗己罪，只得招认用毒害死张某情由，皆由于孙某使令。包公审明，就差人持一请帖去请孙公子赴席。预先吩咐二十四名无情汉严整刑具伺候。不移时报公子来到，包公出座接入后堂，分宾主坐定，便令抬过酒席。孙仰道："大尹来此，家尊尚未奉拜，今日何敢当大尹盛设。"包公笑道："此不为礼，特为公子决一事耳。"酒至二巡，包公袖中取出状一纸递与孙某道："下官初然到此，未知公子果有此事否？"孙仰看见是吴氏告他毒死她丈夫状子，勃然变色，出席道："岂有谋害人而无佐证？"包公道："佐证已在。"即令狱中取出谢厨子跪在阶下，孙仰吓得浑身水淋，哑口无言。包公着司吏将谢厨招认情由念与孙仰听了。孙仰道："学生有罪，万望看家尊分上。"包公怒道："汝父子害民，朝廷法度，我决不饶。"即唤过二十四名狠汉，将孙仰冠带去了，登时揪于堂下打了五十，孙仰受痛不过，气绝身死。包公令将尸首曳出衙门，遂即录案卷奏知仁宗，圣旨颁下：

孙都监残虐不法，追回官诰，罢职为民；谢厨受雇工人用毒谋害人命，随发极恶郡充军；吴氏为夫伸冤已得明白，本处有司每月给库钱赡养其家；包卿赈民公道，于国有光，就领西京河南府到任。

敕旨到日，包公依拟判讫。自是势宦皆为心寒。

第二十三回 杀假僧

话说东京城三十里有一董长者,生一子名董顺,住居东京城之马站头,造起数间店宇,招接四方往来客商,日获进益甚多,长者遂成一富翁。董顺因娶得城东茶肆杨家女为妻,颇有姿色,每日事公姑甚是恭敬,只是嫌其有些风情。顺又常出外买卖,或一个月一归,或两个月一归。城东十里外有个船艄名孙宽,每日往来董家店最熟,与杨氏笑语,绝无疑忌,年久月深,两个情深,遂成欢娱,相聚如同夫妇。

宽伺董顺出外经商,遂与杨氏私约道:“吾与娘子情好非一日,然欢娱有限,思恋无奈。娘子不若收拾所有金银物件,随我奔走他方,庶得永为夫妇。”杨氏许之。乃择十一月二十一日良辰,相约同去。是日杨氏收拾房中所有,专等孙宽来。黄昏时,忽有一和尚称是洛州翠玉峰大悲寺

僧道隆,因来此方抄化,天晚投宿一宵。董翁平日是个好善之人,便开店房,铺好床席款待,和尚饭罢便睡。时正天寒欲雪,董翁夫妇闭门而睡。二更时候,宽叩门来,杨氏遂携所有物色与宽同去。出得门外,但见天阻雨湿,路滑难行。杨氏苦不能走,密告孙宽道:“路滑去不得,另约一宵。”宽思忖道:“万一迟留,恐漏泄此事。”又见其所有物色颇富,遂拔刀杀死杨氏,却将金宝财帛夺去,置其尸于古井中而去。未几,和尚起来出外登厕,忽跌下古井中,井深数丈,无路可上。至天明,和尚小伴童起来,遍寻和尚不见,遂唤问店主。董翁起来,遍寻至饭时,亦不见杨氏,径入房中看时,四壁皆空,财帛一无所留。董翁思量,杨氏定是与和尚走了,上下山中直寻至厕屋古井边。但见芦草交加,微露鲜血,忽闻井中人声,董翁遂请东舍王三将长梯及绳索直下井中,得见下边有一和尚连声叫屈,杨氏已杀死在井中。王三将绳缚了和尚,吊上井来,众人将和尚乱拳殴打,不由分

说，乡邻里保具状解入县衙。知县将和尚根勘拷打，要他招认。和尚受苦难禁，只得招认，知县遂申解府衙。

包公唤和尚问及缘由，和尚长叹道："前生负此妇死债矣。"从直实招。包公思之：他是洛州和尚，与董家店相去七百余里，岂有一时到店能与妇人相通期约？必有冤屈。遂将和尚散禁在狱。日夕根探，竟无明白。偶得一计，唤狱司就狱中所有大辟该死之囚，将他密地剃了头发，假作僧人，押赴市曹斩首，称是洛州大悲寺僧，为谋杀董家妇事今已处决。又密遣公吏数人出城外探听，或有众人拟议此事是非，即来通报。诸吏行至城外三十里，因到一店中买茶，见一婆子，因问："前日董翁家杀了杨氏，公事可曾结断否？"诸吏道："和尚已偿命了。"婆子听了，捶胸叫屈："可惜这和尚枉了性命。"诸吏细问因由。婆子道："是此去十里头有一船艄孙宽，往来董家最熟，与杨氏私通，因谋她财物故杀了杨氏，与和尚何干？"诸吏即忙回报包公。

包公便差公吏数人密缉孙宽，枷送入狱根勘，宽苦不招认。令取孙宽当堂，笑对之曰："杀一人不过一人偿命，和尚既偿了命，安得有二人偿命之理；但是董翁所诉失了金银四百余两，你莫非捡得，便将还他，你可脱其罪名。"宽甚喜，供说："是旧日董家曾寄下金银一袱，至今收藏柜中。"包公差人押孙宽回家取金银来到，就唤董翁前来证认。董翁一见物色，认得金银器皿及锦被一条："果是我家物色。"包公再问董家昔日并无有寄金银之事。又唤王婆来证，孙宽仍抵赖，不肯招认。包公道："杨氏之夫经商在外，汝以淫心戏之成奸，因利其财物遂致谋害，现有董家物色在此证验，何得强辩不招？"孙宽难以遮掩，只得一笔招成，遂押赴市曹处斩；和尚释放还山，得不至死于非命。

第二十四回 卖皂靴

话说包公为开封府尹，按视治下，休息风谣。行到济南府升堂坐定，司吏各呈进案卷与包公审视，检察内中有事体轻可者，即当堂发放回去，使各安生业。正决事间，忽阶前起阵旋风，尘埃荡起，日色苍黄，堂下侍立公吏，一时间开不得眼。怪风过后，了无动静，惟包公案上吹落一树叶，大如手掌，正不知是何树叶。包公拾起，视之良久，乃遍示左右问："此叶亦有名否？"内有公人柳辛认得，近前道："城中各处无此树，亦不知树之何名。离城二十五里有所白鹤寺，山门里有此树二株，又高又大，条干茂盛，此叶乃是白鹤寺所吹来的。"包公道："汝果认得不错么？"柳辛道："小人居住寺旁，朝夕见之，如何会认差了？"

包公知有不明之事，即令乘轿去白鹤寺行香。寺中僧行连忙出迎，接入方丈坐定，茶罢，座下风生。包公忆昨日旋风又起，即差柳辛随之而去。柳辛领诺，那一阵风从地下滚出方丈，直至其树下而息，柳辛回复包公。包公道："此中必有缘故。"乃令柳辛锄开看之，见一条破席包卷着一个十八九岁的妇人在内，看验身上并无伤痕，只唇皮迸裂，眼目微露，撬开口视之，乃一根竹签直透咽喉。将尸掩了，再入方丈召集众僧行问之。众僧各道不知其故，一时根究不出。转归府中，退入私衙后，近夜，秉烛默坐，自忖寺门里缘何有妇人死尸？就是外人有不明之事，亦当埋向别处，自然是僧行中有不良者谋杀此妇，无处掩藏，故埋树下。思忖良久，将近一更，不觉困倦，隐几而卧。忽梦见一青年妇人哭拜阶下道："妾乃城外五里村人氏，父亲姓索名隆，曾做本府狱卒。妾名云娘，今年正月十五元宵夜，与家人入城看灯，夜半更深，偶失伙伴，行过西桥，遇着一个后生，说是与妾同村，指引妾身回去。行至半路又一个来，却是一个和尚。妾月下看见，即欲走转城中，被那后生在袖中取出毒药来，扑入妾口中，即不能言语，径被二人拖入寺中。妾知其欲行污辱，思量无计，适见倒篱竹签，被妾拔下，插入喉中而死。将妾随行首饰尽搜捡去，把尸埋于树下，冤魂不散，乞为伸理。"

包公正待细问，不觉醒来，残烛犹明，起行徘徊之间，见窗前遗下新皂靴一只，包公计上心来。次日升堂，并不与人说知，即唤过亲随黄胜，吩咐："汝可装作一皮匠，密密将此皂靴挑在担上，往白鹤寺各僧房出卖，有人来认，即来报我。"

胜依言来到寺中，口称叫卖僧靴。正值各僧行都闲在舍里，齐来看买。内一少年行者提起那新靴来，看良久道："此靴是我日前新做的，藏在房舍中，你如何偷在此来？"

黄胜初则与之争辩，乃行者取出原只来对，果是一样。黄胜故意大闹一场，被行者众和尚夺得去了。胜忙走回报，包公即差集公人围绕白鹤寺，捉拿僧行，当下没一个走脱，都被解入衙中，先拘过认靴的行者来，审问谋杀妇人根由。行者心惊胆战，不待用刑，从实一一招出逼杀索氏情由。

包公将其口词叠成案卷，当堂判拟行者与同谋和尚二人为用毒药以致逼死索氏，押上街心斩首示众；其同寺僧知情不报者，发配充军。后包公回京奏知，仁宗大加钦奖，下敕有司为索氏茔其坟而旌表之。

第二十五回　忠节隐匿

常言道，“朝里无人莫做官”，这句话深为有理；还有一句话，“家里无银莫做官”，这句话更为有理。怎见得？如今糊涂世界，好官不过多得钱而已。你若朝里无人，家里无银，凭你做得上好的官，也没有人与你辨得皂白。就如那守节的女子，若不是官宦人家，又没有银子送与官吏，也不见有什么名色在那里。如今说河南有个县丞潘宾，居官时一文不要，又御边有功。这样一个好官，职分虽小，难得如此。做上司的原应该奏过朝廷，加升他的官职才是，竟索他银千两才许他保奏，可怜他这样一个清正官员，哪里来的银子？怎不教人气死！

一日，包公坐赴阴床断事，接得一纸状词，正是潘宾的，告为匿忠事：

居官不要一文，难道一文不值？御边自守百雉，难道百雉无灵？风闻的每诈聋耳；保奏的只伸长手。阳世叩阍无路，阴间号天自鸣。上告。

包公看罢道：“可怜可怜。潘宾果若为官清正，御边有功，满朝文武官员多多少少总不如你了。你在生时何不自鸣，死后却对谁说？”

潘宾道：“在生时就如哑子吃苦瓜一样，没有银子送他，任你说得口酸，哪个管你三七二十一？可怜潘某生前既不得一个好名，死后如何肯服！”

包公道：“待我回阳奏过朝廷，当赠你一个美名，留青史，岂不美乎？”

潘宾道：“生前荣与死后名，总是虚空。但恨那要银子的官，在生不能与我保荐，如今没处出气。”

包公道：“有我老包在这里，任他阴阳人等，哪有没处出气的！你但把要银子的官写下姓名与我，我自有处。”

潘宾写罢将上呈时，忽报门外有一个女子，口称冤枉。包公道：“着她进来。”那女子进来跪下，呈上状词。告为匿节事：

夫作沙场鬼，从来未睹洞房花烛；妾作剑锋魂，终身只想万里长城。男未婚，女不嫁，四十岁自刎而死；节不施，坊未建，微魂何所倚托？红颜之薄命难甘，污吏之不法宜正。合行自呈，不嫌露体。上告。

包公看毕道："好个节女，如何官府不旌奖她？"女子道："妾姓方氏，因丈夫死于边疆，未曾婚嫁。妾不愿改嫁二夫，直到四十二岁，无以度日，自刎身亡。府县官贪贿，无奈妾家贫，默默而死，不与我标一个好名，故此含冤求伸。"包公道："你且说府县官的名姓来，我自有处。"女子说罢，包公援笔批道：

审得立忠立节，乃人生大行；表忠表节，尤朝廷大典。职系本处正官，为之举奏可也，乃一匿其忠，清操之孤魂何忍？一匿其节，红颜之薄命堪怜。风渺渺兮含哀，月皎皎兮在天。忠节合行旌赏；贪污候用刑法。

批完道："你们二人且出去，待我启奏阳间天子、阴府玉皇上帝，叫你们忠臣节女自有享福之处，那些贪污的官员，叫他们有一日自然有吃苦的所在。"

第二十六回 巧拙颠倒

话说包公一日从赴阴床理事，查得一宗文案，告为巧拙颠倒事：夫妻相配，莫道红丝无据；彼此适当，方见皇天有眼。巧女子，拙丈夫。鸳鸯绣出难与语；脂粉施来徒自憎。世上岂无拙女子，何不将来配我夫？在彼无恶，在此无射。颠之倒之，得此戚施。上告。

包公看罢大笑道："可笑人心不足，夫妻分上不睦。巧者原是拙之奴，何曾颠倒相陪宿。"说罢，将数语批在原状子上，粘在大门外。须臾，那告状女子见了，连声叫苦叫屈，求见包公。包公道："女子好没分晓，如何连连叫屈？"女子道："还是阴司没有分晓，如何使人不叫屈？"包公道："怎见得没分晓？"女子道："大凡人生世上，富贵功名件件都假，只有夫妻情分极是真的。但做男子的原有巧拙不同，做女子的亦有巧拙两样，若巧妻原配巧夫，岂不两美？每见貌类丑妇行若桑间者，反配风流丈夫；以妾之貌，不在中女下，以妾之才，颇在中女上，奈何配着一个痴不痴、憨不憨、聋不聋、哑不哑这样一个无赖子，岂不是注姻缘的全没分晓？"包公道："天下原无全美之事。国家亦自有兴衰，人生岂能无美恶。都像你要拣好丈夫，那丑男子就该没有老婆了。那掌婚司的各人定一个缘法在那里，强求不得。"再批道：

审得夫妇乃天作之合，不可加以人力。巧拙正相济之妙，那得间以私意。巧妻若要拣夫，拙夫何从得妻？家有贤妻，夫不吃淡饭，匹配之善，正在如此。这样老婆舌，休得再妄缠。

批完又道："你今既有才貌不能配的一个好丈夫，来世定发你一个好处托生了。你且去且去。"

龙图公案

第二十七回　试假反试真

却说临安府民支弘度，痴心多疑，娶妻经正姑，刚毅贞烈。弘度尝问妻道："你这等刚烈，倘有人调戏你，你肯从否？"妻子道："吾必正言斥骂之，人安敢近？"弘度道："倘有人持刀来要强奸，不从便杀，将如何？"妻道："吾任从他杀，决不受辱。"弘度道："倘有几人来捉住成奸，不由你不肯，却又如何？"妻道："吾见人多，便先自刎以洁身明志，此为上策；或被其污，断然自死，无颜见你。"弘度不信，过数日，故令一人来戏其妻以试之，果被正姑骂去。

弘度回家，正姑道："今日有一光棍来戏我，被我斥骂而去。"再过月余，弘度令知友于谟、应信、莫誉试之。于谟等皆轻狂浪子，听了弘度之言，突入房去。于谟、应信二人各捉住左右手，正姑不胜发怒，求死无地。莫誉乃是轻薄之辈，即解脱其下身衣裙。于谟、应信见污辱太甚，遂放手远站。正姑两手得脱，即挥起刀来，杀死莫誉。吓得于谟、应信走去。正姑是妇人无胆略，恐杀人有祸，又性暴怒，不忍其耻，遂一刀自刎而亡。

于谟驰告弘度，此时弘度方悔是错，又恐外家及莫誉二家父母知道，必有后患。乃先去呈告莫誉强奸杀命，于谟、应信明证。

包公即拘来问，先审干证道："莫誉强奸，你二人何得知见？"于谟道："我与应信去拜访弘度，闻其妻在房内喊骂，因此知之。"包公道："可曾成奸否？"应信道："莫誉才入即被斥骂，持刀杀死，并未成奸。"包公对支弘度道："你妻幸未污辱，莫誉已死，这也罢了。"弘度道："虽一命抵一命，然彼罪该死，我妻为彼误死，乞法外情断，量给殡银。"包公道："此亦使得。着令莫誉家出一棺木来贴你。但二命非小，我须要亲去验过。"及去相验，见经氏刎死房门内，下体无衣；莫誉杀死床前，衣服却全。包公即诘于谟、应信道："你二人说莫誉才入便被杀，何以尸近床前？你说并未成奸，何以经氏下身无衣？必是你三人同入强奸已毕后，经氏杀死莫誉，因害耻羞，故以自刎。"将二人夹起，令从直招认。

二人并不肯认。包公就写审单，将二人俱以强奸拟下死罪。于谟从实诉道："非是我二人强奸，亦非莫誉强奸，乃弘度以他妻常自夸贞烈，故令我等三人去试她。我二人只在房门口，莫誉去强抱，剥其衣服，被经氏闪开，持刀杀之，我二人走出。那经氏真是烈女，怒想气激，因而自刎。支弘度恐经氏及莫誉两家父母知情,告他误命,故抢先呈告,其实意不在求殡银也。”弘度哑口无辩。包公听了,即责打三十,又对于谟等道:“莫誉一人,岂能剥经氏衣裙,必汝二人帮助之后,见莫誉有恶意,你二人站开,经氏因刺死莫誉,又恐你二人再来,故先行自刎。经氏该旌奖,汝二人亦并有罪。”于谟、应信见包公察断如神,不敢再辩半句。

包公将此案申拟,支弘度秋后处斩,又旌奖经氏,赐之匾牌,表扬贞烈贤名。

第二十八回　死酒实死色

话说有张英者，赴任做官，夫人莫氏在家，常与侍婢爱莲同游华严寺。广东有一珠客邱继修，寓居在寺，见莫氏花容绝美，心贪爱之。次日，乃妆作奶婆，带上好珍珠，送到张府去卖。莫氏与他买了几粒，邱奶婆故在张府讲话，久坐不出。时近晚来，莫夫人道："天色将晚，你可去得。"邱奶婆乃去，出到门首复回来道："妾店去此尚远，妾一孤身妇人，手执许多珍珠，恐遇强人暗中夺去不便，愿在夫人家借宿一夜，明日早去。"莫氏允之，令与婢爱莲在下床睡。一更后，邱奶婆爬上莫夫人床上去道："我是广东珠客，见夫人美貌，故假妆奶婆借宿，今日之事乃前生宿缘。"莫夫人以丈夫去久，心亦甚喜。自此以后，时常往来与之奸宿，惟爱莲知之。

过半载后，张英升任回家。一日，昼寝，见床顶上有一块唾干，问夫人道："我床曾与谁人睡？"夫人道："我床安有他人睡。"张英道："为何床上有块唾干？"夫人道："是我自唾的。"张英道："只有男子唾可自下而上，妇人安能唾得高？我且与你同此睡着，仰唾试之。"张英的唾得上去，夫人的唾不得上。张英再三追问，终不肯言。乃往鱼池边呼婢爱莲问之，爱莲被夫人所嘱，答道："没有此事。"张英道："有刀在此。你说了则罪在夫人，不说便杀了你，丢在鱼池中去。"爱莲吃惊，乃从直说知，张英听了，便想要害死其妻，又恐爱莲后露丑言，乃推入池中浸死。

本夜，张英睡至二更，谓妻道："我睡不着，要想些酒吃。"莫氏道："如此便叫婢去暖来。"张英道："半夜叫人暖酒，也被婢女所议。夫人你自去大埕中取些新红酒来，我只爱吃冷的。"莫氏信之而起。张英潜蹑其后，见莫氏以杌子衬脚向埕中取酒，即从后提起双脚推入酒埕中去，英复入房中睡。有顷，谅已浸死，故呼夫人不应，又呼婢道："夫人说她爱吃酒，自去取酒，何许多时不来，叫又不应，可去看来。"众婢起来，寻之不见，及照酒埕中，婢惊呼道："夫人浸死酒埕中了。"张英故作慌张之状，揽衣而起，惊讶痛悼。

次日，请莫氏的兄弟来看入殓，将金珠首饰锦绣衣服满棺收贮。因寄灵柩于华严寺，夜令二亲随家人开棺，将金珠首饰锦绣衣服尽数剥起。次日，寺僧来报说，夫人灵柩被贼开了，劫去衣财。张英故意大怒，同诸舅往看，棺木果开，衣财一空，乃抚棺大哭不已，再取些铜首饰及布衣服来殓之。因穷究寺中藏有外贼，以致开棺劫财，僧等皆惊惧无措，尽来磕头道："小僧皆是出家人，不敢作犯法事。"张英道："你寺中更有何人？"僧道："只有一广东珠客在此寄居。"英道："盗贼多是此辈。"即锁去送县，再补状呈进。知县将继修严刑拷打一番，勒其供状。邱继修道："开棺劫财，本不是我，但此乃前生冤债，甘愿一死。"即写供招承认。

那时包公为大巡，张英即去面诉其情，嘱令即决继修以完其事，便好赴任。包公乃取邱继修案卷夜间看之，忽阴风飒飒，不寒而栗。自忖道："莫非邱犯此事有冤？"反复看了数次，不觉打困，即梦见一丫头："小婢无辜，白昼横推鱼沼而死；夫人养汉，清宵打落酒埕而亡。"包公醒来，乃是一梦。心忖道：此梦甚怪。但小婢、夫人与开棺事无干，只此棺乃莫夫人的。明日且看何如。次日，吊邱继修审道："你开棺必有伙伴，可报来。"继修道："开棺事实不是我；但此是前生注定，死亦甘心。"包公想：那夜所梦夫人酒埕亡之联，便问道："那莫夫人因何身亡？"继修道："闻得夜间在酒埕中浸死。"包公惊异与梦中言语相合，但夫人养汉这一句未明，乃问道："我已访得夫人因养汉被张英知觉，推入酒埕浸死。今要杀你甚急，莫非与你有奸么？"继修道："此事并无人知，惟小婢爱莲知之。闻爱莲在鱼池浸死，夫人又已死，我谓无人知，故为夫人隐讳，岂知夫人因此而死。必小婢露言，张英杀之灭口。"包公听了此言，全与梦中相符，知是小婢无故屈死，故阴灵来告。少顷，张英来相辞，要去赴任。包公写梦中的话递与张英看，英接看了，不觉失色。包公道："你闺门不肃，一当去官；无故杀婢，二当去官；开棺赖人，三当去官。更赴任何为？"张英跪道："此事并无人知，望大人遮庇。"包公道："你自干事，人岂能知！但天知地知你知鬼知，鬼不告我，我岂能知？你夫人失节该死，邱继修奸命妇该死，只爱莲不该死。若不淹死小婢，则无冤魂来告你，官亦有得做，丑声亦不露出，继修自合就死，岂不全美！"说得张英羞脸无言。是秋将邱继修斩首，即上本章奏知朝廷，张英治家不正，杀婢不仁，罢职不叙。

第二十九回 毡套客

话说江西南昌府有一客人,姓宋名乔,负白金万余两往河南开封府贩卖红花,过沈丘县寓曹德克家。是夜,德克备酒接风,宋乔尽饮至醉,自入卧房,解开银包,秤完店钱,以待明日早行。不觉间壁赵国桢、孙元吉一见就起谋心,设下一计,声言明日去某处做买卖。次日,跟乔来到开封府,见乔搬寓龚胜家,自入城去了。孙、赵二人遂叩龚胜门叫:"宋乔转来。"胜连忙开门,孙、赵二人腰间拔出利刀,捉胜要杀,胜急奔入后堂,喊声:"强人至此!"往后走出。国桢、元吉将乔银两一一挑去,投入城中隐藏,住东门口。

乔回龚宅,胜将强盗劫银之事告知,乔遂入房看银,果不见了。心忿不已,暗疑胜有私通之意,即具状告开封府。包公差张千、李万拿龚胜到厅,审问道:"这贼大胆包身,通贼谋财,罪该斩首。"吩咐左右拷打一番。龚胜哀告:"小人平生看经念佛,不敢非为。自宋乔入家,即刻遭强盗劫去银两,日月三光可证。小人若有私通,粉身碎骨亦当甘受。"包公听了,喝令左右将胜收监,密探消息,一年无踪。包公沉吟道:"此事这等难断。"自己悄行禁中,探龚胜在那里如何。闻得胜在禁中焚香诵经,一祝云:"愿黄堂功业绵绵,明伸胜的苦屈冤情。"二祝云:"愿吾儿学书有进。"三祝云:"愿皇天保佑我出监,夫妇偕老。"包公听了自思:此事果然冤屈。又唤张千拘原告客人宋乔来审:"你一路来可在何处住否?"乔答道:"小人只在沈丘县曹德克家歇一晚。"包公听了此言退堂。

次日,自扮南京客商,径往沈丘县投曹德克家安歇,托买毡套,凡遇酒店进去饮酒,已经数月。忽一日,同德克往景宁桥买套,又遇店吃酒,遇着二人亦在店中饮酒,那二人见德克来,与他拱手动问:"这客官何州人氏?"克答道:"南京人氏。"二人遂与德克笑道:"如今赵国桢、孙元吉获利千金。"克道:"莫非得了天财"。那二人道:"他两人去开封府做买卖,半月间,捡银若干。就在省城置家,买田数顷,有如此造化。"包公听了心想:宋乔事必是这二贼了。遂与德克回家,问及方才二人姓甚名谁。克道:"一个唤作赵志道,一个唤作鲁大郎。"包公记了名字。次日,唤张千收拾行李回府,复令赵虎带数十匹花绫锦缎,径往省城借问赵家去卖。赵虎入其家,国桢起身问:"客人何处?"虎道:"杭州人,名松乔。"桢遂拿五匹缎来看,问:"这缎要多少价?"松乔道:"五匹缎要银十八两。"

桢遂将银锭三个，计十二两与讫。元吉见国桢买了，亦引松到家，仍买五匹，给六锭银十二两与之。虎得了此银，忙奔回府报知。

包公将数定银吩咐库吏藏在匣中，与别锭银同放在内，唤张千拘宋乔来审。乔至厅跪下，包公将匣内银与乔看，乔亦认得数锭云："小的不瞒老爷说，江西银子青丝出火，匣内只有这几锭是小人的，望老爷做主，万死不忘。"包公唤张千将乔收监，急差张龙、李万往省城捉拿赵国桢、孙元吉，又差赵虎往沈丘县拘赵志道、鲁大郎。至第三日，四人俱赴厅前跪下，包公大怒道："赵国桢、孙元吉，你这两贼全不怕我，黑夜劫财，坑陷龚胜，是何道理？罪该万死，好好招来。"孙、赵二人初不肯招认，包公即唤志道、大郎道："你说半月获利之事，今日敢不直诉！"那二人只得直言其情。桢与元吉俯首无词，从直供招。包公令李万将长枷枷起，捆打四十；唤出宋乔，即给二家家产与乔；发出龚胜，赏银回家务业；又发放赵、鲁二人回去；吩咐押赵国桢、孙元吉到法场斩首，自此民皆安堵。

第三十回　阴沟贼

话说河南开封府阳武县有一人，姓叶名广，娶妻全氏，生得貌似西施，聪明乖巧，居住村僻处，正屋一间，少有邻舍。家中以织席为生，妻勤纺绩，仅可度活。一日，叶广将所余银只有数两之数，留一两五钱在家，与妻作食用纺绩之资，更有二两五钱往西京做些小买卖营生。

次年，近村有一人姓吴名应者，年近二八，生得容貌俊秀，未娶妻室，偶经其处，窥见全氏，就有眷恋之心。随即根问近邻，知其来历，陡然思忖一计，即讨纸笔写伪信一封，入全氏家向前施礼道："小生姓吴名应，去年在西京与尊嫂丈夫相会，交契甚厚。昨日回家，承寄有信一封在此，吩咐自后尊嫂家或缺用，某当一任包足，候兄回日自有区处，不劳尊嫂忧心。"全氏见吴应生得俊秀，言语诚实，又闻丈夫托其周济，心便喜悦，笑容满面。两下各自眉来眼去，情不能忍，遂各向前搂抱，闭户同衾。自此以后，全氏住在村僻，无人管此闲事，就如夫妻一般，并无阻碍。

不觉光阴似箭，日月如梭。叶广在西京经营九载，趁得白银一十六两，自思家中妻单儿小，遂即收拾回程。在路晓行夜住，不消几日到家，已是三更时分。叶广自思：住屋一间，门壁浅薄，恐有小人暗算，不敢将银拿进家中，预将其银藏在舍旁通水阴沟内，方来叫门。是时其妻正与吴应歇宿，忽听丈夫叫门之声，即忙起来开门，放丈夫进来。吴应惊得魂飞天外，躲在门后，候开了门潜躲在外。全氏收拾酒饭与丈夫吃，略叙久别之情。食毕，收拾上床歇宿。全氏问道："我夫出外经商，九载不归，家中极其劳苦，不知可趁得些银两否？"叶广道："银有一十六两，我因家中门壁浅薄，恐有小人暗算，未敢带入家来，藏在舍旁水阴沟内。"全氏听了大惊道："我夫既有这许多银回来，可速起来收藏在家无妨。不可藏于它处，恐有知者取去。"叶广依妻所言，忙起出外寻取。不防吴应只在舍旁窃听叶广夫妻言语，听说藏银在彼，即忙先盗去。叶广寻银不见，因与全氏大闹，遂以前情具状赴包公案前陈告其事。

包公看了状词，就将其妻勘问，必有奸夫来往，其妻坚意不肯招认。包公遂发叶广，再出告示，唤张千、李万私下吩咐："汝可将告示挂在衙前，押此妇出外枷号官卖，其银还她丈夫，等候有人来看此妇者，即便拿来见我，我自有主意。"

张李二人依其所行，押出门外将及半日，忽有吴应在外打听得此事，忙来与妇私语。张、李看见，忙扭吴应入见包公。包公问道："你是什么人？"吴应道："小人是这妇人亲眷，故来看她。"包公道："汝既是她亲眷，可曾娶有内眷否？"吴应道："小人家贫，未及婚娶。"包公道："汝既未婚娶，吾将此妇官嫁于你，只要汝价银二十两，汝可即备来秤。"吴应告道："小人家中贫难，难以措办。"包公道："既二十两备不出。可备十五两来。"吴应又告贫难。包公道："谁叫你前来看她？若无十五两，如今只要汝备十二两来秤何如？"吴应不能推辞，即将所盗原银熔过十二两诣台前秤。包公将吴应发放在外，又拘叶广进衙问道："你看此银可是你的还不是你的？"叶广认了又认，回道："不是我的原银，小人不敢妄认。"包公又叫叶广出外，又唤吴应来问道："我适间叫她丈夫到此，将银给付与他，他道他妻子生得甚是美貌，心中不甘，实要银一十五两。汝可揭借前来秤兑领去，不得有误。"吴应只得回家。包公私唤张、李吩咐："汝可跟吴应之后，看他若把原银上铺煎销，汝可便说我吩咐，其银不拘成色，不要煎销，就拿来见我。"张千领命，直跟其后。吴应又将原银上铺煎销，张千即以包公言语说了，应只得将原银三两完足。包公又叫且出去，又唤叶广认之，广看了大哭："此银实是小人之物，不知何处得来！"包公又恐叶广妄认，冤屈吴应，又道："此银是我库中取出，何得假认？"广再三告道："此银是小人时时看惯的，老爷不信，内有分两可辨。"包公即令试之，果然分厘不差。就拘吴应审勘，招供伏罪，其银追完。将妇人脱衣受刑；吴应以通奸窃盗杖一百，徒三年。复将叶广夫妇判合放回，夫妇如初。

第三十一回 三宝殿

话说福建福宁州福安县有民章达德，家贫，娶妻黄蕙娘，生女玉姬，天性至孝。达德有弟达道，家富，娶妻陈顺娥，德性贞静，又买妾徐妙兰，皆美而无子。

达道二十五岁卒，达德有意利其家财，又以弟妇年少无子，常托顺娥之兄陈大方劝其改嫁。顺娥欲养大方之子元卿为嗣，以继夫后，言不改节，达德以异姓不得承祀，竭力阻挡，大方心恨之。

顺娥每逢朔望及夫生死忌日，常请龙宝寺僧一清到家诵经，追荐其夫，亦时与之言语。一清只说章娘子有意，心上要调戏她。一日，又遣人来请诵经超度，一清令来人先挑经担去，随后便到其家，见户外无人，一清直入顺娥房中去，低声道："娘子每每召我，莫非有怜念小僧的意？乞今日见舍，恩德广大。"

顺娥恐婢知觉出丑，亦低声答道："我只叫你念经，岂有他意？可快出去！"一清道："娘子无夫，小僧无妻，成就好事，岂不两美？"

顺娥道："我只道你是好人，反说出这臭口话来。我叫大伯惩治你死。"一清道："你真不肯，我有刀在此。"顺娥道："杀也由你。我乃何等人，你敢无礼？"

正要走出房来，被一清抽刀砍死，遂取房中一件衣服将头包住，藏在经担内，走出门外来叫声："章娘子！"无人答应，再叫二、三声，徐妙兰走出来道："今日正要念经，我叫小娘来。"走入房去，只见主母杀死，鲜血满地，连忙走出叫道："了不得，小娘被人杀死。"隔舍达德夫妇闻知，即走来看，寻不见头，大惊，不知何人所杀，只有经担先放在厅内，一清独自空身在外。哪知头在担内，所谓搜远不搜近也。达德发回一清去："今日不念经了。"一清将经担挑去，以头藏于三定殿后，一发无踪了。妙兰遣人去请陈大方来，外人都疑是达德所杀。陈大方赴包巡按处告了达德。

包公将状批知府提问，知府拘来审道："陈氏是何时被杀？"大方道："是早饭后，日间哪有贼敢杀人？惟达德左邻有门相通，故能杀之，又盗得头去。倘是外贼，岂无人见！"知府道："陈氏家可有奴婢使用人否？"大方道："小的妹性贞烈，远避嫌疑，并无奴仆，只一婢妾妙兰，倘婢所杀，亦藏不得头也。"知府见大方词顺，便将达德夹起，勒逼招承，但死不肯认。审讫解报包大巡，包公又批下县详究陈顺娥首级下落结报。时尹知县是个贪酷无能之官，只将章达德拷打，限寻陈氏之头，且哄道："你寻得头来与她全体去葬，我便申文书放你。"累至年余，达德家空如洗，蕙娘与女纺织刺绣及亲邻哀借度日。其女玉姬性孝，因无人使用，每日自去送饭，见父必含泪垂涕，问道："父亲何日得放出？"达德道："尹爷限我寻得陈氏头来即便放我。"玉姬回对母亲道："尹爷说，寻得婶娘头出，即便放我父亲。今根究年余，并无踪迹，怎么寻得出？我想父亲牢中受尽苦楚，我与母亲日食难度，不如待我睡着，母亲可将我头割去，当做婶娘的送与尹爷，方可放得父亲。"母道："我儿说话真乃当耍，你今一十六岁长大了，我意欲将你嫁与富家，或为妻为妾，多索几两聘银，将来我二人度日，何说此话？"女道："父亲在牢受苦，母亲独自在家受饿，我安忍嫁与富家自图饱暖。况得聘银若吃尽了，哪里再有？那时我嫁人家是他人妇，怎肯容我归替父死。今我死则放回父亲，保得母亲，是一命保二命。若不保出父亲，则父死牢中，我与母亲贫难在家亦是饿死。我念已决，母亲若不肯忍杀，我便去缢死，望母亲割下头去当婶娘的，放出父亲，死无所恨。"

母道："我儿你说替父虽是，我安忍舍得。况我家未曾杀婶娘，天理终有一日明白，且耐心挨苦，从今再不可说那断头话。"母遂防守数日，玉姬不得缢死，乃哄母道："我今从母命，不须防矣。"母听迹稍懈怠。未几日，玉姬缢死，母乃解下抱住，痛哭一日，不得已，提起刀来又放下数次，不忍下手，乃想道："若不忍割她头来，救不得父，她亦枉死于阴司，亦不瞑目。"焚香祝之。将刀来砍，终是心酸手软胆寒，割不得断，连砍几刀方能割下。母拿起头来一看，昏迷倒地。须臾苏醒，乃脱自己身上衣服裹住女头。次日，送在牢中交与丈夫，夫问其所得之故，黄氏答以夜有人送来，想其人念汝受苦已久，送出来也。章达德以头交与尹知县，尹爷欢喜，有了顺娥头出，此乃达德所杀是真，即坐定死罪，将达德一命犯解上。

巡按包公相验，见头是新砍的，发怒道："你杀一命已该死，今又在何处杀这头来？顺娥死已年余，头必腐臭，此头乃近日的，岂不又杀一命？"达德推黄氏得来，包公将黄氏拷问，黄氏哭泣不已，欲说数次说不出来。包大巡奇怪，问徐妙兰，妙兰把玉姬自己缢死要救父亲之事细说一遍，达德夫妇一齐大哭起来。

包公再取头看，果然死后砍的，刀痕并无血涸，官吏俱下泪。包公叹息道："人家有此孝亲之女，岂有杀人之父。"再审妙兰道："那日早晨有什么人到你家来？"妙兰道："早晨并无人来，早饭后有念经和尚来，他在外叫，我出来，主母已死了，头已不见了。"包公将达德轻监收候，吩咐黄氏常往僧寺去祈告许愿，倘僧有调戏言语，便可向他讨头。

黄氏回家，时常往龙宝寺或祈签，或求签，或许愿，哭泣祷祝，愿寻得顺娥的头。往来惯熟，与僧言语，一清留之午饭，挑之道："娘子何愁无夫，便再嫁个好的，落得自己快乐。"黄氏道："人也不肯娶犯人之妻，也没奈何。"一清道："娘子不须嫁,若肯与我好时,也济得你的衣食。"

黄氏笑道:"济得我便好,若更得佛神保佑,寻得婶婶头来与他交官,我便从你。"一清把手来扯住道:"你但与我好事,我有灵牒,明日替你烧去,必得头出来。"黄氏半推半就道:"你今日先烧牒,我明日和你好。若得出来,休说一次,我誓愿与你终身相好。"一清引起欲心,抱住要奸,黄氏道:"你无灵牒只是哄我,我不信你。你果然有法先牒出头来,待明日任你抱。不然,我岂肯送好事与你!"一清此时欲心难禁,说道:"只要和我好,少顷无头,变也变一个与你。"

黄氏道:"你变个头来即与你今日饱。若与你过手了,将和尚头来当么?我不信你哄骗。"一清急不得已说出道:"以前有个妇人来寺,戏之不肯,被我杀了,头藏在三宝殿后。你不从,我亦杀你凑双;肯,就将头与你。"黄氏道:"你装此吓我。先与我看,然后行事。"一清引出示之。黄氏道:"你出家人真狠心也。"一清又要交欢,黄氏推道:"先前与你闲讲,引动春心,真是肯了。今见这枯头,吓得心碎魂飞,全不爱矣,决定明日罢。"那头是一清亲手杀的,岂不亏心,亦道:"我见此也心惊肉战,全没兴了,明日千万来。"黄氏道:"我不来,你来我家也不妨,要我先与人过手,然后你送那物与我。"黄氏归召章门几人,叫他直入三宝殿后拽出人头来,将僧一清锁送包公,一夹便认,招出实情,即押一清斩首。仰该县为陈氏、章氏玉姬树立牌坊,赐以二匾,一曰"慷慨完节",一曰"从容全孝"。又拆章达道之宅改立贞孝祠,以达道田产一半入祠,供奉四时登祀之用费,家宅田产仍与达德掌管。

第三十二回　二阴签

话说山东唐州民妇房瑞鸾，一十六岁嫁夫周大受，至二十二岁而夫故，生男可立仅周岁，苦节守寡，辛勤抚养儿子，可立已长成十八岁，能任薪水，耕农供母，甚是孝敬，乡里称服。房氏自思：子已长成，奈家贫不能为之娶妻，佣工所得之银，但足供我一人。若如此终身，我虽能为夫守节，而夫终归无后，反为不孝之大。乃焚香告夫道："我守节十七年，心可对鬼神，并无变志。今夫若许我守节终身，随赐圣阳二签；若许我改嫁以身资银代儿娶妇，为夫继后，可赐阴签。"掷下去果是阴签。又祝道："签非阴则阳，吾未敢信。夫故有灵，谓存后为大，许我改嫁，可再得一阴签。"又连丢二阴。房氏乃托人议婚，子可立泣阻道："母亲若嫁，当在早年，乃守儿到今，年老改嫁，空劳前功。必是我为儿不孝，有供养不周处，凭母亲责罚，儿知改过。"房氏道："我定要嫁，你阻不得我。"

上村有一富民卫思贤，年五十岁丧室，素闻房氏贤德，知其改嫁，即托媒来说合，以礼银三十两来交过。房氏对子道："此银你用木匣封锁了与我带去，锁匙交与你，我过六十日来看你。"可立道："儿不能备衣妆与母，岂敢要母银？母亲带去，儿不敢受锁匙。"母子相泣而别。房氏到卫门两月后，乃对夫道："我意本不嫁，奈家贫，欲得此银代儿娶妇，故致失节。今我将银交与儿，为他娶了妇，便复来也。"思贤道："你有此意，我前村佃户吕进禄是个朴实人，有女月娥，生得庄重，有福之相，今年十八，与你儿同年，我便为媒去说之。"房氏回儿家谓可立道："前银恐浪费，我故带去。今闻吕进禄有女与你同年，可将此银去娶之。"可立依允，娶得月娥入家，果然好个庄重女子。房氏见之欢喜，看儿成亲之后，复往卫门去。

谁料周可立是个孝道执方人，虽然甚爱月娥，笑容款洽，却不与她交合，夜则带衣而寝。月娥已年长知事，见如此将近一年，不得已乃言道："我看你待我又是十分相爱，我谓你不知事，你又长大，说来你又百事晓得，如何旧年四月成亲到今正月将满一年，全不行夫妇之情。你先不与我交合，我今要强你交媾云雨欢合，不由你假至诚也。"可立道："我岂不知少年夫妇意乐情浓，奈娶你的银子的是嫁母的，我不忍以卖母身之银娶妻奉衾枕也。今要积得三十两银还母，方与你交合。”吕氏道：“你我空手作家，只足度日，何时积得许多银？岂不终身鳏寡。”可立道：“终身还不得，誓终身不交，你若恐误青春，凭你另行改嫁别处欢乐。”吕氏道：“夫妇不和而嫁，亦是不得已；若因不得情欲而嫁，是狗彘之行也，岂忍为之。不如我回娘家与你力作，将银还了，然后来完娶；若供了我，银越难积。”可立道：“如此甚好。”将月娥送至岳丈家去。

至年冬，吕进禄将女送回夫家，月娥再三推托不去，父怒谴之，月娥乃与母言其故。进禄不信，与兄进寿叙之，进寿道：“真也。日前我在侄婿左邻王文家取银，因问可立为人何如。王文对我说道：‘那人是孝子，因未还母银不敢宿妻是实。’”进禄道：“我家若富，也把几两助他，我又不能自给，女又不肯改嫁，在我家也不是了局。”进寿道：“侄女既贤淑，侄婿又是孝子，天意必不久困此人。我正为此事已凑银二十两，又将田典银十两，共三十两与侄女去，她后来有得还我亦可，没得还我便当相赠他孝子。人生有银不在此处用，枉作守虏何为？”

月娥得伯父助银，不胜欣喜，拜谢而回。父命次子伯正送姐姐到家，伯正便回。月娥回至房中，将银摆在桌上看了一番，数过件数，乃收置橱内，然后入厨房炊饭。谁料右邻焦黑在壁缝中窥见其银，遂从门外入来偷去，其房门虽响，月娥只疑夫回入房，不出来看。少时，周可立回来，入厨房见妻，二人皆有喜色，同吃了午饭，即入房去，不见其银。问夫道：“银子你拿何处去了？”夫不知来历，问道：“我拿什么银子？”妻道：“你莫欺我，我问伯父借银三十两与你还婆婆，我数过二十五件，青绸帕包放在橱内。方才我进来房门响，是你入房中拿去，反要故意恼我。”夫道：“我进到厨房来，并未入卧房去，你伯父甚大家财，有三十两银子借你？你把这见识来图赖我，要与我成亲。我定要嫁你，决不落你圈套。”吕氏道：“原来你有外交，故不与我成亲。拿了我银去，又要嫁我，是将银催你嫁也，且何处得银还得伯父？”可立再三不信。吕氏思想今夜必然好合，谁知遇着此变，心中十分恼怒，便去自缢，幸得索断跌下，邻居救了，却去本司告首，无处追寻。

包公每夜祝告天地，讨求冤白。却有天雷打死一人，众人齐看，正是焦黑，衣服烧得干净，浑身皆炭，只裤头上一青绸帕未烧，有胆大者解下看是何物，却是银子，数之共二十五件。众人皆道：“可立夫妇正争三十两银子，说二十五件，莫非即此银也。”将来秤过，正是三十两，送吕氏认之。吕氏道：“正是。”众人方知焦黑偷银，被雷打死。惊动吕进禄、进寿、卫思贤、房氏皆闻知来看，莫不共信天道神明，咸称周可立孝心感格；吕月娥之义不改嫁，此志得明；吕进寿之仗义疏财，无不称服。

由是，卫思贤道：“吕进寿百金之家耳，肯分三十金赠侄女以全其节孝；我有万金之家，只亲生二子，虽捐三百金与你之前子亦不为多。”即写关书一扇，分三百金之产业与周可立收执。可立坚辞不受道：“但以母与我归养足矣，不愿产业也。”思贤道：“此在你母意何如。”房氏道：“我久有此意，欲奉你终身，或少延残喘，则回周门。但近怀三个月身孕，正在两难。”思贤道：“孕生男女，则你代抚养，长大还我，以我先室为母，汝子有母，吾亦有前妻，若强你回我家，则你子无母，你前夫无妻，是夺人两天也。向三百产业你儿不受，今交与你，以表二年夫妇之义。”

将此情呈于包公，包公为之旌表其门。房氏次年生一子名恕，养至十岁还卫家，后中经魁。

第三十三回　乳臭不雕

话说潞州城南有韩定者,家道富实,与许二自幼相交。许二家贫,与弟许三作盐客小佣人,常往河口觅客商趁钱度生活。一日,许二与弟议道:“买卖我弟兄都会做,只是缺少本钱,难以措手。若只是商贾边觅些微利糊口,怎能得发达?”许三道:“兄即不言,我常要计议此事,只是没讨本钱处。尝闻兄与韩某相交甚厚,韩家大富,何不问他借得几千钱做本,待我兄弟加些利息还他,岂不是好。”许二道:“你说得是,只怕他不肯。”许三道:“待他不肯,再作主张。”许二依其言,次日,径来韩家相求。韩定出见许二笑道:“多时不会老兄,请入里面坐。”许二进后厅坐下,韩定吩咐家下整备酒席出来相待,二人对席对饮,酒至半酣,许二道:“久要与贤弟商议一事,不敢开口,诚恐贤弟不允。”韩定道:“老兄自幼相知,有甚话但说无妨。”许二道:“要往江湖贩些货物,缺少银两凑本,故来见弟商议要借些银子。”韩定道:“老兄是自为,还是约伙伴同为?”许二不隐,直告与弟许三同往。韩定初则欲许借之,及闻得与弟相共就推托说道:“目下要解官粮,未有剩钱,不能从命。”许二知其推托,再不开言,即告酒多,辞别而去。韩定亦不甚留。当下许二回家不快,许三见兄不悦,乃问道:“兄去韩某借贷本钱,想必有了,何必忧闷?”许二道知其意,许三听了道:“韩某太欺负人,终不然我兄弟没他的本钱就成不得事么?”须再计议。遂复往河口寻觅客商去了不题。

时韩定有一养子名顺,聪明俊达,韩甚爱之。一日,三月清明,与朋友郊外踏青,顺带得碎银几两在身,以作逢店饮酒之资。是日,游至晚边,众朋友已散,独韩顺多饮几杯酒,不觉沉醉,遂伏在兴田驿半岭亭子上睡去,却遇许二兄弟过亭子边,许二认得亭子上睡的是韩某养子,遂与许三说知。许三恨其父不肯借银,猛然怒从心上起,对兄道:“休怪弟太毒,可恨韩某无礼,今乘此时四下无人,谋害此子以雪不借贷之恨。”许二道:“由弟所为,只宜谨密。”许三取利斧一把,劈头砍下,命丧须臾。搜检身上藏有碎银数两,尽劫剥而去,弃尸于途中。当地岭下是一村人家,内有张一者,原是个木匠,其住房后面便是兴田驿。张木匠因要往城中造作,趁早出门,正值五更初天,携了器具,行至半岭,忽见一死尸倒在途中,遍体是血,张木匠吃了一惊道:“今早出门不利,待回家明日再来吧。”抽身回去。及午后韩定得知来认时,正是韩顺,不胜痛哭,遂集邻里验看,其致命处乃是斧痕。跟随血迹寻究，正及张木匠之家，邻里皆道是张木匠谋死，木匠夫妇有口不能分诉，仰天叫屈，哪里肯招。韩定并逼勘问，夫妇不胜拷打，夫妇二人争认。本司官见其夫妇争认，亦疑之，只监系狱中，连年不决。

是时包大尹正承敕旨审决西京狱事，道过潞州，潞州所属官员出郭迎接。包公入潞州公厅坐定，先问有司本处有疑狱否。职官近前禀道："别无疑狱，惟韩某告发张木匠谋杀其子之情，张夫妇各争供招，事有可疑，至今监候狱中，年余未决。"包公听了乃道："不论情之轻重，系狱者动经一年，少者亦有半载，百姓何堪？或当决者即决，可开者即放之。都似韩某一桩，天下能有几罪犯得出？"职官无言，怀惭而退。次日，包公换了小帽，领二公人自入狱中，见张木匠夫妇细问之。张木匠悲泣呜咽，将前情诉了一遍。包公想：被谋之人，不合头上砍一斧痕，且血迹又落你家，今何不甘服？必有缘故，须再勘问。次日，又提审问，一连数次，张木匠所诉皆如前言。正在疑惑间，见一小孩童手持一帕饭送来与狱卒，连说几句私语，狱卒点头应之。包公即问狱卒："适那孩童与你说什么话？"狱卒不敢直对，乃道："那孩童报道，小人家下有亲戚来到，令今晚早些回家。"包公知其诈，径来堂上，发遣左右散于两廊，呼那孩童入后堂，吩咐门子李十八取四十文钱与之，便问："适见狱卒有何话说？"孩童乃是乳臭不雕之子，口快，直告道："今午出东街，遇二人在茶店里坐，见我来，用手招入店内，那人取过铜钱五十文与我买果子吃，却教我狱中探访，今有什么包丞相审勘张木匠，看其夫妇何人承认。是此缘故，别无他事。"包公即唤张龙、赵虎吩咐道："你同这孩子前往东街茶店里，捉得那二人来见我。"张、赵领命，使跟孩童到东街茶店里拿人，正值许二兄弟在那里候孩童回报，张、赵抢进，登时捉住，解入公厅。包公便喝道："你谋死人奈何要他人偿命？"初则许二兄弟还抵赖不肯认，包公令孩童证其前言，二人惊骇，不能隐瞒，供出谋杀情由。及拘韩定问之，韩定方悟当日许二来借银两不允，致恨之由。包公审决明白，遂将许二兄弟偿命，放张木匠夫妇回家。民自此冤能伸矣。

第三十四回 妓饰无异

话说扬州离城五里,地名吉安乡,有一人姓谢名景,颇有些根基。养一子名谢幼安,娶得城里苏明之女为媳。苏氏过门后甚是贤惠,大称姑意。

忽一日,苏氏有房侄苏宜来其家探亲,谢幼安以为无赖之徒,颇怠慢之,宜怀恨而去。未过半月间,幼安往东乡看管耕种,路远不能回家。是夜,有贼李强闻知幼安不在家,乘黄昏入苏氏房中躲伏。将及半夜,盗取其妇首饰,正待开房门走出,被苏氏知觉,急忙喊叫有贼,李强惧怕被捉,抽出一把尖刀,刺死苏氏而去。比及天明,谢景夫妇起来,见媳妇房门未闭,乃问:"今日尚早,缘何就开了房门?"唤声不应,其姑进房问之,见死尸倒在地下,血污满身。大叫道:"祸哉!谁人入房中杀死媳妇,偷取首饰而去。"谢景听了,慌张无措,正不知贼是谁人。及幼安庄上回来,不胜悲哀,父子根勘杀人者,十数日不见下落,乡里亦疑此事。苏家不明,只道婿家自有缘故,假指被盗所杀。苏宜深恨往日慢他之仇,陈告于刘大尹处,直告谢某欲淫其媳,不从,杀之以灭口。刘大尹拘得谢景来衙勘之,谢某直诉以被盗杀死夺去首饰之情。及刘大尹再审邻里,都道此事未必是盗杀。刘大尹又问谢景道:"宁有盗杀人而妇不喊,内外并无一人知觉?此必是你谋死,早早招认,免受刑法。"谢景不能辩白,惟叫冤枉而已。刘大尹用长枷监于狱中根究,谢景受刑不过,只得诬服,虽则案卷已成而终未决,将近一年。适包公按行郡邑,来到扬州,审决狱囚。幼安首陈告父之枉情,包公复卷再问,谢景所诉与前情无异,知其不明,吩咐禁卒散疏谢景之狱,三五日当究下落。

却说李强既杀谢家之妇,得其首饰,隐埋未露,恶心未休。在城有姓江名佐者,极富之家,其子荣新娶,李强因乘人杂时潜入新妇房中,隐伏床下,伺夜深行盗。不想是夜房明烛到晓,三夜如此,李强动作不得,饥困已甚,只得奔出,被江家众仆捉之,乱打一顿,商议次日解到刘衙中拷问。李强道:"我未尝盗得你物,被打极矣,若放我不告官,则两下无事;若送到官,我自有话说。"江惧其诈,次日不首于本司,径解包衙。包公审之,李道:"我非盗也,乃是医者,被他诬执到此。"包公道:"你既不是盗,缘何私入其房?"李道:"彼妇有僻疾,令我相随,常为之用药耳。"包公审问毕,私忖道:女家初到,纵有僻疾,亦当后来,怎肯令他同行?此人相貌极恶,必是贼矣。包公根究,那李强辩论妇家事体及平昔行藏与包公知之,及包公私到江家,果与李盗所言同。包公又疑盗若初到其家,则妇家之事焉能得知详细;若与新妇同来,彼又不执为盗。思之半晌,乃令监起狱中。退后堂细忖此事,疑此盗者莫非潜入房中日久,听其夫妇枕席之语记得来说。遂心生一计,密差军牌一人往城中寻个美妓进衙,令之美饰,穿着与江家媳妇无异。次日升堂,取出李强来证。那李只道此妇是江家新妇,乃呼妇小名道:“是你请我治病,今反执我为盗。”妓者不答,公吏皆掩口而笑。包公笑道:“强贼,你既平日相识,今何认妓为新妇?想往年杀谢家妇亦是汝矣!”即差公牌到李贼家搜取,公牌去时,搜至床下有新土,掘之,有首饰一匣,拿来见包公。包公即召幼安来认,内中拣出几件首饰乃其妻苏氏之物。李强惊服,不能抵隐,遂供招杀死苏氏之情及于江家行盗,潜伏三昼夜奔出被捉情由。审勘明白,用长枷监入狱中,问成死罪;复杖苏宜诬告之罪;谢景出狱得释。人称神异。

第三十五回 辽东军

话说广州肇庆府,陈、邵二姓最为盛族。陈长者有子名龙,邵秀有子名厚。陈郎聪俊而贫,邵郎奸滑而富,二人幼年同窗读书,皆未成婚。城东刘胜原是宦族,有女惇娘聪敏,一闻父说便晓大意,年方十五,诗、词、歌、赋件件皆通,远近争欲求聘。一日,其父与族兄商议道:"惇娘年已及笄,来议亲者无数,我欲择一佳婿,不论其人贫富,不知谁可以许否?"兄答道:"古人择姻惟取婿之贤行,不以贫富而论。在城陈长者有子名龙,人物轩昂,勤学诗书,虽则目前家寒,谅此人久后必当发达。贤弟不嫌,我当为媒,作成这段姻缘。"胜道:"吾亦久闻此人。待我回去商议。"即辞兄回家,对妻张氏说将惇娘许嫁陈某之事,张氏答道:"此事由你主张,不必问我。"胜道:"你须将此意通知女儿,试其意向如何。"父母遂把适陈氏之事道知,惇娘亦闻其人,口虽不言,心深慕之矣。未过一月,邵宅命里妪来刘家议亲,刘心只向陈家,推托女儿尚幼,且待来年再议。里妪去后,刘遣族兄密往陈家通意,陈长者家贫不敢应承。刘某道:"吾弟以令郎才俊轩昂,故愿以女适从,贫富非所论,但肯许允,即择日过门。"陈长者遂应允许亲。刘某回报于弟,胜大喜,唤着裁缝即为陈某做新衣服数件,只待择取吉日送女惇娘过门。

是时邵某听知刘家之女许配陈子,深怀恨道:"是我先令里妪议亲,却推女年幼,今便许适陈家。"此耻不忿,心想寻个事端陷他。次日忖道:"陈家原是辽东卫军,久失在伍,今若是发配,正应陈长者之子当行,除究此事,使他不得成婚。"遂具状于本司,告首陈某逃军之由。官府审理其事,册籍已除军名,无所根勘,将停其讼。邵秀家富有钱,上下买嘱,乃拘陈某听审。陈家父子不能辩理,军批已出,陈龙发配远行,父子相抱而泣。龙道:"遭值不幸,家贫亲老,今儿有此远役,父母无依,如何放心得下。"长者道:"虽则我年迈,亲戚尚有,旦暮必来看顾;只你命慼,未完刘家之亲,不知此去还有相会日否?"龙道:"儿正因此亲事致恨于仇家,今受这大祸,亲事尚敢望哉!"父子叹气一宵。次日,龙之亲戚都来赠行,龙以亲老嘱托众人,径辞而别。

比及刘家得知陈龙遭配之事,吁嗟不已。女娘心如刀割,恨不及陈郎相见一面。每对菱花,幽情别恨,难以语人。次年春间,城里大疫,刘女父母双亡,费用已尽，家业凋零，房屋俱卖与他人。娘孤苦无依，投在姑母家居住，姑怜念之，爱如己生。常有人来其家与娘议亲，姑未知意，因以言试道："汝知父母已丧，身无所依，先许陈氏之子，今从军远方，音耗不通，未知是生是死。今女孙青年，何不凭我嫁一个美郎，以图终身之计？"娘听了泣谓姑道："女孙听得，陈郎遭祸本为我身上起，使女儿再嫁他人，是背之不义。姑若怜我，女儿甘守姑家，以待陈郎之转，若倘有不幸，愿结来世姻缘。若要他适，宁就死路，决不相从。"其姑见其烈，再不说及此事。自此惇娘在姑家谨慎守着闺门，不是姑唤，足迹不出堂，人亦少见面。

是年十月，海寇作乱，大兵临城，各家避难迁逃，惇娘与姑亦逃难于远方。次年，海寇平息，民乃复业。比及惇娘与姑回时，厅屋被寇烧毁，荒残不堪居住，二人就租平阳驿旁舍安下。未一月，适有宦家子黄宽骑马行至驿前，正值女娘在厨炊饮，宽见其容貌秀美，便问左右居人，是谁家之女。有人识者，近前告以城里刘某的女，遭乱寄居在此。宽次日即令人来议亲，惇娘不允，宽以官势压之，务要强婚。其姑惊惧，对惇娘道："彼父为官，若不许嫁，如何能够在此停泊。"女娘道："彼要强婚，儿只有死而已。姑且许他待过六十日父母孝服完满，便议过门。须缓缓退之。"姑依其言，直对来议者说知，议亲人回报于宽，宽喜道："便过六十日来娶。"遂停其事。

忽一日，有三个军家行到驿中歇下。二军人炊饭，一军人倚驿栏而坐，适女娘见之，入对姑道："驿中军人来到，姑试问之从哪里来，若是陈郎所在，亦须访个消息。"姑即出见军人问道："你等是何卫来此？"一军应道："从辽东卫来，要赴信州投文书。"姑听说便道："若是辽东来，辽东卫有陈龙你可识否？"军人听了，即向前作揖道："妈妈何以识得陈龙？"姑道："陈龙是妾女孙之夫，曾许嫁之，未毕婚而别，故问及他。"军人道："今女孙可适人否？"姑道："专等陈郎回来，不肯嫁人。"军人忽然泪下道："要见陈某，我便是也。"姑大惊，即入内与惇娘说知。惇娘不信，出见陈龙问及当初事情，陈龙将前事说了一遍，方信是真，二人相抱而哭。二军伙闻其故，齐欢喜道："此千里之缘，岂偶然哉！我二人带来盘费钱若干，即与陈某今宵毕姻。"于是整备酒席，二军待之舍外，陈龙、惇娘、并姑三人饮于舍内，酒罢人散，陈龙与娘进入房中，解衣就寝，诉其衷情，不胜凄楚。次日，二军伙对陈龙道："君初婚不可轻离，待我二人自去投文书，回来相邀，与惇娘同往辽东，永谐鱼水之欢。"言毕径去。于是陈龙留此舍中。与女娘成亲才二十日，黄宽知觉陈某回来，恐他亲事不成，即遣仆人到舍中诱之至家，以逃军捕杀之，密令将尸身藏于瓦窑之中。次日，令人来逼惇娘过门。惇娘忧思无计，及闻丈夫被宽所害，就于房中自缢。姑见救之，说道："想陈郎与你只有这几日姻缘，今已死矣，亦当绝念嫁与贵公子便了，何用自苦如此。"惇娘道："女儿务要报夫之仇，与他同死，怎肯再嫁仇人？"其姑劝之不从，正没奈何，忽驿卒报开封府包大尹委任本府之职,今晚来到任上,准备迎接。惇娘闻之,谢天谢地,即具状迎包公马头呈告。

包公带进府衙审实惇娘口词,惇娘悲哭,将前情之事逐一诉知。包公即差公牌拘黄宽到衙根究,黄宽不肯招认。包公想道:既谋死人,须得尸首为证,彼方肯服;若无此对证,怎得明白?正在疑惑间,忽案前一阵狂风过,包公见起得怪异,遂喝一声道:“若是冤枉,可随公牌去。”道罢,那阵风从包公座前复绕三回,那值堂公牌是张龙、赵虎,即随风出城二十里,直旋入瓦窑里而没。张龙、赵虎入窑中看时,有一男子尸首,面色未变,乃回报包公。包公令人抬得入衙来,令惇娘认之。惇娘一见认得是丈夫尸身,痛哭起来。验身上伤痕,乃是被黄宽捉去打死之伤。包公再提严审,黄宽不能隐,遂招服焉。叠成文卷,问宽偿命,追钱殡葬,付惇娘收管;复根究出邵秀买嘱吏胥陷害之情,决配远方充军;惇娘令亲人收领,每月官给库银若干赡养度日,以便养活,终身守节,以全其烈志。

第三十六回 岳州屠

话说岳州离城二十里，地名平江，有个张万，有个黄贵，二人皆宰屠为生，结交往来，情好甚密。张万家道不足，娶妻李氏，容貌秀俊。黄贵有钱，尚未有室。一日，张万生辰，黄贵持果酒来贺。张万欢喜，留待之，命李氏在旁斟酒。黄贵目视李氏，不觉动情，怎奈以嫂呼之，不敢说半句言语，至晚辞回。夜间想着李氏之容，睡不成寝，挨到五更，心生一计，准备五、六贯钱，侵早来张万家叫门。张万听得黄贵声音，起来开了门接入，问道："贤弟有甚事来我家这早？"黄贵笑道："某亲戚有几个猪，约我去买，恐失其信，特来邀兄同去，若有利息，当共分之。"张万甚喜，忙叫妻子起来入厨内备些早食。李氏便暖一瓶酒，整些下饭，出来见黄贵道："难得叔叔早到寒舍，当饮一杯，以壮行色。"黄贵道："惊动嫂嫂，万勿见罪。"遂与张万饮了数杯而行。天色尚早，赶到龙江，日出晌午。黄贵道："已行三十余里，肚中饥饿，兄先往渡口坐着，待小弟前村沽买一瓶便来。"张万应诺，先往渡口去了。须臾间，黄贵持酒来，有意算计，他一连劝张兄饮了数杯，又无下酒的，况行路辛苦，一时昏沉醉倒。黄贵看得前后无人，腰间拔出利刀，从张万胁下刺入，鲜血喷出而死。黄贵将尸抛入江中，尸沉，仓忙走回见李氏道："与兄前往亲戚家买猪，不遇回来。"李氏问道："叔叔既回，兄缘何不同回？"黄贵道："我于龙江口相别而回。张兄说要往西庄问信，想必就回。"言罢而去。李氏在家等到晚边，不见其夫回来，自觉心下惶惶。过三四日，杳无音信，李氏愈慌，正待叫人来请黄贵问个端的，忽黄贵慌慌张张走来道："尊嫂，祸事到了。"李氏忙问："何故？"黄贵曰："适间我往庄外走一遭，遇见一起客商来说，龙江渡有一人溺水身死，我听得往看之，族中张小一亦在，果见有尸首浮泊江口，认来正是张兄，胁下不知被甚人所刺，已伤一孔，我同小一看见，移尸上岸，买棺殓之。"李氏听了，痛哭几绝。黄贵假意抚慰，辞别回去。过了数日，黄贵取一贯钱送去与李氏道："恐嫂嫂日有欠缺，将此钱权作买办。"李氏收了钱，又念得他殡殓丈夫，又送钱物给度，甚感他恩。

才过半载，黄贵以重财买嘱里妪前往张家见李氏道："人生一世，草茂一春。娘子如此青年，张官人已死日久，终日凄凄冷冷守着空房，何不寻个佳偶再续良姻？如今黄官人家道丰足，人物出众，不如嫁与他成一对好夫妻，岂不美哉。"李氏曰:“妾甚得黄叔叔周济,无恩可报,若嫁他甚好,怎奈往日与我夫相好,恐惹人议论。”里妪笑曰:“彼自姓黄,娘子官人姓张。正当匹配,有何嫌疑?”李氏允诺。里妪回信,黄贵甚是欢喜,即备聘礼迎接过门。花烛之夜,如鱼似水,夫妇和睦,行则连肩,坐则并股,不觉过了十年,李氏已生二子。

时值三月,清明时节,家家上坟挂纸。黄贵与李氏亦上坟而回,饮于房中。黄贵酒醉,乃以言挑其妻曰:“汝亦念张兄否?”李氏凄然泪下,问其故。黄贵笑曰:“本不该对你说,但今十年已生二子,岂复恨我!昔日谋死张兄于江亦是清明之日,不想你今能承我的家。”李氏带笑答曰:“事皆分定,岂其偶然。”其实心下深要与夫报仇。黄贵酒醉睡去,次日忘其所言。李氏候贵出外,收拾衣赀逃回母家,以此事告知兄。其兄李元即为具状,领妹赴开封府首告。包公即差公牌捉黄贵到衙根勘。黄贵初不肯认,包公令人开取张万死尸检验,黄贵不能抵瞒,一一招服。乃判下:

“谋其命而图其妻,当处极刑。押赴市曹斩首;将黄贵家财尽归李氏,仍旌其门为义妇。”

后来黄贵二子因端阳竞渡俱被溺死,天报可知。

第三十七回 久鳏

话说东京有一人，姓赵名能，是个饱学秀才，常自叹曰："我一生别无所求，只要得一个贤淑老婆，又要美貌，又要清白有名色的人家，又要不论财的人家，又要自己中了进士然后娶。"哪晓得科场论不得才学，午年不中，酉年又不中，因此说亲的虽多，东家不成，西家不就。

时光似箭，日月如梭，看看年近三十，终是脚跟如线。这叫做有苦没处说，闷闷而死。见阎君告道：

告为久鳏无妇事：注禄官不通，文字无灵；掌婚司无主，姻牍不明。不知有何得罪，触犯二位大人。无一可意，年近三旬。乞台查究，心冤少伸。上告。

包公看罢曰："偏是秀才家怨天尤人。"赵能曰："不是赵某怨天尤人，语有云：'不是其平物自鸣。'每见阳世举人、进士，文理不通的尽有，文理颇通的，屡试不第。又见痴呆汉子多有娇妻美妾，轩昂丈夫反致独守空房。哪得教人不怨。"包公曰："阳间有亏人的官，阴间没有亏人的理。福禄姻缘，天生注定，怨恨也是徒然。"赵能曰："阴司没有亏人的理，但如赵某这样一个人，也不合到吃亏田地。或恐衙门人役作弊多端，就如阳间一样的，因此教赵某这般零落，乞大人唤掌婚司查检明白。"包公曰："我最可恶见衙蠹作弊，秀才所言有理。"即着鬼吏请掌婚司来到。掌婚司曰："案牍上并无赵能名字。"包公曰："哪有这样事？"再请注禄司来查。注禄司曰："册籍上并无赵能名字。"包公心下生疑，口中叫怪道："天下有这样事！阳间弊窦多端，阴司一发不好。"满堂官吏各面面相视，不知如何。包公曰："案牍也拿来我看，册籍也拿来我看。"二司各各上呈，看时，并无改易情由。包公又问赵能曰："你将诞生的年月日时写上来。"赵能一一写呈，包公遂将年月日时查对，二司簿上只有朱能名字，与赵能同年同月同日同时，包公心上明白，遂将赵能带在一边，送二司去讫。

登时奏知天曹，恐朱能或是赵能。天曹传旨：赵能改作朱能，当连科及第，入赘王相国之女。包公接了，即批道：

审得目前未遇之赵能，即将来连科之朱能也。因数奇而执中，遂一诉而两事。文字无灵，发达有迟早之异；案牍不明，姻缘有配合之巧。三十有室，古之道乎；四十发科，未为晚也。不得抱怨冥间，致阴官有不公之号；合行再往阳世，见大材无终屈之时，改姓重生，久鳏莫怨。

批完，放回阳间，后果一一如其言。

第三十八回　绝嗣

话说东京城内有个张柔，颇称行善，临老无子；城外有个沈庆，种种作恶，盗跖无异，倒有五男二女，七子团圆。因此张柔死得不服，到阎君处呈一状词。告道：

告为绝嗣不宜事；谚云：积德多嗣。经云：为善有后。理所当然，事有必至。某三畏存心，四知质鬼；不敢自附善门，庶几可免恶行。年老无嗣，终身遗恨；乞查前数，辨明后事。上告。

包公看罢道："哪有为善的反致绝嗣之事，毕竟你祖父遗下冤孽。到司善薄上查来。"鬼吏查报，恶簿上有张柔名字，三代祖张异，过恶多端，因该绝嗣。包公曰："你虽有行善好处，掩不得祖宗之恶，你莫怪天道不平。"张柔曰："如何像沈庆这样作恶，反生七子？"包公曰："也与他查来。"鬼吏报曰："沈庆一生作恶，应该绝嗣；只因他三代祖宗俱是积德的，因此不绝其后。"包公曰："正是积善之家，必有余庆；积不善之家，必有余殃。大凡人家行善，必有几代善，方叫做积善；几代行不善，方叫做不善。岂谓天道真无报应，远在儿孙近在身。张柔你一生既行得几件善，难道就没有报应于你？发你来世到清福中享些快活。那沈庆既多为不善，发他转身为畜类，多受刀俎之苦。"批道：

审得：子孙乃祖宗继述之所赖，祖宗亦子孙绵衍之所托。故瓜瓞延于始祖，麟趾发其征祥。于公之门必大，王氏之荫自垂。是以三代积善，方许后世多嗣。一念之至孝，不及改稔恶之堂构；数端之微善，何能昭象贤之尝及？虽非诬告，亦属痴想。在生无应，转世再报。

批完，发去讫。

第三十九回 耳畔有声

话说开封府城内有一户仕宦人家，姓秦字宗佑，排行第七，家道殷富，娶城东程美之女为妻。程氏德性温柔，治家甚贤，生一子名长孺，十数年，程氏遂死，宗佑痛悼不已。忽值中秋，凄然泪下，将及半夜，梦见程氏与之相会，语言若生，相会良久，解衣并枕，交欢之际若在生无异。云收雨散，程氏推枕先起，泣辞宗曰："感君之恩，其情难忘，故得与君相会。妾他无所嘱，吾之最怜爱者，惟生子长孺，望君善抚之，妾虽在九泉亦瞑目矣。"言罢径去。宗正待留之，惊觉来却是梦中。次年宗佑再娶柳氏为妻，生一子名次孺。柳氏本小户人家出身，性甚狠暴，宗颇惧之。柳氏每见己子，则爱惜如宝；见长孺则嫉妒之，日夕打骂。长孺自知不为继母所容，又不敢与父得知，以此栖栖无依，时年已十五，一日，宗因出外访亲，连日不回，柳氏遂将长孺在暗室中打死，吩咐家下俱言长孺因暴病身死，遂葬之于城南门外。逾数日，宗回家，柳氏故意佯假痛哭，告以长孺病死已数日，今葬在城南门外。宗听得，因思前妻之言，悲不自胜，亦知此子必死于非命，但含忍而不敢言。

却说，一日，包公因三月间出郊外劝农，望见道旁有小新坟一所，上有纸钱霏霏，包公过之，忽闻身畔有人低声曰："告相公，告相公。"连道数声。回头一看，又不见人。行数步，又复闻其声，至于终日相随耳畔不歇。及回来又经过新坟，听其愈明。包公细思之：必有冤枉。遂问邻人里："此一座新坟是谁家葬的？"里老回曰："是城中秦七官人近日死了儿子，葬在此间。"包公遂令左右就与里老借锄头掘开，将坟内小儿尸身检验，果见身上有数伤痕。包公回衙，便差公人唤秦宗理究其事因。宗供是前妻程氏生男名长孺，年已十五，前日我因出外访亲回来，后妻柳氏告以长孺数日前急病而死，现葬在南门外。包公知其意，又差人唤柳氏至，将柳氏根勘，长孺是谁打死？柳氏曰："因得暴症身死。"不肯招认。包公拍案怒曰："彼既病死，缘何遍身尽是打痕？分明是你打死他，还要强赖！"吩咐用刑。柳氏自知理亏，不得已将打死长孺情由，尽以招认。包公判曰："无故杀子孙，合问死罪。"遂将柳氏依条处决。宗佑不知情，发回宁家。此案可为后妻杀前妻子者榜样。

第四十回　手牵二子

话说江州德化有一人，姓冯名叟，家颇饶裕，其妻陈氏，美貌无子，侧室卫氏，生有二子。陈氏自思：己无所出，诚恐一旦色衰爱弛。每存妒害，无衅可乘。一日，冯叟欲置货物往四川买卖，临行吩咐陈氏，善视二子。陈氏假意应允。后至中秋，陈氏于南楼设下一宴，召卫氏及二子同来会饮，陈氏先把毒药放在酒中，举杯嘱托卫氏曰："我无所出，幸汝有子，家业我当与汝共，他日半老之时，皆托汝母子维持，此一杯酒，预为我日后意思。"卫氏辞不敢当，于是痛饮尽欢而罢。是夜药发，卫氏母子七孔流血，相继而死。时卫氏二十五岁，长子年五岁，次子三岁。当时亲邻大小莫知其故，陈氏乃诈言因暴病而死，闻者无不伤感。陈氏又诈哭甚哀，以礼葬埋。却说冯叟在外，一日忽得一梦，梦见卫氏引二子泣诉其故。意欲收拾回家，奈因货物未脱，不能如愿。且信且疑，闷闷不悦。

将及三年后，适值包公按临其地，下马升厅，正坐间，忽然阶前一道黑气冲天，须臾不见天日。包公疑必有冤。是夜点起灯烛，包公困倦，隐几而卧。夜至三更，忽见一女子，生得仪容美丽，披头散发，两手牵引二子，哭哭啼啼，跪在阶下。包公问道："你这妇人居住何处？姓甚名谁？手牵二子到此有何冤枉？一一道来，我当与汝伸雪。"女子泣道："妾乃江州卫氏母子。因夫冯叟往四川经商，正母陈氏中秋置酒，毒杀妾母子三人，冤魂不散。幸蒙相公按临，故特哀告，望乞垂怜，代雪冤苦。"说罢，悲泣不已，再拜而退。包公次日即唤公差拘拿陈氏审勘道："妾子即汝子，何得生此奇妒？害及三命，绝夫之嗣，莫大之罪，有何分辩？"陈氏悔服无语，包公拟断凌迟处死。

后过二载，冯叟回家，畜一大母猪，一岁生数仔，获利几倍，将欲售之于屠，忽作人言道："我即君之妻陈氏也。平日妒忌，杀妾母子，绝君之嗣，虽包公断后，上天犹不肯释妾，复行绝恶之罚，作为母彘，今偿君债将满，未免过千刀之苦。为我传语世上妇人，孝奉公姑，和睦妯娌，勿行妒忌；欺侮妾婢，否则他日之报同我之报也。"远近闻之，俱踵其门观看。

第四十一回 窗外黑猿

话说西京离城五里,地名永安镇,有一人姓张名瑞,家道富足,娶城中杨安之女为妻。杨氏贤惠,治家有法,长幼听从呼令。生一女名兆娘,聪明美貌,针黹精通。父母甚爱惜之,常言:此女须得一佳婿方肯许聘,十五岁尚未许人。瑞有二仆,一姓袁一姓雍。雍仆敦厚,袁仆刁诈。一日。因怒于张,被张逐出。袁疑是雍献谗言于主人,故遭遣逐,遂甚恨雍,每想以仇报之。忽一日,张瑞因庄上回家,感冒重疾,服药不效,延十数日。张自量不保,唤杨氏近前嘱道:"我无男子,只有女儿,年已长大,倘我不能好,后当许人,休留在家。雍为人小心勤谨,家事可托之。"言罢而卒。杨氏不胜哀痛,收殓殡讫,作完功果后,杨氏便令里妪与女儿兆娘议亲。女儿闻知,抱母大哭道:"吾父死未周年,况女无兄弟,今便将女儿出嫁,母亲所靠何人?情愿在家侍奉母亲,再过两年许嫁未迟。"母听其言,遂停其事。

时光似箭,日月如梭。张某亡过又是三四个月,家下事务出入,内外尽是雍仆交纳,雍愈自紧密,不负主所托,杨氏总无忧虑。正值纳粮之际,雍与杨氏说知,整备银两完官,杨氏取银一箧给雍入城,雍领受待次日方去。适杨氏亲戚有请,杨氏携女同去赴席。袁仆知杨氏已出,抵暮入其家,欲盗彼财物,径进里面舍房中,撞见雍在床上打点钱贯,袁仆怒恨起来指道:"汝在主人边谗言逐我出去,如今把持家业,其实可恨。"就拔出一把尖刀来杀之,雍措手不及,肋下被伤,一刀气绝。袁仆收取银箧,急走回来,并无人知。比及杨氏饮酒而归,唤雍不见,走进内里寻觅,被人杀死在地。杨氏大惊,哭谓女道:"张门何大不幸?丈夫才死,雍又被人杀死,怎生伸理?"其女亦哭,邻人知之,疑雍死得不明。时又有庄佃汪某,乃往日张之仇人,告首于洪知县。洪拘其母女及仆婢十数人审问,杨氏哭诉,不知杀死情由。汪指赖其母女与人通奸,雍捉奸,故被奸夫所杀。洪信之,勘令其招,杨氏不肯诬服,连年不决,累死者数人。其母女被拷打,身受刑伤,家私消乏。兆娘不胜其苦,谓母道:"女只在旦夕死矣,只恨无人看顾母亲,此冤难明,当质之于神,母不可诬服招认,以丧名节。"言罢呜咽不止。次日,兆娘果死,杨氏感伤,亦欲自尽。狱中人皆慰劝之,方不得死。

明年,洪已迁去,包公来按西京。杨氏闻之,重贿狱官,得出陈诉。包公根勘其事，拘邻里问之，皆言雍之死不知是谁所杀；然杨氏母女亦无污行。包公亦疑之，次日斋戒祷于城隍司道：“今有杨氏疑狱，连年不决，若有冤情，当以梦应，我为之决理。”祝罢回衙。秉烛坐于寝室。未及二更，一阵风过，吹得烛影不明，起身视之，仿佛见窗外一黑猿。包公问道：“是谁来此？”猿应道：“特来证杨氏之狱。”包公即开窗看来时，四下安静，杳无人声，不见那猿。沉吟半晌，计上心来。次日侵早升堂，取出杨氏一干人问道：“汝家有姓袁人来往否？”杨氏答道：“只丈夫在日，有走仆姓袁，已逐于外数年，别无姓袁者。”包公即差公牌拘捉袁仆，到衙勘问，袁仆不肯招认。包公又差人入袁家搜取其物，得篋一个，内有银钱数贯，拿来见包公。包公未及问，杨氏认得，是当日付与雍盛钱完粮之物。包公审得明白，乃问袁道：“杀死人者是汝，尚何抵赖？”令取长枷监于狱中根勘。袁仆不能隐，只得供出谋杀情由。包公遂叠成文案，问袁斩罪；汪某诬陷良人，发配辽东远方充军。遂放出杨氏并一干人回家。人或言其女兆娘愿先死，诉神白冤之应。

第四十二回 港口渔翁

话说扬州有一人姓蒋名奇，表字天秀，家道富实，平素好善。忽一日有一老僧来其家化缘，天秀甚礼待之。僧人斋罢乃道："贫僧山西人氏，削发东京报恩寺，因为寺东堂少一尊罗汉宝像，近闻长者平昔好布施，故贫僧不辞千里而来。"天秀道："此乃小节，岂敢推托。"即令琴童入房中对妻张氏说知，取白银五十两出来付与僧人。僧人见那白银笑道："不要一半完满得此一尊佛像，何用许多？"天秀道："师父休嫌少，若完罗汉宝像以后剩者，作些功果，普度众生。"僧人见其欢喜布施，遂收了花银，辞别出门。心下忖道："适才见那施主相貌，目睚下现有一道死气，当有大灾。彼如此好心，我今岂得不说与他知。"即回步入见天秀道："贫僧颇晓麻衣之术，视君之貌，今年当有大厄，慎防不出，庶或可免。"再三叮咛而别，天秀入后舍见张氏道："化缘僧人没话说得，相我今年有大厄，可笑可笑。"张氏道："化缘僧人多有见识，正要谨慎。"时值花朝，天秀正邀妻子向后花园游赏，有一家人姓董，是个浪子，那日正与使女春香在花亭上戏要，天秀遇见，将二人痛责一顿，董仆切恨在心。

才过一月，有一表兄黄美，在东京为通判，有书来请天秀。天秀接得书入对张氏道："我今欲去。"张氏答道："日前僧人说君有厄，不可出门，且儿子又年幼，不去为是。"天秀不听，吩咐董家人收拾行李，次日辞妻，吩咐照管门户而别。天秀与董家人并琴童行了数日旱路到河口，是一派水程。天秀讨了船只，将晚，船泊狭湾。那两个艄子一姓陈一姓翁，皆是不善之徒。董家人深恨日前被责，怀恨在心，是夜密与二艄子商议道："我官人箱中有白银百两，行装衣资极广，汝二人若能谋之，此货物将来均分。"陈、翁二艄笑道："汝虽不言，吾有此意久矣。"是夜，天秀与琴童在前舱睡，董家人在后舱睡，将近三更，董家人叫声："有贼。"天秀梦中惊觉，便探头出船外来看，被陈艄一刀就推在河里。琴童正要走时，被翁艄一棍打落水中。三人打开箱子，取出银子均分。陈、翁二艄依前撑回船去，董家人将财物带上苏州去了。当下琴童被打昏迷，幸得不死，凫水上得岸来，大哭连声。天色渐明，忽上流头有一渔舟下来，听得岸边上有人啼哭，撑舟过来看时，却是十七八岁的小童，满身是水，问其来由。琴童哭告被劫之事，渔翁带他下船，撑回家中，取衣服与他换了。乃问道："汝还是要回去，还是在此间同我过活?”琴童道:“主人遭难,不见下落,如何回去得?愿随公公在此。”渔翁道:“从容为你访问劫贼是谁,再作理会。”琴童拜谢不题。

再说当夜那天秀尸首流在芦苇港里,隔岸便是清河县,城西门有一慈惠寺。正是三月十五,会作斋事和尚都在港口放水灯,见一尸首,鲜血满面,下身衣服尚在。僧人道:“此必是遭劫客商,抛尸河里,流停在此。”内中有一老僧道:“我等当发慈悲心,将此尸埋于岸上,亦是一场善事。”众僧依其言,捞起尸首埋讫,放了水灯回去。是时包公因往濠州赈济,事毕转东京,经清河县过。正行之际,忽马前一阵旋风起处,哀号不已。包公疑怪,即差张龙随此风下落。张龙领命随旋风而来,至岸中乃息。张龙回复,包公遂留止清河县。包公次日委本县官带公牌前往根勘,掘开视之,见一死尸,宛然颈上伤一刀痕。周知县检视明白,问:“前面是哪里?”公人回道:“是慈惠寺。”知县令拘僧问之,皆言:“日前因放水灯,见一死尸流停在港内,故收埋之,不知为何而死。”知县道:“分明是汝众人谋死,尚有何说?”因此令将这一起僧人监于狱中,回复包公。包公再取出根勘,各称冤枉,不肯招认。包公自思:既是僧人谋杀人,其尸必丢于河中,岂肯自埋于岸上?事有可疑。因令散监众僧,将有二十余日,尚不能明。

时四月尽间,荷花盛开,本处仕女有游船之乐。忽一日琴童与渔翁正出河口卖鱼,正遇着陈、翁二艄在船上赏花饮酒,特来买鱼。琴童认得是谋死他主人的,密与渔翁说知,渔翁道:“汝主人之冤雪矣。今包大人在清河县断一狱事未决,留止在此,汝宜即往投告。”琴童连忙上岸,径到清河县公厅中,见包公哭告主人被船艄谋死情由,现今贼人在船上饮酒。包公遂差公牌李、黄二人,随琴童来河口,将陈、翁二艄捉到公厅。包公令琴童去认死尸,回报哭诉:“正是主人,被此二贼谋杀。”包公吩咐重刑拷问。陈、翁二艄见琴童在证,疑是鬼使神差,一款招认明白,便用长枷监于狱中,放回众僧,次日,包公取出贼人,追取原劫银两,押赴市曹斩首讫。当下只未捉得董家人。包公令琴童给领银两,用棺盛了尸首,带丧回乡埋葬。琴童谢了渔翁,带丧转扬州不题。后来天秀之子蒋士卿读书登第,官至中书舍人。董仆得财成巨商,后来在扬子江被盗杀死。天理昭彰,分毫不爽。

第四十三回 红衣妇

话说江州在城有两个盐侩，皆惯通客商，延接往来之客。一姓鲍名顺，一姓江名玉，二人虽是交契，江多诈而鲍敦厚。鲍侩得盐商抬举，置成大家，娶城东黄亿女为妻，生一子名鲍成，专好游猎，父母禁之不得。一日鲍成领家童万安出去打猎，见潘长者园内树上一黄莺，鲍成放一弹，打落园中。时潘长者众女孙在花园游戏，鲍成着万安入花园拾那黄莺，万安见园中有人，不敢入去。成道："汝如何不捡黄莺还我？"万安道："园中有一群女子，如何敢闯进去。待女回转，然后好取。"鲍成遂坐亭子上歇下。及到午边，女子回转去后，万安越墙入去寻那黄莺不见，出来说知，没有黄莺儿，莫非是那一起女子捡得去了。鲍成大怒，劈面打去，万安鼻上受了一拳，打得鲜血迸流。大骂一顿，万安不敢做声，随他回去，亦不对主人说知。黄氏见家童鼻下血痕，问道："今日令汝与主人上庄去也未曾？"万安不应，黄氏再三问故，万安只得将打猎之事说了一遍。黄氏怒道："人家养子要读诗书，久后方与父母争气；有此不肖，专好游荡闲走，却又打伤家人。"即将猎犬打死，使用器物尽行毁坏，逐于庄所，不令回家。鲍成深恨万安，常要生个恶事捏他，只是没有机会处，忍在心头不题。

却说江侩虽亦通盐商，本利折耗，做不成家。因见鲍侩富豪，思量要图他金银。一日，忽生一计，前到鲍家叫声："鲍兄在家否？"适鲍在外归来，入见江某，不胜之喜，便令黄氏备酒待之，江、鲍对饮。二人席上正说及经纪间事，江某大笑："有一场大利息，小弟要去，怎奈缺少银两，特来与兄商议。"鲍问："甚事？"江答以苏州巨商有绫锦百箱，不遇价，愿贱售回去。此行得百金本，可收其货，待价而沽，利息何啻百倍。鲍是个爱财的人，欣然许他同去，约以来日在江口相会，江饮罢辞去。鲍以其事与黄氏说知，黄氏甚是不乐，鲍某意坚难阻，即收拾百金，吩咐万安挑行李后来。次日侵早，携金出门，将到江口，天色微明。江某与仆周富并其侄二人，备酒先在渡上等候，见鲍来即引上渡。江道："日未出，雾气弥江，且与兄饮几杯开渡。"鲍依言不辞，一连饮了十数杯早酒，颇觉醉意。江某务劝多饮，鲍言："早酒不消许多。"江怒道："好意待兄，何以推故？"即袖中取出秤锤击之，正中鲍顶，昏倒在渡。二侄径进缚杀之，取其金，投尸入江回来。比及万安挑行李到江口，不见主人，等到日午问人，皆道未来。万安只得回去见黄氏道："主人未知从哪条路去，已赶他不遇而回。"黄氏自觉不快，过了三四日，忽报江某已转，黄氏即着人问之，江某道："那日等候鲍兄来，等了半日不见来，我自己开船而去。"黄氏听了惊慌，每日令人四下寻访，并无消息。鲍成在庄上闻知，忖道："此必万安谋死，故挑行李回来瞒过。"即具状告于王知州，拘得万安到衙根问，万安苦不肯招，鲍成立地禀复，说是积年刁仆，是他谋死无疑。王知州信之，用严刑拷问，万安苦不过，只得认了谋杀情由，长枷监入狱中，结案已成。是冬，仁宗命包公审决天下死罪，万安亦解东京听审，问及万安案卷，万安悲泣不止，告以前情。包公忖道："白日谋杀人，岂无见知者？若劫主人之财，则当远逃，怎肯自回？"便令开了长枷，散监狱中。密遣公牌李吉吩咐：前到江州鲍家访查此事，若有人问万安如何，只说已典刑了。李吉去了。

且说江某得鲍金，遂致大富，及闻万安抵命，心常恍惚，惟恐发露。忽夜梦一神人告道："你得鲍金致富，屈他仆抵命，久后有穿红衫妇人发露此事，你宜谨慎。"江梦中惊醒，密记心下。一月余，果有穿红衫妇人，遣钞五百贯来问江买盐。江明白在心，迎接妇人到家，厚礼待之。妇人道："与君未相识，何蒙重敬？"江答道："难得娘子下顾，有失款迎，若要盐便取好的送去，何用钱买。"妇人道："妾夫在江口贩鱼，特来求君盐腌藏，若不受价，妾当别买。"江只得从命，加倍与盐。妇人正待辞行，值仆周富捧一盆秽水过来，滴污妇人红衣。妇人甚怒，江赔小心道："小仆失手，万乞赦宥，情愿偿衣资钱。"妇人犹怀恨而去。江怒将仆缚之，挞二日才放。周富痛恨在心，径来鲍家，见黄氏报说某日谋杀鲍顺的事。黄氏大恨，正思议欲去首告，适李吉入见黄氏，称说自东京来，缺少路费，冒进尊府，乞觅盘缠。黄氏便问："你自东京来，可闻得万安狱事否？"李吉道："已处决了。"黄氏听了，悲咽不止。李吉问其故，黄氏道："今谋杀我夫者已明白，误将此人抵命了。"李吉不隐，乃直告包公差人访查之缘由，黄氏取过花银十两，令公人带周富连夜赴东京来首告前情。包公审实明白，随遣公牌到江州，拘江玉一干人到衙根勘，江不能抵瞒，一一招认，用长枷监于狱中，定了案卷，问江某叔侄三人抵命，放了万安；追还百金，给一半赏周富回去，鲍顺之冤始雪。

第四十四回 乌盆子

话说包公为定州守日，有李浩者，扬州人，家私巨万，前来定州买卖，去城十余里，饮酒醉甚，不能行走，倒在路中睡去。至黄昏，有丁千、丁万，见李浩身畔资财，乘醉扛去僻处，夺其财物有百两黄金，二人平分之，归家藏下。

二人又相议道："此人酒醒不见了财物，必去定州告状，不如将他打死，以绝其根。"即将李浩打死，扛抬尸首入窑门，将火烧化。夜后，取出灰骨来捣碎，和为泥土，烧得瓦盆出来。

后定州有一王老，买得这乌盆子将盛尿用之。忽一夜起来小解，不觉盆子叫屈道："我是扬州客人，你如何向我口中小便？"王老大惊，遂点起灯来问道："这盆子，你若果是冤枉，请分明说来，我与你伸雪。"乌盆遂答道："我是扬州人姓李名浩，因去定州买卖，醉倒路途，被贼人丁千、丁万夺了黄金百两，并杀了性命，烧成骨灰，和为泥土，做成这盆子。有此冤枉，望将我去见包太守。"王老听罢悚然。过了一夜。

次日，遂将这盆子去府衙首告。包公问其备细，王老将夜来瓦盆所言诉说一遍，包公随唤手下将瓦盆拾进阶下问之，瓦盆全不答应。包公怒道："这老儿将此事诬惑官府。"责令出去。王老被责，将瓦盆带回家下，怨恨不已。

夜来盆子又叹道："老者休闷，今日见包公，为无掩盖，这冤枉难诉。愿以衣裳借我，再去见包太守，待我一一陈诉，决无异说。"王老惊异。不得已，次日又以衣裳掩盖瓦盆，去见包太守说知其情。包公亦勉强问之，盆子诉告前事冤屈。包公大骇，便差公牌唤丁千、丁万。

良久，公差押二人到，包公细问杀李浩因由，二人诉无此事，不肯招认。包公令收入监中根勘，竟不肯服。包公遂差人唤二人妻来根问之，二人之妻亦不肯招。包公道："你二人之夫将李浩谋杀了，夺去黄金百两，将他烧骨为灰，和泥作盆。黄金是你收藏了，你夫分明认着，你还抵赖什么？"其妻惊恐，遂告包公道："是有金百两，埋在墙中。"包公即差人押其妻子回家，果于墙中得之，带见包公。包公令取出丁千、丁万问道："你妻子却取得黄金百两在此，分明是你二人谋死李浩，怎不招认？"二人面面相视，只得招认了。

包公断二人谋财害命,俱合死罪,斩讫;王老告首得实,官给赏银二十两;将瓦盆并原劫之金,着令李浩亲族领回葬之。大是奇异。

第四十五回 牙簪插地

却说包公任南直隶巡按时，池州有一老者，年登八旬，姓周名德，性极风骚，心甚狡伪。因见族房寡妇罗氏，貌赛羞花，周德意欲图奸，日日来往彼家，窥调稔熟。罗氏年方少艾，被德牵动。适一日，彼此交言偷情，相约深夜来会。是夜罗氏见德来至，遂引就榻，共效鸳鸯，倏尔年余，亲邻皆知。罗氏夫主亲弟周宗海屡次微谏不止，只得具告于包公。包公看状，暗自忖度：八旬老子气衰力倦，岂有奸情？遂差张龙先拿周德到厅鞫拷。德泣道："衰老就死，惟恐不赡，岂敢乱伦犯奸，乞老爷详情。"包公愈疑，将德收监后，差黄胜拘罗氏到厅勘究，罗氏哭道："妾寡居，半步不出，况与周德有尊卑内外之分，并不敢交谈，岂有通奸情由？老爷详情。"这二人言诉如一，甘心受刑，不肯招认。包公闷闷不已，退入后堂，茶饭不食。其嫂汪氏问及叔何故不食？包公应道："小叔今遇这场词讼，难以分割，故此纳闷忘食。"汪氏欲言不便，即将牙簪插地，谕叔知之。包公即悟，随升堂差人去狱中取出周德、罗氏来问，唤左右将此二人捆打，大喝道："老贼无知，败丧纲常，死有余辜。"又指罗氏大骂："泼妇淫乱，分明与德通奸，还要瞒我？"包公急令拿拶棍二副，把周德、罗氏拶起，各棒二百。那二人受刑不过，只得将通奸情由，从实供招。包公将周德、罗氏二人各杖一百，赶周德回家。牌唤周宗海到，押罗氏别嫁，周宗海领罗氏去讫。伦法肃然。

第四十六回 绣鞋埋泥

话说离开封府四十五里，地名近江，隔江有姓王名三郎者，家颇富，惯走江湖，娶妻朱娟，貌美而贤，夫妻相敬如宾。一日，王三郎欲整行货出商于外，朱氏劝夫勿行，三郎依其言，遂不思远出，只在本地近处做些营生。时对门有姓李名宾者，先为府吏，后因事革役，性最刁毒，好色贪淫，因见朱氏有貌，欲与相通不能。忽一日，侵早见三郎出门去了，李宾装扮齐整，径入三郎舍里，叫声："王兄在家否？"此时朱氏初起，听得有人叫，问道："是谁叫三郎？早已上庄去了。"李宾直入内里见朱氏道："我有件事特来相托，未知即回么？"朱氏因见李宾往日邻居不疑，乃道："彼有事未决，日晚方回。"李宾见朱氏云鬟半偏，启露朱唇，不觉欲心火动，用手扯住朱氏道："尊嫂且同坐，我有一事告禀，待王兄回时，烦转达知。"朱氏见李宾不良之意，劈面叱之道："汝为堂堂六尺之躯，不分内外，白昼来人家调戏人妻，真畜类不如。"言罢入内去了。李宾羞脸难藏而出，回家自思："倘或三郎回来，彼妻以其事说知，岂不深致仇恨？莫若杀之以泄此忿。"即持利刃复来三郎家，正见朱氏倚栏若有所思之意，宾向前怒道："认得李某么？"朱氏转头见是李宾，大骂道："奸贼缘何还不去？"李宾抽出利刃，望朱乐咽喉刺入，即时倒地，鲜血迸流，可怜红粉佳人，化作一场春梦。李宾脱取朱氏绣鞋走出门外，并刀埋于近江亭子边不题。

再说朱氏有族弟念六，惯走江湖，适值船泊江口，欲上岸探望朱氏一面，天晚行入其家，叫声无人答应，待至房中，转过栏杆边，寂无人声。念六随复登舟，觉其脚下履湿，便脱下置火上焙干。其夜，王三郎回家，唤朱氏不应，及进厨下点起灯照时，房中又未曾落锁，三郎疑惑，持灯行过栏杆边，见杀死一人倒在地下，血流满地，细观之，乃其妻也。三郎抱起看时，咽喉下伤了一刀。大哭道："是谁谋杀吾妻？"次日，邻里闻知来看，果是被人所杀，不知何故。邻人道："门外有一条血迹，可随此血迹去寻究之，便知贼人所在。"三郎然其言，集众邻里十数人，寻其脚迹而去，那脚迹直至念六船中而止。三郎上船捉住念六骂道："我与你无冤无仇，为何杀死吾妻？"念六大惊，不知所为何事，被三郎捆到家，乱打一顿，解送开封府陈告。包公审问邻里、干证，皆言谋杀人，血迹委实在他船中而没。包公根勘念六情由，念六哭道："我与三郎是亲戚，抵暮到他家，无人即回,履上沾了血迹,实不知杀死情由。”包公疑忖道:“既念六杀人,不当取妇人履去。”搜其船上,又无利器,此有不明之理,令将念六监入狱中。遂生一计,出榜文张挂:朱氏被人所谋,失落其履,有人捡得者,重赏官钱。过一月间并无消息。

忽一日,李宾饮于村舍,村妇有貌,与宾通奸,饮至酒后,乃对妇道:“看你有心待我,我当以一场大富赐你。”妇笑道:“自君常来我家,何曾用半文钱?有甚大富,你自取之,莫要哄我。”李宾道:“说与你知,若得赏钱,那时再来你家饮酒,岂不奉承着我。”妇问其故,李宾道:“那日王三郎妻被人杀死,陈告于开封府,将朱念六监狱偿命,至今未决,包大尹榜文张挂,如若有人捡得被杀妇人的履来报,重赏官钱。我正知其绣履下落,今说你知,可令你丈夫将去领赏。”妇道:“履在何处你怎知之?”李宾道:“日前我到江口,见近江边亭子旁似乎有物,视之却是妇人之履并刀一把,用泥掩之。想必是被谋妇人的履。”村妇不信,及宾去后,密与丈夫说知。村民闻知,次日径到江口亭子边,掘开新泥,果有妇人绣履一双,刀一把,忙取回家见妇。其妇大喜,所谓宾言得实,令其夫即将此物来开封府见包公。包公问:“从何处得来?”村民直告以近江亭子边得来,埋在泥土中。包公问:“谁教汝在此寻觅?”村民不能隐,直告道:“是妻子说知。”包公自忖道:“其妇必有缘故。”乃笑对村民道:“此赏钱合该是你的。”遂令库官给出钱五十贯赏给村民。村民得钱,拜谢而去。

包公即唤公牌张、赵近前,密吩咐道:“你二人暗随此村民,至其家察访,若遇彼妻与人在家饮酒,即捉来见我。”公牌领命而去。

却说村民得了赏钱,欣然回家,见妻说知得赏的事。其妇不胜之喜,与夫道:“今我得此赏钱,皆是李外郎之恩,可请他来说知,取些分他。”村民然其言,即往李宾家请得他来,那妇人一见李宾,笑容满面,越发奉承,便邀入房中坐定;安排酒浆相待,三人共席而饮。那妇道:“多得外郎指教,已得赏钱,当共分之。”李宾笑道:“留在汝家做酒,余者当歇钱。”那妇大笑起来。两个公人直抢进房中,将李宾并村妇捉了,解衙内禀知妇人酒间与李宾所言之事。包公便问妇人:“你何以知得被杀妇人埋履所在?”妇人惊惧,直告以李宾所教,包公审问李宾,宾初则还不肯招认,后被重刑拷打,只得供出谋杀朱氏真情。于是再勘村妇李宾因何来汝家之故,村妇难抵,亦招出往来通奸情由。包公叠成文卷,问李宾处决;配村妇于远方。念六之冤方释,闻者无不快心。

第四十七回 虫蛀叶

话说河南开封府新郑县，有一人姓高名尚静者，家有田园数顷，男女耕织为业，年近四旬，好学不倦。然为人不善修饰，言行举止异常，衣虽垢弊不浣，食虽粗粝不择，于人不欺，于物不取，不戚戚形无益之愁，不扬扬动有心之喜。

或时以诗书骋怀，或时以琴樽取乐。赏四时之佳景，玩江山之秀丽，流连花月，玩弄风光。或时以诗酒为乐，冬夏述作，春秋游赏。

谓其妻曰："人生世间，如白驹过隙，一去难再；若不及时为乐，吾恐白发易生，老景将致。"言罢即令其妻取酒消遣。

正饮间，忽有新郑县官差人至家催秤粮差之事，尚静乃收拾家下白银，到市铺内煎销，得银四两，藏入袖内，自思：往年粮差俱系里长收纳完官，今次包公行牌，各要亲手赴秤。今观包公为官清正，宛若神明，心怀肃畏，遂带钱银另买牲酒香仪之类，径赴城隍庙中散福，不觉贪饮几杯，出庙之时，钱银已落庙中。不妨街坊有一姓叶名孔者，先在铺中见尚静煎销银两在身，往庙许愿，即起不良之意，跟尾在尚静身后，悄悄入庙，躲在城隍宝座下，见尚静拜神辞出，即拾其银回讫。尚静回家，方觉失了前银，再往庙中寻时，已不见踪影。

无可奈何，只得具状径到包公台前告理。包公看了状词道："汝这银两在庙中失去，又不知是何人拾得，难以判断。"遂不准其状，将尚静发落出外。尚静叫屈连天，两眼垂泪而去。

包公因这件事自思：某为民牧，自当与民分忧。心中自觉不安，乃具疏文一道，敬诣城隍庙行香，将疏文焚于炉内，祷祝出庙回衙，令左右点起灯烛，将几案焚香放在东边，包公向东端坐祷祝，坐以待旦。

如此者三夜，是夜三更，忽然狂风大起，移时间风吹一物直到阶下，包公令左右拾起观看，乃是一叶，叶中被虫蛀了一孔。包公看了已知其意。方才吩咐左右各去歇宿。

次日，包公唤张龙、赵虎吩咐道："汝可即去府县前后呼唤叶孔名字，若有从应者，即唤他来见我。"张、赵二人领命出衙，遍往市街，叫喊半日，东街有一人应声而出道："吾乃叶孔是也，不知尊兄有何见谕？"

张、赵二人道："包公有唤。"遂拘其人入衙跪下。包公道："数日前有新郑县高尚静在城隍庙里失落去白银四两,其银大小有三片,他在我这里告你。吾亦知道是你拾得,又不是去偷他的,缘何不把去还他?"

叶孔见包公判断通神,说得真了,只得拜服招认道:"小人在庙中焚香,因拾得此银,至今尚未使用。既蒙相公神见,小人不敢隐瞒。"包公审了口词,即令左右押叶孔回家取银,复令再唤高尚静到台,将银看认,果然丝毫不差。

包公乃对高尚静道:"汝落了银子,系是叶孔拾得。我今与你追还,汝可把三两五钱秤粮完官,更有五钱可分与叶孔以作酬劳之资。自后相见,不许两相芥蒂。"二人拜谢出府。高尚静乃将些散碎银两备办牲物并香烛纸锭,径往城隍庙还愿,深感包公之德。

第四十八回 哑子棒

话说包公坐厅,有公吏刘厚前来复称:“门外有石哑子手持大棒来献。”包公令他入来,亲自问之,略不能应对。诸吏遂复包公道:“这厮每遇官府上任,几度来献此棒,任官责打。爷台休要问他。”包公听罢思忖:这哑子必有冤枉的事,故忍吃此刑,特来献棒。不然,怎肯屡屡无罪吃棒?遂心生一计,将哑子用猪血遍涂在臀上,又以长枷枷于街上号令,暗差数个军人打探,若有人称屈者,引来见我。良久,街上纷然来看,有一老者嗟叹道:“此人冤屈,今日反受此苦。”军人听得,便引老人至厅前见包公,包公详问因由。老人道:“此人是村南石哑子,伊兄石全,家财巨万。此人自小来原不能言,被兄赶出,应有家财,并无分与他。每年告官,不能伸冤,今日又被杖责,小老因此感叹。”包公闻其言,即差人去追唤石全到衙,问道:“这哑子是你同胞兄弟么?”石全答道:“他原是家中养猪的人,少年原在本家庄地居住,不是亲骨肉。”包公闻其言,遂将哑子开枷放了去,石全欢喜而回。

包公见他回去,再唤过哑子来教道:“你后若撞见石全哥,你去扭打他无妨。”哑子但点头而去。一日,在东街外忽遇石全来到,哑子忿忿,随即推倒石全,扯破头面,乱打一番,十分狼狈。石全受亏,不免具状投包公来告,言哑子不尊礼法,将亲兄殴打。包公遂问石全道:“哑子若果是你亲弟,他的罪过非小,断不可轻恕;若是常人,只作斗殴论。”石全道:“他果是我同胞兄弟。”包公道:“这哑子即是亲兄弟,如何不将家财分与他?还是汝欺心独占。”石全无言可对。包公即差人押二人去,还将所有家财产业,各分一半。众人闻之,无不称快。

第四十九回 割牛舌

话说包公守开封府时，有姓刘名全者，住在城东小羊村，务农为业。一日，耕田回来，复后再去，但见耕牛满口带血，气喘而行。刘全详看一番。乃知牛舌为人割去。全写状告于包公道：

告为杀命事：农靠耕，耕靠牛，牛无舌，耕不得，遭割去，如杀命。乞追上告。

包公看了状词，因细思之，遂问刘全："你与邻里何人有仇？"全无言对，但告："望相公作主。"包公以钱五百贯与他，令归家将牛宰杀，以肉分卖四邻，若取得肉钱，可将此钱添买牛耕作。刘全不敢受，包公必要与之，全受之而去。包公随即具榜张挂：倘有私宰耕牛，有人捕捉者，官给赏钱三百贯。刘全归家，遂令一屠开剥其牛，将肉分卖与邻里。其东邻有卜安者，与刘全有旧仇，扯住刘全道："今府衙前有榜，赏钱三百贯给捕捉私宰耕牛者不误。你今敢宰杀么？"随即缚住刘全，要同去见包公，按下不提。

却说包公，是夜睡至三更得一梦，忽见一巡官带领一女子乘鞍，手持一刀，有千个口，道是丑生人，言讫不见。觉来思量，竟不得明。次日早间升厅问事，值卜安来诉刘全杀牛之事。包公思念夜来之梦，与此事恰相符合。巡官想是卜字，女子乘鞍乃是安字，持刀割也，千个口舌也，丑生牛也。卜安与刘全必有冤仇，前日割牛舌者必此人也，故今日来诉刘全杀牛。随即将卜安入狱根勘，狱吏取出刑具，置于卜安面前道："从实招认，免受苦楚。"卜安惧怕，不得已招认，因与刘全借柴薪不肯，因致此恨，于七月十三日晚，见刘全牛在坡中吃草，遂将牛舌割了。狱吏审实，次日呈知于包公，遂将卜安依律断决，长枷号令一个月，批道：

审得卜安，乃刘全之仇人也。挟仇害无知之物，心则何忍；割舌伤有用之畜，情则更恶。教宰牛而旋禁，略施巧术；分卖肉而来首，自谓中机。岂知令行禁违，情有深意。正是使心用心，反累其身。姑念乡愚，杖惩枷儆。

批完，众皆服包公神见。

第五十回 骗马

话说开封府南乡有一大户,姓富名仁,家蓄上等骒马一匹。一日,骑马上庄收租,到庄遂遣家人兴福骑转回家。走到中途,下马歇息。有一汉子姓黄名洪,说自南乡来,乘着瘦骡一匹,见了兴福,亦下骡儿停息,遂近前道:“大哥何来?”兴福道:“我送东人往庄上收租来。”

二人遂草坐叙话,不觉良久。洪忽心生一计道:“大哥你此马倒好个膘腴。”兴福道:“客官识马么?”洪道:“曾贩马来。”福道:“吾东人不久用高价买得此马。”洪道:“大哥不弃,愿借一试。”兴福不疑其歹,遂与之乘。洪须臾跨上雕鞍,出马半里,并不回缰。兴福心惊,连忙追马。洪见赶来,加鞭策马如飞,望捷路便走。那一匹好马平空被刁棍拐骗而去。兴福愕然无奈,自悔不及,只得乘着老骡转庄,报主领罪。仁大怒,将福痛责一番,命牵骡往府中径告。时包公正公座,兴福进告。包公问:“何处人氏?”福道:“小人名兴福,南乡人,富仁家奴仆,有状呈上。”

告为半路拐马事:泼遭无赖,驾言买马,骑试半里,加鞭不知去向,止留伊骑原骡相抵。马上郎不知谁氏之子,清平世岂容脱骗之奸。乞追上告。

包公问那个棍徒姓名,福道:“途遇一面,不知名姓。”包公责道:“乡民好不知事,既无对头下落,怎生来告状?”兴福哀告道:“久仰天台善断无头冤讼,小民故此申告。”包公吩咐道:“我设下一计,看你造化如何。你归家,三日后再来听计。”兴福叩头而去。包公令赵虎将骡牵入马房,三日不与草料,饿得那骡叫声嘶闹。

过了三日,只见兴福来见包公,包公令牵出那骡,唤兴福出城,张龙押后,吩咐依计而行,令牵从原路拐骗之处引上路头,放缰任走,但逢草地,二人拦挡冲咄,那骡径奔归路,不用加鞭,跟至四十里路外,有地名黄泥村,只见村里一所瓦房旁一扇茅屋,那骡遂奔其家,直入茅屋嘶叫。

洪出看自己骡回,暗喜不胜。当时张龙同兴福就于近边邻人家探访,那黄洪昂然牵着一匹骒马，竟去放在山中看养。龙随即带兴福去认，兴福见马即走向前，勒马牵过，洪正欲来夺，就被张龙一把扭住，连人带马押了，迤逦而行，往府中见包公。包公发怒道："你这厮狼心虎胆，不晓我包某么？诓骗路上行人马匹，该当何罪？"洪事实理亏，难以抵对。包公吩咐张龙将重刑责打，枷号示众，罚其骒于官，杖七十赶出。兴福不合与之试马，亦量情责罚，当官领马回去。遂批道：

审得黄洪，以无赖子见马欺心，自负于伯乐之顾；兴福以无知竖逢人托意，不思量赵氏之奸。岂知有马不借人，径被以骒而驳去。既不及追其人，又未经识其地。幸物类之有知，借路途以相逐。罪有斯得，名法莫逃。合行重究，从公处罚，昭示后人，休学骗马。

第五十一回　金鲤

话说扬州城东门有一儒家，姓刘名真，字天然，幼而聪明，乐读诗书，未结婚姻，笃志芸窗，甘守清贫。当宋仁宗皇祐三年开科取士，即备行李前往东京赴试，怎奈盘缠稀少，在途中淹延日久，将到京都，科场已罢。刘真叹道："我如此命薄，不得就试。"收拾余资，就赁开元寺僧房肄业。

不觉时光似箭，日月如梭，正遇上元佳节，京中大放花灯。彼时离城三十里通漕运处，地名碧油潭，水深万丈，有个千年金丝鲤鱼成精，往常亦曾变成女子，迷惑客商。那夕正脱形出潭，听得城里放灯，即吐出一颗小珠，俨然是个十七八岁丫环，手持灯笼，随之慢慢行入城来，人看见无不牵情。将近五更，看着残灯犹未收，妖媚恐露其形，遂走入金丞相后花园内大池中隐形。元宵已过，妖鱼不思归潭。恰遇丞相有女名金线小姐，因带侍女来花园内赏花，看见东架瓦盆上一丛白牡丹可爱，即着侍女折来观玩，倚着池阁栏杆饮酒。忽见池中有个金鲤鱼，扬须鼓口，游于水面，小姐见着，将饮残那杯酒倾在池中，被妖鱼一吞而尽。小姐笑视良久，回转香闺。妖鱼因知小姐好看牡丹，每夜喷气饰之，牡丹颜色愈鲜，引得小姐日日来折玩不已。

春光将尽，初夏又临。刘秀才在僧舍日久，囊箧萧然，知己朋友又各回归，思量没奈何，乃写下几幅草字，往城中官宦家献卖。一日，来到金丞相府前，适因丞相出探乡友回府，见刘秀才将字在手中，令取看之，连声称羡，遂带入府内，问其乡贯来因，见其人才不凡，乃留之西馆，教子弟读书，即令家人去寺中搬取行李，安置一个所在，正近后花园东轩之侧。刘真得遇丞相提携，衣食充裕，益攻书史，但是府中翰墨往来，并皆刘手启答，丞相甚爱重之。一夕，刘真偶步入花园中，正值小姐与二三侍女在花架下玩花，刘真看见失惊道："久闻丞相有女，颜貌秀丽，果然不虚。后来小生若侥幸成名，得此佳人为配足矣。"道罢，恐人知觉，径转到轩下，困歌杜甫诗数篇以见志。

常言欲心一动，则邪便侵之。妖正欲迷惑个好男子，没寻机会处，是夜探得刘真未寝，便变成小姐形迹，到真读书馆所叩其门户。刘启户视之，正是日间所见的小姐，真愕然。妖媚道："秀才不要惊恐，妾身省视爹娘已经睡去，闻君书声清亮，特来请教。"真方安心，与之对坐榻上，谈论颇久，解衣就寝。天色将明，妖媚先起，谓真道："今夜早来陪君。"言罢径去。自此日去夜来，情意甚密，妖媚每来必将美食待真，真自谓佳遇，不胜之喜。一夕，妖媚备酒食来与真饮道："君寓此处虽好，倘久后侍女知觉，报知父母，两下丢丑。妾不如收拾闺中所有，同君逃回汝家，长为夫妇。"真道："如若丞相着人根究，其罪怎逃？"妖媚道："妾母最爱于我，且妾于君俱未议婚姻，纵使根究亦无妨事。"真依言，过了一宵，约定十四夜，河下预备船只，小姐收拾零碎银两，与真径回扬州，比及丞相知真走去，亦不究问。

自妖媚去后，那朵牡丹花即枯死矣，金小姐朝夕思忆，染成病症，纵有良医，不能调理，母忧问其病由，小姐乃道为牡丹之故。母与丞相说知，丞相道："此花惟扬州有。"即差家人带金宝往扬州，不拘官宦民家，不惜重价买得回家。家人领命径到扬州，遍访此样牡丹花，惟东门刘秀才家植有数丛。及家人访到刘秀才家下，值真外出，只见帘子下立着一个女子，问道："是谁？"金家家人疑道："好似我家小姐声音。"近前认之，果是小姐。恰遇刘真回来，家人亦认得是刘秀才，各痴呆半晌，莫知所为。真问家人来因，家人告以小姐思牡丹得病特来此买之。真笑道："小姐随我来此将近半年，哪里又有一个小姐？"家人难明，连夜回转东京报知丞相。丞相不信，差公吏来扬州接回小姐，小姐竟不推辞，与刘真随家人等转回东京，入府见丞相。丞相看是小姐，惊疑未定，及其母出来道："小姐在房中尚未起来，因何又有在此？"丞相问刘真缘故，刘真不隐，一一告知昔日在东轩相会之因由。丞相道："汝必被妖所惑。"即乘轿入开封府见包公说知其事。包公差张龙拘到二小姐并刘真，于厅下细视之，果无二样。乃命取轩辕所铸照魔镜定其真伪，及左右将镜悬于堂上，顷刻间妖鱼吐开黑气，昏了天日，只听得一声响，黑气四散，看时，堂下二小姐皆不见了。丞相与包公皆愕然，满堂人无不失色。包公道："丞相暂退，容迟几日，定有下落。"丞相称谢而去，包公着刘真在外伺候，将榜文张挂：有知妖精、小姐下落者，给钱五千贯赏之。次日侵早，往城隍庙中将牒章焚讫。城隍即遣阴兵遍处搜查是何妖怪。顷刻阴兵来报：碧油潭千年金鲤鱼作怪。城隍具札通知五湖四海龙君，务要捉拿妖鱼解报。龙君得知此事，亦遣水族神兵，没江湖捕捉妖鱼。水族神兵俱皆杀败，如之奈何。龙君奏于上帝，上帝遣天兵捉之，那妖越遍八荒，如何拿得？怎奈包大尹日夕于城隍司里追追，城隍只得再通龙君，龙君闭住四角海门搜捉，妖鱼却被赶得紧急，走入南海。

时都下有一郑某，平素好善，家中挂一张淡墨素妆的观世音像，日日敬奉无厌。忽夜梦一素妆妇人向他道："汝明日来河岸边，引我见包大尹，稳取一场富贵。"郑某醒来，次早到河边看，果见一中年妇人，手执竹篮，内放一小小金色鲤鱼，立在杨柳树下，等着郑某来到，便说："昨日，碧油潭金鲤鱼为四海龙君追逼无路，奔入南海，藏入琼蕊莲花下，今被我哄入篮中罩定走不得。前日包大尹有榜文,给赏知得妖鱼下落之人,可引我去,看他判出此条公案,给得赏钱来,一应赠尔。"郑某大悦,忙引妇人到府衙,正值包公与金丞相在厅上议论此事。公吏报入,包公唤进问其来由,郑某将妇人所言告知。包公道:"是此怪矣。"即令当堂放下鱼篮,遂问之。那妖为佛力所伏,在篮里一一供出迷人情由,摄去小姐现在碧潭山侧岩穴中。包公欲将此妖鱼取出烹之,妇人道:"此千年灵气所成,纵烹之亦不能死,老妇带去自有发落。"包公然之,命库吏赏钱五千贯与妇人去,妇人出门首将赏钱付与郑某道:"报汝奉我三年之诚心,须将此事传于世上。"言讫不见。郑某方悟是家中所奉观音大士,将钱回家,请精工绘水墨观音之像,手提鱼篮,京都人效之,皆相传绘,此即今所谓鱼篮观音是也。

比及包公差人去岩穴中寻取得金小姐到衙,已死去了,只心头略有微温,令医诊视,皆言将有缘生人气引之可苏。包公猛省,谓丞相道:"小姐莫非与刘秀才有缘?老夫今日当作冰人,成就此段姻事。"乃唤过刘真以气去呵小姐,小姐果然苏来,左右见者皆道事非偶然。包公亦欢悦,命人送二人入丞相府中。是夕,刘真与小姐成亲。次年,真登第,在京不上数年,官至中书,生二子俱出仕。

第五十二回 玉面猫

话说清县有一秀士施俊，娶妻何氏名赛花，容貌秀丽，女工精通。施俊一日闻得东京开科取士，辞别妻室而行。与家童小二途中晓行夜住，饥餐渴饮。行了数日，已到山前，将晚，遇店投宿。原来那山盘旋六百余里，后面接西京地界，幽林深谷，崖石嵯峨，人迹不到，多出精灵怪异。有一起西天走下五个老鼠，神通变化，往来莫测，或时变化老人出来，盗骗客商财物；或时变化女子，迷人家子弟；或时变男子，惑富家之美女。其怪以大小呼名，有鼠一、鼠二等称，聚穴在瞰海岩下。那日，其怪鼠五正待寻人迷惑，化一店主人，在山前迎接过客，恰遇施俊生得清秀，便问其乡贯来历，施俊告以其实要往东京赴试的事，其怪暗喜。是夕，备酒款待之，与施俊对席而饮，酒中论及古今，那怪对答如流。施俊大惊，忖道：此只与施是一店家，怎博学如此？因问："足下亦通学否？"其怪笑道："不瞒秀士说，三四年前曾赴试，时运不济，科场没分，故弃了诗书开一小店，于本处随时度日。"施俊与他同饮到更深，那怪生一计较，呵一口毒气入酒中，递与施秀士饮之，施俊不饮那酒便罢，饮下去即刻昏闷，倒于座上。小二连忙扶起，引入客房安歇，腹中疼痛难忍。小二慌张，又没有寻医人处。延至天明，已不知昨夜店主人在哪里去了，勉强扶了主人再行几里，寻一个店住上，方知中了妖毒。

却说当下那妖怪径脱身变做施俊模样，便走归来。何氏正在房中梳妆，听得丈夫回家，连忙出来看时，果是笑容可掬。因问道："才离家二十余日，缘何便回？"那妖怪答道："将近东京，途遇赴试秀士说道，科场已罢，士子都散，我闻得此话，遂不入城，抽身回来。"何氏道："小二如何不同回？"妖怪道："小二不会走路，我将行李寄托朋友带回，着他随在后。"何氏信之，遂整早饭与妖食毕，亲朋来往都当是真的。自是妖与何氏取乐，岂知真夫在店中受苦。又过了半月，施俊在店中求得董真人丹药，调汤饮之，果获安全。比及要上东京，闻说科场已散，即与小二回来，缓缓归到家中，将有二十余日。小二先入门，恰值何氏与妖精在厅后饮酒，何氏听见小二回来，便起身出来问道："你为何来得恁迟？"小二道："休说归迟，险些主人性命难保。"何氏问："是哪个主人？"小二道："同我赴京去的，更问哪个主人？"何氏笑道："你在路上躲懒不行，主人先回二十余日了。"小二惊道："说哪里话，主人与我日则同行，夜则同歇，寸步不离，何得说他先回？”何氏听了，疑惑不定。忽施俊走入门来，见了何氏，相抱而哭。那妖怪听得，走出厅前，喝声：“是谁敢戏吾妻？”施俊大怒，近前与妖相斗一番，被妖逐赶而出，邻里闻知，无不吃惊。施俊没奈何，只得投见岳丈诉知其情。岳丈甚忧，令具状告于王丞相府衙。

王丞相看状，大异其事，即差公牌拘妖怪、何氏来问。王丞相视之，果是两个施俊。左右见者皆言除非是包大尹能明此事，惜在边庭未回。王丞相唤何氏近前细审之，何氏一一道知前情。丞相道：“你可曾知真夫身上有甚形迹为证否？”何氏道：“妾夫右臂有痣可验。”王丞相先唤假的近前，令其脱去上身衣服，验右臂上没有黑痣。丞相看罢忖道：“这个是妖怪。”再唤真的验之，果有黑痣在臂。丞相便令真施俊跪于左边，假施俊施于右边，着公牌取长枷靠前吩咐道：“汝等验一人右臂有黑痣者，是真施俊；无者是妖怪，即用长枷监起。”比及公牌向前验之，二人臂上皆有黑痣，不能辨其真伪。王丞相惊道：“好不作怪，适间只一个有，此时都有了。”且令俱收狱中，明日再审。

妖怪在狱中不忿，取难香呵起，那瞰海岩下四个鼠精商议便来救之。乃变作王丞相形体，次日侵早坐堂，取出施俊一干人阶下审问，将真的重责一番。施俊含冤无地，叫屈连天。忽真的王丞相入堂，见上面先坐一个，遂大惊，即令公人捉下假的；假的亦发作起来，着公吏捉下真的。霎时间混作一堂，公人亦辨不得真假，哪个敢动手？当下两个王丞相争辩公堂，看者各痴呆了。有老吏见识明敏者，近前禀道：“两丞相不知真假，辩论连日亦是徒然，除非朝见仁宗。”仁宗遂降敕宣两丞相入朝，比及两丞相朝见，妖怪作法神通，喷了一口气，仁宗眼目遂昏，不能明视，传旨命将二人监起通天牢里，候在今夜北斗上时，定要审出真假。原来仁宗是赤脚大仙降世，每到半夜，天宫亦能见之，故如此云。

真假两丞相既收牢中，那妖怪恐被参出，即将难香呵起，瞰海岩下三个鼠精闻得，商量着第三个来救。那第三鼠灵通亦显，变作仁宗面貌，未及五更，已占坐了朝元殿，大会百官，勘问其事。真仁宗平明出殿，文武官员见有二天子，各各失色，遂会同众官入内见国母奏知此事，国母大惊，便取过玉印，随百官出殿审视端的。国母道：“你众官休慌，真天子掌中左有山河右有社稷的纹，看是哪个没有，便是假的。”从官验之，果然只有真仁宗有此纹。国母传旨，将假的监于通天牢中根勘去了。

那假的惊慌，便呵起难香，鼠一、鼠二闻知烦恼，商量道：“鼠五好没分晓，生出这等大狱，事干朝廷，怎得脱逃？”鼠二道：“我只得前去救他们回来。”鼠二作起神通，变成假国母升殿，要取牢中一干人放了。忽宫中国母传旨，命监禁者不得走漏妖怪。比及文武知两国母之命一要放脱一要监禁，正不知哪个是真国母。仁宗因是不快，忧思数日，寝食俱废。众臣奏道：“陛下可差使命往边庭宣包公回朝，方得明白。”天子允奏，亲书诏旨，差使臣往边庭宣读包公接旨回朝，拜见圣上，退朝入开封府衙，唤过二十四名无情汉，取出三十六般法物，摆列堂下，于狱中取出一干罪犯来问，委的有二位王丞相，两个施秀才，一国母，一仁宗。包公笑道："内中丞相、施俊未审哪个真假，国母与圣上是假必矣。"且令监起，明日牒知城隍，然后判问。

四鼠精被监一狱，面面相觑，暗相约道："包公说牒知城隍，必证出我等本相。虽是动作我们不得，争奈上干天怒，岂能久遁？可请鼠一来议。"众妖遂呵起难香，是时鼠一正来开封府打探消息，闻得包丞相勘问，笑道："待我做个包丞相，看你如何判理。"即显神通变作假包公，坐于府堂上判事。恰遇真公出牒告城隍转衙，忽报堂上有一包公在座。包公道："这孽畜敢如此欺诳。"径入堂上，着令公牌拿下，那妖怪走下堂来，混在一处，众公牌正不知是那个为真的，如何敢动手？堂下包公怒从心上起，抽身自忖，吩咐公牌："你众人谨守衙门，不得走漏消息，待我出堂方来听候。"公牌领诺。包公退入后堂去，假的还在堂下理事，只是公牌疑惑，不依呼召。

且说包公入见李氏夫人道："怪异难明，吾当诉之上帝，除此恶怪。汝将吾尸用被紧盖床上，休得举动，多则二昼夜便转。"遂取领边所涂孔雀血漫嚼几口，卧赴阴床上，直到天门。天使引见玉帝奏知其事，玉帝闻奏，命检察司曹查究何孽为祸。司曹奏道："是西方雷音寺五鼠精走落中界作闹。"玉帝闻奏，欲召天兵收之。司曹奏道："天兵不能收，若赶得紧急，此怪必走入海，为害尤猛。除非雷音寺世尊殿前宝盖笼中一个玉面猫能伏之，若求得来，可灭此怪，胜如十万天兵。"玉帝即差天使往雷音寺求取玉面猫。天使领玉牒到得西方雷音寺，参见了世尊，奉上玉牒，世尊开读，与众佛徒议之。有广大师进言："世尊殿上离此猫不得，经卷甚多，恐议鼠耗，若借此猫去，恐误其事。"世尊道："玉帝旨意焉敢不从？"大师道："可将金睛狮子借之。玉帝若究，可说要留猫护经，玉帝亦不见罪。"世尊依其言，将金睛狮子付予天使，前去回奏玉帝。司曹见之奏道："文曲星为东京大难来，此兽不是玉面猫，枉费其功，望圣上怜之，取真的与他去。"玉帝复差天使同包公来雷音寺走一遭，见世尊参拜恳求。世尊不允，有大乘罗汉进道："文曲星亦为生民之计，千辛万苦到此，世尊以救生为心，当借之去。"世尊依言，令童子将宝盖笼中取出灵猫，诵偈一遍，那猫遂伏身短小。付包公藏于袖中,又教以捉鼠之法。包公拜辞世尊,同天使回见玉帝,奏知借得玉面猫来。玉帝大悦,命太乙天尊以杨柳水与包公饮了,其毒即解。

及天使送出天门,包公于赴阴床上醒来,已去五日矣。李夫人甚喜,即取汤来饮了。包公对夫人说知,到西天世尊处借得除怪之物来,休泄此机。夫人道:"于今怎生处置?"包公密道:"你明日入宫中见国母道知,择定某日,南郊筑起高台,方断此事。"夫人依命,次日乘轿进宫中见国母奏知。国母依奏,即宣狄枢密吩咐南郊筑台,不宜失误。狄青领旨,带领本部军兵向南郊筑起高台完备。包公在府衙里吩咐二十四名雄汉,择定是日前赴台上审问。轰动东京城军民,哪个不来看?当日真仁宗、假仁宗、真国母、假国母与两丞相、两施俊,都立台下,文武官排列两厢,独真包公在台上坐,那假包公尚在台下争辩。将近午时,包公于袖中先取世尊经偈念了一遍,那玉面猫伸出一只脚,似猛虎之威,眼内射出两道金光,飞身下台来,先将第三鼠咬倒,却是假仁宗,鼠二露形要走,被神猫伸出左脚抓住,又伸出右脚抓了那鼠一,放开口一连咬倒,台下军民见者齐声呐喊。那假丞相、假施俊变身走上云霄,神猫飞上,咬下一个是第五鼠,单走了第四鼠,那玉面猫不舍,一直随金光赶去。台下文武官见除了此怪,无不喝彩。包公下台来,见四个大鼠,约长一丈,被咬伤处尽出白膏。包公奏道:"此吸人精血所成,可令各军卫宰烹食之,能助筋之。"仁宗允奏,敕令军卒抬得去了。起驾入朝,文武各朝贺。仁宗大悦,宣包公上殿面慰之,设宴待文武,使史臣略记其异。包公饮罢,退回府衙,发放施俊带何氏回家,仍得团圆。向后,何氏只因与怪交媾,受其恶毒更深,腹痛,施俊取所得董真人丸药饮之,何氏乃吐出毒气而愈。后来施俊得中进士。官至吏部,生二子亦成名。

第五十三回 移椅倚桐同玩月

话说河南许州管下临颍县,有一人姓查名彝,文雅士也,少入县庠,娶近村尹贞娘为妻,花烛之夜,查生正欲解衣而寝,尹贞娘乃止之曰:“妾意郎君幼读儒书,当发奋励志,扬名显亲,非若寻常俗子可比,今日交会,可无言而就寝乎?妾今谬出鄙句,郎君若能随口应答,妾即与君共枕;若才力不及,郎君宜再赴学读书,今宵恐违所愿。”查生即命出题。贞娘乃出诗句道:“点灯登阁各攻书。”查生思了半晌,未能应答,不觉面有惭色,遂即辞妻执灯径往学宫而去。是时学中诸友见查生尽夜而来,皆向前问道:“兄今宵洞房花烛,正宜同伴新人,及时欢会行乐,何独抛弃新人至此,敢问其故?”查生因诸友来问,即以其妻所出诗句告之诸友,咸皆未答而退。内有一人姓郑名正者,平生为人极是好谑,听得查生此言,随即漏夜私回,径往查生房内与贞娘宿歇。原来贞娘自悔偶然出此戏联,实非有心相难他,不期丈夫怀羞而去,心中懊悔不及,及见郑正入房,贞娘只谓查生回家歇宿,哪知是假的,乃问道:“郎君适间不能对答而去,今倏又回,莫非思得佳句乎?”郑正默然不答。贞娘忖是其夫怀怒,亦不再问。郑正乃与贞娘极尽交欢之美,未及天明而去。及天明,查生回家,乃与贞娘施礼道:“昨夜承瞻佳句,小生学问荒疏,不能应答,心甚愧赧,有失陪奉。”贞娘道:“君昨夜已回,缘何言此诳妾?”再三诘问其故,查生以实未回答之。贞娘细思查生之言,已知其身被他人所污,遂对查生道:“郎君若实未回,愿郎君前程万里,从今后可奋志攻书,不须顾恋妾也。”言罢,即入房中自缢。移时,查生知之,即与父母径往,救之不及。查生痛悲,不知其故,昏绝于地。父母急救方醒,只得具棺殡葬贞娘。

不觉时光似箭,又是庆历三年八月中秋节,包公按临至临颍县,直升入公厅坐下。公厅庭前旁边有一桐树,树下阴凉可爱,包公唤左右把虎皮交椅移倚在桐树之下,玩月消遣,偶出诗句云“移椅倚桐同玩月”,寻思欲凑下韵,半晌不能凑得,遂枕椅而卧。似睡非睡之间,朦胧见一女子,年近二八,美貌超群,昂然近前下跪道:“大人诗句不劳寻思,何不道:‘点灯登阁各攻书。’”包公见对得甚工,即问道:“你这女子住居何处?可通名姓。”女子答道:“大人若要知妾来历,除非本县学内秀才可知其详。”言讫,化阵清风而去。

包公醒时,辗转寻思此事奇怪。次日出牌,吩咐左右唤齐临颍县学秀才,来院赴考。包公出《论语》中题目，乃是“敬鬼神而远之”一句，与诸生作文，又将“移椅倚桐同玩月”诗句，出在题尾。内有秀才查彝，因见诗句偶合其妻贞娘前语，遂即书其下云：“点灯登阁各攻书。”诸生作文已毕，包公发令出外伺候。包公正看卷时，偶然见查彝诗句符合梦中之意，即唤查彝问道：“吾观汝文章亦只是寻常，但对诗句大有可取，吾谅此诗句必请他人为之，非汝能作也。吾今识破，可实言之，毋得隐讳。”查彝闻言，一一禀知。包公又问道：“吾想汝夜往学中之时，内中必有平日极善戏谑之人，知汝不回，故诈托汝之躯，与汝妻宿，污其身体，汝妻怀羞以致身死。汝可逐一说来，吾当替汝伸冤。”查彝禀道：“生员学中只有姓郑名正者，平生极好戏谑。”包公听罢，即令公差拘唤郑正到台审勘。郑正初然抵死不认，后受极刑，只得供招：贞娘诗句，查彝不能答对，怀羞到学与诸友言及此情，我不合起意，假身奸污。以致贞娘之死，甘罪招认是实。包公取了供词，即将郑正依拟因奸致死一命，即赴法场处决。士论帖服。

第五十四回 龙骑龙背试梅花

话说顺天任县徐卿、郑贤二人,同窗数载,卿妻只生一女,名淑云;贤妻生有一子,名国材。二人后得高科,俱登朝议职,遂有秦晋之心。因无媒妁之言,乃以结襟为记,誓无更变。不觉光阴似箭,人事屡移。国材年至十八,聪明俊慧,无书不读。不幸父母双亡,不数年家资消乏。徐卿见他家贫,遂欲将女嫁与别家。国材亦不敢启齿,情愿写下离书。淑云性格乖巧,文墨素谙,闻知父母负约,不肯还配郑郎,忧闷香闺,日食减少。

不觉又过一年,宗师考试,材幸入泮宫,馆于儒学西斋。淑云闻材进学,悄使雪梅赍白银十两,金杯一双,密送与郑。雪梅径往其家。访问郑官人在何处,国材堂叔郑仁道:"你要寻他,可往儒学西斋去寻。"雪梅奔往儒学西斋,果见国材。雪梅道:"官人万福。淑云小姐拜上,具礼在此作贺。"国材见了,收其礼物,遂与雪梅道:"蒙小姐错爱,今赐厚仪,何以为当?但小生写了休书,再不敢过望,自后莫来,恐人知之,贻辱小姐。"嘱罢,送雪梅出学门回去。雪梅归家见小姐备道郑官人所说言语。淑云道:"忠臣不事二主,烈女岂更二夫?纵使老爷要我改嫁,有死而已。"次日,着雪梅再往儒学去与郑相公说,叫他二更时分到后园内,把金银赠你,娶小姐回归,材诺其言。不防隔墙学吏庞龙窃听其所约,心萌一计,至夜来,恰遇国材与同窗友饮酒醉睡,庞龙投入园内,将槐树一摇,那雪梅叫一声:"郑官人来也。"手中携了白银一封、金钗数副并情书一纸走将出来,低头细看,却不是郑官人。回身欲转,庞龙遂拔出利刀将雪梅一刀杀死,推入园池里,取去金银而走。那淑云等到天明,不见雪梅回来,心中怀疑。这时国材醒来,已自天晓,记起昨日之约,今误却了大事,闷闷不已。

次日,徐卿不见雪梅,令家人遍处寻觅。寻到花园中,只见池边有血迹,即唤众人池内捞看,却是雪梅被人杀死。池边遗下一个纸包。卿令开那包来看,却是一封情书。书略曰:

妾淑云顿首:家君虽负约,妾志自坚贞。夫子今游泮,岂作负心人。特具白金百两,首饰二副,乞作完娶之资。早调琴瑟之好,永和鸾凤之音。本欲一面,奈家法森严,不克如愿,遣雪梅转达,幸祈留意是荷。

那徐卿看了大怒，遂具告于县。知县薛堂即令快手捉拿郑国材到厅拘问，郑国材不认其事。徐卿将淑云书信对理，国材见是小姐亲笔，哑口无言。薛堂将国材拷打一番，收监听决。徐卿是夜私送黄金百两，贿托薛堂致死国材。薛堂受了那金子，也不论国材招与不招，只管呼令左右将国材钉了长枷问决，做一道文书解上顺天府去。

是时顺天府尹却是包公。国材将前情逐一告诉，包公令张千将国材收监听决。国材自入禁中，手不释卷，禁中人等无不欣羡，知礼者另加钦敬。适包公提监，闻材书声不绝，心中暗想：此子决非谋财害命之徒，后日必有大用。是夜祝告天地乃寝，梦见有诗一首于壁上。曰：

雪压梅花映粉墙，龙骑龙背试梅花。
世人若识其中趣，池内冤伸脱木才。

包公醒来，忖度半晌，方悟其意。次日升堂，拘唤庞龙来府究问。庞龙到厅诉道："小的乃学吏，并无受贿，老爷虎牌来拘，有何罪过？"包公道："这死囚好胆大包身！悄入徐园，杀死雪梅，得金银若干，你还要强辩？"喝令李万捆打，将长枷钉了。庞龙失色大惊，心想：这桩密事包公何得而知？真乃神人！只得直招。包公问道："你夺去金首饰二副，白银一百，今还有几多否？"庞龙道："银皆费尽，只有首饰未动。"遂差张千押庞龙回取首饰来，又责庞龙一百棍，囚入狱中。令人唤徐卿、淑云到台。包公喝道："你这老贼重富轻贫，负却前盟，是何道理？"令张千唤出郑国材到厅，打开长枷，给衣帽与他穿了。又唤门子摆起香案花烛，令淑云就在厅上与国材拜了夫妇，库内给银二十两与国材安家。将金首饰还了徐氏回家，追庞龙家产变银偿还淑云夫妇。将徐卿赶出。那夫妇叩头拜谢包公而去。包公令公牌取出庞龙，押往法场，斩首示众。申奏朝廷，将薛知县发配三千里。后郑国材联科及第。

第五十五回 夺伞破伞

话说有民罗进贤，二月十二日天下大雨，擎了一伞出门探友，行至后巷亭，有一后生求帮伞。进贤不肯道："如此大雨，你不自备伞具，我一伞焉能遮得两人！"其后生乃是城内光棍邱一所，花言巧计，最会骗人。乃诡词道："我亦有伞，适间友人借去，令我在此少待，我今欲归甚急，故求相庇，兄何少容人之量。"罗生见说，遂与他帮伞。行到南街尾分路，邱一所夺伞在手道："你可从那里去！"罗进贤道："把伞还我。"邱一所笑道："明日还罢，请了。"进贤赶上骂道："这光棍！你帮我伞，还要拿到哪里去？"邱一所亦骂道："这光棍！我当初原不与你帮，今要冒认我的伞，是何道理？"罗进贤忍气不住，扭打在包公衙门去。包公问道："你二人伞有记号否？"皆道："伞乃小物，哪有记号。"包公又问道："可有干证否？"罗进贤道："彼在后巷帮我伞，未有干证。"邱一所道："他帮我伞时有二人见，只不晓得名姓。"包公又问道："伞值价几多？"罗进贤道："新伞乃值五分。"包公怒道："五分银物亦来打搅衙门。"令左右将伞扯破，每人一半去，将二人赶出去。密嘱门子道："你去看二人说些什么话，依实来报。"门子回复道："一人骂老爷'糊涂不明'，一人说'你没天理争我伞，今日也会着恼'。"遂命皂隶拿他二人回来问道："谁骂我者？"门子指罗进贤道："是此人骂。"包公道："骂本管地方官长，该当何罪？"发打二十。罗进贤道："小人并不曾骂，真是冤枉。"邱一所执道："明是他骂，到此就赖着。他白占我伞是的了。"包公道："不说起争伞，几乎误打此人，分明是邱一所白占他伞，我判不明，伞又扯破，故彼不忿，怒骂我。"邱一所道："他贪心无厌，见伞未判与他，故轻易骂官。哪里伞是他的？"包公道："你这光棍，何故敢欺心？今尚且执他骂官，陷人于罪。是以我故扯破此伞试你二人之真伪，不然，那里有工夫去拘干证审此小事。"将一所打十板，仍追银一钱以偿进贤。适有前在后巷见邱一所骗帮者二人，其一乃是粮户孙符，见包公审出此情，不觉抚掌道："此真是生城隍也，不须干证。"包公拘问所言何事，孙符乃言邱一所帮伞之因，"后来老爷断得明白，故小人不觉叹服。"包公益知所断不枉。

包公案

第五十六回 瞒刀还刀

话说有民邹敬，砍柴为生。一日往山采樵，即挑入城内去卖，其刀插入柴内，忘记拔起，带柴卖与生员卢日乾去，得银二分归家。及午后复去砍柴，方记得刀在柴内，忙往卢家去取。日乾小器不肯还。邹敬在家取索甚急，发言秽骂。乾乃包公得意门生，恃此脚力，就写帖命家人送县。包公问及根由，知事体颇小，纳其分上，将邹敬责五板发去。

敬被责不甘，复往日乾门首大骂不止，日乾乃衣巾亲见包公道："邹敬刁顽，蒙老师责治，彼后撒泼，又在街上大骂，乞加严治，方可警刁。"包公心上思量道："彼村民敢肆骂秀才，此必刀真插在柴内，被他隐瞒，又被刑责，故忿不甘心。"乃命快手李节密嘱道："如此如此。"又将邹敬锁住等候。李节领命到卢日乾家中道："卢娘子，那村夫骂你，相公送在衙内，先番被责五板，今又被责十板，你相公教我来说，如今把柴刀还了他罢。"卢娘子道："我官人缘何不自来？"李节道："你相公见我老爷，定要退堂待茶，哪里便回得。"娘子信以为真，即将柴刀拿出还之。李节将刀拿回衙呈上："老爷，刀在此，"邹敬道："此正是我的刀。"日乾便失色。包公故意喝道："邹敬，休怪本官打你，你既要取刀，只该善言相求，他未去看，焉知刀在柴中？你便敢出言骂，且问你辱骂斯文该得何罪？我轻放你只打五板，秀才的帖中已说肯把刀还你，你去又骂，今刀虽与你去，还该打二十板。"邹敬磕头求赦。包公道："你在卢秀才面前磕头请罪，便赦你。"邹敬吃惊，即在日乾前一连磕了几个头，连忙走出去。包公乃责日乾道："卖柴生理，至为辛苦，你忍瞒其柴刀，仁心安在？我若偏护斯文，不究明白，又打此人，是我有亏小民了。我在众人前说你自肯把刀还他，令邹敬叩谢，亦是惜汝廉耻两字。"说得日乾满面羞惭，无言可答而退。包公遣人到卢家赚出柴刀，是其智识；人前回护，掩其过愆，是其厚重；背后叮咛，责其改过，是其教化。一举而三善备焉。

第五十七回 红牙球

话说京中有一富家，姓潘名源柳，人称为长者，原是官宦之家。有一子名秀，排行第八，年方弱冠，丰姿洒落。一日，清明时节，长者备祭仪登坟挂钱。其家有红牙球一对，乃国家所出之宝，是昔日真宗赐与其祖的。长者出去后，秀带牙球出外闲耍，片时，约步行来，忽见对门刘长者家朱门潇洒，帘幕半垂，下有红裙，微露小小弓鞋，潘秀不觉魂丧魄迷，思欲见之而不可得。忽见一个浮浪门客王贵，遂与秀答言道："官人在此伺候，有何事？"秀以直告。王贵道："官人要见这女子有何难处？"遂设一计，令秀向前将球子闲戏，抛入帘内，佯与赶逐球子，揭开珠帘，便可一见。秀如其言，但见此女年方二八，杏眼桃腮，美容非比，与之作揖。此女名唤花羞，便问："郎君缘何到此？"秀答道："因闲耍失落一牙球，赶来寻取，触犯娘子，望乞恕罪。"此女见秀丰仪出众，心甚爱之。遂含笑道："今日父母俱出踏青，幸汝相逢，机缘非偶，愿与郎君同饮一杯，少叙殷勤。"秀听罢，且疑且惧，不敢应声。此女遂即扯住秀衣道："若不依允，即告到官。"秀不得已遂从之。二人香闺中对斟，饮罢，两情皆浓。女子问道："君今年青春几何？"秀答道："虚度十九春矣。"女子又问："曾娶亲否？"秀道："尚未及婚。"女子道："吾亦未尝许人，君若不嫌淫奔之名，愿以奉君子。"秀惊答道："已蒙赐酒，足见厚意。娘子若举此情，倘令尊大人知之，小生罪祸怎逃？"女子道："深闺紧密，父母必不知情，君子勿惧。"秀见女子意坚，情兴亦动，二人同入罗帐，共偕鸳侣。云收雨散，秀即披衣起来辞去。女子遂告秀道："妾有衷曲诉君。今日幸得同欢，妾未有家，君未有室，何不两下遣媒，结为夫妇？"秀许之，二人遂指天为誓，彼此切莫背盟。秀即归家，日夜相思，如醉如痴，情怀不已，转成憔悴。其父母再三问其故，秀不得已，遂以刘氏女相爱之情告之。父母甚怜之，即忙遣媒人去与刘长者议婚。刘长者对媒人道："吾上无男子，只有花羞一女，不能遣之嫁出，纳婿在家则可。"媒人归告潘长者，长者思忖道："吾亦只此一子，如何可出外就亲，想是刘家故为此说推托，决难成就。"遂与秀说："刘家既不愿为婚，京中多有豪富，何愁无亲？吾当别议他姻。"秀默然，遂成耽搁，后竟别议赵家女为配。因此潘秀与花羞女绝念。及成亲之日，行装盈门，笙簧嘹亮。是日，花羞在门外眺望，遂问小婢："潘家今日何事如此喧闹？"小婢答道："潘郎娶赵家女，今日成亲。"花羞听了，追思往事，垂泪如雨，自悔自怨，转思之深，说不出来，遂气闷而死。父母哭之甚哀，竟不知其故。遂令仆王温、李辛葬于南门外。

李辛回家，天色已晚，思想花羞女容颜可爱，心甚不忍舍，即告父母道："今夜有件事外出一走。"父母允之。

李辛至二更时候，月色微明，遂去掘开坟，劈开棺木，但见花羞女容貌如存。李辛思量："可惜这娘子，与她尸骸合宿一宵，虽死亦甘心。"道罢，即揭起衣衾，与之同睡。良久，忽见花羞微微身动，眼目渐开，未几，略能言，问："谁人敢与我同睡？"李辛惊道："吾乃你家之仆李辛。主翁令我葬娘子在此，我因不忍舍，今夜掘开棺木看看娘子如何，不意娘子醒来，实乃天幸。"花羞已省人事，忽忆家中前日的事，遂以其情告李辛道："只因潘秀负盟，以致闷死。今天赐还魂，幸有缘遇汝掘开坟墓，再得重生。此恩无以为报，今亦不愿回家，愿与汝结为夫妇。棺木中所有衣服物件，尽与汝拿去。"李辛甚喜，仍然掩了坟墓，遂与花羞同归，天尚未晓，到家叩门，其母开门见李辛带一妇人同回，怪而问之，辛告其母道："此女原在娼家，与儿相识数载，今情愿弃了风尘，与儿为姻，今日带归见父母。"

母信其言，二人遂成夫妇，情切相爱，人不知是花羞女也。李辛尽以其衣服首饰散卖别处，因而致富。

半年余，偶因邻家冬夜失火，烧至李辛房舍。花羞慌忙无计，可怜单衣惊走，无所适从，与李辛各散东西，行过数条街巷，栖栖无依。忽认得自家楼屋，花羞遂叩其父母之门，院子喝问："谁人叩门？"花羞应道："我是花羞女，归来见爹娘一次。"院子惊怪道："花羞已死半年，缘何又来叩门？必是鬼魂。明日自去通报你爹娘，多将金钱衣彩焚化与娘子，且小心回去。"院子竟不敢开门。

花羞欲进不得，欲去不得，风冷衣单，空垂两泪，无处投奔。忽见潘家楼上灯光灼灼闪闪，筵席未散，又去叩潘家门，门公怪问："是谁叩门？"花羞应声："传语潘八官人，妾是刘家花羞女，曾记得郎君昔日因戏牙球，遂得见一面，今夜有些事，特来投奔。"门公遂报潘秀，秀思忖怪异，若是对门刘家女，已死半年，想是鬼魂无依。遂呼李吉点灯，将冥钱衣彩来焚与之，秀自持宝剑随身，开门果见花羞垂泪乞怜。秀告花羞道："你父母乃是大富之家，回去觅取些香楮便了，何故苦苦来缠我？"言罢，烧了冥钱，急令李吉闭了门。那花羞连声叫屈不肯去，道："你好负心人也！好不伤感。"秀大怒，复出门外挥剑斩之。遂闭门而卧。五更将尽。军巡在门外大叫："有一个无头的妇人在外，遍身带血。"都巡遂申报府衙去了。

是时轰动街坊，刘长者闻得此事，怀疑不定。是夕，梦见花羞女来告称："我被潘八杀了，尸骸现在他家门外，乞爹爹伸雪此冤。"言讫，竟掩泪而去。

长者睡觉来以此梦告其妻道："花羞女想必是还魂，被人开了墓。"待明日去掘开坟墓看时，果然不见尸骸，遂具状呈告于包公。包公即差人唤潘秀，不多时公差拘到。包公以盗开坟墓、杀了花羞事问之，秀不知其情，无言可应。包公根勘秀之原由，秀逐一具供剑斩鬼魂情由，包公疑而未决，将潘秀监收狱中，随即具榜遍挂四门：为捉到潘秀杀了花羞事，但潘秀不肯招认，不知当初是谁人开墓，救得花羞还魂，前来报知，给与赏钱一千贯。李辛见此榜，遂入府衙来告首请赏，一一具言花羞还魂事。包公遂判李辛不合开坟，致令潘秀误杀花羞，将李辛处斩，潘秀免罪。后潘秀追思花羞之事，忧念深重，遂成羸疾而死，是花羞女怨愆之报也。

第五十八回　废花园

话说四川成都府有一人姓何名达，为人刚直，年四十岁尚未有嗣。忽一日与叔子何隆争论未分的产业。隆亦是个奸刁之徒，不容相让，讼之于官，逮系干证，连年不决，以此兄弟致仇。何达欲思避身之计，来见姑之子施桂芳商议其事。桂芳原是宦族，幼习诗书，聪明才俊，尚未娶妻。那日见表兄来家，邀入舍中坐下，问其来由。达道："只因讼事一节，连年烦忧，伤财涉众，悔之莫及，思欲为脱身之计，特来与弟商议。"桂芳道："兄若不言，小弟当要告知，目前有故人韩节使官任东京，时遣人相请，兄何不整理行装同小弟相访一遭，且得游玩京城景致，得以避此是非。"达闻言大喜，即辞桂芳归家，与妻说知，收拾衣资之类，约日与桂芳并家人许一离成都望东京进发。将行了二十余日，望见东京城不远。将晚，歇城东山店。明日侵早入城，访问韩节使消息，人答道："按巡郡邑，尚未转衙。"以此桂芳与何达留止城东驿舍中，等待韩节使回来。清闲无事，每日二人只是饮酒寻芳，闻有景致处，即便观玩。

一日，何达同桂芳游到一个所在，遥见楼阁隐隐，风送钟声。何达道："前面莫不是佳境？与弟同前访看。"桂芳随步行来，却是一古寺。二人入得寺来，却遇二老僧在佛堂上讲经，见有客至，便起身施礼，请入方丈，分宾主坐定。僧人问："秀士何来？"桂芳答道："访故人不遇，特过宝刹观览。"僧令童子奉茶，何、施二人茶罢，又令童子取钥匙开各处门与何、施二人观景。何、施登罗汉阁观览一番，只见寺前一所树林，幽奇苍郁，古木森森，便问童子："那一座树林是何处？"童子答道："原是刘太守所置花园，太守过后，今已荒废多时，只一园林木而已。"桂芳听罢，对何达说道："试往游玩一番。"经游其地，但见园墙崩塌，砌石斜欹，狐踪兔迹，交驰草径。桂芳叹道："昔人初置此园，岂期今日如是。"忽然何达说："适才失落一手帕，内有碎银几两，莫非在佛阁上，弟且少待，我去寻取便来。"言罢竟去。桂芳缓步行入竹林中，等久不来。忽有二女使从林外而入，见桂芳笑道："太守请你议事。"桂芳问道："你太守是谁？"女使道："君去便知。"桂芳忘却等候，遂随二女使而去。比及何达来寻桂芳，不知所在，四下搜寻，并无消息，日色又晚，何达忖道：莫非他等我不来，先自回舍去了？即抽身转驿舍来问。

当下桂芳被那女使引到一所在，但见明楼大屋，朱门绣户，却是一个官府第宅。堂上坐一仕宦，见桂芳来到，便下阶迎进堂上赐坐，甚加礼敬。桂芳再三谦逊，其官宦道："足下远来，不必固辞。老夫避居此处十数年矣，人迹不到。君今相遇，事非偶然。吾有女年长，尚未许人，欲觅一佳婿不得，今愿以奉君，幸勿见阻。"桂芳正不知如何答应。那仕宦便吩咐使女，备筵席与秀士今夕毕礼。桂芳惶惧辞让，群女引之入室，锦帐绣帏，金碧辉煌。一美人出与相揖，遂谐伉俪。桂芳欢悦得此佳偶，真乃奇遇。自后再不见太守的面，但终日与群妇人拥簇嬉戏而已。

比及何达走回驿舍中，问家人许一："曾见桂官人回来否？"许一道："桂官人与主人一同出城未转。"何达惊疑，只恐在林中被大虫所伤，过了一宵。次日再往寺中访问，并无知者。何达至晚只得怏怏转回驿舍。停候十数日，并没消息，与家人商议，收拾回家。那往日官司未息，何隆访得达归，问及施桂芳没有下落，即以何达谋死桂芳情由具状告于本司。有司拘根其事，何达无辞相抵，遂被监禁狱中。何隆怀仇欲报，乘此机会，要问何达偿命，衙门上下用了贿赂，急推勘其事。何达受刑不过，只得招成了谋害之事，有司叠成文案，该正大辟，解赴西京决狱。

时值包公为护国张娘娘进香，跑到西京玉妃庙还愿，事毕经过街道，望见前面一道怨气冲天而起，便问公牌："前面人头簇簇，有何事故？"公牌禀道："有司官今日在法场上决罪人。"包公忖道：内中必有冤枉之人。即差公牌报知，罪人且将审实，方许处决。公牌急忙回复，监斩官不敢开刀，随即带犯人来见包公。包公根勘之，何达悲咽不止，将前事诉了一遍。包公听了口词，又拘其家人问之，家人亦诉并无谋死情由，只不知桂官人下落，难以分解。包公怪疑，令将何达散监狱中，再候根勘。

次日，包公吩咐封了府门，扮作青衣秀士，只与军牌薛霸，何达家人许一，共三人，竟来古寺中访问其事。恰值二僧正在方丈闲坐，见三人进来，即便起身迎入坐定。僧人问："秀士何来？"包公答道："从四川到此，程途劳倦，特扰宝刹，借宿一宵，明日即行。"僧人道："恐铺盖不周，寄宿尽可。"于是，包公独行廊下，见一童子出来，便道："你领我四处游玩一遍，与你铜钱买果子吃。"童子见包公面色异样，笑道："今年春间，两个秀才来寺中游玩，失落了一个，足下今有几位来？"包公正待根究此事，听童子所言，遂赔小心问之，童子叙其根由，乃引出山门用手指道："前面那茂林内，常出妖怪迷人。那日一秀士入林中游行，不知所在，至今未知下落。"包公记在心中，就于寺内过了一宿。

次日同许一去林中行走，根究其事。但见四下荒寂，寒气侵人，没有一些动静。正疑惑间，忽听林中有笑声，包公冒荆棘而入，只见群女拥着一男子在石上作乐饮酒。包公近前叱呵之，群女皆走没了，只遗下施桂芳坐在林中石上，昏迷不醒人事，包公令薛霸、许一扶之而归。过了数日，桂芳口中吐出恶涎数升，如梦方醒，略省人事。包公乃开府衙坐入公案，命薛霸拘何隆一干人到阶下，审勘桂芳失落之由。桂芳遂将前情道知，言讫，呜咽不胜。包公道："吾若不亲到其地，焉知有此异事。"乃诘何隆道："汝未知人之生死，何妄告达谋杀桂芳？今桂芳尚在，汝当何罪？"何达泣诉道："隆因家业不明，连年结讼未决，致成深仇，特以此事欲置小人于死地。"包公信以为然。刑拷何隆，隆知情屈，遂一一招承。包公叠成文案，将何隆杖一百，发配沧州军，永不回乡；治下衙门官吏受何隆之贿赂，不明究其冤枉，诬令何达屈招者，俱革职役不恕；施桂芳、何达供明无罪，各放回家。

第五十九回 恶师误徒

话说人家教育子弟，择师为先，做先生的误了学生终身大事，真实可恨。东京有个姓张的先生，名字叫做大智，生来一字不通，只写得一本《百家姓》而已。那先生有一件好处，惯会谋人家好馆，处了三年五载，得了七两八贯，并不会教训一字，把学生大事误尽不顾，有个东家姓杨名梁，因见学生无成，死去告于包公台下：

告为恶师误徒事：易子而教，成人是望；夫子之患，在好为师。今某一丁不识，强谋人馆。束修争多，何曾立教；误子无成，杀人不啻。乞正斯文，重扶名教。上告。

包公看罢，大怒道："做先生的误了学生，其罪不小。"唤鬼卒速拿恶师张大智来。不多时，张大智到。

包公道："张大智，你如何误了人家学生？"张大智道："张某虽则不才，颇知教法，但凡教法要因人而施。学生生来下愚，叫做先生的也无可奈何。就是孔夫子有三千徒弟，哪里个个做得贤人！况做先生的就如做父母的一样，只要儿子好，哪里要儿子不好！还有一件，孔夫子说道：自行束脩以上，吾未尝无诲焉。又孟子说道：待先生如此，其忠且敬也。看来做主人家的也有难做处。因见杨某学生又蠢，礼数又疏，故未能造到大贤地位。"

包公道："杨梁你如何怠慢先生？"

杨梁道："因见先生不善教诲，故此怠慢他也须有的。"

张大智道："你见我不善教诲，何不辞了我另请别个？"

杨梁道："你见我怠慢你，何不辞了我到别家去？"二人折辩多时。

包公喝道："休得折辩，毕竟两家都有不是处。"张大智又补一诉词：

诉为诬师事：天因材笃焉，圣因人教哉。有朋自远方来，亦将有以利吾国乎？自行束脩以上，三月不知肉味。上大人容某禀告，化三千惟天可表。上诉。

包公看罢笑道："待我考试先生一番，就见主人家的意思。"遂出下一个题目来，先生就做，又一字不通。包公道："果然名不虚传，主人慢情该有的；先生误了学生，罪同谋财杀命。但主人家既请了那先生，虽则不通，合当礼待，以终其事，不可坏了斯文体面。今罚先生为牛，替主人家耕田，还了宿债；罚主人为猪，今生舍不得礼待先生，来生割肉与人吃。"批道：

审得：师有师道，黑漆灯笼如何照得；弟有弟道，废朽樗栎如何雕得；主有主道，一毛不拔如何成得。先生没教法，误了多少后生，罚牛非过；主人无道理，坏了天下斯文，做猪何辞。从此去劝先生，不要自家吃草；自今后语主人，勿得来世受屠。

批完，各杖去讫。

第六十回 兽公私媳

话说西吴有姓施名行庆者，欲与媳宋氏私通。一日其子得知，遂自缢而死。行庆大喜，哪晓得其媳宋氏因痛夫身亡，越发不肯与行庆私通。只其子有一美妾，日夜与之交欢，声闻合郡，人都称为灰池。他有二孙，年纪尚幼，遂用厚礼聘下绝大孙媳。孙未有十岁，孙媳倒有十六岁，便接过门，尽自己受用。宋氏因丑声著扬，不忿而死。未几，行庆亦被恶鬼拿去。行庆反出状告：

告为不孝事：妇德善事公姑为首，孝道承顺意旨为先。媳妇某骄悍异常，凶恶无比。欲求不遂，心事徒挂；反加恶名，致遭屈死。至亲宋存见证。孝义何在，合行严究。上告。

包以看罢，大怒道："儿媳不孝，当得何罪？"再拘宋氏来审。鬼卒拘得宋氏来，宋氏亦诉道：

诉为新台事：告不孝，妾不敢辞其名；叫灰池，人如何赏其号？与其扒灰，宁甘不孝。上诉。

包公看罢大怒道："原来有这样事！人非禽兽，恶得如此。施行庆，你怎么做出这样勾当，还告人不孝？"行庆再三抵赖。包公道："我也闻得你的灰号，如何抵赖？"宋氏又将家丑细说一番。包公道："宋存又是何人？"宋氏道："就是灰友了。"包公又叫拘宋存来。包公道："宋存，我一见你便有些厌气，如何又与他做见证？可恶，可恶！先将宋存割去舌头，省得满嘴胡言。"又吩咐鬼卒割去行庆阳物，把火丸放在他二人口里，肌肉皆烂，吹一口孽风，又为人身。包公遂批道：

审得：经有新台之耻，俗有扒灰之羞。施行庆何人？敢肆然为之，不顾礼义，毫无羞耻，真禽兽之不若矣，乃反出词告媳不孝耶？天下有宋氏之不孝，几不识孝道矣。更有宋存作证，甚是无礼。此事何事，此人何人，而硬帮相证乎？且余又何等衙门，辄敢如此，特加重罚以儆。

批完道："施、宋二老，俱发去为龟；宋氏守节致死，来生做一卜龟先生，把二人的肚皮日夜火炙以报之。"各去。

第六十一回 狮儿巷

话说潮州潮水县孝廉坊铁邱村有一秀士，姓袁名文正，幼习儒业，妻张氏，美貌而贤，生个儿子已有三岁。袁秀才听得东京将开南省，与妻子商议要去赴试。张氏道："家中贫寒，儿子又小，君苦去后，教妾靠着谁人？"袁秀才答道："十年灯窗之苦，指望一举成名。既贤妻在家无靠，不如收拾同行。"两个路上晓行夜住，不一日到了东京城，投在王婆店中歇下，过了一宿。次日，袁秀才梳洗饭罢，同妻子入城玩景，忽一声喝道前来，夫妻二人急躲在一边，看那马上坐着一位贵侯，不是别人，乃是曹国舅二皇亲。国舅马上看见张氏美貌非常，便动了心，着军牌请那秀才到府中说话。袁秀才闻得是国舅。哪里敢推辞，便同妻子入得曹府来，国舅亲自出迎，叙礼而坐，动问来历。袁秀才告知赴试的事。国舅大喜，先令使女引张氏入后堂相待去了。却令左右抬过齐整筵席，亲劝袁秀才饮得酩酊大醉，密令左右扶向僻处用麻绳绞死，把那三岁孩儿亦打死了。可怜袁秀才满腹经纶未展，已作南柯一梦。比及张氏出来要同丈夫转店，国舅道："袁秀才饮已过醉，扶入房中睡去。"张氏心慌，不肯出府，欲待丈夫醒来。挨近黄昏，国舅令使女说与她知："说她丈夫已死的事，且劝她与我为夫人。"使女通知其事，张氏号啕大哭，要寻死路。国舅见她不从，令监在深房内，命使女劝谕不题。

且说包公到边庭赏劳三军，回朝复命已毕，即便回府。行过石桥边，忽马前起一阵狂风，旋绕不散。包公忖道："此必有冤枉事。"便差手下王兴、李吉随此狂风跟去，看其下落。王、李二人领命，随风前来，那阵风直从曹国舅高衙中落下。两个公牌仰头看时，四边高墙，中间门上大书数字道："有人看者，割去眼睛，用手指者，砍去一掌。"两公牌一吓，回禀包公，公怒道："彼又不是皇上宫殿，敢如此乱道！"遂亲自来看，果然是一座高院门，正不知是谁家贵宅。乃令军牌问一老人，老人禀道："是皇亲曹国舅之府。"包公道："便是皇亲亦无此高大，彼只是一个国舅，起甚这样府院。"老人叹了一声气道："大人不问，小老哪里敢说。他的权势比当今皇上的还胜，有犯在他手里的，便是铁枷；人家妇女生得美貌，便拿去奸占，不从者便打死，不知害死几多人命。近日府中因害得人多，白日里出怪，国舅住不得，今阖府移往他处去了。"包公听了，遂赏老人而去。回衙即令王兴、李吉近前，勾取马前旋风鬼来证状。二人出门，思量无计，到晚间乃于曹府门首高叫："冤鬼到包爷衙内去。"忽一阵风起，一冤魂手抱三岁孩儿，随公牌来见包公。包公见其披头散发，满身是血，将赴试被曹府谋死，弃尸在后花园井中的事，从头诉了一遍。包公又问："既汝妻在，何不令她来告状？"文正道："妻子被他带去郑州三个月，如何能够得见相公？"包公道："汝且去，我与你准理。"说罢，依前化一阵风而去。次日升厅，集公牌吩咐道："昨夜冤魂说，曹府后花园井里藏得有千两黄金，有人肯下去取来，分其一半。"王、李二公差回禀愿去。吊下井中，二人摸着一死尸，十分惊怕，回衙禀知包公。包公道："我不信，就是尸身亦捞起来看。"二人复又吊下井去。取得尸身起来，抬入开封府衙。

包公令将尸放于东廊下，便问牌军曹国舅移居何处，牌军答道："今移在狮儿巷内。"即令张千、李万备了羊酒，前去作贺他。包公到得曹府，大国舅在朝未回，其母郡太夫人大怒，怪着包公不当贺礼。包公被夫人所辱，正转府，恰遇大国舅回来，见包公，下马叙问良久，因道知来贺被夫人羞叱。大国舅赔小心道："休怪。"二人相别。国舅到府烦恼，对郡太夫人道："适间包大人遇见儿子道，来贺夫人，被夫人羞辱而去。今二弟做下逆理之事，倘被他知之，一命难保。"夫人笑道："我女儿现为正宫皇后，怕他怎么？"国舅道："今皇上若有过犯，他且不怕，怕甚皇后？不如写书与二弟，叫他将秀才之妻谋死，方绝后患。"夫人依言，遂写书一封，差人送到郑州。二国舅看罢也没奈何，只得用酒灌醉张娘子，正待持刀入房要杀，看她容貌不忍下手，又出房来，遇见院子张公，道知前情。张公道："国舅若杀之于此，则冤魂不散，又来作怪。我后化园有口古井，深不见底，莫若推于井中，岂不干净。"国舅大喜，遂赏张公花银十两，令他缚了张氏，抬到园来。那张公有心要救张娘子，只待她醒来，不一时张氏醒来，哭告其情，张公亦哀怜之，密开了后门，将十两花银与张娘子作路费，教她直上东京包大人那里去告状。张氏拜谢出门，她是个闺中妇女，独自如何到得东京？悲哀怨气感动了太白金星，化作一个老翁，直引她到东京，化阵清风而去。张氏惊疑，抬起头望时，正是旧日王婆店门首，入去投宿。王婆认得，诉出前情，王婆亦为之下泪，乃道："今日五更，包大人去行香，待他回来，可截马头告状。"张氏请人写了状子完备，走出街来，正遇见一官到，去拦住马头叫屈。哪知这一位官不是包大人，却是大国舅，见了状子大惊，就问她一个冲马头的罪，登时用棍将张氏打昏了，搜检身上有银十两，亦夺得去，将尸身丢在僻巷里。王婆听得消息忙来看时，气尚未绝，连忙抱回店中救醒。过二三日，探听包大人在门首过，张氏跪截马头叫屈。包公接状，便令公差领张氏入府中去廊下认尸，果是其夫。又拘店主人王婆来问，审勘明白，令张氏入后堂，发放王婆回店。包公思忖：先捉大国舅再作理会，即诈病不起。

上闻公病，与群臣议往视之，曹国舅启奏："待微臣先往，陛下再去未迟。"上允奏。次日报入包府中，包公吩咐齐备，适国舅到府前下轿。包公出府迎入后堂坐定，叙慰良久，便令抬酒来，饮至半酣，包公起身道："国舅，下官前日接一纸状，有人告说丈夫、儿子被人打死，妻室被人谋了，后其妻子逃至东京，又被仇家打死，幸得王婆救醒，复在我手里又告，已准她的状子，正待请国舅商议，不知那官人姓甚名谁？"国舅听罢，毛发悚然。张氏从屏风后走出，哭指道："打死妾身正是此人。"国舅喝道："无故赖人，该得何罪？"包公大怒，令军牌捉下，去了衣冠。用长枷监于牢中。

包公恐走漏消息，闭上了门，将随带来之人尽行拿下。思忖捉二国舅之计，遂写下假家书一封，已搜出大国舅身上图书，用朱印讫，差人星夜到郑州，道知郡太夫人病重，急速回来。二国舅见书认得兄长图书，即忙转回东京，未到府遇见包公，请入府中叙话。酒饮三杯，国舅起身道："家兄有书来，说道郡太病重，尚容另日领教。"忽厅后走出张氏，跪下哭诉前情，国舅一见张氏，面如土色。包公便令捉下，枷入牢中。

从人报知郡太夫人，夫人大惊，急来见曹娘娘说知其事。曹皇后奏知仁宗、仁宗亦不准理。皇后心慌，私出宫门来到开封府与二国舅说方便。包公道："国舅已犯大罪，娘娘私出宫门，明日为臣见圣上奏知。"皇后无语，只得复回宫府。次日，郡太夫人奏于仁宗，仁宗无奈，遣众大臣到开封府劝和。包公预知其来，吩咐军牌出示：彼各自有衙门，今日但入府者便与国舅同罪。众大臣闻知，哪个敢入府来？上知包公决不容情，怎奈郡太夫人在金殿哀奏，皇上只得御驾亲到开封府，包公近前接驾，将玉带连咬三口奏道："今又非祭天地劝农之日，圣上胡乱出朝，主天下有三年大旱。"仁宗道："朕此来端为二皇亲之故，万事看朕分上恕了他罢！"包公道："既陛下要救二皇亲，一道赦文足矣，何劳御驾亲临？今二国舅罪恶贯盈，若不依臣启奏判理，情愿纳还官诰归农。"仁宗回驾。包公令牢中押出二国舅赴法场处决。郡在夫人得知，复入朝哀恳圣上降赦书救二国舅。皇上允奏，即颂赦文，遣使臣到法场，包公跪听宣读，只赦东京罪人及二皇亲，包公道："都是皇上百姓犯罪，偏不赦天下，却只赦东京！"先把二国舅斩讫，大国舅等待午时开刀。郡太夫人听报斩了二国舅，忙来哭奏皇上。王丞相奏道："陛下须通行颁赦天下，方可保大国舅。”皇上允奏，即草诏颁行天下，不论犯罪轻重，一齐赦宥。包公闻赦各处，乃当场开了大国舅长枷，放回府中，见了郡太夫人，相抱而哭。国舅道：“不肖深辱父母，今在死中复生，想母亲自有人侍奉，为儿情愿纳还官诰，入山修行。”郡太夫人劝留不住。后来曹国舅得遇真人点化，入了仙班，此是后话不提。

却说包公判明此段公案，令将袁文正尸首葬于南山之阳。库中给银三十两。赐与张氏，发回本乡。是时遇赦之家无不称颂包公仁德。包公此举，杀一国舅而文正之冤得伸，赦了一国舅而天下罪囚皆释，真能以迅雷沛甘霖之泽者也。

第六十二回 桑林镇

话说包公自赈济饥民，离任赴京来到桑林镇宿歇。吩咐道："我借东岳庙歇马三朝，地方倘有不平之事，许来告首。"忽有一个住破窑婆子闻知，走来告状。包公见那婆子两目昏花，衣服垢恶，便问："汝是何人，要告什么不平事？"那婆子连连骂道："说起我名，便该死罪。"包公笑问其由。婆子道："我的屈情事，除非是真包公方断得，恐你不是真的。"包公道："你如何认得是真包公，假包公？"婆子道："我眼看不见，要摸颈后有个肉块的，方是真包公，那时方伸得我的冤。"包公道："任你来摸。"那婆子走近前，抱住包公头伸手摸来，果有肉块，知是真的，在脸上打两个巴掌，左右公差皆失色。包公也不嗔怒她，便问婆子："有何事？你且说来。"那婆子道："此事只好你我二人知之，须要遣去左右公差方才好说。"包公即屏去左右。婆子知前后无人，放声大哭道："我家是亳州亳水县人，父亲姓李名宗华，曾为节度使，上无男子，单生我一女流。只因难养，年十三岁就入太清宫修行，尊为金冠道姑。一日，真宗皇帝到宫行香，见吾美丽，纳为偏妃，太平二年三月初三日生下小储君。是时南宫刘妃亦生一女，只因六宫大使郭槐作弊，将女儿来换我小储君而去，老身气闷在地，不觉误死女儿，被囚于冷宫。当得张院子知此事冤屈，六月初三日见太子游赏内苑，略说起情由，被郭大使报与刘后得知，用绢绞死了张院子，杀他一十八口。直待真宗晏驾，我儿接位，颁赦冷宫罪人，我方得出，只得来桑林镇觅食，万望奏于主上，伸妾之冤，使我母子相认。"包公道："娘娘生下太子时，有何留记为验？"婆子道："生下太子之时，两手不直，一宫人挽开看时，左手有山河二字，右手有社稷二字。"包公听了，即扶婆子坐于椅上跪拜道："望乞娘娘恕罪。"令取过锦衣换了，带回东京。

及包公朝见仁宗，多有功绩，奏道："臣蒙诏而回，路逢一道士连哭了三日三夜。臣问其所哭之由，彼道：'山河社稷倒了。'臣怪而问之：'为甚山河社稷倒了？'道士道：'当今无真天子，故此山河社稷倒了'。"上笑道："那道士诳言之甚。朕左手有山河二字，右手有社稷二字，如何不是真天子？"包公奏道："望我主把与小臣看明，又有所议。"仁宗即开手与包公及众臣视之，果然不差。包公叩头奏道："真命天子，可惜只做了草头王。"文武听了皆失色。上微怒道："我太祖皇帝仁义而得天下，传至寡人，自来无愆，何谓是草头王？"包公奏道："既陛下为嫡派之真主,如何不知亲生母所在?”上道:“朝阳殿刘皇后便是寡人亲生母。”包公又奏道:“臣已访知,陛下嫡母在桑林镇觅食。倘若圣上不信,但问两班文武便有知者。”上问群臣道:“包文拯所言可疑,朕果有此事乎?”王丞相奏道:“此陛下内事,除非是问六宫大使郭槐,可知端的。”上即宣过郭大使问之。大使道:“刘娘娘乃陛下嫡母,何用问焉!此乃包公妄生事端,欺罔我主。”上怒甚,要将包公押出市曹斩首。王丞相又奏:“文拯此情,内中必有缘故,望陛下将郭大使发下西台御史处勘问明白。”上允其奏,着御史王材根究其事。

当时刘后恐泄漏事情,密与徐监宫商议,将金宝买嘱王御史方便。不想王御史是个赃官,见徐监宫送来许多金宝,遂欢喜受了,放下郭大使,整酒款待徐监宫。正饮酒间,忽一黑脸汉撞入门来。王御史问是谁人,黑脸汉道:“我是三十六宫四十五院都节史,今日年节,特来大人处讨些节仪。”王御史吩咐门子与他十贯钱,赏以三碗酒。那黑汉吃了三碗酒,醉倒在阶前叫屈。人问其故,那醉汉道:“天子不认亲娘是大屈,官府贪赃受贿是小屈。”王御史听得,喝道:“天子不认亲娘,干你甚事?”令左右将黑汉吊起在衙里,左右正吊间,人报南衙包丞相来到。王材慌忙令郭大使复入牢中坐着,即出来迎接,不见包公,只有从人在外。王御史因问:“包大人何在?”董超答道:“大人言在王相公府里议事,我等特来伺候。”王御史惊疑。董超等一齐入内,见吊起者正是包公,董超众人一齐向前解了。包公发怒,令拿过王御史跪下,就府中搜出珍珠三斗,金银各十锭。包公道:“你乃枉法赃官,当正典刑。”即令推出市曹斩首示众。

当下徐监宫已从后门走回宫中去。包公以其财物具奏天子,仁宗见赃证,沉吟不决,乃问:“此金宝谁人进用的?”包公奏道:“臣访得是刘娘娘宫中使唤徐监宫送去。”仁宗乃宣徐监宫问之,徐监宫难以隐瞒,只得当殿招认,是刘娘娘所遣。仁宗闻知,龙颜大怒道:“既是我亲母,何用私赂买嘱?其中必有缘故?”乃下敕发配徐监宫边远充军,着令包公拷问郭大使根由。包公领旨,回转南衙,将郭大使严刑究问,郭槐苦不肯招,令押入牢中监禁。唤董超、薛霸二人吩咐道:“汝二人如此如此,查出郭槐事因,自有重赏。”二人径入牢中,私开了郭槐枷锁,拿过一瓶好酒与之共饮,因密嘱道:“刘娘娘传旨着你不要招认,事得脱后,自有重报。”郭大使不知是计,饮得酒醉了乃道:“你二牌军善施方便,待回宫见刘娘娘说你二人之功,亦有重用。”董超觑透其机。引入内牢,重用刑拷勘道:“郭大使,你分明知其情弊,好好招承,免受苦楚。”郭槐受苦难禁,只得将前情供招明白。

次日,董、薛两人呈知包公,包公大喜,执郭槐供状启奏仁宗。仁宗看罢,召郭槐当殿审之。槐又奏道:“臣受苦难禁,只得胡乱招承,岂有此事。”仁宗以此事顾问包公道:“此事难理。”包公奏道:“陛下再将郭槐吊在张家园内,自有明白处。”上依奏,押出郭槐前去。包公预装下神机,先着董超、薛霸去张家园,将郭槐吊起审问。将近三更时候，包公祷告天地，忽然天昏地黑，星月无光，一阵狂风过处，已把郭槐捉将去。郭槐开目视之，见两边排下鬼兵，上面坐的是阎罗天子。王问："张家一十八口当灭么？"旁边走过判官近前奏道："张家当灭。"王又问："郭槐当灭否？"判官奏道："郭大使尚有六年旺气。"郭槐闻说，叫声："大王，若解得这场大事，我与刘娘娘说知，作无边功果致谢大王。"阎王道："你将刘娘娘当初事情说得明白，我便饶你罪过。"郭槐一一诉出前情。左右录写得明白，皇上亲自听闻，乃喝道："奸贼！今日还赖得过么？朕是真天子，非阎王也，判官乃包卿也。"郭槐吓得哑口无言，低着头只请快死而已。

上命整驾回殿，天色渐明，文武齐集，天子即命排整銮驾，迎接李娘娘到殿上相见。帝母二人悲喜交集，文武庆贺，乃令宫娥送入养老宫去讫。仁宗要将刘娘娘受油锅之刑以泄其忿。包公奏道："王法无斩天子之剑，亦无煎皇后之锅。我主若要她死，着人将丈二白丝帕绞死，送入后花园中；郭槐当落鼎镬之刑。"仁宗允奏，遂依包公决断。真可谓亘古一大奇事。

第六十三回　斗粟三升米

话说河南开封府陈州管下商水县,有一人姓梅名敬,少入郡庠,家道殷实,父母俱庆,只鲜兄弟。娶邻邑西华县姜氏为妻,后父母双亡,服满赴试,屡科不第,乃谓其妻道:“吾幼习儒业,将欲显祖耀宗,荣妻荫子,为天地间一伟人。奈何苍天不遂吾愿,使二亲不及见我成立大志已没,诚天地间一罪人也。今辗转寻思,常忆古人有言,若要腰缠十万贯,除非骑鹤上扬州。意欲弃儒就商,遨游四海,以伸其志,岂肯屈守田园,甘老丘林。不知贤妻意下如何?”姜氏道:“妾闻古人有云,在家从父,出嫁从夫。君既有志为商,妾当听从。但愿君此去以千金之躯为重,保全父母遗体,休贪路柳墙花。若得稍获微利,即当快整归鞭。”梅敬听得妻言有理,遂收置货物,径往四川成都经商,姜氏饯别而去。

梅敬一去六载未回,一日忽怀归计,遂收拾财物,竟入诸葛武侯庙中祈签。当祷祝已毕,求得一签云:

逢崖切莫宿,逢汤切莫浴。
斗粟三升米,解却一身曲。

梅敬祈得此签,茫然不晓其意,只得起程而回。这一日舟子将船泊于大崖之下,梅敬忽然想起签中“缝崖切莫宿”之句,遂自省悟,即令舟子移船别处,方移船时,大崖忽然崩下,陷了无限之物。

梅敬心下大惊,方信签中之言有验。一路无碍至家,姜氏接入堂上,再尽夫妇之礼,略叙离别之情。时天色已晚,是夜昏黑无光。一时间姜氏烧汤水一盆,谓梅敬道:“贤夫路途劳苦,请去洗澡,方好歇息。”梅敬听了妻言,又大省悟,神签道“逢汤切莫浴”,遂乃推故对妻道:“我今日偶不喜浴,不劳贤妻候问。”姜氏见夫言如此,遂不催促,即自去洗澡。姜氏正浴间,不防有一人预匿房中,将利枪从腹中一戮,可怜姜氏姣姿秀美,化作南柯一梦。其人溜躲房外去了。

梅敬在外等候,见姜氏多久不出,执灯入往浴房唤之,方知被杀在地,哭得几次昏迷。次日正欲具状告理,又不知是何人所杀。却有街坊邻舍知之,忙往开封府首告梅敬无故自杀其妻。

包公看了状词，即拘梅敬审勘。梅敬遂以祈签之事告知。包公自思：梅敬才回，决无自杀其妻的理。乃对梅敬道："你出六年不回，汝妻美貌，必有奸夫，想是奸夫起情造意要谋杀汝，汝因悟神签的话，故得脱免其祸。今详观神签中语云：'斗粟三升米。'吾想官斗十升只得米三升，更有七升是糠无疑。莫非这奸夫就是康七么？"梅敬道："生员对邻果有一人名唤康七。"包公即令左右拘唤来审，康七亦不推赖，叩头供状道："小人因见姜氏美貌，不合故起谋心，本意欲杀其夫，不知误伤其妻。相公明见万里，小人情愿伏罪。"

包公押了供状，遂断其偿命，即令典刑。远近人人叹服。

第六十四回 聿姓走东边

话说东京管下袁州有一个姓张名迟者，与弟张汉共堂居住。张迟娶妻周氏，生一子周岁。适周母有疾，着安童来报其女。周氏闻知母病，与夫商议要回家看母，过数日方与收拾回去。比及周氏到得母家，母病已痊，留住一月有余。忽张迟有故人潘某在临安为县吏，遣仆相请。张迟接得故人来书，次日先打发仆回报，许来相会。潘仆去后，迟与弟商议道："临安县潘故人书来相请，我已许约而去，家下要人看理，汝当代我前往周家说知，就同嫂嫂回来。"弟应诺。

次日，张汉径出门来到周家，见了嫂嫂道知："兄将远行，特命我来接嫂嫂回家。"周氏乃是贤惠妇人，甚是敬叔，吩咐备酒相待。张汉饮至数杯，乃道："路途颇远，须趁早起身。"周氏遂辞别父母，随叔步行而回。行到高岭上，乃五月天气，日色酷热，周氏手里又抱着小孩儿，极是困苦难行，乃对叔道："日正当午，望家里不远，且在林子内略坐片时，少避暑气再行。"张汉道："既是行得烦难，少坐一时也好，不如先抱侄儿与我先去回报，令觅轿夫来接。"周氏道："如此恰好。"即将孩儿与叔抱回来，正值兄在门首候望，汉说与兄知："嫂行不得，须待人接。"迟即雇二轿夫前至半岭上，寻那妇人不见。轿夫回报，张迟大惊，同弟复来其坐息处寻之，不见。其弟亦疑谓兄道："莫非嫂嫂有甚物事忘在母家，偶然记起，回转去取。兄再往周家看问一番。"迟然其言，径来周家问时，皆云："自出门后已半日矣，哪曾见她转来？"张愈慌了，再来与弟穿林摸岭遍寻。寻到一幽僻处，见其妻死于林中，且无首矣。张迟哀哭不止。当日即与弟雇人抬尸，用棺木盛贮了。次日，周氏母家得知此事，其兄周立极是个好讼之人，即扭张汉赴告于曹都宪，皆称张汉欲奸，嫂氏不从，恐回说知，故杀之以灭口。曹信其然，用严刑拷打，张汉终不肯诬服。曹令都官根究妇人首级，都官着人到岭上寻觅首级不得，便密地开一妇人坟墓，取出尸断其首级回报。曹再审勘，张汉如何肯招，受不过严刑，只得诬服，认做谋杀之情，监系狱中候决。

将近半年，正遇包大人巡审东京罪人，看及张汉一案，便唤张犯厅前问之。张诉前情，包公疑之：当日彼夫寻觅其妇首级未有，待过数日，都官寻觅便有，此事可疑。令散监张汉于狱中。遂唤张龙、薛霸二公牌吩咐道："你二人前往南街头寻个卜卦人来。"适寻得张术士到。包公道："令汝代推占一事，须虔诚祷之。"

术士道："大人所占何事，敢问主意？"包公道："你只管推占，主意自在我心。"推出一"天山遁"卦，报与包公道："大人占得此卦，遁者，匿也，是问个幽阴之事。"包公道："卦辞如何？"术士道："卦辞意义渊深难明，须大人自测之。"其辞云：

遇卦天山遁，此义由君问。
聿姓走东边，糠口米休论。

包公看了卦辞，沉吟半晌，正不知如何解说，便令取官米一斗给赏术士而去。唤过六房吏司，包公问道："此外有糠口地名否？"众人皆答无此地名。

包公退入后堂，秉烛而坐，思忖其事，忽然悟来。

次日升堂，唤过张、薛二公牌，拘得张迟邻人萧某来到，密吩咐道："汝带二公人前到建康地方旅邸之间，限三日内要缉访张家事情来报。"萧某以事干系情重，难以缉访，虑有违限的罪，欲待推辞，见包公有怒色，只得随二公人出了府衙。一路访问张家杀死妇人情由，并无下落。

正行到建康旅邸，欲炊晌午，店里坐着两个客商，领一个年少妇人在厨下炊火造饭，二客困倦，随身卧于床上。萧某悄视那妇人，面孔相熟，妇人见萧某亦觉相识，二人看视良久。那妇人愁眉不展，近前见萧某问道："长者从哪里来？"萧某答道："我萍乡人氏姓萧者便是。"女人闻之是与夫同乡，便问："长者所居曾识张某否？"萧某大惊道："好似我乡里周娘子！"周氏潸然泪下道："妾正是张迟妻也。"萧乃道知张汉为汝诬服在狱之故。周氏泣道："冤哉！当日叔叔先抱孩儿回去，妾坐于林中候之。忽遇二客商挑着箬笼上山来，见妾独自坐着，四顾无人，即拔出利刀，逼我脱下衣服并鞋，妾惧怕，没奈何遂依他脱下。

那二客商遂于笼中唤出一妇人，将妾衣并鞋与那妇人穿着，断取其头置笼中，抛其身子于林里，拿我入笼中，负担而行。沿途乞觅钱钞，受苦万端。今遇乡里，恰似青天开眼，望垂怜恤，报知吾夫急来救妾。"言罢，悲咽不止。萧某听了道："今日包爷正因张汉狱事不明，特差我领公牌来此缉访，不想相遇。待我说与公牌知之，便送娘子回去。"周氏收泪进入里面，安顿那二客商。萧某来见二公牌，午饭正熟，萧某以其情说与二人知之。张、薛二人午饭罢，抢入店里面，正值二客与周氏亦在用饭。二公牌道："包公有牌来拘你，可速去。"二客听说一声包爷，神魂惊散，走动不得，被二公牌绑缚了，连妇人直带回府衙报知。

包公不胜大喜，即唤张迟来问，迟到衙会见其妻，相抱而哭。包公再审，周氏逐一告明前事，二客不能抵讳，只得招认。包公令取长枷监禁狱中，叠成案卷。包公以张汉之枉明白，再勘问都官得妇人首级情由，都官不能隐瞒，亦供招出。审实一干罪犯监候，具疏奏达朝廷，不数日，仁宗旨下：二客谋杀惨酷，即问处决；原问狱官曹都宪并吏司决断不明，诬服冤枉，皆罢职为民；其客商赀帛赏赐邻人萧某；释放张汉；周氏仍归夫家；周立问诬告之罪，决配远方；都官盗开尸棺取妇人头，亦处死罪。事毕，众书吏叩问包公，缘何占卜遂知此事？包公道："阴阳之数，报应不差。卦辞前二句乃是助语，第三句'聿姓走东边'，天下岂有姓聿者？犹如聿字加一走之，却不是个建字！'糠口米休论'，必为糠口是个地名，及问之，又无此地名，想是糠字去了米，只是个单康字。离城九十里有建康驿名，那建康是往来冲要之所，客商并集，我亦疑此妇人被人带走，故命彼邻里有相识者往访之，当有下落。果然不出吾之所料。"众吏叩服包公神见。

第六十五回 地窨

话说河南汝宁府上蔡县，有巨富长者姓金名彦龙，娶周氏，生有一子，名唤金本荣，年二十五岁，娶妻江玉梅，年将二十，姣容美貌。忽一日，金本荣在长街市上算命，道有一百日血光之灾，除非是出路躲避方可免得。本荣自思：有契兄袁士扶在河南府洛阳经营，不若到他那里躲灾避难，二来到彼处经营。回家与父母说知其故。金彦龙曰："既如此，我有玉连环一双，珍珠百颗，把与孩儿拿去哥哥家货卖，值价一十万贯。"金本荣听了父言，即便领诺。正话间，旁边走出媳妇江玉梅向前禀道："公婆在上，丈夫在家终日只是饮酒，若带着许多金宝前去，诚恐路途有失，怎生放心叫他自去？妾想如今太平时节，媳妇与丈夫同去。"金彦龙道："吾亦虑他好酒误事，若得媳妇同去最好。今日是个吉日，便可收拾起程。"即将珍珠、玉连环付与本荣，吩咐过了百日之后，便可回家，不可远游在外，使父母挂心。金本荣应诺，辞别父母离家，夫妇同行。至晚，寻入酒店，略略杯酌。正饮之间，只见一个全真先生走入店来，那先生看着金本荣夫妇道："贫道来此抄化一斋。"本荣平生敬奉玄帝，一心好道，便道："先生请坐同饮。"先生道："金本荣，你夫妇二人何往？"本荣大惊道："先生所言，吾与你素不相识，何以知吾姓名？"先生道："贫道久得真人传授，吉凶靡所不知，今观汝二人气色，目下必有大灾，切宜谨慎。"本荣道："某等凡人，有眼无珠，不知趋避之方；况兼家有父母在堂。先生既知休咎，望乞怜而救之。"先生道："贫道观汝夫妇行善已久，岂忍坐视不救。今赐汝两丸丹药，二人各服一丸，自然免除灾难；但汝身边宝物牢匿在身。如汝有难，可奔山中来寻雪涧师父。"道罢相别。

本荣在路夜宿晓行，不一日将近洛阳县。忽听得往来人等纷纷传说，西夏国王赵元昊兴兵犯界，居民各自逃生。本荣听了传说之言，思了半晌，乃谓其妻江玉梅道："某在家中交结个朋友，唤做李中立，此人在开封府郑州管下汜水县居住，他前岁来我县做买卖时，我曾多有恩于他，今既如此，不免去投奔他。"江玉梅从其言。本荣遂问了乡民路径，与妻直到李中立门首，先托人报知。李中立闻言，即忙出迎本荣夫妇入内，相见已毕，茶罢，中立问其来由。本荣既告以因算命同来躲灾之事，承父将珍珠、玉连环往洛阳经商，因闻西夏欲兴兵犯境，特来投奔兄弟。中立听了，细观本荣之妻生得美貌，心下生计，遂对本荣道："洛阳与本处同是东京管下，西夏国若有兵犯界，则我本处亦不能免。小弟本处有个地窨子，倘贼来时，只从地窨中躲避，管取太平无事。贤兄放心且住几时。”便叫家中置酒相待，又唤当值李四去接邻人王婆来家陪侍。李四领诺去了，移时王婆就来相见，请江玉梅到后堂，与李中立妻子款待已毕，至晚，收拾一间房子与他夫妻安歇。

过了数日，李中立见财色起心，暗地密唤李四吩咐道："吾去上蔡县做买卖时，被金本荣将本钱尽赖了去。今日来到我家，他身边有珍珠百颗，玉连环一对，你今替我报仇，可将此人引至无人处杀死，务要刀上有血，将此珠玉之物并头上头巾前来为证，我即养你一世，决不虚言。"李四见说，喜不自胜，二人商议已定。次日，李中立对金本荣道："吾有一所小庄，庄内有一窨在彼，贤兄可去一看。"本荣不知是计，遂应声道："贤弟既有庄所，吾即与李四同往一观。"当日乃与李四同去。原来金本荣宝物日夜随身。二人走到无人烟之处，李四腰间拔出利刀道："小人奉家主之命，说你在上蔡县时曾赖了他本钱，今日来到此处，叫我杀了你。并不干我的事，你休得埋怨于我。"遂执刀向前来杀，本荣见了，吓得魂飞天外，连忙跪在地下苦苦哀告道："李四哥听禀：他在上蔡时，我多有恩于他，他今日见我妻美貌，恩将仇报，图财害命，谋夫占妻，生此冤惨。乞怜我有七旬父母无人侍养，饶我残生，阴功莫大。"李四听了说道："只是我奉主命就要宝物回去。且问汝宝物现在何处？"本荣道："宝物随身在此，任君拿去，乞放残生。"李四见了宝物又道："吾闻图人财者，不害其命；今已有宝物，更要取你头巾为证，又要刀上见血迹方可回报，不然，吾亦难做人情。"本荣道："此事容易。"遂将头巾脱下，又咬破舌尖，喷血刀上。李四道："我今饶你性命，你可急往别处去躲。"本荣道："吾得性命，自当远离。"即拜辞而去。

当日李四得了宝物，急急回家与李中立交清楚。中立大喜，吩咐置酒，在后堂请嫂嫂江玉梅出来。玉梅见天色已晚，乃对中立道："叔叔令丈夫去看庄所，缘何此时不见回来？"李中立道："吾家亦颇富足，贤嫂与我成了夫妇，亦够快活一世，何必挂念丈夫？"玉梅道："妾丈夫现在，叔叔何得出此牛马之言？岂不自耻！"李中立见玉梅秀美，乃向前搂住求欢，玉梅大怒，将中立推开道："妾闻在家从父，出嫁从夫，妾夫又无弃妾之意，安肯伤风败俗，以污名节！"李中立道："汝丈夫今已被我杀死，若不信时，吾将物事拿来你看，以绝念头。"言罢，即将数物丢在地下道："娘子，你看这头巾，刀上有血，若不顺我时，想亦难免。"玉梅一见数物，哭倒在地。中立向前抱起道："嫂嫂不须烦恼，汝丈夫已死，吾与汝成了夫妇，谅亦不玷辱了你，何故执迷太甚！"言罢，情不能忍，又强欲求饮。玉梅自思：这贼将丈夫谋财杀命，又要谋我为妾，若不从，必遭其毒手。遂对中立道："妾有半年身孕，汝若要妾成夫妇，待妾分娩之后，再作区处；否则妾实甘一死，不愿与君为偶。"中立自思：分娩之后，谅不能逃。遂从其言。就唤王婆吩咐道："汝同这娘子往深林中山神庙边,我有一所空房在彼,你可将她藏在此处,等她分娩之后,不论男女,将来丢了,待满月时报我知道。"当日,王婆依言领江玉梅去了。

话分两头。且说本荣父亲金彦龙,在家思念儿子、媳妇不归,音信并无。彦龙乃与妻将家私封记,收拾金银,沿路来寻不题。不觉光阴似箭,日月如梭,江玉梅在山神庙中旁空房内住了数月,忽一日肚疼,生下一个男儿。王婆近前道:"此子只好丢在水中,恐李长者得知,连累老身。"玉梅再三哀告道:"念他父亲痛遭横祸,看此儿亦投三光出世,望乞垂怜,待他满月,丢了未迟。"王婆见江玉梅情有可矜,心亦怜之,只得依从。不觉又是满月,玉梅写了生年月日,放在孩儿身上,丢在山神庙候人抱去抚养,留其性命。遂与王婆抱至庙中,不料金彦龙夫妻正来这山神庙中问个吉凶,刚进庙来,却撞见江玉梅。公婆二人大惊,问其夫在何处,玉梅低声诉说前事,彦龙听了,苦不能忍,急急具状告理。

却值包公访察,缉知其事。次日,即差无情汉领了关文一道,径投郑州管下汜水县下了马,拘拿李中立起解到台。令左右将中立先责一百杖,暂且收监,未及审勘。王婆又欲充作证见,凭玉梅报谢。包公令金彦龙等在外伺候。且说金本荣,自离了汜水县,无处安身,径来山中撞见雪涧师父,留在庵中修行出家,不知父母妻子下落,心中忧愁不乐。忽一日,师父与金本荣道:"我今日教你去开封府抄化,有你亲眷在彼,你可小心在意,回来教我知道。"金本荣拜辞了师父,径投开封府来,遂得与父母妻子相见,同到府前。正值包公升堂,彦龙父子即将前事又哭告一番。包公即令狱中取出李中立等审勘,李中立不敢抵赖,一一供招,贪财谋命是实,强占伊妻是真。包公叫取长枷脚镣肘锁,送下死牢中去。将中立家财一半给赏李四,一半给赏王婆;追出宝物给还金本荣;李中立妻子发边远充军。闻者快心。

第六十六回 龙窟

话说东京离城里五里，地名湘潭村，有一人姓邱名惇，家业殷实，娶本处陈旺之女为妻。陈氏甚是美貌，却是个水性妇人，因见其夫敦重，甚不相乐。时镇西有个牙侩，姓汪名琦，生得清秀，是个风流浪子，常往来邱家，以契交兄弟情义待之。汪出入稔熟，常与陈氏交接言语。一日，汪琦来到邱家，陈氏不胜欢喜，延入房中坐定，对汪道："丈夫到庄上算田租，一时未还，难得今日你到此来，有句话当要对你说。且请坐着，待我到厨下便来。"汪琦正不知是何缘故，只得应诺，遂安坐等候。不多时陈氏整备得一席酒肴入房中来，与汪琦对饮。酒至半酣，那陈氏有心，向汪琦道："闻得叔叔未娶婶婶，夜来独眠，岂不孤单？"汪答道："小可命薄，姻缘迟缓，衾枕独眠，是所甘愿也。"陈氏笑道："叔叔休瞒我，男子汉无有妻室，度夜如年。适言甘愿，乃不得已之情，非实意也。"汪琦初则以朋友分上，尚不敢乱言，及被陈氏将言语调戏，不觉心动，说道："贤嫂既念小叔孤单，今日肯怜念我么？"陈氏道："我倒有心怜你，只恐叔叔无心恋我。"二人戏谑良久，彼此乘兴，遂成云雨之交。正是色胆大如天，两下意投之后，情意稠密，但遇邱不在家，汪某遂留宿于陈氏房中，邱惇全不知觉。

邱之家仆颇知其事，欲报知于主人，又恐主人见怒；若不说知，甚觉不平。忽值那日邱正在庄所与佃户算账，宿于其家。夜半，邱惇对家仆道："残秋天气，薄被生寒，未知家下亦若是否？"家仆答道："只亏主人在外孤寒，家下夜夜自暖。"邱惇怪而疑之，便问："你如何出此言语？"家仆初则不肯说，及至问得急切，乃直言主母与汪某往来交密之情。邱惇听此言，恨不得一时天晓。次日，回到家下，见陈氏面带春风，越疑其事。是夜，盘问汪某来往情由，陈氏故作遮掩模样道："你若不在家时，便闭上内外门户，哪曾有人来我家？却将此言诬我！"邱道："不要性急，日后自有端的。"那陈氏惧怕不语。

次日侵早，邱惇又往庄所去了。汪某进来见陈氏不乐，问其故，陈氏不隐，遂以丈夫知觉情由告知。汪某道："既如此，不须忧虑，从今我不来你家便无事了。"陈氏笑道："我道你是个有为丈夫，故有心从汝；原来是个没志量的人。我今既与你情密，须图终身之计，缘何就说开交的话？"汪某道："然则如之奈何？"陈氏道："必须谋杀吾夫，可图久远。"汪沉吟半晌，没有计较处，忽计从心上来，乃道:“娘子的有实愿,我谋害之计有了。”陈氏问:“何计?”汪道:“本处有一极高山巅上原有龙窟,每见烟雾自窟中出则必雨;若不雨必主旱伤。目下乡人于此祈祷,汝夫亦与此会,候待其往,自有处置的计。”陈氏喜道:“若完事后,其余我自有调度。”汪宿一夜而去。

次日,果是乡人鸣锣击鼓,径往山巅祈祷。邱惇亦与众人随登,汪琦就跟到窟前。不觉天色黄昏,众人祈祷毕先散去,独汪琦与邱惇在后,经过龙窟,汪戏道:“前面有龙露出爪来。”惇惊疑探看,被汪乘势一推,惇立脚不定,坠入窟中。当下汪某跑走回来,见陈氏说知其事。陈氏欢喜道:“想我今生原与你有缘。”自是汪某出入其家无忌,不顾人知。有亲戚问及邱某多时不见之故,陈氏掩讳,只告以出外未回。然其家仆见主人没下落,甚是忧疑,又陈氏与汪某成了夫妇,越是不忿,欲告首于官,根究其事。陈氏密闻之,遂将家仆逐赶出去。

后将近一月余,忽邱复归家。正值陈氏与汪某围炉饮酒,见自外入,汪大惊,疑其是鬼。抽身入房中取出利刀呵叱,逐之出门。悲咽无所往,行到街前,遇见家仆,遂抱住主人问其来由。将当日被汪推落窟中的事说了一遍。家仆哭道:“自主不回,我即致疑,及见主母与汪某成亲,想他必然谋害于你,待诉之官,根究主人下落,竟被他赶出。不意吉人天相,复得相见,当以此情告于开封府,以雪此冤。”依言,即具状赴开封府衙门。包公审问道:“既当日推落龙窟,焉得不死,复能归乎?”邱泣诉道:“正不知因何缘故。方推下的时节,窟旁皆茅苇,因傍茅苇而落,故得无伤。窟中甚黑,久而渐光,见一小蛇居中盘旋不动,窟中干燥,但有一勺之水清甚,掬其水饮之,不复饥渴。想着那蛇必是龙也,常乞此蛇庇佑,蛇亦不见相伤,每于窟中轻移旋绕,则蛇渐大,头角峥嵘,出窟而去,俄而雨下,如此六七日。一日,因攀登龙尾而上,至窟外则龙尾掉摇,坠于窟旁茅丛去了。因即归家,正见妻与汪琦同饮,被汪利刀赶逐而出。特来具告。”言讫不胜痛哭。

包公审实明白,即差公牌张龙、赵虎,到邱家捉拿汪琦、陈氏。是时汪琦正在疑惑此事,不提防邱某已再生回家,竟具状开封府,公牌拘到府衙对理。包公审问汪琦,琦诉道:“当时乡人祈祷,各自早散回家,邱至黄昏误落窟中,那有谋害之情?又其家紧密,往来有数,那有通奸之事?”此时汪某争辩不已,包公着令公牌去陈氏房中取得床上睡席来看,见有二人新睡痕迹。包公道:“既说彼家门户紧密,缘何有二人席痕?分明是你谋害,幸至不死,尚自抵赖!”即令严刑拷究,汪只得供招,将汪琦、陈氏皆定死罪;邱惇回家,见者欣喜。

第六十七回　善恶罔报

话说，“善有善报，恶有恶报，莫道无报，只分迟早。”这几句话是阴间法令，也是口头常谈；哪晓得这几句也有时信不得。东京有个姚汤，是三代积善之家，周人之急，济人之危，斋僧布施，修桥补路，种种善行，不一而足，人人都说，姚家必有好子孙在后头。西京有个赵伯仁，是宋家宗室，他倚了是金枝玉叶，谋人田地，占人妻子，种种恶端，不可胜数。人人都说，赵伯仁倚了宗亲横行无状，阳间虽没奈何他，阴司必有冥报。哪晓得姚家积善倒养出不肖子孙，家私、门户，弄得一个如汤泼雪；赵家行恶倒养出绝好子孙，科第不绝，家声大振。因此姚汤死得不服，告状于阴间。

告为报应不明事：善恶分途，报应异同；阳间糊涂，阴间电照；迟早不同，施受岂爽。今某素行问天，存心对日，泼遭不肖子孙，荡覆祖宗门户。降罚不明，乞台查究。上告。

包公看完道：“姚汤，怎的见你行善就屈了你？”

姚汤道：“我也曾周人之急，济人之危，也曾修过桥梁，也曾补过道路。”

包公道：“还有好处么？

”姚汤道：“还有说不尽处，大头脑不过这几件；只是赵伯仁作恶无比，不知何故子孙兴旺？”

包公道：“我晓得了，且带在一边。”再拘赵伯仁来审，不多时，鬼卒拘赵伯仁到。

包公道：“赵伯仁，你在阳世行得好事！如何敢来见我？”

赵伯仁道：“赵某在阳间不曾行善事，也是平常光景，亦不曾行甚恶事来！”包公道：“现有对证在此，休得抵赖。带姚汤过来。”

姚汤道：“赵伯仁，你占人田地是有的，谋人妻女是有的，如何不行恶？”

赵伯仁道：“并没有此事，除非是李家奴所为。”

包公道：“想必是了。人家常有家奴不好，主人是个进士，他就是个状元一般；主人是个仓官、驿丞，他就是个枢密宰相一般；狐假虎威，借势行恶，极不好的。快拘李家奴来!”不一时,李奴到。

包公问道:“李家奴,你如何在阳间行恶,连累主人有不善之名?”李奴终是心虚胆怯,见说实了,又且主人在面前,哪里还敢则声。

包公道:“不消究得了,是他做的一定无疑。”

赵伯仁道:“乞大人一究此奴,以为家人累主之戒。”

包公道:“我自有发落。”叫姚汤,“你说一生行得好事,其实不曾存得好心。你说周人、济人、修桥、补路等项,不过舍几文铜钱要买一个好名色,其实心割舍不得,暗里还要算计人,填补舍去的这项钱粮。正是暗室亏心,神目如电。大凡做好人只要心田为主;若不论心田;专论财帛,穷人没处积德了。心田若好,一文不舍,不害其为善;心田不好,日舍万文钱,不掩其为恶。你心田不好,怎教你子孙会学好?赵伯仁,你虽有不善的名色,其实本心存好,不过恶奴累了你的名头,因此你自家享尽富贵,子孙科第连芳。皇天报应,昭昭不爽。”

仍将李恶奴发下油锅,余二人各去。这一段议论,包公真正发人之所未发也。

第六十八回 寿夭不均

话说阴间有个注寿官，注定哪一年上死，准定要死的；注定不该死，就死还要活转来。又道阴骘可以延寿，人若在世上做得些好事，不免又在寿簿上添上几竖几画；人若在世上做得不好事，不免又在寿簿上去了几竖几画。若是这样说起来，信乎人的年数有寿夭不同，正因人生有善恶不同。

哪晓得这句话也有时信不得。山东有个冉道，持斋把素，一生常行好事，若损阴骘的，一无所为，人都叫他是个佛子；有个陈元，一生做尽不好事，夺人之财，食人之肝，人都唤他是个虎夜叉。依道理论起来，虎夜叉早死一日，人心畅快一日，佛子多活一日，人心欢喜一日。不期佛子倒活得不多年纪就夭亡了；虎夜叉倒活得九十余岁，得以无病善终。

人心自然不服了，因此那冉佛子死到阴司之中告道：

告为寿夭不均事：阴骘延寿，作恶夭亡；冥府有权，下民是望。今某某等为善夭，为恶寿。佛子速赴于黄泉，虽在生者不敢念佛；虎叉久活于人世，恐祝寿者尽皆效虎。漫云夭死是为脱胎，在生一日胜死千年。上告。

包公见状即问道："冉道，你怎么就怨到寿夭不均？"

冉道道："怨字不敢说，但是冉某平素好善，便要多活几年也不为过。恐怕阴司簿上偶然记差了，屈死了冉某也未可知。"

包公道："阴司不比阳间容易人人之罪，没人之善，况夫生死大事，怎么就好记差了！快唤善恶司并注寿官一齐查来。"

不多时，鬼使报道："他是口善心不善的。"

包公道："原来如此。"对冉道说："大凡人生在世，心田不好，持斋把素也是没用的；况如今阳间的人，偏是吃素的人心田愈毒。借了把素的名色，弄出拈枪的手段。俗语说得好，是个佛口蛇心。你这样人只好欺瞒世上有眼的瞎子，怎逃得阴司孽镜！你的罪比那不吃素的还重，如何还说不服早死？"

冉道说："冉某服罪了。但是陈元这样恶人，如何倒活得寿长？"包公即差鬼卒拘陈元对审。

陈元到了，包公道："且不要问陈元口词，只去善恶簿上查明就是。"不多时，鬼吏报道："不差，不差！"包公道："怎么反不差？"鬼吏道："他是三代积德之家。"包公道："原来如此。一代积善，犹将十世宥之，何况三代？但是阳世作恶，虽是多活几年，免不得死后受地狱之苦。"遂批道：

审得：冉道以念佛而夭亡，遂怨陈元以作恶而长寿。岂知善不善在心田，不在口舌；哪晓恶不恶论积累，不论一端。口里吃素便要得长寿，将茹荤者尽短命乎？一代积善，可延数世；彼小疵者，能不宥乎？佛在口而蛇在心，更加重罪；行其恶而长其年，难免冥苦。毋得混淆，速宜回避。

批完，二人首服而去。

第六十九回　三娘子

话说广东潮州府揭阳县有赵信者，与周义相交。义相约同往京中买布，先一日讨定张潮艄公船只，约次日黎明船上会。至期，赵信先到船，张潮见时值四更，路上无人，将船撑向深处去，将赵信推落水中而死，再撑船近岸，依然假睡。黎明，周义至，叫艄公，张潮方起。等至早饭过，不见赵信来。

周义乃令艄公去催，张潮到信家，连叫几声三娘子，方出开门，盖因早起造饭，夫去后复睡，故反起迟。潮因问信妻孙氏道："汝三官人昨约周官人来船，今周官人等候已久，三官人缘何不来？"

孙氏惊道："三官人出门甚早，如何尚未到船？"潮回报周义，义亦回去，与孙氏家遍寻四处，三日无踪。

义思：信与我约同买卖，人所共知，今不见下落，恐人归罪于我。因往县去首明，为急救人命事，外开干证艄公张潮，左右邻舍赵质、赵协及孙氏等。

知县朱一明准其状，拘一干人犯到官，先审孙氏称："夫已食早饭，带银出外，后事不知。"次审艄公，张潮道："前日周、赵二人同来讨船是的。次日，天未明，只周义到，赵信并未到，附帮数十船俱可证。及周义令我去催，我叫'三娘子'，彼方睡起，初开大门。"又审左右邻赵质、赵协，俱称："信前将往买卖，妻孙氏在家吵闹是实。其侵早出门事，众俱未见。"又问原告道："此必赵信带银在身，汝谋财害命，故抢先糊涂来告此事。"

周义道："我一人岂能谋得一人，又焉能埋没尸身？且我家胜于彼家，又是至相好之友，尚欲代彼伸冤，岂有谋害之理！"孙氏亦称："义素与夫相善，决非此人谋害。但恐先到船，或艄公所谋。"

张潮辩称："我一帮船几十只，何能在口岸头谋人，怎瞒得人过？且周义到船，天尚未明，叫醒我睡已有明证。彼道夫早出门，左右邻里并未知之，及我去叫，他睡未起，门未开，分明是他自己谋害。"朱知县将严刑拷勘孙氏，那妇人香姿弱体，怎当此刑。只说："我夫已死，我拼一死陪他。"遂招认"是我阻挡不从，因致谋死。"又拷究尸身下落。孙氏说："谋死者是我，若要讨他尸身，只将我身还他，何必更究！"再经府复审，并无变异。

次年秋谳，请决孙氏谋杀亲夫事，该至秋行刑。有一大理寺左任事杨清，明如冰鉴，极有见识，看孙氏一宗案卷，忽然察到。因批曰："敲门便叫三娘子，定知房内已无夫。"只此二句话，察出是艄公所谋，再发巡行官复审。时包公遍巡天下，正值在潮州府，单拘艄公张潮问道："周义命汝去催赵信，该叫三官人，缘何便叫三娘子？汝必知赵信已死了，故只叫其妻！"张潮闻此话，愕然失对。包公道："明明是汝谋死，反陷其妻！"

张潮不肯认，发打三十；不认，又夹打一百，又不认；乃监起。再拘当日水手来，一到，不问便打四十。包公道："汝前年谋死赵信。张潮艄公诉说是你，今日汝该偿命无疑。"

水手一一供招：因见赵信四更到船，路上无人，帮船亦不觉，是艄公张潮移船深处推落水中，复撑船近岸，解衣假睡。天将亮周义乃到。此全是张潮谋人，安得陷我？后取出张潮与水手对质，潮无言可答。将潮偿命，孙氏放回，罢朱知县为民。可谓狱无冤民，朝无昏吏矣。

第七十回 贼总甲

话说平凉府有一术士，在府前看相，众人群聚围看。时有卖缎客毕茂，袖中藏帕，包银十余两，亦杂在人丛中看，被一光棍手托其银，从袖口而出，下坠于地。茂即知之，俯首下捡，其光棍来与相争。茂道："此银是我袖中坠下的，与你何干？"光棍道："此银不知何人所坠，我先见要捡，你安得自认？今不如与这众人，大家分一半有何不可？"众人见光棍说均分，都来帮助。毕茂哪里肯分，相扭到包公堂上去。光棍道："小的名罗钦，在府前看术士相人，不知谁失银一包在地，小的先捡得，他要来与我争。"毕茂道："小的亦在此看相人，袖中银包坠下，遂自捡取，彼要与我分。看罗钦言谈似江湖光棍，或银被他剪绺，因致坠下，不然我两手拱住，银何以坠？"罗钦道："剪绺必割破衣袖，看他衣袖破否？况我同家人进贵在此卖锡，颇有本钱，现在南街李店住，怎是光棍？"包公亦会相面，罗钦相貌不良，立令公差往南街拿其家人并账目来看，果记有卖锡账目明白，乃不疑之。因问毕茂道："银既是你的，可记得多少两数？"毕茂道："此银身上用的，忘记数目了。"包公又命手下去府前混拿两个看相人来问之，二人同指罗钦身上去道："此人先见。"再指毕茂道："此人先捡得。"包公道："罗钦先见，还口说他捡么？"二人道："正是。"听得罗钦说道："那里有个甚包。毕茂便先捡起来，见是银子，因此两下相争。"包公道："毕茂，你既不知银数多少，此必他人所失，理合与罗钦均分。"遂当堂分开，各得八两而去。

包公令门子俞基道："你密跟此二人去，看他如何说。"俞基回报道："毕茂回店埋怨老爷，他说被那光棍骗去。罗钦出去，那两个干证索他分银，跟在店中，不知后来如何。"包公又令一青年外郎任温道："你与俞基各去换假银五两，又兼好银几分，汝路上故与罗钦看见，然后往人闹处去，必有人来剪绺的，可拿将来，我自赏你。"任温遂与俞基并行至南街，却遇罗钦来。任温故将银包解开买樱桃，俞基亦将银买，道："我还要买来请你。"二人都买过，随将樱桃食讫，径往东岳庙去看戏，俞基终是个小后生，袖中银子不知几时剪去，全然不知。任温眼虽看戏，只把心放在银上，要拿剪绺贼。少顷，身旁众人挨挤甚紧，背后一人以手托任温的袖，其银包从袖中挨手而出，任温乃知剪绺的，便伸手向后拿道："有贼在此。"两旁二人益挨进，任温转身不得，那背后人即走了。任温扯住两旁二人道："包爷命我二人在此拿贼，今贼已走脱，你二人同我去回复。"其二人道："你叫有贼，我正翻身要拿，奈人挤住，拿不着。今贼已走，要我去见老爷何干？"任温道："非有他故，只要你做干证，见得非我不拿，只人丛中拿不得。"地方见是外郎、门子，遂来助他，将二人送到包公前，说知其故。

包公问二人姓名，一是张善，一是李良。包公道："你何故卖放此贼？今要你二人代罪。"张善道："看戏相挤人多，谁知他被剪绺，反归罪于我。望仁天详察。"包公道："看你二人姓张姓李，名善名良，便是盗贼假姓名矣。外郎拿你，岂不的当！"各打三十，拟徒二年，令手下立押去摆站。私以帖与驿丞道："李良、张善二犯到，要重索他礼物，其所得的原银，即差人送上，此嘱。"邱驿丞得此帖，及李良、张善解到，即大排刑具，惊吓道："各打四十见风棒！"张善、李良道："小的被贼连累，代他受罪。这法度我也晓得，今日解到辛苦，乞饶蚁命。"即托驿书吏手将银四两献上，叫三日外即放他回。邱驿丞即将这银四两亲送到衙。包公令俞基来认之，基道："此假银即我前日在庙中被贼剪去的。"包公发邱驿丞回，即以牌去提张善、李良到，问道："前日剪绺任温的贼可报名来，便免你罪。"张善道："小的若知，早已说出，岂肯以自己皮肉代他人枉受苦楚？"包公道："任温银未被剪去，此亦罢了；但俞基银五两零被他剪去。衙门人的银岂肯罢休！你报这贼来也就罢。"李良道："小的又非贼总甲，怎知哪个贼剪绺俞基的银子？"包公道："银子我已查得了，只要得个贼名。"李良道："既已得银两，即捕得贼，岂有贼是一人，用银又是一人？"包公以四两假银掷下去："此银是你二人献与邱驿丞的，今早献来。俞基认是他的，则你二人是贼无疑。又放走剪任温银之贼，可速报来。"张善、李良见真情已露，只得从实供出："小的做剪绺贼者有二十余人，共是一伙。昨放走者是林泰，更前日罗钦亦是，这回祸端由他而起。尚有其余诸人未犯法。小的贼有禁议，至死也不相扳。"再拘林泰、罗钦、进贵到，勒罗钦银八两与毕茂去讫。将三贼各拟徒二年；仍派此二人为贼总甲，凡被剪绺者仰差此二人身上赔偿。人皆叹异。

第七十一回 江岸黑龙

话说西京有一姓程名永者，是个牙侩之家，通接往来商客，令家人张万管店，凡遇往来投宿的，若得经纪钱，皆记了簿书。一日，有成都幼僧姓江名龙，要往东京披剃给度牒，那日恰行到大开坡，就投程永店中借歇。是夜，江僧独自一个于房中收拾衣服，将那带来银子铺于床上。正值程永在亲戚家饮酒回来，见窗内灯光露出，近前视之，就看见了银子。忖道："这和尚不知是哪里来的，带这许多银两。"正是财物易动人心，不想程永就起了个恶念，夜深时候，取出一把快利尖刀，挨开僧人房门进去，喝声道："你谋了人许多财物，怎不分我些？"江僧听了大惊，措手不及，被程永一刀刺死，就掘开床下土埋了尸首，收拾起那衣物银两，进房睡去。次日起来，就将那僧人银两去做买卖，未数年，起成大家，娶了城中许二之女为妻，生下一子，取名程惜，容貌秀美，爱如掌上之珠。年纪稍长，不事诗书，专好游荡。程永以其只得一个儿子，不甚拘管他；或好言劝之，其子反怒恨而去。

一日，程惜央匠人打一把鼠尾尖刀，蓦地来到父亲的相好严正家来。严正见是程惜，心下甚喜，便令黄氏妻安顿酒食，引惜至偏舍款待。严正问道："贤侄难得到此，父亲安否？"惜听得问及父亲，不觉怒目反视，欲说又难于启口。严怪而问道："侄有何事？但说无妨。"惜道："我父是个贼人，侄儿必要刺杀之。已准备利刀在此，特来通知叔叔，明日便下手。"严正听了此言，吓得魂飞天外，乃道："侄儿，父子至亲，休要说此大逆之话。倘若外人知道，非同小可。"惜道："叔叔休管，管教他身上掘个窟窿。"言罢，抽身走起去了。严正惊慌不已，将其事与黄氏说知。黄氏道："此非小可，彼未曾与夫说知，或有不测，尚可无疑；今既来我家说知，久后事露如何分说？"严正道："然则如之奈何？"黄氏道："为今之计，莫若先去告首官府，方免受累。"严正依其言，次日，具状到包公衙内首告。

包公审状，甚觉不平，乃道："世间哪有此等逆子！"即拘其父母来问，程永直告其子果有谋弑之心。究其母，母亦道："不肖子常在我面前说要弑父亲，屡屡被我责谴，彼不肯休。"拘其子来根勘之，程惜低头不答；再唤程之邻里数人，逐一审问，邻里皆道其子有弑父的意，身上不时藏有利刀。包公令公人搜惜身上，并无利刀。其父复道："必是留在睡房中。"包公差张龙前到程惜睡房搜检，果于席下搜出一把鼠尾尖刀，回衙呈上。包公以刀审问程惜，程惜无语。包公不能决，将邻里一干人犯都收监中，退入后堂。自忖道："彼嫡亲父子，并无他故，如何其子如此行凶？此事深有可疑。"思量半夜，辗转出神。将近四更，忽得一梦。正待唤渡艄过江，忽江中现出一条黑龙，背上坐一神君，手执牙笏，身穿红袍，来见包公道："包大人休怪其子不肖，此乃是二十年前之事。"道罢竟随龙而没。包公俄而惊觉，思忖梦中之事，颇悟其意。

次日升堂，先令狱中取出程某一干人审问。唤程永近前问道："你成的家私还是祖上遗下的，还是自己创起的？"程永答道："当初曾做经纪，招接往来客商，得牙钱成家。"包公道："出入是自己管理么？"程永道："管簿书皆由家人张万之手。"包公即差人拘张万来，取簿书视之，从头一一细看，中间却写有一人姓江名龙，是个和尚，于某月日来宿其家，甚注得明白。包公忆昨夜梦见江龙渡江之事，豁然明白，就独令程永进屏风后说与永道："你子大逆，依律该处死，只汝之罪亦所难逃。你将当年之事从直供招，免累众人。"程永答道："吾子不孝，既蒙处死，此乃甘心。小人别无甚事可招。"包公道："我已得知多时，尚想瞒我？江龙幼僧告你二十年前之事，你还记得么？"程永听了"二十年前幼僧"一句，毛发悚然，仓皇失措，不能抵饰，只得直吐供招。包公审实，复出升堂，差军牌至程家客舍睡房床下，果然掘出一僧人尸首，骸骨已朽烂，惟面肉尚留些。包公将程永监收狱中，邻里干证并行释放。因思其子必是幼僧后身，冤魂不散，特来投胎取债，乃唤其子再审道："彼为你的父亲，你何故欲杀之？"其子又无话说。包公道："赦你的罪，回去别做生计，不见你父如何？"程惜道："某不会做甚生计。"包公道："你若愿做什么生理，我自与你一千贯钱去。"惜道："若得千贯钱，我便买张度牒出家为僧罢了。"包公的信其然，乃道："你且去，我自有处置。"次日，委官将程永家产变卖千贯与程惜去。遂将程永发去辽阳充军，其子竟出家为僧。冤冤相报，毫发不爽。

第七十二回 牌下土地

话说郑州离城十五里王家村，有兄弟二人，常出外为商，行至本州地名小张村五里牌，遇着个客人，乃是湖南人，姓郑名才，身边多带得有银两，被王家弟兄看见，小心陪行，到晚边将郑才谋杀，搜得银十斤，遂将尸首埋在松树下。兄弟商量，身边有十斤银子，带得艰难，趁此无人看见不如将银埋在五里牌下，待为商回来，却取分之。二人商议已定，遂埋了银子而去。后又过着六年，恰回家又到五里牌下李家店安住。

次日侵早，去牌下掘开泥土取那银子，却不见了。兄弟思量：当时埋这银子，四下并无人见，如何今日失了？烦恼一番，思忖只有包待制见事如神，遂同来东京安抚衙陈状，告知失去银两事情。包公当下看状，又没个对头，只说五里牌偷盗，想此二人必是狂夫，不准他状子。王家兄弟啼哭不肯去。包公道："限一个月，总须要寻个着落与你。"兄弟乃去。

又候月余，更无分晓，王客复来陈诉。遂唤陈青吩咐道："来日差你去追一个凶身。今与你酒一瓶、钱一贯省家，来日领文引。"陈青欢喜而回，将酒饮了，钱收拾得好。

次日，当堂领得公文去郑州小张村追捉五里牌。陈青复禀："相公，若是追人，即时可到；若是追五里牌，它不会行走，又不会说话，如何追得？望老爷差别人去。"包公大怒道："官中文引，你若推托不去，即问你违限的罪。"陈青不得已只得前去，遂到郑州小张村李家店安歇。其夜，去五里牌下坐一会，并不见个动静。思量无计奈何，遂买一炷香钱，至第二夜来焚献牌下土地，叩祝道："奉安抚文引，为王客来告五里牌取银子十斤，今差我来此追捉，土地有灵，望以梦报。"其夜，陈青遂宿于牌下，将近二更时候，果梦见一老人前来，称是牌下土地。老人道："王家兄弟没天理，他岂有银寄此？原系湖南客人郑才银子十斤，与王客同行，被他兄弟谋杀，其尸首现埋在松树下，望即将郑才骸骨并银子带去，告相公为他伸冤。”言罢，老人便去。陈青一梦醒来，记得明白。

次日，遂与店主人借锄掘开松树下，果有枯骨，其边有银十斤。陈青遂将枯骨、银两俱来报安抚。包公便唤客人理问，客人不肯招认，遂将枯骨、银子放于厅前，只听冤魂空中叫道：“王家兄弟须还我性命！”厅上公吏听见，人人失色；枯骨自然跳跃起来。再将王家兄弟根勘，抵赖不得，遂一一招认。

案卷既成，将王家兄弟问拟谋财害命，押赴市曹处斩；郑才枉死无亲人，买地安葬，余银入官。土地搬运报冤，亦甚奇矣。

第七十三回 木印

话说包公一日与从人巡行，往河南进发，行到一处地方名横坑，那三十里程途都是山僻小路，没有人烟。当午时候，忽有一群蝇蚋逐风而来，将包公马头团团围了三匝，用马鞭挥之，才起而又复合，如是者数次。

包公忖道："蝇蚋尝恋死人尸，今来马头绕集，莫非此地有不明的事？"即唤过李宝喝声道："蝇蚋集我马首不散，莫非有冤枉事？汝随前去根究明白，即来报我。"

道罢，那一群蝇蚋一齐飞起，引着李宝前去，行不上三里，到一岭畔松树下，直钻入去。李宝知其故，即回复包公。包公同众人亲到其处，着李宝掘开二尺土，见一死尸，面色不改，似死未久的。反复看他身上，别无伤痕，惟阳囊碎裂如粉，肿尚未消。包公知被人谋死，忽见衣带上系一个木刻小小印子，却是卖布的记号。包公令取下，藏于袖中，仍令将尸掩了而去。到晚边，只见亭子一伙老人并公吏在彼迎候，包公问众人："何处来的？"

公吏禀道："河南府管下陈留县宰，闻得贤侯经过本县，特差小人等在此迎候。"包公听了，吩咐："明日开厅与我坐二三日，有公事发放。"公吏等领诺，随马入城，本县官接至馆驿中歇息。

次日，打点衙门与包公升堂干事。包公思忖：路上被谋死尸离城郭不远，且死者只在近日，想谋人贼必未离此。乃召本县公吏吩咐道："汝此处有经纪卖上好布的唤来，我要买几匹。"

公吏领命，即来南街领得大经纪张恺来见。包公问道："汝做经纪，卖的那一路布？"恺复道："河南地方俱出好布，小人是经纪之家，来者即卖，不拘所出。"

包公道："汝将众人各样布各拣一匹来我看，中意者即发价买。"张恺应诺而出，将家里布各选一匹好的来交。堂上公吏等哪个知得包公心事，只说真是要买布用。比及包公逐一看过，最后看到一匹，与前小印字号暗合，包公遂道："别者皆不要，只用得此样布二十匹。"张恺道："此布日前太康县客人李三带来，尚未货卖，既大人用得，就奉二十匹。"

包公道："可着客人一同将布来见。"张恺领诺，到店中同卖布客人李三拿了二十匹精细上好的布送入。包公复取木印记对之，一些不差。乃道："布且收起。汝卖布客伴还有几人？”李三答道：“共有四人。”包公道：“都在店里否？”李三道：“今日正要发布出卖，听得大人要布，故未起身，都在店里。”包公即时差人唤得那三个来，跪在一堂。包公用手捻着须微笑道：“汝这起劫贼，有人在此告首，日前谋杀布客，埋在横坑半岭松树下，可快招来！”

李三听说即变了颜色，强口辩道：“此布小人自买来的，那有谋劫之理？”包公即取印记着公吏与布号一一合之，不差毫厘，强贼尚自抵赖。喝令用长枷将四人枷了，收下狱中根勘。

四人神魂惊散，不敢抵赖，只得将谋杀布商劫取情由招认明白，叠成案卷。判下为首谋者合该偿命，将李三处决；为从三人发配边远充军；经纪家供明无罪。判讫，死商之子得知其事，径来诉冤。包公遂以布匹给还尸主，其子感泣，拜谢包公，将父之尸骸带回家去。可谓生死沾恩。

第七十四回　石碑

话说浙江杭州府仁和县,有一人姓柴名胜,少习儒业,家亦富足,父母双全,娶妻梁氏,孝事舅姑。胜弟柴祖,年已二八,俱各成婚。一日,父母呼柴胜近前教训道:"吾家虽略丰足,每思成立之难如升天,覆坠之易如燎毛,言之痛心,不能安寝。今名卿士大夫的子孙,但知穿华丽衣,甘美食,谀其言语,骄傲其物,邀游宴乐,交朋集友,不以财物为重,轻费妄用,不知己身所以耀润者,皆乃祖乃父平日勤营刻苦所得。汝等不要守株待兔,吾今欲令次儿柴祖守家,令汝出外经商,得获微利,以添用度。不知汝意如何?"柴胜道:"承大人教诲,不敢违命。只不知大人要儿往何处?"父道:"吾闻东京开封府极好卖布,汝可将些本钱就在杭州贩买几挑,前往开封府,不消一年半载,自可还家。"柴胜遵了父言,遂将银两贩布三担,辞了父母妻子兄弟而行。在路夜住晓行,不消几日,来到开封府,寻在东门城外吴子琛店里安下发卖。未及两三日,柴胜自觉不乐,即令家童沽酒散闷,贪饮几杯,俱各酒醉。不防吴子琛近邻有一夏日酷,即于是夜三更时候,将布三担尽行盗去。次日天明,柴胜酒醒起来,方知布被盗去,惊得面如土色。就叫店主吴子琛近前告诉道:"你是有眼主人,吾是无眼孤客;在家靠父,出外靠主。何得昨夜见吾醉饮几杯,行此不良之意,串盗来偷吾布?你今不根究来还,我必与汝兴讼。"吴子琛辩说道:"吾为店主,以客来为衣食之本,安有串盗偷货之理。"柴胜并不肯听,一直径到包公台前首告。包公道:"捉贼见赃,方好断理;今既无赃,如何可断?"不准状词。柴胜再三哀告,包公即将子琛当堂勘问,吴子琛辩说如前,包公即唤左右将柴胜、子琛收监。次日,吩咐左右,径往城隍庙行香,意欲求神灵验,判断其事。

却说夏日酷当夜盗得布匹,已藏在村僻去处,即将那布首尾记号尽行涂抹,更以自己印记印上,使人难辨。然后零碎往城中去卖,多落在徽州客商汪成铺中。夏贼得银八十,并无一人知觉。包公在城隍庙一连行香三日,毫无报应。无可奈何,忽然生出一计,令张龙、赵虎将衙前一个石碑抬入二门之下,要问石碑取布还客。其时府前众人听得,皆来聚观。包公见人来看,乃高声喝问:"这石碑如此可恶!"喝令左右打它二十。包公喝打已毕,又将别状来问。移时,又将石碑来打,如此三次,直把石碑扛到阶下。是时众人聚观者越多,包公即喝令左右将府门闭上，把内中为首者四人捉下，观者皆不知其故。包公作怒道："吾在此判事，不许闲人混杂。汝等何故不遵礼法，无故擅入公堂？实难饶你罪责，今着汝四人将内中看者报其姓名，粜米者即罚他米，卖肉者罚肉，卖布者罚布，俱各随其所卖者行罚。限定时刻，汝四人即要拘齐来秤。"当下四人领命，移时之间，各样皆有，四人进府交纳。包公看时，内有布一担，就唤四人吩咐道："这布权留在此，待等明日发还，其余米、肉各样，汝等俱领出去退还原主，不许克落违误。"四人领诺而出。

包公即令左右提唤柴胜、吴子琛来。包公恐柴胜妄认其布，即将自己夫人所织家机二匹试之，故意问道："汝认此布是你的否？"柴胜看了告道："此布不是，小客不敢妄认。"包公见其诚实，复从一担布内抽出二匹，令其复认。柴胜看了叩首告道："此实是小人的布，不知相公何处得之？"包公道："此布首尾印记不同，你这客人缘何认得？"柴胜道："其布首尾印记虽被他换过，小人中间还有尺寸暗记可验。相公不信，可将丈尺量过，如若不同，小人甘当认罪。"包公如其言，果然毫末不差。随令左右唤前四人到府，看认此布是何人所出。四人即出究问，知徽州汪成铺内得之，包公即便拘汪成究问，汪成指是夏日酷所卖。包公又差人拘夏贼审勘，包公喝令左右将夏贼打得皮开肉绽，体无完肤。夏贼一一招认，不合盗客布三担，止卖去一担，更有二担寄在僻处乡村人家。包公令公牌跟去追究，柴胜、吴子琛二人感谢而去。包公又见地方、邻里俱来具结：夏日酷平日做贼害人。包公即时拟发边远充军，民害乃除。

第七十五回　屈杀英才

话说西京有个饱学生员,姓孙名彻,生来绝世聪明,又且苦志读书,经史无所不精,文章立地而就,吟诗答对,无所不通。人人道他是个才子,科场中有这样人,就中他头名状元也不为过。哪晓得近来考试,文章全做不得准,多有一字不通的,试官反取了他;三场精通的,试官反不取他。正是"不愿文章服天下,只愿文章中试官",若中了试官的意,竟臭屁也是好的;不中试官意,便锦绣也是没用。怎奈做试官的自中了进士之后,眼睛被簿书看昏了,心肝被金银遮迷了,哪里还像穷秀才在灯窗下看得文字明白,遇了考试,不觉颠之倒之,也不管人死活。因此,孙彻虽则一肚锦绣,难怪连年不捷。

一日,知贡举官姓丁名谈,正是奸臣丁谓一党。这一科取士,比别科又甚不同。论门第不论文章,论钱财不论文才,也虽说道粘卷糊名,其实是私通关节,把心上人都收尽了,又信手抽几卷填满了榜,就是一场考试完了。可怜孙彻又做孙山外人。有一同窗友姓王名年,平昔一字不通,反高中了,不怕不气杀人。因此孙彻竟郁郁而死,来到阎罗案下告明:

告为屈杀英才事:皇天无眼,误生一肚才华;试官有私,屈杀七篇锦绣;科第不足重轻,文章当论高下。糠秕前扬,珠玉沉埋;如此而生,不如不生;如此而死,怎肯服死?阳无法眼,阴有公道。上告。

当日阎罗见了状词大怒道:"孙彻,你有什么大才,试官就屈了你?"孙彻道:"大才不敢称,往往见中的没有什么大才。若是试官肯开了眼,平了心,孙彻当不在王年之下。原卷现在,求阎君龙目观看。"阎君道:"毕竟是你文字深奥了,因此试官不识得。我做阎君的原不曾从几句文字考上来,我不敢像阳世一字不通的,胡乱看人文字;除非是老包来看你的,就见明白。他原是天上文曲星,决没有不识文章的理。"

当日就请包公来断,包公把状词看了看,便叹道:"科场一事,受屈尽多。"孙彻又将原卷呈上,包公细看道:"果是奇才。试官是什么人?就不取你!"孙彻道:"就是丁谈。"包公道:"这厮原不识文字的,如何做得试官?"孙彻道:"但看王年这一个中了,怎么教人心服!”

包公吩咐鬼卒道:“快拘二人来审。”鬼卒道:“他二人现为阳世尊官,如何轻易拘得他。”包公道:“他的尊官要坏在这一出上了。快拘来。”不多时,二人拘到。

包公道:“丁谈,你做试官的如何屈杀了孙彻的英才?”丁谈道:“文章有一日之长短,孙彻试卷不合,故不曾取他。”包公道:“他的原卷现在,你再看来。”说罢,便将原卷掷下来。丁谈看了,面皮通红起来,缓缓道:“下官当日眼昏,偶然不曾看得仔细。”包公道:“不看文字,如何取士?孙彻不取,王年不通,取了,可知你有弊。查你阳数尚有一纪,今因屈杀英才,当作屈杀人命论,罚你减寿一纪;如推眼昏看错文字,罚你来世做个双瞽算命先生;如果卖字眼关节,罚你来世做个双瞽沿街叫化,凭你自去认实变化。王年以不通幸取科第,罚你来世做牛吃草过日子,以为报应。孙彻你今生读书不曾受用,来生早登科第,连中三元。”说罢,各各顿首无言。独有王年道:“我虽文理不通,兀自写得几句,还有一句写不出来的。今要罚牛吃草,阳世吃草的不亦多乎?”包公道:“正要你去做一个榜样。”即批道:

审得试官丁谈,称文章有一日之短长,实钱财有轻重之分别。不公不明,暗通关节;携张补李,屈杀英才。阳世或听嘱托,可存缙绅体面;阴司不徇人情,罚做双瞽算命。王年变村牛而不枉,孙彻掇巍科亦应当。

批完,做成案卷,把孙彻的原卷一并粘上,连人一齐解往十殿各司去看验。

第七十六回 侵冒大功

话说朝廷因杨文广征边，包公奉旨犒赏三军，马头过处，忽一阵旋风吹得包公毛骨悚然，中有悲号之声。包公道："此地必有冤枉。"即叫左右曳住马头，宿于公馆，登赴阴床。忽见一群小卒，共有九名，纷纷告状，凄惨之状，怨气冲天。

告为侵冒大功事：兵凶战危，自古为然。将官亡身许国，士卒轻生赴敌，如为虎食之供，犹如枭羹之沸。生祈官赏半爵，故不惜万死；死冀褒封片纸，故不求一生。今总兵游某，夺人之功，杀人之头，了人之命，灭人之口。坐帷幄何颜折冲，杀犬鹰空思获兽。痛身等执戟荷戈，止送自己性命；拼身冒死，反肥主帅身家。颈血淋漓，愿肉骨于幽司；刀痕惨毒，请斧诛于冥道。烧寒灰而复照，在此日也；烟冰窟以生阳，更谁望哉！上告。

包公看罢道："你九名小卒，怎能杀退三千鞑子？"小卒道："正因说来不信，故此游总兵将我们的功劳录在自己名下去了。就如包老爷这样一个青天，兀自不肯轻信。"包公带笑道："你从直说来。"小卒道："当初鞑子势甚凶猛，游总兵领小卒五百人直撞过去，杀败而回。夜来小卒们不忿，便思量去劫营寨。共是九名，一更时分摸去，四下放起火来，三千鞑子一个不留。回到本营，指望论功升赏；莫说是不升我们的官，就是留我们的头还好。哪晓得游总兵将此功竟做在自己的名下，又将我们九人杀却以灭口。可怜做小卒的，有苦是小卒吃，有功是别人的；没功也要切头，有功又要切头。"包公听了道："有这样事！"唤鬼卒快拿游总兵来审问。

不移时游总兵到。包公道："好一个有功总兵，你如何把九名小卒的功做了自己的功！既没了他的功，饶了他性命也罢了，怎么又杀了他？你只道杀了他就灭了口，哪晓得没了头还要来首告。"吩咐鬼卒将极刑根勘，总兵一款招认道："是游某一时差处，不合冒认他功，又杀了他，乞放还人间，旌表九人。"包公大怒道："你今生休想放回阳间，叫你吃不尽地狱之苦。"须臾，一鬼卒将一粒丸丹放入总兵口中，遍身火发，肌肉销烂，不见人形。鬼卒吹一口孽风，复化为人。总兵道："早知今日受这般苦，就把总兵之位让与小卒，也是情愿的。"小卒在旁道："快活快活！不想今日也有出气的日子。"

正说话间，忽然门外喊声大震，一个个啼哭不住，山云黯淡，天日无光。鬼卒报道："门外喊的喊，哭的哭，都是边上百姓，个个口内称冤，不下数千余人。"包公道："只放几名进来，余俱门外听候。"鬼卒遂引二名边民到公厅跪下。包公道："有何冤枉，从直诉来。"边民道："只为今日阎君勘问游总兵事，特来诉冤。小人等是近边百姓，常遭胡马掳掠，哪晓得这样还是小事。一日胡马过来，杀败而去。游总兵乘胜追赶，倒把我们自家百姓杀上几千，割下首级来受封受赏，可怜可怜！这样苦情不在阎君案下告，叫我们在哪里去告？"包公道："有此异事，游总兵永世不得人身了！"鬼卒复拿一粒丸丹放在总兵口中，须臾，血流满地，骨肉如泥。鬼卒吹一口孽风，又化为人形。边民道："快活快活！但一人万割也抵不得几千民命。"包公道："传语你们同受冤的百姓，既为胡虏受冤，休想报总兵一人之冤，可去做几千厉鬼杀贼，九名小卒做厉鬼首领，杀得贼来，我自有报效处。着游总兵，永堕一十八重地狱不得出世。"执笔批道：

审得：为将贵立大功，立功在能杀敌。今游某为将而不自立功，对敌而不能杀敌。没人之功，并杀有功之人以灭其口；不能杀敌，多杀边民首级以假作敌。有仁心者，固如是乎？今即杀游一人之身，不足以偿九人之命，而况枉杀边人数千之命乎！总之，死有余辜，永沉沦于地狱。报有未尽，宜罚及于子孙。

批完，押总兵入地狱去。仍以好言好语慰小卒并百姓人等，安心杀贼。两项人各欢喜而去。

第七十七回 扯画轴

话说顺天府香县有一乡官知府倪守谦,家富巨万,嫡妻生长男善继。临老又纳宠梅先春,生次男善述。善继悭吝爱财,贪心无厌,不喜父生幼子,分彼家业,有意要害其弟。守谦亦知其意,及染病,召善继嘱道:“汝是嫡子,又年长,能理家事。今契书账目家资产业,我已立定分关,尽付与汝。先春所生善述,未知他成人否,倘若长大,汝可代他娶妇,分一所房屋数十亩田与之,令勿饥寒足矣。先春若愿嫁可嫁之,若肯守节,亦从其意,汝勿苦虐之。”善继见父将家私尽付与他,关书开写分明,不与弟均分,心中欢喜,乃无害弟之意。先春抱幼子泣道:“老员外年满八旬,小妾年方二十二,此孤儿仅周岁,今员外将家私尽付与大郎,我儿若长成人,日后何以资身?”守谦道:“我正为汝年青,未知肯守节否,故不把言语嘱咐汝,恐汝改嫁,则误我幼儿事。”先春发誓道:“若不守节终身,粉身碎骨,不得善终。”守谦道:“既如此,我已准备在此。我有一轴画交付与你,千万珍藏之。日后,大儿善继倘无家资分与善述,可待廉明官来,将此画轴去告,不必作状,自然使幼儿成个大富。”数月间,守谦病故。

不觉岁月如流,善述年登十八,求分家财,善继霸住,全然不与,说道:“我父年上八旬,岂能生子?汝非我父亲骨肉,故分关开写明白,不分家财与汝,安得又与我争执?”先春闻说,不胜忿怒,又记夫主在日曾有遗嘱,闻得官府包公极其清廉,又且明白,遂将夫遗画一轴,赴衙中告道:“氏幼嫁与故知府倪守谦为妾,生男善述,甫周岁而夫故。遗嘱谓嫡子善继不与家财均分,只将此画轴在廉明官处去告,自能使我儿大富。今闻明府清廉,故来投告,伏念作主。”包公将画轴展开看时,其中只画一倪知府像,端坐椅上,以一手指地。不晓其故,退堂,又将此画挂于书斋,详细想道:指天谓我看天面,指心谓我察其心,指地岂欲我看地下人分上?此必非是。叫我何以代他分得家财使他儿子大富!再三看道:“莫非即此画轴中藏有甚留记?”拆开视之,其轴内果藏有一纸,书道:

老夫生嫡子善继,贪财昧心;又妾梅氏生幼子善述,今仅周岁。诚恐善继不肯均分家财,有害其弟之心,故写分关,将家业并新屋二所尽与善继;惟留右边旧小屋与善述。其屋中栋左边埋银五千两,作五埕;

右边埋银五千两，金一千两，作六埕。其银交与善述，准作田园。后有廉明官看此画轴，猜出此画，命善述将金一千两酬谢。

包公看出此情，即呼梅氏来道："汝告分家业，必须到你家亲勘。"遂发牌到善继门首下轿，故作与倪知府推让形状，然后登堂，又相与推让，扯椅而坐，乃拱揖而言道："令如夫人告分产业，此事如何？"又自言道："原来长公子贪财，恐有害弟之心，故以家私与之。然则次公子何以处？"少顷，又道："右边一所旧小屋与次公子，其产业如何？"又自言道："此银亦与次公子。"又自辞逊道："这怎敢要，学生自有处置。"乃起立四顾，佯作惊怪道："分明倪老先生对我言谈，缘何一刻不见了，岂非是鬼？"善继、善述及左右看者无不惊讶，皆以为包公真见倪知府。由是同往右边去勘屋，包公坐于中栋召善继道："汝父果有英灵，适间显现，将你家事尽说与我知，叫你将此小屋分与汝弟，你心下如何？"善继道："凭老爷公断。"包公道："此屋中所有的物尽与汝弟，其外田园照旧与你。"善继道："此屋之财，些小物件，情愿都与弟去。"包公道："适间倪老先生对我言，此屋左间埋银五千两，作五埕，掘来与善述。"善继不信道："纵有万两亦是我父与弟的，我决不要分。"包公道："亦不容汝分。"命二差人同善继、善述、梅先春三人去掘开，果得银五埕，一埕果一千两。善继益信是父英灵所告。包公又道："右间亦有五千两与善述，更有黄金一千两，适闻倪老先生命谢我，我决不要，可与梅夫人作养老之资。"善述、先春母子二人闻说，不胜欢喜，向前叩头称谢。包公道："何必谢我，我岂知之？只是你父英灵所告，谅不虚也。"即向右间掘之，金银之数，一如所言。时在见者莫不称异。包公乃给一纸批照与善述母子执管。包公真廉明者也。

第七十八回 审遗嘱

话说京中有一长者，姓翁名健，家资甚富，轻财好施，邻里宗族，加恩抚恤，出见斗殴，辄为劝谕；或遇争讼，率为和息，人皆爱慕之。年七十八，未有男儿，只有一女，名瑞娘，嫁夫杨庆。庆为人多智，性甚贪财，见岳丈无子，心利其资，每酒席中对人道："从来有男归男，无男归女。我岳父老矣，定是无子，何不把那家私付我掌管。"其后，翁健闻知，心怀不平，然自念实无男嗣，只有一女，又别无亲人，只得忍耐。乡里中见其为人忠厚而反无子息，常代为叹息道："翁老若无子，天公真不慈。"

过了二年，翁健且八十矣，偶妾林氏生得一男，取名翁龙。宗族乡邻都来庆贺，独杨庆心上不悦，虽强颜笑语，内怀愠闷。翁健自思：父老子幼，且我西山暮景，万一早晚间死，则此子终为所鱼肉。因生一计道："算来女婿总是外人，今彼实利吾财，将欲取之，必姑与之，此两全之计也。"过了三月，翁健疾笃，自知不起，因呼杨庆至床前泣与语道："吾只一男一女，男是吾子，女亦是吾子。但吾欲看男而济不得事，不如看女更为长久之策。吾将这家业尽付与汝管。"因出具遗嘱，交与杨庆，且为之读道："八十老人生一子，人言非是吾子也，家业田园尽付与女婿，外人不得争执。"杨庆听读讫，喜不自胜，就在匣中藏了遗嘱，自去管业。不多日，翁健竟死，杨庆得了这许多家业。

将及二十余年，那翁龙已成人长大，深谙世事，因自思道："我父基业，女婿尚管得，我是个亲男有何管不得？"因托亲戚说知姐夫，要取原业。杨庆大怒道："那家业是岳父尽行付我的，且岳翁说那厮不是他子，安得又与我争？"事久不决，因告之官，经数次衙门，上下官司俱照遗嘱断还杨庆，翁龙心终不服。

时包公在京，翁龙密抱一张词状径去投告。

包公看状即拘杨庆来审道："你缘何久占翁龙家业，至今不还？"

杨庆道："这家业都是小人外父交付小人的，不干翁龙事。"

包公道："翁龙是亲儿子，即如他无子，你只是半子，有何相干？"杨庆道："小人外父明说他不得争执，现有遗嘱为证。"遂呈上遗嘱。

包公看罢笑道："你想得差了。你不晓得读，分明是说：'八十老翁生一子，家业田园尽付与。'这两句是说付与他亲儿子了。"

杨庆道:“这两句虽说得去,然小人外父说,翁龙不是他子,那遗嘱已明白说破了。”

包公道:“他这句是瞒你的。他说:‘人言非,是我子也。’”

杨庆道:“小人外父把家业付小人,又明说别的都是外人,不得争执。看这句话,除了小人都是外人了。”

包公道:“只消自家看你儿子,看你把他当外人否?这外人两字分明连上‘女婿’读来,盖他说,你女婿乃是外人,不得与他亲儿子争执也。此你外父藏有个真意思在内,你反看不透。”

杨庆见包公解得有理,无言可答,即将原付文契一一交还翁龙管业。知者称为神断。

第七十九回　箕帚带入

话说河南登州府霞照县有民黄士良，娶妻李秀姐，性妒多疑。弟士美，娶妻张月英，性淑知耻。兄弟同居，妯娌轮日打扫，箕帚逐日交割。忽黄士美往庄取苗，及重阳日，李氏在小姨家饮酒，只有士良与弟妇张氏在家。其日轮该张氏扫地，张氏将地扫完，即将箕帚送入伯姆房去，意欲明日免得临期交付。此时士良已出外，绝不晓得。及晚，李氏归见箕帚在己房内，心上道：今日婶娘扫地，箕帚该在伊房，何故在我房中？想是我男人扯她来奸，故随手带入，事后却忘记拿去。晚来问其夫道："你今干甚事来？可对我说。"夫道："我未干甚事。"李氏道："你今奸弟妇，何故瞒我！"士良道："胡说，你今日酒醉，可是发酒疯了。"李氏道："我未酒疯，只怕你风骚忒甚，明日断送你这老头皮，休连累我。"士良心无此事，便骂道："这泼贱人说出没忖度的话来！讨个证见来便罢，若是悬空诬捏，便活活打死你这贱妇！"李氏道："你干出无耻事，还要打骂我，我便讨个证见与你。今日婶娘扫地，箕帚该在她房，何故在我房中？岂不是你扯她奸淫，故随手带入！"士良道："她送箕帚入我房，那时我在外去，亦不知何时送来，怎以此事证得？你不要这无耻的话，恐惹旁人取笑。"李氏见夫陪软，越疑是真，大声呵骂。士良发起怒性，扯倒乱打，李氏又骂及婶娘身上去。张氏闻伯与伯母终夜吵闹，潜起听之，乃是骂己与大伯有奸。意欲辩之，想：彼二人方暴怒，必激其厮打。又退入房去，却自思道：适我开门，伯姆已闻，又不辩而退，彼必以我为真有奸，故不敢辩，欲再去说明，他又平素是个多疑妒忌的人，反触其怒，终身被他臭口。且是我自错，不合送箕帚在他房去，此疑难洗，污了我名，不如死以明志。遂自缢死。

次早饭熟，张氏未起，推门视之，见缢死梁上。士良计无所措。李氏道："你说无奸何怕羞而死？"士良难以与辩，只跑去庄上报弟知，及士美回问妻死之故，哥嫂答以夜中无故彼自缢死。士美不信，赴县告为生死不明事。陈知县拘士良来问："张氏因何缢死？"士良道："弟妇偶沾心痛之疾，不少苦痛，自忿缢死。"士美道："小的妻子素无此症，若有此病，怎不叫人医治？此不足信。"李氏道："婶娘性急，夫不在家，又不肯叫人医，只轻生自死。"士美道："小人妻性不急，此亦不可信。"陈公将士良、李氏夹起，士良不认，李氏受刑不过，乃说出扫地之故，因疑男人扯婶入房，两人自口角厮打，夜间婶娘缢死，不知何故。士美道："原来如此。"陈公喝道："若无奸情，彼不缢死。欺奸弟妇，士良你就该死了。"勒逼招承定罪。

正值包公巡行审重犯之狱，及阅欺奸弟妇这卷，黄士良上诉道："今年之死该屈了我。人生世上，王侯将相终归于不免，死何足惜？但受恶名而死，虽死不甘。"包公道："你经几番录了，今日更有何冤？"士良道："小人本与弟妇无奸，可剖心以示天日。今卒陷如此，使我受污名，弟妇有污节，我弟疑兄、疑妻之心不释。一狱三冤，何谓无冤？"包公将文卷前后反复看过，乃审李氏道："你以箕帚证出夫奸，是你明白了。且问你当日扫地，其地都扫完否？"李氏道："前后都扫完了。"又问道："其粪箕放在你房，亦有粪草否？"李氏道："已倾干净，并无渣草。"包公又道："地已扫完，渣草已倾，此是张氏自己以箕帚送入伯姆房内，以免来日临期交付，非干士良扯他去奸也。若是士良扯奸，他未必扫完而后扯，粪箕必有渣草；若已倾渣草而扯，又不必带箕帚入房。此可明其绝无奸矣。其后自缢者，以自己不该送箕帚入伯姆房内，启其疑端，辩不能明，污名难洗。此妇必畏事知耻的人，故自甘一死而明志，非以有奸而惭。李氏陷夫于不赦之罪，诬婶以难明之辱，致叔有不释之疑，皆由泼妇无良，故逼无辜郁死，合以威逼拟绞；士良该省发。"士美磕头道："吾兄平日朴实，嫂氏素性妒忌，亡妻生平知耻。小的昔日告状，只疑妻与嫂氏争忿而死，及推入我兄奸上去，使我蓄疑不决。今老爷此辩极明，真是生城隍，一可解我心之疑，二可雪吾兄之冤，三可白亡妻之节，四可正妒妇之罪，愿万代公侯。"李氏道："当日丈夫不似老爷这样辩，故我疑有奸；若早些辩明，我亦不与他打骂。老爷既赦我夫之罪，愿同赦妾之罪。"士美道："死者不能复生，亡妻死得明白，我心亦无恨，要他偿命何益？"包公道："论法应死，吾岂能生之！"此为妒妇之儆戒。

第八十回 房门谁开

话说有民晏谁宾，污贱无耻。生男从义，为之娶妇束氏，谁宾屡挑之。束氏初拒不从，后积久难却，乃勉强从之。每男外出，则夜必入妇房奸宿。一日，从义往贺岳丈寿，束氏心恨其翁，料夜必来，乃哄翁之女金娘道："你兄今日出外去，我独自宿，心内惊怕，你陪我睡可好？"金娘许之。其夜，翁果来弹门，束氏潜起开门，躲入暗处，翁遂登床行奸。金娘乃道："父亲是我也，不是嫂嫂。"谁宾方知是错，悔无及矣，便跳身走去。

次日早饭，女不肯出同餐，母不知其故，其父心知之，先饭而出。母再去叫，女已缢死在嫂嫂房内。束氏心中害怕，即回娘家达知其事。束氏之兄束棠道："他家没伦理，当去告首他绝亲，接妹归来另行改嫁，方不为彼所染。"遂赴县呈告，包公即令差人去拘，晏谁宾情知恶逆，天地不容，即自缢死。后拘众干证到官，束棠道："晏谁宾自知大恶弥天，王法不容，已自缢死；晏从义恶人孽子，不敢结亲，愿将束氏改嫁，例有定议，各服其罪。余人俱系干证，与他无干。小的已告诉得实，乞都赐省发，众人感激。"

包公见状中情甚可恶，且将来审问道："束氏原与翁有奸否？"束棠道："并无。"包公道："即与翁无奸，今翁已死，何再求改嫁？"束棠道："禽兽之门，恶人之子，不愿与之结亲，故敢恳求改嫁？"包公道："金娘在束氏房中睡，房门必闭，是谁开门？"束棠道："那晏贼已躲房中在先。"包公道："晏贼意在要奸谁？"束棠道："不知。"束氏道："彼意在我，误及于女。"包公道："你二人相伴，何不喊叫起来？"束氏道："小妾怕羞，且未及我，何故喊起？"包公终不信，将束氏夹起道："必你先与翁有奸，那一夜你睡姑床，姑睡你床，故陷翁于错误。"束氏受刑不过，乃从真招认。包公道："你与翁通奸，罪本该死。你叫姑伴睡，又自躲开，陷翁于误，陷姑于死，皆由于你，死有余辜。"本秋将束氏处决，又移文去拆毁晏谁宾之宅，以其地开潴水之池，意晏贼之肉犬豕不屑食之。

第八十一回　兔戴帽

话说武昌府江夏县民郑日新，与表弟马泰自幼相善，新常往孝感贩布，后泰与同往一次，甚是获利。次年正月二十日，各带纹银二百余两，辞家而去，三日到阳逻驿。新道："你我同往孝感城中，一时难收多货，恐误日久。莫若二人分行，你往新里，我去城中何如？"泰道："此言正合我意。"入店买酒，李昭乃相熟店主，见二人来，慌忙迎接，即摆酒来款待，劝道："新年酒多饮几杯，一年一次。"二人皆醉，力辞方止，取银还昭，昭亦再三推让，勉强收下。三人揖别，新往城中去讫。临别嘱泰道："随数收得布匹，陆续发夫挑入城来。"泰应诺别去。行不五里，酒醉脚软，坐定暂息，不觉睡倒。正是：醉梦不知天早晚，起来但见日沉西。忙赶路行五里，地名叫做南脊，前无村，后无店，心中慌张。偶在高岗遇吴玉者，素惯谋财，以牧牛为名，泰偶遇之。玉道："客官，天将晚矣，尚不歇宿？近来此地不比旧时，前去十里，孤野山冈，恐有小人。"泰心已慌，又被吴玉以三言四语说得越不敢行，乃问玉道："你家住何地？"玉道："前面源口就是。"泰道："既然不远，敢借府上歇宿一宵，明日早行，即当厚谢。"玉佯辞道："我家又非客店酒馆，安肯留人歇宿？我家床铺不便，凭你前行亦好，后转亦好，我家决住不得。"泰道："我知宅上非客店，但念我出外辛苦，亦是阴骘。"再三恳求。玉佯转道："我见你是忠厚的人，既如此说，我收了牛与你同回。"二人回至家中，玉谓妻龚氏道："今日有一客官。因夜来我家借宿，可备酒来吃。"母与龚氏久恶玉干此事，见泰来甚是不悦，泰不知，以为怒己，乃缓词慰道："小娘休恼，我自当厚谢。"龚氏睨视把门一丢，泰竟不知其故。俄而玉妻出，乃召入泰来，其妻只得摆设厚席，玉再三劝饮，泰先酒才醒，又不能却玉之情，连饮数杯甚醉。玉又以大杯强劝二瓯，泰不知杯中下有蒙药在内，饮后昏昏不知人事，玉送入屋后小房安歇。候更深人静，将泰背至左旁源口，又将泰本身衣服裹一大石背起，推入荫塘，而泰之财宝尽得之矣。其所害者非止一人，所为非止一次也。

日新到孝感二三日，货已收二分，并未见泰发货至。又等过十日，日新自往新里街去看泰，到牙人杨清家，清道："今年何故来迟？"新愕然道："我表弟久已来你家收布，我在城中等他，如何久不发布来？"清道："你那表弟并未曾到。"新道："我表弟马泰，旧年也在你家，何推不知？"清道："他几时来？"新道："二十二日同到阳逻驿分行。”满店之人皆说没有，新心中疑惑，又去问别的牙家，皆无。是夜，清备酒接风，众皆欢饮，新闷闷不悦。众人道：“想彼或往别处收买货去，不然，人岂会不见。”新想：他别处皆生，有何处去得？只宿过一晚，次早往阳逻驿李昭店问，亦道自二十二日别后未转。乃自忖道：或途中被人打抢？新一路探问，皆说今新年并未见打死人。又转新里街问店中众客是几时到，都说是二月到的。新乃心中想道：此必牙家见他银多身孤，利财谋害，亦未见得。新谓清道：“我表弟带银二百两来汝家收布，必是汝谋财害命。遍问途中并无打抢。设若途中被人打死，必有尸在，怎的活活一人哪里去了？”清道：“我家满店客人，如何干得此事！”新道：“你家店中客人都是二月到的，我那表弟是正月里来的，故受你害。”清道：“既有客到，邻里岂无人见？街心谋人，岂无人知？你平白黑心说此大冤。”二人争论，因而相打。新写信雇一人驰报家中，次日具状告县。

孝感知县张时泰准状行牌。次日杨清亦是诉状，县主遂行牌拘集一干人犯齐赴台前听审。县主问：“日新你告杨清谋死马泰，有何影响？”新道：“奸计多端，弥缝自密，岂露踪影？乞爷严究自明。”清道：“日新此言皆天昏地黑，瞒心昧己。马泰并未来家？若见他一面，甘心就死。此必是日新谋死，佯告小的，以掩自己。”新道：“小人分别在李昭店买酒吃过，各往东西。”县主便问李昭，昭道：“是日到店买酒，小的以他新年初到，照例设酒。饮后辞别，一东一西，怎敢胡言。”清道：“小的家中客人甚多，他进小的家中，岂无人见？本店有客伴可问，东西有邻里可察。”县主即各拘来问道：“你们见马泰到杨清店否？”客伴皆道不见。新道：“邻里皆伊相知，彼纵晓得亦不肯说。客伴皆是二月到的，马泰乃正月到他家里，他们哪里得知。大抵马泰一人先到，杨清方起此不良之心，乞爷法断偿命。”县主见邻里客人各皆推阻，勒清招认。清本无境，岂肯招认？县主喝令将清重责三十，不认，又令夹起，受刑不过，乃乱招承。县主道：“即招谋害，尸在何处？原银在否？”清道：“实未谋他，因爷爷苦刑，当受不起，只得屈招。”县主大怒，又令夹起，即刻昏迷，久而方醒。自思：不招亦是死，不若暂且招承，他日或有明白。遂招道：“尸丢长江，银已用尽。”县主见他招承停当，即钉长枷，斩罪已定。

未及半年，适包公奉旨巡行天下，来到湖广历至武昌府。是夜，详察案卷，阅至此案，偶尔精神困倦，隐几而卧，梦见一兔，头戴帽子，奔走案前。既觉，心中思忖：梦兔戴帽，乃是冤字。想此中必有冤枉。次日，单吊杨清一起勘审。问李昭，则道：“吃酒分别是的。”问杨清、邻店皆道：“未见。”心中自思：此必途中有变。次日，托疾不出坐堂，微服带二家人往阳逻驿一路察访，行至南脊，见其地甚是孤僻，细察仰观，但见前面源口鸦鹊成群在荫塘岸边。三人近前观之，但见有一死人浮于水面，尚未甚腐。包公一见，令家人径至阳逻驿讨驿卒二十名，轿一乘，到此应用。驿丞知是包公，即唤轿夫自来迎接。参见毕，包公即令驿卒下塘取尸。其深莫测,内有一卒赵忠禀道:“小人略知水性,愿下水取之。”包公大悦,即令下塘,泅至中间,拖尸上岸。包公道:“你各处细搜,看有何物?”赵忠一直闯下,见内有死尸数人,皆已腐烂,不能得起,乃上岸禀包公。包公即时令驿卒擒捉上下左右十余家人,问道:“此塘是谁家的?”众道:“此乃一源灌荫之塘,非一家非一人所有。”包公道:“此尸是何处人?”皆不能识。将十数余人带至驿中,路上自思:这一干人如何审得,将谁问起?安得人人俱加刑法?心生一计,回驿坐定。驿卒带一干人进,包公着令一班跪定,各报姓名,令驿书逐一细开其名呈上。包公看过一遍乃道:“前在府中,夜梦有数人来我台前告状,被人谋死,丢在塘中。今日亲自来看,果得数尸,与梦相应;今日又有此人名字。”佯将朱笔乱点姓名,纸上一点,高声喝道:“无辜者起去,谋死人者跪上听审。”众人心中无亏,皆走起来,惟吴玉吓得心惊胆战,起又不是,不起又不是。正欲起来,包公将棋子一敲,骂道:“你是谋人正犯,怎敢起去!”吴玉低首无言。喝打四十,问道:“所谋人乃是何等之人,从直招来,免动刑法。”吴玉不肯招认,包公令取夹棍夹起,乃招承道:“此乃远方孤客,小人以牧牛为由,见天将晚,遂花言巧语,哄他到小的家中借歇,将毒酒醉倒,丢入塘中,皆不知姓名。”包公道:“此未烂尸首,今年几时谋死的?”吴玉道:“此乃正月二十二日晚下谋死的。”包公自思:此人死日恰与郑日新分别同时,想必是此人了。即唤李照来问。驿卒禀道:“前日往府听审未回。”包公令众人各回,将吴玉锁押。

次日,包公起马往府,府中官僚人等不知所以,出郊迎接,皆问其故。包公一一道知,众皆叹服。又次日,吊出杨清等略审,即令郑日新往南脊认尸明白回报,取出吴玉出监勘审。乃问清道:“当时你未谋人,为何招承狱?”清道:“小人再三诉告并无此事,因本店客人皆说二月到的,邻里都怕累身,各自推说不知,故此张爷生疑,苦刑拷究,昏晕几绝。自思:不招亦死,不若暂招,或有见天之日。今日幸遇青天,访出正犯,一则老爷明察沉冤,次则皇天不昧。”包公令打开杨清枷锁,又问日新道:“你当时不察,何故妄告?”新道:“小人一路遍问,岂知这贼弥缝如此缜密,小人告清,亦不得已。”包公道:“马泰当时带银多少?”新道:“二百两。”又问吴玉道:“你谋马泰得银多少?”玉道:“只用去三十两,余银犹在。”包公即差数人往取原赃,其母以为来捉己身受刑,乃赴水而死。龚氏见姑赴水,亦同跳下,公差救起。搜检原银,封锁家财,令邻里掌住。公差带龚氏到官。龚氏禀道:“丈夫凶恶,母谏成仇,何况于妾,婆今死,妾亦愿随。”包公道:“你既苦谏不从,与你无干,今发官嫁。日新,本该问你诬告的罪,但要你搬尸回葬,罪从免拟。”日新磕头叩谢。吴玉市曹斩首。

第八十二回 鹿随獐

话说大田县高村坡有一峻岭，名曰枯蹄岭，上通大田，下往九溪。有一贩布孤客往乡收账，路经其地。山凹有一人家姓张，兄弟二人，名禄三、禄四，假以砍薪为名，素行打抢，遇有孤客，便起歹意。客欲问路，望见二人迤逦而来，近前拱手问道："此去二十九都多少路程？"禄三答道："只有半日之遥。你从何来？"客道："我在各乡收账回家，闻此处有一条小路甚是便捷，不意来此失路，望二位指引。"禄四道："过岭十里即是大路。"客以为真是樵夫，遂任意行去。及到前途，乃是峻岭绝路，只得坐于石上等人借问。忽见禄四兄弟盘山而来，一刀挥下，客未曾提防，连砍四刀，登时气绝。二人搜其腰间，得碎银七八两，又有银簪两根，兄弟将尸埋掩山旁，将银均分。倏尔半年有余，毫无人知。

适有近地钱五秀、范体忠两家争山界不明。钱五秀访知包公巡行，即往告状时，包公亲自往山踏勘，五秀得理，断山与他管照，范体忠受刑问罪。包公吩咐回衙，来到山旁，忽狂风骤起，包公思想半晌，莫非此地有什么冤枉？即令二人于各处寻觅，于山旁有一死尸，被兽掘开土块，露尸在外，二人回复。包公亲往视之，令左右起土开看，见颈项上四刀，乃知被人谋死，复令左右为之掩覆。回衙，不知谁人谋死，无计可施。包公道："我日断阳间，夜断阴间，这件事我阳间不得明白，要向阴间讨个真实消息。"便登赴阴床，叫阴司手下人吩咐道："枯蹄山旁谋杀一人，露出尸首，带了重伤，不知此尸首是谁杀死，必有冤魂到此告状，汝等俱各伺候，放他进来。"话毕，霎时阴风惨惨，烛影不明，遂觉精神困倦，隐几而卧，似梦非梦。须臾，一人身血淋漓，前有一獐，后有鹿随之，慌忙而窜，包公惊觉，不见手下众人，浑如一梦。心下思想：莫非枯蹄山旁有叫张禄者？天明升堂，密差二人往彼处觅访，如有张禄，拿来见我。二人应诺而去。及至枯蹄访问，果有姓张名禄三、禄四者兄弟二人，不敢往捉，回衙见包公道："小的奉差访拿张禄，其地果有张禄三、禄四兄弟二人。"包公道："既有此人名，叫书吏可发牌，火速拿来见我。"二人复去拘得至官审问。包公喝道："你二人抢劫客人货物，好生直招，免受重刑。"二人强硬不认，包公喝令左右将二人各责六十重杖，兄弟受刑不起，只得从实招道："有一客人，往乡收账回家，因迷失路途，小的佯指令，入僻处杀死是实。今蒙访出，此亦冤魂不散。"包公见他招明，即判处决。

第八十三回 遗帕

话说池州府青阳县民赵康，家私巨富，生子嘉宾，恃财恣性，奸淫博弈，彻夜讴歌。一日，命仆跟随在后，径往南庄闲游，偶见二女子，年方二八，淡汝素服，自然雅洁，观不厌目，尽可赏心。问仆人道："此谁家妇？"仆道："此山后丘四妻妹，因夫出外经商，数载未回，常往庵庙求签。"嘉宾道："你去问她，家中若少银米，随她要多少，我把借她。"仆道："伊亲颇富，纵有不给，必自周济。"是夜宾想二妇的颜色竟不能寐。次日饭后，取一锭银子约有十两，往其家调奸，二妇贞节不从，厉色骂詈，叫喊邻人。宾见不可，拂袖而出，思谋无策，即着仆去请友人李化龙、孙必豹二人来庄，令庄人备酒。饮至半酣，二友道："今日蒙召，有何见谕？"宾道："今日一事甚扫我兴，特请二位同设一计。"二人问道："何事？快请教。"宾道："昨日闲游，偶遇丘四妻、妹二人朝神过此，貌均奇绝。今上午将银一锭到彼家只求一会，不惟不许，反被恶言骂詈，故拂我意。"二人道："此事甚易。"宾道："兄有何妙计，请教一二。"友道："今夜候至三更，将一人后山呐喊，两人前门进去擒此二妇，放在山窠，任你摆布，何难之有？"宾道："此计甚妙。"是夜，饮酒候至三更，瞒了庄人，私自潜出，把一人在山后呐喊，二人向前冲门而进。佣工人即忙起看，二人就将工人绑缚丢在地上，使不能出喊。遂入房中，只捉得曾氏一人——不意丘四妹子因家有事，傍晚接回——三人将曾氏捉入山中平窠内。至天微明，三人散去，宾不意遗一手帕在旁。

次早，邻人方知曾氏家被劫，众人入看，解放工人，即报丘四妹家。许早夫妇往看，遍觅无踪，寻至山窠，只听哀哀叫苦，三人近看，羞不能遮，不能动止。许早背回曾氏，姑以汤灌久之，略苏，方能言语。姑道："因何如此？"曾氏羞言，姑问再三，乃道："昨夜三更，二人冲门而进，我以为贼，起身欲走，穿衣不及，二人进房捉上山去，三人强奸。"姑曰："三人认得否？"曾氏道："昏月之下认人不真。"许早拾得白绫手帕，解开一看，只见帕上写有嘉宾之名，乃是戏妇所赠。其妻知之，乃告夫许早道："昨日上午，嘉宾将银一锭来家求奸，被我骂去，想必不甘心，晚上凑合光棍来捉去强奸，幸我不在，不然亦难逃矣。"许早听了妻子言语，即具状首于包公：

呈首为获实强奸事：鹰鹯搏击，鸠雀无遗；虎豹纵横，犬羊无类。淫豪赵嘉宾，逞富践踏地方，两三丘度荒秀麦，止供群马半餐；恃强派食庄户，百十斤抵债洪猪，不够多人一嚼。无犯平民泪汪汪，常遭鞭打；有貌少妇眉蹙蹙，弗洗污淫。金银包胆，奸宿匪彝。瞰舅丘四远出，来家赠银调奸，舅妇曾氏，贞节不从，喊邻逐出，恶即串党数人，标红抹黑，执斧持刀，深夜明火入室，突冲擒入山窠，彼此更番，轮奸几死。夫早觅获，命若悬丝，遗帕存证，四邻惊骇痛恨。黑夜入人家，老少闻风股栗；山坞奸妇人，樵牧见影胆寒。不啻斜阳闭户，止声于夜啼之儿；真同明月满村，吠瘦乎守家之犬。见者睡不贴席，即如越王勾践卧薪；闻者梦不至酣，酷似司马温公警木。山路滚滚尘飞，合村洋洋鼎沸。恳天验帕剿恶，烛奸正法。遗帕不止乎绝缨，荒野倍惨于暗室。万民有口，三尺有法。上告。

包公即拘齐人犯，先问邻右萧兴等道："你是近邻，知其详否？"

兴道："是夜之事，小人通未知之。次早起来，听得佣工人喊叫，众人入内，看见工人绑在地上，遂即解放，报知许早夫妇，觅至山窠才获曾氏，不能行止，遗帕在旁是的，余事不知，不敢妄言。"

包公道："旁遗有帕，帕上既有嘉宾的名，必是他无疑了。"

宾道："小人三日前遗此帕于路，并未在山；况一人安能捉人而绑人？此皆夙仇诬陷。"

早道："日间分明是你掷银调戏，二妇喊骂才出，是晚被劫，并未去财，况有手帕硬证；若是贼劫必定掳财，何独奸妇？乞老爷严刑拷出同党，以伸此冤。"

包公喝叫将宾重打二十，令其招认，宾仍巧言争辩，包公令将原被告二人一起收监，邻证发出。私嘱禁子道："你谨守监门，若有甚闲人来看嘉宾，不可令他相见，速拿来见我，明日赏你；若泄漏卖放，杖六十革役！"禁子道："不敢。"包公退堂，禁子坐守。

不移时，有二人来监前呼宾，禁子开了头门，守堂皂隶齐出，扭住二人，进堂敲梆，包公升堂。禁子道："获得二人，俱皆来探嘉宾的。"包公问明姓名，喝道："你二人同奸曾氏，嘉宾先已招出，正欲出牌捕捉，你却自来凑巧。"二人面皆失色，两不相照。化龙道："并无小人两个，彼何妄扳？"包公道："嘉宾说，若非你二人,他一人必干此事不得,从直招来!”化龙道:“彼自干出,妄扳我等!”包公见其词遁,乃令各打二十,不招,又将二人夹起,远置廊下。

监中取嘉宾出来,但见夹起二人,心中慌张。包公高声骂道:“分明是你这贼强奸曾氏,我已审出;二人系你同奸,彼已招承道是你叫他,非管他事,故将他夹起。”嘉宾更自争辩不已,仍令夹起,嘉宾畏刑乃招道:“是日,小人不合到其家掷银,被他骂出,遂叫二人商议,计出化龙。乞老爷宽刑。”包公道:“你二人先说妄扳,嘉宾招明,各画供招来。”三人面面相视,无言抵答,只得招认。判道:

审得赵嘉宾,不羁浪子,恃富荒淫,罔知官法之如炉;尚倚爪牙,擒奸妇女,胜若探囊而取物。棍徒化龙等,既不能尽忠告以善道,抑且相助而为非;又不能陈药石之箴规,究且设谋以从欲。明火冲家,绑缚二人于地下;开门擒捉,轮奸曾氏于山中。败坏纪纲,强奸不容于宽宥;毋勿首从,大辟用戒乎刁淫。

第八十四回 借衣

话说开封府祥符县县学生员沈良谟,生一子名猷。里人赵家庄进士赵士俊,妻田氏,年将半百无子,止生一女名阿娇,有沉鱼落雁之容,闭月羞花之貌,时与沈良谟子猷结为秦晋。未经一载,良谟家遭水患所淹,因而家事萧条。士俊见彼落泊,思与退亲,其女阿娇贤淑,谓母田氏道:"爹爹既将我配沈门,宁肯再适他人?"田氏见女长成,急欲使之成亲,奈沈猷不能遣礼为聘。一日,士俊往南庄公出,田氏竟令苍头往沈猷家,请猷往见,将银与彼作聘。猷闻大喜,奈身悬鹑百结,遂往姑母家借衣。姑母见侄到,问其到舍有何所议?沈猷道:"岳母见我家贫,呼遣人来叫我,将银与我以作聘礼,然后亲迎。奈无衣服,故到此欲向表兄借用,明日侵早奉还。"姑母闻得亦喜,留午饭后,立命儿王倍取套新衣与侄儿去,谁料王倍是个歹人,闻得此事即托言道:"难得表弟到我家,须消停一日去,我要去拜一知友,明日即回奉陪。"故不将衣服借之,猷只得在姑母家等。王倍自到赵家,诈称是沈猷,田夫人同女阿娇出见款待,见王倍礼貌荒疏。田氏道:"贤婿是读书的人,为何粗率如此?"倍答道:"财是人胆,衣是人貌。小婿家贫流落,居住茅屋,骤见相府,心不敢安,故致如此。"田夫人亦不怪他,留之宿,故疏放其女夜出与之偷情。次日,收拾银八十余两,又金银首饰、珠宝等约值百两,交与倍去。彼只以为真婿,怎知提防。倍得此金银回来见猷,只说他去望友而归,又缠住一日,至第三日,猷坚要去,乃以衣服借之。

及猷到岳丈家,遣人入报岳母,田夫人惊怪。出而见之,故问道:"你是吾婿,可说你家中事与我听。"猷一一道来,皆有根据。但见言词文雅,气象雍容,人物超群,真是大家风范。田夫人心知此是真婿,前者乃光棍假冒,悔恨无及。入对女道:"你出见之。"阿娇不肯出,只在帘内问道:"叫你前日来,何故直至今日?"猷道:"贱体微恙,故今日来。"阿娇道:"你早来三日,我是你妻,金银皆有;今来迟矣,是你命也。"猷道:"令堂遣盛价来约以银赠我,故造次至此;若无银相赠亦不关甚事,何须以前日今日为辞。我若不写退书,任你守至三十年,亦是我妻。令尊虽有势。岂能将你再嫁他人!"言罢即起身要去。阿娇道:"且慢,是我与你无缘,你有好妻在后,我将金钿一对,金钗二股与你去读书,愿结下来生姻缘。"猷道:"小姐何说此断头的话?这钗钿与我,岂当得退亲财礼乎?凭你令尊与我如何,我便不肯。”阿娇道:“非是退亲,明日即见下落,你速去,则得此钗钿。稍迟,恐累及于你。”猷不懂,在堂上端坐。少顷,内堂忙报小姐缢死。猷还未信,进内堂看之,见解绳下,田夫人抱住痛哭,猷亦泪下如雨,心痛悲伤。田夫人促之出道:“你速出去,不可淹留。”猷忙回姑母家交还衣服,告知其故。后王母晓得是儿子去脱银奸宿,此女性烈缢死,心甚惊疑,不数日而死。倍妻游氏,亦美貌贤德,才入至王门一月,见倍干此事,骂道:“既得其银,不当污其身,你这等人,天岂容你!我不愿为你妇,愿求离归娘家。”倍道:“我有许多金银,岂怕无妇人娶!”即为休书离之。

再说赵士俊,数日归家,问女死之故。田夫人道:“女儿往日娇贵,凌辱婢妾,日前沈女婿自来求亲,见其衣冠褴褛,不好见面,想以为羞,遂自缢死。亦是她一时执迷,与女婿无干。”士俊说道:“我常要与他退亲,你教女儿执拗不肯,今来玷我门风,坑死我女儿,反说与他无干!我偏要他偿命。”即写状与家人往府赴告:

告为奸杀女命事:情莫切于父子,事莫大于死生。痛女阿娇,年甫及笄,许聘兽野沈猷,未及于归,猷潜来室,强逼成奸,女重廉耻,怀惭自缢。窃思闺门风化所关,男女嫌疑有别。先后是伊妻子,何故寅年吃了卯年粮;终久是伊家室,不合今日先讨明日饭。生者既死,同衾合枕之姻缘已绝;死者不生,偿命抵死之法律难逃。人命关天,哭女动地。上告。

赵进士财富势大,买贿官府,打点上下。叶府尹拘集审问,一任原告偏词,干证妄指,将沈猷拟死,不由分诉。

将近秋时,赵进士写书通知巡行包公,嘱将猷处决,勿留致累。田夫人知之,私遣家人往诉包公,嘱勿便杀。包公心疑道:“均是婿也。夫嘱杀,妻嘱勿杀,此必有故。”单吊沈猷,详问其来历。猷乃一一陈说,包公诘道:“当日赵小姐怨你不早来,你何故迟来三日?”猷道:“因无衣冠,在表兄王倍家去借,苦被缠留两日,故第三日才去。”包公闻得,心下明白。乃装作布客往王倍家卖布。倍问他买二匹,故高抬其价,激得王倍发怒,大骂道:“小客可恶。”布客亦骂道:“谅你不是买布人。我有布价二百两,你若买得,情肯减五十两与你,休欺我客小。”王倍道:“我不做客,要许多布何用?”布客道:“我料你穷骨头那得及我!”王倍暗想:家中现有银七八十两,若要首饰相添,更不止一百五十两。乃道:“我银生放者多,现在者未满二百,若要首饰相添我尽替你买来。”布客道:“只要实买,首饰亦好。”王倍随兑出银六十两,又以金银首饰作成九十两,问他买二十担好布。包公既赚出此赃,乃召赵进士来,以金银首饰交与他认。赵进士大略认得几件,看道："此钗钿多是我家物，因何在此？"包公再拘王倍来问道："你脱赵小姐金银首饰来买布，当日还有奸否？"王倍见包公即是前日假装布客，真赃已露，情知难逃，遂招承道："前者因表弟来借衣服，小的果诈称沈猷先到赵家，小姐出见，夜得奸宿。今小姐缢死，表弟坐狱，天台察出，死罪甘受。"包公听着其情可恶，重责六十，即时死于杖下。

赵进士闻得此情，怒气冲天道："脱银尚恕得，只女儿被他污辱怀惭死了，此恨难消。险此又陷死女婿，误害人命，损我阴德，今必更穷追其首饰，令他妻亦死狱中，方泄此忿。"王倍离妻游氏闻得前情，自往赵进士家去投田夫人说："妾游氏，自到王门，未满一月，因夫脱贵府金银，妾恶其不义，即求离异，已归娘家一载，与王门义绝，彼有休书在此可证。今闻老相公要追首饰，此物非我所得，望夫人察实垂怜。"赵进士看其休书，穷诘来历，果先因夫脱财事而自求离异，乃叹息道："此女不染污财，不居恶门，知礼知义，名家女子不过如是。"田夫人因念女不已，见夫称游氏贤淑，乃道："吾一女爱如掌珠，不幸而亡，今愿得汝为义女，以慰我心，你意何如？"游氏拜谢道："若得夫人提携，是妾之重生父母。"赵进士道："汝二人既结契母子，今游氏无夫，沈女婿未娶，即当与彼成亲，当作亲女婿相待何如？"田夫人道："此事真好，我思未及。"游氏心中喜甚，亦道："从父亲母亲尊意。"即日令人迎请沈猷来，入赘赵家，与游氏成亲，人皆快焉。异哉，王倍利人之财，而横财终归于无；污人之妻，而己妻反为人得。天网恢恢，疏而不漏，此足证矣。

第八十五回 壁隙窥光

话说庐州府霍山县南村，有一人姓章名新，素以成衣为业，年将五十，妻王氏少艾，淫滥无子。新抚兄子继祖养老，长娶刘氏，貌颇娇娆。有桐城县二人来霍山县做漆，一名杨云，一名张秀，与新有旧好，遂寄宿焉，日久愈厚，二人拜新为契父母，出入无忌，视若至亲。杨云与王氏先通，既而张秀皆然。一日新叔侄往乡成衣，杨云与王氏正在云雨，被媳撞见。王氏道："今日被此妇撞见不便，莫若污之以塞其口。"新叔侄至夜未回，刘氏独宿。杨云掇开刘氏房门，刘氏正在梦寐，杨云上床抱奸，手足无措，叫喊不从，王氏入房以手掩其口助之，刘氏不得已任其所寝，张秀亦与王氏就寝。由是二人轮宿，杨云宿姑，张秀宿媳；杨云宿媳，张秀宿姑。新叔侄出外日多，居家日少，如是者一年有余。四人意甚绸缪，不意为新所觉，欲执未获。杨、张二人与王氏议道："老狗已知，莫若阴谋杀之，免贻后患。"王氏道："不可，我你行事只要机密些，彼获不到，无奈你何。"

叔侄回来数日，新谓继祖道："今八月矣，家家收有新谷。今日初一不好去，明日早起，同往各去讨些谷回来吃用。"次日清早，与侄同出，二处分行，新往望江湾略近，继祖往九公湾稍远。新账先完，次日午后即回。行至中途，突遇杨、张二人做漆回家，望见新来，交头附耳，前计可行，近前问道："契父回来了，包裹、雨伞我等负行。"行至一僻地山中，天色傍晚，二人哄新进一深源，新心慌大喊，并无人至，张秀一手扭住，杨云于腰间取出小斧一把，向头一劈即死，乃被脑骨陷住，取斧不出。倏忽风动竹声，疑是人来，忙推尸首连斧丢入莲塘。恐尸浮出，将大石压倒，二人即回。自谓得志，言于王氏。王氏听得此言，心胆俱裂，乃道："事已成矣，切不可令媳妇知之，恐彼言语不谨，反自招祸。"王氏又道："倘继祖回寻叔父，将如之何？"张秀道："我有一计，你若肯依，包管无事。"王氏道："计将安出？"张秀道："继祖回来，你先问他，若说不见，即便送官，诬以谋死叔父。若陷得他死罪，岂不两美。"王氏、杨云皆道："此计甚妙，可即依行。"初六日，继祖回到家中，王氏问道："叔何不归？"继祖愕然道："我昨在望江湾住，欲等叔同回，都说初三日下午已回。"王氏变色道："此必是你谋害！"扭结投邻里锁住，自投击鼓。

正值朝廷差委包公巡行江北，县主何献出外迎接，王氏将谋杀事具告。包公接得此词，素知县主吏治清明，刑罚不苟，即批此状与勘审。当差汪胜、李标，即刻拿到邻右萧华，里长徐福，一起押送。县主道："你叔自幼抚养，安敢负恩谋死，尸在何方？从直招来。"继祖道："当日小人与叔同出，半路分行，小人往九公湾，叔往望江湾。昨日小人又到望江湾邀叔同回，众人皆道已回三日，可拘面证。小人自叨叔婶厚恩，抚养娶妇，视如亲子，常思图报未能，安忍反加杀死？乞爷细审详察。"王氏道："此子不肖，漂荡家资，嗔叔阻责，故行杀死，乞爷爷严刑拷究，追尸殓葬，断偿叔命。"县主唤萧华上平台下问道："继祖素行如何？"华道："继祖素行端庄，毫无浪荡事，事叔如父，小人不敢偏屈。"县主令华下去。又问徐福："继祖素行可端正？"徐福所答，默合华言。县主喝止。乃佯怒道："你二人受继祖买嘱，本该各责二十，看你老了。"县主知非继祖，沉吟半晌，心生一计，喝将继祖重打二十，即钉长枷，乃道："限三日令人寻尸还葬。"令牢子收监，发王氏还家。王氏叩头谢道："青天爷爷神见，愿万代公侯。"喜不自胜。

县主乃问门子道："继祖家在何处？"门子道："前村便是。"二人直至门首，各家睡静，惟王氏家尚有灯光，县主于壁隙窥之，见两男两女共席饮酒。杨云笑道："非我妙计，焉有今日？"众皆笑乐，惟刘氏不悦道："好好，你便这等快乐，亏了我夫无辜受刑，你等心上何安？"杨云道："只要你我四人长久享此快乐，管他则甚。大家饮一大杯，赶早好去行些乐事。"王氏道："都说何爷明白，亦未见得。"杨云道："闲话休说。"乃抱住刘氏。刘氏口中不言，心内怒起，乃回头不顾。王氏道："老爷限三日后追尸还葬，你放得停当否？"二人道："丢在莲塘深处，将大石压住，不久即烂。"王氏道："这等便好。"县主大怒回衙，令门子击鼓点兵，众人莫知其故。兵齐，乘轿亲抵继祖家，将前后围定，冲开前门，杨、张二人不知风从何起，见官兵围住，遂向后走，被后面官兵捉住，并捉男妇四人回衙，每人责三十收监。

次早出堂，先取继祖出监，问道："你去望江湾，路可有莲塘否？"继祖思忖良久道："只有山中那一丘莲塘，在里面深源山下。"即开继祖枷锁，令他引路，差皂快二十余人，亲自乘轿直至其地，果然人迹罕到。继祖道："莲塘在此。"县主道："你叔尸在此塘内。"继祖听了大哭，跳下塘中，县主又令壮丁几人下去同寻，直至中间，得一大石，果有尸首压于石下，取起抬上岸来，见头骨带一小斧，取之洗开，见斧上凿有杨云二字，奉上县主。县主问道："此谁名也？"继祖道："是老爷昨夜捉的人名。"又问："二人与你家何等亲？"继祖道："是叔之契子。"遂验明伤处，回县取出男妇四人，喝将杨云、张秀各打四十，令他招承，不认。乃丢下斧来："此是谁的？"二人心慌，无言可答。喝令夹起，二人面面相视，苦刑难受，乃招道："小人与王氏有奸，被彼知觉，恐有后祸，故尔杀之。"县主道："你既知觉察奸情为祸，岂不知杀人之祸尤大！"再重打四十，枷锁重狱。县主谓王氏道："亲夫忍谋，厚待他人，此何心也？"王氏道："非关小妇人事，皆彼二人操谋，杀死方才得知。"县主道:"既已得知,合当先首,胡为又欲陷继祖于死地?你说何爷不明,被你三言四语就瞒过了,这泼贱可恶!"重打三十。又问刘氏道:"你与同谋陷夫,心何忍乎?"刘氏道:"此事实未同谋,先是妈妈与他二人有奸,挟制塞口,不得不从。其后用计谋杀,小妇人毫不知情,乞爷原情宥罪。"县主道:"起初是姑挟制,后来合当告夫,虽未同谋,亦不宜委曲从事。"减等拟绞;判断杨云、张秀论斩;王氏凌迟;继祖发回宁家。当申包公,随即依拟,可谓法正冤明矣。

第八十六回 桷上得穴

话说山西太原府阳曲县生员胡居敬，年方十八，父母双亡，又无兄弟，家道清淡，未有妻室。读书未透，偶考四等，被责归家，发愤将家资田宅变卖，得银六十两，将往南京从师读书。至江中遭风覆舟，舟中诸人皆溺死，居敬幸抱一木板在手，随水流近浅处，得一渔翁安慈救之，以衣服与换，又以银赠为盘费。居敬拜谢，问其姓名居止之处而去。居敬思回家则益贫无依，况久闻南京风景美丽，不如沿途觅食，挨到那里又作区处。及到南京，遍谒朱门，无有肯施济之者，衣衫褴褛，日食难度。乃入报恩寺求为和尚，扫地烧香却又不会，和尚要逐他去。一老僧率真道："你会干什么事？"居敬道："不才山西人氏，忝系生员，欲到京从师，不意途中覆舟，流落至此，诸事不会干。倘师父怜念，赐我盘费，得还乡井，永不忘恩。"僧率真道："你归途甚远，我焉能赠你许多盘费？况你本意要到京从师，今便归去，亦虚跋涉一番。不如我供膳，你在寺中读书，倘读得好时，京城内今亦有人在此寄学，赴考岂不甚便？"居敬想：在寺久住，恐僧徒厌贱，遂乃结契率真为义父，拜寺中诸僧为师兄弟。由是一意苦心读书，昼夜不息。过了三年，遂出赴考，果登高第，僧率真亦自喜作成有功。

先时居敬虽在寺三年，罕得去闲游，中举之后，诸师兄多有相请者，乃得遍游各房。一日，信步行到僧悟空房去，微闻棋声在上，从暗处寻见有梯，直上楼去，见二妇人在楼上着棋，两相怪讶。一妇人问道："谁人同你到此？"居敬道："我信步行来。你是甚妇人？乃在此间！"妇人道："我乃渔翁安慈之女，名美珠，被长老脱骗在此。"居敬道："原来是我恩人之女。"美珠道："官人是谁？我父于你有甚恩？"居敬道："今寺中举人就是我，前者未遇时，蒙令尊救援，厚恩至今未报，今不意得会娘子，我当救你。"美珠道："报恩且慢，你快下去。今年有一郎官误行到此，亦被长老勒死，若还撞见，你命难保。"居敬道："悟空是我师兄，同是寺中人，见亦无妨。"又问："那一位娘子是谁？"美珠道："她名潘小玉，是城外杨芳之妻，独自行往娘家，被长老以麻药置果子中逼她食，因迷留在别寺中，夜间抬入此来。"说话已久，悟空登楼来，见敬，赔笑道："贤弟何步到此？"居敬道："我偶然行来，不意师兄有此乐事。"

悟空即下楼锁了来路的房门，更唤悟静同来，邀居敬至一空房去，四面皆是高墙，将绳一条，剃刀一把，砒霜一包送与胡居敬道："请贤弟受用何物，免我二人动手。"居敬惊道："我同是寺中人，怎把我当外人相防？"悟空道："我僧家有密誓愿，只削发者是我辈中人，得知我辈事；有发者，虽亲父子兄弟至亲不认，何况契弟？"居敬道："如此则我亦愿削发罢。"悟静道："休说假话，你历年辛苦，今始登科，正享不尽富贵之时，你说削发瞒谁？今不害你，你明日必害我。"居敬指天发誓道："我若害你，我明日必遭江落海，天诛地灭。"悟空道："纵不害我，亦传说害我教门。你今日虽仪秦口舌也是枉然，再说一句求饶，我要动手。"居敬泣道："我受率真师父厚恩，愿见一面拜谢他而死。"悟空道："你求师父救你，亦是求阎王饶命。"

须臾，悟静叫率真至，居敬泣拜道："我是寺中人，见他私事亦甚无妨。今师兄要逼我死，望师父救我。"率真尚未言，悟空道："自古入空门即割断骨肉，那顾私恩。你今求救，率真肯救你否？"率真道："居敬儿，是你命合休，不须烦恼，死后我必埋葬你在吉地，做功德超度你来生再享富贵。倘昔日在江中溺死，尸首尚不能归土，哪得食这几年衣禄？我只一句话，决救不得你死。"居敬见说得硬，乃泣道："容我缓死何如？"三僧道："若是外人，决不肯缓他，在你且放缓一步。但今日午时起，明日午时要交命。"三僧出去，锁住墙门。

居敬独立空房中，只有一索悬于梁上，一凳与他垫脚自缢，并一把小刀，一包砒霜，余无一物在旁，屋宇又高，四面皆墙壁。居敬四面详察，思计在心。

近晚来，以凳子打开近墙壁孔，取一直枋用索系住；又用刀削壁经为钉，脚衬凳子登其钉，手抱柱以衬其脚，索系于腰，扳援而上，至于三川枋上，以索吊上直枋，将枋从下撞上，果打开一桷子，见有穴而出。居敬自思：此场冤忿焉得不报！况且新科举人，若是默默，倘闻于众年家，岂不斯文扫地？遂一一告知同榜弟兄，闻者无不切齿抱恨，或助之资，或为之谋。

议论已定，方欲在包公案下审词。不道悟空、悟静三人，过了三日，想居敬举人必然身死，且忧且喜。三人同来启门一视，并不见踪迹，你我相视，彼此愕然失色道："这事如何是好！此房四壁如铁桶，缘何被他走出？"三人密寻，果见其走处有穴。三人相议：若是闲人且不打紧；他是新科举人，况他同年皆晓得在我寺中，倘去会试，不见其人，必来我寺中根寻，我们如何答对？若是居敬不死走出去，必来报冤，他是举人，我是僧家，卵石非敌，不若先下手为强。率真道："此事如何处？"悟空道："不如做你的名具一张状纸，先在包爷台前告明：见得居敬举人在我寺中娶二娼妇，无日无夜酣歌唱饮，一玷斯文，二坏寺门，于本月某日寺中野游至晓不回来，日后恐累及寺中，只得到爷台前告明。"如此主意，即去告状。包公还未施行，只见居敬举人亦来告状。包公看了状词，即至寺中重责三僧，搜出二女，配与居敬，以美珠为长房，小玉为次房。后次年，居敬连登进士，除授荆州推官，到夏口江上，见悟空、悟静、率真在邻船中。居敬立在船头，令手下拿之。二僧心亏,知无生路,投水而死。率真跪伏求赦。居敬道:“你三年供我为有恩,临危不救为无情。倘当日被你辈逼死,今日焉得有官?将以你恩补罪,无怨无德,任你自去,今后再勿见我。”

第八十七回 黑痣

话说金华府有一人，姓潘名贵，娶妻郑月桂，生一子才八月，因岳父郑泰是日生辰，夫妇往贺。来至清溪渡口，与众人同过渡。妇坐在船上，子饥，月桂取乳与子食，其左乳下生一黑痣，被同船一个光棍洪昂瞧见，遂起不良之心。及下船登岸，潘贵乃携月桂往东路，洪昂扯月桂要往西路。潘贵道："这你等无耻，缘何无故扯人妇女？"昂道："你这光棍可恶！我的妻子如何争是你的？"二人厮打，昂将贵打至呕血，二人扭入府中。知府邱世爵升堂。遂乃问道："你二人何故厮打？"潘贵道："小人与妻同往郑家庆贺岳父生日，来在清溪渡口，与此光棍及众人等过渡，及过上岸，彼即紊争小人妻子，说是他的，故此二人厮打，被他打至呕血。"洪昂道："小人与妻同往庆贺岳父生日，同船上岸后，彼紊争我妻，乞老爷公断，以剪刁风。"府主乃唤月桂上来问道："你果是谁妻？"月桂道："小妇人原嫁潘贵。"洪昂道："我妻素无廉耻，想当日与他有通奸之私，今日故来做此圈套。乞老爷详察。"府主又问道："你妻子何处可有记验？"昂道："小人妻子左乳下有黑痣可验。"府主令妇人解衣，看见果有黑痣，即将潘贵重责二十，将其妇断与洪昂去，把这一干人犯赶出。

适包公奉委巡行，偶过金华府，径来拜见府尹。及到府前，只见三人出府，一妇与一人抱头大哭，不忍分别；一人强扯妇去。包公问道："你二人何故啼哭？"潘贵就将前事细说一番。包公道："带在一旁，不许放他去了。"包公入府拜见府尹，礼毕，遂说道："才在府前见潘贵、洪昂一事，闻贵府已断，夫妇不舍，抱头而哭，不忍别去，恐民情狡猾，难以测度，其中必有冤枉。"府尹道："老大人必能察识此事，随即送到行台，再审真伪。"包公唯唯出去。府尹即命一起人犯可在包爷衙门外伺候。

包公升堂，先吊月桂审道："你自说来，哪个是你真丈夫？"月桂道："潘贵是真丈夫。"包公道："洪昂曾与你相识否？"月桂道："并未会面。昨日在船上，偶因子饥取乳与食，被他看见乳下有痣，那光棍即起谋心，及至上岸，小妇与夫往东路回母家。彼扯往西路，因而厮打，二人扭往太爷台前，太爷问可有记验，洪昂遂以痣为凭，太爷不察，信以为实，遂将小妇断与洪昂。乞爷严究，断还丈夫，生死相感。"包公道："潘贵既是你丈夫，他与你各有多少年纪？"月桂道："小妇今年二十三岁，丈夫二十五岁，成亲三载，生子方才八月。”包公道：“有公婆否？”月桂道：“公丧婆存，今年四十九岁。”包公道：“你父母何名姓？多少年纪？有兄弟否？”月桂道：“父名郑泰，今八月十三日五十岁，母张氏，四十五岁，生子女共三人，二兄居长，小妇居幼。”包公道：“带在西廊伺候。”又叫潘贵进来听审，包公道：“这妇人既是你妻，叫做何名？姓谁氏？多少年纪？”潘贵道：“妻名月桂，郑氏，年二十三岁。”以后所言皆合。包公又令在东廊伺候，唤洪昂听审。包公道：“你说这妇人是你的妻，他说是他妻子，何以分辨？”昂道：“小人妻子左乳下有黑痣。”包公道：“那黑痣在乳下，取乳出养儿子，人皆可见，何足为凭？你可报他姓名，多少年纪。”洪昂一时无对，久之乃道：“秋桂乃妻名，今年二十二岁，岳父姓郑，明日五十岁。”包公道：“成亲几年？几时生子？”洪昂道：“成亲一年，生子半岁。”包公怒道：“这厮好大胆，无故争占人妻，还自强硬。”重打四十，边外充军。

若依府拟，潘贵夫妇拆开矣。

第八十八回　青粪

话说同安县城中有龚昆，娶妻李氏，家最丰饶，性多悭吝。适一日岳父李长者生日，昆备礼命仆长财往贺，临行嘱道："别物可逊他受些，此鹅决不可令他受了。"长财应诺而去，及到李长者家，长者见其礼亦喜，又问道："官人何不自来饮酒？"长财道："偶因俗冗，未得来贺。"长者令厨子受礼，厨子见其礼物菲薄，择其稍厚者略受一二，遂乃受其鹅。长财不悦，恐回家主人见责，饮酒几杯，闷闷挑其筐而回。

回到近城一里外，见田中有一群白鹅，长财四顾无人，乃下田拣其大者捉一只，放在鱼池尽将毛洗湿，放入笼中。谁知鹅仆者名招禄，偶回家去，在山旁撞见长财，笼中无鹅，及复来田，但见长财捉鹅放入笼中而去。招禄且叫且赶，长财并不理他，只管行去。行了一望路，偶遇招禄主人在县回来，招禄叫声："官人，前面挑笼的盗了我家鹅，可速拿住。"其主闻知，一手扭住。长财放下，乃道："你这些人好无礼，无故扯人何干？"主道："你盗我鹅，还说扯你何干？"

二人争闹。偶有过路众人，乃为息争道："既是他盗的鹅，众人与你解释，可捉转入群鹅中，如即合伙，就是你的；如不合伙，相追相逐，定是他的。"长财道："众人言之有理，可转去试之。"长财放出鹅来入于群中，众鹅见其羽毛皆湿，不似前样，众鹅相追相逐，并不合伙。众人皆道："此鹅系长财的，你主仆二人何欺心如此？可捉还他。"

其主被众人抢白，觉得无趣，乃将招禄大骂。招禄道："我分明前路见他笼中无鹅，及到田时，见他捉鹅上岸，如何鹅不合伙？"心中不忿，必要明白，二人扭打。

偶值包公行经此地，见二人打闹，问是何事？二人各以其故言之。包公细看其鹅，心中思忖：说是招禄之鹅，何为不合其伙？说是长财的，他岂敢平白赖人？其中必有缘故。想得一计，叫二人各自回家，带鹅县中，吩咐明早来领去。

次日，公差唤二人进衙领鹅，包公亲看，乃道："此鹅是招禄的。"长财道："老爷，昨日凭众人皆说是小人的，今日如何断与他去？"包公道："你家住城中，养鹅必是粟谷；他居住城外，放在田间，所食皆草菜。鹅食粟谷，撒粪必黄；如食草菜，撒粪必青。今粪皆青，你如何混争？"长财乃道："既说是他的，昨日为何放彼群鹅之中相逐相追,不合他伙?”包公道:“你这奴才还自强辩!你将水洗其毛皆湿,众鹅见其毛不同,安有不追逐者乎?”鹅给还禄,喝左右重责长财二十板赶出。邑人闻之,一县传颂,皆称包公为神明云。

第八十九回　和尚皱眉

话说包公为县尹,偶一夜梦见城隍送四个和尚来,三个开口笑,一个独皱眉。醒来疑异。

次日十五,即往城隍庙行香,见庙中左廊下有四个和尚,因记及夜间所梦的事,乃唤四和尚问道:“你等和尚为何不迎接我?”一和尚答道:“本庙久住者当迎接,小僧皆远方行脚,昨晚寄宿在此,今日又往别寺去,孤云野鹤,故不趋奉贵人。”

包公见有三个和尚粗大,一个和尚细嫩,不似男子样,心中生疑。因问道:“和尚何名?”

一个答道:“小僧名真守,那三个都是徒弟,名如贞、如海、如可。”

包公问道:“和尚会念经否?”

真守道:“诸经卷略晓一二。”

包公哄他道:“今是中秋之节,往年我在家常请僧念经,今幸遇你四人,可在我衙中诵经一日,以保在官清吉。”

即带四僧入衙去。包公命后堂摆列香花蜡烛,以水四盆与僧在廊边洗澡,然后诵经。

其三僧已洗,独如可不洗,推辞道:“我受师父戒,从来不洗澡。”包公以一套新衣服与他换道:“佛法以清净为本,哪有戒洗澡之理。纵有此戒,今为你改之。”命左右剥去褊衫,见两乳下垂,乃是妇人。

包公令锁了三僧,将如可问道:“我本疑你是妇人,故将洗澡来试,岂是真要念经乃请你等行脚僧。你这淫乱妇人,跟此三僧逃走,好好从头招出缘由来。”妇人跪泣道:“小妾是宜春县孤村褚寿之妻,家有婆婆七十余岁。因旧年七月十四晚这三个和尚来借宿,妾夫褚寿辞道,我乃孤村贫家,又无床被,不可以歇。这和尚说道,天晚无处可去,他出家人不要床被,只借屋下坐过一夜,明早即去,遂在地打坐诵经。妾夫见他不肯去,又怜他出家人,备具斋饭相待,开床与他歇。谁料这秃子心歹,取出戒刀将妾夫杀死。妾与婆婆将走,被他拿住,将婆婆亦杀死,强把妾来削发。次日,放火烧屋,将僧衣、僧鞋逼妾同去,用药麻口,路上不能喊叫,略不能行,又将我打。妾思丈夫、婆婆都被他杀死,几回思想杀他报冤，奈我妇人胆小不敢动手。昨晚正是十四夜，旧年丈夫、婆婆被杀之日适值周年，这三个买酒畅饮，妾暗地悲伤，默祷城隍助妾报冤。今老爷叫他入衙，妾道是真请他念经，故不敢告此情。早知老爷神见疑我是妇人，故将洗澡试验，妾早已说出了。今日乃城隍有灵，使妾得见青天，报冤雪恨，虽即死见丈夫，婆婆于地下，亦无所恨。”包公道：“你从三个和尚污辱一年，若不说出昨夜祷祝城隍一事，我今日必以你为淫贱，决难免于官卖；你今说默祷城隍求报婆婆、丈夫的冤，此乃是实事，我昨夜正梦城隍告我。今与梦相合，方信城隍有灵，这三秃子合该拟斩。”堂上起文书将妇人送还母家，另行改嫁。

第九十回 西瓜开花

话说包公粜谷赈济回京，偶从温州府经过，忽一夜梦四个西瓜，一个开花。醒来时方半夜，思之不知其故。

次日去拜府官王给事，遇三个和尚在街说因果。及回，其和尚犹未去。见其新剃头绿似西瓜，因想起夜来的梦，即带三个和尚入衙问道："你三人何名？"

一老的答道："小僧名云外，他二个名云表、云际，皆是师兄弟。"

又问道："你居住何寺？"

云外道："小僧皆远方行脚，随地游行，身无定居。昨到本府在东门侯思正店下暂住，亦不在此久居。"

又问道："你四个和尚如何只三个出来？"

云外道："只是三人，并无别伙。"

包公命手下拿侯思正来问道："昨日几个和尚在你店内？"

侯思正道："三个。"

包公道："这和尚说有四个，你瞒起一个怎的？"

思正道："更有一个云中和尚，心好养静，只在楼上坐禅，不喜与人交接，这三个和尚叫我休要与人说，免人参谒，扰乱他的禅心。"

包公赚出，即令手下去拿云中来。及到，见其眉目秀美若妇人一般，即跪近案桌前泣道："妾假名云中，实名四美。父亲贲文，同妾及母亲并一家人招宝，将赴任为典史，到一高岭处，不知是何地名，前后无人，被这三僧杀死父母并招宝，轿夫各自奔走，只留妾一人，强逼剃发，假装为僧，流离道路，今已半年。妾苟延贪生，正欲向府告明此事，为父母报仇，幸老爷察出真情，为妾父母伸冤。"包公听了判道：

审得僧云外、云表、云际等，同恶相济，合谋朋奸。假扮方外之游僧，朝南暮北，实为人间之蠹狗，行狠心污。污行不畏神明，恶心哪恤经卷。贲文职授典史，跋涉前程。四美跟随二亲，崎岖峻岭，三僧凶行杀掠，一家命丧须臾。死者抛骨山林，风雨暴露；生者辱身缁衲，蓬梗飘零。慈悲心全然失丧，秽垢业休问祓除。若见清净如来，定受烹煎之谴；倘有阿鼻地狱，永堕牛马之途。佛法迟且报在来世，王刑严即罪于今生。枭此群凶，方快众忿。

移文投送两院，当发所司，即以三僧决不待时，枭首示众。又为贲四美起文书解回原籍，得见伯叔兄弟。有大商贺三德丧妻，见四美有貌，纳为继室，后生子贺怡然，连登科甲，初选赴任，过一峻岭，见三堆骸骨如生，怡然悯之，即令收葬。母贲氏出看岭上风景，泣道："此即当日贼僧杀我父母处。"乃咬指出血去点骸骨，血皆缩入，即其父母遗骸，随带回去安葬。而招宝一堆骨，则为之埋于亭边，立石碑为记。

第九十一回 铜钱插壁

话说龙阳县罗承仔，平生为人轻薄，不遵法度，多结朋伴，家中房舍宽大，开场赌博，收入头钱，惯作保头。代人典当借贷，门下常有败坏猖狂之士出入，往来早夜不一。人或劝道："结友须胜己，亚己不须交。"承仔道："天高地厚，方能纳污藏垢。大丈夫在天地之间，安可分别清浊，不大开度量容纳众生。"或又劝道："交不择人，终须有失。一毫差错，天大祸端。常言'火炎昆冈，玉石俱焚'，汝奈何不惧？"承仔答道："一尺青天盖一尺地，岂能昏蔽？只要我自己端正，到底无妨。"由是拒绝人言，一切不听。忽然同乡富家卫典夜被贼劫，五十余人手执刀枪火把，冲开大门，劫掠财物。贼散之后，卫典一家大小个个悲泣，远近亲朋俱来看慰。此时承仔在外经过，见得众人劝慰，乃叹道："盖县之富，声名远闻，自然难免劫掠，除非贫士方可无忧无虑，夜夜安枕。"卫典一听罗承仔的话，心中不悦，乃谓其二子道："亲戚朋友个个悯我被劫，独罗承仔乃出此言。想此劫贼俱是他家赌博的光棍，破荡家业，无衣少食，故起心造谋来打劫我。若不告官，此恨怎消！"于是写状具告于巡行包公衙门。

包公看了状纸，行牌并拘原告卫典、被告罗承仔等，重加刑罚审问。罗承仔受刑至极，执理辩道："今卫典被劫，未经捉获一个，又无赃证，又无贼人扳扯，平地风波陷害小人，此心何甘？"卫典道："罗承仔为人既不事耕种，又不为商贾，终日开场赌博，代作保头，聚集多人，皆面生无籍之辈，岂不是窝贼？岂不可剪除！"包公叱道："罗承仔不务本，不安分，逐末行险，谁不疑乎？作保头，开赌局，窝户所出决矣；但贼情重事，最上捉获，其次赃证，又次扳扯，三者俱无，难以窝论。卫典之告，大都因疑诬陷之意居多，许令保释，改恶从善，后有犯者，当正典刑。"罗承仔心中欢喜，得免罪愆，谨守法度，不复如前做保开赌。人皆悦其能改过自

新,独有卫典心下不甘道:“我本被贼打劫,破荡家计,告官又不得理,反受一场大气,如何是好?”终日在家抱怨官府。包公访知,自忖道:“承仔决非是盗,真盗不知何人。”故将卫典重责二十板,大骂道:“刁恶奴才,我何曾问差了?你自不小心失盗,那强盗必然远去了,该认自家的晦气,反来怨恨上官!”即命监起。

城中城外人等皆知卫典被打被监,官府不究盗贼事情。由是真贼铁木儿、金堆子等闻得,心中大喜,乃集众伙买办酒肉,还谢神愿。饮至夜深,各各分别,笑道:“人说包爷神明,也只如此。但愿他子子孙孙万代公侯,专在我府做官,使我们得其自在,无惊无扰。”不觉是夜包公因卫典被劫之事亲行访察,布衣小帽,私出街市。乃行至城隍庙西,适听众贼笑语,心中想道:愿我子孙富贵诚好,但无惊无扰的话,却有可疑。遂以小锥画三大“钱”字于墙上。转过观音阁东,又听人语:“城隍爷爷真灵,包公爷爷真好;若不得他糊涂不究,我辈齐有烦恼。”包公心中又想道:“说我真好固是,但齐有烦恼的话又更可疑,此言与前所听者俱是贼盗的话。”即以三铜钱插在壁间,归来安歇。

明日望旦,同众官往城隍庙行香,礼毕,即乘轿至庙西街,看墙上有三“钱”字处,命民壮围屋,拿得铁木儿等二十八人。又转观音阁东,寻壁上有三大钱处,亦令手下围住,拿得金堆子等二十二人,归衙鞫问。先将铁木儿夹起骂道:“卫典与你何仇?黑夜强劫他家财富。”铁木儿等再三不认。包公道:“你们愿我长来做此官,得以自在,无惊无扰,奈何不守法度,致为劫贼!”木儿听得此言,各各破胆,从实招认:不合打劫卫典家财均分是实,罪无可逃,乞爷超活蚁命。复将金堆子等夹起问道:“汝等何故同铁木儿等劫掠卫典?”金堆子等一毫不认。包公怒道:“汝等众人都说‘城隆爷爷甚灵,包公爷爷甚好’,今日若不招认,个个‘齐有烦恼’!”堆子等听得此言,人人落魂,个个丧胆,遂一一招认。包公即判追赃给还卫典回家;将金堆子、铁木儿等拟成大辟,秋后处决。

第九十二回 蜘蛛食卷

话说山东兖州府巨野县郑鸣华，家道殷富，生子名一桂，姿容俊雅，因父择配太严，年长十八，未为聘娶。其对门杜预修家，有一女名季兰，性淑有貌，因预修后妻茅氏欲主嫁与外侄茅必兴，预修不肯，以致延到十八岁亦未许人。郑一桂观见其貌，千方百计得与通情。季兰年长知事，心亦欢喜，每夜潜开猪门引一桂入宿，将次半载，两家父母颇知之。季兰后母茅氏在家吵闹，遂关防甚密。然季兰有心向一桂，怎能防得。一日，茅氏往外家去，季兰在门首立候一桂，约他夜来。其夜，一桂复往，季兰道："我与你相通半载，已怀了三个月身孕，你可央媒来议婚，谅我父亦肯。但继母在家，必然阻挡，今乘她往外公家去，明日千万留心。此事成则姻缘可久，不然，妾为你死矣。纵有他人来娶我，妾既事君，决不改节于他人。"郑一桂欣然应诺。至次日五更，季兰仍送一桂从猪门出去。

适有屠户萧升早起宰猪，正撞见了，心下忖道：必是一桂与预修之女有通，故从他猪门而出。萧升亦从猪门挨入，果见女子在偏门边倚立，萧升向前逼她求欢。季兰道："你是何人？敢这等胆大！"萧升道："你养得一桂，独养不得我？"季兰哄道："彼要娶我，故私来先议；若他不娶，则日后从你无妨。"即抽身走入房去，锁住了门。萧升只得走出，心中焦躁，想道："彼恋一桂后生，怎肯从我？不如明日杀了一桂，使她绝望，谅季兰必得到手。"次日，一桂禀知于父要娶季兰。郑鸣华道："几多媒来议豪家女子，我也不纳，今娶此不正之女为媳，非但辱我门风，抑且被人取笑。"一桂见父不允，忧闷无聊，至夜静后又往季兰家，行到猪门边，被萧升突出拔刀杀之，并无人见。次日，郑鸣华见子被杀，不胜痛伤，只疑是杜预修所杀，遂赴县具告。

本县朱知县拘问，郑鸣华道："亡儿一桂与伊女季兰有奸，伊女嘱我儿娶她，我不肯允，其夜遂被杀。"杜预修道："我女与一桂奸情有无，我并不知。纵求嫁不允，有女岂无嫁处，必须强配？就是他不允亲事，有何大仇遂至杀他？此皆是虚砌之词，望老爷详察。"朱知县问季兰道："有无奸情？是谁杀他？惟汝知之，从实说来。"季兰道："先是一桂千般调戏，因而苟合，他先许娶我，后来我愿嫁他，皆出真心，曾对天立誓，来往已将半载。杀死之故不知，是谁，妾实不知。"朱知县道："你通奸半载，父亲知道，因而杀之是真。"遂将杜预修夹起，再三不肯认，又将季兰上了夹棍。季兰心想：一桂真心爱我，他今已死，幸我怀孕三月，倘得生男，则一桂有后；若受刑伤胎，我生亦是枉然。遂屈招道："一桂是我杀的。"朱知县道："一桂是你情人，偏忍杀他？"季兰道："他未曾娶我，故此杀了。"朱知县道："你在室未嫁，则两意投合，情同亲夫，始焉以室女通奸，终焉以妻子杀夫，淫狠两兼，合应抵偿。"郑鸣华、杜预修皆信为真。再过六个月，生下一男，鸣华因无子，此乃是他亲孙，领出养之，保护甚殷。

过了半年，包公巡行到府，夜观杜季兰一案文卷，忽见一大蜘蛛从梁上坠下，食了卷中几字，复又上去。包公心下疑异，次日即审这桩事。杜季兰道："妾与郑一桂私通，情真意密，怎肯杀他？只为怀胎三月，恐受刑伤胎，故屈招认。其实一桂非妾所杀，亦不干妾父的事，必外人因甚故杀之，使妾枉屈抵命。"包公道："你更与他人有情否？"季兰道："只是一桂，更无他人。"包公心疑蜘蛛食卷之事，意必有姓朱者杀之，不然乃是朱知县问枉了。乃道："你门首上下几家，更有甚人，可历报名来。"鸣华历报上数十名，皆无姓朱者，只内一人名萧升。包公心疑蜘蛛一名蛸蛛，莫非就是此人？再问道："萧升作何生理？"答言："宰猪。"包公心喜道："猪与蛛音相同，是此人必矣。"乃令鸣华同公差去拿萧升来作干证。公差到萧升家道："郑一桂那一起人命事，包爷唤你。"萧升忽然迷乱道："罢了！当初是我错杀你，今日该当抵命。"公差喝道："只要你做干证！"萧升乃惊悟道："我分明见一桂问我索命，却是公差。此是他冤魂来了，我同你去认罪便是。"郑鸣华方知其子乃是萧升所杀，即同公差锁押到官，萧升一一招认道："我因早起宰猪，见季兰送一桂出门，我便去奸季兰，她说要嫁一桂，不肯从我。次夜因将一桂杀之，要图季兰到手。不料今日露出情由，情愿偿命，再无他说。"包公即判道：

审得：郑一桂系季兰之情夫，杜季兰是一桂之表子。往来半载，三月怀胎；图结良缘，百世偕老。陡为萧升所遇，便起分奸之谋，恨季兰之不从，遇一桂而暗刺。前官罔稽实迹，误拟季兰于典刑；今日访得真情，合断萧升以偿命。余人省发，正犯收监。

当时季兰禀道："妾蒙老爷神见，死中得生，犬马之报，愿在来世。但妾身虽许郑郎，奈未过门，今儿子已在他家，妾愿郑郎父母收留入家，终身侍奉，誓不改嫁，以赎前私奔之丑。"郑鸣华道："日前亡儿已欲聘娶，我嫌汝私通非贞淑之女，故此不允；今日有拒萧升之节，又有愿守制之心，我当收留，抚养孙儿。"包公即判季兰归郑门侍奉公姑。后寡守孤子郑思椿，年十九登进士第，官至两淮运使，封赠母杜氏为太夫人。郑鸣华以择妇过严，致子以奸淫见杀；杜预修以后妻掣肘，致女以私通招祸。此二人皆可为人父母之戒。

第九十三回　尸数椽

话说世间事情都尽分上,越中叫做说公事,吴中叫做讲人情。那说分上的进了迎宾馆,不论或府或县,坐定就说起,若是那官肯听便好,笑容也是有的,话头也是多的。略有些不如意,一个看了上边的屋听着,一个看了上边的屋说着,俗说叫做僵尸数椽子。譬如人死在床上,有一时棺材备办不及,将面孔向了屋上边,今日等,明日等,直等到停当了棺木,方好盛殓,故叫尸数椽。那说分上的,听分上的,各仰面向了上边,恰便是僵尸数椽子的模样。以此劝做官的,决不到没棺材的地位,何苦去说分上,听分上,先去操演那数椽子的功夫!

话休烦絮,却说东京有个知县,姓任名事,凡事只听分上,全不顾些天理。不说上司某爷书到,即说同年某爷帖来,作成乡里说人情,不管百姓遭殃祸。那说人情的得了银子,听人情的做了面皮;那没人情的就真正该死。不知屈了多少事,枉多少人,忽一日听了监司齐泰的书,入了一个死罪,举家流离。那人姓巫名梅,可怜上天无路,入地无门,竟屈死了。来到阴司,心上想道:"关节不到,只有包老爷,他一生不听私书,又且夜断阴司,何不前往告个明白。"是夜,正遇包公在赴阴床断事,遂告道:

告为徇情枉杀事:生抱沉冤,死求申雪。身被赃官任事听了齐泰分上,枉陷一身致死,累害合门迁徙。严刑酷罚,平地陡成冤地,挈老携幼,良民变作流民。儿女悲啼,纵遇张辽声不止;妻子离散,且教郑侠画难如。只凭一纸书,两句话,犹如天降玉旨;哪管三番拷,四番审,视人命如草芥。有分上者,杀人可以求生;无人情者,被杀宁当就死?上告。

包公看毕大怒道:"可恨可恨!我老包生平最怪的是分上一事。考童生的听了人情,把真才都不取了;听讼的听了人情,把虚情都当实了。"叫鬼卒拘拿听分上的任知县来,不多时拿到阶前跪下。包公道:"好个听人情的知县,不知屈杀了多少人!"任知县道:"不干知县之事。大人容禀,听知县诉来。"

诉为两难事:读书为仕,既已获宴鹿鸣之举;居官赴任,谁不思励羔羊之节。今身初登进士，才任知县，位卑职小，俗薄民刁。就缙绅说来，不听不是，听还不是；据百姓怨去，不问不明，问亦不明。窃思徇情难为法，不徇难为官。不听在乡宦，降调尚在日后；不听在上司，罢革即在目前。知死后被告，悔当日为官。上诉。

知县将诉状呈上道："要听了分上，怕屈了平民；若不听他分上，又怕没了自己前程。"因说分上的是齐泰，乃本职亲临上司，不得不听。包公听了，忙唤一卒再拘齐泰来。齐泰到时，包公道："齐泰，你做监司之官，如何倒与县官讨分上？"齐泰道："俗语说得好，苍蝇不入无缝的蛋，若是任知县不肯听分上，下官怎的敢去讲分上？譬如老大人素严关防，谁敢以私书干谒？即天子有诏，亦当封还，何况监司乎！这屈死事情，知县之罪，非下官之过也。再容下官诉来。"

诉为惹祸嫁祸事：县官最难做，宰治亦有法。贿绝苞苴，则门如市而心如水；政行蒲苇，始里有吟而巷有谣。今任知县为政多讹，枉死者何止一巫梅？徇情太甚，听信者岂独一齐泰！说不说由泰，听不听由任。你若不开门路，谁敢私通关节？直待有人告发，方出牵连嫁害。冤有头，债有主，不得移甲就乙；生受私，死受罪，难甘扳东扯西。上诉。

包公听了道："齐泰，据你说来甚是有理。你说，知县不肯听分上你就不肯讲分上了，这叫责人则明，恕己则昏了。你若不肯讲分上，怎么有人寻你说分上？"任知县连叩头道："大人所言极是。"包公道："听分上的不是，讲分上的也不是。听分上的耳朵忒软，罚你做个聋子；讲分上的口齿忒会说，罚你做个哑子。"即判道：

审得：任事做官未尝不明，只为要听分上便不公；齐泰当道未尝不能，只为要说分上便不廉。今说分上者罚为哑子，使之要说说不出；听分上的罚为聋子，使之要听听不得。所以处二人之既死者可也。如现在未死之官，不以口说分上而用书启，不以耳听分上而看书启，又将如何？我自有处。说分上者罚之以中风之痼疾，两手俱痿而写不动，必欲念与人写，而口哑如故，却又念不出矣；听分上者罚之以头风之重症，两眼俱瞎而看不见，必欲使人代诵，而耳聋如故，却又听不着矣。如此加谴，似无剩法。庶几天理昭彰，可使人心痛快。

批完道："巫梅，你今生为上官听了分上枉死了你，来生也赏你一官半职。"俱各去讫。

第九十四回 鬼推磨

话说俗谚道:“有钱使得鬼推磨。”却为何说这句话?盖言凭你做不来的事,有了银子便做得来了,故叫作鬼推磨。说鬼尚且使得他动,人可知矣。又道是“钱财可以通神”,天神最灵者也,无不可通,何况鬼乎?可见当今之世,惟钱而已。有钱的做了高官,无钱的做个百姓,有钱的享福不尽,无钱的吃苦难当;有钱的得生,无钱的得死,总来不晓得什么缘故,有人钻在钱眼里,钱偏不到你家来;有人不十分爱钱,钱偏望着他家去。看起来这样东西果然有个神附了他,轻易求他不得,不去求他也自来。

东京有个张待诏,本是痴呆汉子,心上不十分爱钱,日逐发积起来,叫做张百万。邻家有个李博士,生来乖巧伶俐,死在钱里,东手来西手就去了。因见张待诏这样痴呆偏有钱用,自家这样聪明偏没钱用。遂郁病身亡,将钱神告在包公案下。

告为钱神横行事:窃惟大富由天,小富由人。生得命薄,纵不能够天来凑巧;用得功到,亦可将就以人相当。何故命富者不贫,从未闻见养五母鸡二母猪,香爨偏满肥甘,命贫者不富,哪怕他去了五月谷二月丝,丰年不得饱暖。雨后有牛耕绿野,安见贫窭田中偶幸获增升斗;月明无犬吠花村,未尝富家库里以此少损分毫。世路如此不平,神天何不开眼?生前既已糊涂,死后必求明白。上告。

包公看毕道:“那钱神就是注禄判官了,如何却告了他?”李博士道:“只为他注得不均匀,因此告了他。”包公道:“怎见得不均匀?”李博士道:“今世上有钱的坐在青云里,要官就官,要佛就佛,要人死就死,要人活就活。那没钱的就如坐在牢里,要长不得长,要短不得短,要死不得死,要活不得活。世上同是一般人,缘何分得不均匀?”包公道:“不是注禄分得不均匀,钱财有无,皆因自取。”李博士道:“东京有张百万、人都叫他是个痴子,他的钱偏用不尽;小的一生人都叫我伶俐,钱神偏不肯来跟我。若说钱财有无都是自取,李博士也比张待诏会取些。如何这样不公?乞拘张待诏来审个明白。”移时鬼卒拘到。包公道:“张待诏,你如何这样平地发迹,白手成家,你在生敢做些歹事么?"张待诏道:"小人也不会算计,也不会经运。今日省一文,明日省一文,省起来的。"包公道:"说得不明白。"再唤注禄判官过来问道:"你做注禄判官就是钱神了,如何却有偏向?一个痴子与他百万,一个伶俐的到底做个光棍!"注禄判官道:"这不是判官的偏向,正是判官的公道。"包公道:"怎见得公道?"判官道:"钱财本是活的,能助人为善,亦能助人为恶。你看世上有钱的往往做不出好来,骄人,傲人,谋人,害人,无所不至。这都是伶俐人做的事,因此,伶俐人我偏不与他钱。惟有那痴呆的人,得了几文钱,深深的藏在床头边,不敢胡乱使用,任你堆积如山,也只平常一般,名为守钱虏是也。因此,痴呆人我偏多与他钱。见张待诏省用,我就与他百万,移一窖到他家里去;见李博士奸滑,我就一文不与,就是与他百万也不够他几日用。如何叫判官不公道?"包公道:"好好,我正可恶贪财浪费钱的,叫鬼卒剥去李博士的衣服,罚他来世再做一个光棍。但有钱不用,要他何干?有钱人家尽好行些方便事,穷的周济他些,善的扶持他些,徒然堆在那里,死了也带不来,不如散与众人,大家受用些,免得下民有不均之叹。"叫注禄官把张待诏钱财另行改注,只够他受用罢了。批道:

审得:人心以不足而冀有余,天道以有余而补不足。故勤者余,惰者不足,人之所以挽回造化也;又巧者不足,掘者有余,天之所以播弄愚民也。终久天命不由乎人,然而人定亦可以胜天。今断李博士罚作光棍,张待诏量减余赀,庶几处以半人半天之分,而可免其问天问人之疑者也。以后,居民者常存大富由天小富由人的念头,居官者勿召有钱得生无钱得死的话柄。庶无人怒之业,并消天谴之加。

批完,押发去。又对注禄判官道:"但是,如今世上有钱而作善的,急宜加厚些;有钱而作恶的,急宜分散了。"判官道:"但世人都是痴的,钱财不是求得来的,你若不该得的钱,虽然千方百计求来到手,一朝就抛去了。"

第九十五回 栽赃

话说永平县周仪，娶妻梁氏，生女玉妹。年方二八，姿色盖世，且遵母训，四德兼修，乡里称赏。六七岁时许配本里杨元，将行礼亲迎，为母丧所阻。土豪伍和，因往人家取讨钱债，偶过周仪之门，回头顾盼，只见玉妹倚栏刺绣，人物甚佳，徘徊眷恋，遂问其仆道："此谁家女子？其实可爱。"仆道："此是周家玉妹。"和道："可配人否？"仆道："不知。"和遂有心，日夜思慕，相央魏良为媒。良见周仪，谈及："伍和家资巨万，田地广大，世代殷富，门第高华，欲求为公家门婿，使我为媒，万望允从。"周仪答道："伍宅家势富豪，通县所仰。伍官人少年英杰，众人所称，我岂不知？但小女无缘，先年已许配本处杨元矣。"魏良回报于和道："事不谐矣，彼多年已许聘杨元，不肯移易。"和怒道："我之家财人品，门第势焰，反出杨元之下。奈何辞我，我必以计害之，方遂所愿。"魏良道："古人说得好，争亲不如再娶，官人何必苦苦恋此？"和终不听，欲兴讼端。周仪知之，遂托原媒择日送女适杨元家，成就姻缘，杜绝争端。

和闻之，心中大怒，使人密砍杉木数株，魆浸于杨元门首鱼池内，兴讼报仇。乃作状告于永平县主秦侯案下，原被告并邻里干证一一拘问。邻里皆道："杉木果系伍和坟山所产，实浸杨元门首池中，形迹昭昭，不敢隐讳。"杨元道："争亲未得，伐木栽赃，图报仇恨，冤惨何堪？"伍和道："盗砍坟木，惊动先灵，死生受害，苦楚难当。"秦侯道："伍和何必强辩？汝实因争亲未遂，故此栽赃报恨。"遂打二十板，问其反坐之罪。判道：

审得：伍和与杨元争娶宿仇，连年秦越。自砍杉木，魆浸元池，黑暗图赖，其操心亦甚劳，而其为计何甚拙也。里邻实指，盖徒知元池有赃，而不知赃之在池由于和所丢耳。元系无辜，和应反坐。某某干证，俱落和套术中，姑免究。

此时，伍和诡谋不遂，怒气冲冲，痛憾杨元："我不置此贼于死地，誓不甘休！"思思虑虑，常欲害元。一日，忽见一丐子觅食，与他酒肉，问道："汝往各处乞食，还是哪家丰富，肯施舍钱米济汝贫民？"丐子应道："各处大户人家俱好乞食;但只有杨元长者家中正在整酒做戏还愿,无比快活,甚好讨乞,我们往往在那里相熟,多乞得些。”伍和道:“做戏完否?酒吃罢否?”丐子道:“还未完,明日我又要往他家。”伍和道:“他家东廊有一井,深浅何如?与众共否?”丐子道:“只是他家独自打水。”伍和道:“我再赏你酒肉,托你一事,肯出力干否?若干得来,还有一钱好银子谢你。”丐子道:“财主既肯用我,又肯谢我,即要下井去取黄土我也下去,怎敢推辞。”伍和道:“也不要你下井,只在井上用些工夫。”语毕,遂以酒肉与他。丐者醉饱之后,问:“干甚事?”伍和道:“你今已醉,在我这里住宿,明日酒醒,早饭后我对你说。”及至次日清晨,伍和问丐者道:“酒醒乎?”丐者道:“酒已醒。”伍和遂以金银首饰一包付与丐者道:“托你带此往杨家,密密丢在井中,千万勿泄机关,只好你知我知。”丐者领过,即便出伍家门。行至前途,见一卖花粉簪钗者,遂生利心。坐于偏僻所在,展开伍和包裹一看,只见金钗一对,金簪二根,银钗一对,银簪二根,心中大喜,将米二斗,碎银三分,买铜锡簪钗换了金银的,依旧包好,挤入杨元家看戏,将此密丢井中,来日报知伍和,讨赏银一钱。伍和随即写状,仍以窃盗事情指赃搜检等情奔告巡行衙门包公台下。

包公准状后,即行牌该县拿人搜赃。伍和指称金银首饰赃在井中,即凭应捕里甲于井搜检,果得一包金银首饰。杨元一见不能辩脱,本县起解见包公。包公鞫问再三,杨元死不肯认。包公道:“井在你家,赃在你井中,安能辞得?”杨元受刑,竟不认盗,包公遂呼伍和道:“你这首饰是何人打的?”伍和道:“打金者是黄美,打银者是王善。”包公即拘得黄美、王善来问道:“此金银首饰是你二人与伍和打造的?”黄美道:“小人与他打金的,不曾打铜的。”王善道:“小人为他打银的,不曾打锡的。”包公一闻铜锡之言,心中便知此事有弊,且将杨元监起,伍和喝出。即令得力公牌邓仕密密跟随伍和,看他在外与何人谈论,即急急扯来报我。邓仕悄地随和行至市中,只见和问丐子道:“前日托你干事,已送谢礼一钱,何故将铜锡换去金银?”丐者答道:“何敢为此事?”和道:“包爷拘黄美、王善两匠人认出。”丐者无言。邓仕当下拿丐者回报。包公将丐者夹起道:“你何故换去伍和金银首饰?”丐者胆落,只得直招道:“伍和托我拿首饰丢在杨元廊下井中,小人见财起心,换了他的是实,其物尚在身上,即献老爷台前,乞超活蚁命。”此时包公深怒伍和,遂加严刑,竟问反坐,和纵有百口,不能强争。判道:

审得伍和:狠毒万分,刁奸百出。栽赃陷杨元,冤沉井底;用钱贿丐子,事败市中。前假杉木为奸,已坐诬罔;兹以首饰拷讼,更见居心。用尽机谋,徒然祸己;难逃罪罟,竟尔害身。陷人之心太甚,欺天之恶弥彰。拟以要衢徒役,用警群枭;剪汝太剧凶嚣,以昭大法。杨元无罪可身,丐者徇私量罚。

第九十六回　扮戏

话说建中乡土硗瘠，风俗浮靡，男女性情从来滥恶。女多私交不以为耻，男女苟合不以为污。居其地者，惟欲丰衣足食，穿戴齐整华靡，不论行检卑贱，秽恶弗堪。有谣言道："酒日醉，肉日饱，便足风流称智巧，一声齐唱俏郎君，多少嫦娥争闹吵。"此言男子辈之淫乱也。又有俚语道："多抹粉，巧调脂，高戴髻，穿好衣，娇打扮，善支持，几多人道好蛾眉。相看尽是知心友，昼夜何愁东与西。"言女子辈之淫纵也。闻有贤邑宰观风考俗，欲革去其淫污以成清白，奈习俗之染既深，难以朝夕挽回。

有一富家杨半泉，生男三人，长曰美甫，次曰善甫，幼曰义甫，俱浮浪不羁，素越礼法，常窥东邻戚属于庆塘娇媳刘仙英，容貌十分美丽。知其心中事，恨夫婿年幼，情欲难遂，日夜忧闷，星前月下，眼去眉来，意在外交，全无忌惮。美甫兄弟三人遂各调之，仙英虽无不纳，然钟情则在善甫。庆塘夫妇亦知其情，但以子幼无知，媳妇稍长，欲动情趣，难以防闲。又念善甫懿戚，瞰近戚邻，若加捉获，彼此体面有伤，只得含忍模糊。然善甫虽恋仙英，仙英心下殊有所不足。盖以善钱财虽充盈，仪容虽修饰，但胸中无学术，心上有茅塞，琴、棋、书、画、吹、弹、歌、舞，俱未谙晓，难作风流佳婿。纵善甫巧于媚爱，过为奉承，仙英亦唯唯诺诺而已。私通四载有余，真情一毫未吐。忽于中秋佳节，风清月朗，市人邀集浙西子弟扮戏，庆赏良夜，娇喉雅韵，上彻云霄。仙英高玩西楼，更深夜静，闻得子弟声音嘹亮，凭栏侧耳，万分动心，恨不得插翅飞入其怀抱。次夜，善甫复会仙英，问道："昨夜风月清胜无边，何独远我而不共登高楼，亲近广寒问嫦娥乐事耶？"善甫道："本欲来相伴，偶有浙人来扮戏，父兄亲戚大家邀往玩耍，不能私自前来，故尔负罪。"仙英因问道："夜深时歌喉响彻霄汉者为谁？"善甫道："非他人，乃正生唐子良，其人二十二岁，神色丰姿，种种奇才，问其家世，系一巨宦子弟，读书既成，只为性好要乐，故共众子弟出游。"仙英闻子良为人精雅风流，更加动念。次日，乃语其姑道："公公指日年登六十花甲，亦非等闲，自然各处亲友俱来称觞祝寿，少不得设酒宴宾，必须请子弟演戏几日。今闻得有浙戏在此，善于歌唱扮演，合用之以与大人庆寿，劝诸宾尽欢而散。"其姑喜而叹曰："古人说子孝不如媳孝，此言不虚。"遂劝庆塘道："人生行乐耳，况值老官人华诞，海屋添筹，斗星炫耀，凡诸亲友，一一皆来庆寿，必置酒开筵，款待佳客，难得有好浙戏在此，必须叫到家中做上几台。"庆塘初尚不允，及听妻言再三，遂叫戏子连扮二十余日。

仙英熟视正生唐子良着实可爱，遂私奔外厅，默携子良同入卧房，交合甚欢。做戏将毕，子良思想：戏完岂可久留他家与仙英长会？乃思一计，密约仙英私奔而归，但不知仙英心下何如。子良当夜与仙英私相谓道："今你家戏完，我决不能长久同乐，你心下如何？"仙英道："我亦无可奈何。"子良即起拐带之心，甜言蜜语对英说："我有一计，莫若同你私奔我家。"仙英道："我家重重门锁，如何走得？"良道："你后门花园可逾墙而走。"英道："如此便好。"遂约某日某夜逾墙逃出，同子良一齐而归。彼时设酒日久，庆塘夫妇日夜照顾劳顿，初不提防。至次日，喊叫媳妇起来，连喊几声不应，直至房中卧床，不见踪影。乃顿足捶胸哭道："我的媳妇决然被人拐去！"乃思忖良久道："拐我媳妇者决非别人，只有杨善甫这贼子，受他许多年欺奸污辱，含忍无奈，今又拐去。"不得不具状奔告包公道：

告为灭法奸拐事：婚姻万古大纲，法制一王令典。枭豪杨善甫盖都喇虎，猛气横飞，恃猗顿丘山之富，济林甫鬼蜮之奸。欺男雏懦，稔奸少妇刘仙英，贪淫不已。本月日三更时分，拐串奔隐远方，盗房赀一洗。痛身有媳如无媳，男有妻而无妻。恶妄如林如云，今又恣奸恣拐；地方不啻溱洧，风俗何殊郑卫？上告。

包公天性刚明，断事神捷，遂准庆塘之状，即便差人捉拿被告杨善甫。善甫叹道："老天屈死我也。刘仙英虽与我平素相爱，今不知被谁人拐去，死生存亡，俱不可知，乃平白诬我奸拐，情苦何甚。我必哭诉，方可暴白此冤。"遂写状奔诉：

诉为捕风捉影谁凭谁据事：风马牛自不相及，秦越人岂得相关。浇俗靡靡，私交扰扰。庆媳仙英苟合贪欲，通情甚多。今月某夜，不知何人潜拐密藏，踪迹难觅。庆执仇谁为证佐？竟平白陷身无辜。且恶造指鹿为马之奸，捏画蛇添足之状；教猱升木，架空告害；台不劈冤，必遭栽陷。上诉。

包公详看善甫诉状，忖道："私交多年，拐带有因，安能辞其罪责。"乃呼杨善甫骂道："汝既与仙英私通多年，必知英心腹事情。今仙英被人拐去，汝亦必知其缘故。"甫道："仙英相爱者甚多，安可架陷小人拐去。"包公道："仙英既多情人，汝可一一报来。"善甫遂报李廷诏、陈汝昌、王怀庭、王白麓、张大宴、李进有等，一一拘到台下审问。皆道：仙英私爱之情不虚，但拐串一节全然不晓。包公即把善甫及众人一一夹起，全无一人肯招。众口喊道："仙英淫奔之妇，水性杨花，飘荡无比，不知复从何人逃了，乃把我们一班来受此苦楚，死在九泉亦不甘心。"庆塘复禀包公道："拐小人媳妇者杨善甫，与他人无干，只是善甫故意放刁，扯众人来打浑。"包公再审众人，口词皆道：仙英与众通情是真，终不敢妄言善甫拐带，乞爷爷详察冤情，超活一派无辜。

包公听得众人言语，恐善甫有屈，且将一干人犯尽行收监。夜至二更，焚香祝告道："刘仙英被人拐去，不识姓名，不见踪迹，天地神明，鉴察冥冥，宜速报示，庶不冤枉无辜。"祝毕，随步入西窗，只听得读书声音，仔细听之，乃诵"绸缪"之诗者，"子兮子兮，如此良人何"，包公想道：此"唐风"也，但不知是何等人品。侵晨起来，梳洗出堂，忽听得衙后有人歌道："戏台上好生糖，甚滋味？分明凉。"包公惕然悟道："必是扮戏子弟姓唐名子良也。"升堂时，投文签押既完，又取杨善甫来问道："庆塘家曾做戏否？"答言："做过。""有姓唐者乎？"答言："有唐生名子良者。"又问："何处人氏？"回言："衢之龙城人。"包公乃假劫贼为名，移关衢守宋之仁台下道："近因阵上获有惯贼，强人自鸣极称，龙寇唐子良同行打劫多年，分赃得美妇一口，金银财物若干，烦缉拿赴对，以便问结。"宋公接到关文，急急拿子良解送包公府衙。子良见了包公从直诉道："小人原是宦门苗裔，习学儒书有年，只因淡泊，又不能负重生理，遂合伙做戏。前在富翁于庆塘家做庆寿戏二十余台，其媳刘仙英心爱小人，私奔结好，愿随同归，何尝为盗？同伙诸人可证。"包公既得真情，遂收子良入监，又移拿仙英来问道："汝为何不义，背夫逃走？"仙英道："小妇逃走之罪固不能免，但以雏夫稚弱，情欲弗遂，故此丧廉耻犯此罪愆，万乞原宥。"包公呼于庆塘父子问道："此老好不无知，儿子口尚乳臭，安娶此淫妇，无怪其奔逃也。"庆塘道："小人暮年生三子，爱之太过，故早娶媳妇辅翼，总乞老恩宥。"包公遂问仙英背夫逃走，当官发卖；唐子良不合私纳淫奔，杨善甫亦不合淫奸少妇，杨廷诏诸人等俱拟和奸徒罪；于庆塘诬告反坐，重加罚赎，以儆将来；人人快服。判道：

审得仙英，芳姿艳色，美丽过人，秽行淫情，滥恶绝世；耻乳臭之雏夫，养包藏之谲汉，衽席私通，丧名节而不顾，房帷苟合，甘污辱以何辞；在室多情郎，失身已甚，偷情通戏子，背夫尤深；酷贪云雨之欢，极陷狗彘之辱；依律官卖，礼给原夫。子良纳淫奔之妇，曷可称良？善甫恣私奸之情，难以言善；俱拟徒罪，以警淫滥。廷诏诸人悉系和奸，法条难赦；庆塘一身宜坐诬告，罚赎严刑。扫除遍邑之淫风，挽回万姓之淳化。

第九十七回 瓦器灯盏

话说永从县李马英，才高学博，乡会联登，殿试二甲，选为泰州知州。及至任，恪守官箴，动遵王法，城狐社鼠，绝迹潜踪。学校日祟，吏胥日畏，市无闹语，野有清宁，皆道泰州何幸得此贤侯。只是遇了亲故年家，略要听些分上。奈何一旦病疾流连，竟不能起。乃呼其妻赵氏道："我本期与淑人百岁快乐，今天限我年，不能强生尘世，汝宜扶柩还归故乡，教诲汝子接绍我书香，无令失所。"语毕遂终。赵淑人哀痛不胜，抚棺自缢。按院闻知，悉行吊礼，急奏朝廷，降旨旌表马英为良臣，淑人为烈女，驰驿还乡，立祠享祭。

厥子罗大郎素性凶狂，又无学术，父官清苦，宦囊久虚，食用奢华，家赀消减，不守礼法，流入棍徒，恣恶恃强，横行乡曲，游手好闲，混为盗贼。一日，坐于南桥，忽见银匠石坚送其亲戚水朝宗于渡口，虑其酒醉，买有瓦器灯盏六枚，执其包裹而嘱之道："此物件须珍重，不可恍惚。"朝宗道："是我自家所当心者，何必叮咛。"遂别去。大郎听了此言即起谋心道："石银匠送此人再三嘱咐，必是倾泻银子回家。"遂急急赶至前途，欲谋所有。望见龙泉渡边，闻得朝宗醉呼渡子阮自强撑船渡河，自强道："我有病不能撑船，汝自家撑去。"朝宗带醉跳下渡船，大郎连忙踏上船道："我与你撑去。"一篙离岸，二篙渐远，三篙至中流。天色昏沉，夜晚悄黑，两岸无人，漫天祸起，即将朝宗推入深水中，取其包裹登岸而去，只遗下雨伞一把在船。次日，阮自强令男去看船，拾还家中，是夜，大郎谋得朝宗包裹，悄地打开，并无银两，只有瓦器灯盏六枚，心中惨然不悦，自嗟自怨，乃援笔而题龙光庙后门道："你好差，我好错，只因灯盏霍。若要报此仇，除是马生角。"题毕，将灯盏打破归家。

越二日，朝宗之子有源在家，心下惊恐，乃道："我父前日入城谒石亲，至今未还，是何迟滞？"遂往城访问。石坚道："我前日苦留令尊，他急急要回，正带酒醉，并无他物，只有灯盏六枚，雨伞一把。汝可随路访问。"有源如其言。寸寸节节，访问不已，直至渡口，问及阮自强。自强道："前日晚上，有一醉汉同人过渡，不知何人撑过，遗下雨伞一把，我收得在此。"有源一见雨伞即号泣道："此是我父的雨伞，今在你家，必是你谋死我父性命。"即投明邻右人等，写状告于本县：

告为仇不共戴事：蝗虫不捕，田少嘉禾；蠹害未除，庭无秀木。天台若不剿盗，商旅怎得安宁。喇虎阮自强，驾船渡子，惯害平民。本月日傍晚，父朝宗幸得蝇头，回经马足，酒醉过船，撑至中流，打落深水，登时绝命，不见尸迹。次日根究伊家，雨伞现证。泣父江皋翘首，正愁闻乌鸟之音；渡口息肩，却误入绿林之境。剑寒三尺雪，见则魂飘；口喝一声雷，闻而肠裂。在恶哄接客商，明人实为暗贼；谋杀财命，蜜口变作腹刀。乞准断填。上告。

此时，冯世泰作县尹，一见有源告状，即为准理："人命关天，事非小可。我当为汝拘拿被告人审明，偿汝父命。"遂差人拘拿阮自强，强不得已乃赴县诉状：

诉为漏斩陷斩事：人命重根因，不得无风而吹浪；强盗重赃证，难甘即假以为真。谋财非些小关系，杀命犯极大罪刑。痛身撑渡为生，迎送有年，陡因疾病，卧床半月，未出门户。前夜昏黑，不知何人过船，遗下雨伞一把，次早儿往洗船拾归。有源寻父见伞，诬身谋害。且路当冲要，谁敢私自谋人？既有谋人，因何不匿伞灭迹？丁姓之火，难将移在丙头；越人之货，岂得驾称秦产。有源难免无言，当为死父报真仇；天台固自有法，乞为生民缉真犯。上诉。

冯大尹既准自强诉词，遂唤水有源对理。有源哭谓："自强谋杀父命，沉匿父尸，极恶大变，理法难容。若非彼谋，何为伞在他家？乡里可证。"自强哭诉："卧病半月，未曾出门，儿拾雨伞。白日青天，左右多人共见，哪有谋害情由？设有谋情，必然藏匿其伞，怕见踪迹，岂肯令人得知，更叫汝来首我？乞拘里甲邻右审问，便见明白。"冯侯乃拘邻里何富、江滨到县鞫问。二人同声对道："自强撑渡三年，毫无过恶，病患半月，果未出门，儿子洗船拾伞，果是有确，此乃左右众人眼同面见。有源之父被谋，未知真实，安得诬陷自强。"有源即禀："这何富、江滨皆是自强切近心腹，皆受自强银两贿赂，故彼此互为回护，若不用刑，决不直吐。"冯侯遂将二人夹起，再三拷问，二人哭辩道："小人与自强只是平常邻居，何为心腹？自强家贫且久病，何来贿赂？一言一语，皆是天理人心，公平理论，岂敢曲为回护？莫说夹死小人，即以刀截小人头，亦不敢说自强谋人性命。"冯侯闻得两人言语坚确，始终无一毫软款，喝手下收起刑具，将自强监禁狱中。干证原告喝出在外,退入私衙想了一回。明日清早,乔装打扮,径往龙泉渡头访个虚实。但听人言纷纷,皆说自强不幸,病未得痊,又遭此冤枉,坐狱受苦,不若在家病死,更得明白。随即过渡再访,人言亦皆相同。冯侯心中叹息道:果然人言自强真是受诬,不知谋杀朝宗者果是何人?心中自猜自疑,又往龙光庙密访,并无消息。四顾看来,但见庙后门题得有数句字道:"你好差,我好错,只因灯盏霍。若要报此仇,除是马生角。"冯侯看此数句话头,意必有冤枉在内,且岂有马生角之理。就换了衣帽去见上司包公面言此事。包公道:"马生角是个冯字。你姓冯,此冤枉的事毕竟你能究出。"

冯侯别了包公,随即回衙。次日升堂,差人至龙光庙拿庙主来问道:"汝庙中数日有何人常来?"庙主道:"并无人来。只有一人小人曾认得,是城中人叫罗大,日前来庙中戏耍。"县主又问道:"可问汝借物否?"庙主答道:"借物没有,我只看见他在桌上拿一支笔,步到庙后写得几个字。"县主即差人拘拿罗大至县,遂以"马生角"问道:"汝家有一马生角否?"罗大听县主之言,心中惊然,失色答道:"不知。"县主道:"龙光庙后诗汝可知否?"罗大俯首无言。县主大怒,用重刑拷究,罗大受刑不过,一口招认谋死朝宗之由。据招申详,包公判道:

审得罗大,派出官门,身归贼党。饥寒不忍。甘心谋害他人;货财无资,肆意劫掠过客。闻石坚之嘱水人,赴至渡口,杀朝宗而坑阮渡,埋殁波心。虽因灯盏之误,实欺神庙之灵。黑夜杀人,天眼昭昭难掩;白日填命,王法凛凛无私。自强之诬由兹洗雪,有源之愤赖是展舒。一死之辜既伏,九泉之冤可伸。暂时置之重狱,秋后加以典刑。

第九十八回 床被什物

话说广东惠州府河源街上，有一小使行过，年可八九岁，眉目秀美，丰姿俊雅。有光棍张逸称羡不已道："此小使真美貌，稍长便当与之结契。"李陶道："你只知这小使美，不知他的母亲更美貌无双，国色第一。"张逸道："你晓得他家，可领我一看，亦是千载奇逢。"李陶即引他去，直入其堂，果见那妇人真比嫦娥妙绝。妇人见二面生人来，即惊道："你是什么人，无故敢来我家？"张逸道："问娘子求杯茶吃。"妇人道："你这光棍！我家不是茶坊，敢在这里讨茶吃。"走入后堂去了，全然不睬。张、李见其貌美，看不忍舍，又赶进去。妇即喊道："白日有贼在此，众人可速来拿！"二人起心，即去强挟道："强贼不偷别物，只要偷你。"妇人高声叫骂，却得丈夫孙诲从外听喊声急急进来，认得是张、李二光棍，便持杖打之。二人不走，与孙诲厮打出大门外，反说孙诲妻子脱他银去不与他奸。孙诲即具状告县：

告为获实强奸事：朋党聚恶，与山居野育者何殊；帘帏不饰，比牢餐栈栖者无别。棍恶张逸、李陶，乃嫖赌刁顽，穷凶极恶；自称花酒神仙，实系纲常蟊贼。窥诲出外，白昼来家，挟制诲妻，强抱恣奸，妻贞不从，大声叫喊，幸诲撞入，彼反行凶，推地乱打，因逃出外，邻里尽知。白日行强，夫伤妻辱。一人之目可掩，众人之口难箝。痛恶奋身争打，胜如采石先登；喊声播闻，恰似昆阳大战。恨人如罗刹，幸法有金刚。急告。

柳知县即拘原被告邻里听审。张、李二人亦捏将孙诲纵妻卖奸脱骗伊银等情具诉来呈。孙诲道："张、李二人强奸我妻，小的亲自撞见，反揪在门外打，又街上秽骂。有此恶棍，望老爷除此两贼。"李陶道："孙诲你忒杀欺心，装捏强奸，人安肯认。本是你妻与我有奸，得我银三十余两，替你供家。今张逸来，你就偏向张逸，故尔与你相打，你又骂张逸，故逸打你。今你脱银过手，反捏强奸，天岂容你！"张逸道："强奸你妻只一人足矣，岂有二人同为强奸？只将你妻与邻里来问便见。"柳知县道："若是强奸，必不敢扯出门外打，又不敢在街上骂，即邻里也不肯依。此是孙诲纵妻通奸,这二光棍争风相打又打孙诲是的。"各发打三十收监,又差人拿诲妻,着将官卖。

诲妻出叫邻右道:"我从来无丑事,今被二光棍捏造我通奸,官要将我发卖,你众人也为我去呈明。"邻里有识事者道:"柳爷昏暗不明,现今待制包爷在此经过,他是朝中公直好人,必辨得光棍情出,你可去投之。"诲妻依言,见包公轿过,便去拦住说:"妾被二光棍入家调戏,喊骂不从,夫去告他,反说与我通奸。本县太爷要将妾官卖,特来投告。"包公命带入衙,问其姓名、年纪、父母姓名及房中床被动用什物,妇人一一说来,包公记在心上。即写一帖往县道:"闻孙诲一起奸情事,乞赐下一问。"柳知县甚敬畏包公,即刻差吏连人并卷解上。包公问张逸道:"你说通奸,妇女姓甚名谁?他父母是谁?房中床被什物若何?"张逸道:"我近日初与通奸,未暇问其姓名。他女儿做上娼,怕羞辱父母,亦不与我说名。他房中是斗床、花被、木梳、木粉盒、青铜镜、漆镜台等项。"包公又问李陶:"你与他相通在先,必知他姓名及器物矣。"李陶道:"那院中妓女称名上娼,只呼娘子,因此不知名。曾与我说他父名朱大,母姓黄氏,未审他真假何如。其床被器物,张逸所说皆是。"包公道:"我差人押你二人同去看孙诲夫妇房中,便知是通奸强奸。"及去到房,则藤床、锦被、牙梳、银粉盒、白铜镜、描金镜台。诲妻所说皆真,而张、李所说皆妄。包公仍带张、李等入衙道:"你说通奸,必知他内里事如何。孙妇房中物件全然不知,此强奸是的。"张逸道:"通奸本非,只孙诲接我六两银子用去,奈他妻不肯从。"包公道:"你将银买孙诲,何更与李陶同去?"李陶道:"我做马脚耳。"包公道:"你与他有熟?几时相熟的,做他马脚?"李陶答对不来。包公道:"你二先称通奸,得某某银若干。一说银交与夫,一说做马脚。情词不一,反复百端,光棍之情显然。"各打二十。便判道:

审得张逸、李陶,无籍棍徒,不羁浪子。违礼悖义,罔知律法之严;恋色贪花,敢为禽兽之行。强奸良民之妇女,殴打人妻之丈夫;反将秽节污名,借口通奸脱骗。既云久交情稔,应识孙妇行藏。至问其姓名,则指东驾西而百不得一二;更质以什物,则捕风捉影而十不得二三。便见非闾里之旧人,故不晓房中之常用。行强不容宽贷,斩首用戒刁淫。知县柳某,不得其情,欲官卖守贞之妇;轻斤重两,反刑加告实之夫。理民反以冤民,空食朝廷俸禄;听讼不能断讼,哪堪父母官衔。三尺之法不明,五斗之俸应罚。

复自申上司去,大巡即依拟将张逸、李陶问强奸处斩;柳知县罚俸三月;孙诲之妻守贞不染,赏白绢一匹,以旌洁白。

第九十九回　玉枢经

话说岳州之野有一古庙，背水临山，川泽险峻，黄茅绿草，一望无际，大木参天而蔽日者不知其数。内有妖蛇藏于枯木之中，食人无数，身大如桶，长十余丈，舌如利刀，眼似铜铃，人皆畏而事之，过者必以牲牢献于其下，方可往来；不然，风雨暴至，云雾昼瞑，咫尺不辨，随失其人，如是者有年。

值郑宗孔执任岳州府尹，书吏等远接，俯伏叩头。府尹道："劳汝众等如此远接。"众人等道："小的一则分该远接，二则预报爷爷得知，小的地方有一异事。"遂将道旁古庙枯木藏蛇，要人奠祭；不然，疾风暴雨吹吸人去，不知生死……将此原由说了一遍。府尹大笑道："焉有此理。"越二日，道经庙边，果不设奠，遽然而往。未及一里，大风振作，飞沙走石，玄云黑雾，自后拥至，回头见甲兵甚众，似千乘万骑赴来，自分必死。府尹未第时曾诵《玉枢经》，见事势既迫，且行且诵，不绝于口。须臾，则云收风息，天地开辟，所追兵骑竟不复有，全获其性命，得至岳州莅任。各县县尹大小官员参见礼毕，既而与各官坐谈，叙及："古庙枯木之中巨蛇成精，食人无数，日前本府书吏军民出关接我，报说此事，我深不信。及至其所，行未一里，果见狂风猛雨如此如此，今请问列位贤宰，此妖猖獗，民不聊生，却将如何殄灭？一则为国治民，二则与民除害，皆我等分所当为。"各县尹答道："卑职下僚，德轻行薄，何能祛之？幸有老府尊职任宪司，风清海宇，虎牝渡河，可以返风，可以灭火，不让刘琨之德政，可并元规之十奇，何患此妖之不屏迹。"说罢，各各礼揖而别。

次日，府尹升堂，叫城中男妇老幼俱要虔诚斋戒，沐浴赍香，跟我叩谒城隍庙三朝。府尹具疏祷于案前。城隍见府尹带领男妇老幼诚心斋戒，又郑宗孔生平正大，鬼伏神钦，乃将蛇精害民事情，一一陈奏。玉帝在九重天上尝照见宗孔念《玉枢经》，虔诚感应，即差天兵、五雷大神，前去岳州古庙枯木之中殛死蛇精，不得迟延。又道："那包文拯虽为阳官，实兼阴职，可摄其精灵。"天兵乘马持枪，雷神挥火持斧，同往托梦，包公令登赴阴床偕行。一时拥至其所，登时天昏地黑，猛雨滂沱，疾风迅雷，电光闪灼，府县人民骇得无处奔逃。须臾间，只听得一声霹雳震地，蛇精登时殛死。移时，天开明朗，众口哓哓，俱道是郑爷德感天地，殛死蛇精。众皆往看，果见巨蛇断作两截，人骨聚集成堆。报知府尹，府尹同各官一齐躬诣其所观看，见者无不惊骇。府尹吩咐将蛇精焚却，烧了一日一夜，才成灰烬。于是岳州人民户户称庆，皆道：非郑爷诚心恪天，至德动神，曷克臻此。

上司闻知郑侯至德通神明，忠诚恪天地，惠泽被生民，与百姓除害有功，遂赍奖励，以彰其美。未及一载，见其才德攸宜改，调大邦济南府府尹，岳州父老黎民不忍其去。适当包公在朝中奉使巡行其地方，众各奔投保留：

呈为保留循良以安黔首以庇地方事：本府居界一隅，路通三省，贮赋下于休宁，兵荒首于东南。幸赖郑宰父母，恺悌宅心，励精图治，越自下车之始，首殄妖魔，继以弹丝之余，每容民隐。省耕问稼，视民饥犹己饥；断狱详刑，处公事如家事。葺社仓备四时凶歉，赈贫乏免老幼流亡。粮派分限催征，民咸称便；差役当堂检点，吏难售欺。裁滥冗总甲百余，乡间不扰；擒潜伏劫寇十数，烽火无惊。门扃惩顽，狐鼠之奸顿息；本皂勾犯，衔胥之暴何施？禁牛而牛利皆蠲，疏盐而盐弊尽革。常例全除纤悉，铺户不取分毫。操若玉壶冰，迈今从政；泽如金茎露，绍古循良。抑且乐育英才，作新学校，士沾时雨，人坐春风，遍地弦歌，满门桃李，儿童幸依慈母，子弟庆得宗师。蒙德政之未几，闻调任之在即，班尘将起，冠难留；攀辕心切，卧辙心遑。矧今饥馑渐臻于频仍，盗贼交驰于邻境，非复长城之寄，曷遗贴席之安。幸际天台按临郡邑，伏乞轸忧时变，俯徇舆情，奏善政于九重，另拔调任；留福星于一路，用奠子元。非独黎庶更生，且俾士林称庆。上呈。

包公随即奏请俯从民愿，留守旧邦，暂时纪功优奖，指日不次超升。人心共快。

第一百回　三官经

话说奉化县监生程文焕，娶妻李氏，五十无子，意欲求嗣。常闻庆云寺中有神最灵，求子得子，遂与妻李氏商议，欲往一游。夫妻斋戒已定，虔备香礼，清早往寺参神，祝告已毕，僧留斋饭后，往游胜景经阁。夫妇倦坐方丈，文焕忽觉精神不爽，隐几而卧。李氏坐侧有一僧名如空，见李氏花容月貌，又见文焕睡卧，遂近前调戏之。李氏性本贞烈，大骂："秃子无知，我何等人，敢大胆如此？"因而惊醒文焕，如空遁去。文焕诘其故，李氏道："适有一秃驴，见你倦眠，近前调戏，被我骂去。"文焕心中暴躁，遂乃高声骂詈："明日赴县，必除此贼，方消此气。"倏而众僧皆知，恐他首县，私相议道："此夫妇来寺天早，并无人见，莫若杀之以除后患。况此妇出言可恶，囚禁此地，久后不怕不从。"商议已定，出而擒住，如空持刀欲杀文焕，焕见人多，寡众不敌。又有数僧强扯李氏入别室，欲肆行奸，李氏不从。一僧止道："此时焉能肯从，且囚之别室，以厚恩待她，后必肯从。"众依其言，禁于净室。文焕被众僧欲杀，自思难免，乃道："既夺吾妻，想你必不放我，但容我自死何如？"如空道："不可，必要杀方除其祸。"中有一老僧见其言可怜，乃道："今既入寺，安能走得？但禁于净室，限在三日内容他自死也罢。"众乃依命，送往一净室，人迹罕到，四面壁立高墙。众僧与砒霜一包，绳索一条，小刀一把，嘱道："凭你自用。"锁门而去。文焕自思：一时虽说缓死，然终不能脱此天罗。室内椅凳皆无，只得靠柱磉而坐。平生好诵《三官经》，闻能解厄，乃口念不住。

是时包公奉委巡行浙江，经历宁波而往台州，夜宿白峤峄，梦见二将使入见，说道："吾奉三官法旨，请君往游庆云寺。"包公道："此去路有多少远？"将使道："五十余里。"包公与之同行，到一山门，举目观看，有金字匾曰：敕建庆云寺。入寺遍游，至一净室，毫无所有，只囚一猛虎在内，蹲踞柱磉。俄而惊醒，乃思：此梦甚是奇异，中间必有缘故。次日升堂，驿丞参见。包公问道："此外有庆云寺否？"驿丞道："此去五十里有一庆云寺，寺中甚是广阔，其僧富厚。"包公道："今日吾欲往寺一游。"即发牌起马，径到山门，众僧迎接。包公入寺细思，与梦中所游景致毫无所异，深入四面游观，皆梦中所历。过一经阁，入左小巷，达一净心斋，而又入小室，旁有一门上锁，恍若夜间见虎之处。包公令开来观看。僧禀道："此室自上祖以来并不敢开。"包公道："因何不开？"僧云："内禁妖邪。"包公道："岂有此理！内纵有妖邪，我今日必要开看，若有祸来，吾自当之。"僧不敢开。命军人斩锁而入,果见一人饿倒柱下,忙令扶起,以汤灌之才醒。急传令出外,四面紧围。不意包公斩开门时,知者已走去五六十人,但军人在外见僧走得慌忙,不知其故,心疑之,仅捉获一二十人。少顷,闻内有令出围寺,只获老僧、僧童三十人。包公与文焕酒食,久而能言。诉道:“生系监生程文焕,奉化县人氏,五十无嗣,夫妇早入寺中进香,日午倦睡,生妻坐侧,孰意如空调戏生妻,妻骂惊觉,与僧辩论。触怒众僧,持刀要杀,再三哀求自死,方送入此地,与我绳索一条,小刀一把,砒霜一包,绝食三日。生平只好诵《三官经》,坐于此地,口诵心经。今日幸大人拔救,胜若再生父母。”包公道:“昨晚我梦见二将使道,奉三官法旨请吾游此寺中,随使而至,见此室有猛虎蹲踞。今日到此,其梦中所见境界分毫不差,贤契获救即平日善报。令正今在何处?”文焕道:“被众僧捉去,今不知在于何地。”包公将众僧拷问,僧招道:“此妇贞烈,是日不肯从奸,众人将她送于净室,酒饭款待,欲诱之,她总不肯食,遂自缢死,埋于后园树下。”包公令人起出,文焕痛哭异常。包公劝止道:“令正节烈可称,宜申奏旌表。”其僧老者、幼者皆杖八十还俗;其壮而设谋者,毋分首从,尽行诛戮。即判道:

审得庆云寺淫僧劫空、如空等,恶炽火坑,不顾释迦之法;心沉色界,罔循佛氏之规。监生程文焕携妻李氏求神求后,觊觎美丽。心猿意马,趁夫睡而戏调其妇;骂言詈语,触僧怒而杀其夫。恳饶刀刃,求愿宽容,判鸾凤于一时,折鸳鸯于顷刻。拘执李氏于禅房,款待佳肴百品;囚禁文焕于幽室,受用死路三条。绝哉李氏,不饮盗泉宁自缢,善哉文焕,不甘就死诵三官真经。睡至更阑,感将使请游僧寺,神驰寤寐,梦白虎蹲踞柱旁。文焕从危获救,终当大用;李氏自缢全节,即赐旌奖;劫空、如空等逼奸陷命,律应枭首;合寺老幼等,党恶匿非,杖罪还家;寺院火焚,钱粮入官。

判讫,将劫空、如空等十人斩首示众,其老幼等受杖还家。包公又责文焕道:“贤契心明圣经,子息前缘,命应有子,不待礼佛,自举麟儿;倘命无嗣,纵便求神,何能及哉?况你夫妇早出夜回,亦非士大夫体统。日后务宜勉旃,毋惑妄诞。”文焕唯唯谢罪。包公令将尸殓葬,官给棺衾,树坊墓前,匾旌贞烈节妇李氏之墓,立庙祀焉。其后文焕出监联登,官至侍郎,不娶正妻,只娶一妾,生二子。而猛虎之梦,乃虔诵《三官经》之报应也。